Thomas Scheffler

BLUTWINGERT

ISBN: 978-3-945676-73-8
1. Auflage 2022

Bleichstraße 25, 55543 Bad Kreuznach
Autor: Thomas Scheffler

Thomas Scheffler

BLUTWINGERT

Dedicato a
la maledetta!

1. Kapitel

Schlagartig war ich nüchtern!
Rechtsmediziner bezeichnen einen solchen Vorgang zwar als unmöglich, wogegen aber spricht, dass dieses Phänomen es zu einer Redewendung gebracht hat, die sich relativ hoher Beliebtheit erfreut. Folglich müssen größere Bevölkerungsteile derartige Erfahrungen bereits gemacht haben.
Schlagartig nüchtern zu werden erfordert zweierlei: Zunächst einmal sollte man nicht mehr nüchtern sein. Diesen Zustand hatte ich erreicht. Seit rund einer Stunde stand ich in einem Weinkeller, verkostete konsequent Fass um Fass, von welchen mir der Winzer jeweils ein halbes Gläschen zapfte, um mich stolz mit seinen Erzeugnissen vertraut zu machen. Wie immer widmete ich diesem Vorgang neben höchster Konzentration zugleich liebevolles Interesse. Entsprach ein Wein meinem Geschmack, winkte ich dezent mit dem Glas und bekam entsprechend nachgeschenkt. Bisher hatte jeder Wein meinem Geschmack entsprochen, weshalb das Pröbchen allmählich in die zweite Stunde überging. Ein für mich alltäglicher Vorgang, allenfalls wegen der frühen Nachmittagsstunde an einem gewöhnlichen Werktag etwas unkonventionell. Aber Konventionen waren das Letzte, wonach ich mich richtete.
Die zweite Voraussetzung des schlagartigen Nüchternwerdens ist der Schlag, mithin ein heftiges Erlebnis, ein Schock, ein Adrenalinstoß oder etwas ähnliches, das einem die sanfte Schwere aus den Hirnwindungen jagt. Dieser Schlag traf mich bei Fass Nr. 13, wo ein Frühburgunder im Stückfass reifte, mir höchst positiv aufgefallen und daher für würdig erachtet worden war, mein Probiergläschen ein weiteres Mal nachzufüllen. Just dieses Ritual des zweiten Schluckes wurde leider durch Kindergeschrei unterbrochen, das zunächst nur gedämpft durch die geschlossene Kellertür drang. Dann wurde die Tür unsanft aufgerissen, ein kleines Mädchen stürmte herein, sein Gesicht war tränenüberströmt. In panischer Angst packte es den Winzer an meiner Seite bei der Hand.
»Komm schnell«, kreischte sie, »die Mama ...«.
Der Inhaber des Weingutes hatte bisher keinen einzigen Tropfen getrunken, weswegen seine Reaktion verglichen mit meiner hurtiger war. Beeindruckt sah ich ihn die Treppe hinaufjagen, dabei im Vorbeirennen das Kind ergreifend, ähnlich wie ein Greifvogel im Flug die Beute reißt. Zurück in dem schummerigen Keller blieb ich alleine, horchte dem Hallen der

zugedonnerten Tür nach und leerte zunächst einmal in Ruhe mein Glas. Anschließend stellte ich es als Markierung für den Fall, dass die Probe hinterher fortgesetzt werden würde, auf den Fassriegel von Fass Nr. 13, zog das Smartphone und begab mich ebenfalls zum Ausgang.
Aus dem Keller heraus trat ich in einen sonnenlichtgefluteten Hof. Draußen vor dem Tor sah ich soeben ein Auto wegfahren, einen weißen SUV mit Wiesbadener Kennzeichen, das sich mir umgehend einprägte: WI-NE, das englische Wort für Wein. Die Zahlen dahinter konnte ich nicht mehr erkennen, so schnell brauste das Fahrzeug davon.
Von Ferne hörte ich das Kind kreischen, jetzt eher jammernd als panisch. Zu sehen war niemand. Mit der freien Hand schützte ich meine Augen vor der gleißenden Helle, die andere hielt das Smartphone, an dem sich soeben die Notfallzentrale meldete.
»Weingut Schneider, Windesheim, es ist dringend!«, sagte ich, weil ich so eine Vermutung hatte.
»Was ist passiert?«
»Eine Frau ist schwer verletzt.«
»Inwiefern schwer verletzt?«
»Das weiß ich noch nicht. Ich habe nur ihr Kind gesehen.«
»Das Kind ist auch verletzt?«
»Nein, aber so wie es geheult hat, geht es der Mutter nicht gut.«
Mit dem Handy am Ohr schritt ich im Hof umher und versuchte herauszufinden, was hier vor sich ging. Der Winzer war verschwunden, seine Tochter ebenfalls. Um mich herum führten viele Türen irgendwo hin, aber keine war geöffnet. An meinem Telefon wartete ein Fremder darauf, dass ich mehr erzählen würde.
»Hallo!«, hörte ich ihn rufen. »Hallo?«
»Es ist dringend!«, informierte ich ihn nochmals.
»Können Sie mir vielleicht ein paar zusätzliche Details geben?«
»Nein, kann ich nicht.«
»Wieso nicht?«
»Weil ich selbst noch nicht mehr weiß.«
Er wechselte abrupt das Thema. »Haben Sie Alkohol getrunken?«
»Wie kommen Sie darauf? Und was spielt das überhaupt für eine Rolle? Hier liegt ein Notfall vor. Schicken Sie sofort einen Krankenwagen!«
»Sie klingen etwas undeutlich. Ich benötige Ihre Personalien. Bestimmt wissen Sie, dass der Missbrauch von Notrufen strafbar ist.«
»Bestimmt? Und ob ich das weiß.«

Was ich partout nicht mag, sind Versuche, mich rechtlich belehren zu wollen. Eine aus meiner Sicht äußerst angenehme Nebenerscheinung des Anwaltsberufes ist darum die Fähigkeit, stets mit dem passenden Paragraphen kontern zu können.
»Der Missbrauch von Notrufen wird nach § 145 Strafgesetzbuch mit Freiheitsstrafe bis zu einem Jahr oder Geldstrafe geahndet. Das gleiche droht jedoch auch Ihnen nach § 323c StGB wegen unterlassener Hilfeleistung. Anstatt mit mir über Strafrecht zu diskutieren, sollten Sie lieber umgehend den verdammten Krankenwagen losschicken!«, erwiderte ich schroff. Das überzeugte ihn.
Es gibt wenig, was Menschen so beeindruckt wie Paragraphen. Der Durchschnittsbürger weiß zwar ebenso gut wie ich, was verboten ist oder eben nicht, er verlässt sich dabei aber teils auf seinen Instinkt, teils auf Informationen, die er aufgeschnappt, meist jedoch nicht richtig verstanden hat. Kommt es zu Meinungsverschiedenheiten über eine Rechtsfrage, gewinnt unter Laien stets derjenige, welcher einen Paragraphen zitiert, nicht wortwörtlich, sondern als bloße Hausnummer. Das reicht.
All mein Paragraphenwissen half mir indes nicht weiter, solange ich verlassen auf dem Hof dieses Weingutes stand, ohne die geringste Ahnung, wohin alle verschwunden waren. Ratlos blickte ich umher und begann dann wahllos Türen zu öffnen. Sie führten in verschiedene Gebäudeteile des Gehöfts. Hinter einer musste des Rätsels Lösung versteckt sein. Schlussendlich lag ein Notfall vor, was hätte ich außer hier herum zu schnüffeln tun können?
Nachdem ich mehrfach in leere Lager- oder Arbeitsräume ohne Hinweise auf einen Aufenthalt von Menschen geschaut hatte, entpuppte sich eine Tür als Pforte, die hinausführte zu einem freien Gelände. Kaum hatte ich diese geöffnet, hörte ich das Kinderweinen wieder ganz deutlich, durchsetzt von verzweifelten Mama-Mama-Rufen.
Mein Blick fiel währenddessen in einen unaufgeräumten Hinterhof. Gerümpel, landwirtschaftliche Nutzgeräte und sackweise Plastikmüll standen dort zwischen Stapeln von Brennholz und Metallgitterboxen voller leerer Flaschen. Außerdem war da ein Turm.
Obwohl ich kaum wissen konnte, welche Bedeutung dieser Turm im weiteren Verlauf der Geschichte entfalten sollte, prägte ich mir umgehend die wesentlichen Details des Bauwerks ein. Denn es handelte sich um eine eher außergewöhnliche Konstruktion: Einen Rundturm, dessen Umfang bis zu zehn Meter betragen mochte, gemauert aus rotem Sandstein, dem im

Naheland üblichen historischen Baustoff. In Höhe von etwa fünf Metern ging die steinerne Wand über in eine Holzkonstruktion, die ich auf wenigstens mannshoch schätzte. Das Dach war mit hölzernen Schindeln gedeckt, darunter sah ich Luken und Klappen durch welche Tauben ein- und ausflogen. Damit war zumindest klar, weshalb sich der Ort des Geschehens »Weingut am Taubenschlag« nannte.

Den Eingang zum Turm bildete eine massive Holztür, ich tippte auf Eichenbohlen. Sie war oben halbrund, wie man es bei Burgen öfter findet. Überhaupt erinnerte mich das Bauwerk ein wenig an Wehrtürme, welche oft den zerstörten Festungen an Rhein und Nahe zugehörten. Mir war nicht bekannt, ob es in Windesheim Reste einer vormaligen Burg gab, ausschließbar schien es mir bei diesem Taubenturm nicht.

Rechts vom Eingangsportal aus wand sich eine metallene Leiter um den Turm herum in die Höhe. Sie war eindeutig nachträglich angebracht, glich einer Feuerleiter und störte ein wenig den historischen Eindruck. Die ersten 10 bis 15 Tritte der Leiter waren von einer Art Drahtkäfig ummantelt, dieser wiederum verschlossen durch eine Gittertür. So wurde der unkontrollierte Zugang zur Metallstiege verhindert.

Lotrecht über dem hölzernen Eingangsportal endete die Metalltreppe kurz unter dem Turmdach mit einem Podest. Sie führte folglich einmal komplett um den Turm herum und oben in den Taubenschlag hinein. Das Bauwerk konnte demnach auf zweierlei Weise betreten werden: In der Höhe über den eisernen Steg oder vom Erdboden aus durch das Holzportal, welches soeben offenstand. Davor, mutterseelenallein, laut schluchzend und von Weinkrämpfen geschüttelt das kleine Mädchen, so einsam, wie ein Mensch nur einsam sein kann.

Schnell trat ich heran und erkannte nun, wo der Winzer geblieben war, mit dem ich kurz zuvor so friedlich Weine probiert hatte. Inmitten des Taubenturms kniete er über einem reglosen menschlichen Körper.

Das Martinshorn des Rettungswagens ertönte, weshalb ich nicht helfend dem Winzer beisprang, sondern durch die Pforte zurück in den vorderen Innenhof des Weingutes eilte. Dort nahm ich die Sanitäter in Empfang, um sie zum Hinterhof zu dirigieren. Das Gleiche tat ich mit dem kurz darauf eintreffenden Notarzt. Dann blieb ich als stiller Beobachter etwas abseits stehen.

Der Körper, an dem sich die medizinischen Helfer zu schaffen machten, gehörte der Frau des Winzers, das war nicht schwer zu erraten. Bald lag sie auf einer Rettungsliege, der Arzt hantierte hektisch an ihr herum. Ein

Rettungsassistent sprach mit dem kleinen Mädchen, welches in Tränen aufgelöst kaum zu beruhigen war. Ein weiterer Sanitäter telefonierte geschäftig. Der Winzer stand bei seiner Frau, hatte die Hände auf dem Kopf und raufte sich die Haare. Insgesamt sah dies nicht nach einer baldigen Fortsetzung unserer Weinprobe aus.
Von meinem Standort aus versuchte ich, zu rekonstruieren, wie einzelne Details der Szenerie zusammenpassten. Was immer hier passiert war, musste sich in dem Taubenturm ereignet haben. In den Städten gelten Tauben ja eher als Plage, auf dem Land werden sie von manchen wie Haustiere gehalten, so offenbar auch im Weingut Schneider. In der Nachbildung, womöglich sogar dem Original eines mittelalterlichen Turmes, hatten die Tiere ein feudales Zuhause.
Wie es um die verunglückte Frau stand, war kaum zu erkennen, dafür aber zu erahnen, sobald ich nach einiger Zeit von ferne die schmetternden Rotorblätter eines Helikopters vernahm. Ein Rettungshubschrauber war im Anflug, die Lage folglich sehr ernst. Noch während ich abzuschätzen versuchte, ob der Hinterhof, auf dem wir uns befanden, überhaupt groß genug für einen Hubschrauber sein würde, wirbelten bereits Staub und trockenes Laub umher, der Lärm wurde unerträglich, der gelbe Luftretter setzte zur Landung an. Ich wagte kaum zu atmen, weil ich die nächste Katastrophe herannahen sah. Gleich würde der Propeller irgendwo hängen bleiben, der Helikopter wild umhergeschleudert werden und uns alle mit ins Verderben reißen. Aber der Pilot schaffte es, inmitten des Gerümpels sicher festen Boden zu erreichen. Sein Gefühl für Fläche und Raum war in jenem Augenblick deutlich besser als meines.
Dann ging alles ganz schnell. Der Winzer sprintete mit eingezogenem Kopf auf mich zu. »Könnten Sie sich bitte um meine Kinder kümmern«, erkundigte er sich, wobei diese Frage nur eine Antwort zuließ, denn schon rannte er gebückt zurück, stieg in zu seiner Frau in den Rettungshubschrauber und flog davon.
Ein Sanitäter packte das herumliegende Material ein, der andere nahm das Mädchen an der Hand, um es zu mir zu führen. Der Notarzt kam ebenfalls auf mich zu.
»Gehören Sie zur Familie?«
»Nein, aber ich würde trotzdem gerne wissen, wie es aussieht.«
»Schlecht«, sagte er mit kritischem Blick auf das Kind. »Ich möchte darüber jetzt nicht reden. Beten Sie, dass sie durchkommt.«
Dann verschwanden Notarzt und Sanitäter ähnlich schnell, wie sie

gekommen waren. Das kleine Mädchen hatte zwischenzeitlich aufgehört zu weinen. Es stand mit verheultem Gesicht bei mir, wie wenn ich nun zu entscheiden hätte, was weiter zu tun war. Ich durchwühlte meine Hosentaschen und reichte ihr ein Taschentuch. Kaum hatte sie geschnäuzt, fing sie wieder an zu weinen.

Ratlos nahm ich das Kind an der Hand, führte es durch die Pforte zurück in den vorderen Innenhof, damit sie nicht ständig auf die Unfallstelle starren musste. Anders als im Hinterhof war es dort nicht so trostlos, sondern alles fein herausgeputzt. Überall standen Blumen, Kübel mit Oleander oder Palmen, außerdem gab es eine Sitzgruppe mit einer Holzbank, auf welcher wir Platz nahmen.

»Hör mal«, begann ich, fand aber nicht die tröstenden Worte, die ich ihr jetzt gerne gesagt hätte. Ohnehin wurden wir soeben abgelenkt von einem dunklen PKW Kombi, der gerade auf den Hof rollte. Diesem entstiegen zwei Personen, die ich aus mancherlei Prozessen kannte. Sie kamen zögernd auf mich zu, ein Älterer und ein Jüngerer.

»Guten Tag, Kriminalpolizei. Wir wollen uns nur einmal kurz umsehen. Wer sind Sie?«

»Ein potentieller Kunde des Weinguts.«

»Name? Ausweis?«

»Julius Dexheimer, einen Ausweis führe ich grundsätzlich nie bei mir.«

»Dexheimer ... Der Anwalt?«

»Jawohl, Herr Hettlich. Aber ich bin privat hier.«

»Kennen wir uns?«

Kriminalhauptkommissar Hettlich und ich waren keine Freunde. Meinerseits bestand auch kein Bedürfnis, es je zu werden. Er war ein fähiger Kriminaler, leider ohne Menschlichkeit, ein Ermittlungsautomat, der vor nichts Halt machte, selbst vor eigenen Berufskollegen nicht. Wenn er jetzt so tat, als sei ich ihm unbekannt, war dies bereits Teil seiner Ermittlungstaktik, ein Zuspiel, um meine Reaktion zu testen. Anhand der Fälle, die ich ihm nennen würde, weil wir anlässlich dieser vor Gericht aneinandergeraten waren, hätte er eine Skala der Nachhaltigkeit besagter Prozesse gebildet. Das Vergnügen wollte ich ihm nicht gönnen.

»Tut mir leid, ich habe Sie wohl verwechselt«, antwortete ich.

KHK Hettlich zuckte kurz zusammen wie nach einem Tritt ins Genital.

»Haben Sie etwas von dem Vorfall mitbekommen?«, fragte er um Sachlichkeit bemüht.

»Vorfall?«

»Von dem Unfall.«
»Nicht direkt, ich war mit dem Inhaber des Weinguts im Keller.«
Danach schilderte ich kurz meine Beobachtungen und führte beide Beamte in den Hinterhof zur Unfallstelle. Jetzt, wo der Hof verlassen war, wirkte die offene Tür des Turmes wie ein Magnet, der uns anzog, dort hineinzugehen. Selbstverständlich ließ ich den Kripobeamten den Vortritt, folgte ihnen aber auf dem Fuß.
In dem Turm war wenig, außer einer hölzernen Wendeltreppe, die an der Innenwand entlang hinauf führte zu dem Taubenschlag. Auch das Innere des Turmes war vollgestellt mit Gerümpel, vor allem Kartons mit leeren Flaschen. Die Ausdünstungen der Tauben waren deutlich wahrnehmbar. Mir brannten die Augen.
»Wie das hier stinkt«, sagte der jüngere Polizist.
KHK Hettlich ließ sich davon nicht ablenken, machte stattdessen eine Entdeckung, die nicht völlig unerheblich war.
»Schau mal«, sagte er mit einem Kopfnicken nach oben zu seinem Kollegen, »die letzten drei Stufen sind durchgebrochen.«
Mein Blick wanderte die Treppe hinauf, dann von den gebrochenen Stufen senkrecht herab und landete in einem Wust aus Gartenwerkzeugen und Leergut, zersplitterten Flaschen und Blut.
Der jüngere Kripobeamte schoss Fotos, sein älterer Kollege dachte laut nach, dies in der Absicht, meine Meinung zu seinen spontan entworfenen Theorien zu hören.
»So wie das aussieht, wollte die Frau ihre Tauben füttern, ist diese Treppe hinaufgestiegen, dann durchgebrochen und genau in einen Stapel Flaschen gestürzt.«
»Oder umgekehrt«, sagte ich.
»Umgekehrt?«
»Vielleicht war sie schon oben gewesen und wollte gerade wieder runter.«
Polizisten arbeiten – das war mir seit Langem klar – mit Hypothesen. Sie stellen Vermutungen auf und versuchen, diese zu beweisen oder zu widerlegen. Hier hatte ich Gelegenheit, in Echtzeit mitzuerleben, wie derartige Theorien entstanden. Daher war es mir ein Anliegen, die These umgehend zu zertrümmern.
»Meinetwegen auch umgekehrt«, nickte KHK Hettlich.
»Und ob sie Tauben füttern wollte, ist auch Spekulation.«
»Was sollte sie denn sonst dort oben machen?«
»Eier stehlen?«

»Das dient in der Stadt dazu, die Population zu dezimieren. Auf dem Land ist es egal, wie viele Eier die Tauben legen.«
Der Polizist mit der Kamera hatte offenbar genug geknipst. »Eine Sense«, sagte er mit Blick auf die Gartenwerkzeuge. »Und ein Rechen. Und eine dreizinkige Hacke.«
KHK Hettlich nickte. »Lauter spitze und scharfe Gegenstände. Dazu noch das viele Glas.«
Und wieder war die kriminalistische Hypothese um eine unbewiesene Vermutung ergänzt. Es sind genau diese leichtfertig entworfenen Annahmen, die später als Tatsachen in Ermittlungsakten einfließen und Strafverteidigern das Leben schwer machen. Werkzeuge zur Bodenbearbeitung sind in einem Weingut noch weniger auffällig als in einem Privathaushalt. Leergut wird ständig von Kunden zurückgegeben, irgendwo abgestellt und stapelt sich dann, bis ein Winzer die Zeit hat, die ganzen Flaschen zu sortieren. Es gab hier nichts zu argwöhnen, der Tatortbefund war völlig unauffällig, solche Abstellkammern gibt es in jedem Weingut.
Eines war dennoch klar: Ein Sturz aus vier bis fünf Metern Höhe mitten in ein Sammelsurium aus leeren Weinflaschen und spitzen Werkzeugen kann Menschen zu Hackfleisch machen, ganz abgesehen von den sonstigen Verletzungen. Man stelle sich nur einmal vor, der Sturz endet mit dem Kopf voran.
Letztlich war es nicht mein Problem, welche Hypothese die Kripo sich zusammen spann. Gleichwohl dauerte es nicht lange, bis genau dieses zufällige Abstellen von Werkzeugen und Flaschen ein erhebliches Gewicht bekommen würde.
»Das scheint ja dann eindeutig zu sein«, meinte KHK Hettlich. »Die Frau wollte über die Treppe zum Taubenschlag hinauf« – er schaute mich dabei belehrend an – »dann sind die Stufen der Treppe gebrochen und sie stürzte hinab in die leeren Flaschen, die irgendjemand vorher dort abgestellt hat.«
Sein jüngerer Kollege nickte dienstbeflissen, ich hielt die Luft an, nicht nur wegen des Taubengestanks. Woher wollten die wissen, dass die Winzersfrau auf dem Hinweg eingebrochen war? Was rechtfertigte die Annahme, die Flaschen seien gezielt abgestellt worden? Noch dazu von einer einzigen Person? Wieso konnten Sense und Hacke nicht zufällig dort liegen?
Die Arbeitshypothese war im Kopf der Beamten bereits derart weit ausgebildet, dass Zweifel nicht aufkamen. Wie um dies sogleich sichtbar zu demonstrieren, drehten sie sich fast gleichzeitig um in Richtung Innenhof. Ich wäre zunächst die Treppe hinaufgestiegen, um die kaputten Stufen

anzuschauen. Für die Beamten war die Besichtigung des Unfallortes schon beendet. Lediglich die Tür zum Turm interessierte sie noch.
»Kein Schlüssel«, stellte KHK Hettlich fest. »Hier war doch eben ein Kind. Wissen Sie, ob die Familie noch mehr Kinder hat?«
»Tut mir leid, ich kenne die familiären Verhältnisse nicht genauer.«
»Wie kann man einen derart gefährlichen Ort ungesichert lassen, wenn Kinder anwesend sind?«
»Gefährlicher Ort?« Ich unterdrückte ein Lachen. »Das hier ist ein Weingut. Da wird gearbeitet.«
»Ihnen fehlt es an Problembewusstsein, Herr Dexheimer. Niemand konnte ausschließen, dass ein Kind in diese Falle tappt.«
Damit war sie abgeschlossen, die kriminalistische Hypothese. Sense, Rechen, Hacke und Leergut am Boden, defekte Treppenstufen darüber. Kein Unglück, sondern eine Falle, ein bewusst von Dritten geschaffener Hinterhalt. Was jetzt noch fehlte, war ein Tatverdächtiger. Dem näherte sich KHK Hettlich mit seiner nächsten Frage.
»Wo ist eigentlich der Eigentümer dieses Anwesens?«
»Er begleitet seine schwer verletzte Frau ins Krankenhaus.«
Wir schauten uns kurz an, ich sah in seinen Augen die kriminalistische Hypothese wuchern wie ein Krebsgeschwür.
»Sie waren mit dem Winzer im Keller, als es passierte?«
»So ist es.«
»Weshalb?«
»Weil dort die Weinfässer liegen.«
Der jüngere Beamte hatte seine Kamera erneut gezückt und schoss schnell ein paar Übersichtsfotos vom gesamten Hinterhof. Er näherte sich der äußeren Treppe, rüttelte an der Eisentüre. Die war verschlossen.
»Schau mal, was für ein altmodisches Schloss«, sagt er zu seinem Kollegen. »Das lässt sich ja mit einem billigen Schraubenzieher knacken.«
KHK Hettlich betrachtete die Tür und schüttelte den Kopf. »Das dient wohl eher dem historischen Gesamtbild als der Sicherheit.«
Beide Polizisten lachten. Dann tuschelten sie miteinander, schauten mehrfach zum Taubenschlag hinauf, nickten sich bedeutungsschwer zu. Der Fotograf ging wortlos zurück zum Auto, sein Kollege zückte eine Visitenkarte.
»Sobald Herr Schneider hier auftaucht, sollte er sich mit mir in Verbindung setzen. Wir hätten da ein paar Fragen an ihn.«
»Fragen? Was für Fragen?«

»Das überlassen Sie ruhig uns.« KHK Hettlich grinste jovial, bevor er fortfuhr. »Wir werden diesen Turm nun mit einem Absperrband markieren. Das gilt als Sicherstellung. Sie sind Anwalt, Sie wissen, was das bedeutet. Die Treppe wird so schnell wie möglich genauer untersucht. Ich kontaktiere umgehend die Kriminaltechnik.«

Der jüngere Polizist kehrte vom Auto zurück und rollte ein rot-weißes Band einmal um den Turm herum. Ein Polizeiabsperrband mit entsprechendem Aufdruck.

»Sie machen aus diesem Unfall eine Ermittlung?«, fragte ich.

»Können Sie ausschließen, dass die Treppe angesägt wurde?«

»Das könnte man ja feststellen, wenn man sie genauer in Augenschein nähme.«

»Dafür haben wir Spezialisten. Und jetzt, Herr Dexheimer, verlassen Sie bitte diesen Teil des Grundstücks.«

Aus unserem formlosen Geplänkel an einer Unfallstelle war eine strafrechtliche Ermittlung geworden, der Ton daher merklich rauer. Für mich kein Grund, es KHK Hettlich zu verdenken, denn es war seine Pflicht, im Falle eines Tatverdachts für die Sicherung der Beweise zu sorgen. Folglich hatte ich keinerlei Anlass, hier einen Konflikt zu schüren. Umgehend verließ ich den Hinterhof in Richtung des vorderen Innenhofes. Dort saß nach wie vor das Mädchen auf der Bank der hölzernen Sitzgruppe. Niemand hatte bedacht, sich um dieses Kind zu kümmern. Sie wirkte extrem verstört, ich sah ihr an, dass sie viel geweint hatte.

Umgehend zückte ich das Smartphone. Taste Nummer eins, die Direktwahl zu meiner Kanzlei. Mit wenigen Worten war die Situation geschildert. Kerstin, meine Bürovorsteherin, klang konsterniert.

»Sie sind bei einem Mandanten und spielen für dessen Kinder den Babysitter?«

»Sieht so aus«, sagte ich. »Haben Sie praktische Tipps?«

»Fragen Sie das Mädchen doch zunächst einmal nach seinem Namen.«

»Gute Idee.« Mit dem Telefon in der Hand wandte ich mich dem Kind zu. »Wie heißt du?«

»Maureen.«

»Sie heißt Maureen«, informierte ich Kerstin.

»Das habe ich gehört, Fragen Sie, ob es noch andere Familienangehörige auf dem Hof gibt. Vielleicht kann eine Tante oder eine Oma die Aufsicht übernehmen.«

Ich schaute Maureen an. »Wer gehört denn noch zu deiner Familie?«

»Patrick.«
»Wer ist Patrick?«
»Mein kleiner Bruder.«
»Du hast noch einen Bruder?«
Maureen zog die Nase hoch. »Zwei. Ich habe zwei kleine Brüder. Außer Patrick gibt es auch noch Timmy.«
Kerstin hielt weiterhin am anderen Ende der Leitung Kontakt. Das brachte mich auf eine Idee.
»Kerstin«, sagte ich mit betörendem Unterton. »Ich habe eine Aufgabe für Sie.«
»Kommt nicht in Frage!«, erwiderte sie blitzschnell. Wie mühelos meine Mitarbeiterin mich doch durchschaute »Ich halte Ihnen hier aus der Kanzlei heraus den Rücken frei. Aber drei Kinder, darum kümmern Sie sich besser selbst.« Dann legte sie kurzerhand auf.
Ich gab Maureen, die stetig schnäuzte, ein neues Taschentuch.
»Wo sind denn deine Brüder?«
»Im Kindergarten.«
»Und du? Gehst du nicht mehr in den Kindergarten?«
»Nein, seit diesem Jahr gehe ich in die Schule«, antwortet sie trotzig.
Es war Anfang September, die Schulferien hatten vor zwei oder drei Wochen geendet.
»Wie alt bist du?«, fragte ich.
»Fast schon sieben Jahre.«
»Und Patrick?«
»Viereinhalb. Und Timmy ist drei Jahre, falls du das auch noch wissen willst.«
»Okay. Bis wann geht der Kindergarten?«
»Sie müssen zwischen vier und fünf Uhr abgeholt werden. Wieviel Uhr ist es jetzt?«
Ein Blick auf mein Handy ließ mich Schlimmes erahnen. »Schon nach Halbfünf«, antwortete ich.
»Dann sollten wir mal langsam losgehen. Die Erzieherinnen mögen es nicht, wenn man Kinder zu spät abholt.«
Die Erzieherinnen mochten offenbar manches nicht, vor allem nicht die Tatsache, dass sie mich nicht kannten.
»Haben Sie eine Vollmacht oder so etwas? Ich kann Ihnen doch nicht einfach zwei Kinder mitgeben.«
»Ich sagte Ihnen doch, es hat einen Unfall gegeben und die Eltern sind im

Krankenhaus.«
»Kann ja alles sein, aber wir haben Vorschriften.«
»Wer ist denn außer den Eltern berechtigt, die Kinder abzuholen?«
»Niemand. Die Kinder werden immer von der Mutter abgeholt, manchmal auch von Maureen.«
»Ach, Maureen alleine darf ihre Brüder abholen?«
»Das geht in Ordnung, die ist ja hier bekannt.«
»Dann denken Sie sich meine Person doch einfach weg und geben Sie die Kinder eben Maureen mit.«
Die Erzieherin wirkte unsicher: »Ich weiß nicht, ob ich das darf.«
Eine winzige Chance, die mir unfreiwillig auferlegte Aufgabe wieder loszuwerden, tat sich auf.
»Wissen Sie was?«, schlug ich vor. »Ich lasse Maureen hier bei Ihnen und dann warten Sie gemeinsam mit Patrick und Timmy bis der Vater seine Kinder abholt.«
»Geht nicht, wir schließen pünktlich um 17 Uhr.«
»Und wenn Maureens Brüder bis dahin nicht abgeholt wurden?«
»Warten Sie mal. Ich frage die Leitung.«
Umgehend rauschte sie geschäftig durch die Kindertagesstätte, um kurz darauf mit der Leiterin der Einrichtung zurückzukehren. Die hatte Informationsbedarf.
»Ein Unfall. Wie fürchterlich«, quasselte sie laut heraus. Damit war uns die Aufmerksamkeit aller anderen Eltern, die hier Kinder abholten, gewiss.
»Wie geht es Frau Schneider denn? Weiß man schon Genaueres? Auch noch mit dem Hubschrauber, dann ist es bestimmt ganz schlimm.«
»Dumme blöde Kuh«, dachte ich, beim Blick auf Maureen, die erneut gegen aufsteigende Tränen ankämpfte. Aber sie wollte nicht weinen, nicht hier und jetzt. Ich sah, wie sie es unterdrückte und begann, das kleine Mädchen für seine Tapferkeit zu bewundern. Das gab mir den entscheidenden Schub, diese Posse zu beenden. Nach kurzem Griff in die Innentasche hielt ich der Tagesstättenleiterin eine Visitenkarte vor die Nase.
»Ich nehme Patrick und Timmy jetzt mit. Wenn Sie Fragen haben, können Sie mich über meine Kanzlei erreichen. Maureen, holst du bitte deine Brüder.«
Die Kleine flitzte los, kam kurz später mit zwei Buben zurück und marschierte konsequent zum Ausgang. Erzieherin und Leiterin waren unterdessen mit dem Studium meiner Visitenkarte beschäftigt.
»Sie sind Anwalt?«

»Und Strafverteidiger«, ergänzte ich.
Eine weitere angenehme Nebenerscheinung meines Berufes ist der Titel. Falls man einmal keinen passenden Paragraphen zur Hand hat – und ich wusste in der Kindertagesstätte partout nicht, welchen ich hätte zitieren sollen – kann man vorzüglich mit seiner Berufsbezeichnung Eindruck schinden. Recht ist Autorität. Wer als rechtskundig gilt, dem neigt man zu vertrauen. Erzieherinnen mögen noch so viele Seminare besuchen, in denen man sie davor warnt, Kinder an Fremde herauszugeben. Wenn ein Rechtsanwalt sagt, das ginge trotzdem in Ordnung, dann glauben sie ihm.
Sekunden später hatte ich meinen Aufgabenkreis des Babysitters in der Not erfolgreich ausgeweitet auf insgesamt drei Kinder. Ein Ereignis, das ich umgehend Kerstin mitteilen musste. Schon nach dem ersten Klingeln hob sie ab.
»Nein, Herr Dexheimer, ich übernehme nicht für Sie das Babysitting!«
Weder hatte ich etwas gesagt, noch gelang es mir, diese seltsame Begrüßung zu erwidern, bevor sie ohne meine Reaktion abzuwarten wieder auflegte.
Maureen bemerkte mein verdutztes Gesicht und grinste vor sich hin. Ihre Brüder betrachteten mich misstrauisch, stellten aber keine Fragen. Offenbar akzeptierten sie ihre Schwester uneingeschränkt als Leitwolf. Wenn die mit einem fremden Mann zum Abholen zur Tagesstätte kam, dann war das eben so.
Dummerweise erwartete der Leitwolf die Leitung jedoch von mir, der mit drei Kindern im Schlepptau schlichtweg überfordert war. Kurz erwog ich, bei meinem alten Freund Paul vorbeizugehen. Der wohnte im selben Dorf, spielte als Winzer einige Klassen über dem Weingut am Taubenschlag und hatte eigene Kinder. Zwei oder drei, ich wusste es nicht genau. Wir hatten uns länger nicht gesehen, zu lange, um jetzt dort aufzutauchen mit der Frage nach einem kleinen Gefallen, der schon ein ziemlich großer gewesen wäre. Nein, dorthin konnte ich die Kinder nicht abschieben.
Zu viert traten wir folglich den Rückweg zum Weingut Schneider an. Der führte vorbei an Gärten und einem Bach. Aus den Gärten dampfte der Geruch von Grillfleisch, auf dem Bach quakten Enten. Die spätsommerliche Sonne wärmte, ein Dorf eröffnete den Feierabend. Es hätte ein ländlich idyllischer Abend sein können, doch unsere Stimmung war gedrückt. Die Bilder von der verunglückten Winzersfrau wirbelten mir durch den Kopf. Wieviel stärker mussten sie erst im Bewusstsein des Mädchens wirken.
Je näher wir dem Elternhaus der Kinder kamen, umso drängender wurde

die Frage danach, was dort geschehen würde. Ich sah, wie der Gedanke an ihre Mutter auf Maureen lastete. Aus einem Impuls heraus reichte ich ihr meine Hand, die sie schweigend ergriff.

»Wie heißt du eigentlich?«, fragte sie.

Offenbar war ihr klar, dass wir zwangsläufig Zeit zusammen verbringen würden und daher Regelungsbedarf bezüglich unseres Umgangs hatten.

»Ich bin der Julius«, sagte ich und fand das väterlich freundlich.

»Kannst du Apfelpfannkuchen backen, Julius?«

»Natürlich kann ich Apfelpfannkuchen backen!«

Via Handy flog eine Textnachricht an Kerstin, kurz später erhielt ich den Link zu einem Pfannkuchenrezept.

Die Buben blieben kritisch auf Distanz zu mir, Maureen nahm mich beim Wort. Kaum hatten wir die Küche ihres Zuhauses betreten, holte sie Eier, Milch, Mehl und Äpfel herbei. Dann befahl sie Patrick, letztere zu schälen. Der Junge gehorchte widerspruchslos.

Das Rezept war nicht allzu kompliziert. Bald saßen die Kleinen am Tisch und mampften frisch gebackene Apfelpfannkuchen. Ich war bewusst großzügig mit Zucker und Zimt, denn wenn Kinder vor schweren Zeiten stehen, verwöhnt man sie am Besten mit Süßem. So war ich aufgewachsen.

Die beiden Jungen fragten nicht nach ihren Eltern. Für mich hatte es den Anschein, als würden sie öfter alleine gelassen. Maureen war für ihr Alter schon erfreulich selbständig. Sie räumte nach dem Essen den Tisch ab und schickte die Brüder in ein anderes Zimmer zum Spielen. Dann nahm sie einen Zettel vom Notizbrett in der Küche.

»Das hier ist Papas Nummer. Kannst du ihn mal anrufen?«

»Gerne.«

Das Telefon tutete, aber Michael Schneider nahm nicht an. Es war fast sieben Uhr abends.

»Wann geht ihr ins Bett?«, fragte ich Maureen.

»Ich werde nicht schlafen, bevor Papa zurück ist.«

»Und deine Geschwister?«

»Für die ist es langsam Zeit.«

»Dann schick sie doch schon mal ins Bett.«

»So einfach geht das nicht.«

»Weil?«

»Weil denen jemand zum Einschlafen vorlesen muss.«

»Du bist doch schon im ersten Schuljahr. Kannst du das nicht machen?«

Maureen verrollte die Augen. So wie ich sie bisher kennengelernt hatte, war

ich der festen Überzeugung, dass sie ab jetzt in Rekordzeit Lesen lernen würde. Allerdings nicht in der verbleibenden Zeit bis die Buben schlafen gingen. Davor musste ich aber noch etwas Dringendes erledigen, vorzugsweise vor Einbruch der Dunkelheit. Daher galt es, die Kinder zu vertrösten.
»Wir machen es folgendermaßen«, schlug ich vor. »Ihr putzt euch jetzt die Zähne und zieht euch Schlafanzüge an. Ich muss kurz nochmal raus, dann lese ich vor.«
»Check«, sagte Maureen und hob die flache Hand.
Ich klatschte ab und hatte erstmals im Leben einen Vertrag mit einem Kind geschlossen. Danach ging ich hinaus in den Hof, weiter in den Hinterhof und dort zum Taubenturm. Der war mit Polizeiband umschlungen. Vorsichtig öffnete ich die Tür just ausreichend weit, um mich hineinzwängen zu können, ohne das Absperrband zu zerreißen. Das verbliebene Tageslicht bot hinreichende Sicht trotz der abgedunkelten Verhältnisse im Turminneren. Schnell stieg ich die Treppe hinauf, bis zu den gebrochenen Sprossen. Einige Blicke auf die Bruchstellen bestätigten mir, was ich wissen wollte. Wenige Minuten später war ich zurück im Haus.
Der kleine Tim nervte mit einem Spielzeug, das ich unbedingt anschauen sollte. Es handelte sich um ein Miniatur-Weingut, das Modell eines modernen Weinbaubetriebes, offenbar handgefertigt aus Blech. Das war sein ganzer Stolz.
Ich bewunderte ausgiebig die filigrane Handarbeit. Einzelne Türchen des Gehöfts ließen sich öffnen. An einigen Stellen war das Dach abnehmbar, was einen Blick von oben in die Kelterhalle ermöglichte. Dort stand wahrhaftig eine kleine Kelter neben winzigen Weintanks. An der Rückseite des kindgerechten Weinguts gab es sogar einen Weinberg, ebenfalls feingliedrig gearbeitet aus Metall. Auf der Vorderseite war die Zufahrt zum Betrieb von einem Rundbogen überspannt, in dessen Mitte ein Namensschild hing. Timmy schnippte mit dem Finger dagegen, woraufhin es leicht hin und her schwang.
»Kannst du das lesen?«, fragte der Kleine.
»Sweetwine«, las ich vor.
»So heißt unser Haus später mal.«
Bekanntlich sollte man mit Kindern, die noch klein sind oder müde oder sogar beides, nicht diskutieren, da sie sich dann schnell zu nervigen Quälgeistern entwickeln. Dennoch musste ich widersprechen.
»Sweetwine ist kein schönes Wort für ein Weingut«, erklärte ich ihm. »Ich glaube nicht, dass dein Papa euer Haus so nennen wird.«

»Doch«, beharrte Timmy. »Er hat es mir selbst gesagt.«
Das Namensschild pendelte aus, ich stieß erneut dagegen, betrachtete es genauer. Eine ungewöhnlich hochwertige Arbeit, Reben mit Träubchen und Blättern umrahmten die eigentliche Tafel mit dem Namen. Obwohl nur von der Größe eines Päckchens Zigarettenblättchen schien es mir aufwändig geschaffen, nach meinem Eindruck eine Schmiedearbeit, als solche aber nahezu unmöglich, so zartgliedrig war es gestaltet.
Ich hob das Miniatur-Weingut an, um es von allen Seiten zu betrachten. Dabei fiel mein Blick auf die Unterseite des Objekts, wo ein Aufkleber prangte, ein Logo, der einzige nicht-metallene Teil des fragilen Stücks. Das Motiv gab mir Rätsel auf. Sollte das einen Amboss darstellen? Wenn man genug Fantasie hatte vielleicht. Mochte der Schmied, der dieses Werk geschaffen hatte, handwerklich ein wahrer Künstler sein, als Zeichner taugte er keinen Pfifferling. Schattierungen des Logos, die den dreidimensionalen Effekt suggerieren sollten, waren so miserabel dargestellt, dass der Amboss perspektivisch verkehrt wirkte. Bei längerer Betrachtung verschwamm vor meinen Augen immer mehr das Bild dessen, was gemeint war. Statt dessen hatte ich den Eindruck ein Fantasietier zu erblicken, eine Art Koalabär mit Ohren, die wie spitze Dreiecke zur Seite abstanden. Glücklicherweise war das Motiv nur auf dem Boden des Modells angebracht. So blieb es jedermann verborgen, der das kleine Kunstwerk nicht wie ich anhob, um darunter zu schauen. Vorsichtig stellte ich die Miniatur wieder ab.
»Ein sehr schönes Spielzeug. Da wollt ihr wohnen?«
»Ja, Papa will das für uns bauen.«
Patrick stieß seinen Bruder an. »Du sollst das nicht verraten.«
»Keine Angst«, beruhigte ich ihn. »Geheimnisse sind bei mir immer gut aufgehoben.«
Das Vorlesen für die Kinder gestaltete sich rituell. Das vorzulesende Buch war ein Klassiker: Grimms Märchen. Offenbar lasen die Eltern es ihren Sprösslingen der Reihe nach vor – jeden Abend ein Märchen. Maureen achtete peinlich genau darauf, dass ich exakt jenes Märchen auswählte, welches das Register für heute vorgab. So kam es, dass ich »Der Jude im Dorn« zum Besten zu geben hatte. Mit ruhiger monotoner Stimme las ich die etwas abstruse Geschichte, bis sie mit »Da ließ der Richter den Juden zum Galgen führen und als einen Dieb aufhängen.« endete. Meine kindlichen Zuhörer waren begeistert, das Gehörte erschien ihnen gerecht. Ich wunderte mich darüber, was man heutzutage in Kinderbüchern findet.

Wenigstens hatte ich die Buben durch mein Vorlesen hinreichend ermüdet. Sie waren bereit, zu schlafen.
Maureen hingegen wich nicht von meiner Seite, als ich zur Küche zurückging, um die Heimkehr ihres Vaters zu erwarten. Offenbar realisierte sie den Zustand ihrer Mutter weit mehr, als ich dies einem kleinen Mädchen zugetraut hätte, denn ihr Blick war voller Sorge. Gleichwohl wurde ich den Eindruck nicht los, dass sie das elterliche Anwesen gegen den fremden Mann verteidigte, der sich dort aufhielt. So suchte sie einerseits die Geborgenheit meiner Nähe, wachte aber zugleich wie ein kleiner Hofhund über mich.
Eine Küche verrät manches bezüglich der Menschen, die sie nutzen. Zuvor, beim Pfannkuchenbacken, hatte ich keine Acht darauf gehabt. Jetzt, gegen Ende des Tages, genoss ich dieses Interieur. Eisenpfannen, hochwertige Messer, edelstählerne Installationen, Flächen aus edlem Holz und namhafte Elektrogeräte. Was ich dort sah, war der pure Luxus. Der Benutzer dieser Küche war Perfektionist. Über seine Kochkünste sagte das zwar wenig bis gar nichts aus, über seinen Anspruch an Qualität hingegen alles. Es hätte mich interessiert, ob Michael Schneider diese Einrichtung ausgewählt hatte oder seine Ehefrau. Die Idee, dass es beide zusammen gewesen sein könnten, verwarf ich. Dafür war alles zu einheitlich, es fehlte an individuellen Merkmalen, aus denen zu schließen war, dass mal dieser mal jener Partner die Oberhand gewonnen hatte. Hier dominierten eindeutig die Vorstellungen einer Person, die dem anderen aufgezwängt worden waren.
Gegen zehn Uhr abends schlief Maureen am Tisch ein. Ich trug sie in das neben der Küche befindliche Wohnzimmer, legte sie auf ein Sofa und deckte sie zu. Danach eilte ich hinaus zu meinem Auto, von wo ich mit einem Notebook in die Küche zurückkehrte. Anschließend nahm ich mir die Freiheit, im Kühlschrank nach Wein zu suchen. Fündig geworden vertrieb ich mir die Zeit mit einem weißen Burgunder, las im Rechner Akten und arbeitete an Verteidigungskonzepten. Denn das ist das eigentliche Leben des Verteidigers: lesen, lesen, lesen.
Der Mandant im Gerichtssaal sieht nur die äußere Fassade dieses Berufes, den Auftritt, manchmal die Show. Dies stimmt ihn zufrieden oder eben nicht. Insgeheim quält ihn jedoch immerzu der Verdacht, es selbst ebenso gut, gegebenenfalls gar besser gekonnt zu haben. Keinen Gedanken verschwendet er daran, welch kolossale Vorbereitung in einem gut geführten Strafprozess steckt. Denn darauf kommt es an, den Prozess-Stoff detailliert

zu kennen, alle Seiten der Akten mehrfach gelesen und Schritt für Schritt jede Wendung durchdacht, sie förmlich vorausberechnet zu haben. Wenn das Gericht unvermutet den Überraschungszeugen aus dem Hut zaubert, der Verteidiger aber dennoch scheinbar spielerisch dessen Aussage die Spitze nimmt, dann vermag er dies nicht Kraft einer Inspiration oder gar seines Genies. Was allein ihn dazu befähigt, sind die langen abgeschiedenen Stunden, in denen er über der Frage brütete, was alles passieren könnte. Das Wesen der Strafverteidigung sind nicht glanzvolle Auftritte vor Gericht, spektakuläre Presseberichte oder ein Promi-Status. Es ist das Versinken in einer Akte, das Durchdenken eines Sachverhaltes, die Durchdringung aller Eventualitäten. Strafverteidigung ist selten Glanz und Gloria, immer aber durchgearbeitete Tage und Nächte, Verlorensein im Fall, Zweifel, Zerrüttung und schlussendlich: Einsamkeit.

Verteidiger sind Helden, sofern das Gericht freispricht, solide Arbeiter, falls sie Bewährung erstreiten. Aber wenn der Hammer fällt, der Weg direkt in die Justizvollzugsanstalt führt, für Jahre, für ein Restleben – wo bleiben dann Glanz und Gloria der Verteidigung? Man durchsteht diesen Beruf nur, wenn der Erfolgsfaktor ausgeblendet wird. Wir treten nicht an, um zu siegen, wir siegen, wenn niemand getreten wird.

Spät in der Nacht, deutlich nach Mitternacht, hörte ich die Haustür sich öffnen. Kurz darauf betrat ein völlig erschöpfter Michael Schneider die Wohnküche, in welcher ich arbeitete.

»Die Kinder?«, war seine erste Frage.

»Sie schlafen«, beruhigte ich ihn.

Sein Blick fiel auf die mittlerweile leere Burgunderflasche. Wortlos ging er zum Kühlschrank, holte eine bereits geöffnete Flasche Wein heraus, einen Literwein für den Alltagsgebrauch. Von einem Regal griff er ein Glas, stellte es auf den Tisch, schenkte es randvoll und stürzte es hinunter, wie andere Leute Wasser trinken. Dann füllte er sich dezent nach, etwa ein Drittel voll. Anschließend zeigte er mit der Flasche auf mich.

»Sie auch?«

Zwar war ich in erster Linie einmal müde, hatte aber gegen einen kleinen Schlummertrunk nichts einzuwenden. Man kann den Rebensaft zu vielen Anlässen trinken. Hier ging es vorwiegend darum, in einer schwierigen Situation zusammenzuhalten. Durch das Anstoßen mit einem Glas Wein stand ich dem Winzer bei, zeigte, dass jemand da war, der jetzt zuhören würde. Nicht das Schlechteste, letztlich sogar das Einzige, was ich bei dieser Sachlage tun konnte.

»Tauben«, schimpfte Michael Schneider. »Diese verdammten Tauben.«
»Eher die verdammte Treppe«, antwortete ich.
»Haben Sie hier herumgeschnüffelt?«, knurrte er.
»Ich nicht, aber zwei Polizisten.«
»Was geht das die Polizei an?«
»Man wird die Treppe untersuchen. Offenbar hält die Polizei es nicht zwingend für einen Unfall, dass die Sprossen gebrochen sind.«
Michael Schneider schenkte sich Wein nach. »Ja. Seltsam. Sehr seltsam«, sinnierte er.
Ich beobachtete ihn und fragte mich, ob dieser Mann fähig gewesen sein mochte, die Treppenstufen zu manipulieren. Nicht, weil ich Grund hatte, so etwas von ihm zu denken, sondern eher, weil ich nicht an Zufälle glaubte. Niemand glaubt gerne an Zufälle. Das Gehirn sucht immer nach Erklärungen. So wie die Polizei kriminalistische Hypothesen bildet, neigt der Mensch dazu, Theorien zu entwickeln, um den Zufall aus der Gleichung zu streichen. Nicht selten scheint es uns logischer, einem Ehemann und Familienvater Mordabsichten zu unterstellen, als ein Unglück zu akzeptieren, das keinen Sinn ergibt.
»Sie lebt«, sagte Michael Schneider, nachdem er länger schweigend sein Glas betrachtet hatte. »Sie lebt. Das ist aber auch schon alles.«
»Es ist das Wichtigste überhaupt«, entgegnete ich, wenig von mir selbst überzeugt.
Ein Versicherungsvertreter hatte mir vor einigen Jahren einmal wortreich eine Berufsunfähigkeitsversicherung aufschwatzen wollen. »Ich bin Rechtsanwalt mit Leib und Seele. Ich kann mir gar nicht vorstellen, nicht als Anwalt zu arbeiten, darum bin ich erst dann berufsunfähig, wenn ich tot bin«, hatte ich ihm voller Inbrunst entgegnet. Obwohl es letztlich nicht zum Vertragsschluss kam, klang mir seine Antwort weiterhin im Ohr: »Sie müssen doch nur unverschuldet in einen schweren Verkehrsunfall verwickelt werden und das Pech haben, nicht ganz tot zu sein.«
An diese Formulierung musste ich jetzt denken. Nicht ganz tot zu sein war ein Zustand, der mir schlimmer schien, als aus dem Leben zu scheiden. Ich kannte Unfallopfer, die bewegungsunfähig und geistig weggetreten nur vor sich hinvegetierten. Ohne Chance auf Heilung oder Besserung wurden sie in irgendwelchen Kammern mehr schlecht als recht verwahrt, erhielten die gesetzlich ihnen zustehenden Pflegeleistungen von sieben Minuten Körperwäsche und dreimal Verpflegung, lebten als Karikatur dessen, was einmal ihr Leben gewesen war. Der eigenen Familie eine Last, der Welt

keinen Respekt mehr wert. Man wünschte ihnen nichts sehnlicher als bald in Frieden dahinzuscheiden.
Michael Schneider schien meine Gedanken zu lesen und, was noch schlimmer war, zu teilen.
»Niemand weiß zurzeit, ob sie durchkommt. Sie wurde bereits mehrfach operiert und in ein künstliches Koma gelegt. Wissen Sie, was das bedeutet?«
»Hoffnung«, antwortete ich, während ich am Wein nippte. »Es besteht immerhin Hoffnung.«
»Sagen Sie das, weil Sie Anwalt sind? Sind Sie Berufsoptimist?«
»Als Selbständige sind wir doch alle Berufsoptimisten, Sie genauso wie ich. Sonst könnten wir unserer Arbeit nicht nachgehen.«
»Wenn jemand auf frischer Tat dabei ertappt wird, wie er Vater und Mutter erschlägt, braucht es sicherlich Optimismus, mit dem in einen Strafprozess zu gehen. Aber ich als Winzer bin Realist. Ich muss die Dinge sehen, wie sie sind, ohne falsche Träumerei«, brummte er.
»Stellen Sie sich vor, der Winter ist mal wieder viel zu warm. Die Reben treiben früh. Dann kommen knackige Frostnächte im April, so kalt, dass Bäche und Flüsse zufrieren. Anschließend folgt ein subtropischer Mai. Was nicht erfroren ist, treibt üppig wuchernd hervor. Im Juni setzt die Weinblüte ein, doch mehrere schwere Unwetter bringen Hagel in der Größe von Taubeneiern. Anschließend folgen drei Monate ohne jeglichen Niederschlag. Die Weinberge verdorren in der Trockenheit, lassen die Triebe hängen, an denen ohnehin kaum noch Trauben reifen. Doch Ende August setzt wieder eine Regenperiode ein, es regnet ohne Unterlass, bis die letzte Beere im Weinberg von Schimmel und Fäulnis befallen ist, bevor sie auch nur halbwegs einen Reifegrad erreicht, bei dem es sich lohnt, sie zu lesen. Was würden Sie tun?«
»Retten, was zu retten ist und das Beste daraus machen.«
»Eben. Weil Sie von Berufs wegen daran glauben müssen, dass auch diese Ernte irgendwie zu einem trinkbaren Wein gekeltert werden kann. Sie müssen genauso optimistisch denken wie der Verteidiger in einem aussichtslosen Mordprozess.«
Michael Schneider stierte etwas versonnen vor sich hin, dann wechselte er plötzlich das Thema.
»Diese Wetterkapriolen, die Sie beschrieben haben, werden zunehmen. Ich bin davon überzeugt, dass wir es in Zukunft vermehrt mit Extremen zu tun haben werden. Insbesondere lange Trockenperioden und heftige

Unwetter dürften häufiger auftreten. Insofern haben Sie ein mögliches Katastrophenjahr gut beschrieben. Kennen Sie sich aus?«

»Auch Juristen haben ein Leben vor dem Studium. Ich bin im Weinbau aufgewachsen.«

»Warum sind Sie dann nicht Winzer geworden?«

»Familiäre Gründe.«

»Ein älterer Bruder, der den elterlichen Betrieb übernehmen sollte?«

»Auch das.«

»Sie mögen Ihren Bruder nicht, was?«

»Er ist bereits verstorben.«

Mein Gegenüber stellte sein Glas ab wie vom Blitz getroffen. »Moment mal! Sind Sie etwa verwandt mit dem Weinhandelshaus Dexheimer?«

»So ist es.«

»Dann sind Sie der Erbe des alten Johann Baptist Dexheimer?«

»Das Haus Dexheimer wurde schon vor ewigen Zeiten in eine Kapitalgesellschaft umgewandelt. Da erbt man nicht so, wie Sie sich das vorstellen.«

»Dennoch ist das Weingut Dexheimer eine Größe hier an der Nahe. Und darüber hinaus. Eigentlich ist es eine internationale Firma.«

»Mag sein, ich kümmere mich wenig darum.«

Es war mir nicht recht, auf dieses Thema angesprochen zu werden. Mein Verhältnis zur Familie war zwiespältig, das zu unserem Unternehmen noch mehr. Es gab Machenschaften, solche, die unerlässlich waren, wenn man ganz oben mitspielen wollte. Die Führung eines Konzerns erfordert bisweilen Maßnahmen, denen das Gesetz kritisch gegenübersteht. Ich hatte stets versucht, mich davon zu distanzieren, war jedoch gleichzeitig zutiefst darin verwickelt. Wo rechtliche Grenzen vermessen werden, ist immer ein juristischer Berater dabei, zwar unauffällig im Hintergrund, aber dennoch maßgeblich.

Gespräche zum Hause Dexheimer waren daher das Letzte, was mich reizte. Doch was will man machen in solch einer Situation? Hauptsache der Mann, der hier vor mir saß, konnte reden.

Michael Schneider nahm sein Glas erneut auf und trank daran. »Ich fasse es nicht«, sagte er. »Da sitze ich hier zusammen mit dem Erben eines der größten Weingüter überhaupt.«

»Ich bin nicht der Erbe, jedenfalls nicht in dem Sinn, wie Sie sich das vorstellen. Ich halte ein paar Anteile daran. Und unser Weingut ist ohnehin eigentlich nur Dekoration. Wir bewirtschaften einige Hektar, um zu Werbezwecken etwas vorzeigen zu können. Schwerpunkt des Unternehmens

ist der Handel mit Weinen aus aller Welt. Das ist unser Geschäft.«
»Geschäft – das haben Sie treffend formuliert. Diese Weinhandelshäuser sind keine Winzer mehr im ursprünglichen Sinne, sondern Geschäftsleute. Sie könnten genauso gut Autos verkaufen.«
»Mag sein, aber wir handeln dennoch mit Wein.«
»Arbeiten Sie auch zusammen mit einer WINE GmbH? Englisch geschrieben, also nicht wie der deutsche Wein.«
»WINE GmbH? Nie gehört. Doch wie ich bereits sagte, kümmere ich mich nicht um diesen Geschäftszweig. Mir genügt meine Anwaltstätigkeit.«
»Stimmt, deshalb waren Sie ja heute hier.«
Gestern noch war das Weingut am Taubenschlag für mich nur ein unbekannter Neumandant in einer belanglosen Verkehrssache gewesen. Herr Schneider hatte mit einigen Stundenkilometern zu schnell eine Radaranlage passiert, was ursprünglich der Grund unserer Zusammenkunft war. Ich hatte das Beratungsgespräch nur aus Neugier auf seine Weine vor Ort durchgeführt. So war ich in meine jetzige Situation geraten.
»Wo wir gerade beim Thema sind«, sagte ich, »Ich gehe davon aus, dass Sie bald auch aus einem anderen Grund einen Strafverteidiger benötigen.«
Der Winzer schaute erschrocken auf. Ganz kurz hatte ich den Eindruck, er fühle sich ertappt. Doch solche Eindrücke sind subjektiv und nichts wert.
»Was wollen Sie damit sagen?«, fragte er.
»Die Polizei wird wiederkommen.«
»Reine Routine bei einem solchen Unfall, denke ich. Aber ich erteile Ihnen vorsorglich schonmal das Mandat. Sie können mich doch sicher auch in dieser Sache vertreten, oder?«
»Natürlich kann ich das. Doch reine Routine wird dieser Polizeibesuch nicht werden, denn es gibt eine Auffälligkeit.«
»Eine Auffälligkeit?«
»Ja. Es ist nicht nur eine Sprosse der Treppe kaputt.«
»Sie ist durchgebrochen. Wahrscheinlich sind dabei die anderen zwei Sprossen ebenfalls zu Bruch gegangen.«
Hatte ich vorher noch kurz den Verdacht, Michael Schneider ertappt zu haben, war ich nun überzeugt, dass er keinen blassen Schimmer von den Ursachen des Unfalls hatte. Dieser irritierte Blick, dieses ungläubige Staunen, das konnte man nicht spielen, das musste echt sein. Es passte nur nicht zu seinen Worten, denn woher wusste er, dass genau drei Sprossen gebrochen waren?
»Sie sollten sich vorsorglich auf gravierende polizeiliche Maßnahmen ein-

stellen«, riet ich.
»Gravierend? Warum reden Anwälte immer so kompliziert, Herr Dexheimer? Was bedeutet gravierend in Ihrem Metier?«
»Gravierend bedeutet, dass möglicherweise schon morgen ein Großaufgebot der Polizei anrücken wird, um Ihren Betrieb auf den Kopf zu stellen. Der Taubenturm ist mit einem Flatterband gesperrt. Das gilt als polizeiliche Sicherstellung. Man wird die gebrochenen Treppenstufen mitnehmen, umfangreiche spurensichernde Maßnahmen in diesem Turm durchführen und wahrscheinlich auch das ganze Weingut durchsuchen.«
»Eine Durchsuchung?« Michael Schneider wirkte geschockt. »Warum denn eine Durchsuchung?«
»Weil die Sprossen angesägt waren. Jedes Werkzeug, das nur irgendwie zur Holzbearbeitung dienen könnte, werden die Polizisten mitnehmen. Danach wird man Sie auffordern, sich bei der Polizei zur erkennungsdienstlichen Untersuchung einzufinden.«
»Meinetwegen können die so viele Sägen oder Feilen mitnehmen, wie sie wollen. Ich habe doch mit dieser Sache nichts zu tun. Oder behauptet irgendwer, ich hätte diese verdammten Sprossen persönlich angesägt?«
»Noch behauptet dies niemand. Aber eine manipulierte Treppe setzt die Polizei unter Druck. Irgendwer muss es schließlich getan haben. Falls Sie nicht zufällig einen konkreten Tatverdächtigen präsentieren können, müssen Sie davon ausgehen, dass man eben Sie verdächtigt. Einfach so, mangels Alternativen.«
Der Winzer kniff die Augen zusammen. »Verdächtigt? Man verdächtigt mich? Weshalb? Was wirft man mir vor?«
»Noch wirft Ihnen niemand etwas vor.«
»Aber?«
»Man wird spekulieren.«
»Das bedeutet konkret?«
»Da Ihre Frau noch lebt, reden wir derzeit von einem Mordversuch – durch wen auch immer. Ich muss Sie deshalb vorsorglich darauf hinweisen, dass hier die Inhaftierung droht. Sobald auch nur irgendein kleines Indiz zu der veränderten Treppe hinzukommt, wird man Sie in Untersuchungshaft nehmen.«
Insbesondere jüngere Anwälte begehen häufig den Fehler, Mandanten keinen reinen Wein einzuschenken. Denn die Botschaft, die der Strafverteidiger zu verkünden hat, ist selten eine gute. Trotzdem sollte er sich davor hüten, Sachverhalte zu beschönigen oder den Klienten aus Gutmütigkeit

einzureden, alles werde schon nicht so schlimm. In Strafverfahren wird es meistens noch schlimmer, als man denkt.
Ich hatte in langen Berufsjahren eine gewisse Routine darin entwickelt, meinen Mandanten die nötigen Fakten gefühllos auf den Kopf zuzusagen. Nicht nur bei diesem Fall überraschte mich dabei häufig, wie rigide Strafrecht doch ist. Da ist ein Mann, dessen Frau mit dem Tode ringt und der jetzt unversehens mit drei minderjährigen Kindern auf sich selbst gestellt ist. Seine Weinberge hängen voller Trauben, die in Kürze gelesen werden müssen, wovon seine wirtschaftliche Existenz abhängt. Dennoch wäre es nahezu aussichtslos, diesem Mann die Untersuchungshaft ersparen zu wollen, sobald der Tatverdacht sich gegen ihn richtet. Als Mensch, der eine innige Beziehung zum Wein pflegt, bedrückte mich vor allem der Gedanke, dass hier ein Winzer die anstehende Weinlese und die daran sich anschließenden Kellerarbeiten unter Umständen nicht mehr eigenhändig würde durchführen können.
Michael Schneider nahm meine Ausführungen konzentriert und emotionslos zur Kenntnis. Der Mann hatte einen fürchterlichen Tag hinter sich. Ihn schockierte jetzt nichts mehr.
»Sie sind mein Anwalt in dieser Sache?«, fragte er nochmals.
»Gerne.«
Ich war, das darf trotz aller Bescheidenheit mal erwähnt werden, genau der richtige Verteidiger für ihn. Gegen ein mögliches Strafverfahren war er mit mir an seiner Seite bestens gewappnet. Denn sobald ein Fall nur annähernd Bezug zum Wein hat, laufe ich stets zur Hochform auf. Woran ich in diesem Moment nicht im Entferntesten dachte, weil ich es mir schlichtweg nicht vorstellen konnte, war die Tatsache, dass Familiengerichte über wesentlich schärfere Schwerter verfügen als der Haftrichter. Mein Versagen auf diesem Gebiet sollten Schneiders Kinder bald bitter zu spüren bekommen.

Der grauenhafte Unfall der bedauernswerten Frau Schneider beschäftigte mich am Tag darauf nachhaltig. Meine Konzentration beim Arbeiten war gestört. Darum erschien es mir nicht unangebracht, nach Feierabend nochmals zu dem Weingut zu fahren, um mich persönlich über den Zustand der Verunglückten zu erkundigen. Es lag ohnehin auf dem Weg, da ich mittlerweile privat in Windesheim wohnte. Die Stadt Bad Kreuznach, in der ich den Großteil meines Lebens verbracht hatte, war mir zuwider geworden. Einstmals bekennender Liebhaber vor allem des historischen Stadtkerns, hatte ich mich der sinkenden Lebensqualität dort durch Landflucht entzogen. Denn wo früher bürgerliche Familien gewohnt hatten, siedelte sich fortwährend ein andersgeartetes Publikum an. Deren Tagesablauf war begleitet von überlauter fürchterlicher Musik bei offenen Fenstern. Als letzter Schrei galt es, mit kleinen Lautsprechern durch die Straßen zu laufen und andere mit primitiven Rhythmen zu belästigen. Nachts füllte sich das Quartier mit den Statussymbolen des Proletariats, also schwarzen Mittelklassewagen eines süddeutschen Herstellers, die mit laut wummerndem Bass durch die Fußgängerzone kreuzten, um vor Shisha-Bars und Dönerläden zu parken. Der öffentliche Raum vermüllte.

Früher hatte hier jeder jeden gekannt, die Menschen im Viertel waren eine Gemeinschaft gewesen. Wenn ich durch die Gassen zum Parkplatz gegangen, mein Aktenkoffer klappernd über das Pflaster gerollt war, wussten die Leute, dass ein größeres Verfahren auf mich wartete. Manchmal winkten sie aus dem Fenster, wünschten Glück oder Erfolg. Es hatte etwas Heimeliges, kam mir vor wie ein Auszug in die Schlacht. Dann fühlte ich mich Zuhause im Quartier.

Doch damit war es vorbei. Meist unbekannt waren mir meine eigenen Nachbarn mittlerweile. Oft hörte ich bis in die frühen Morgenstunden das Gegröle Besoffener, um nach einer lärmerfüllten Nacht im Morgengrauen auf dem Weg zum Bäcker durch Erbrochenes, Hundekot sowie zertrümmerte Wodkaflaschen zu stolpern.

Seit längerem dieser Verhältnisse überdrüssig hatte ich mir darum ein Haus auf dem Land gekauft, einen Bungalow, errichtet auf einem alten Gewölbekeller, in dem ich meine Sammlung guter Weine lagerte und konsequent erweiterte. Diese Villa rustica, wie ich das Haus etwas pathetisch nannte, verfügte zudem nach Süden hin über einen Wintergarten. Dort saß ich häufig auf einem Liegestuhl, studierte die dicken Strafakten und konnte beim Aufschauen Vögel beobachten, manchmal auch ein Eichhörnchen.

Mein neuer Wohnort war umgeben von Weinbergen und Feldern, nach Nordwesten hin grenzte das Dorf sogar an einen Wald, in dem ich bei ausgiebigen Spaziergängen über komplizierte Fälle nachdenken konnte. Zudem gab es dort die größte Dichte an Spitzenwinzern im Weinbaugebiet Nahe, möglicherweise sogar bundesweit. Die jährlichen Weinprämierungen sowie die Fachpresse bestätigten die Qualität der Produkte aus den Kellern der Windesheimer Winzer einhellig. Dem Erleben exquisiter Weine waren folglich keine Grenzen gesetzt. Ein wohltuender Kontrast zur ewig lärmenden Stadt.

Das Weingut am Taubenschlag lag etwa 500 Meter Luftlinie von der Villa rustica entfernt, eine Distanz, die mir in Windesheim generell die passende Maßeinheit zu sein schien, denn größer war das Dorf nicht. In diesem Radius um mein Wohnhaus herum hätte ich jeden Punkt der Gemeinde erreichen können. Es war zudem just die Strecke, welche ich für fußläufig zu bewältigen hielt. Aus der Kanzlei zurückgekehrt, parkte ich daher zunächst das Auto vor meinem Haus, um von dort das Weingut Schneider aufzusuchen.

In der Ortsmitte kam ich vorbei an einem stattlichen Lindenbaum, den irgendwer liebevoll umhäkelt oder umstrickt hatte. Sein kräftiger Stamm war mannshoch von einem Flickenteppich aus Wollresten ummantelt. Ich stellte mir kurz vor, wie irgendeine Wohltäterin Stunden und Tage ihrer Zeit damit zugebracht hatte, Masche um Masche an der völlig sinnlosen Dekoration eines Baumes zu arbeiten, der ihr nicht einmal gehörte, sondern nur das Pech hatte, zentral am Ortsmittelpunkt gewachsen zu sein. Sicher machte es sie sogar glücklich oder stolz, bei jedem Vorbeigehen an der Linde ihren Beitrag zum gemeinschaftlichen Werk zu erblicken. Ich hoffte, dass es dem Baum zumindest nicht schadete, und bummelte weiter meinem Ziel entgegen.

Nach zwei Straßenecken traf ich auf Maureen mit ihren Brüdern.

»Hallo Juuulius«, rief sie mir fröhlich winkend zu. Auch die beiden Jungen freuten sich, mich zu sehen.

»Hallo, wohin seid ihr denn unterwegs?«

»Einfach nur so. Papa hat gesagt, wir sollen eine Runde spazieren gehen.«

»Besuchst du uns heute wieder?«, fragte Timmy.

»Ich bin gerade unterwegs zu euch.«

»Dann kannst du ja einfach mitkommen.«

Michael Schneider stand bei unserem Eintreten in der Küche und schmierte Brote.

»Guten Abend«, grüßte ich.

»Julius. Schön dich zu sehen.«

Wir hatten uns in der vergangenen Nacht nicht auf das ›Du‹ verständigt, zumindest hatte ich keine Erinnerung daran. Aber ich habe es gerne unkompliziert, daher nahm ich den Faden auf.

»Hattest du heute den befürchteten Besuch?«

»Nein. Nichts. Es ist alles unberührt. Aber ich habe mir die Treppe genauer angeschaut. Aus meiner Sicht sind die Sprossen nicht angesägt, sondern tatsächlich gebrochen.«

»Mein Eindruck war ein anderer.«
»Du warst wohl gestern ziemlich mitgenommen von dem Unfall. Ich bekomme die Bilder auch nicht aus dem Kopf. Aber eines erscheint mir doch seltsam. Denn das Absperrband, von dem du erzählt hast, existiert nicht.«
»Kein Absperrband? Das kann nicht sein.«
Umgehend begab ich mich nach draußen und dann in den Hinterhof, der aussah wie am Tag davor. Nur das rot-weiße Polizeiband fehlte. Argwöhnisch öffnete ich die Tür zum Taubenturm, betrachtete die Treppe. Die defekten Stufen waren ausgewechselt worden.
Michael war mir mit etwas Abstand gefolgt und schlenderte jetzt gemächlich auf mich zu. Ich nahm den Winzer ernst ins Visier.
»Hast du hier irgendetwas verändert?«
»Nein. Ich habe vor etwa einer Stunde die Kinder zu einem Spaziergang rausgeschickt und mir das Ganze dann zum ersten Mal angeschaut. Da war ganz sicher kein Absperrband.«
»Und die Treppe? Die gebrochenen Stufen?«
»Die habe ich repariert. Wie soll ich sonst die Tauben füttern.«
Dazu machte er das unschuldige Gesicht eines dummen Jungen, was mich nicht davon abhielt, ihn mit beiden Händen am Hemd zu packen und durchzuschütteln.
»Bist du völlig wahnsinnig?«, schrie ich. »Du schaufelst dir hier dein eigenes Grab. Wer Spuren verändert, erhärtet den Tatverdacht. Das wird dich hinter Gitter bringen!«
»Ich habe eine Treppe repariert, damit man sie wieder benutzen kann«, antwortete er mit monotoner, fester Stimme.
»Aber dieser Turm war behördlich sichergestellt. Mit einem Absperrband.«
Michael griff nach meinen Händen, die ihn weiter am Hemd gepackt hielten. Er hatte starke Arme, stärkere als ich. Mühelos schob er mich zurück.
»Ich habe kein Band entfernt. Der Turm war frei zugänglich. Das musst du mir glauben.«
»Wer soll es denn sonst gewesen sein?«
»Ist das mein Problem?«, brüllte er. »Dieser Hinterhof ist frei zugänglich. Jeder könnte ein Absperrband beseitigen. Ich erwarte von meinem Verteidiger, dass er mir das glaubt.«
»Wer soll es sonst gewesen sein?«, wiederholte ich.
»Du redest wie ein Bulle! Wenn du nicht bereit bist, uneingeschränkt hinter mir zu stehen, dann bist du der falsche Anwalt für mich. Meine Situ-

ation ist schwierig genug. Ich brauche kein Weichei als Verteidiger, das offenbar Angst hat vor der Polizei. Entweder du versprichst mir jetzt, dass du zu 100 Prozent hinter mir stehst, was immer auch passiert in diesem Verfahren, oder wir beenden das Mandat, du verschwindest von meinem Hof und lässt dich hier nie wieder blicken.«
Ich versuchte, mir einen Reim zu machen auf das, was ich hier sah. Tatsächlich war der Hinterhof nicht eingezäunt, sondern offen. An zwei Seiten liefen Feldwege vorbei, über die eine unbegrenzte Zahl von Personen beliebig Zugang hatte.
Zumindest bei Annahme dieses Mandats war ich von Michael Schneiders Unschuld überzeugt gewesen. Gab es einen Grund, jetzt daran zu zweifeln? Was er mir erzählte, mochte unglaubwürdig klingen, unmöglich war es aber nicht. Gerade dies bedeutet Strafverteidigung, nicht Wahrscheinlichkeiten genügen zu lassen, sondern Beweise zu fordern.
»Du behauptest, dass ein Unbekannter das Absperrband entfernt hat?«
»Ja, das behaupte ich.«
»Dann legt es jemand darauf an, dir zu schaden.«
»Wirst du mir glauben?«, fragte er.
»Mehr noch als das. Ich entschuldige mich sogar dafür, an dir gezweifelt zu haben. Ich habe mich von Gefühlen leiten lassen, das war ein Fehler. Er wird nicht wieder vorkommen.«
»Und wie erklärst du dann der Polizei, dass dieser Unfallort verändert wurde?«
Das war genau die Frage, der es bedurfte, um meine Gehirnzellen in Schwung zu bringen. Denn wenn ein Unbekannter das Polizeiband entfernt hatte, war nicht auszuschließen, dass er vor dem Unfall auch heimlich die Treppe präpariert hatte.
»Es macht Sinn«, erklärte ich dem Mandanten. »Wir müssen in Betracht ziehen, dass jemand dir die Sache in die Schuhe schieben will. Dann ist es geradezu teuflisch raffiniert, den Tatort so zu manipulieren, wie wir es hier erlebt haben.«
»Ist das deine feste Überzeugung?«
»Ich werde es so vertreten.«
»Dann lass uns etwas trinken«, antwortete Michael Schneider. »Es ist an der Zeit, Feierabend zu machen.«

Am nächsten Morgen wurde mir klar, weshalb die Polizei die inkriminierte Treppe bisher nicht untersucht hatte. Es war Sonntag und folglich tags

zuvor Samstag gewesen.
Ich hatte es mir im Laufe der Jahre abgewöhnt, die Wochentage zu unterscheiden. Arbeiten und Leben waren für mich dasselbe, Sonntage daher lediglich Arbeitstage ohne feste Termine. Dies änderte sich, als gegen zehn Uhr morgens, Michael anrief. Wir hatten uns am Vorabend nett unterhalten, er wusste mittlerweile, dass wir im gleichen Dorf wohnten. Ferner hatte ich ihm meine Handynummer für Notfälle gegeben.
»Kannst du vorbeikommen?«
»Heute?«
»Wenn es geht, jetzt gleich.«
»Nach meiner Kenntnis der Strafprozessordnung finden sonntags keine Hausdurchsuchungen statt. Du willst mir hoffentlich nicht erzählen, dass die Polizei gerade das Weingut am Taubenschlag auf den Kopf stellt.«
Der Grund seines Anrufs war wesentlich banaler. »Es tut mir leid, aber ich muss ins Krankenhaus zu meiner Frau und habe niemanden, der sich um die Kinder kümmern kann.«
»Ausnahmsweise«, sagte ich betont langsam, »wirklich nur ganz ausnahmsweise.« Es war die berühmte Ausnahme zu viel.
Da die beiden Jungen friedlich in ihrem Zimmer spielten, setzte ich mich mit Maureen in die Sonne, wo sie mir auf einem Blatt Papier zeigte, welche Buchstaben sie schon schreiben konnte.
»Wenn du weiter so fleißig lernst, kannst du bis Weihnachten das ganze Alphabet«, lobte ich.
»Wenn nicht, ist es auch nicht schlimm. Das Handy funktioniert ja auch mit Sprachnachrichten.«
»Welches Handy?«
»Mein Handy. Pass auf, ich zeige es dir.«
So flink wie nur Kinder mit Technik umzugehen in der Lage sind, zückte sie ein Smartphone, sprach ein »Hallo Julius, hier ist Maureen« hinein, tippte ein wenig auf dem Display herum und kurz darauf piepte das Handy in meiner Tasche. Das Kind strahlte mich lächelnd an.
»Das ist jetzt nicht euer Ernst«, stöhnte ich, doch ein Blick auf mein Telefon bestätigte mir das Gegenteil. Ich war – ungefragt – Mitglied einer Messenger-Gruppe »Familie Schneider« geworden. Beim Abruf der eingegangenen Nachricht ertönte »Hallo Julius, hier ist Maureen«. Dazu hatte sie ein Smiley geschickt. Mir war auch bei Mandanten bereits aufgefallen, dass diese Grinsgesichter offenbar zwingender Bestandteil einer Textnachricht waren.

Warum die Menschheit das geschriebene Wort neuerdings bebildern muss, verstehe ich nicht. Vielleicht liegt es daran, dass weniger geschrieben und gelesen wird. Das Feingefühl für die Sprache schwindet. Ein Satz, der die Stimmung, die er erzeugen soll, nicht in Worten transportiert, ist aus meiner Sicht prinzipiell überflüssig. Aber Maureen war ein Kind, was konnte sie dafür, dass man es Kindern so beibrachte?
Zum Mittagessen ging ich mit allen in die örtliche Pizzeria, danach spazierten wir ein wenig durch das Dorf. Erst gegen 15 Uhr kehrte Michael zurück.
»Wie geht es Mama?« Maureens banger Blick bei dieser Frage zeigte, dass ihr der Ernst der Lage völlig präsent war.
»Es geht ihr täglich besser«, antwortete Michael schmallippig. »Bald fahren wir sie zusammen besuchen.«
»Fein. Wir haben schon mit Julius zu Mittag gegessen. Sollen wir zusammen etwas spielen?«
»Nein«, entschied ich. »Ich muss dringend mit deinem Vater unter vier Augen reden. Würdest du uns bitte kurz alleine lassen?«
Während Maureen den Raum verließ, schenkte Michael zwei Gläser Wein ein.
»Was gibt's?«, fragte er naiv.
»Du hast ein sechsjähriges Kind mit einem Handy ausgestattet. Findest du das in Ordnung?«
»Ja.«
»Es ist aber keineswegs in Ordnung. Kinder in diesem Alter sollten nicht mobil unterwegs sein. Andere Kinder kommen durchaus ohne Handy zurecht.«
»Andere Kinder haben Mütter.«
»Ein Handy ist kein Mutterersatz.«
»Was geht dich das an, wie ich meine Familie organisiere? Ich habe nicht nur Kinder und eine kranke Frau, ich habe auch einen Betrieb zu führen. Hast du irgendeine Ahnung, was das bedeutet?«
»Dann musst du eine Familienhilfe einstellen. Du kannst nicht mich zum Babysitter für deine Kinder machen.«
»Meine Güte Julius.« Die Gläser waren schon leer, er schenkte nach. »Stell dich nicht so an. Es dauert, bis sich hier alles auf die neue Situation umgestellt hat. Mir ist heute Morgen erst klar geworden, dass die Kinder heute nicht in der Kita oder zur Schule sind. Da war es zu spät, noch irgendetwas zu organisieren. Tut mir leid. Kommt nicht wieder vor.«

»Das rate ich dir auch dringend. Ich lasse mich nicht vor deinen Familienkarren spannen.«
Kaum war diese Unterredung beendet, stürmten wie auf Kommando alle drei Kinder herein, um ihren Vater zu bedrängen. »Papa, wir möchten etwas mit dir und Julius spielen.«
Den Rest des Sonntags erlernte ich kindgerechte Brettspiele.

Montagmorgen nahm der Fall die erste unangenehme Wendung. Ich befand mich soeben auf der Fahrt in die Kanzlei, als Kerstin mich antelefonierte.
»Guten Morgen. Wo sind Sie gerade?«
»Gleich da.«
»Dann drehen Sie besser wieder um. Ihr neuer Mandant hat Probleme.«
»Benötigt er wieder einen Babysitter?«
»Davon hat er zumindest nichts gesagt. Aber die Polizei ist bei ihm auf dem Hof.«
Soeben erreichte ich den Kreisel am Hungrigen Wolf, umrundete ihn flugs und fuhr dorthin zurück, wo ich hergekommen war. Kaum im Weingut Schneider angelangt, kam mir ein Staatsanwalt entgegen, der grimmig dreinblickte.
»Guten Morgen, Herr Rechtsanwalt Dexheimer.«
»Guten Morgen, Herr Staatsanwalt Dern.«
»Was führt Sie hierher?«
»Das Gleiche könnte ich Sie auch fragen.«
»Ich gehe hier meiner Arbeit nach.«
»Das tue ich ebenso.«
»Falls Sie damit sagen wollen, dass Sie sich als Verteidiger des Herrn Schneider bestellen, muss ich Sie leider zurückweisen. Es besteht der Verdacht einer Tatbeteiligung gegen Sie. In diesen Fällen schreibt das Gesetz vor ...«.
»… dass nur ein Oberlandesgericht den Ausschluss des Verteidigers beschließen darf«, fiel ich ihm ins Wort. »Könnten Sie mir vielleicht zunächst einmal erklären, was hier überhaupt los ist?«
»Ihr Mandant hat Beweismittel vernichtet.«
»Und worin sehen Sie meine Tatbeteiligung?«
»Darin, dass Sie zumindest versucht haben, die Verurteilung Ihres Mandanten zu vereiteln.«
»Sehr interessant. Fabulieren Sie ruhig weiter.«

Dern war jung, sein Wissen eher theoretischer Natur. Am Beginn ihres Berufslebens sehen die meisten Staatsanwälte im Strafverteidiger nur eine Person, die verhindern will, dass Straftäter verurteilt werden. Was daran liegt, dass sie die Akten von der Polizei zusammengestellt bekommen und deshalb unerschütterlich glauben, ein Beschuldigter müsse tatsächlich schuldig sein. Sie klammern sich an den Akteninhalt und wollen jeden Versuch zum Scheitern bringen, die darin manifestierten kriminalistischen Hypothesen zu widerlegen.

Im Hintergrund sah ich KHK Hettlich in Lauerstellung stehen. Er brannte darauf, sich einzumischen. Auf einen Wink Derns bewegte er sich umgehend zu uns.

»Ist das der Anwalt, der sich am Unfalltag als Verteidiger für Herrn Schneider bestellt hat?«

»Jawohl«, nickte der Polizist.

»Und haben Sie diesem Rechtsanwalt gegenüber die Sicherstellung des Grundstückes erklärt?« Wieder erhielt er ein bestätigendes Nicken.

»Dann frage ich nun Sie, Herr Rechtsanwalt Dexheimer, ob Sie als Bevollmächtigter des Herrn Schneider diesem die Sicherstellung mitgeteilt haben.«

Ich ahnte dunkel, was der Mann sich da zusammenreimen wollte. Hier half nur mauern.

»Wenn ich am Unfalltag in Anwesenheit der Polizei bereits das Mandat übernommen hätte, würde ich doch wegen dem, was Sie von mir wissen wollen, der Verschwiegenheitspflicht unterliegen. Nicht wahr?«

»Wollen Sie damit sagen, dass Sie das Mandat zu dem fraglichen Zeitpunkt noch nicht übernommen hatten?«

»Ich möchte damit gar nichts sagen, sondern zunächst einmal mit meinem Mandanten sprechen.«

»Das ist nicht möglich. Ich muss Absprachen zwischen Ihnen und Herrn Schneider verhindern.«

Dern trat höchst selbstsicher auf, was mich aber nicht beeindruckte, da Staatsanwälte von Berufs wegen so tun, als seien sie im Besitz der einzig wahren Wahrheit. Doch was Staatsanwälte können, können Rechtsanwälte erst recht. Darum zog ich die Schultern hoch, blähte mich auf wie ein Gockel und rügte sein Verhalten im Brustton der Überzeugung als unglaublichen Akt der Behinderung der Verteidigung.

»Ich werde das hier Geschehene unerbittlich so lange bei Ihren Vorgesetzten vortragen, bis Ihre Personalakte überquillt mit Vermerken zu diesem

Vorgang«, schob ich noch hinterher. Sodann tat ich, was das Recht eines jeden Bürgers ist und ging, wohin ich wollte, konkret zu meinem Mandanten. Den fand ich in seiner Küche am Tisch sitzend.
»Na endlich, Dexheimer. Dauert das immer so lange, bis Sie sich gegenüber einem Staatsanwalt durchsetzen können?«
»Sind wir heute etwas formell und per Sie?«
»Entschuldigung, ich bin etwas gestresst wegen dieses Auflaufs draußen.«
»Was genau ist denn passiert?«
»Die Typen kamen heute Morgen hier an und wollten diese vermaledeite Treppe untersuchen.«
»Das hatte ich vorausgesagt.«
»Klar. Und jetzt sind sie etwas pampig, weil ich sie bereits repariert habe und auch sonst nichts mehr da ist.«
Ich zuckte kurz zusammen. »Es ist nichts mehr da? Was genau soll das heißen?«
»Komm mit, ich zeige es dir.«
Michael führte mich in den Hinterhof, Dern und Hettlich folgten uns auf dem Fuß. Als ich den Taubenturm betrat, traute ich meinen Augen nicht. Das gesamte Innere war feinsäuberlich aufgeräumt worden, die Flaschen, die Werkzeuge, die Glasscherben nirgendwo mehr zu sehen.
»War das Ihr Ratschlag, Herr Dexheimer?«, fauchte mich der Staatsanwalt von der Seite an.
Ich zog es vor, nicht zu antworten, was den Kriminalbeamten dazu veranlasste, direkt meinen Mandanten anzusprechen: »Der begangene Verwahrungsbruch ist hier noch Ihr kleinstes Problem, Herr Schneider. Das ist Ihnen hoffentlich klar.«
Michael blickte ihn fragend an. »Was ist ein Verwahrungsbruch?«
»Sie haben Gegenstände, die polizeilich sichergestellt waren, beseitigt. Details dazu kann Ihnen Ihr Anwalt erklären.«
»Ich habe meinen Hof aufgeräumt«, behauptete Michael frech. »Hier war nichts sichergestellt.«
»Ich habe dem Anwalt persönlich erklärt, dass der Unfallort komplett unter polizeilichen Gewahrsam gestellt wird«, beharrte KHK Hettlich, was Staatsanwalt Dern umgehend aufgriff.
»Was ist nun, Herr Anwalt, können Sie das bestätigen oder nicht?«
»Ich äußere mich dazu nicht.«
»Können Sie dann wenigstens bestätigen, dass der Turm mit einem polizeilichen Absperrband markiert war?«

»Nein.«
»Heißt Nein, dass Sie hier kein Absperrband gesehen haben?«
»Nein heißt, dass ich mich auch dazu nicht äußern werde.«
»Herr Rechtsanwalt, ich belehre Sie, dass Sie hier möglicherweise Beschuldigter einer Straftat, konkret der Beihilfe zum Verwahrungsbruch, sein könnten und daher selbstverständlich das Recht haben, zu schweigen. Falls Sie allerdings eine Angabe machen, kann diese verwertet werden. Daher frage ich nochmals: Trifft es zu, dass die Polizei Ihnen gegenüber die Sicherstellung des Grundstücks erklärt hat?«
»Solange die Polizei behauptet, ich hätte mich schon am Tage des Unfalls als Verteidiger bestellt, unterliege ich der Verschwiegenheitspflicht.«
Dern und Hettlich grinsten sich an. Offensichtlich hatten sie zwischenzeitlich ein kleines Theaterstück einstudiert.
»Möchten Sie dazu etwas sagen?«, fragte der Staatsanwalt den Polizisten, der brav seinen Text aufsagte: »Ich habe zwischenzeitlich noch einmal über die Situation nachgedacht. Es war so, dass Herr Dexheimer zwar angab, von Beruf Rechtsanwalt zu sein, er behauptete aber nicht, Verteidiger des Herrn Schneider zu sein.«
Mit einem Lächeln wandte Dern sich an mich. »Ich gehe nunmehr davon aus, dass Sie zum fraglichen Zeitpunkt noch kein Mandatsverhältnis hatten und daher Zeuge sind. Darum frage ich Sie nun unter ausdrücklichem Hinweis darauf, dass Sie verpflichtet sind, die Wahrheit zu sagen: Hat die Polizei Ihnen gegenüber die Sicherstellung des Grundstücks erklärt?«
»Jawohl. Der hier anwesende Polizist erklärte mir, dass das Grundstück sichergestellt sei.«
»Und haben Sie diese Information an Herrn Schneider weitergegeben?«
Jetzt war es an mir zu grinsen: »Ich habe diese Information nicht weitergegeben, solange noch kein Mandatsverhältnis bestand. Was nach Begründung des Mandatsverhältnisses geschehen ist, dazu bin ich nicht verpflichtet, Ihnen Auskünfte zu erteilen.«
Der Staatsanwalt kritzelte in seiner Akte herum. Bisher hatte er keine Aufzeichnungen gefertigt. Es war naheliegend, dass er nun einfach Zeit brauchte, um nachzudenken.
»Ich bin weiterhin der Auffassung, dass die Mitteilung der Sicherstellung an Sie auch zulasten ihres Mandanten wirkte, weil Sie dessen Bevollmächtigter sind«, behauptetet er nach seiner Denkpause.
»Es tut mir leid, wenn ich Sie korrigieren muss, aber wir haben doch gerade herausgearbeitet, dass ich zu dem Zeitpunkt, als mir die Sicherstellung mit-

geteilt wurde, gerade nicht der Verteidiger des Herrn Schneider war. Das Mandatsverhältnis wurde erst später begründet.«
»Aber dennoch gab es das Absperrband.«
»Für dessen Existenz Sie beweispflichtig sind. Mein Mandant behauptet, ein solches Band nie gesehen zu haben.«
»Den Nachweis werden wir führen, Herr Dexheimer. Sie können sich auf etwas gefasst machen.«
Wieder so ein typischer Satz eines jugendlichen Heißsporns. Ich habe es als junger Anwalt nicht anders gehandhabt. Wer seine Ausbildung gerade abgeschlossen hat, weiß nicht, wie biegsam das Gesetz ist. Mit der Zeit lernt man, dass das Schwert, mit dem ein Jurist zum Schlag ausholt, sich während des Zuschlagens verwandelt und sein Ziel bisweilen nur als Feder trifft, die bestenfalls ein Lachen hervor kitzelt. Unter vier Augen hätte ich dem Staatsanwalt einige kollegiale Hinweise erteilt, aber der Arme war hier im Gefolge diverser Polizisten erschienen, die bisher untätig herumgestanden hatten und nun erfolglos den Rückzug antraten. Da musste er zur Gesichtswahrung seine Rolle weiterspielen und wenigstens eine Drohung ausstoßen.
Michael schaute der abziehenden Staatsmacht bestens gelaunt hinterher. »Gut gemacht, Anwalt«, bescheinigte er mit einem Schulterklopfer. »So erwarte ich das von dir. Ich fühlte mich bestens vertreten.«
»Und ich fühle mich hintergangen.«
»Hättest du lieber eine Einladung zu meiner Aufräumaktion gehabt?«
»Ich denke, ich habe schon mehrfach betont, dass ich mich hier nicht in der Funktion eines Babysitters sehe. Das gilt für deine Kinder ebenso wie für dich. Du kannst gerne tun und lassen, was du für richtig hältst.«
»Willst du nicht wissen, warum ich das gemacht habe?«
»Du bist mir keine Rechenschaft schuldig. Und nun entschuldige mich. Ich muss in meine Kanzlei.«
Als ich den Hof schon fast verlassen hatte, sprintete Michael mir hinterher. »Wann machst du eigentlich abends Schluss? Ich habe da einen Engpass heute. Könntest du vielleicht nochmal nach den Kindern schauen?«
»Vergiss es!«
Vom Weingut am Taubenschlag fuhr ich in die Kanzlei, wo ich mehre Stunden konzentriert Akten wegarbeitete. Etwa ab der Mittagszeit schweiften meine Gedanken ab zu den Kindern. Ich ging in die Stadt, verkostete einige Weine, weil offenbar eine Pause erforderlich war. Zurück am Schreibtisch kniete ich mich erneut in die Arbeit. Etwa ab 16 Uhr verspürte

ich eine diffuse, aber zunehmende Nervosität, die mir das Aktenstudium erschwerte. Eine halbe Stunde später sah ich vor meinem geistigen Auge Maureen, wie sie ihre Brüder alleine aus der Kita abholte. Um 17 Uhr erklärte ich Kerstin, lieber Zuhause weiterarbeiten zu wollen.
Wie nicht anders vermutet, sah ich nah bei der umstrickten Linde in der Ortsmitte Maureen mit den zwei Jungen. Ich parkte mein Auto und stieg aus.
»Hallo.«
»Hallo Juuulius«, krächzten sie unisono.
»Holt euch nicht euer Papa von der Kita ab?«
»Aber Papa ist doch gar nicht Zuhause. Er ist zu Mama gefahren.« Maureens Fröhlichkeit erstarb, als sie das sagte.
Wie genau die Kinder über den Zustand ihrer Mutter informiert waren, wusste ich nicht. Darum mied ich das Thema, spazierte mit ihnen zum elterlichen Weingut, wo die Jungen ihre Taschen in eine Ecke knallten, während Maureen wie selbstverständlich begann, den Tisch für das Abendessen einzudecken.
Beim Blick in den Kühlschrank verzog sie das Gesicht. »Papa hat noch nicht eingekauft«, merkte sie an.
Dennoch gab es etwas Wurst und Käse, ein paar Tomaten sowie einen halben Laib Brot. Das teure und vor allem scharfe Brotmesser nahm ich ihr vorsorglich aus der Hand und schnitt einige Scheiben von dem Laib ab. Dann riefen wir Patrick und Timmy zu Tisch.
Ich war es überhaupt nicht gewohnt, mit drei Kindern gemeinsam zu essen, doch wie bereits einige Abende zuvor, fand ich das muntere Plappern äußerst anregend. Maureen übernahm die Elternrolle, mäßigte ihre Brüder, wenn diese zu laut wurden, mit vollem Mund redeten oder schon nach neuer Wurst griffen, bevor der Teller leer war.
Dann fuhr ein Auto auf den Hof, kurz später trat Michael Schneider ein. Er schien etwas verwirrt, mich beim Abendessen mit seinen Kindern vorzufinden. Maureen streichelte er den Kopf und drückte sie. Den Jungen hielt er nur die offene Hand hin, woraufhin diese ihn mit einem Klatscher begrüßten.
»Wie geht es Mama?«, fragte Timmy.
»Gut. Es wird alles wieder gut.«
»Prima.«
Die Buben stopften sich die letzten Reste ihres Essens in den Mund, bevor sie aufsprangen, um im Haus zu verschwinden. Maureen schaute ihren

Vater ernst an.
»Ich wollte mich nur kurz nach dem Sachstand erkundigen und lasse euch dann jetzt alleine«, sagte ich.
»Nein, Du kannst ruhig bleiben.« Michael Schneider nahm eine Flasche Wein aus dem Kühlschrank und schenkte ein. Seine Tochter beobachtete ihn genau. Sie wartete auf Informationen.
»Es besteht keine Lebensgefahr mehr«, erklärte Michael endlich. »Viel mehr können die Ärzte noch nicht sagen. Leider.«
Das Mädchen unterdrückte ein paar Tränchen. »Ich gehe nach oben Hausaufgaben machen.«
»Eine wunderbare Tochter hast du«, sagte ich, nachdem sie gegangen war. Der Winzer nickte. »Es werden schwere Zeiten auf sie zukommen. Die Ärzte sagen, es kann Monate dauern, bis meine Frau wieder zurückkommt.«
»Es gibt Haushaltshilfen. Du kannst deine Frau nicht durch ein Kind im ersten Schuljahr ersetzen.«
»Denkst du, ich wüsste das nicht?«
Mir erschien es seltsam, dass Maureen ständig ihre Brüder aus der Kita abholte und sich um das Abendbrot kümmerte. Aber die Situation war außergewöhnlich, die Mutter im Krankenhaus. Wer wollte da kleinlich sein.
»Wenn ich irgendwie behilflich sein kann, lass' es mich wissen«, sagte ich, obwohl ich exakt dies von Anfang an hatte vermeiden wollen. Nachvollziehbare Gründe dafür fand ich nicht, nur ein diffuses Gefühl von Pflicht, mich um diesen Klienten zu kümmern. Mit einem gewöhnlichen Mandatsverhältnis hatte das wenig zu tun. Doch wegen meiner Anwesenheit am Unfalltag fühlte ich mich der Familie in ihrer schwierigen Situation verbunden.

Abends oder an Wochenenden, wenn ich ohnehin durch die frische Luft spazierte, lenkte ich von da an meine Schritte gerne zu Michaels Kindern. Die freuten sich stets, mich zu sehen. Seltsam erschien mir, dass ich nie eine andere Person auf dem Hof entdeckte. Es schien keine Arbeiter zu geben und die Haushaltshilfe, die ich dem Mandanten dringend ans Herz gelegt hatte, wurde zumindest nach meinem Eindruck nie engagiert. Möglicherweise kam sie ja vormittags oder generell zu anderen Zeiten als ich. Bald war ich regelmäßiger Gast der Familie Schneider, was Michael gezielt zu nutzen wusste. Anfangs fragte er bei meinem Erscheinen wenigstens, ob er eben mal in seine Weinberge fahren oder in seinen Keller gehen könne. Meist blieb er dann eine Stunde, teils sogar länger weg, was er nachträglich immer mit der vielen Arbeit entschuldigte. Diese Abwesenheit dehnte sich zunehmend aus. Bald fragte er nicht einmal nach, ob und wieviel Zeit ich hatte. Eher sah er mich wie seine Ablösung in den familiären Pflichten an, grüßte nur kurz, wenn ich erschien, und verschwand sodann auf unbestimmte Dauer.

Doch ich ließ ihn gewähren, weil mir das Schicksal der Kinder nahe ging. Und da es für mich einen Unterschied zwischen Frei- und Arbeitszeit nicht gab, litt meine Arbeit nicht darunter. Wer den ganzen Tag arbeitet, kann nicht durchgehend in gleichem Maße konzentriert und produktiv sein. Was schadete es da, die eine oder andere Stunde mit Michaels Kindern zu verbringen?

Wenn ich in diese freundlich-offenen Gesichter schaute, das kindliche Interesse an belanglosen Details mich fesselte, ich mit ihnen scherzen und lachen durfte, dann fielen Lasten von mir ab, konnte ich befreiter atmen. Sie vermittelten eine positive Grundstimmung gegenüber dem Leben, die mir in den langen Jahren meiner Anwaltstätigkeit abhandengekommen war. Nicht wegen der Straftaten, die als Akte bei mir landeten. Eher wegen der frustrierenden Einblicke in den Justizbetrieb, die ich täglich erhielt.

Zwischen dem Gesetz und seiner Anwendung klafft nämlich eine Lücke, die von der Praxis mit menschlichen Schwächen gefüllt wird. Alle an einem Strafprozess Beteiligten haben ein Leben außerhalb dieses Prozesses. Das bedingt Rückwirkungen auf das Verfahren. Private Probleme eines Ermittlers, zeitliche Nöte eines Staatsanwaltes oder das Hungergefühl eines Richters vor der Mittagspause fließen ein in die Urteile der Justiz. Man bekämpft als Verteidiger, der keinesfalls selbst vor verfahrensfremden Einflüssen verschont wird, stets auch derartige Effekte, die Routine der Abläufe, die Borniertheit der Beteiligten, die Niederungen des Alltags im hehren Tempel des Rechts.

Hinzu kommt der schier unendliche Erfindungsreichtum der Juristen, wenn es darum geht, sich gegenseitig auszutricksen. Niemand im Justizbetrieb ist unbefangen, keiner frei von Interessen außerhalb der Sache selbst. Unscheinbarste Ereignisse können Weichenstellungen sein, kaum wahrnehmbare Details das Gefüge von Recht oder Unrecht elementar verändern.

Eine verweigerte Terminverlegung hat selten ihren wahren Grund im Terminkalender des Richters. Ein versehentlich nicht geladener Zeuge kann der Versuch sein, seine Aussage zu verhindern. Die wortreich entschuldigte leider verspätete Übersendung eines Aktenvermerks schneidet dem Verteidiger womöglich prozessentscheidende Handlungsalternativen ab. Darauf ist permanent zu achten. Wer die heimlichen Zeichen eines Prozesses nicht zu lesen versteht, den verborgenen Sinn eines Hinweises nicht entschlüsselt, die glatte Oberfläche der Justiz nicht durchstößt, um herauszufinden, was darunter liegt, in der Tiefe wabert, die Handelnden antreibt, der geht hoffnungslos unter.

Die Welt der Strafprozesse ist eine feindliche. Dort hat niemand einen Grund, anderen freundlich zu begegnen. Wachsamkeit und Argwohn gegenüber Jedermann prägen die Akteure. Strafverteidigung ist wesensverändernd.

Im Kreise dieser unschuldigen Kinder hingegen witterte ich keine Gefahr, lauerte kein Hinterhalt, konnte nichts, was ich tat, sich als Fehler erweisen. Darum schaute ich fortan nahezu täglich im Weingut Schneider vorbei, spielte mit Kindern, als sei ich selbst wieder Kind.

Ab Mitte September verteidigte ich am Landgericht Köln. Der Mandant war Rumäne mit dem interessanten Namen Marius. Er hatte in meiner Heimatstadt als Geldeintreiber begonnen, sich aber konsequent emporgearbeitet. Bei diversen Konflikten mit dem Gesetz war ich ihm auf diesem Weg behilflich gewesen, hatte ihn vor einer Inhaftierung stets bewahren können. Nun lag eine gepfefferte Anklage der Staatsanwaltschaft Köln auf dem Tisch: Zuhälterei, Menschenhandel, Vergewaltigung und verschiedene weitere Delikte standen im Raum. Das reichte für einige Jahre. Die Glückssträhne des Rumänen schien zu reißen, die Alternative lautete Freispruch in allen Punkten oder Knast. Ein Drittes war nicht denkbar.

Das Landgericht hatte sehr ehrgeizig terminiert, montags und dienstags, dann einen Tag Pause, anschließend donnerstags und freitags, immer ganztags. Das ganze drei Wochen hintereinander, bis in die erste Oktoberwoche hinein, wobei in den Folgewochen nur drei Sitzungstage geplant waren.

Ob ein Einzelanwalt ein solches Verteidigermandat wahrnimmt, dies rund 200 Kilometer vom Kanzleisitz entfernt, will gut überlegt sein. Unter Umständen steht er nach der Rückkehr aus derartigen Prozessen vor dem Ruin. Mandanten leben häufig in der Vorstellung, man habe keinen anderen Fall als den ihren. Sie verstehen nicht, weshalb ihr Anwalt drei Wochen lang kaum erreichbar ist.

Um sie in solchen Phasen geschickt zu vertrösten, bedarf es einer exzellent

organisierten Kanzlei. Ich war in der glücklichen Lage, über die entsprechende Organisation zu verfügen, denn ich hatte Kerstin, eine manchmal etwas eigenartige Mitarbeiterin, die mir gnadenlos den Rücken freihielt.
Gerichte, die Prozesse derart geballt terminieren, treffen auch Vorkehrungen, um ihr Programm durchziehen zu können. Denn was nützt der schönste Zeitplan, wenn die Beteiligten nicht erscheinen? Bei auswärtigen Verteidigern, die ihnen nicht persönlich bekannt sind, hegen Vorsitzende insoweit stets Bedenken. Als ob wir nur darauf aus wären, gerichtliche Terminplanungen zu stören.
Natürlich können Rechtsanwälte erkranken oder verunglücken. Oder dem Mandanten geht das Geld aus. Dann kann es durchaus passieren, dass morgens bei Aufruf der Sache ein Angeklagter ohne seinen Beistand erscheint. Die Strafkammer in Köln hatte Marius deshalb einen Pflichtverteidiger beigeordnet, einen sogenannten Sicherungsverteidiger.
Sicherungsverteidiger sind eine Karikatur des Rechtsstaates. Zwar dienen sie Angeklagten formell als Strafverteidiger, haben aber vorwiegend die Aufgabe, für das Gericht zur Verfügung zu stehen. Denn vor der Großen Strafkammer muss ein Angeklagter ununterbrochen im Beistand eines Verteidigers sein, ohne den nicht weiterverhandelt werden kann. Um die Abwesenheit eines Verteidigers zu verhindern, wird darum ein meist junger, unerfahrener und unterbeschäftigter Anwalt zum Pflichtverteidiger ernannt. Der hat dann ausschließlich die Aufgabe, präsent zu sein, neben dem Angeklagten zu sitzen und den Rechtsanspruch auf Verteidigerbeistand zu garantieren.
Ich war zu Beginn meiner Tätigkeit bisweilen auf diese Weise beigeordnet worden. Unangenehm ins Gedächtnis eingebrannt hatte sich mir ein umfangreicher Weinstrafprozess. Die Wahlverteidiger des dortigen Angeklagten, also jene, die er sich selbst ausgesucht hatte und teuer bezahlte, ließen mich deutlich spüren, wie unerwünscht ich war. Für den Staatsanwalt ist ohnehin jeder Verteidiger ein Gegner, und das Gericht amüsierte sich mehrmals über meine Unerfahrenheit. Kurzum: Ich war die Lachfigur des Verfahrens. Aus dieser Erfahrung heraus ging ich regelmäßig bewusst kollegial mit Sicherungsverteidigern um, zog sie zu den wichtigsten Besprechungen hinzu und gab ihnen das Gefühl, nicht völlig überflüssig zu sein.
Der Sicherungsverteidiger kann am wenigsten dafür, wenn ein Gericht dem vom Angeklagten frei gewählten Verteidiger misstraut. Ich halte daher nichts davon, ihn persönlich für seine Misere verantwortlich zu machen.
Für die erste Prozesswoche hatte ich durchgehend ein Hotelzimmer

buchen lassen. Das Haus, welches Kerstin ausgesucht hatte, erfüllte alle meine Anforderungen: gerichtsnah, WLAN auf dem Zimmer und eine ständig geöffnete Hotelbar. Ich reiste sonntagabends an, packte den Koffer aus, setzte mich mit dem Notebook an die Bar, studierte zum wiederholten Male die elektronische Akte und probierte nebenher die Weinkarte durch. Zum ersten Prozesstag erwartete ich sensationsgierige Presse einschließlich Fernsehkameras. So wäre es in Bad Kreuznach gewesen. In der Großstadt Köln hingegen erregte das Strafverfahren keinerlei öffentliches Interesse. Soweit ich dies überblickte, wurde nirgendwo darüber berichtet.

Die Strafkammer war bunt gemischt. Ein Vorsitzender mit unverkennbar kölschem Akzent, ein junger Beisitzer, eine weitere Beisitzerin, deren perfektes Make-up vermuten ließ, dass sie sich in erster Linie vor dem Schminkspiegel für den Prozess gewappnet hatte, dazu zwei Schöffen, männlich und weiblich.

Nach den üblichen Formalien, wie Feststellung der Anwesenheit, Verlesung der Anklage und Belehrung der Angeklagten erhielt Marius erstmals die Gelegenheit, sich zu äußern.

»Mein Mandant macht keine Angaben«, erklärte ich kurz. So hatten wir es vereinbart, so schien es mir sinnvoll, so beginnt man am Besten einen Strafprozess.

Eine Mitangeklagte gab es auch, sie sollte Beihilfe geleistet haben durch Zurverfügungstellung einer Terminwohnung. Auf Anraten ihres Verteidigers entschied sie sich zur Aussage, referierte lange und ausführlich über nahezu ihr ganzes Leben. Als sie endlich zur Sache kam, flüchtete sie sich allerdings in Notlügen. Mir war schnell klar, dass sie Marius auf keinen Fall belasten würde. Daher entschied ich mich, eine Kaffeepause einzulegen.

»Sollen wir unterbrechen?«, fragte der Vorsitzende, als ich mich erhob.

»Nicht nötig, mein Mandant ist ja auch ohne mich durchgehend verteidigt«, antworte ich und deutete auf den Sicherungsverteidiger, der umgehend rote Ohren bekam. Prozessual ist nur erforderlich, dass irgendein Verteidiger dem Angeklagten beisteht. Daher konnte ich es mir erlauben, die stundenlangen, für meinen Fall aber bedeutungslosen Befragungen, durch Pausen zu unterbrechen, während der Prozess weiterlief.

Erst nachmittags gegen 15 Uhr wurde es spannend. Die Mitangeklagte hatte ihre Aussage beendet und die Hauptzeugin, also die Frau, der mein Mandant Verschiedenes angetan haben sollte, wurde in den Zeugenstand gerufen. Sie befand sich in einem Schutzprogramm, wurde permanent von zwei Polizeibeamten in zivil begleitet. Ihre Adresse durfte nicht erwähnt

werden. Während sie wenigstens ihren Namen nannte und dann ihr Leben von Kindheit an zu erzählen begann, spielte Marius unter dem Tisch mit seinem Handy. Wenige Minuten später zeigte er mir den Facebook-Eintrag der Dame. Ich konnte sehen, mit wem sie befreundet war, welche Orte und Veranstaltungen sie gerne aufsuchte, was sie für erwähnenswert hielt, um es der Öffentlichkeit mitzuteilen, insbesondere ihre Aufenthalte im Tattoo-Studio nebst jedem neu hinzugekommenen Bildchen auf ihrer Haut.
»Den Typ kenne ich«, flüsterte Marius und zeigte auf den Tätowierer, der mehrfach zu erkennen war. »Mit dem werde ich mich mal unterhalten.«
Der Sicherungsverteidiger schielte verstohlen zu uns hinüber. Er versuchte mitzubekommen, worüber wir uns unterhielten. Ich warf ihm einen unfreundlichen Blick zu, worauf er schnell wegguckte. Dabei bekam er wieder rote Ohren.
»Kurz nach meinem 18. Geburtstag habe ich dann den Angeklagten im Internet kennengelernt«, sagte die Zeugin.
Sie hatte mittlerweile ihre Lebensgeschichte beziehungsweise das, was sie auf Anraten der Polizei davon preisgeben durfte, heruntergebetet und kam zu den Details der Anklage. Der Vorsitzende unterbrach.
»Es geht nun um die eigentlichen Taten, das schaffen wir heute nicht mehr. Die Sitzung wird unterbrochen, wir setzen morgen fort.«
Der erste Verhandlungstag war vorüber. Erfahren hatte das Gericht die völlig trivialen Biografien zweier Frauen, einmal geschönt durch das Bemühen, unschuldig zu erscheinen, ein andermal gefiltert durch vorgebliche Zeugenschutzinteressen. Niemand hatte Fragen gestellt, Zweifel geäußert, Interesse bekundet. Im späteren Urteil würden die episch ausgebreiteten Lebensgeschichten bedeutungslos bleiben.
Marius hatte es nach dem Gerichtstermin eilig. Ich war darauf eingestellt, von ihm zum Essen eingeladen zu werden. Daraus wurde nichts. An seiner statt zeigte die Mitangeklagte Interesse an mir, sobald ihr eigener Verteidiger verschwunden war.
»Na, Herr Anwalt, heute Abend schon etwas vor?«
»Zunächst einmal habe ich Hunger.«
»Asiatisch, italienisch oder rustikal?«
»Brauhaus.«
»Kommen Sie, ich nehme Sie mit.«
Sie blinzelte mir zu, machte eine kecke Bewegung mit dem Kopf und hatte offenbar entschieden, dass wir gemeinsam Essen gehen würden. Während sie mich zu ihrem Auto führte, betrachtete ich sie näher. Schlank,

hochgewachsen, durchtrainierter Körper, regelmäßige Besucherin eines Fitnessstudios, ausgeprägt weibliche Figur. Das Auffälligste an ihr waren die schulterlangen Haare, adrett zu Dauerwellen frisiert und feuerrot. Sie sprach perfekt aber nicht völlig akzentfrei Deutsch.
»Sind Sie auch Rumänin?«, erkundigte ich mich.
»Haben Sie im Prozess nicht zugehört?«
»Kennen Sie Marius schon länger?«
»Seit einer Ewigkeit.«
Ihr Fahrstil war etwas anstrengend, aber im Kölner Feierabendverkehr schien rabiates Fahren üblich. Mehrmals kam es zu Beinahekollisionen bei abrupten Spurwechseln, die Rumänin ließ sich nicht aus der Ruhe bringen. Auch nicht als ein Laster laut trötend von der Seite auf uns zuraste, weil die Ampel auf unserer Fahrbahn schon mehrere Sekunden weder Grün noch Gelb zeigte.
»Alles in Ordnung, Herr Anwalt?«, fragte sie schnippisch.
Ich ließ den vor Schreck angehaltenen Atem langsam entweichen und betrachtete von der Seite ihr Profil. »Alles Bestens«, sagte ich.
Sie hatte meine Blicke bemerkt und kicherte. »Ich dachte immer, gute Anwälte verlieren nie die Nerven.«
»Stimmt genau. Es gibt gerade nichts, das mich aus der Ruhe bringen könnte.«
»Dann warten wir mal ab, ob das den ganzen Abend so bleibt.«
Sie hielt es für angebracht, mir einen intensiven Blick zuzuwerfen, wobei sie die nächste Kreuzung unter etwas freier Auslegung der Verkehrsregeln nahezu im Blindflug überquerte. Dann parkte sie halbschräg auf einem Bürgersteig. Wir hatten unser Ziel erreicht. Das Brauhaus »Em koelsche Boor«
Der Ort war perfekt für mich. 250-jährige Tradition, rustikale Einrichtung, typisch rheinische Küche. Ich gönnte mir eine Haxe mit Kartoffelpüree und Sauerkraut. Dazu das unvermeidliche Kölsch, dessen Vorteil darin besteht, dass ein leeres Glas permanent durch ein volles ersetzt wird, solange man nicht ausdrücklich ablehnt.
Meine Begleiterin aß fitnessbewusst, also irgendeinen Salat. Sie konnte anregend erzählen, tippte aber nebenher ständig auf zwei verschiedenen Handys herum, die unentwegt piepsend Nachrichten empfingen. Mit fortschreitendem Abend wurde sie zunehmend unruhiger, bis sie unvermutet aufsprang und sich verabschiedete.
»Muss los. Ich habe noch einen Termin. Wir sehen uns Morgen.«

Küsschen rechts und links, als seien wir alte Freunde, dann eilte sie davon. Ich signalisierte dem Köbes zahlen zu wollen. Danach flanierte ich ein wenig durch die Gegend, Eigelsteinviertel genannt. Eine Mischung aus historischem Köln, multikulti, Straßenstrich und Imbissbuden. Als ein Taxi zufälligerweise direkt vor mir hielt, stieg ich ein, um mich zum Hotel zurückfahren zu lassen.

Den Dienstagvormittag prägte allein die Aussage der Hauptbelastungszeugin. Die schilderte detailliert und ausführlich all die Vorgänge, welche meinen Mandanten hier auf die Anklagebank gebracht hatten. Ich versuchte, mich mit einzelnen Zwischenfragen einzuschalten, was vom Vorsitzenden nur ungern zugelassen wurde.

Die Prozessordnung schreibt vor, dass Zeugen zunächst einmal an einem Stück berichten sollen, was sie wissen. Danach stellt das Gericht seine Fragen, der Vorsitzende, seine Beisitzer und die Schöffen. Dann bekommt nicht zwingend aber üblicherweise die Staatsanwaltschaft das Fragerecht, bevor zuletzt die Verteidigung versuchen darf, die komplette Aussage wieder ungeschehen zu machen.

Nur Berufsanfänger glauben ernsthaft, dass ihnen dies gelingt, weshalb sie die ganze Prozedur brav zuhörend ablaufen lassen. Wesentlich effektiver ist es, das Ritual permanent zu stören, indem man vorgibt, zu einzelnen Teilen der Aussage eine dringende Frage zu haben. »An diesem konkreten Punkt würde ich gerne einmal nachhaken, weil es jetzt gerade passt«, sage ich dann. Erfahrene Richter lassen solche Einwürfe meistens zu, denn man befindet sich erst am Anfang des Prozesses. Alle Beteiligten gehen noch freundlich miteinander um, niemand will derjenige sein, der zuerst die Fronten verhärtet.

»Bitte, Herr Verteidiger, aber nur eine einzige Frage«, meinte der Vorsitzende jovial.

Ich stellte eine belanglose Zwischenfrage, deren ausschließlicher Zweck es war, die Zeugin zu verwirren, sie in ihrem auswendig gelernten Vortrag zu unterbrechen. Die Harmlosigkeit meiner Frage überzeugte das Gericht davon, dass ich nicht voreilig mit der üblichen Verteidigerbefragung beginnen wollte, sondern tatsächlich nur Verständnisfragen hatte. Kaum war mir dies einmal gelungen, mischte ich mich mehrfach mit angeblich jetzt dringenden Fragen ein. Es wurde mir jedes Mal gestattet.

Dadurch arbeitete ich ein Schema heraus, das mir einiges über diese Zeugin offenbarte. Sie hatte sich von meinen Zwischenfragen partout nicht irritieren lassen. Stattdessen war sie mit gekonnten Floskeln ausgewichen,

indem sie beispielsweise mit »Warum spielt das hier eine Rolle?« oder »Die Frage ist bereits beantwortet« konterte.
Solche Antworten gibt nur eine professionelle Zeugin, eine, die sich intensiv auf die Vernehmung vorbereitet hat, die von Beratern darin geschult wurde, wie sie reagieren muss, um kritische Situationen zu meistern.
In der Mittagspause besprach ich mich mit Marius.
»Die lügt wie gedruckt«, amüsierte der sich.
Es ist das typische Verhalten solcher Täter. Sie räumen niemals ein, einer Frau Gewalt angetan zu haben. Ihre frühere Machtposition gegenüber dem Opfer halten sie im Gerichtssaal weiter aufrecht, indem sie die Frau als Lügnerin darstellen, die alles freiwillig gemacht habe. Doch mein Job ist es nicht, den Angeklagten zur Wahrheit anzuhalten. Ich habe ihn zu beraten, wie er am Besten durch den Prozess kommt.
»Die Zeugin wurde gezielt auf ihre Aussage vorbereitet. Sie schildert die Vorgänge mit vielen Details und kaum Abweichungen zu ihren früheren Vernehmungen. Manchmal verlangt sie ein Glas Wasser oder sie weint kurz oder sie bittet um eine Pause. Obendrein versucht sie permanent, keine Emotionen gegen dich zu zeigen. Es fallen keine Schimpfworte, keine Beleidigungen, alles wird sehr sachlich geschildert. Weißt du, was das bedeutet?«
»Dass sie lügt, die kleine Schlampe.«
»Nein, dass das Gericht ihr glauben wird.«
Er starrte mich mit offenem Mund an. »Das ist doch alles Quatsch! Diesen Mist kann man nicht glauben. Jeder, dem ich von dem Fall erzähle, lacht sich kaputt.«
»Klar. In deinen Kreisen glaubt jeder, dass die Mädchen freiwillig anschaffen gehen. Besonders realistisch ist das nicht.«
Er überlegte eine Zeitlang, bevor er praktisch wurde. »Gehen wir einmal davon aus, dass das Gericht ihr glaubt, auch wenn alles gelogen ist. Wie reagieren wir darauf?«
»Ich brauche Munition, um sie in die Enge treiben zu können.«
»Was für Munition?«
»Der Facebook-Account. Wir müssen alles auswerten, was sie dort von sich preisgibt. Hast du den Tätowierer kontaktiert?«
»Kann ich sofort machen, wenn es nutzt.«
Er suchte eine Nummer aus dem Speicher seines Handys und rief an. Dabei entfernte er sich etwas von mir. Ich sah ihn im Hof vor dem Gericht hin und her gehen, verstand aber nicht, was er redete. Nach einigen Minuten

kam er grinsend zurück.
»Morgen ist keine Verhandlung, oder?«
»Stimmt, der Mittwoch ist frei.«
»Sie hat doch tatsächlich morgen einen Termin bei ihrem Tätowierer.« Seine Augen funkelten niederträchtig.
»Sie steht unter Polizeischutz«, warnte ich. »Wenn du die Frau direkt ansprichst, landest du schneller in Untersuchungshaft, als du es dir vorstellen kannst. Einen klassischeren Fall von Verdunkelungsgefahr gibt es nicht.«
»Wer sagt denn, dass ich persönlich mit ihr rede?«
»Wenn irgendein anderer mit ihr über diesen Prozess spricht, liegt es nahe, dass er von dir geschickt wurde.«
»Kann schon sein. Aber am Ende zählt das Ergebnis. Lieber ein paar Wochen in U-Haft, als jahrelang im Knast.« Marius lächelte und zwinkerte mir zu. »Das Problem ist schon gelöst.«
Irgendwann macht man sich als Strafverteidiger keine Illusionen mehr. Ein gewisses Publikum wird immer die Methoden wählen, die es für richtig hält, weil diese Methoden eben meistens zum Erfolg führen. Dagegen hilft die beste anwaltliche Beratung nichts. Zwar hätte ich sofort mit der Mandatsniederlegung drohen können, doch das war berufsrechtlich heikel. Der Rechtsanwalt darf sein Mandat nicht mitten im Prozess grundlos kündigen. Außerdem hätte ich dann den Vorschuss zurückzahlen müssen. Dazu verspürte ich keine Lust. Köln hatte mir bisher gut gefallen, die Mitangeklagte mich während des heutigen Verhandlungstages mehrfach verführerisch angelächelt. Ich freute mich auf die kommenden Wochen und meinen Aufenthalt in dieser Stadt. Kündigung kam nicht in Frage.
»Die Frau wurde mehrfach polizeilich vernommen«, warnte ich den Mandanten deshalb nur. »Selbst wenn sie ihre Aussage zurückzieht, werden eben die Polizisten vernommen, welche die früheren Vernehmungen durchgeführt haben. Wir müssen die Aussage unglaubwürdig machen. Sie einfach zu verhindern ist keine Lösung.«
»Lass das mal meine Sorge sein, Anwalt.« Wieder funkelten seine Augen so seltsam.
»Es nutzt dir überhaupt nichts, wenn die Zeugin im nächsten Termin mit Brandflecken von Zigaretten auf den Unterarmen auftaucht und mit letzter Kraft ihren gebrochenen Kiefer bewegt, um die bisherigen Aussagen zu widerrufen.«
»Das wäre kontraproduktiv, da gebe ich dir recht.« Marius zückte wieder

sein Handy, entfernte sich außer Hörweite und telefonierte. Ich prüfte mein Smartphone auf eingegangene Nachrichten. Als ich aufsah, war der Mandant verschwunden. Erst zur Fortsetzung der Verhandlung tauchte er wieder auf.

Nach der Mittagspause begann die Fragerunde des Gerichts. Ich hatte beobachten können, wie Marius kurz vor dem Eintreten der Kammer intensiv gestikulierend auf die Mitangeklagte eingeredet hatte. Jetzt warfen sie sich ständig Blicke zu. Irgendetwas war im Busch.

Der Vorsitzende fragte einige Details zu Vorgängen, welche die Zeugin am Vormittag geschildert hatte. Er wirkte nicht sonderlich engagiert dabei. Hatte er etwa Zweifel an der Glaubwürdigkeit?

Dann kam seine Beisitzerin an die Reihe, die Richterin mit dem perfekten Make-up. Für diesen Tag hatte sie sich besonders vollkommen gestylt, sah zudem aus wie frisch vom Friseur kommend. Als Frau war sie nicht mein Typ, denn ihre Lippen waren zu aufdringlich rot geschminkt.

»Komm, junges Ding, lies deine aufgeschriebenen Fragen ab und dann geh dir wieder die Nägel lackieren«, dachte ich, während sie sich räusperte. Als ob sie Gedanken lesen könnte, schickte sie mich zur Strafe dafür gnadenlos auf die Verliererstraße.

Als Juristin war sie gut, verdammt gut. Sie war brillant. Konsequent bügelte sie einen Fehler der Zeugin nach dem anderen aus, sezierte die Aussage so lange, bis sie die Grundlage für eine erfolgreiche Verurteilung meines Mandanten festgeklopft hatte. Offensichtlich war sie die Berichterstatterin des Verfahrens, würde also später das Urteil schreiben. Die Basis dafür legte sie durch ihre Vernehmung. Vom Schöpfer wohl mit einem fotografischen Gedächtnis ausgestattet, handelte sie zielstrebig alle Punkte ab, die ich akribisch für meine Befragung vorbereitet hatte.

»Ich halte Ihnen jetzt Blatt 784 der Akte vor, wo Sie gesagt haben ...«. So begann sie regelmäßig. Während alle anderen Prozessbeteiligten dann blätterten, um Blatt 784 mitzulesen, zitierte sie die betreffende Passage, ohne diese nachzuschlagen. So arbeitete sie Punkt für Punkt die Schwächen der Zeugenaussage heraus, um diese dann geschickt zu entschärfen, die Widersprüche in ein harmonisches Gesamtbild einzufügen. Ich habe selten eine derart gefährliche Gegnerin auf der Richterbank erlebt.

Der Unterschied bei der Befragung durch Richter oder Verteidiger liegt in deren Aufgabe. Dem Verteidiger genügt es, ein Ziel zu erreichen, das bestenfalls Freispruch lautet. Richter hingegen müssen Urteile schreiben. Sie formulieren von Anfang an das spätere Urteil im Kopf und sind darum

bemüht, von den Zeugen Aussagen zu erhalten, die sie im Urteil verwerten können. Das erfordert mehrgleisiges Denken, denn zu Beginn des Prozesses sollte offen sein, wie die Entscheidung fällt.
Daher stellen Richter Fragen in die eine genauso wie in die andere Richtung. Sie versuchen allen Ernstes, die Wahrheit zu Tage zu fördern. Der Anwalt, dem zuletzt das Fragerecht zukommt, muss sich mit dem wahren Sachverhalt nicht befassen. Er trägt nicht zur Wahrheitsfindung bei, sondern arbeitet an seinem Prozessziel, seiner gesetzlichen Aufgabe, den Angeklagten zu verteidigen.
Daher ist die Verteidigerbefragung – zumindest beim Belastungszeugen – destruktiv, muss destruktiv sein: Woher wissen Sie, dass es ein Freitag war? Kann es nicht auch ein Montag gewesen sein? Und warum dann kein Mittwoch? Dem setzt der Richter seine, das räume ich gerne ein, größere Sachlichkeit entgegen: Überlegen Sie noch einmal genau. Warum sind Sie sich so sicher, dass es ein Freitag war?
Die Beisitzerin hatte bereits ein sehr ausführliches Urteil im Kopf. Irgendwann zwischen Nägel lackieren und Lippenschminken musste sie ziemlich viel Zeit darauf verwendet haben, dieses vorauszudenken. So dauerte es Stunden, bis sie endlich sagte: »Keine Fragen mehr.« Mir war es mittlerweile ein Rätsel, wann sie überhaupt Zeit gehabt hatte, Make-up aufzulegen. Sie musste Wochen an dieser Akte gearbeitet haben.
Der Blick des Vorsitzenden ruhte in diesem Moment so wohlwollend auf ihr, dass ich kurz vermutete, die beiden hätten etwas miteinander. Aber das war keine, die es nötig hatte. Die würde Karriere machen durch ihren Fleiß und ihr Können. Zumindest war mir nun klar, weshalb er so nachlässig gefragt hatte. Er wusste, was er an seiner Beisitzerin hatte.
Der Verteidiger der Mitangeklagten warf mir einen besorgten Blick zu. Ihm war nicht entgangen, dass wir soeben ein wahres Schlachtfest erlebt hatten. Die Aussage des Opfers war gegen alle Angriffe der Verteidigung abgesichert. Ich hätte mich nach dieser juristischen Galavorstellung nie wieder erdreistet, über junge Richterinnen Altherrenwitze zu machen.
Wenigstens blieb meine innere Arroganz folgenlos, denn ob ich sie unter- oder überschätzte, änderte nichts am Verlauf der Verhandlung. Das hätte ich mit bester Vorbereitung nicht verhindern können.
Und schon war der nächste Beisitzer an der Reihe, der nur einige allgemeine Fragen stellte. Die Schöffen fragten wie meistens nichts. Die Staatsanwältin verzichtete auf ihr Fragerecht.
»Alles schon geklärt«, meinte sie, nicht ganz zu Unrecht. Denn die Bei-

sitzerin hatte verbrannte Erde hinterlassen. Es gab keine realistische Aussicht, aus dieser Situation wieder herauszukommen. Die Zeugin hatte alle Anklagepunkte glaubwürdig und widerspruchsfrei bestätigt, da war nichts mehr zu retten.

»Bitte Herr Verteidiger, Sie haben das Fragerecht.« Der Vorsitzende schaute mich erwartungsvoll an. War da ein zynisches Grinsen? Er wusste, dass das spätere Urteil längst in Marmor gemeißelt war.

»Es ist jetzt kurz vor Fünf. Um die Zeugin ausgiebig zu befragen, benötige ich sicher mehr als eine Stunde«, sagte ich. Die Beisitzerin hob interessiert die Augenbrauen. Eigentlich hätte sie nach ihrer intensiven Vernehmung der Zeugin ermüdet sein müssen, doch sie war sofort hellwach, legte ihren Stift weg, mit dem sie Notizen schrieb und fixierte mich mit lauerndem Blick. »Ich denke, wir werden heute nicht fertig, darum würde ich meine Befragung gerne erst am nächsten Verhandlungstag beginnen«, schob ich hinterher.

»Kein Problem, dann ist die Sitzung für heute geschlossen.«

Der Verhandlungsstil in Köln gefiel mir. So locker wäre sonst kaum ein Gericht mit solch einem Vorschlag umgegangen. Marius tuschelte derweil erneut hektisch mit der anderen Angeklagten. Dann entfernte er sich zügig nach flüchtigem Gruß in meine Richtung. Die Mitangeklagte blieb.

»Na Herr Anwalt, was haben wir heute Abend noch so vor?« Der Vortag schien sich zu wiederholen.

»Bisher noch nichts. Und du?«

»Ich werde etwas in der Sauna entspannen. Kennst du das Samoa Hotel?«

»Durchaus. Ich habe öfter in Köln zu tun.«

»Ist die dortige Saunalandschaft nicht wundervoll? Ein halbes Dutzend Saunen, Whirlpools, großzügige Ruheräume sowie Anschluss an die Hotelbar.«

»Hotelbar klingt gut.«

»Na dann. In einer Stunde dort?«

Sie ließ mich zwar eine gute Viertelstunde an der Bar warten, dafür erschien sie bereits im Bademantel. Ob sie etwas darunter trug, fragte ich mich nur vor dem ersten Drink. Während ich Negroni schlürfte, gewährte sie hinreichend Einblicke, um mich vom Gegenteil zu überzeugen.

Die Hotelbar war Teil des Wellnessbereichs. Gäste im Anzug saßen neben solchen im Bademantel. Die einen nahmen nach dem Drink an den Tischen des Restaurants Platz, die anderen wechselten in die großzügige Saunalandschaft, wo man die Auswahl hatte zwischen Dutzenden von Schwitzstuben und Schwimmbecken. Nach kurzem Abstecher in die Umkleide war ich bereit zum Saunieren. Meine Begleiterin steuerte zielsicher einen Whirlpool an, schälte sich aus ihrem weißen Frotteemantel und räkelte sich gleich darauf im blubbernden Heißwasser. Kaum hatte ich ihr gegenüber Platz genommen, ließ sie sich von der leichten Strömung im Becken an meine Seite treiben. Ich plauderte ein wenig mit ihr über den heutigen Prozesstag, dann flüchtete ich vor ihren Händen in eine finnische Sauna. Sie folgte mir, platzierte sich so auf einer der Holzbänke, dass ich sie ausgiebig betrachten konnte, schaute mich provozierend an. Entspannt von der angenehmen Wärme lehnte ich mich zurück, während meine Blicke über ihren attraktiven Körper wanderten. Was sie wollte, war klar, doch warum wollte sie es?

Als wir im Zuge einer Ruhephase erneut an der Bar saßen, kam sie auf den weiteren Abend zu sprechen.

»Hast du nach der Sauna noch etwas vor?« Ihre Hand legte sich auf meinen Oberschenkel.

»Ich hatte vorhin nach dem Gerichtstermin noch nichts vor und habe jetzt genauso wenig vor.«

»Dann könnten wir doch den Abend gemeinsam verbringen.«

»Das Verfahren dauert ja noch ein paar Tage. Findest du es ratsam, so überstürzt vorzugehen?«

Ich fand es selbst dämlich, diese Situation jetzt mit dem Prozess zu verbinden. Sie hätte darum mühelos erwidern können, dass wir privat waren, der Abend nichts mit dem Prozess zu tun hatte, ich mich als Verteidiger durchaus mit jeder Prozessbeteiligten einlassen konnte, egal ob sie Mitangeklagte, Zeugin, Staatsanwältin oder Richterin war. Ein Gedanke an die Beisitzerin schoss mir durch den Kopf. Stattdessen äußerte meine Begleiterin, sich ebenfalls zu dem Prozess, und zwar in einer Art und Weise, die ich nicht erwartet hätte.

»Uns bleibt nicht mehr viel Zeit«, sagte sie, genauer gesagt hauchte sie es mir ins Ohr, an dem sie dabei leicht knabberte, während ihre Hand sich streichelnd unter meinem Bademantel bewegte.

»Komm wir Saunen noch eine Runde«, wich ich ihr aus. Lachend folgte sie mir.

Beim nächsten Durchgang fanden wir keine Sauna, in der wir alleine gewesen wären. Mir kam das gelegen, denn ich musste nachdenken. Also legte ich mich auf die oberste Stufe, schloss die Augen und wartete, dass der Schweiß zu strömen begann. Dabei wurde mir klar, dass der Prozess ein

außerplanmäßiges Ende finden und die Zeugin am nächsten Verhandlungstag nicht mehr erscheinen würde. Anders war die Bemerkung an der Bar nicht zu erklären. Uns bleibt nicht mehr viel Zeit.
Aber warum war diese Mitangeklagte dann so aufdringlich? Ich bin kein Frauenschwarm, sondern ein alternder unattraktiver Anwalt. Welche Absichten verfolgte sie?
Nach einem Aufguss, dem anschließenden Abkühlen und Ruhen vereinbarten wir, uns gleich frisch geduscht und wieder angezogen erneut an der Bar zu treffen. Dort wurde aus ihrer Zielstrebigkeit Direktheit.
»Also was ist nun, zu dir oder zu mir?«
»Zu mir«, antwortete ich.
»Du wohnst doch gar nicht in Köln.« Sie lachte.
»Stimmt, aber ich habe zufällig ein Zimmer in diesem Hotel.«
Ihr entglitten kurz die Gesichtszüge, aber schnell hatte sie sich wieder unter Kontrolle. Ihre Hand legte sich erneut auf meinen Oberschenkel.
»Es klingt jetzt vielleicht komisch«, erklärte sie, sog am Strohhalm ihrer Piña colada, tat so, als suche sie nach den richtigen Worten. »Weißt du, ich bin so oft in Hotels. Verstehst du?«
»Du arbeitest in Hotels?«
»Ja. Aber mit dir ist das anders. Ich möchte ... verflucht wie soll ich das sagen ... Du bist kein Kunde für mich. Darum möchte ich nicht mit dir in einem Hotelzimmer landen.«
Ich hatte ohnehin kein Zimmer im Samoa gebucht. Mein Hotel lag näher am Gericht. Die Buchung war nur eine Erfindung von mir gewesen, um ihre Reaktion zu testen. Jetzt hatte ich Gewissheit.
»Kann es sein, dass du aus ganz anderen Gründen unbedingt zu dir willst?«
»Andere Gründe? Welche anderen Gründe denn?« Sie errötete leicht.
»Erwartet mich bei dir vielleicht sonst noch jemand? Oder bin ich danach kompromittiert? Durch ein heimlich gedrehtes Filmchen? Oder ein wenig Droge im Drink?«
Augenblicklich zog sie die Hand zurück. »Es war nicht meine Idee. Ich muss das tun«, fauchte sie.
»Na bitte. Nachdem das nun geklärt ist, können wir ja etwas Essen gehen.«
Die Mitangeklagte sah mich mit bedauernswertem Blick an. »Was soll das jetzt noch?«
»Der Abend ist noch lang. Ich kenne mich nicht aus in Köln. Du könntest mir die Stadt zeigen.«
»Und am Ende landen wir zufällig wieder hier in diesem Hotel in deinem

Zimmer. Tut mir leid, aber du bist nicht mein Typ.« Sie stocherte ein paar Mal wütend mit dem Strohhalm in ihr Glas, bevor sie es halbvoll stehen ließ. »Ich muss los, sonst bekomme ich Ärger. Die Getränke sind bereits bezahlt, ich habe Kredit hier.«

Sie stand auf, ich packte sie am Arm, ihr Blick wurde unwillig.

»Was wird hier gespielt?«, fragte ich.

»Ich weiß nichts Genaues. Er wollte dich in der Hand haben, damit du nicht zur Polizei gehst.«

»Er ist mein Mandant, weshalb sollte ich ihn anzeigen?«

»Das weiß ich nicht. Lass mich los, du tust mir weh.«

Stillschweigend hatte ich unterstellt, dass sie von meinem eigenen Mandanten beauftragt war. Sie hatte es zumindest nicht geleugnet.

»Kannst du mir sagen, was er vorhat?«

»Nein, selbst wenn ich es wüsste, dürfte ich es dir nicht sagen.«

»Triffst du dich jetzt mit ihm?«

»Ja. Irgendwie muss ich ihm ja erklären, warum es mit uns nicht klappt.«

»Und wie wirst du das erklären?«

»Ich werde ihm sagen, dass du schwul bist.«

»Oh, danke.«

»Hey, ich rette dir deinen Hintern. Was glaubst du, was er tun würde, wenn ich ihm die Wahrheit über dieses Gespräch erzähle? Also beschwer' dich nicht und halte mich raus. Wenn es Probleme gibt, haben wir uns nie privat getroffen. Ok?«

»Einverstanden!«

Beim Hinausgehen schaute ich ihr nach. Sie hatte mich nicht verführen können, solange sie mir ein Theater vorspielte. So etwas durchschaue ich instinktiv. Das Unehrliche in ihren Worten, das gezielte Vorgehen, die unangebrachte Intimität waren abstoßend gewesen. Erst mit ihren letzten Sätzen hatte sie zur Ehrlichkeit zurückgefunden, seither fand ich sie reizvoll. Aber sie drehte sich nicht mehr um, daher verbrachte ich den Rest des Abends alleine.

Am freien Mittwoch besichtigte ich das katholische Köln, den Dom, die Basilika Groß St. Martin, St. Aposteln, St. Maria im Kapitol. Es war die Suche nach der heilen Welt, nach Traditionen, die mir zunehmend bedeutungsloser erschienen. Doch die Sehenswürdigkeiten berührten mich nicht, denn ich war mit meinen Gedanken woanders: Bei einem Tätowierer, den ich nicht kannte, in dessen Räumen aber heute der Prozess gegen Marius entschieden werden würde.

Beim Umherstreifen durch die Stadt nahm ich vor allem Tattoo-Studios ins Visier, schielte im Vorbeigehen hinein in dem Wahn, rechtzeitig da zu sein, um etwas zu verhindern, was durch mich nicht zu verhindern war. Von Unruhe getrieben marschierte ich Kölns Gassen entlang, gönnte mir nicht einmal den Besuch einer Weinstube, bis meine Füße schmerzten, die Beine mir schwach wurden.

Bei der Rückkehr ins Hotel am frühen Abend hatte ich das sichere Gefühl, dass eine Entscheidung gefallen war. Endgültig und irreversibel. Ich nahm ein ausgiebiges Bad, dann suchte ich die Hotelbar auf.

Am dritten Verhandlungstag begann der Prozess mit einer Verzögerung. Das Gericht ließ uns warten. Nach etwa einer halben Stunde trat der Vorsitzende alleine ein.

»Tut mir leid, es dauert noch etwas«, sagte er relativ entspannt. Sein zweiter Auftritt eine Viertelstunde später zeigte dagegen erste Anzeichen von Nervosität. »Die Zeugin konnte bisher nicht aufgefunden werden. Wir treffen uns in einer Stunde wieder.«

Nach einer Stunde vertagte er auf 14 Uhr mittags. Ich nutzte die Zeit, um in einer gerichtsnahen Kneipe ein ernstes Wort mit meinem Mandanten zu reden.

»Was geht hier vor sich?«

»Ich habe keine Ahnung.«

»Wo habt ihr sie hingebracht? Nur über die Grenze nach Holland? Oder ist sie schon unterwegs nach Rumänien?«

Marius verkniff sich ein Grinsen. »Ich weiß nicht, wovon du redest.«

»Ich will wissen, was hier gespielt wird!« Mit einem Faustschlag auf den Tisch und erhobener Stimme versuchte ich, ihn einzuschüchtern.

»Versuch erst gar nicht, mich zu bedrohen. Ein schwuler Anwalt macht mir keine Angst. Halte deine Klappe und tu als wäre nichts passiert, sonst erzähl ich da, wo du herkommst, dass du eine Schwuchtel bist. Stehst du auch noch auf Kinder?«

»Oh Marius, wenn du wüsstest, wie lächerlich du bist. Als dein Anwalt darf ich zu keinem Menschen irgendetwas sagen, egal, was du gemacht hast. Wozu wolltest du mich erpressen?«

»Ich bin Rumäne, bei uns läuft das anders. Ich traue niemandem. Auch Anwälte sind Verräter bei uns.«

»Dann hättest du dem deutschen Rechtssystem etwas mehr vertrauen sollen. Ich hätte dich nie verraten. Aber dir ist klar, dass unsere Zusammenarbeit hiermit beendet ist.«

»Geh doch. Ich will keinen schwulen Anwalt.«
Nach der Mittagspause erschien das Gericht in voller Besetzung.
»Die Zeugin ist weiterhin nicht auffindbar«, erklärte der Vorsitzende.
»Herr Dexheimer, wir hätten ein paar Fragen an Ihren Mandanten. Wäre er bereit, uns diese zu beantworten?«
»Mein Mandant schweigt«, entschied ich.
»Dann bitte ich die Parteien zu einem Rechtsgespräch.«
Alle Verteidiger und die Staatsanwältin begaben sich in das Beratungszimmer hinter dem Gerichtssaal. Dort warteten die beiden Polizisten des Zeugenschutzes sowie weitere mir nicht bekannte Personen, die mich feindlich ansahen.
Der Vorsitzende ergriff das Wort: »Wir brauchen hier, glaube ich, nicht drumherum zu reden. Wie es aussieht, wurde die Zeugin entführt. Möchten Sie uns etwas dazu sagen, Herr Rechtsanwalt Dexheimer?«
Die Blicke der übrigen Anwälte richteten sich ebenfalls feindlich gegen mich.
»Was wollen Sie denn nun von mir hören?«, fragte ich.
»Das kann Sie Ihre Zulassung kosten«, drohte einer der mir unbekannten Beteiligten in aggressivem Ton.
Ich erkundigte mich, wer er überhaupt sei und was er in einem Rechtsgespräch dieses Gerichts zu suchen hatte. Wie nicht anders zu erwarten, waren alle Unbekannten Polizisten, die mir nacheinander vorgestellt wurden. Derjenige, der mir mit dem Zulassungsentzug gedroht hatte, übernahm sodann das Wort.
»Wenn Sie irgendwas über die Hintergründe des Verschwindens der Zeugin wissen, sollten Sie uns das nun sagen.«
»Es gibt hier noch mehr Verteidiger. Wieso fragen Sie gerade mich?«
Der Sicherungsverteidiger bekam rote Ohren.
»Es kommt nur Ihr Mandant als Täter in Betracht und Sie sind der Beihilfe verdächtig.«
Ich schaute zu den beiden Zeugenschutzbeamten. »Soweit ich weiß, war es nicht meine Aufgabe, die Zeugin zu bewachen.«
»Sie ging in einem Kaufhaus auf eine Toilette, dann war sie plötzlich verschwunden«, rechtfertigte sich ein Zeugenschützer.
»Eine Toilette? Nennt man das jetzt so? Meines Wissens hatte sie einen Termin beim Tätowierer.« Umgehend biss ich mir auf die Zunge, aber gesagt war gesagt.
»Sie wissen doch etwas«, donnerte der Beamte, der diese seltsame Befra-

gung leitete.
»Was soll das hier werden? Ein Verhör?«
»Wer hat Ihnen das mit dem Tätowierer erzählt?«
»Keine Angabe dazu.«
»Wusste Ihr Mandant davon?«
»Mandatsgeheimnis.«
»Damit kommen Sie nicht durch!« Der Kriminalbeamte begann zu schreien.
Die Beisitzerin beobachtete mit flinken Augen die Szene. Ich war froh, dass sie nicht die Vernehmung übernahm.
»Ein Rechtsgespräch scheint nicht stattzufinden«, sagte ich. »Ich begebe mich daher zurück in den Sitzungssaal.«
»Hiergeblieben«, schrie der Polizist, aber damit überspannte er dann doch die Toleranz des Vorsitzenden.
»Der Herr Rechtsanwalt kann diese Besprechung jederzeit verlassen. Wenn Sie ihn vernehmen wollen, dann müssen Sie ihn vorladen oder was weiß ich. Aber tun Sie das nicht in meinem Gericht. Wir beenden diese Sache hier jetzt zuerst einmal.«
Bei der Rückkehr in den Sitzungssaal traf mich der nächste feindselige Blick, diesmal der meines eigenen Mandanten.
»Hast du was erzählt?« flüsterte er mir zu.
»Warts ab. Sie verkünden gleich deinen Haftbefehl.«
»Du Schwuchtel von einem Anwalt, ich lass dir alle Knochen brechen.« Er rückte demonstrativ etwas von mir ab.
Die Staatsanwältin blickte erschrocken zu uns hinüber. Sie hatte Marius' Liebeserklärung offenbar deutlich gehört.
Das Gericht verkündete natürlich keinen Haftbefehl, sondern die erneute Vertagung. »Wir treffen uns morgen wie geladen. Dann schauen wir weiter. Alle Beteiligten hier im Saal«, der Vorsitzende schaute nur mich an, »sollten einmal darüber nachdenken, ob sie das noch vertreten können, was hier gerade geschieht. Die Sitzung ist für heute geschlossen.«
Sein Appell an mein Gewissen prallte ungehört an mir ab. Ich hatte nicht einmal Informationen, um hier weiterhelfen zu können. Denn die Welt ist so groß und ein Menschenleben so wertlos. Sollte die Zeugin überhaupt noch in Deutschland sein, wuchs mit jeder Minute die Gefahr, dass sie außer Landes gebracht wurde, um in irgendeinem Bordell in Osteuropa, auf dem Balkan oder in Übersee versklavt zu werden. So schlau mussten die Zeugenschützer aber auch sein. Es war nicht meine Aufgabe, deren

Fehler auszubügeln.
Nachdem ich das Gericht verlassen hatte, nahm ich die Metro zum Hauptbahnhof. Dort stieg ich in den Zug nach Hause. Unterwegs rief ich Kerstin an.
»Bitte streichen Sie alle Termine in der Sache des Rumänen.«
»Wie bitte? Was ist denn passiert?«
»Der Prozess ist geplatzt. Informieren Sie bitte das Hotel, man möge mir meine Sachen nachsenden.«
Sie würden das Verfahren weder am Freitag mit der weiteren Befragung der Zeugin fortsetzen, ebenso wenig in den kommenden Wochen, die das Gericht so akribisch verplant hatte. Dieser Prozess würde nie zu einer Verurteilung führen. Und für den unwahrscheinlichen Fall der Fälle gab es ja den Sicherungsverteidiger.
Auf der Zugfahrt durch das Rheintal reflektierte ich meinen Beruf. Hatte ich einen Fehler begangen? Mir etwas vorzuwerfen? Trug ich Mitschuld? Juristen kennen den Notstand. Die anwaltliche Schweigepflicht kann zum Schutze höherer Rechtsgüter gebrochen werden. Für mich kam das nicht in Frage, selbst Leib und Leben galten mir nicht höherrangiger als das Mandatsgeheimnis. Ohnehin hätten genau jene Staatsanwälte und Richter, die jetzt an mein Gewissen appellierten, mich später deshalb des gemeinen Verrats an einem Mandanten bezichtigt und gnadenlos verurteilt. Es gab keinen Anlass, ihnen irgendetwas zu erzählen.

Kaum hatten mich Zug und Taxi wieder nach Hause gebracht, suchte ich das Weingut am Taubenschlag auf. Ich ging direkt von meiner Wohnung dorthin, sogar ohne mich in der Kanzlei zurückzumelden. Warum tat ich dies? Dachte ich überhaupt darüber nach? Wohl kaum. Mein Denken dreht sich nur um einen Vorwand, dort aufzutauchen. Der Fall Schneider war nicht einer der wichtigsten zu dieser Zeit, weshalb berufliches Interesse nicht als Motivation herhalten konnte. Es war nicht die Aussicht auf ein gutes Glas Wein, denn das hätte ich in Windesheim in vielen anderen Weingütern ebenso bekommen können, sogar ein besseres.
Noch beim Passieren des Hoftors, hielt ich mein Verhalten für völlig rätselhaft. Doch dann krähte eine helle Kinderstimme ihr langgezogenes »Juuulius«, der kleine Timmy schoss auf mich zu, klammerte sich an mein Bein und ich wusste, weshalb ich gekommen war.
»Wo sind deine Geschwister?«, fragte ich und strich ihm zur Begrüßung kurz über den Kopf.

»Maureen ist drinnen.«
»Und Patrick?«
»Mit Papa unterwegs.«
Ich fand seine Schwester in der Küche, wo sie das Abendessen vorbereitete.
»Hallo Julius, du warst aber lange weg.«
»Ich hatte zu tun.«
»Und was machst du am Wochenende?«
»Am Wochenende?« Ich schaute sie fragend an, Maureen blickte beschämt zur Seite. Das hatte sie sich nicht selbst ausgedacht. Eine Vorahnung keimte in mir auf, die zwei Tage später zur Gewissheit wurde. Denn am nächsten Samstagmorgen, als ich meinen morgendlichen Espresso trank, piepste das Smartphone. Beim Blick auf das Display sah ich eine Nachricht von Maureen in der Messenger-Gruppe: Hallo Julius, können wir dich mal besuchen?
Entweder hatte das Kind beeindruckend schnell schreiben gelernt oder sie war nicht die Verfasserin der Botschaft.
Umgehend rief ich zurück. »Maureen?«
Am Apparat meldete sich mein Mandant.
Für Michael Schneider war jetzt Herbst, die Zeit der Weinlese, Höhepunkt des Jahres, zugleich eine Phase äußerster Arbeitsbelastung. Tage, die schon vor sechs Uhr früh beginnen und kaum vor Mitternacht enden. Draußen im Weinberg die Leser, im Kelterhaus die Trauben, im Keller der frische Most. Und alles muss koordiniert werden, kleinste Fehler können sich ruinös auswirken, nicht nur die körperliche, auch die nervliche Anspannung sind extrem. Auf sich gestellt mit drei Kindern lässt sich das nicht schultern.
Der Winzer war einer Lösung dieses Problems bisher ausgewichen. Eigenbrötlerisch wie er war, hatte er sich eingeredet, die Anforderungen seines Berufs und seiner Familie alleine bewältigen zu können. Damit musste endlich Schluss sein.
Keine Viertelstunde nachdem Maureen mir die Muße des morgendlichen Espressos ungewollt zerstört hatte, traf ich im Weingut Schneider ein. Michael wuselte umher, grüßte nur kurz, nahm einen Anruf entgegen, der ihn soeben erreichte. Den wenigen Wortfetzen, die ich aufschnappte, war zu entnehmen, dass er die Ankunft der Lesemaschine an einem seiner Weinberge koordinierte. Geduldig wartete ich das Telefonat ab.
»Guten Morgen«, sagte ich dann. »Wie läuft's?«
»Viel zu tun. Gibt es irgendetwas Wichtiges zu besprechen? Ich habe wenig

Zeit.«
»Ich komme wegen deiner Kinder. Du kannst so nicht weiter machen.«
Michael blieb wie angewurzelt stehen. »Was sagst du da?«
»Du lässt die Kinder verwahrlosen.«
»Gut, dass du es ansprichst. Ich bin der Meinung, dass der Kontakt zu dir den Kindern schadet.«
Ich stutzte. »Spinnst du jetzt?«
»Nein, ich möchte, dass du deine Besuche reduzierst.«
Ich war sprachlos, er legte nach.
»Mal bist du da, dann wieder nicht. Das ist keine Konstanz. Ich kann diese Fragen, wann und ob du kommst, nicht mehr hören. Es ist kein Verlass auf dich.«
Zu allem Überfluss lief gerade Patrick über den Hof.
»Hallo Juuulius«, meinte er freundlich, worüber ich mich freute. Gleichzeitig hatte ich den Eindruck, mittlerweile jeden Tag wenigstens von einem der Kinder dieses »Hallo Juuulius« hören zu müssen. Es wurde allmählich absurd.
»Denk einmal gründlich darüber nach, wie du künftig deine Vateraufgaben besser wahrnehmen kannst«, empfahl ich Michael, nicht ohne vorher abzuwarten, bis Patrick außer Hörweite war. »Es gibt auch Behörden, die sich um das Kindeswohl kümmern.«
»Du drohst mir? Mein eigener Anwalt droht mir mit dem Jugendamt?«
»Ämter können auch helfen. Du brauchst eine professionelle Betreuung für die Kinder.«
Michaels Miene drückte völliges Unverständnis aus. In der Zeit seit dem Unfall seiner Frau hatte er einen Zustand geschaffen, den er für akzeptabel hielt. Aber nicht alles, was halbwegs funktioniert, ist deshalb schon richtig. Denn die Kinder verwahrlosten.
Der Vater wollte es nur nicht wahrhaben. »Meine Kinder kommen sehr gut klar. Ich verstehe nicht, was du da behaupten willst.«
»Ich kann mir nicht vorstellen, dass ein völlig überforderter Vater sich gleichzeitig um die Weinlese in seinem Betrieb und um drei derart junge Kinder kümmern kann.«
»Du kannst dir das nicht vorstellen?«, äffte Michael mich nach. »Hast du selbst Kinder? Kennst du dich aus?«
»Nein.«
»Also. Wer gibt dir das Recht, mir Vorschriften zu machen?«
Sein Handy klingelte erneut, er nahm dies zum Anlass, sich mit dem Telefon

am Ohr dem Gespräch zu entziehen.
»Lesemaschine«, rief er mir zu, eilte zu seinem Fahrzeug, stieg ein und fuhr telefonierend davon. Ratlos blieb ich im Hof des Weinguts stehen.
Maureen tauchte auf, in der Hand einen Eimer.
»Hallo Julius, hilfst du mir die Tauben zu füttern?«, fragte sie.
Ich folgte ihr in den Hinterhof zum Taubenturm. Der Gedanke, dass dieses Kind dort hinaufklettern wollte, verursachte mir Unwohlsein. So wie Maureen statt der Mutter für das Abendessen Sorge trug, oblag ihr anscheinend auch die Fütterung der Tauben.
Die Tür zum Turm stand weit offen, was bei mir Fragen auslöste. »Ist diese Tür eigentlich immer geöffnet?«
»Glaub schon.«
»Also kann hier jeder rein?«
Sie blieb stehen und dachte nach. »Zumindest seit der Schlüssel weg ist.«
»Ein Schlüssel ist weg?«
Maureen stellte den Eimer ab, ging zur Gittertür der Feuertreppe und rüttelte daran. »Siehst du? Zu.«
»Ach, du meinst der Schlüssel zur Eisentreppe ist verschwunden?«
»Ja, natürlich. Die andere Tür ist immer offen.«
Beim Betreten des Turms brannten mir wieder die Augen wegen des Taubendrecks.
»Ich warte lieber draußen,« sagte ich.
»Schon klar. Deshalb ist Mama auch immer außen hochgegangen.«
Solange das Mädchen die Tauben fütterte, vergegenwärtigte ich mir nochmals die Verhältnisse. Das Eichenportal führte zur inneren Holztreppe und war stets geöffnet. Maureens Mutter hatte aber grundsätzlich die äußere Stahltreppe benutzt, wegen des Gestanks im Taubenturm. Der Zugang zu dieser war jedoch verschlossen und der Schlüssel verschwunden. So hatte der Täter sichergestellt, dass Frau Schneider in die Falle tappte.
Nach der Taubenfütterung gingen wir gemeinsam in die Küche, wo Maureen sich an ihre Schularbeiten setzte. Die zwei Buben saßen gelangweilt dabei und schauten ihr zu.
»Was habt ihr heute so vor?«, fragte ich.
»Papa hat gemeint, wir sollen etwas mit dir machen«, prustete Patrick heraus. Seine Schwester verzog missmutig das Gesicht und warf ihm einen bösen Blick zu. Den Kindern war wohl verboten worden, dies so offen zu sagen.
»Sollen wir mal einen Tierpark besuchen?«, schlug ich vor. Sofort waren

alle Feuer und Flamme.
Der Hochwildschutzpark Rheinböllen ist von Windesheim nur 20 Autominuten entfernt und war das perfekte Ziel für einen kurzen Ausflug. Wir wanderten den vorgegebenen Parcours ab, beobachteten die heimischen Wildtiere und beendeten den Besuch mit einem Imbiss am Kiosk des Parks.
Die Jungs tobten sich dann auf dem dazugehörigen Spielplatz aus, Maureen blieb bei mir sitzen. Sie war schweigsam heute, redete nicht von selbst, sondern antwortete nur auf Fragen. Und es gab eine konkrete Frage, die mich seit der Taubenfütterung beschäftigte.
»Seit wann ist eigentlich der Schlüssel zum Taubenturm verschwunden?«
»Den hat Papa angeblich verloren.«
»Angeblich?«
»Ich weiß, wo er ist. Er liegt im Bad bei Papas Rasiersachen. Ich habe ihn zufällig gesehen, als ich neulich das Bad aufräumen sollte.«
»Und warum sagst du das deinem Vater nicht?«
»Habe ich ja. Aber er hat gesagt, das kann nicht sein. Und als ich das nächste mal nachgeschaut habe, war der Schlüssel weg.« Sie runzelte ein wenig die Stirn, so wie Kinder es oft tun, wenn sie trotzig sind.
»Vielleicht hast du dich ja getäuscht«, sagte ich, aber das schürte ihren Trotz erst recht.
»Den Schlüssel kann man nicht verwechseln. Er ist größer als normale Schlüssel und hat einen Kopf aus zwei Tauben, die sich küssen. Der Taubenschlüssel war im Bad. Ich habe ihn genau gesehen.«
»Hm«, brummte ich. »Dann hat sich eben dein Papa geirrt.«
»Bestimmt hat er sich geirrt. Da bin ich mir ganz sicher.« Maureen verschränkte die Arme. Sie wirkte zornig, weil ihr Vater ihr nicht geglaubt hatte.
Mir kam ein seltsamer Gedanke.
»Es gab nur diesen einen Schlüssel?«
Das Mädchen sagte nichts dazu, aber jetzt wollte ich es genau wissen.
»Ist der Schlüssel schon lange weg?«
»Nein. Mama hat jeden Tag die Tauben gefüttert und sie hat immer zugeschlossen.«
»Jeden Tag?«
»Ja, jeden Tag.«
Ich erhob mich und rief Maureens Brüder. Was sie mir soeben erzählt hatte, war brisant, aber ich wollte nicht länger ein Kind ausfragen.

Für den Rückweg wählte ich nicht den Weg über die Autobahn, sondern die Landstraße am Guldenbach entlang. Als die Stromburg in Sicht kam, begannen die Kinder sich zu unterhalten.
»Guck mal, da ist die Burg. Dann muss es doch hier in der Nähe sein«, meinte Patrick.
»Ja, da vorne geht es ab«, belehrte ihn seine Schwester.
»Wohin geht es ab?«, mischte ich mich ein.
»Das dürfen wir nicht sagen.«
Neugierig geworden bog ich tatsächlich bei der nächsten Abzweigung nach rechts ab. Wieder tuschelten die Kinder miteinander.
»Das ist der richtige Weg, oder?«, meinte Patrick, was seine Schwester bestätigte. Ich ließ mich weiter von ihnen leiten.
»Geradeaus oder abbiegen?«, fragte ich an der nächsten Gabelung. Maureen deutete nach rechts. »Da lang.« Umgehend darauf rief sie »Stopp«. Ich hielt vor einem einzelnen Gehöft, wo Patrick begeistert ausstieg.
»Das ist es!«, verkündete er freudig.
Wir verließen alle das Auto. Ich kannte das Anwesen. Es handelte sich um eine frühere Gaststätte, etwas heruntergekommen. Einen offenen Wein oder Bier aus der Flasche konnte man dort allemal noch bekommen. Die Straße führte von hier aus hinauf zu dem Dörfchen Dörrebach, eine andere zum Forstamt Entenpfuhl. Die Kinder schauten sich andächtig um.
»Was steht nochmal auf dem Schild?«, wollte Timmy wissen.
»Auf welchem Schild?«
»Das Schild an meinem Spielzeug.«
Ich erinnerte mich, an den Unfalltag, meine erste Begegnung mit diesen Kindern. In Gedanken hielt ich wieder das Miniatur-Modell in den Händen, tippte gegen das Namensschild und ließ es wippen.
»Sweetwine«, sagte ich.
»Ja genau«, freute sich Timmy. »Das hier ist Sweetwine.«
»Du sollst das nicht verraten«, schimpfte Maureen, die von Patrick umgehend verbessert wurde.
»Julius darf das bestimmt wissen.«
Das Mädchen schien auf Geheimhaltung bestehen zu wollen, ihre Brüder eher nicht. Ich hielt mich heraus.
»Komm mit, ich zeige dir was«, entschied Maureen dann.
Die Kinder führten mich seitlich an dem Gehöft vorbei einen Weg entlang, in die freie Natur hinaus. Nach meiner Einschätzung bewegten wir uns in die Richtung des Geländes eines früheren Kalkbergwerkes. Soweit mir

bekannt, gab es dort nur Wiesen, Wald und einen See, der sich durch den Kalkabbau in den Halden gebildet hatte. Doch es kam anders. Denn nach kurzem Spaziergang, außerhalb der Sichtweite der Landstraße breitete sich plötzlich ein Weinberg vor uns aus, vielmehr ein Weingarten. Es war die gepflegteste Rebanlage, die ich je gesehen hatte.
Vier Zeilen von etwa 50 Metern Länge, dazwischen liebevoll getrimmter englischer Rasen. Um die Rebzeilen herum waren Pflasterplatten verlegt, die Erde unter den Reben selbst fein säuberlich mit Rindenmulch bedeckt. Staunend trat ich näher, um dieses paradiesische Fleckchen zu betrachten. An jedem Rebstock prangte ein Schild mit dem Namen der Sorte, denn keine kam doppelt vor. Alle Weinstöcke hingen voll herrlich gesunder Trauben, frei von Pilzbefall oder Fäulnis. Wir verweilten zwar im Hunsrück und damit außerhalb des Weinbaugebietes Nahe, aber das Jahr war extrem warm gewesen, die Sonnenstunden offenbar ausreichend, um die Früchte der Rebstöcke selbst hier zu voller Reife auszubilden. Ein wonniger Anblick, der mein Herz eines Weinenthusiasten höher schlagen ließ.
Der Strafverteidiger in mir fand die Szenerie eher bedenklich. Rebflächen kann man hierzulande nur bestocken, wenn dafür andere Weinberge verschwinden und die darauf ruhenden Pflanzrechte übertragen werden. In einem geringen Umfang von weniger als einem Prozent der deutschen Rebfläche kann auch die Genehmigung zur Neuanlage eines Weinbergs beantragt werden. Ansonsten gilt ein radikaler Anbaustopp für Weinreben. Da es aber immer wieder Menschen mit Geschmack gibt, die ihren Ziergarten mit einigen Rebstöcken verschönern, stellt sich die Frage, ab wann beieinander gepflanzte Reben rechtlich einen Weinberg darstellen.
Der Volksmund zitiert hierzu meist eine ominöse 100-Stock-Regel, wonach das Weinbaurecht die Anpflanzung von bis zu 99 Reben genehmigungsfrei erlaube. Daran hatte der Eigentümer dieser Anlage sich orientiert, denn ich schätzte überschlägig, es hier mit knapp 100 Weinstöcken zu tun zu haben. Der Rechtslage entsprach dies allerdings nicht. Ungenehmigt durfte nur die Fläche von einem Ar – ohne Bezug zu anderen Rebflächen – bestockt werden. Nicht 100 Reben, sondern 100 Quadratmeter waren also die Zauberformel.
Wer der Eigentümer dieses Prachtweinberges war, schien mir eindeutig, nachdem die Kinder mich hierhergeführt hatten. Michael Schneider leistete sich hier somit den Luxus eines verbotenen Weinberges, ähnlich wie andere illegal Cannabisplantagen betreiben. Doch wozu?
Ich bemerkte, wie mich die Kinder gespannt anschauten.

»Schön ist das hier«, sagte ich daher. »Eure Eltern haben sich aber sehr viel Mühe gegeben mit diesem Weinberg.«
»Und bald bauen wir das alte Haus da vorne um und werden hier wohnen«, freute sich Timmy. Patrick nickte dazu, Maureen war erneut hin- und hergerissen, ob ich dies überhaupt wissen durfte. Sie ging den Weg schweigend weiter, bis wir zu einem kleinen Gotteshaus kamen. Dort blieb sie stehen.
»Michaels-Kapelle«, las ich auf einem Schild, dazu gab es über dem Eingang eine verwitterte Inschrift, schwer zu entziffern. Eine 17 konnte ich erkennen. Demnach stammte das Bauwerk aus dem 18. Jahrhundert. »Michael, wie euer Vater«, merkte ich an.
Einzig Maureen schien die Weihe des Ortes zu spüren, an dem sie andächtig verharrte. Ihre Brüder rannten bereits wieder zurück zu dem Weinberg, wo sie sich die Bäuche vollschlugen mit allerlei klassischen und etlichen exotischen Traubensorten.
»Komm, wir gehen auch Trauben essen«, sagte ich zu Maureen. Sie schlug verstohlen ein Kreuzzeichen und knickste in Richtung der Kapelle. Erst dann schloss sie sich den Brüdern an.
Ich selbst esse keine Weintrauben. Sie interessieren mich nur vergoren. Beim Flanieren durch die Reihen von Michaels heimlichem Weingarten träumte ich aber davon, was man aus einem Chenin blanc, einem Viognier oder einem Grenache für fantastische Weine herstellen konnte. Weine, die bei uns als südländisch galten, doch das war nur eine Frage der Zeit. Denn das mediterrane Klima wanderte nach Norden, es breitete sich längst auch bei uns aus.

Zum Monatsende hin kam die Weinlese voll in Gang. Ab diesem Zeitpunkt plante Michael mich konkret in seine Betriebsabläufe ein, um den nötigen Freiraum für seine Aufgaben zu haben.
»Kannst du morgen Abend mal vorbeikommen und dich um die Kinder kümmern?«, hieß es dann oder ganz direkt: »Am Samstag liegt viel an. Du müsstest die Kinder übernehmen!«
Wir spielten zusammen, aßen gemeinsam, spazierten durch das Dorf und im Wald umher, derweil Michael im Keller und in seinen Weinbergen schuftete, was aus seiner Sicht Grund genug war, vor seinen Kindern durch Abwesenheit zu glänzen.
Einmal kam ich auf die Idee, sie ins Kino einzuladen. Dort lief ein Film über einen Stoffbären, der von einer englischen Familie adoptiert worden

war und mit dieser Abenteuer in London erlebte. Wir lachten viel gemeinsam, aber an den rührseligen Stellen, stiegen den Kleinen Tränen in die Augen. Und nicht nur ihnen.

Bald musste ich eigene Termine verschieben, um für Michael einzuspringen. Er bekam es weiterhin nicht auf die Reihe, die Kinderbetreuung zu organisieren. Kerstin, meine Bürovorsteherin, war die Erste, die mich darauf ansprach. Denn Maureen wollte wissen, wo ich arbeitete. Die Anwaltskanzlei fanden sie sterbenslangweilig, weshalb ich Kerstin gebeten hatte, bei einer italienischen Eisdiele um die Ecke drei gemischte Eis zu besorgen. Sie weigerte sich mit deutlichen Worten: »Ich weiß nicht, was für eine Krise Sie befallen hat, aber aufgrund Ihrer häufigen Abwesenheit muss ich ohnehin bereits Mehrarbeit leisten. Zum Babysitten müssen Sie notfalls weiteres Personal einstellen.«

Erst tags drauf wurde mir bewusst, was sie da gesagt hatte. Ich stand morgens früh vor dem Spiegel, um mich zu rasieren. Manche Mandanten kannten mein Faible für klassische Rasiermesser, ein dankbarer Klient hatte mir eines geschenkt, Carbonstahl, 6/8-Klinge mit Rundkopf, Griffe aus Olivenholz. Ein gelungenes Stück Handwerkskunst. Der Rasierschaum war geschlagen, das Gesicht eingeseift und ich dabei, den Messerstahl auf einem Streifen Rindleder abzuziehen. Mein Blick fiel in den Spiegel. Heraus schauten zwei Augen, die mir besorgt die Frage stellten, wozu ich fortwährend Zeit mit fremden Kindern verbrachte.

Unmittelbar darauf fuhr das schabende Geräusch des Rasiermessers durch die Stille dieses Augenblicks. Eine glatte Bahn frisch rasierter Haut erschien auf meiner rechten Wange. Und sogleich eine zweite. Ich spülte die abgeschnittenen Bartstoppeln von der Klinge, setzte sie auf der linken Wange an. Bahn um Bahn befreite ich ein Gesicht aus der Maske weißen Schaums. Wie immer beim Rasieren, beobachtete ich fasziniert den Menschen, der sich in dem Spiegel vor mir veränderte.

Bald glitt das Messer lautlos über die Haut, weil es sein Werk vollbracht, den Bartansatz restlos entfernt hatte. Ich legte es beiseite, ließ kaltes Wasser laufen und wusch die letzten Reste Schaum ab.

Mit einem Baumwolltuch im traditionellen Waffel-Piqué-Muster trocknete ich das nasse Gesicht, um es nochmals im Spiegel zu betrachteten. Es war nicht länger zu verbergen. Der Mensch, der mich ansah, hatte eine unerfüllte Sehnsucht, die Sehnsucht, eine Familie zu gründen und Kinder zu haben.

An diesem Tag war ich in der Kanzlei unproduktiver als sonst. Bis zum

Nachmittag las ich Akten, ohne ihren Inhalt zur Kenntnis zu nehmen. Gegen 15 Uhr betrat Kerstin mein Büro.
»Was ist los mit Ihnen, Herr Dexheimer?«, fragte sie frei heraus.
»Was soll los sein?«
»Sie haben heute noch kein Telefonat geführt, keinen Schriftsatz verfasst und nicht eine einzige Akte erledigt an mich zurückgeleitet.«
Ich schaute sie an. Wir kannten uns, vor allem kannte sie mich. Geheimnistuerei war uns fremd.
»Haben Sie so etwas wie eine Familienplanung?«, fragte ich.
»Daher weht also der Wind. Midlife-Crisis. Ich dachte mir doch, dass Ihre plötzliche Fürsorge für diese Kinder einen Grund hat.«
Es gab nichts, was ich darauf hätte antworten können. Mein Handy klingelte. Es lag vor mir auf dem Tisch, wir sahen beide, dass es Michael war, der anrief.
»Braucht Ihr Mandant wieder einen Babysitter?«, meinte Kerstin schnippisch und drückte den Anruf weg. »Das ist nicht Ihre Aufgabe.«
»Aber ...«.
»Kein aber. Ich habe mich informiert über diesen Mandanten. Er ist dafür bekannt, dass er gerne andere ausnutzt.«
»Ach, wo haben Sie sich den informiert?«
»Bei Ihrem Freund, dem Winzer Paul. Der kennt sich aus in Windesheim.«
»Und was hat er über Michael berichtet?«
»Nichts Gutes. Ein Eigenbrötler, der sich nicht integriert. Die Windesheimer Winzer haben bereits überlegt, ob sie ihm Hilfe anbieten sollen. Es gibt da wohl einen Verein.«
»Das landwirtschaftliche Casino.«
»Möglicherweise. Jedenfalls ist Herr Schneider dort nie Mitglied geworden, obwohl man ihm die Aufnahme angetragen hat. Er verhält sich wohl auch unkollegial.«
»Unkollegial?«
»Bei örtlichen Festveranstaltungen akzeptiert er Straßensperrungen nicht und beharrt auf seinem Durchfahrtsrecht. Wo Weinproben im Freien abgehalten werden, taucht er auf, um seine Weinberge zu spritzen. Mir wurden weitere Beispiele genannt. Kurzum: Die örtlichen Winzer sind nicht bereit, ihn in irgendeiner Weise zu unterstützen.«
»Verständlich. Aber was hat das mit mir zu tun?«
Kerstin verrollte die Augen. »Vielleicht sollten Sie sich einfach ein Beispiel nehmen an den Berufskollegen Ihres Mandanten. Das Dorf redet bereits

über Sie. Zwei Männer und drei Kleinkinder. Wissen Sie eigentlich, was man Ihnen nachsagt, wenn Sie mit Ihren Schützlingen im Dorf spazieren gehen?«
»Absurd! Bereiten Sie Unterlassungsklagen vor gegen jeden, der dieses Gerücht verbreitet.«
Mein Handy klingelte Sturm, Kerstin schaltete es aus. Ich fragte mich, ob sie sich nicht allmählich zu viel herausnahm.
»Heute ist der erste Freitag im Monat. Sie wissen, was dies bedeutet.«
»Ich kann jetzt keinen Wein trinken«, wehrte ich mich.
»Wie bitte?« Sie lachte schallend auf. »Wenn ich Ihnen einen Rat geben darf, dann vergessen Sie diese Kinder für heute und leben zur Abwechslung mal wieder Ihr eigenes Leben.«
»Ich muss wenigstens Michael anrufen und Bescheid geben, dass ich verhindert bin.«
»Sie müssen sich nicht entschuldigen. Ich hätte gute Lust, dieses Handy einfach zu konfiszieren.«
»Vorher brauche ich es aber noch kurz, denn in dem Handy befinden sich meine Notizen zu den Weingütern, die ich alle noch aufsuchen möchte.«
»Das hört sich schon besser an.« Mit keckem Blick schob sie mir das Smartphone wieder zu, wünschte mir einen gelungenen Abend und verließ mein Büro. Kurz später war ich unterwegs in den Westen des Weinbaugebietes. Der erste Freitag im Monat hatte in meinem Terminkalender eine spezielle Bedeutung. Ich hatte ihn zum regelmäßigen Weinprobiertag erkoren und nutzte ihn dazu, Weingüter zu besuchen.
Der Weinbau an der Nahe war im Umbruch, die junge Generation dabei, das Zepter in den Betrieben zu übernehmen. Mein Ehrgeiz war es, diesen Wandel hautnah mitzuerleben, weshalb ich regelmäßig Weingüter aufsuchte, in denen dieser Generationswechsel sich vollzog. Wie von Kerstin zutreffend registriert, hielt ich mir den ersten Freitag eines Monats speziell dafür frei.
Mein heutiges Ziel war das Weingut Udo Weber in Monzingen, gegründet im Jahre 1732, Familienbetrieb in der zehnten Generation, aktuell unter der Leitung einer ehemaligen Naheweinkönigin.
Bewirtschaftet wurden Lagen im Weilerer Heiligenberg, im Monzinger Halenberg und im Monzinger Frühlingsplätzchen. Schon Goethe hatte mit diesen Weinen Bekanntschaft gemacht: »Nun rühmte dagegen die Gesellschaft von der Nahe einen in ihrer Gegend wachsenden Wein, der Monzinger genannt. Er soll sich leicht und angenehm wegtrinken, aber

doch, ehe man sichs versieht, zu Kopfe steigen. Man lud uns darauf ein. Er war zu schön empfohlen, als dass wir nicht gewünscht hätten, in so guter Gesellschaft, und wäre es mit einiger Gefahr, ihn zu kosten und uns an ihm zu prüfen.«

Wer wissen will, wie es Goethe dann erging, mag dort nachlesen. Heutzutage ist die Gefahr, die vom Monzinger ausgeht, nur die, nicht mehr damit aufhören zu können. Mich überzeugten insbesondere die Erdreich-Weine, weil sie die Böden der oberen Nahe geschmacklich spiegelten. Blauer Schiefer, Grünschiefer, Vulkangesteine, Quarzit – um so etwas in der Flasche zu perfektionieren, bedarf es einer tiefen Verbundenheit mit den heimischen Lagen. Mein privater Weinkeller durfte sich auf Zuwachs freuen.

Den Morgen nach dieser Weinprobe ließ ich gemütlich angehen, setzte mich mit einer Tasse Kaffee in den Wintergarten, las die Zeitung und überlegte, welche Strafakten dringend zu bearbeiten waren. Es klingelte an der Haustür, zunächst dezent, dann stürmisch. Maureen stand mit ihren Brüdern draußen.

»Hallo Juuulius, wir wollten mal schauen, wie du so lebst« grüßte sie und betrat unaufgefordert das Haus. Bisher hatte ich wenigstens meine Villa rustica gegen die Okkupation meines Lebens durch fremde Kinder verteidigt. Damit war es jetzt vorüber und deshalb endgültig Zeit, mit Michael Klartext zu reden. Zwar war seine Situation schwierig, die Weinlese in vollem Gange, der Betrieb auf seinen maximalen Einsatz angewiesen. Das gab ihm aber nicht das Recht, mich auf so hinterhältige Weise zum Hüter seiner Kinder zu bestimmen.

»Habt ihr schon gefrühstückt?«, fragte ich.

»Ja, natürlich«, erwiderte Maureen entschieden.

Ihr jüngster Bruder fiel ihr ins Wort. »Ich habe noch Hunger. Machst du uns wieder Pfannkuchen?«

Den Pfannkuchenteig setzte ich mit einem ganzen Pfund Mehl und zehn Eiern an. Sie aßen alles auf. Dann begannen sie Fangen zu spielen, doch mein Haus ist nicht für Kinderspiele ausgerichtet.

»Heute ist so ein schöner Herbsttag. Wir gehen spazieren und genießen die Sonne.«

Die Racker stürmten nach draußen. Auf dem Weg durchs Dorf achtete ich darauf, ob Passanten mich misstrauisch beäugten. Aber ein Weindorf inmitten der Weinlese ist in steter Hektik. Da hatte niemand Blicke für uns.

»In welchem Weinberg arbeitet denn dein Vater heute?«, fragte ich Maureen. Sie wusste es nicht, wie hätte sie sich in ihrem Alter auch orientieren

sollen? Ich hatte es schon bemerkenswert gefunden, wie sie mich beim Anblick der Stromburg nach Sweetwine gelotst hatte.
Die Windesheimer Gemarkung ist glücklicherweise recht übersichtlich. Ich wanderte mit den Kindern bis zum Weinfenster, einem großen hölzernen Rahmen mitten in den Weinbergen, von wo aus man das ganze Dorf überblicken konnte. Während der Lese ist eine Weinlandschaft durchzogen von bunten Punkten. Das sind die Arbeiter der verschiedenen Weingüter, die zwischen den Rebzeilen stehen, um Trauben zu schneiden. Zu jedem Trupp Leser gehört ein Bulldog mit Hänger. Daran erkennt man relativ einfach, welches Weingut gerade wo im Einsatz ist.
Ich ließ die Kinder Ausschau halten. »Könnt ihr euren Traktor sehen?«
»Nein.«
»Kommt, ich bringe euch nach Hause.«
»Nicht nach Hause, wir möchten bei dir bleiben.« Timmy zog seine Worte ganz lang, wie Kinder es tun, die etwas erbetteln wollen. Maureen und Patrick warfen sich einen bedeutungsvollen Blick zu. Sie spürten meinen Groll.
Das Weingut am Taubenschlag erreichten wir gegen Mittag. Es hätte nun jemand für die Kinder kochen müssen. Doch Michael stand im Kelterhaus, schrieb Notizen in einen Wust von Blättern, schlug Schläuche an Weintanks an, pumpte Most hin und her. Er war völlig in der Arbeit gefangen. Sein Blick zu mir und seinen Kindern drückte Missfallen aus. Ich stellte mich stumm vor ihn, schaute ihn nur grimmig an. Timmy griff nach den verschiedenen Gegenständen, die auf einem Tischchen standen.
»Lass das, du machst noch etwas kaputt«, meckerte Michael barsch.
Das Kind stellte einen Messzylinder zur Säurebestimmung ab und griff nach einer Mostwaage.
»Du sollst die Finger da weglassen!«. Der Vater wurde schon etwas lauter.
»So kannst du nicht weiter machen«, sagte ich. »Drei Kinder sind eine Aufgabe. Da muss sich jemand kümmern.«
»Sobald die Lese vorbei ist, habe ich mehr Zeit«, antwortete Michael, ging zu einer Pumpe und schaltete sie ein. Sein Blick hing an den zahlreichen Notizzettel.
»Mist, jetzt habe ich vergessen, was ich aufschreiben wollte. Könnt ihr nicht rausgehen?«
»Es sind deine Kinder«, beharrte ich. »So geht es nicht weiter.«
Michael warf mir einen giftigen Blick zu. »Muss das jetzt sein?«
»Cool, ein Fernrohr«, rief Timmy.

Er hatte das Refraktometer entdeckt und hielt es sich ans Auge. Dies ist ein Gerät, welches mithilfe der Brechung des Lichts den Zuckergehalt des Mostes misst.
»Du sollst hier nichts anfassen«, schimpfte Michael.
Er schnappte nach seinem Sohn, um diesem das Refraktometer aus der Hand zu nehmen. Ich hielt seinen Arm fest.
»Es wird sich auch nach der Weinlese nichts ändern. Du bist überfordert. Wir müssen eine Lösung finden.«
»Nicht jetzt, ich habe jetzt keine Zeit!«
»Doch jetzt. Es kann nicht sein, dass du deine eigenen Kinder einfach zu mir abschiebst.«
»Wer behauptet das?«
»Sie sind sicher nicht freiwillig heute Morgen zu mir gegangen.«
Aus einem Tank sprudelte Most durch die obere Öffnung heraus.
»Verdammt! Merkst du nicht, dass ihr stört?« Michael sprang zu der Pumpe, wobei er Timmy versehentlich anrempelte. »Du siehst doch, dass es jetzt nicht passt«, schrie er.
Der Kleine hatte das Refraktometer an ein Auge gesetzt und spielte Pirat. Als der vorbeihetzende Vater ihn anstieß, flog das Gerät in hohem Bogen durch die Luft. Beim Aufschlag auf dem Betonboden war das Geräusch von splitterndem Glas zu hören.
»Ich habe dir doch gesagt, du sollst deine Finger weglassen!«
Schneller als Timmy antworten konnte, traf ihn eine Ohrfeige seines Vaters. Der Junge erstarrte vor Schreck, unfähig sofort loszuheulen. Seine Wange verfärbte sich umgehend knallrot. Maureen sprang herbei und zog ihn schleunigst aus dem Kelterhaus.
Michael stand schweigend und schockiert über sich selbst vor dem herabgefallenen Refraktometer. Langsam, ganz langsam bückte er sich, hob es auf und betrachtete das zersprungene Glas.
»Mist, das wollte ich nicht, das musst du mir glauben«, entschuldigte er sich umständlich, doch da waren seine Kinder längst nach draußen geflüchtet.
»Glaubst du mir jetzt, dass du überfordert bist?«
»Es war nur eine Ohrfeige.« Der Winzer starrte seine Hand an. Eine große Hand, eine richtige Pranke. »Ich wollte das wirklich nicht. Es war doch nur eine Ohrfeige.«
»Nur eine Ohrfeige? Dieser Spruch stirbt wohl nie aus. Das Gesetz nennt so etwas Körperverletzung. Die Zeiten als das Elternrecht auch die

Prügelstrafe umfasste, sind vorbei.«
»Rede doch nicht so einen Mist! Prügelstrafe. Das war doch keine Prügelstrafe. Mir ist die Hand ausgerutscht. Mehr nicht.«
»Die Hand ausgerutscht. Auch so eine Bagatellisierungsfloskel. Du selbst hast den Jungen angerempelt. Es war deine Schuld.«
»Ich hatte ihm verboten, die Geräte anzufassen.«
Die Diskussion drehte sich im Kreis.
»Ändern kannst du es jetzt ohnehin nicht mehr«, beruhigte ich ihn. »Timmy wird das morgen schon vergessen haben. Dein Problem ist, dass du mit den Nerven am Ende bist. Daran musst du dringend etwas ändern.«
Damit wandte ich mich ab, um nach den Kindern zu schauen. Natürlich wäre es Michaels Aufgabe gewesen, im Kelterhaus nun alles stehen und liegen zu lassen, um sich Zeit für seine Sprösslinge zu nehmen. Doch er war wie vernarrt in seine Notizen, das Gewirr der Weinschläuche, die überall umherlagen, um den Saft der frisch gekelterten Trauben durch Filter in ihre jeweiligen Tanks zu jagen. Schon während ich hinausging, wandte er sich wieder den Zetteln zu.
Ich fand die Kinder gemeinsam in der Küche sitzend. Timmys Wange glühte. Maureen schaute mich grimmig an, sagte aber keinen Ton.
»Lust auf Kino?«, fragte ich. »Wir gehen zurück zu mir und fahren in die Stadt.«
Augenblicke später stürmten die Kleinen jubelnd den Hof hinaus in Richtung meines Hauses. In der Warteschlange vor der Kinokasse, betrachtete ich mir nochmals Timmys Wange. Nichts mehr war zu sehen, die Kinder sprachen auch nicht über den Vorfall. Die unschöne Szene in Michaels Kelterhaus war vergessen.
Nie hätte ich mir vorstellen können, welche Folgen diese Episode einmal haben würde. Doch wenn der Mensch in die Fänge der Justiz gerät, gewinnen kleinste Details unerklärliche Bedeutung. Für die Generationen, die mit Prügel erzogen wurden, ist eine Backpfeife kein großes Ding, schon gar nicht unter Umständen, wie sie beim Fall des Refraktometers herrschten. Dieselbe Backpfeife in einer Akte wird zum Problem, weil die Justiz immer erst im Nachhinein hinschaut. Sie durchlebt nicht die konkrete Situation, erleidet nicht den Stress des geplagten Vaters, sieht nicht den überlaufenden Most aus dem Tank herausspritzen, kalkuliert nicht die Kosten eines kaputtgegangenen Messgerätes. Richter entscheiden im stillen Kämmerlein, nachdem sie alle Gefühle, den Lärm der Welt und die Wallungen zwischenmenschlicher Beziehungen komplett ausgeblendet

haben. Sie sehen den Menschen nur so, wie er nach den Vorstellungen des Gesetzgebers sein sollte – aber nie war und niemals sein wird.

Kapitel 2

Ich saß in meinem Wintergarten, der Kaminofen flackerte, die Vögel draußen pickten an dem herum, was ich für sie an verschiedenen Futterstellen verteilt hatte. Das Füttern von Gartenvögeln war eine Marotte, die ich mir nach dem Umzug aufs Land zugelegt hatte. Gerne widmete ich mich am frühen Abend der Beobachtung dieser gefiederten Wesen, wenn sie ganz in meiner Nähe und nur durch ein Fenster von mir getrennt durch den Garten hüpften. Das verschaffte mir eine Entspannung, wie ich sie in der Stadt nie gekannt hatte. Seit ich das Ende des Bürotages auf diese Weise einleitete, konnte ich es endlich aushalten, in meiner Freizeit Zuhause zu bleiben. Verschwunden war der Drang, irgendwohin zu müssen, in einem Café zu sitzen, an einer Theke etwas zu trinken, ständig auf dem Laufenden zu sein, was in der Stadt so passierte. Stattdessen genügte mir nun das Anschauen von Meisen, Spatzen, Finken, Rotschwänzchen und -kehlchen, Goldammern, Girlitzen bisweilen Kleibern oder einem Specht.

Anfangs ärgerten mich die Tauben. Das legte sich mit der Zeit. Es wäre seltsam gewesen, die einen Vögel zu füttern, die anderen zu vertreiben. Wenigstens waren es Türkentauben, also die Landversion des Vogels und nicht Stadttauben. Sie waren nett anzuschauen, machten weniger Dreck und gurrten nicht so lästig.

Wenn klar war, dass ich abends nicht mehr raus musste, feuerte ich meinen Kaminofen an, so wie an jenem Abend. Dazu dann ein Glas Portwein und eine Zeitung, so ließ es sich leben.

Privat abonniert hatte ich eine Tageszeitung sowie eine Fachzeitschrift für Weinbau. Diese war der Tatsache geschuldet, dass ich in unserem Familienunternehmen nach wie vor eine beratende Position innehatte, weshalb es mir ratsam schien, den Überblick über die Weinbaubranche zu behalten. Die aktuelle Ausgabe dieser Fachzeitung war langweilig, denn sie berichtete ausgerechnet von unserer Firma, die als Vorreiter einer neuen Entwicklung im Weinbau angepriesen wurde. Warum neu sein sollte, was sich seit zwei Generationen bewährte, erschloss sich mir nicht. Schon in den 70er Jahren des 20. Jahrhunderts war mein Vater auf die Idee gekommen, nicht Wein aufzukaufen, sondern Trauben, die dann in unserem eigenen Betrieb weiterverarbeitet wurden. Dies hatte den Vorteil, der gegenüber dem Zukauf fertiger Weine besseren Qualitätskontrolle. Außerdem erhielt der Wein dadurch die begehrte Bezeichnung »Erzeugerabfüllung«, galt rechtlich als von uns selbst hergestellt. Nachdem ich die Verträge mit unseren Zulieferern überarbeitet hatte, wurde aus der Erzeugerabfüllung sogar eine Gutsabfüllung, ohne dass sich sonst etwas an dem Vorgang geändert hatte.

Was die Fachzeitschrift daran löblich fand, war wohl die Tatsache einer gewissen Existenzsicherung für viele Winzer. Denn wer zwar ein passabler Weinbauer war, mithin gesunde Trauben zu produzieren verstand, im Keller aber fachliche Mängel zeigte, verkaufte seine Ernte eben an uns. In Zeiten, die hohe Investitionen in die Kellertechnik erforderten, hatten viele Kleinbetriebe diesen Weg gewählt.

In neuerer Zeit, dies hatte den Anstoß zu dem Fachartikel gegeben, waren diverse Unternehmen am Markt aufgetaucht, die vorgaben, ähnlich zu arbeiten. Nur waren das nicht Weinbaubetriebe, es waren Investmentgesellschaften, denen jede Verwurzelung im Weinbau fehlte. Sie betrachteten Weingüter als bloße Wertanlage statt als Kooperationspartner. Meist residierten sie nicht einmal in einem Weinbaugebiet, sondern in den Toplagen von Frankfurt, Düsseldorf, Hamburg oder Berlin.

Ein Sperling, der sich mit einem Erdnusskern in den Rosmarinstrauch vor dem Fenster geflüchtet hatte, um ihn dort ungestört klein zu picken, faszinierte mich mehr als die in dem Bericht aufgelisteten Unternehmen. Lediglich eine der erwähnten Firmen fand mein Interesse, weil sie sich dem Trend zur Hochglanzadresse widersetzt und in einem ehemaligen Kloster im Rheingau angesiedelt hatte. Belustigt las ich den Kunstnamen »WINE GmbH« und betrachtete das Foto der beiden Macher. Das war zunächst ein Dr. Kai Uwe Henke, eher schmächtiger Mittvierziger mit Kurzhaarschnitt und dunkler Hornbrille, italienischer Markenanzug, erfolgssicher lächelnd, als Unternehmensgründer und Geschäftsführer bezeichnet. Und daneben Frank Molter, ein eher hemdsärmeliger, grobschlächtiger Typ mit Schlägervisage und der Vertrauen vernichtenden Ausstrahlung eines auf Kaltakquise spezialisierten Versicherungsvertreters. Molter wurde per Bildunterschrift als Betriebsleiter definiert. Das Foto zeigte ihn in lässiger Haltung an sein Fahrzeug gelehnt, einen weißen SUV mit Wiesbadener Kennzeichen.

»WI-NE 111, wie passend für das Fahrzeug einer WINE GmbH«, grinste ich.

Die Weinlese in Windesheim war zwischenzeitlich überwiegend abgeschlossen, so auch im Weingut am Taubenschlag. Dort war die Situation mittlerweile etwas entspannter. In den Tagen nach seiner Ohrfeige gegen Timmy hatte ich massiven Druck auf Michael ausgeübt. Letztlich war es aber Kerstin gelungen, einen Durchbruch zu erzielen. Praktisch wie sie eben veranlagt war, hatte sie vollendete Fakten geschaffen, und so lange mit den zuständigen Stellen telefoniert, bis Frau Schneiders Krankenkasse eine Haushaltshilfe vorbeischickte. Immerhin fünf Stunden täglich war nun für Haushalt und Kinder gesorgt.

Postwendend, das dürfte Kerstins Absicht gewesen sein, war ich auf Abstand zur Familie Schneider gegangen, äußerlich demonstriert durch meinen Austritt aus der Messenger-Gruppe. Die Zeit des Kinderhütens war für mich vorbei. Ich schaute zwar weiterhin regelmäßig nach den Kindern, aber höchstens jeden zweiten oder dritten Tag und nur dann, wenn ich es wollte.

Der Unfall der Frau Schneider lag mittlerweile sechs Wochen zurück. Michael erzählte wenig über sie. Zumindest hatte sie die Intensivstation verlassen können, lag jetzt im Uni-Klinikum in Mainz auf Station. Mit seinen Kindern hatte der Vater sie bisher kein einziges Mal besucht. Es sei ihnen noch nicht zuzumuten, meinte er. Ich drängte aber darauf, dass er die Familie wieder vereinte, und da ihm dies widerstrebte, spielte ich kurzerhand Chauffeur, indem ich Vater und Kinder an einem Sonntagmorgen Mitte Oktober in die Klinik kutschierte.

So lernte ich erstmals jene Frau kennen, um die sich seit über einem Monat ein nicht unwesentlicher Teil meines Lebens drehte. Nicht gerne, denn ich sah mich nur als Fahrer. Aber Michael und Maureen bestanden darauf. Ich kannte Graziella Schneider von Fotos als eine attraktive Frau und war entsetzt. Doch was sollte man erwarten, von einem Menschen, der nach Wochen der Intensivstation entronnen war, davor nur von Maschinen am Leben gehalten, teilweise künstlich ernährt, meistens alleingelassen mit sich selbst. Ihre Haut wirkte alt, ihr Haar war ungepflegt.

In der Beweglichkeit eingeschränkt durch Schläuche und Kabel, die mit ihrem Körper verbunden waren, schaute sie bei unserem Eintreten zuerst auf Michael und dann zu mir.

»Frankie?«, murmelte sie.

Michael unterdrückte den Ärger, der angesichts dieser Bemerkung sichtbar in ihm aufstieg und legte seine Hand auf ihre.

»Graziella, das ist ein Freund der Familie. Er heißt Julius und die Kinder mögen ihn sehr.« Eine seltsame Art, mich vorzustellen.

Graziella blinzelte mit den Augen. Offenbar hatte sie Schwierigkeiten, klar

zu sehen. »Julius?«, wiederholte sie.
Ein kleines Wort in Frageform, und doch so anders als ihr zuvor gemurmeltes »Frankie?«. Bei Nennung des Namens »Frankie« war sie kurz aufgeblüht, ihre Stimme hatte hoffnungsfroh geklungen. Meinen hingegen nuschelte sie monoton, drehte zusätzlich den Kopf weg von mir, zeigte, soweit es ihr überhaupt möglich war, größtmögliches Desinteresse.
Mir persönlich war es egal. Weshalb hätte sie erfreut reagieren sollen? Sie kannte mich nicht. Michael wirkte durch diese kleine Szene eher angefressen. Irgendetwas schien es mit diesem Frankie auf sich zu haben. Wenn eine Frau, halbwegs aus dem Koma erwacht, beim Anblick eines Mannes den Namen eines anderen nennt, würde mich das als Ehemann nachdenklich stimmen.

Von Seiten der Ermittlungsbehörden war Ruhe eingekehrt. Nach seinem forschen Auftritt im Weingut Schneider schien der Staatsanwalt verstummt. Ich hatte vorsorglich Akteneinsicht erbeten, aber nur ein ablehnendes Schreiben erhalten: Die Akten sind zur Zeit nicht verfügbar.
So etwas kann zweierlei bedeuten. Entweder ist die Akte tatsächlich nicht greifbar, weil sie bei der Polizei ist zur Durchführung von Vernehmungen oder bei einem Gutachter zur Beurteilung komplizierter Sachverhalte. Manchmal liegt die Akte aber durchaus auf dem Tisch des Staatsanwaltes, er will bloß keine Einsicht gewähren. Etwa weil er eine Hausdurchsuchung vorbereitet. Letzteres war hier der Fall, wie ich am Folgetag feststellen sollte.
Gegen sechs Uhr in der Frühe, ich füllte soeben die Meisenknödel in einer Futtersäule nach, klingelte mein Handy.
»Die machen mir den kompletten Laden links«, schrie Michael ins Telefon.
»Bin sofort da«, antwortete ich. Dabei wurde mir klar, dass dieser Morgen für die Kinder ein Schock werden würde.
Ich habe Durchsuchungen erlebt, bei denen von außen nicht zu erkennen war, was vor sich ging. Weil die Fahnder in privaten PKWs erschienen waren, verstreut geparkt und sich dann gesammelt hatten. Hat man sie jedoch vorher geärgert, wählen sie die andere Variante, den brachialen Auftritt der Staatsmacht.
Vor dem Weingut Schneider parkten zwei Streifenwagen und ein Polizeibus ordentlich in einer Reihe. Dazu einige private Limousinen kreuz und quer, so wie es im Fernsehen gerne gezeigt wird. Mit rasender Geschwindigkeit vorfahren, mit quietschenden Reifen bremsen und dann im Lauf-

schritt zur Haustür. Ich hatte diesen Teil des Einsatzes nicht miterlebt, weil es ihn wahrscheinlich so nicht gegeben hatte. Aber die Stellung der Fahrzeuge erweckte den Eindruck, nur dazu standen die Autos herum.
Auf dem Land ist früh Tag, daher war es dem Staatsanwalt nicht vergönnt gewesen, Michael in Unterwäsche aus dem Bett zu klingeln. Das Einschlagen der Haustüre war unterblieben, auch wurde niemand mit Waffen bedroht. Insofern gab es doch Unterschiede zwischen einem Weingut und einer Drogenhöhle. Der Rest des Programms war wie üblich: Polizeibeamte mit Gummihandschuhen, die sorgfältig jeden Schrank und jede Schublade öffneten, um alles darin anzufassen.
Michael sprang mir sofort entgegen, als ich die Küche betrat. Das Wohnhaus der Schneiders war so angelegt, dass man beim Hereinkommen unmittelbar in der Küche stand. Deshalb spielte sich alles immer dort ab.
»Guten Morgen, du könntest mir einen Kaffee machen«, begrüßte ich ihn.
Der Staatsanwalt vor Ort, es war der junge Heißsporn vom ersten Besuch, nahm das vertrauliche ›Du‹ gleich zur Kenntnis.
»Kennen Sie die Familie näher? Sind Sie miteinander verwandt?«
»Keine Angaben«, antwortete ich aus reinem Trotz. »Wo ist der Durchsuchungsbeschluss?«
Es soll Verteidiger geben, die nun schulmäßig den Tatverdacht, die Tatsachengrundlagen sowie die hinreichende Auffindungsvermutung prüfen. Ich habe mich damit nie aufgehalten, jedenfalls nicht vor Ort, wenn es gerade zur Sache geht. Was dann dringend von Interesse ist, steht weiter unten im Beschluss, meistens ganz am Ende: Welche konkreten Beweismittel werden gesucht?
Genannt waren »private Schriftstücke, die über die persönlichen Verhältnisse Auskunft geben« sowie »Reste von Treppenstufen« und »Reste von polizeilichem Absperrband«. Das würde ein langer Vormittag werden. Sie suchten die Nadel im Heuhaufen.
Soeben schleppte ein Beamter eine Holzschatulle heran, verziert mit aufwändigen Schnitzereien. Die Motive waren Reben und Trauben. Was hätte man in einem Weingut sonst erwarten sollen?
»Finger weg!« Michael war außer sich, beim Anblick der Schatulle in den Händen eines Beamten. Damit weckte er die Neugier des Staatsanwaltes.
»Dann wollen wir doch mal schauen, was sich darin verbirgt.«
Der Mandant brüllte auf, fast wie ein Tier. Ich belehrte ihn, dass sich das bloße Öffnen nicht verhindern ließ, allenfalls die anschließende Sicherstellung.

»Beruhige dich«, riet ich, während der Staatsanwalt die Kassette öffnete. Sie war innen mit purpurnem Samt ausgeschlagen und enthielt einen Weinkelch, der mittig lag, sowie zwei Messer je rechts und links davon. Ein Sammlerstück, gedacht für religiöse oder rituelle Zwecke, vielleicht auch nur eine Spinnerei wie Menschen sie eben gerne besitzen. Kein Gegenstand von Bedeutung für die laufende Untersuchung.
Aber wer Macht hat, will sie auskosten. Nur darum musste der Staatsanwalt den Kelch und die Messer anfingern, nicht weil es erforderlich war, sondern um Michael zu demütigen. Der hatte bald Schaum vor dem Mund, als er seinen Becher in den Händen eines anderen sah.
»Wohl ziemlich wertvoll, was ist das? Silber?« Dümmer hätte der Staatsanwalt nicht fragen können.
»Nach meiner Auffassung ist der Fuß des Kelches aus Bronze, die Schale aus Kupfer, der Inneneinsatz aus poliertem Messing«, belehrte ich ihn. »Außerdem handelte es sich zweifelsohne um eine Nachbildung des berühmten mittelalterlichen Tassilokelches, leider ohne dessen aufwändige Ornamente. Zudem ist der Knoten kunstvoll verfeinert mit einem Relief aus Weintrauben.«
»Sie kennen sich wohl aus«, kommentierte Staatsanwalt Dern abschätzig. Seine staatliche Hand klopfte primitiv an den Pokal, sein staatliches Ohr lauschte, ob und wie er klang.
Ich blaffte ihn an. »Suchen Sie den Kammerton A? Der steht gar nicht im Durchsuchungsbeschluss.«
Mittlerweile hatte er schon eines der Messer in den Fingern. Eine edle Handwerkskunst mit Zedernholzgriff, einer Klinge aus fein liniertem Damaststahl, in doppeltem Hohlschliff geschmiedet. Der Idiot von einem Staatsanwalt hatte keinen blassen Schimmer davon, wie die Schärfe eines Messers überprüft wird, nämlich indem man es an einen Fingernagel setzt und spürt, ob es greift.
»Ganz schön scharf«, meinte er, wobei sein Daumen plump auf die Klinge drückte. »Das kann hier bleiben«, entschied er.
Michael atmete schnaufend durch. Ich verstand seine Wut. Wenn Durchsuchungen derart schamlos in intimste Geheimnisse vordringen, werden sie entwürdigend. Zwar erfuhr ich die Bedeutung der Schatulle erst später, es hätte aber auch einem Staatsanwalt einleuchten müssen, dass sie nichts mit der Strafsache zu tun hatte, um die es hier ging. Wir konnten uns wieder dem eigentlichen Zweck dieses Behördenauflaufs zuwenden.
»Wo ist dein privater Schriftverkehr«, fragte ich den Mandanten.

Der griff nach einem Notebook, das er vor Dern aufklappte. »Hier ist mein Rechner, das Passwort gebe ich Ihnen, sobald Sie aus meinen Haus verschwunden sind. Dann können Sie lesen, so viel Sie wollen. Holzreste finden Sie draußen im Schuppen. Ein Absperrband werden Sie nirgendwo finden, weil es das nie gegeben hat.«
Das war genau die Philosophie, die ich mir ebenfalls für den Fall einer Durchsuchung zurechtgelegt hatte. In meiner Kanzlei wurde jeder Fetzen Papier gescannt und dann vernichtet. Zwar würde ich ein Notebook nie herausgeben, doch das Ergebnis war dasselbe. Es gab keine Schriftstücke, in denen die Polizei herumschnüffeln konnte.
Einem Polizisten, der soeben die Kochtöpfe aus der dafür bestimmten Schublade räumte, war dieser Unterschied ersichtlich fremd.
»Sind das Schriftstücke? Gibt es da was zu lesen?«, pflaumte ich ihn an.
Staatsanwalt Dern versuchte, sich schützend vor seinen Hilfsbeamten zu stellen. »Es muss untersucht werden, ob dort Schriftstücke versteckt sind«, argumentierte er, nicht so forsch wie beim letzten Mal, offenbar verunsichert, was augenblicklich zu tun war. Ich sah die Zeit für ein kollegiales Fachgespräch gekommen.
»Kaffee?«, bot ich an.
Er akzeptierte. Dann unterhielten wir uns ganz sachlich über die Frage, wie wahrscheinlich es sein mochte, dass zwischen irgendwelchen ungewaschenen Unterhosen, hinter einem Stapel Wurstkonserven oder eingenäht im Kopfkissen verdächtige Briefe zu finden waren.
»Mein Mandant hat Ihnen doch vollen Zugriff auf seinen Rechner gewährt, warum nehmen Sie dieses Angebot nicht an?«, empfahl ich.
Der Staatsanwalt war noch nicht völlig überzeugt. »Gibt es hier ein Büro?«
Michael führte ihn in sein Arbeitszimmer. Wie von mir erhofft, gab es kaum Papier dort, allenfalls einige Etikettenentwürfe, handschriftliche, aber unleserliche Kritzeleien auf dem Notizblock am Telefon, einen Wandkalender. Derart konsequent war das papierlose Büro nicht einmal bei mir umgesetzt. Ich verstand ein wenig besser, wie es Michael gelang, seinen Betrieb völlig allein zu führen. Er war ein Organisationstalent und Technikfreak.
»Wäre Ihr Mandant einverstanden, wenn wir seinen Rechner spiegeln?«
»Da ist meine ganze Buchhaltung drauf!« protestierte Michael.
»Ihre Buchhaltung interessiert mich nicht, Ihre Bankauszüge schon, aber die bekomme ich ohnehin auf anderem Wege, wenn es sein muss.«
Ich hatte zwischenzeitlich den Durchsuchungsbeschluss weiter studiert,

deshalb zog ich meinen Klienten in eine Ecke, zwecks vertraulicher Beratung.
»Hast du diesen Beschluss gelesen?«
»Ja.«
»Die suchen nicht dein Schwarzgeld.«
»Ich habe kein Schwarzgeld.«
Mit dem Finger zeigte ich auf einen Passus des Beschlusses, die Auflistung der Beweismittel. »Angaben der Ehefrau sowie des Zeugen Molter« stand dort.
»Hast du irgendeine Vorstellung, was das bedeutet?«
»Nein.«
»Befindet sich privater Schriftverkehr auf deinem Rechner? Mailverkehr mit deiner Frau oder sowas?«
»Ich wäre froh, wenn sie schon wieder E-Mails schreiben könnte.«
»Ältere Mails. Solche von vor dem Unfall.«
»Nein. Wozu sollten wir uns Mails schreiben?«
»Private Briefe, die du gescannt hast?«
»Gibt es nicht.«
Der Staatsanwalt räusperte sich. Es dauerte ihm zu lange. Michael schaute mich ratlos an. Er schien mir arglos. Es war Zeit, eine Entscheidung zu fällen.
»Wenn Sie mir zusagen, dass die Auswertung sich auf privaten Schriftverkehr beschränkt, gibt mein Mandant das Notebook zur Spiegelung frei. Ich muss mich aber darauf verlassen können, dass nicht seine Buchhaltung und seine Geschäftsvorgänge ausgelesen werden. Außerdem sollte die Durchsuchung der Wohnräume damit abgeschlossen sein und draußen fortgesetzt werden.«
»Wir brauchen den IT-ler«, meinte der Staatsanwalt zu einem Polizisten und dann drohend zu mir: »Es geht uns hier nicht um die Richtigkeit der Steuererklärung, so viel dürfte Ihnen klar sein«.
Diese Drohung war berechtigt. Steuerhinterziehung ist nicht immer eine Bagatelle. Aber grundsätzlich wiegt sie weniger schwer als das Verfahren, welches sich hier anbahnte, weniger als versuchter Mord.
Kurz darauf erschien ein Beamter mit einer mobilen Festplatte, die er an Michaels Notebook anschloss. Ein paar geübte Handgriffe folgten, schon wanderten Daten von einem Ort zum anderen.
Die übrigen Polizisten im Haus brachen auf Weisung des Staatsanwaltes umgehend die Durchsuchung ab und begaben sich in den Hof. Zumindest

die Privaträume waren wieder freigegeben, bevor Patrick und Timmy erwachten. Bei denen hatte ich die meisten Bedenken hinsichtlich der Auswirkungen einer miterlebten Polizeiaktion.
Angespornt von diesem Erfolg setzte ich mir in den Kopf, die Polizei vom Hof zu bekommen, solange die Kinder noch schliefen.
Draußen war ein weiterer Trupp Ermittler damit beschäftigt, das komplette Weingut zu filzen. Ich hatte bisher hilflos zusehen müssen, wie sie die einzelnen Räume des Betriebes durchwühlten, denn ich konnte nicht überall sein. Zwischenzeitlich hatten die Beamten außerhalb des Wohnbereiches diverse Kartons Material verpackt und abtransportiert. Welche zielführenden Beweismittel hofften sie da zu finden? Mein Instinkt riet zur Gelassenheit. Selbst wenn unter all dem Werkzeug, das sie vom Hof schleppten, eine Säge war mit Michaels Fingerabdrücken und Spuren der durchsägten Treppenstufen, hätte sich dies höchst simpel erklären lassen. Er arbeitete doch tagtäglich mit den Geräten.
»Wo ist der Schuppen mit dem Holz?«, trieb ich Michael an.
Der führte uns dorthin, wo die ausgewechselten Treppenstufen lagen. Ein Polizist ergänzte das Sicherstellungsprotokoll um drei Stück gebrochene Stufen.
»Da sind die gesuchten Tritte. Wollen Sie jetzt allen Ernstes das komplette Weingut nach rot-weißen Plastikschnipseln durchsuchen lassen?«, kritisierte ich den Staatsanwalt.
Der war nicht abgeneigt, doch die dienstälteren Polizisten rieten ihm dringend ab.
»Wir sind für heute fertig«, entschied er schließlich.
»Für heute?«, entrüstete sich Michael.
»Komm lass uns die Herren nach draußen geleiten«, sagte ich mit einem warnenden Augenzwinkern. Bloß keine Provokationen.
»Wer unterschreibt mir das Sicherstellungsprotokoll?«, warf der zuständige Polizist ein.
Ich schaute nach oben zu den Fenstern der Kinderzimmer. Noch war kein Licht an. Eine Pflicht, solche Protokolle abzuhaken, gibt es nicht, aber ich war neugierig.
»Zeigen Sie mal her das Ding.«
Sie hatten Werkzeuge sichergestellt, alles, womit man ein Stück Holz bearbeiten konnte. Meinetwegen. Mochten sie glücklich werden damit.
»Auf dem Rechner ist auch die gesamte Wein- und Kellerbuchhaltung«, mischte der Mandant sich ein. »Dürfen die das eigentlich auswerten?«

Im ersten Stock des Wohnhauses ging ein Licht an. Die Kinder wurden wach. Verdammt!
»Würden Sie bitte bestätigen, dass Sie hier nicht heimlich in Weinstrafsachen ermitteln«, bat ich den Staatsanwalt.
»Wir werden nur einen Blick darauf werfen. Nach einer groben Sichtung werden die Unterlagen gelöscht.«
Was fiel dem denn ein? Ich hätte widersprechen und durchsetzen müssen, dass die Wein- und Kellerbuchhaltung nicht eingesehen wird, bevor ein Gericht über meine Bedenken dagegen entschieden hatte. Doch das würde zu Diskussionen führen und Zeit kosten. Zeit, die ich nicht hatte.
Ohnehin waren solche Zusagen eines Staatsanwaltes nichts wert, weil sie sich nie daran hielten. Aber das konnte ich Michael jetzt schlecht sagen. Nicht auszuschließen, dass ich soeben meinen eigenen Mandanten ans Messer lieferte. Für mich zählte jedoch nur, dass die Polizei vom Hof verschwand.
»Hake es ab.« Ich nickte dem Winzer, den ich hier so miserabel vertrat, zu, damit er unterzeichnete.
Der Staatsanwalt grinste zynisch. »Einen schönen Tag noch.«
Kaum war das letzte Polizeiauto davongebraust, hörte ich Kinderstimmen. Timmy schaute verschlafen aus einem Fenster. »Juuulius, was machst du denn hier?«
»Guten Morgen, kleiner Mann. Zeit zum Aufstehen.«
»Ich bin doch schon auf. Willst du mit uns frühstücken?« Sein Kopf verschwand wieder vom Fenster, seine hell krähende Stimme war weiter zu hören. »Julius frühstückt heute mit uns«, informierte er seine Geschwister.
»Ich fahre schnell ins Dorf, um frische Brötchen zu besorgen«, rief ich in Richtung des Fensters im ersten Stock.
»Julius holt frische Brötchen«, freuten sich dahinter Kinderstimmen.
Nach einem gemeinsamen Frühstück gingen die Kinder ihrer Wege, Patrick und Timmy in den Kindergarten, Maureen zum Schulbus. Michael blieb entspannt am Küchentisch sitzen und lass die Tageszeitung. Seit dem Abzug der amtlichen Schnüffler schien die Angelegenheit für ihn erledigt. Dabei fingen seine Probleme jetzt erst richtig an. Aber das würde er selbst bald merken.
»Ich fahre dann in die Kanzlei«, sagte ich.
Abrupt kam er auf den Beginn dieses Morgens zurück.
„Ich frage mich, wie das geht, wenn die einmal etwas ganz Kleines suchen, einen Schlüssel vielleicht, ein einzelnes Messer, ein bestimmtes Foto oder

ähnliche Winzigkeiten. Wie wollen die das in so einem Weingut überhaupt finden?«
»Nimm das nicht zu sehr auf die leichte Schulter«, warnte ich. »Bei einer der längsten Durchsuchungen, die ich je miterlebt habe, ging es nur darum, einen bestimmten USB-Stick zu finden.«
»Und, wurde er gefunden?«
»Mein Mandant hatte ihn bei Eintreffen der Polizei geistesgegenwärtig verschluckt. Daher blieb die Suche erfolglos. Ansonsten hätten sie das Ding gefunden, schätze ich. Sie haben wirklich jeden Stein umgedreht.«
Michael schaute erschrocken auf, als sei ihm jetzt erst bewusst geworden, wie anders diese Durchsuchung hätte enden können.
»Ich muss los, ich habe Gerichtstermine. Danach bemühe ich mich um Akteneinsicht. Heute Abend müssen wir uns dringend besprechen. Sieh zu, dass die Kinder rechtzeitig zu Bett gehen«, verabschiedete ich mich.
»Kein Problem. Ich habe da allerdings noch ... also da kommt noch jemand ... ein Kunde«. Michael schien etwas unschlüssig. »Geht es nach acht Uhr?«
»Passt.«
»Aber nicht früher, denn da habe ich zu tun.«
»Ja, ich habe verstanden, du hast noch einen Kunden.«
»Genau«, bestätigte Michael. »Also keinesfalls vor Acht.«

Die amtliche Ermittlungsakte wurde mir weiterhin nicht überlassen, trotz persönlicher Vorsprache beim Staatsanwalt unter Berücksichtigung meiner bewährten Taktik. Irgendwann war mir aufgefallen, dass Staatsanwälte sich immer um zehn Uhr zu einer Kaffeerunde treffen. Daher hatte ich es mir zur Gewohnheit gemacht, sie um kurz vor zehn aufzusuchen. Dann waren sie am kooperativsten in der Hoffnung, mich schnell wieder loszuwerden. Leider funktionierte dieser Trick bei Dern nicht.
»Sie wissen doch selbst, dass wir heute Morgen durchsucht haben. Der Bericht muss noch geschrieben werden, dann lasse ich Ihnen den Vorgang zukommen.«
»Es würde mir genügen, die Akte kurz zu überfliegen.«
»Sie ist nicht verfügbar.«
Wozu musste dieser Justizbeamte sich nur derart aufspielen?
»Haben Sie die Ehefrau meines Mandanten vernommen oder vernehmen lassen?«, wollte ich wissen.
»Nein, es gab keine Vernehmung.«
»Aber im Durchsuchungsbeschluss steht etwas von Angaben der Ehefrau.«

»Die müssen ja nicht durch eine Vernehmung zur Akte gelangt sein.«
»Und wer ist dieser Molter?«
»Das werden Sie lesen können, wenn Sie die Akte haben.«
Es war sinnlos, er mauerte. Ich gab diesen Versuch auf.
Die Mittagspause verbrachte ich in der Stadt. Von meiner Kanzlei kommend führte der Weg dabei genau gegen die spätherbstliche Sonne. Die schien tief und gleißend in die Fußgängerzone hinein. Ich ging am äußersten Straßenrand im Schatten der Häuser, damit ich überhaupt etwas sehen konnte. Vor dem »Käuzchen«, einer Weinstube im alten Kreuznacher Stil, traf ich auf Mattis, einen Rentner, mit dem ich hin und wieder einige Gläser Wein trank. Er war gebürtiger Norddeutscher, aus Husum, wenn ich mich recht entsinne, aber schon länger in der Stadt wohnhaft, als ich dort lebte. Dennoch grüßte er, eine Reminiszenz an seine Herkunft, rund um die Uhr mit »Mahlzeit«, was zur jetzigen Mittagsstunde wenigstens passte.
»Den trockenen Riesling, wie immer?«, fragte die Bedienung.
»Und den Handkäse dazu«, sagte ich.
Handkäse wurde im Bistro Käuzchen nicht nach Mainzer Art angemacht, sondern mit einem selbst erfundenen »naheländischem Dressing« auf Basis von Balsamico statt Weinessig. Ich genoss einen Schluck vom Riesling, ließ mich von der Sonne bescheinen und betrachtete die Umgebung. Links ein Hutgeschäft, wo gab es solch einen traditionellen Laden überhaupt noch? Vor mir ein Antiquitätengeschäft, schräg gegenüber Lederwaren. Ein kleiner Platz, ein alter Brunnen, Fachwerkhäuschen, enge Gässchen.
»Schön haben wir es hier«, schwärmte ich. »Da fahren die Leute mit viel Aufwand in den Süden, um genau das zu finden, was hier vor ihrer Türe liegt.«
»Bis auf den Müll«, brummelte Mattis mit Blick auf einen Berg gelber Säcke.
»Stimmt, den sollte man besser frühmorgens abtransportieren.«
»Er liegt schon drei Tage dort. Manche Mitbürger kümmern sich nicht mehr um die Abfuhrzeiten, die schmeißen ihren Kram einfach auf die Straße, wenn ihre Mülltonnen voll sind.«
Da war es wieder, dieses Gefühl eines untergehenden Viertels.
»Wenigstens hier lässt es sich noch leben, wenigstens heute«, wischte ich den negativen Gedanken weg.
»Aber der Verfall wird so plastisch«, erwiderte der Rentner.
Was er in seinem Berufsleben gearbeitet hatte, wusste ich nicht. Als Ruheständler pflegte er einen ähnlichen Lebensstil wie ich, und zwar den des

Wirtshausgängers. Das ist eine aussterbende Spezies, die es liebt, an manchen Phasen des Tages nichts Konkretes zu tun, und dem Leben dann in einem Straßencafé oder an einer Theke zu frönen. So hatten wir uns auch kennengelernt, denn wer sich öfter an den gleichen Orten trifft, kommt schließlich miteinander ins Gespräch.

Für Wirtshausgänger waren die Zeiten in Kreuznach schwer geworden. Die traditionellen Treffpunkte verschwanden in beängstigender Geschwindigkeit. Eine Stadt mit ehemals einer der höchsten Kneipendichten im ganzen Land, verwandelte sich allmählich zu einem Zentrum alkoholfreier Lebensformen. Mattis erinnerte mich an den Grünen Kranz, die Brasserie, den Rebstock, das Mainzer Rad und einige andere rustikale Schenken, die in letzter Zeit für immer geschlossen hatten.

»Ich treffe mich mit meiner Rentnerrunde heutzutage im Bahnhofs-Bistro zum Frühschoppen. Weil es sonst keine ordentlichen Treffpunkte mehr gibt«, beklagte er sich.

»Dort gefällt es euch nicht?«

»Zumindest am Zahltag ist das Publikum schon sehr speziell.«

»Woran liegt es, dass die guten Wirtschaften alle verschwinden?«, fragte ich.

»Die Gäste bleiben aus, solche wie wir, die es noch genießen können, beim Wein zu sitzen.«

»Und was tun die Gäste jetzt?«

Mattis war Pfeifenraucher. Er paffte einige Male, blies Rauch in die Luft und trank einen Schluck von seinem Rotwein.

»Er existiert ja nicht, der typische Gast«, fuhr er dann fort. »Die 1-Euro-Biertrinker aus der Eintracht und die Snobs in der Vinothek gehen weiterhin aus. Aber dazwischen gibt es nahezu keine Wirtshausgänger mehr. Es fehlt an der Mittelschicht«.

»Aber wo ist sie denn geblieben, die Mittelschicht?«

»Sie hat ihr Ausgehverhalten völlig verändert. Bei denen wird das Gastgewerbe überwiegend als Event angesehen. Die Männer spielen Squash, anschließend treffen sie sich beim Griechen, die Frauen machen Yoga, danach gehen sie zum Thai. Der Besuch der Gastronomie braucht für sie einen Anlass, er dient nicht mehr dem individuellen dolce far niente. Daran sterben solche Orte wie dieser hier.«

Wieder schmauchte er die Pfeife. Ich wusste nichts zu antworten, bestellte lieber einen weiteren Wein. Für Mattis war dies wie ein Stichwort.

»Weißt du, wie viele Anwälte ich kenne?«

»Fünf? Zehn?«
»Alle. Ich kenne sie alle in dieser Stadt.« Zwei Züge an der Pfeife, dann ließ er mich den tieferen Sinn dieser Behauptung hören. »Einige wenige würden zur Mittagsstunde ein Glas Wein trinken. Aber keiner ein zweites. Außer dir, Julius.«
»Das ist der Grund, weshalb die Justiz weiter funktioniert, auch wenn die Kneipen sterben.«
»Für dich mag das erfreulich sein, für mich wird es allmählich zum Problem.«
»Für mich etwa nicht? Was wird von der Lebensqualität dieser Stadt übrig sein, wenn ich erst in den Ruhestand gehe?«
»Irgendetwas wird bleiben, Kreuznach hat manches zu bieten. Aber die Wirtshauskultur stirbt.«
Letztlich war es wie immer erfrischend, ihm ein Weilchen zuzuhören. Länger als zwei Glas Wein musste das aber nicht währen.
Vom »Käuzchen« aus schlenderte ich über die alte Nahebrücke. Die war nach jahrelangen Sanierungsarbeiten endlich wieder frei begehbar, neuerdings bestückt mit eckigen Betonklötzen, diese wiederum dekoriert mit den Duftmarken zahlreicher Hunde. Die Bevölkerung störte sich an den Würfeln aus Zement, ich mich eher an den stinkenden Spuren der Köter. Richtig zufrieden war jedenfalls niemand mit dem neuen Aussehen der Brücke, was typisch ist für diese Stadt.
Ich erreichte den Kornmarkt und steuerte »*Karin's Bistro*« an. Davor hätte man ebenfalls in der Sonne sitzen können, es saß aber keiner draußen, weshalb ich eintrat. An der Theke lungerte eine Hand voll Leute herum, darunter ein Aktiver der Fidelen Wespe, meines Karnevalsvereins.
»Trockener Schoppen, wie immer?«, fragte der Wirt. Es war eine Scheinfrage, denn schon stand das Remischen vor mir.
»Hast du mitbekommen, was die Truppe im Stadthaus wieder ausgeheckt hat?« Der Fastnachter fing bereits an zu lachen, bevor er es mir erzählte. »Heute in einem Monat ist Kampagnenbeginn und wir haben natürlich wieder mehr Anfragen nach Karten als freie Plätze. Aber wenn dieser Stadtrat mal während einer Wespensitzung tagen würde, müssten wir die Zuschauer nicht abweisen, sondern könnten sie weiterschicken in den Sitzungssaal.« Er prustete in seine Roséschorle.
Nicht nur berufsbedingt, auch aufgrund meines familiären Hintergrundes war ich grundsätzlich bestens über die Interna der Stadtpolitik informiert. Da wechselten die Stadträte so schnell zwischen den Fraktionen hin und

her oder gründeten einfach neue, dass es kaum noch möglich schien, den Überblick zu behalten. Ähnlich strapaziös war es, die Umsetzung städtischer Bauprojekte zu verfolgen, die regelmäßig den kalkulierten Rahmen um ein Vielfaches sprengten. Als Bürger mit Herz für seine Stadt kam man aus dem Staunen nicht heraus, mit welcher Leichtigkeit die Verwaltung sich immer wieder um Millionen verplante.

An der Theke wurde es mucksmäuschenstill, als mein Karnevalistenfreund und ich uns zwei oder drei Schoppen lang die Bälle kommunaler Pleiten und Pannen zuspielten wie bei einem Tennismatch. Zuletzt war wiederum der erbärmliche Zustand der historischen Altstadt, des schönsten Teils der Stadt, unser Thema. Der Karnevalist brachte es treffend auf den Punkt: »Das Viertel ist nur halb so groß wie der Berliner Zentralfriedhof, aber es ist doppelt so tot.«

Dann stellte ich das leere Remischen ab und zahlte.

»Ich muss weiter.«

»Allez hopp.«

Zurück blieben staunende Zuhörer. Die hatten jetzt was zu erzählen.

Mein nächstes Ziel war die »Kleine Kneipe«, betrieben von drei Kolumbianerinnen. Deshalb und weil sie mitten in der Fußgängerzone lag, suchte ich die Schenke nicht ungern auf. Die Tische im Freien standen noch im Sonnenschein, als ich mich setzte.

»Eine kleine Weinschorle, wie immer?« Ich nickte.

»Hast du schon gehört, wer gestorben ist?«, kam es vom Nachbartisch.

»Ach, Christine, grüß dich. Ich hatte dich gar nicht bemerkt. Wer ist gestorben?«

»Der Friedhelm.«

»Kenne ich den?«

»Natürlich. Ihr seid doch vorletzten Sommer zusammen beim Fischerstechen angetreten. Der Friedhelm war der Ruderer neben dir.«

»Wie? Und der ist tot?« Ich war kurz geschockt. »Was ist passiert?«

»Der Krebs hat ihn zerfressen.«

Christine setzte mich über die Details in Kenntnis. Ganz nebenbei erfuhr ich zudem, dass die Erben bereits zerstritten waren, sie Anwälte eingeschaltet hatten und der Konflikt die Beerdigung noch trüber gemacht hatte, als es solche Anlässe ohnehin sind.

»Schade um ihn«, fügte ich ein, als sie irgendwann Luft holte.

»Ja, wirklich, sehr schade. Aber weißt du, wer auch noch schwer krank ist?«

Die zweite Weinschorle schmeckte mir nicht so wie die erste, weil mich

Christines Dauerbeschallung zunehmend hinab zog. Bald hatte ich den Eindruck, alle Kreuznacher seien schwer erkrankt, kürzlich gestorben, mitten in einer Trennung, fristlos gekündigt, wohnungslos geworden oder auf dem Weg, vom Rotenfels zu springen.

»Und du?«, fragte sie plötzlich. »Bist du tatsächlich nach Windesheim gezogen?«

»So ist es«, bestätigte ich.

»Ich kaufe da zwar hin und wieder Wein, aber dass man da auch leben kann, hätte ich nicht gedacht.«

Ich überlegte, ihr von den Vögeln vor meinem Wintergarten zu erzählen. Doch Christine war ein Stadtkind, fest verwurzelt, unverpflanzbar – wie ich einstmals. Die knapp über tausend Einwohner Windesheims würden kaum reichen, ihr Bedürfnis nach Klatsch und Tratsch zu stillen.

Wieder war es Zeit, weiter zu wandeln. Es zog mich zur »Osteria 172.« Dort lagen die Außenplätze leider schon im Schatten, ich suchte aber ohnehin den Kontakt zum Inhaber. Ein Platz an der Theke schien mir darum vorzugswürdig.

»Ciao Avvocato, einen guten Rotwein, wie immer?« Gianni, der italienische Wirt öffnete einen Primitivo di Salerno und gönnte mir den Probeschluck.

»Hervorragend«, bestätigte ich nach kurzer Verkostung. »Schenk ein.«

Draußen hastete ein Anwaltskollege vorbei, sah mich drinnen sitzen, kehrte um und kam an die Bar.

»Kollege Dexheimer, schon wieder beim Weintrinken?«

»Und was für einen, den solltest du probieren.«

»Nein danke, ich habe noch Meetings, aber ich nehme einen Kaffee.«

Seit wann Besprechungen einer Weinverkostung entgegenstanden, erschloss sich mir nicht. In Zeiten, da man diese »Meeting« nannte, musste das möglicherweise so sein.

»Schon mit der neuen Beisitzerin von der vierten Kammer zu tun gehabt?«, fragte der Kollege.

»Die Vierte? Das ist doch die Auffangkammer.«

»Ich mache doch kein Strafrecht, natürlich meine ich die Zivilkammer.«

»Da erwischst du mich eher auf dem linken Fuß. Was hat es auf sich mit der Beisitzerin?«

Der Primitivo war derart süffig, dass ich ein zweites Glas nicht ausschlagen konnte, als es mir von Gianni angeboten wurde. Mein Kollege ereiferte sich derweil kaffeetrinkend über eine Richterin, die ich kaum kannte.

»Ich kann dir sagen, die ist alles andere als berauschend«, schloss er seinen

Monolog.
»Gutes Stichwort. Gianni, ich nehme noch einen.«
Mein Kollege schien in letzter Zeit eher missliche Erfahrungen mit unserem Gericht gemacht zu haben. Ich konnte das meinerseits nicht nachvollziehen, aber es war aufschlussreich zu hören, was sich in anderen Anwaltskanzleien so tat.
»Ich übernehme deinen Kaffee«, bot ich an, als er zu seinem Meeting oder was auch immer eilte.
Gianni schwenkte die Flasche Primitivo. »Ist nicht mehr viel.«
»Nun denn, aber dann muss ich weiter.«
Auf dem Rückweg zu meiner Kanzlei schaute ich in der »Eisdiele Panciera« vorbei, ebenfalls ein netter Ort, um nur in der Sonne zu sitzen.
»Espresso und eine Grappa dazu, wie immer?«, fragte die italienische Serviererin, nickte kurz und gab die Bestellung auf, ohne auf meine Zustimmung zu warten.
Die Eisdiele würde am Wochenende schließen und erst im Frühjahr wieder öffnen. Daher genoss ich es, völlig allein mit meinen Gedanken das milde Herbstwetter zu genießen. Den Prosecco, der mir vom Inhaber zum Abschied angeboten wurde, lehnte ich nicht ab. Die Grappa aufs Haus genauso wenig.
Dann kehrte ich in meine Kanzlei zurück, ohne etwas Wesentliches aus den vielen Gesprächen jenes Nachmittages mitzunehmen. Aber genau dies war der Sinn des Wirtshausgehens. Man trifft sich, man redet, man trinkt gemeinsam, verbringt Zeit, kurzum: Man lebt.
Nur kam mir dieser Zeitvertreib an jenem Tag eher schal vor. Jahrzehnte hatte ich so gelebt, tagein tagaus. Es war mir wie der natürliche Ablauf eines Lebens in dieser Stadt erschienen. Jetzt war da jählings eine Leere, die sich mit der hinter mir liegenden Kneipentour nicht mehr füllen ließ. Die traditionellen Wirtshäuser sterben aus, die Kommunalpolitik richtet Kreuznach zugrunde, alte Bekannte sind verstorben, anderen geht es miserabel, am Gericht weht ein neuer, für Anwälte nicht immer günstiger Wind und meine Lieblingseisdiele schließt. Gab es hier denn nichts Erfreuliches mehr?
Nein, ich fühlte mich nicht besser nach diesem kurzen Ausflug in die Stadt. Solche Lustbarkeiten waren nicht länger mein Leben. Die Schwelle zu etwas Neuem wartete darauf, überschritten zu werden. Meine Zeit als Kreuznacher lief ab.
Kerstin hatte einen Block voller Notizen, mit dem sie nervte. Es war mir

lästig, mit ihr Fragen des Kanzleibetriebes zu erörtern. Nur hatte sie den Vorteil, zwischen meinem Schreibtisch und der Tür Platz genommen zu haben. Ich kam buchstäblich nicht um sie herum. Nach einer ermüdend langen Besprechung konnte ich endlich gehen. Ich wollte nach Hause, ein wenig die Vögel beobachten und den Termin mit Michael vorbereiten.

Auf der Rückfahrt fiel mir ein, dass ich morgens den Durchsuchungsbeschluss im Weingut Schneider hatte liegen lassen. Daher steuerte ich zunächst dorthin. Michael schaute mich entgeistert an, als ich dort auftauchte.

»Nach Acht war ausgemacht.«

»Ja, ich bin auch gleich wieder weg. Kannst du mir nur kurz ...«.

In der Küche saß eine äußerst elegante Dunkelhaarige, die mich keck anschaute. Das war also der Kunde, den Michael morgens erwähnt hatte. Eine Frau, die um ihre Wirkung wusste, wenn sie nun wie unbeabsichtigt die Hand hob, um sich eine Locke aus der Stirn zu streichen. Die nicht nur zufällig danach den Anhänger ihrer Halskette berührte und die Finger dann unter meinen faszinierten Blicken langsam abwärts gleiten ließ. Deren Mund, auch wenn sie schwieg, nicht völlig geschlossen, sondern leicht geöffnet war, so dass ihre vollen Lippen einladend zur Geltung kamen.

»Guten Tag, Dexheimer mein Name«, stellte ich mich vor. Der Ausdruck ihrer Augen wechselte von frech zu spöttisch.

»Nach Acht war ausgemacht«, betonte Michael verärgert, drückte mir den Durchsuchungsbeschluss in die Hand, schob mich zur Tür, obwohl ich gerade mit Wohlgefallen seine Kundin betrachtete.

»Du hättest uns ruhig bekannt machen können«, beschwerte ich mich draußen.

»Verzieh dich«, schimpfte er nur.

Eineinhalb Stunden später war ich wieder zurück, diesmal nach Acht. Beim Betreten der Küche nahm ich den Duft ihres Parfüms erneut wahr, ein dezenter Geruch von schwarzen Rosen. Michael hatte jetzt blendende Laune.

»Hallo Julius, ein Glas Wein?«

»Gerne.« Ich setzte mich und kam umgehend zur Sache. »Wer ist der Zeuge Molter?«

»Unser Betriebsberater besser gesagt Graziellas Betriebsberater. Ich hätte ihn nicht gebraucht.«

»Und warum sagt er dann gegen dich aus?«

Michael wirkte verblüfft. »Was redest du da?«
»Hast du den Durchsuchungsbeschluss nicht ordentlich gelesen? Die wesentlichen Beweismittel sind nicht eine kaputte Treppe oder ein verschwundenes Absperrband, sondern Zeugenaussagen, und zwar von deiner eigenen Frau und von diesem Molter.«
Der Winzer umfasste sein Glas fester. Kurz fürchtete ich, er wolle es in der Hand zerquetschen.
»Was für Aussagen?«, knurrte er.
»Kann ich dir leider noch nicht sagen. Die Akteneinsicht wird mir nach wie vor verweigert. Allerdings habe ich nicht den Eindruck, dass deine Frau selbst etwas ausgesagt hat. Es scheint mir eher, als ob irgendetwas, das sie angeblich gesagt haben soll, von diesem Molter kolportiert wurde. Jedenfalls solltest du den Typen nicht mehr in eurer Nähe lassen. Jag ihn vom Hof, falls er sich jemals hierher traut.«
»Das ist einfacher gesagt als getan.«
»Warum? Es ist dein Weingut, du bist der Hausherr.«
»Mag sein, aber es ist sein Geld, mit dem wir hier wirtschaften. Jedenfalls teilweise. In nicht ganz unerheblicher Weise, um genau zu sein.«
»Das nennst du genau? Etwas mehr Information fände ich hilfreich.«
Michael schenkte unsere Gläser nach. Dann erhob er sich, stampfte nervös im Zimmer hin und her, nippte an seinem Wein. Ziemlich oft, ziemlich schnell hintereinander. Er musste sich bald erneut nachfüllen, bevor er endlich mit der Sprache herausrückte. Umgehend wurde mir klar, weshalb mich der Name Molter so beschäftigte. Es handelte es sich um den Widerling mit Schlägervisage, den ich in meiner Weinzeitschrift gesehen hatte. Er war in Zusammenhang mit einem Unternehmen aus der Weinbranche genannt worden, dessen Name mir nicht mehr einfiel. Aber aus Michaels Erzählung ergab es sich: die WINE GmbH.
»Ihr seid also in die Fänge dieser Weingutsausschlachter geraten?«
»Anfangs klang das gut und vielversprechend.«
»Jedes Geschäftsmodell klingt am Anfang so. Die wenigsten sind es tatsächlich.«
»Mittlerweile ist mir dies auch klar geworden.«
Es dauerte einige Gläser lang, bis ich Michaels Erläuterungen sinnvoll zusammengefügt hatte. Am Ende zeigte sich ein relativ simples Konzept: Das Weingut Schneider hatte hohen Investitionsbedarf. Maschinen und Kellertechnik waren nicht auf dem neuesten Stand. Soweit ich es bisher mitbekommen hatte, handelte es sich nicht um völlig veraltetes Inventar.

Man hätte durchaus damit arbeiten können, aber für die wirklichen Spitzenqualitäten benötigt man im Weinbau eben modernste Gerätschaften. Ein Eichenfass mag nett anzuschauen sein. Es hat auch seine Berechtigung bei der Lagerung des fertigen Weins. Aber die Gärung des Mostes steuert sich besser in Edelstahltanks, bei denen die Temperatur einstellbar ist und verschiedene Messungen automatisch erfolgen.

Sein Streben nach Verbesserung der Qualität hatte Michaels Frau unterstützen wollen durch die Einschaltung externer Berater. Es gibt heutzutage etliche davon auf dem Markt. Letztlich handelt es sich um Unternehmensberatungen, mithin um Firmen, denen die Lizenz zur Rechts- oder Steuerberatung fehlt, weshalb sie in dem Graubereich dazwischen hantieren, ihre Kunden mit Tabellenkalkulationen und Organigrammen zu beeindrucken versuchen. So wie Steuerberater ihre Klientel bisweilen schädigen, indem sie Arbeits- oder Kaufverträge als fertige Muster liefern, ohne zu verstehen, worauf es dabei ankommt. So zerstören Unternehmensberater oft die wahren Existenzgrundlagen eines Betriebes, weil sie dessen individuelle Qualitäten als Störfaktor in ihrer Excel-Einheits-Welt begreifen.

Das Konzept der WINE GmbH war etwas perfider. Gewöhnliche Unternehmensberater übertragen nur Daten ihrer Kunden in Programme, um dann vorgefertigte Lösungen zu verkaufen, Die WINE GmbH wusste solche Informationen wenigstens zu nutzen – leider nur für sich. Vieles in einem Weinbaubetrieb lässt sich ändern, eines bleibt unveränderlich und macht den wahren Wert des Weingutes aus: die Lagen. Auf über 4.000 Hektar wachsen an der Nahe Reben, aber nicht jede wurzelt in der Niederhäuser Hermannshöhle.

Exakt an diesem Punkt setzten offenkundig die Analysen der WINE GmbH an.

»Sie haben sich jeden einzelnen Weinberg von uns genau angeschaut«, jammerte Michael, der dabei war, die vierte Flasche des Abends zu öffnen.

»Klingt endlich mal nach einem Unternehmensberater, der auch Ahnung hat«, erwiderte ich. »Sie kennen sich aus in deiner Branche. Das ist schon wesentlich mehr als durchschnittliche Unternehmensberater leisten.«

»Wenn du wüsstest…«. Sein Gejammere half nicht weiter.

Michael wirkte angetrunken. Ich fand gerade erst Vergnügen an dem Gespräch, mein Gegenüber hatte bereits Probleme, seinen eigenen Gedanken zu folgen. Eine Erfahrung, die ich regelmäßig machte. Winzer sind selten ausdauernde Trinker. Möglicherweise liegt es daran, dass sie den ganzen Tag Weine probieren und daher meistens spucken. Sie lassen den Wein

nur auf der Zunge sich entfalten, spüren seinen Aromen, seiner Säure, seinem Bukett nach, schlucken ihn aber nicht unter. Wenn sie dann mal nicht spucken und am Ende sogar ein oder zwei Fläschchen intus haben, steigt er ihnen gleich zu Kopf. Weine verkosten und über sie philosophieren kann man mit Winzern ausgezeichnet, an Trinkfestigkeit mangelt es ihnen eher. Zechen sollte man darum besser mit anderen.
»Konzentrier dich nochmal und lass uns darüber nachdenken, weshalb dieser Molter dir schaden möchte und vor allem, was er gegen dich in der Hand hat«, mahnte ich.
»Sweetwine«, lallte der Mandant zwischen einem Sturztrunk und dem Nachschenken. Er war längst auf dem Weg ins Delirium. Die Ergebnisse dieser Besprechung waren überschaubar, hatten mich nicht sonderlich weitergebracht. Ich würde den Abend bald beenden müssen. Michaels Stichwort musste ich aber noch aufgreifen.
»Mit Sweetwine meinst du diese paar Rebstöcke im Hunsrück?«, merkte ich belustigt an.
»Du weißt? Woher weißt du das?«
»Schrei hier nicht rum, du weckst die Kinder.«
»Woher du es weißt, will ich wissen! Steckst du mit denen unter einer Decke?«
Die Lautstärke und sein Tonfall dabei missfielen mir. Es hatte keinen Sinn mehr. Wie so oft im Leben stellte ich fest, dass Strafverteidiger auf sich alleine gestellt sind. Mandanten mit ihrer Betroffenheit, ihren Befindlichkeiten, ihrer Unsachlichkeit sind selten hilfreich bei der Lösung eines Falles.
Michael registrierte, dass ich mich zum Gehen erhob.
»Der Rote noch«, stammelte er, hebelte umständlich mit dem Korkenzieher an einer Flasche herum, bis es ihm gelang, sie zu öffnen.
Der Wein kam mir bekannt vor. Es handelte sich um den Frühburgunder aus Fass Nr. 13. Mittlerweile war er schon abgefüllt. Just nachdem ich ihn das erste Mal probiert hatte, war dieser Fall auf mich hereingebrochen.
»Der Wein ist dein Paradepferd«, lobte ich den Winzer. »Mit dem wirst du viele Kenner überzeugen. Ich halte ihn für einen Wein mit Zukunft. In einigen Jahren wird es sicher noch mehr Freude machen, daran herumzuprobieren.«
»Wein der Zukunft«, flüsterte Michael. »Du hast es erkannt. Das Klima, die Hitze, die Trockenheit. Der Wein der Zukunft wird ganz woanders wachsen.«

»Es wird vielleicht ein anderer Wein sein, aber er wird dennoch hier gedeihen«, gab ich mich überzeugt.

Michael hatte sich jetzt ebenfalls erhoben, stand mir schwankend gegenüber. »Sweetwine«, nuschelte er nochmals. »Kalkboden ... kühlere Lage ... Beschattung durch den Wald ...«.

Er brach mitten im Satz ab, falls man sein Gestammel überhaupt als zusammenhängenden Satz ansehen wollte. Mit glasigen Augen stierte er in sein Glas.

»Ich gehe dann mal nach Hause.«

»Sie dürfen es nicht wissen«, flüsterte er mit einem Zeigefinger auf den Lippen.

Schnell drängte ich mich an ihm vorbei und war draußen an der frischen Luft. Der kurze Spaziergang bis zu meiner Villa rustica erfrischte und vertrieb eine gewisse Schwere, die sich zuletzt in den äußeren Hirnwindungen festsetzen wollte.

Zuhause angekommen entzündete ich den Kaminofen, nahm im Wintergarten Platz und schaute nach Vögeln aus. Draußen war es stockduster. Enttäuscht stand ich wieder auf, um mir eine Grappa einzuschenken. Dann schlug ich die Weinfachzeitschrift auf, suchte das Foto von Molter. Bald darauf grinste mich seine Schlägervisage zynisch an. Das war er also, mein Gegner in diesem Verfahren.

»Sobald ich deine Geheimnisse geknackt habe, ist der Fall gelöst«, sagte ich zu ihm. Er antwortete nicht. Noch nicht. Ich würde ihn schon zum Reden zwingen. Zunächst aber lehnte er sich angeberisch gegen seinen SUV, grinste mich unverschämt an und wirkte wie einer, dem niemand etwas anhaben konnte. Ich hielt das Magazin näher ans Gesicht, dann weiter weg. Meine Augen waren wohl nicht mehr die besten. Trotzdem sah ich es, das Kennzeichen seines Protzautos: WI–NE. Schon beim früheren Anschauen des Bildes hätte ich wegen des Kennzeichens stutzig werden müssen. Jetzt ging mir auf, wie ich es einzuordnen hatte. Ein weißer SUV mit Kennzeichen WI-NE war meine erste Wahrnehmung gewesen, als ich am Unfalltag aus Michaels Weinkeller empor in die Sonne gestiegen war.

»Molter, ich werde dir deine Geheimnisse entlocken. Habe ich es dir nicht gerade gesagt?« Mit dem Zeigefinger tippte ich ihm in die Schlägervisage. »Dein erstes Geheimnis ist schon entdeckt.«

Wenige Tage später lag endlich die Strafakte Schneider auf meinem Schreibtisch. Ich las den hässlichen Begriff »versuchter Mord« auf dem

Deckel und klappte diesen auf. Es begann, wie ich es selbst erlebt hatte, nämlich mit dem Erscheinen der Kripo am Unfalltag. Meine Anwesenheit war fein säuberlich notiert, angeblich sollte ich sogar angetrunken gewesen sein. Immer diese Belanglosigkeiten, die Polizisten in den Akten festhalten. Nur weil sie selbst im Dienst abstinent sein müssen, halten sie alles andere für verdächtig.
»Der Rechtsanwalt übt einen freien Beruf aus, § 2 I BRAO«, hätte ich am liebsten daneben geschrieben.
Es folgte die papiergewordene kriminalistische Hypothese: Frau Schneider war auf dem Weg zum Taubenschlag. Niemand würde künftig je in Erwägung ziehen, dass sie erst auf dem Rückweg durch die angesägte Stufe gebrochen war. Ob dies wichtig werden würde, war offen. Ich notierte in meinem Gedächtnis vorsorglich, dass hier – wieder mal – eine unbewiesene Vermutung am Anfang der Ermittlungen stand.
Wer nicht ständig mit Strafprozessen sein Geld verdient, wird dies für Hysterie halten, der Strafverteidiger hingegen hat den Zweifel verinnerlicht, muss stets unterscheiden zwischen objektiven Fakten und der subjektiven Deutung durch Polizisten.
Zeigt eine Überwachungskamera, wie der Gast eine Weinstube verlässt, ohne seinen Riesling zu bezahlen, sieht dies vordergründig nach Zechprellerei aus. Vielleicht hat aber der Wirt zuvor gesagt: »Der geht aufs Haus.« Oder der Gast erhielt einen Anruf, der so dringend war, dass er in der Hektik das Bezahlen glatt vergaß. Oder der Wein war so hundsmiserabel und korkschmeckend, dass er es ablehnte, die Brühe zu vergüten. Es gibt nicht verschiedene Wahrheiten, aber jede Geschichte hat unterschiedliche Aspekte. Die Richtigen herauszuarbeiten ist, worum es geht. Und von welcher Seite ein Geschehen zu betrachten ist, lohnt allemal den Streit darum. Fest stand hier nur, dass Frau Schneider durch die Treppe gebrochen war, obwohl selbst dies nicht als sicher gelten konnte. Es hatte ja niemand gesehen. Woher sie gekommen war und wohin sie gehen wollte, blieb Spekulation.
In der Akte folgten jetzt einige Fotos vom Tatort, dann hatte Frank Molter seinen großen Auftritt. Schon kurz nach dem Unfall war es ihm ein Anliegen gewesen, sich der Polizei als Zeuge anzudienen. Er könne über ein angebliches Zerwürfnis der Eheleute Schneider berichten, war einem Aktenvermerk zu entnehmen. Aufgrund dessen hatte man ihn zu einer Vernehmung gebeten, deren Protokoll immerhin vier Seiten umfasste. Das würde ich mir später detailliert zu Gemüte führen. Wichtig für einen

ersten Überblick waren die Zeitabläufe. Denn die Vorladung der Kripo lautete auf 10 Uhr morgens, laut Mitschrift der Vernehmung begann diese um 11.30 Uhr. Das gab mir Aufschlüsse über die Entstehung dieser Zeugenaussage. Was war in den fehlenden eineinhalb Stunden geschehen? Niemand würde es je erfahren, doch das Vernehmungsprotokoll gab einen deutlichen Hinweis.

»Sie haben in der Vorbesprechung erwähnt ...«, stand etwa in der Mitte der Aussage. Das also war passiert: Ein Vorgespräch.

Die Strafprozessordnung kennt keine Vorgespräche. Zeugen sind zuerst zu belehren, sodann zu vernehmen. Vorgespräche verheimlichen Wahrheiten, sie verfälschen den Zeugenbericht und sind daher rechtswidrig. Dennoch ergibt sich aus mindestens der Hälfte aller Vernehmungsprotokolle, die Existenz eines solches Vorgespräches.

»Sie haben vorhin im Vorgespräch gesagt ...«, lese ich häufig, weil die Polizei sich gar nicht mehr bemüht, diesen Rechtsbruch zu kaschieren. Es sei denn, man befragt sie in der Hauptverhandlung danach. Dann antworten sie ausweichend. Man habe nur den äußeren Rahmen abgesteckt, ganz allgemein über den Ablauf des Termins gesprochen. Und dies eineinhalb Stunden lang? Meist bleibt im Dunkeln, was Polizei und Zeuge vor der Vernehmung an Informationen ausgetauscht haben.

Bisweilen begleitete ich Zeugen zu einer Vernehmung, in Ausnahmefällen rate ich sogar Beschuldigten zu einer Aussage bei der Polizei – selbstverständlich nur in meinem Beisein. Dann erlebe ich selbst mit, wie diese Vorgespräche ablaufen. Regelmäßig wird zumindest durchgesteckt, wie andere sich zu einem Vorwurf geäußert haben. Teilweise wird die komplette Aussage einmal durchgesprochen. Unklareres wird klargestellt. Erst dann beginnt die offizielle Protokollierung.

Nicht selten gibt es Zeugen, die selbst etwas zu verbergen haben, Tatbeteiligte decken oder Sachverhaltsdetails lieber nicht in ihre Aussage einfließen lassen wollen. Auch darüber kann im Vorgespräch freimütig geplaudert werden, damit die spätere Vernehmung kritische Punkte ausspart.

Tatsächlich und ohne jegliche Dokumentation ist das Vorgespräch deshalb eine der entscheidenden Weichenstellungen im Ermittlungsverfahren. Es dient dazu, den Zeugen so zu steuern, dass Zweifel an seiner Aussage nicht aufkommen.

Die Justiz hat es schon vor langer Zeit aufgegeben, auf das Wunder der wahren, ungeschönten Zeugenaussage zu warten. Sie begnügt sich mit einem Zerrbild der Realität, wozu sie ihren Richtern den Grundsatz der freien Beweiswürdigung an die Hand gegeben hat. Das meint: Was der Richter für erwiesen hält, wird Grundlage des Urteils, und zwar – ein Schelm, der Böses dabei denkt – mit Bindungswirkung für die Revisionsinstanz. Was Gerichte mittels ihrer freien Beweiswürdigung an Fakten zusammensetzen, kann der Realität sehr nahekommen, aber auch eine frei erfundene Geschichte sein. Wer sich je ein Fußballspiel von zwei verschiedenen Zuschauern hat erzählen lassen, kann nachvollziehen, warum es wahrheitsgetreue Nacherzählungen nicht gibt. Die Gründe dafür sind mannigfaltig, nicht immer tragen die Zeugen wie beim Fußballspiel gegnerische Fanschals. Die Zeitnot der mit dem Fall befassten Personen, fehlende Kenntnisse in der Psychologie einer Vernehmung, der Unwille von Zeugen, alles auszupacken, die Versuche der Prozessbeteiligten, Tatsachen zu drehen und zu deuten, beeinflussen eine Aussage. Kurzum: Bis ein konkretes Geschehen im Gerichtssaal rekonstruiert wurde, unterliegt es derart vielen Einflüssen, dass es einem Wunder gleichkäme, wenn die Wahrheit vor Gericht die Fakten in allen Facetten korrekt abbildete.

Liefert die Akte Hinweise auf Vorgespräche mit Zeugen, ist darum höchste Wachsamkeit geboten. Frank Molter, den ich ohnehin im Visier hatte, würde ein gefährlicher Gegner werden. Wem es gelingt, die Polizei eineinhalb Stunden lang in ein Vorgespräch zu verwickeln, der hat etwas zu verbergen.

Infolge der Zeugenaussage Frank Molters hatte die Polizei massiv versucht, Michaels Ehefrau in der Klinik zu vernehmen, was aber an den Bedenken der Ärzte gescheitert war. Daraufhin hatten sie getan, was sie immer tun, wenn ihnen nichts Besseres einfällt, eine Hausdurchsuchung beantragt.

Die gespiegelte Festplatte von Michaels Rechner befand sich noch beim Landeskriminalamt zur Auswertung. Was sie sonst vom Hof geschleppt hatten, wurde nicht mehr benötigt. Die Akte endete mit der Verfügung des Staatsanwaltes: Die Asservate sind freizugeben. Ich blätterte nochmal zurück und überprüfte das Asservatenverzeichnis. Der Umfang überraschte, obwohl es in meiner Anwesenheit geschehen war. Das Bemühen, die Beamten aus dem Haus zu bekommen, bevor die Kinder wach wurden, hatte mich von vielem abgelenkt.

Jedes Werkzeug, mit dem sich Holztreppen bearbeiten ließen, Sägen, Feilen, sonstige scharfkantige Gegenstände waren sichergestellt worden. Gebracht hatte es nichts, der Akte war nicht zu entnehmen, ob und wie man die Geräte untersucht hatte. Aus meiner Sicht unnötig und reine Schikane. Immer wieder legen Täter Geständnisse ab, nur weil die Polizei

anfängt, ihnen systematisch die Bude auszuräumen.
Kerstin kam mit einem Cappuccino herein. »Schon durch mit der Akte?«
»Wie ist Ihre Einschätzung?« Mir war klar, dass sie den Vorgang intensiv studiert hatte, bevor er auf meinem Tisch gelandet war.
»Molter«, antwortete Kerstin. »Mir ist dieser Molter suspekt.«
»Bingo! Wenn Sie da für mich ...«.
»Schon in Arbeit.«
Sie würde in Kürze aus allen frei verfügbaren Quellen zusammengetragen haben, was es über diesen Zeugen zu erfahren gab. Vielleicht auch aus weniger frei verfügbaren, aber das wollte ich nicht so genau wissen. Wozu diese Notizen nütze waren, ließ sich im Vorhinein nicht abschätzen. Es war Material, das ich mir vorsorglich anlas. Bei manchen Menschen ergab sich daraus ein komplexes Bild, so dass sie mir nach dem Studium der Informationen bekannt vorkamen wie alte Freunde. Bei anderen verursachten Kerstins Aufzeichnungen wegen ihrer Dürftigkeit eher Enttäuschung bei mir.
Im Prozess konnte das genau umgekehrt sein. Jene, die ich zu kennen glaubte, boten mir mitunter dennoch keinen Ansatzpunkt für Fragen. Andere, von denen ich allenfalls den Beruf in Erfahrung gebracht hatte, ließen sich ausgerechnet darüber öffnen.
»Sie haben hier angegeben, von Beruf Betriebsberater zu sein. Nach meiner Kenntnis sind sie Heilpraktiker. Was stimmt?«
»Ich bin beides und vieles mehr dazu.«
Derartige Dialoge können streitentscheidend sein. Ein Zeuge, der sich Betriebsberater nennt, wirkt auf Gerichte völlig anders als ein Heilpraktiker. Ersteren wird vertraut, wenn sie über Zahlen reden, Letztere nimmt man in dieser Hinsicht weniger ernst. Und dass jemand beides zugleich sein will, sogar noch vieles mehr dazu, weckt Misstrauen. Die Zeugenaussage verliert umgehend an Gewicht.
Dies ist der Sinn von Kerstins Materialsammlungen, in den oft hoffnungslosen Situationen eines Prozesses wenigstens irgendeinen Strohhalm zu haben, nach dem sich greifen lässt. Selbst völlig nutzlose Information können zumindest dazu dienen, die Klienten zu beeindrucken. Wenn alles verloren ist, der Anwalt aber etwas heraus fragt, das der Mandant nicht wusste, ist dieser oft schon zufrieden. Welche Bedeutung es für den Prozess hat, kann er ohnehin nicht beurteilen.
»Ich fahre zur Polizei und hole die Asservate ab. Möglicherweise ist die Kripo zum Plaudern aufgelegt«, informierte ich Kerstin.

Polizisten wissen ebenso wie Anwälte um den Wert von Informationen. Daher lohnt immer ein Versuch, Fälle mit ihnen zu besprechen. Zwar sehen sie es ihrerseits als Chance, den Frager auszufragen, doch wie das Leben so spielt, geben sie dabei bewusst oder unbewusst Details preis, die so nicht in den Akten stehen.
Manchmal ziehen sie es auch vor, zu mauern. Der Polizist, auf den ich nun traf, schien vor seiner Verbeamtung eine komplette Ausbildung zum Maurermeister absolviert zu haben. Er zeigte sich nicht nur höchst wortkarg, sondern obendrein verteidigerfeindlich. Kaum hatte ich mich vorgestellt sowie mein Anliegen vorgebracht, wurde er schweigsam wie die Heiligenstatuen in einem Trappistenkloster, ging zum Aufzug, trat ein und stellte den Fuß in die Tür. Eine stumme Aufforderung, ihm zu folgen. Wir fuhren nicht in den Keller, wo ich Asservate gelagert hätte, sondern hinauf in den sechsten Stock. Dort betrat er eine Dienststube, wohin ich ihm diesmal aber nicht folgen sollte, denn er schloss die Tür vor meiner Nase. Es dauerte etwa zehn Minuten, bis er mit einem Kollegen wieder herauskam, in der Hand hielt er jetzt Papiere. Der Schweigsame marschierte zu einem Besprechungsraum, sein Kollege ebenso, ob ich diesmal folgen sollte, musste ich mutmaßen. Noch zwei Polizisten tauchten auf, jeder trug einen Umzugskarton voller Asservate. Deren Inhalt wurde auf einem Tisch ausgebreitet, der Stumme legte die Papiere, es handelte sich um einen Ausdruck des Asservatenverzeichnisses, daneben.
»Quittieren«, sagte er. Er konnte doch reden.
Ich setzte meine Unterschrift unter die Liste.
»Erst kontrollieren!«
»Als guter Staatsbürger habe ich unbeschränktes Vertrauen in die Polizei. Ich gehe davon aus, dass nichts fehlt.«
Dies unterstellte ich in der Tat, denn das Einzige, was nach einer Durchsuchung aus dem Gewahrsam der Polizei hin und wieder verschwindet, sind Geld, Waffen und vor allem Drogen. Nichts davon hatten sie bei Michael entdeckt.
Häuptling schweigender Bulle nahm die quittierten Papiere an sich, ich packte die Asservate zurück in die Kartons.
»Ohne Karton!«
»Wie ohne Karton?«
»Staatseigentum.«
»Nur Transport«, äffte ich seine Redeweise nach.
»Nein.« Er meinte das ernst.

»Was kostet so ein Karton, zwei Euro fünfzig? Dann gebe ich ihnen fünf Euro.«
Er schüttelte den Kopf. Seine Kollegen grinsten, eher beschämt als belustigt. Ich überlegte, ob ich im Auto wenigstens eine Tasche hatte. Aber selbst damit würde ich mehrfach hin und her laufen müssen, jeweils sechs Stockwerke runter und wieder hoch, wobei ich unterstellte, dass sie mir zumindest den Fahrstuhl nicht verwehren würden. Neben dem restlichen Vormittag wäre dadurch auch jegliches Ansehen, das ich vielleicht hatte, verloren gegangen.
»Quittung nochmal haben«, sagte ich.
Bevor der große Schweiger reagieren konnte, riss ich sie ihm schon aus der Hand, zerfetzte sie und warf die Schnipsel auf den Besprechungstisch.
»Mandant kommt selbst abholen«, ließ ich den verdutzten Beamten dazu wissen.
Polizisten und Verteidiger haben entgegengesetzte Rollen im Strafprozess, das liegt in der Natur der Sache. Ich mochte diese Gegensätze, betrachtete sie aber sportlich. Konnte ich einem Ermittler seine kühn entworfene kriminalistische Hypothese widerlegen, freute mich dies. Hielten seine Beweise vor Gericht stand, musste ich eben damit leben. Insbesondere bei den harten Maßnahmen, bei Durchsuchungen oder Verhaftungen, wird von beiden Seiten professionelle Sachlichkeit verlangt, sonst macht dieser Job krank. Wir verfolgen nicht das Ziel, Freunde zu werden, zumal es in der Strafverteidigung ohnehin keine Freundschaft gibt. Aber die lächerliche Behauptung, der Staat könne nicht auf zwei Umzugskisten verzichten, war Schikane, eine Respektlosigkeit, die ich nicht hinnehmen wollte.
Noch im Aufzug sandte ich Kerstin eine Textnachricht: Michael Schneider soll seinen Kram selbst abholen! Sie würde verstehen, dass etwas schiefgelaufen war und keine weiteren Fragen stellen.
Wahrscheinlich weil wir so umfassend per Textnachricht kommunizierten, hatte sie ein bemerkenswertes Talent darin entwickelt, meine Stimmung daraus zu deuten. Mein Gemütszustand, meine Emotionen, meine Launen schienen sich drahtlos mit den Schriftzeichen so zu übertragen, dass Kerstin sie nachvollziehen konnte. Das hatte etwas Unheimliches. Denn wenn Menschen das Ungeschriebene verstehen, wird dies bald auch die künstliche Intelligenz können.
Angeblich werden in den Beschwerdeabteilungen großer Konzerne Beschwerdebriefe von Computern analysiert mit dem Ziel, herauszufinden, in welcher Stimmung diese verfasst wurden. Je nach dem Ergebnis dieser

Analyse werden, so hatte man es mir erklärt, die Beschwerden unterschiedlichen Sachbearbeitern zugeteilt.
Schreibt da einer voller Aggressionen? Dann wird verständnisvoll geantwortet. Handelt es sich um einen notorischen Querulanten? Dann ist kein Umsatz mehr von ihm zu erwarten. Er wird mit einem knappen Dreizeiler abgefertigt. Oder ist der Beschwerdeführer ein Verzweifelter, einer der nur verstanden werden will? Dessen Eingabe landet erst gar nicht in der Beschwerdeabteilung, sondern beim Vertrieb, auf dass er angerufen, eingelullt und zu Folgegeschäften überredet werde. Welchen Weg die Beschwerde nimmt, entscheidet nicht ein Mensch, sondern eine Maschine, ein elektronisches Gehirn.
Meine Mitarbeiterin beherrschte diese Kunst instinktiv. Als ich in die Kanzlei zurückkehrte, sprach sie den Fall Schneider nicht an, lenkte meine Aufmerksamkeit geschickt hin zu anderen Verfahren, die derzeit wesentlich wichtiger waren. In die wühlte ich mich dankbar hinein und arbeitete die folgenden zehn Tage unentwegt daran. Das war meine Art, das frustrierende Erlebnis bei der Polizei zu vergessen.
Gelegentliche heftige Arbeitsschübe erlaubten es mir, in ruhigeren Zeiten einem eher entspannten Dasein zu frönen. Denn in solchen Phasen verließ ich meine Kanzlei nicht, schlief sogar dort und befasste mich ausschließlich mit Akten. Erst nachdem ich zum zweiten Male in Folge ein Wochenende am Schreibtisch verbracht hatte, ließ die Wut in mir nach, mein Schaffensdrang reduzierte sich wieder auf ein gewöhnliches Maß. Als Kerstin mich dann montagmorgens auch noch darauf hinwies, dass in dieser Woche Feiertag sei, nahm ich dies zum Anlass, einen Gang herunterzuschalten.
»Gerichtstermine?«, fragte ich.
»Keine.«
»Fristen?«
»Alle bereits bearbeitet.«
»Also habe ich mein Pensum für diese Woche schon erledigt?«
»Ja, aber Allerheiligen ist erst am Donnerstag.«
»Schön. Trotzdem fahre ich jetzt nach Hause und nehme ein Vollbad. Über die enge Kanzleidusche habe ich mich in den letzten Tagen zu oft geärgert.«
Kerstin seufzte, war ihr doch klar, dass sich nach all der Arbeit der vergangenen Tage bald wieder die Akten unerledigt auftürmen würden. Die Advokatur ist eben ein freier Beruf, was von mir zusätzlich sehr frei interpretiert wurde. Ein geregelter Acht-Stunden-Tag würde mich umbringen.
Frisch gebadet saß ich noch vor Mittag mit einem Glas Wein im Winter-

garten. Die Futterstellen für meine gefiederten Haustiere hatte ich zuvor wieder aufgefüllt, nachdem sie während meines Arbeitsschubes versiegt waren. Jetzt freute ich mich an dem Treiben im Garten.
Am elegantesten fressen die Meisen. Sie gehen liebevoll mit dem Futter um. Fällt ein Korn vom Futterplatz herunter, fliegen sie nicht selten hinterher und picken es vom Boden wieder auf.
Ganz anders die Spatzen, die brachial herumscharren und dabei viele Sämereien von der Tafel hinab schleudern. Allerdings tauchen sie in Scharen auf und etliche von ihnen picken am Boden das weg, was ihre Artgenossen oben fallen lassen.
Am Eichelhäher faszinierte mich die Wucht, mit der er in Meisenknödel hackte. Hin und wieder kam auch ein Star vorbei. Stare sind gierige Fresser. Sie springen wild umher und schnappen nach allem, was sie bekommen können. Der Besuch eines Staren hinterlässt mehr Verwüstung am Futterplatz als eine Horde Spatzen.
Wieso Vögel überhaupt satt werden, blieb mir ein Rätsel. Meiner Meinung nach verbrauchen sie beim Fressen mehr Kalorien, als sie zu sich nehmen. Es ist ein ständiges Hin- und Hergehüpfe, Hochfliegen, Wegfliegen, sich miteinander Balgen. Es sind hektische Tiere, ununterbrochen in Bewegung.
Beim Beobachten der Vögel fiel mir die Blütenpracht in meinem Garten auf. Rosen, Mohn und Kapuzinerkresse, eine Passionsblume, Hortensien, Husarenknöpfchen. Lauter Sommerblumen, doch sie standen in voller Blüte, obwohl der Monat Oktober dieser Tage endete. Was war da los? Ich nahm mir vor, bei nächster Gelegenheit einen Gärtner zu befragen, wie der Klimawandel sich auf unsere heimische Vegetation auswirkte.
Das Smartphone hatte ich nach der Demütigung bei der Polizei abgeschaltet. Während sich die Flasche Wein neben meinem Liegestuhl langsam leerte, arbeitete ich die Textnachrichten aus verschiedenen Messengerdiensten ab. Das meiste war unnützer Datenmüll. Diverse Mandatsanfragen hatte ich verpasst. Einige davon waren dann eben per Festnetz mit der Kanzlei in Kontakt getreten, andere wohl weitergewechselt zum nächsten Anwalt. Ich trauerte ihnen nicht hinterher.
Nach dem sorgfältigen Leeren aller Eingangsfächer blieben nur wenige Nachrichten übrig, mit denen ich mich befassen musste. Sie stammten durchweg von derselben Person und hatten stets denselben Inhalt. Beim letzten Glas aus der Flasche betrachtete ich ratlos das Display meines Handys und den Text, der dort stand: Hallo Julius ich bin Maureen.

An Michaels Kindern hatte sich eine merkwürdige Wandlung vollzogen, als ich sie abends besuchte. Sie waren auf ihren Vater schlecht zu sprechen.
»Sollen wir Eierpfannkuchen backen?«, schlug ich vor, was Begeisterungsstürme auslöste. Während ich Äpfel schälte und die Pfanne anheizte, versuchte Maureen mich auszufragen.
»Wo warst du so lange?«
»Ich hatte viel Arbeit.«
»Fängt das bei dir jetzt auch schon an?«
»Was meinst du mit auch?«
»Na, Papa hat kaum noch Zeit. Und außerdem schreit er nur noch rum.«
»Böser Papa«, ergänzte Timmy dazu.
Patrick war wie meistens eher schweigsam, schaute aber grimmig drein, wenn die Sprache auf seinen Vater kam.
»Wo ist er eigentlich?«, wollte ich wissen.
»Im Keller, im Weinberg oder bei der Frau. Such' ihn doch selbst.«
»Bei der Frau? Bei eurer Mutter meinst du.«
»Nein, bei einer Frau.«
Es passiert mir selten, dass ich beim Kochen etwas anbrennen lasse, schon gar nicht bei simplen Alltagsgerichten. Doch was Maureen da gesagt hatte, musste der erste Pfannkuchen des Tages mit einer schwarzen Kruste büßen.
»Was für eine Frau?«
»So eine mit dunklen Haaren, die ist immer wahnsinnig schick. Manchmal kommt sie Papa abholen.«
»Und hat die Frau einen Namen? Wie nennt ihr sie?«
»Sie kommt nicht hier ins Haus, aber sie holt Papa ab. Wir müssen dann immer früh ins Bett. Aber ich habe schon aus dem Fenster beobachtet, wie sie dann mit Papa wegfährt.«
»Hm ... Patrick, du hast doch dieses Kartenspiel mit den Autos. Kannst du das mal holen?«
Der Junge flitzte los, kurz später kam er mit drei Kartenspielen zurück.
»Ich kann doch kein Quartett spielen«, nörgelte Timmy.
Schnell überflog ich die Karten. Autos der 70er, Rennwagen und Edelflitzer standen zur Auswahl, Letztere reichte ich den Kindern zurück.
»Ist da ein Auto dabei, das so ähnlich aussieht wie das Auto der Frau?«
Maureen zuckte die Schultern. Patrick hingegen schob geschwind eine Karte nach der anderen zur Seite.
»Das da«, sagte er dann.
»BMW 8er Coupé carbonschwarz metallic«, las ich. »Bist du sicher?«

»Genauso eines fährt sie.«
»Ich glaube, du hast dir einen Extrapfannkuchen verdient.«
Nachdem die Kinder zu Bett gegangen waren, wartete ich auf Michaels Rückkehr. Er erschien kurz vor Mitternacht. Mich in seiner Küche vorzufinden, überraschte ihn nicht.
»Schlafen die Kinder?«, fragte er.
»Sie schlafen schon seit mehreren Stunden. Unbeaufsichtigt. Nachdem sie sich ihr Abendessen selbst zubereiten mussten.«
»Tut mir leid, aber ich habe viel zu tun.«
»Viel zu tun? Im Dunkeln? Draußen? Die eingefahrene Ernte liegt im Keller, aber da warst du nicht. Welche spannende Arbeit musstest du denn in stockfinsterer Nacht in abgeernteten Weinbergen erledigen?«
»Ich hatte ein geschäftliches Treffen. Das war wichtig. Es ging um Finanzierungsfragen.«
Es stört mich nicht, von Mandanten belogen zu werden. Zu sehr habe ich mich daran gewöhnen müssen. Ich versuche dann nur, die Gründe herauszufinden, warum sie lügen. Michael hatte die Phase unserer vertrauensvollen Zusammenarbeit beendet, falls es eine solche je gegeben hatte. Seinen Besuch bei dieser ominösen Frau wollte er mir als Geschäftsessen verkaufen.
»Es ist spät, ich möchte nach Hause.«
»Noch ein Glas Wein?«
»Nein, danke. Heute nicht.«
Wer mich kannte, und Michael hatte genug Zeit gehabt, mich kennenzulernen, sollte wissen, was es bedeutete, wenn ich ein Glas Wein ausschlug. Aber es schien mir nicht so, als hätte er diese Geste verstanden.

Am Ende jener Woche stand der regelmäßige Weinprobiertag an, der erste Freitag im Monat. Wirkliche Trinklaune stellte sich nicht ein, darum trieb ich keinen großen Aufwand, suchte einen fußläufig erreichbaren Winzer aus. Meine Wahl fiel auf das Weingut Franz-Josef Zimmermann im Nachbarort Guldental. Ein Traditionsbetrieb, seit 1852 im Weinbau tätig und – das war Voraussetzung für meine Besuche – ein Betrieb im Aufbruch, allmählich übernommen von der nachrückenden Generation. Man pflegte dort die reizvolle Idee, ausgerechnet den Junior mit den Weinen der ältesten Weinstöcke arbeiten zu lassen. Der junge Mann hatte reichlich Geschick darin entwickelt, weshalb ich mich auf die Premiumweine, alle versehen mit dem Etikett »Alte Reben« konzentrierte.

Etablierte Winzer ruhen oft auf ihren Lorbeeren. Sie haben sich einen Namen erarbeitet, endlose Preise abgeräumt, genießen Ansehen in der Branche. Und sind so satt. Die Jungen experimentieren mehr, da ist nicht jeder Wein perfekt, aber jeder charakteristisch.
Der Jungwinzer in dem Weingut, das heute Ziel meiner Exkursion war, hatte Passion, er schwärmte unentwegt vom Charakter der Lagen. Genau der richtige Weg. Auf der Welt wachsen so viele Weine, wie sollte man die anders unterscheiden als durch die Typizität des Bodens, auf dem sie gediehen.
Nachdem ich hinreichend probiert, auch eine Bestellung für den Weinkeller der Villa rustica nicht vergessen hatte, trat ich in einer kaltklaren Novembernacht den Rückweg an, wanderte durch eine nahezu vollständige Düsternis meinem Heim entgegen. Die dünne Sichel eines zunehmenden Mondes war meist von Gewölk verdeckt. Von unheimlichen Wolken, monsterartigen Gebilden, die mich bedrohten.
Bei Dunkelheit durch die offene Flur zu stapfen, verursachte mir Ängste, längst nicht mehr das Wohlgefühl meiner Jugend. Die Natur war mir fremd geworden. Ich erinnerte mich daran, als Heranwachsender oft solche Spaziergänge durch das Dunkel des offenen Landes gemacht, im Gras geruht, den Blick zu den Sternen gerichtet zu haben. Frei von Angst, bisweilen mit einem Mädel im Arm, immer mit einem Gefühl der Geborgenheit.
Jetzt um Jahrzehnte gealtert, ich gestehe es, war mir bange. Keine konkrete Gefahr verursachte das, aber es fehlte das Empfinden, unter diesem freien Himmel zu Hause zu sein. Die Landschaft war zu dunkel, sie wirkte fremd, abweisend, unheimlich. Wäre es mir wegen der paar Kilometer nicht so vollkommen lächerlich erschienen, hätte ich ein Taxi gerufen.
Um Kälte und Einsamkeit zu vertreiben, versuchte ich das Singen, doch von den Liedtexten der Jugend, den freudigen Heimat-, Zech- und Liebesliedern, waren nur Bruchstücke in meinem Gedächtnis verblieben. Verlorene Fetzen von Volksliedern schwirrten mir durch den Kopf, die ich laut in die Nacht hinaustrompetete. Du Land der Burgen ... hmhmhm ... dein Schmuck sind die Reben ... hmhmhmhm. Das Repertoire war schnell erschöpft, darum verfiel ich auf Wagner-Opern und wie immer, wenn ich diese Werke in mir erschallen hörte, regte sich der Drang, sie zu dirigieren. Das weckte die Angst konkret, denn kaum gab ich abseits der Dörfer im freien Feld stehend mit ausladendem Gefuchtel einem imaginären Orchester die Einsätze vor, fühlte ich mich beobachtet. Lauerte hier irgendwer im Finstern? In dem Weinberg zur Rechten? Dem Gebüsch zur Linken?

Waren da Schritte oder nur das Rauschen eines Bächleins?
Fröstelnd knöpfte ich meine Jacke bis oben hin zu, hauchte mir die klammen Hände warm und eilte nach Hause. Erst am Ortsrand von Windesheim, mit dem Betreten geteerter Straßen, fiel die Unruhe von mir ab. Dafür weckte das trübe Licht der Straßenlaternen den Durst in mir und die Lust, etwas zu erleben. In der Stadt wäre dies der Auftakt gewesen zu einer langen Tour durch eine Reihe von Spelunken. Da gab es die ganze Nacht hindurch immer eine versteckte Gelegenheit, die Einsamkeit zu teilen.
Hier auf dem verschnarchten Land saßen allenfalls ein paar Zecher beim Wein, friedlich philosophierend oder hitzig diskutierend. Was ein Nachtleben ausmacht, die Abwechslung in den Vergnügen, das Pendeln zwischen Orten, das Treffen unterschiedlichster Menschen, gab es hier nicht. Hier war die Nacht nur lang. Und finster und schwarz. Dunkelheit stieg in mir empor. Nicht die Kehle lechzte, denn tief in der Brust pulsierte ein gefährliches Pochen. Das war nicht Durst, das konnte kein Wein stillen, das verlangte nach einem Turbo, der die Schemen nächtlicher Schwärze in baldigen hellen Morgen wandelt. Von Begierde getrieben stapfte ich auf der Stelle hin und her, direkt am Ortsrand. Vorwärts ins Dorf oder zurück in die Finsternis? In die echte Finsternis! Es bedurfte nur eines Anrufs. Unbändig trat ich einen Baum, knickte Äste eines Strauches. Fiebrig spielte ich mit dem Smartphone, erwog anzurufen. In solchen Augenblicken war ich wie ein Werwolf kurz vor der Verwandlung. Der Exzess drohte sich Bahn zu brechen.
Über den Häusern vor mir sah ich die Spitze eines Turms. Dort lag das Weingut am Taubenschlag, dort schliefen jetzt drei Kinder. Ich dachte an ihren verantwortungslosen Vater und wollte nicht ebenso verantwortungslos sein. Daher lenkte ich meine Schritte brav nach Hause, fügte mich dem neuen Leben der Ausgeglichenheit und Normalität. Ich hatte es ja selbst so gewollt.

Ein Strafprozess, der in den nächsten Tagen meine Zeit in Anspruch nahm, passte eher weniger zu diesem neuen Leben. Denn er führte hinab in die tiefsten Niederungen, in ein Gebiet des Strafrechts, das zum Schlimmsten gehört, was Menschen sich ausdenken können. Es wartete ein Verfahren wegen Kindesmissbrauchs.
Der Mann, der mich mit seiner Verteidigung beauftragt hatte, war von einer Prostituierten angezeigt worden. Einer Hure mit jugendlichem Aussehen, die in einer Terminwohnung am Holzmarkt ihre Dienste anbot. Ich

hatte sie selbst einmal vertreten wegen eines Drogendelikts. Daher kannte ich ihr wahres Alter von 22 Jahren ebenso wie die Tatsache, dass sie meist auf deutlich weniger und eindeutig minderjährig geschätzt wurde. Eine Kindfrau, die dieses Image bewusst pflegte.
Sie war von dem Angeklagten korrekt bezahlt worden, hatte bei Verrichtung ihrer Arbeit aber eine seltsame Erfahrung machen müssen: Der Kunde hatte darauf bestanden, ihr beim Akt ein Bild auf das Gesicht zu legen. Das Foto eines nackten Babys. Danach war sie zur Polizei gegangen.
Nacktfotos von Krabbelkindern sind nicht grundsätzlich strafbar. Der Besitz eines nicht verbotenen Fotos ist erlaubt, egal, was Menschen Abartiges damit veranstalten. Für die Justiz sind die Begriffe Kind und Nacktbild gleichwohl Alarmsignale, die meist zu einer Hausdurchsuchung führen.
Es gibt eine umfangreiche Rechtsprechung der Obergerichte zur Rechtswidrigkeit solcher Durchsuchungen, was Amtsgerichte nicht daran hindert, reflexmäßig anders zu entscheiden. Doch wie und wo durchsucht man den anonymen Freier einer Prostituierten?
Die Polizei hatte auf den Gewohnheitseffekt gesetzt und die Dame instruiert, umgehend anzurufen, wenn der Mann wieder auftauchen sollte. Irgendwann war er erneut erschienen, hatte ihr das Kinderbild auf das Gesicht gelegt und seinen für lange Zeit letzten Geschlechtsverkehr vollzogen. Beim Verlassen der Wohnung klickten die Handschellen. Angeblich nur, um seine Identität festzustellen, was ebenso unzulässig war und ebenso wenig den Lauf der Dinge bremste.
Im weiteren Fortgang der Maßnahme hatte der Mann, so stand es zumindest im Polizeiprotokoll, spontan »Ja, ich war's« gesagt und so einen schwerwiegenden Verdacht auf sich gelenkt. War er Täter eines Monate zuvor begangenen Verbrechens? Ein bis dahin Unbekannter hatte damals im Schloßpark ein Schulkind in seine Gewalt gebracht, es in den verfallenen Eingang eines früheren Bunkers gezerrt und sich dort an ihm vergangen.
Das behauptete Spontangeständnis war von dem Mandanten unnötigerweise ergänzt worden durch seine freiwillige Einwilligung in eine Speichelprobe und damit zu einem DNA-Test. Danach hatte man ihn nicht entsprechend den gesetzlichen Vorgaben unverzüglich einem Haftrichter vorgeführt, sondern ihn so lange in Polizeihaft gehalten, bis das Ergebnis der DNA-Analyse vorlag. Es überführte den Gefangenen als Täter.
Das erste Mal mit ihm zusammengetroffen war ich in der Haftzelle des Gerichts, wo er stumm zu Boden starrte. Außer dem verräterischen »Ich

war's« hatte er seit seiner Festnahme kein Wort mehr gesprochen. Ich stellte mich als sein Verteidiger vor, er knibbelte an seinen Fingern, unfähig, den Blick zu heben oder mit mir zu reden. Solche Menschen wollen ihre Taten selbst nicht wahrhaben.

Ich kannte die Akte, die Spuren, die unzähligen Beweise, die Fotos. Das Mädchen hatte zwar überlebt, war aber innerlich schwer verletzt worden. Ungemein abscheulich: Er hatte auf sie uriniert. Trotz der erdrückenden Beweislage gegen ihn, lautete meine erste Frage: »Stimmt es, was man Ihnen vorwirft?«

Üblicherweise interessiert mich dies nicht, erkundige ich mich nicht danach. Hier war es anders.

Der Fall war in der Presse, die Öffentlichkeit hatte ihr Urteil über diesen Mann längst gefällt. Sie hielt es für gerecht, ihn nach einer brachialen Kastration möglichst elendig verrecken zu lassen. Ich hingegen gab ihm wenigstens die Chance, alles abzustreiten, nur für eine Sekunde nochmal zu sein, was er nie wieder sein würde: unschuldig.

Es gibt Täter, die deshalb zu erzählen beginnen. Dieser hier hatte bisher weder gestanden noch geleugnet, sondern vor sich selbst verzweifelnd nur geschwiegen. Mir war bei jenem ersten Treffen in der Zelle klargeworden, dass er dies trotz intensivster Beratung weiter tun und bis zum letzten Tag der Haft seine Tat nicht einräumen würde.

Bisweilen fragen mich Bekannte, wie ich solche Menschen verteidigen könne. Sie meinen damit eher, wozu diese überhaupt einen Strafverteidiger beigeordnet bekommen. Aber die grundsätzliche Überzeugung, dass die Anklage wegen eines Verbrechens zwingend das Recht auf eine professionelle Verteidigung beinhalten muss, steht für mich nicht zur Diskussion.

Es war darum meine Aufgabe, den Mann durch seinen Prozess zu führen, mitsamt seinem Schweigen, enseiner Lebenslüge, die allein ihm geblieben war. Zwar würde ich am Ende nicht auf Freispruch plädieren, ich sah es allerdings auch nicht als meinen Job an, ihn ständig zu einem Geständnis zu ermahnen, nur um die Verurteilung zu beschleunigen.

Die Atmosphäre, auf die ich im Gerichtssaal traf, war angespannt bis feindlich. Gegen den Angeklagten ohnehin, teilweise auch gegen mich. Die Eltern des Kindes beteiligten sich mit eigenem Anwalt als Nebenkläger am Verfahren, die Mutter eher weinend, der Vater voller Hass und Wut. Wann immer sich die Gelegenheit bot, beschimpfte er meinen Mandanten als Abschaum, Bestie oder Vieh, was das Gericht ihm zunächst zähneknirschend durchgehen ließ. Bis ich mich darüber beschwerte.

Von da an nannte der Kindesvater den Angeklagten zwar weiterhin Abschaum und mich obendrein einen Abschaumanwalt, er wurde aber konsequent vom Vorsitzenden dafür gerügt. Bis er demonstrativ nichts mehr sagte.
Genau darum braucht es in diesen Fällen eine Verteidigung.
Das Monströse solcher Schandtaten rührt an Urinstinkte, denen sich niemand entziehen kann. Selbst Gerichte versagen bisweilen gegenüber ihrem eigenen Anspruch auf Neutralität. Dem kann nur durch eine klare Rollenverteilung begegnet werden. Einer muss strikt für die Rechte des Angeklagten eintreten. Weil es seine Aufgabe ist, nicht weil er die Tat billigt oder gar mit ihr sympathisiert.
Denn die Gefahr, dass es »mit den Vorschriften nicht so genau genommen« wird, ist in solchen Verfahren allgegenwärtig. Das beginnt bereits mit einer kleinen Verspätung des Gerichts bei Prozessbeginn, damit die Presse ein paar Minuten länger draufhalten kann. Macht der Täter Angaben zu sich oder seiner Tat, wird er gerne unterbrochen, gar als zu weitschweifig kritisiert. Die erbetene Pinkelpause bekommt er »jetzt noch nicht«. Zu Anträgen, die er stellen möchte, »kommen wir später«.
Der Anwalt wird dann zum kleinlichen Buchhalter des Rechts, zum Verteidiger der Formalien. Die Strafprozessordnung ist keine andere, nur weil Abscheuliches verhandelt wird. Ihr muss auch und vor allem in diesen Verfahren Geltung verschafft werden.
Und genau dies tat ich.
Vorab trat ich dem Voyeurismus, der solche Prozesse permanent begleitet, entgegen. Dazu hatte ich für den Mandanten eine Tageszeitung gekauft, hinter der er sich vor den Kameras verbergen konnte. Ich schritt ein, als der Anwalt der Kindeseltern sein Fragerecht missbrauchte, um an das Gewissen des Angeklagten zu appellieren. Denn wenn mein Mandant schweigen will, steht es dem Gegenanwalt nicht zu, ihn zu einem Geständnis zu überreden. Das Standardargument aller Opferanwälte: »Die Opfer haben ein Recht auf Aufklärung« ist ohnehin der dümmste Satz, den Juristen von sich geben können.
Infolge des Schweigens meines Mandanten endete der erste Verhandlungstag abrupt, denn wenn ein Angeklagter schweigt, steht dem Gericht eine umfangreiche Beweisaufnahme bevor. Konkret bedeutete dies: Das missbrauchte Kind würde im Zeugenstand aussagen müssen. Der Albtraum aller Prozessbeteiligten.
Der Vorsitzende bat mich nach Sitzungsschluss zu einem Gespräch.

»Ich rede hier nicht drumherum«, eröffnete er. »Ihr Mandant wird verurteilt, das weiß jeder, der die Akte kennt. Ich erwarte von Ihnen, dass er ein Geständnis ablegt.«
»Ich habe es ihm mehrfach nahegelegt. Er will nicht, er spricht kein Wort. Es ist, als ob er ein Schweigegelübde abgelegt hätte.«
»Dann verfassen Sie eines und lesen es vor. Es reicht, wenn Ihr Mandant nickt.«
»Was springt dabei für meinen Mandanten heraus?«
»Das Gericht hat noch kein Strafmaß beraten, aber die Verletzungen des Kindes waren gravierend. Je nachdem wie der Sachverständige das bewertet, könnte die Mindeststrafe bei fünf Jahren liegen. Die strafmildernde Wirkung eines Geständnisses muss ich Ihnen nicht erklären. Auf die Mindeststrafe sollten Sie jedoch nicht spekulieren.«
»Ich werde es mit meinem Mandanten beraten.«
Der Richter schien von dieser Auskunft nicht begeistert, weshalb er nochmal zusammenfasste. »Wenn Sie dieses Kind in den Zeugenstand zwingen, wird die Strafe hoch ausfallen, sehr hoch, Herr Dexheimer. Aber versuchen Sie nicht, aus dieser Situation Kapital zu schlagen. Es wird keine Mindeststrafe geben, nur weil ein Geständnis erfolgt.«
Damit hatte er mir unbewusst seine Sichtweise offenbart. Er fürchtete, ich könne das missbrauchte Kind wie eine Geisel benutzen, ein Geständnis meines Mandanten als Druckmittel einsetzen, um das Strafmaß maximal hinunterzudrücken. Als ich die Tür des Richterzimmers hinter mir zuzog, war ich entschlossen, genau dies zu tun.
Den zweiten Sitzungstag eröffnete ich mit einigen Ankündigungen zu meiner Sicht der Rechtslage. Es ist in einem frühen Stadium des Prozesses nicht erforderlich, formelle Beweisanträge zu stellen. Eher deutet man an, wie eine Beweisaufnahme sich bei exzessiver Antragstellung gestalten könnte. Nach meiner Überzeugung waren die Abläufe in diesem Verfahren nicht korrekt und daher Folgendes festzustellen: Ursprünglich tappte die Polizei im Dunkeln bezüglich des Täters aus dem Schloßpark. Nach dem Hinweis der Prostituierten knüpfte sie daran ihre Hoffnung, den Fall zu klären. Da aber ein Tatverdacht gegen meinen Mandanten nicht zu begründen war, musste ein solcher zunächst konstruiert werden. Hierzu diente die ominöse Aussage »Ich war's«, das Einzige, was der Angeklagte je gesagt hatte. Angeblich gesagt hatte. Diese Spontanäußerung wiederum bildete die Grundlage für eine DNA-Analyse, wobei die freiwillige Einwilligung aus meiner Sicht ebenfalls ertrickst worden war. Festgenommenen

werden regelmäßig eine Reihe Formulare vorgelegt, die sie unter Stress ungelesen unterzeichnen. Mit anderen Worten: Die ganze Beweiskette war wackelig.

Ein Verteidiger im US-amerikanischen Strafprozess hätte mit dieser Argumentation hervorragende Chancen, einen Angeklagten frei zu boxen. In Deutschland funktioniert dies eher selten, weil wir keine klaren Regeln haben, wann rechtswidrig erhobene Beweise verwertet werden dürfen. Die Gerichte behelfen sich mit einer Abwägung. Je gravierender das Verbrechen, desto weniger schwer wiegen Ermittlungsfehler. Zur Aufklärung eines Mordes ist folglich nahezu alles erlaubt – und bei schwerem sexuellem Missbrauch von Kindern ohnehin.

Wenigstens zum Schein prüfen die Gerichte die Legalität ihrer Beweismittel. Aus diesem Grunde klären sie zunächst auf, ob die Polizei sich korrekt verhalten hat. Erst wenn sie Fehler in der Polizeiarbeit nicht ausschließen können, holen sie die Keule der Abwägung heraus. Ich hatte daher mit meiner Kritik an der polizeilichen Beweisführung der Strafkammer nur ein Programm vorgegeben, das sie zwei bis drei Verhandlungstage beschäftigen, am Ende aber meinem Mandanten nichts bringen würde. Genau diese Zeitverzögerung benötigte ich indes, denn mit jedem weiteren Prozesstag wuchs die Spannung, ob der Angeklagte gestehen würde oder nicht. Und das würde den Preis, also die Strafe, senken.

Manchmal, wenn die Sitzungstage lang, aber mit häufigen Pausen durchzogen waren, suchte ich das Gespräch mit dem Mandanten, bemühte mich um einen Smalltalk über Belanglosigkeiten. Das Essen im Knast, die Bundesliga, das Wetter. Es half alles nichts, der Angeklagte schwieg. Daher versuchte ich es mit etwas Lustigem, flüsterte ihm in einer Verhandlungspause einen Witz zu, einen echten Brüller. Das funktionierte. Er kicherte still in sich hinein, ich kicherte mit und schon war es passiert: gemeinsames Lachen mit dem Monster.

Für Beobachter im Gerichtssaal unbegreiflich. Der Kindesvater war glücklicherweise nicht anwesend, die Kindesmutter erstarrte zu Eis. Ihr fassungsloser Blick zu mir ließ mich ahnen, weshalb die alten Griechen die Medusa erfunden hatten.

Aber ich hatte meinem Mandanten eine menschliche Regung entlockt, gezeigt, dass es immer noch ein Mensch war, neben dem ich dort auf der Anklagebank saß. Auch das muss verteidigt werden in solchen Verfahren. Niemand darf bloßes Objekt staatlichen Handelns werden. Der Pädosexuelle ohne Verteidiger würde genau dies.

Im Vorfeld des vierten Verhandlungstages begab ich mich zeitig vor Sitzungsbeginn zu Gericht, wo ich den Vorsitzenden der Strafkammer aufsuchte. Er hatte mit mir gerechnet, denn es war an der Zeit.
»Guten Morgen, Herr Dexheimer, nehmen Sie doch Platz.«
Ich wunderte mich immer wieder, wie wenige Akten auf einem Richterschreibtisch lagen.
»Gibt es Neuigkeiten?«, fragte der Richter.
»Es tut mir leid, aber ich kann meinen Mandanten nicht zu einem Geständnis bewegen«, druckste ich herum. Tatsächlich hatte ich darüber mit dem Angeklagten überhaupt nicht mehr gesprochen, es gefiel mir nur gerade, die Spannung noch etwas anzuheizen.
Der Richter verhehlte seinen Groll nicht. »Ich werde dann heute den Sachverständigen bitten, sein Gutachten zu erstatten. Damit wären die Beweismittel ausgeschöpft. Es bliebe danach nur noch die Vernehmung des Opfers.«
»Ist mir klar. Ich bemühe mich bis zuletzt um das Geständnis.«
»Das Gericht ist selbstverständlich bis zuletzt bereit, eine Einlassung Ihres Mandanten entgegenzunehmen. Angesichts der umfangreichen Sachbeweise würde eine Verteidigererklärung durchaus genügen. Ihr Mandant muss nur nicken, das betone ich nochmals.«
Das Gutachten des Sachverständigen war keine leichte Kost. Seine Rekonstruktion der Tat war derart plastisch, dass die Stimmung im Gerichtssaal sich erneut zu Lasten meines Mandanten verschlechterte. Darauf hatte ich spekuliert. Denn dieses Gutachten wäre auch erstattet worden, wenn der Angeklagte am ersten Verhandlungstag gestanden hätte. In der Dramaturgie des Prozesses war genau jetzt der richtige Zeitpunkt für das Geständnis. Jetzt stand die Strafkammer unter maximalem Druck, jetzt musste sie ein kindliches Opfer in den Zeugenstand rufen. Nur ich konnte sie von dieser Qual durch die Ankündigung eines Geständnisses erlösen.
Dabei war mir durchaus klar, dass ich das Kind mit meinem Taktieren durch die Hölle geschickt hatte. Seit Prozessbeginn lastete die drohende Vernehmung auf ihm. Wahrscheinlich saß es soeben mit einer Vertrauensperson in einem Wartezimmer und zitterte dem Aufruf entgegen, hatte unentwegt die Bilder des Geschehenen vor den Augen, das Schreckliche unendliche Male neu durchlebt.
Doch das beeindruckt Richter wenig, weil sie nicht wie der Anwalt hin und wieder einen Prozess aus Zeugensicht erleben. Sie sitzen hinter ihrem Richtertisch, leiten das Verfahren und glauben allen Ernstes, der Zeuge

führe bis zu seinem Ruf in den Zeugenstand ein völlig normales Leben. Am wirkungsvollsten lässt sich der Geständniseffekt daher unmittelbar vor dem Aufruf des Zeugen platzieren. Opferbelange hatten mich dabei nicht zu interessieren.
Mein Plan war es gewesen, in einer kurzen Unterbrechung nach dem Gutachten den Mandanten vor vollendete Fakten zu stellen. »Sie müssen jetzt gestehen, es gibt keine andere Möglichkeit. Ich werde das für Sie machen, Sie müssen nur nicken. Einverstanden? Dann los!« So pflegte ich dies zu tun, ließ den Angeklagten danach keine Chance zu einer Reaktion und zog mein Programm durch.
Doch das Gericht hatte zuerst eine Frage an den Sachverständigen.
»Die Urinspuren auf dem Kind, können sie die bestätigen?«
»Ja, der Angeklagte hat auf das Kind uriniert.«
Die Mutter brach in heftige Tränen aus.
»Warum?«, schrie sie. »Warum auch das noch? Wozu diese Demütigung?«
Die Zuschauer im Saal hielten den Atem an, der Vorsitzende schaute grimmig. »Haben Sie noch Fragen, Herr Verteidiger?«
Für mich war wichtig, den Punkt umgehend abzuhaken und nicht durch Fragen zu vertiefen. In diesem Augenblick zupfte der Mandant mich am Ärmel. Er beugte sich vor, offenbar wollte er reden.
»Mein Mandant möchte etwas sagen«, warf ich schnell in die Runde.
»Der Angeklagte hat jetzt kein Rederecht. Oder möchte er dem Sachverständigen eine Frage stellen?«
»Sagen Sie einfach, was Sie zu sagen haben«, forderte ich ihn auf. Ob die Prozessordnung dies jetzt zuließ, war mir herzlich egal. Der Angeklagte räusperte sich.
»Ich erlaube nur Fragen«, beharrte der Vorsitzende etwas unsouverän. Das andauernde Schluchzen der Mutter zerrte an seinem Nervenkostüm nicht weniger als an meinem.
»Reden Sie«, munterte ich den Mandanten auf, der wieder an seinen Fingern knibbelte und starr auf den Boden schaute.
»Es war nicht gegen das Kind gerichtet«, presste er dann hervor. »Man macht das nur, damit es besser flutscht.«
Die Mutter hörte auf zu schluchzen. Mit offenem Mund starrte sie den Angeklagten an. Der Vorsitzende zögerte mit einer Reaktion. Ich nutzte die sich auftuende Lücke.
»Soll das bedeuten, dass Sie die Tat zugeben?«
Der Angeklagte nickte.

»Mein Mandant gesteht, die angeklagte Tat begangen zu haben«, ergänzte ich zu seinem Nicken.
Der Vorsitzende lehnte sich nachdenklich zurück. Aufgrund des Geständnisses war eine Last von ihm abgefallen, sein Problem bestand darin, wie dies mit der Strafprozessordnung in Einklang zu bringen war. Er tuschelte mit seinen Beisitzern.
»Kann der Sachverständige entlassen werden?«, fragte er.
Wenn ein Prozess sich tagelang nur um die Frage dreht, ob ein Angeklagter gesteht, sollte man es kaum für möglich halten, wie Richter reagieren, sobald das Geständnis endlich vorliegt. Sie grübeln darüber nach, wie das später im Protokoll erscheint.
Der letzte Protokolleintrag lautete mit Sicherheit: »Der Sachverständige erstattete sein Gutachten.« Das vertrug sich nicht mit der geständigen Einlassung eines Angeklagten. Folglich musste zunächst protokolliert werden, dass der Sachverständige entlassen wurde. Dann diktierte der Vorsitzende wortwörtlich, was die Protokollführerin zu schreiben hatte: »Der Verteidiger erklärt: Mein Mandant räumt die angeklagte Tat ein. Der Angeklagte erklärt: Diese Einlassung ist auch meine Einlassung.«
Damit war das Geständnis im Protokoll. Tatsächlich hatte der Angeklagte nur genickt und nie das gesagt, was soeben diktiert worden war. Zur Sicherheit fragte der Vorsitzende nochmal nach. »Das war doch auch Ihr Geständnis, oder?«
Ich knuffte dem Mandanten mit dem Ellenbogen in die Seite. »Nicken!«, flüsterte ich. Er nickte. Jetzt war sein Geständnis wasserfest und gleichzeitig von einem Vorsitzenden Richter am Landgericht in öffentlicher Hauptverhandlung ein falsches Protokoll erstellt worden. Interessierte das jemanden? Hatte der Wachhund von der Staatsanwaltschaft diese Begehung einer Straftat notiert? Würde er deshalb ein Verfahren einleiten? Natürlich nicht, solche Missgeschicke rufen ihn nur auf den Plan, wenn sie Otto Normalverbraucher unterlaufen.
»Pause«, entschied der Vorsitzende.
Im weiteren Verlauf des Sitzungstages wurde plädiert. Die Staatsanwältin hob hervor, dass der Angeklagte nicht auf das Kind uriniert hatte, um es zu demütigen. Der Nebenklägervertreter betonte, dass der Angeklagte durch sein Geständnis dem Kind eine Aussage erspart hatte. Ich beharrte auf meiner Meinung einer komplett rechtswidrigen Beweisführung durch die Polizei, weshalb das Geständnis gar nicht hoch genug bewertet werden könne.

In der Pause während der folgenden Urteilsberatungen überlegte ich, ob ich nicht Kotzen gehen sollte. Doch aus meiner Sicht hatte ich mich noch am ehrenhaftesten geschlagen. Staatsanwältin und Opferanwalt waren nicht zu sehen. Die hatten auch mehr Grund, sich zu übergeben.

Eine Stunde später saß ich im Bistro »Körnchen« am Kornmarkt. Es war Freitagnachmittag, der Mandant zwar nicht zur Mindeststrafe, aber milde verurteilt, der Prozess beendet. Über dem Mühlenteich glitzerte die Herbstsonne, ein Taubenschwarm drehte seine Runden um die Brückenhäuser, ich betäubte mich mit Wein, konnte diese Idylle nicht ertragen. Sie erschien mir irreal.

Was war das für ein Beruf, in dem man aus dem Leid missbrauchter Kinder Kapital für die Täter schlug? Wie konnte es sein, dass eine angeblich sachliche und neutrale Justiz sich von Stimmungen leiten ließ? Warum nutzte es den Angeklagten, dass Verteidiger die Opfer als Druckmittel benutzten? Zwar hatte der Gesetzgeber ein umfassendes Instrumentarium zum Schutz der Kinder geschaffen. Sie konnten in einem Zimmer außerhalb des Sitzungssaales vom Vorsitzenden allein befragt werden. Alle anderen wären nur mittels einer Videoübertragung beteiligt. Dennoch sehen Gerichte in der Befragung kindlicher Opfer das größtmögliche Übel und scheuen sie wie der Teufel das Weihwasser.

Bedenkenlos lassen sie Kinder wochenlang schmoren in ihrer Angst, vor Gericht aussagen zu müssen. Fällt die Vernehmung dann wegen eines Geständnisses des Täters aus, belohnen sie diese Entlastung des Kindes mit Milde. In Wahrheit ist es eher ihre eigene Entlastung, die sie honorieren.

Michaels Kinder im Weingut am Taubenschlag kamen mir in den Sinn. Kinder, zu denen ich eine spezielle Nähe hatte. Das nagte jetzt an mir.

Bisher war ich mit meinem Beruf im Reinen gewesen, überzeugt davon, dass der Verteidiger eine Arbeit tut, die eben getan werden muss, von irgendwem. Plötzlich zweifelte ich daran, nicht nur kurz, sondern nachhaltig. Kinder sind so schutzlos gegen böse, kranke Menschen. Weshalb hielt ich es für meine Aufgabe, solche Unmenschen vor dem strafenden Staat zu schützen?

Selbstverständlich können sogar Strafverteidiger mit eigenen Kindern in derartigen Verfahren exzellent vertreten. Wir verteidigen ja auch alkoholisierte Kraftfahrer, obwohl sie uns hätten entgegenkommen können. Oder Diebe, selbst wenn in unsere Häuser schon eingebrochen wurde. Persönliche Betroffenheit hindert nicht die Interessenwahrnehmung, kein Verteidiger darf sich von der Tat, die er verteidigt, beeindrucken lassen.

Er muss sich jedoch sicher sein, dass er derartige Mandate professionell abwickeln kann. Diese Sicherheit kam mir gerade abhanden.
»Drogen, Blut und Sperma«, antwortete ich üblicherweise, wenn wieder einmal jemand sich penetrant nach meinen Spezialgebieten erkundigte. Bei der Vorstellung wie Maureen mir ihr »Hallo Juuulius« entgegen flötete, schauderte mir davor, diesen Spruch je wieder aufzusagen. Er hatte mit einem Male so etwas fürchterlich Reales.

Der Tag, an dem Michaels Frau mich kennenlernte, war ausgerechnet der Totensonntag. Ich mochte diesen Tag schon deshalb nicht, weil die Weihnachtsmärkte dann geschlossen sind. Immer wenn diese Ende November öffnen, verspüre ich Durst auf Glühwein, weshalb ich es unpassend finde, sie gleich wieder für einen Tag zu schließen.
Michael Schneider entpuppte sich zunehmend als Rabenvater. Denn seit ich ihn Mitte Oktober einmal fast dazu genötigt hatte, mit den Kindern in die Klinik zu fahren, war er mit ihnen nicht mehr dort gewesen. Damals hatten sie Graziella gerade von der Intensivstation verlegt, blass, schwächlich, kaum ansprechbar. Doch seither waren schon wieder Wochen vergangen, es sprach nichts dagegen, dass die Kinder endlich ihre Mutter wiedersahen. Und was tat mein Mandant? Er versteckte sich hinter seiner angeblichen Arbeitsbelastung, tatsächlich wohl eher hinter dieser ominösen Frau.
»Kannst du das übernehmen?« Er hatte mich mitsamt den Kindern Zuhause aufgesucht, denn er ahnte, dass ich dann nicht ablehnen konnte. Sechs hoffnungsfrohe Augen ließen mir keine Chance. Wieder einmal gab ich unfreiwillig, aber im Kindesinteresse den Familienhelfer.
Graziella Schneider hatte ich beim ersten Besuch zwar kurz gesehen, da war sie jedoch nicht in der Lage gewesen, wahrzunehmen, was um sie herum geschah. Jetzt war dies anders. Sie hatte sich prächtig entwickelt, wirkte wach und orientiert, vor allem gepflegt und positiv in die Zukunft schauend. Spontan erinnerte sie mich an eine Schauspielerin, mir fiel aber nicht sofort ein, an welche.
Ich hatte höflich an die Türe geklopft und die feste Absicht gehabt, ihr zunächst die Abwesenheit des Ehemannes zu erläutern. Dieser Plan war von drei Kindern durchkreuzt worden, die sich wie ein Gebirgsbach zur Zeit der Schneeschmelze unkontrollierbar an mir vorbei in das Krankenzimmer ergossen. Es folgte ein turbulentes Herzen, Küssen, Schmusen und Weinen. Ich stand dabei eng an die Tür gedrückt, sichtbar ein Fremdkörper

in diesem Raum.
»Julius, magst du Mama nicht? Du sagst ja gar nichts«, krächze Timmy irgendwann, was dieses raumfüllende Gefühlsknäuel aus Mutterliebe, Kinderfreude, Glück und Wiedersehen unweigerlich mit der Frage zerstörte, was ich dort zu suchen hatte.
»Mama, das ist der Julius, der kümmert sich um uns«, erläuterte Maureen.
Graziella warf einen Blick aus tiefbraunen Rehaugen auf mich. Die Schauspielerin, der sie ähnelte, war Claudia Cardinale. Jetzt fiel es mir ein.
»So so, der Julius«, sagte sie.
Ich konnte es nicht lassen, den sichtbaren Teil ihres Körpers nach Narben abzusuchen. Meine Vorstellung von dieser Frau hatte sich bisher auf ein Stück Hackfleisch beschränkt, aber soweit Bettdecke und Nachthemd einen Blick auf blanke Haut zuließen, erkannte ich weder Spuren der Verletzungen, noch Auffälligkeiten wie Lähmungen oder zumindest Bewegungseinschränkungen. Allenfalls ihre Sprache schien geringfügig verzögert zu sein, doch sie war Italienerin, die redeten nach meiner Erfahrung alle in ihrer Muttersprache wie ein Maschinengewehr, im Deutschen etwas langsamer.
»Kann der Julius auch reden oder nur gucken?«, fragte sie vordergründig die Kinder, fixierte aber unentwegt mich mit ihrem Blick.
Ich trat vor, um ihr die Hand zu reichen. »Dexheimer«.
Sie hatte einen angenehmen Händedruck. Aus der Nähe sah ich Narben am Hals, wollte aber nicht hinstarren.
»Schickt mein Mann Sie als seine Vertretung?«
»Vertretung ist das falsche Wort, so kann man das nicht nennen. Ihr Mann hatte sich wahnsinnig darauf gefreut, endlich mit den Kindern gemeinsam die Familie wieder vereinen zu können. Dann kam etwas völlig Unerwartetes dazwischen und weil ich zufällig Zeit hatte, habe ich ihm meine Hilfe gewissermaßen aufgezwungen. Ich bin also nur so etwas wie ein Fahrer für die Kinder.«
»Sie reden wie ein Anwalt.«
»Julius ist Anwalt!« Timmy war unnötig vorlaut heute.
Graziellas milde und freundliche Gesichtszüge versteinerten. »Sie sind der Anwalt meines Mannes?«
»Ich bin gewissermaßen der Hausanwalt des Weingutes Schneider, seit ... also, weil Ihr Mann da mal einen Bußgeldbescheid bekommen hatte. Übrigens finde ich Ihre Weine ausgezeichnet.«
»Sie waren bei uns wegen dieser Bußgeldsache und wollten die Weine probieren. Ich erinnere mich.«

Das klang gefährlich, denn genau, während ich damals die Weine probiert hatte, war sie verunglückt. Es schien mir unnötig, ihr diesen Tag ins Gedächtnis zu rufen. Graziella Schneider war aber schon in ihre Erinnerungen abgedriftet.

»Ich weiß noch, dass ich die Tauben gefüttert habe. Auf dem Rückweg ist es passiert.«

Die kriminalistische Hypothese der Polizei war widerlegt, was mich zwar mit Genugtuung erfüllte, die kritische Situation aber nicht entspannte.

»Maureen kann schon ziemlich gut lesen und schreiben«, wich ich aus.

Die Patientin betrachtete mich nochmals ausgiebig, überlegte, was sie mir darauf antworten sollte. Dann zog sie es vor, sich wieder ihren Kindern zuzuwenden. Für den Rest des Besuches ignorierte sie mich, weshalb ich vorgab einen Kaffee trinken zu wollen und das Krankenzimmer verließ.

Knappe zwei Stunden spazierte ich daraufhin auf dem Gelände des Mainzer Uniklinikums umher, widerstand der Versuchung, kurz eine Kneipe aufzusuchen, und steigerte zunehmend meinen Groll gegen Michael.

Nachdem Maureen mir eine Textnachricht geschickt hatte, kehrte ich zurück, nahm die Kinder wieder in Empfang und verabschiedete mich brav von Frau Schneider.

»Auf Wiedersehen, Herr Anwalt«, meinte sie nur knapp. Nicht »Julius« wie die Kinder oder »Herr Dexheimer« wie unter Erwachsenen üblich, sondern »Herr Anwalt.« Bei Italienern genießen Rechtsanwälte wesentlich höheres Ansehen als hierzulande. Dort werden sie mit der Berufsbezeichnung angeredet: Avvocato. Ob die italienische Heimat oder die deutsche Gewohnheit aus ihr gesprochen hatten, blieb zunächst offen.

Zurück in Windesheim schleppte ich die Kinder in die Dorfpizzeria. Ich wollte, dass sie satt nach Hause kamen und gleich zu Bett gehen konnten. Danach war es an der Zeit, Michael mal wieder deutlich zu erläutern, was seine Vaterpflichten waren. Nur war der Mann nicht einmal da, als ich ihm seine Kinder zurückbrachte.

Der Tag hatte sie innerlich aufgewühlt, ich merkte es den Kleinen an. Ihre Mutter hatte versprochen, dass sie künftig jeden Sonntag vorbeikommen dürften. Das rumorte in ihnen. Ich konnte sie jetzt unmöglich sich selbst überlassen, auch wenn es mittlerweile wohl Routine war, dass Maureen ihre Brüder zu Bett brachte und dann selbständig schlafen ging.

Das Buch mit Grimms Märchen war längst ausgelesen. Ich versuchte es mit Schwabs Sagen des klassischen Altertums. Die zufällig gewählte Geschichte beschäftigte mich nachhaltig: Herakles am Scheideweg.

Nachdem das Einschlafritual beendet war, überlegte ich, ob es lohnen würde, auf Michael zu warten. Es war mir nicht geheuer, ein Haus mit drei schlafenden Kindern alleine zu lassen. Folglich redete ich mir ein, den Winzer zur Rede stellen zu wollen, blieb aber in Wahrheit wegen meiner Sentimentalität.

Zwecks Überbrückung der Wartezeit ging ich ins Flaschenlager, suchte mir einen schon älteren Rotwein aus, setzte mich mit der geöffneten Flasche in die Küche und wartete.

Bis zur Tatortzeit war Michael nicht zurück. »Fühl dich wie Zuhause«, lud ich mich selbst ein, schaute seit langer Zeit einmal wieder einen Tatort, der genaugenommen kein Tatort war, sondern ein Polizeiruf 110.

Wie der Fall letztlich gelöst wurde, bekam ich nicht mehr mit, weil der Hausherr zurückkehrte. Er setzte sich völlig ohne Schuldgefühle zu mir, schenkte sich ein und hob sein Glas. »Prost, Julius.«

»Wie heißt sie?«, fragte ich frontal.

»Was geht das dich an?«

»Du hast ...«.

»Ja ja, die Kinder und meine Frau und ich bin ein Rabenvater. Sonst noch was? Willst du mir den Sonntag vermiesen? Dann hau besser ab.«

»Du hast mir nie berichtet, wie es um deine Frau steht«, beendete ich meinen Satz. »Auf mich machte sie einen gut genesenen Eindruck.«

Der Winzer schwenkte sein Glas, schnüffelte an dem Wein, schaute mich kritisch an. »Dein Eindruck«, schnaubte er.

»Ja, mein Eindruck. Ich war sehr positiv überrascht davon, wie gut sie den Unfall verarbeitet hat, also körperlich zumindest.«

»Was hast du erwartet? Sie ist durch die Treppe gebrochen und in leere Weinflaschen gestürzt. Mit den Füßen voran. Die Verletzungen sind unter der Bettdecke. Wenn du sie einfach nur anschaust, wie sie da im Bett sitzt, kannst du nicht viel davon sehen.«

»Und welche Verletzungen hat sie unter der Bettdecke?«

»Herrje!« Michael reagierte sofort aufbrausend. »Sie muss wieder gehen lernen. In einigen Wochen, wahrscheinlich noch vor Weihnachten, kommt sie in eine Reha-Klinik an der Mosel. Das dauert dann etwa sechs Wochen. Erst dann kommt sie wieder heim.«

»Also etwa zur Fastnacht kehren hier wieder normale Verhältnisse ein. Das ist doch absehbar.«

»Was meinst du mit normal?«

»Die Kinder brauchen ihre Mutter. Nächste Woche ist der erste Advent.

Ich erwarte von dir, dass du wenigstens in der Vorweihnachtszeit deine Kinder in den Vordergrund stellst.«
»Du hast ja Recht«, räumte Michael zerknirscht ein. »Ich werde das künftig so vorbildlich wie ein Mustervater machen. Die Adventssonntage gehören allein den Kindern. Versprochen.«
Am ersten Advent schaffte er es tatsächlich, selbst mit seinen Kindern zur Mutter zu fahren. Auch am zweiten und dritten Adventssonntag gelang es ihm, seine Zusage einzuhalten. Am Sonntag Rorate, dem letzten vor Weihnachten musste er sein Versprechen unfreiwillig brechen. Denn da war Michael nicht mehr in Freiheit.

Sie kamen an einem kalten frostigen Morgen, genau eine Woche vor dem Weihnachtsfest: ein knappes Dutzend Polizisten und der Staatsanwalt. Michaels Anruf erinnerte mich unsanft an das Glühweingelage vom Vorabend.
»Dexheimer«, nuschelte ich nicht nur vom Schlafe trunken.
»Hausdurchsuchung! Schon wieder!«, schrie ein verzweifelter Mandant in den Hörer.
»Ich komme.«
Die paar hundert Meter zum Weingut ging ich zu Fuß, was bei dieser Kälte wohltuend erfrischend war. Beim Betreten der Küche fand ich meinen Mandanten in Handschellen vor. Neben ihm auf der Küchenbank saßen in ihren Schlafanzügen die Kinder.
»Hallo Juuulius«, krächzte ein verschlafener Timmy leise. Sein Bruder blickte wie versteinert geradeaus, Maureen weinte. Zumindest die älteren beiden hatten instinktiv erfasst, was dies hier zu bedeuten hatte. In mir stieg umgehend Panik auf beim Anblick eines rosafarbenen Blatt Papiers auf dem Tisch, eng bedruckt, mit dem Landeswappen im Kopf: ein Haftbefehl.
Aus meinem ganzen Anwaltsleben ist mir keine Situation erinnerlich, von der ich sagen würde, dass sie mir an die Substanz ging. Nur dieser Morgen bildete eine Ausnahme. Die drei Kinder, die mir so ans Herz gewachsen waren, in ihren Schlafanzügen, der Vater in Handschellen, es war der jammervollste Anblick, dessen ich mich erinnern kann. Schwer schluckend versuchte ich Ruhe zu bewahren.
»Kommt Kinder, wir gehen jetzt nach oben und ihr zieht euch erstmal richtig an«, schlug ich vor.
»Das ist meine Entscheidung«, erklärte mir schnippisch eine Dame, von

der ich mich bereits gefragt hatte, was sie hier wollte. Zunächst hielt ich sie für eine Praktikantin des Staatsanwaltes, aber dazu war sie zu alt. Ich schätzte sie auf Mitte vierzig. Zudem passte sie äußerlich nicht zur Justiz. Kurze graue Haare, Igelschnitt, ausgemergeltes Gesicht mit spitzer Nase, magere Figur, eher hochgewachsen. Jeans, geschnürte Wildlederschuhe, quergestreifter Strickpullover. Die musste irgendeinen sozialen Hintergrund haben.
»Und Sie sind wer?«, blaffte ich sie an.
»Eleonore Marzahn-Eibeck«, sie reichte mir ihre Visitenkarte. »Ich bin vom Jugendamt.«
»Nun denn, Frau Marzahn-Eibeck, Sie befinden sich hier im Wohnhaus meines Mandanten, der trotz laufender Hausdurchsuchung weiterhin das Hausrecht hat. Ich erteile Ihnen daher namens Herrn Schneiders ein sofortiges Hausverbot.« Mit einer Hand öffnete ich die Tür. »Dort geht es hinaus.«
»Netter Versuch«, grinste die Marzahn-Eibeck und zog ein Schreiben aus ihrer Jutetasche. »Das hier ist die amtliche Inobhutnahme. Diese Kinder gehen heute mit mir und wenn Sie meinen, mich daran hindern zu müssen, werde ich die Polizei um Amtshilfe bitten. Es sind ja genügend Uniformierte hier.«
»Neeein!!!«, schrie Maureen grell und laut. »Ich will bei Papa bleiben.«
»Beruhige dich Kind, es ist zu deinem Besten«, sagte die Jugendamtstante mit verstellter, schleimig-hinterhältiger Stimme.
Ich musste an mich halten, nicht umgehend mit den Fäusten auf sie loszugehen. Normalerweise ist mir Gewaltanwendung völlig fremd, doch in diesem Fall war das Jucken in den Fingern fast übermenschlich. Ohne Zeugen hätte ich es auf eine Aussage-gegen-Aussage-Situation ankommen lassen. Doch im Beisein eines Staatsanwaltes war es illusorisch, heil aus solch einer Attacke herauszukommen.
»Das Kind heißt Maureen«, antwortete ich daher nur mit bebender Stimme. »Und ihre Brüder heißen Patrick und Timmy und es sind die tapfersten Kinder, die ich kenne.«
Staatsanwalt Derns Nervenkostüm war ähnlich strapaziert wie meines. »Herr Dexheimer, lassen Sie uns die Angelegenheit sachlich beenden. Es geht doch jetzt nicht anders.« Seine Worte klangen fast flehend.
Die Marzahn-Eibeck hingegen grinste mich nur hämisch an. »Kinder, macht euch mal fertig, wir gehen jetzt«, meinte sie ungerührt.
Maureen fing wieder an zu schreien, Patrick biss sich die Lippen blutig.

Ich überlegte fieberhaft, was hier zu tun war. Dunkel erinnerte ich mich an einen italienischen Film, in dem ein Vater ins KZ deportiert worden war und seinem Sohn ständig weismachte, es handele sich um ein fürchterlich tolles Spiel. Nur fiel mir nicht ein, welches Spiel ich hier vorgaukeln und wie ich den Kindern etwas Tröstliches mitgeben sollte.
Michael saß dabei und sagte gar nichts. Man sah, wie es in ihm brodelte, aber er sprach nicht mit seinen Kindern. Der Versager von Vater, als den ich ihn kennen gelernt hatte, zeigte seine ganze Inkompetenz.
Zum zweiten Mal binnen weniger Minuten reizte es mich, jemandem die Fresse zu polieren. »Nun verabschiede dich doch wenigstens«, schrie ich ihn an.
Er brüllte doppelt so laut zurück. »Was soll ich denn tun? Du bist der Anwalt.«
Hilflos zerknitterte ich das Schreiben des Jugendamtes in meinen Fingern. Es handelte sich ohnehin nur um einen Dreizeiler, ohne Begründung oder Rechtsmittelbelehrung. Inobhutnahme. Was bedeutete das überhaupt?
Ich schätze, dass bestenfalls die Hälfte aller Strafverteidiger aus dem Stand erklären kann, was eine Inobhutnahme ist. Ich gehörte zur anderen Hälfte.
»Haben Sie sonst noch was Schriftliches?«, motzte ich die Marzahn-Eibeck an. »Hier kann man ja gar nicht erkennen, um was es geht.«
»Es bestand Eilbedürftigkeit. Der ausführliche Bescheid folgt, falls Herr Schneider in die Justizvollzugsanstalt überstellt wird.«
Maureen schluchzte laut. Michael blickte mich zornig an. »Tu was Anwalt!«
Ich wandte mich dem zu, was mein Metier ist. »Wo ist der Durchsuchungsbeschluss?«
Dieses Mal war konkret bezeichnet, was sie zu finden hofften: Rot-weißes Absperrband aus Polizeibeständen und ein Schlüssel mit Taubenkopf. Ein fragender Blick zu meinem Mandanten und dessen stummes Kopfschütteln genügten mir.
»Sie werden diese Gegenstände hier nicht finden«, verkündete ich.
»Ach«, sagte der Staatsanwalt, »dann interessiert es Sie bestimmt, dass wir ein Absperrband bereits gefunden haben.«
»Das ist doch alles Lüge«, schrie Michael so laut, dass die Kinder erschrocken zusammenzuckten.
»Das Absperrband wurde in einer Mülltonne im hinteren Hof entdeckt und sichergestellt«, kommentierte Dern gelassen.
Der Mandant reagierte schneller als ich. »Genau dort, wo jeder hinkann, soll plötzlich nach über drei Monaten das Band noch in der Mülltonne

liegen? Wissen Sie eigentlich, wie oft die seither geleert wurde? Was für eine Schweinerei wird das?«

Sein Ton mochte unangemessen sein, was er zu sagen hatte, entbehrte nicht einer gewissen Logik.

»Es wäre besser, Sie sagen uns freiwillig, wo der Schlüssel versteckt ist.« Trotz der hitzigen Situation blieb der Staatsanwalt weiter sachlich.

»Den habe ich in einem Weinfass versenkt«, sprudelte es aus Michael hervor. Mir war sofort klar, dass diese trotzige und keinesfalls ernst gemeinte Antwort Konsequenzen haben würde.

»Organisieren Sie mir einen Kellermeister«, wies der Staatsanwalt einen Polizisten an. »Wir werden alle Weinfässer durchsuchen müssen.«

»Wie soll das denn gehen?«, reagierte der Polizist überrascht.

Staatsanwalt Dern zeigte eine leichte Unsicherheit. »Es gibt in Bad Kreuznach doch eine staatliche Weinbauschule. Die müssen hier eben Amtshilfe leisten.«

»Ich kann da eventuell aushelfen«, schlug ich vor, zog mein Telefon und ging nach draußen. Wenige Minuten später stand ich wieder vor dem Staatsanwalt. »Ein Winzer aus dem Ort ist bereit, die Tanks umzupumpen«, erklärte ich. Was ich verschwieg, war die Tatsache, dass ich meinen alten Freund Paul angerufen und gebeten hatte, umgehend vorbeizuschauen. Für mich hatte dies den Vorteil, im unwahrscheinlichen Fall eines Auffindens des gesuchten Schlüssels als Erster informiert zu werden. Ob ich den Schlüssel dann wieder verschwinden lassen würde, musste ich jetzt noch nicht entscheiden.

Ich glaubte ohnehin nicht an die Story von dem Schlüssel im Fass. Keiner glaubte das. Aber nachdem der Staatsanwalt vor Polizisten den Hardliner gegeben hatte, konnte er nicht mehr zurückrudern. So kam es, dass Paul im Weingut Schneider Fass für Fass und Tank für Tank alle Weine umpumpte. War ein Behältnis geleert, wurde es geöffnet, sorgfältig inspiziert und wieder verschlossen. Was fehlte, war die Verkostung der Weine, die sich Paul zwar nicht nehmen ließ, von den Beamten aber abgelehnt wurde. Von mir ausnahmsweise auch, denn ich hatte einen harten Tag vor mir, insbesondere einen wichtigen Termin. Beim Haftrichter.

Selten ist der Mensch hilfloser als im Polizeigewahrsam. Man kann sich nicht wehren, denn tut man es doch, macht man sich strafbar. Sie lassen einen gerne im Unklaren, so jetzt auch Michael. Er durfte seine Küche nicht verlassen, sich nicht einmal um seine Kinder kümmern, die angstvoll ihrer ungewissen näheren Zukunft entgegensahen. Ich bat den Staatsan-

walt in ein anderes Zimmer.
»Was soll das werden?«
»Wir machen eine Hausdurchsuchung. Sie haben den Beschluss doch gerade gelesen.«
»Ja, aber mein Mandant, die Kinder, wie soll das hier ablaufen?«
»Sobald die Geschäftsstelle des Amtsgerichts anruft, wird Herr Schneider vorgeführt. Das Weitere entscheidet dann der Haftrichter.«
»Und die Kinder?«
»Nicht mein Problem. Das ist ab sofort Aufgabe des Jugendamtes.«
»Und falls der Haftrichter Untersuchungshaft anordnet? Wie soll das funktionieren? Die Mutter ist im Krankenhaus. Es gibt keine Verwandten.«
»Darüber hätte Ihr Mandant sich vorher Gedanken machen müssen. Versuchter Mord ist keine Lappalie.«
Die Unschuldsvermutung gilt hierzulande nur so lange, bis sich ein Verdacht ergibt, genau genommen also gar nicht. Der Durchsuchungsbeschluss erfordert nur einen einfachen Tatverdacht, da wäre ich mit Zweifeln an der Schuld vielleicht gehört worden. Aber durch den Erlass des Haftbefehls hatte der zuständige Ermittlungsrichter einen dringenden Tatverdacht bestätigt. Da hört bei Staatsanwälten der Spaß auf. Dringend verdächtig ist aus ihrer Sicht mindestens so viel wie rechtskräftig verurteilt. Eher mehr.
Wegen der Folgen, die sich daraus ergeben, wenn Unschuldige weggesperrt werden, verweist man dann auf die zuständigen Behörden, hier das Jugendamt, leibhaftig erschienen in Form dieser unsäglichen Eleonore Marzahn-Eibeck.
Timmy wirkte jetzt schon apathisch, er realisierte nichts mehr, hatte sich irgendwie in eine Traumwelt versetzt. Maureens Augen hingen flehend an mir. Sie setzte alle Hoffnung in mich. Am schlimmsten war es für den stillen Patrick, den introvertierten Jungen, der sich gerade selbst Verletzungen zufügte, mit den Zähnen die Lippen zernagte, mit den Fingernägeln die Handballen aufstach. Ich kannte sie doch, diese Kinder, wusste, was sie hier durchmachten, sah sie leiden. Wie konnte ein Rechtsstaat so etwas zulassen?
Ob der Vormittag eskaliert wäre, wenn diese Situation weiter angedauert hätte, vermag ich kaum zu sagen. Es war so unerträglich grausam. Doch in diesem Augenblick erhielt der Staatsanwalt den erwarteten Anruf.
»Vorführung beim Haftrichter in einer halben Stunde. Der Beschuldigte ist sofort zum Gericht zu fahren«, wies er einen Polizisten an, womit für mich

klar war, dass ich hier vor Ort nichts mehr erreichen konnte.

Verzweifelte Kinder, ein hilfloser Vater, was betraf das mich? Meine Aufgabe war ab sofort die Verteidigung vor einem Haftrichter, alles andere musste ich jetzt abschütteln. Oder umgehend das Mandat beenden. Ein heulender Verteidiger, sei es auch nur innerlich, verrät seine Pflicht.

»Ich muss dann los, mein Auto steht noch bei mir Zuhause«, ließ ich Michael wissen. Maureens Blick erstarrte. Ich wandte mich von den Kindern ab und verließ die Küche, in der sich dies alles abspielte. Natürlich war es feige Flucht und Verrat an den Kleinen. Ich redete mir nur ein, dass es Professionalität sei.

Auf dem Weg zum Auto in der kalten Luft des frühen Morgens fiel die Anspannung etwas von mir ab. Jetzt musste ich die panisch dreinblickenden Gesichter dreier Kinder aus dem Kopf bekommen, ihre Angst um den Vater in Handschellen, die Furcht vor dem, was auf sie zukam, kurzum: unermessliche Verzweiflung und fürchterliche Narben in kleinen Seelen.

Als ich den Motor anließ, zitterten mir noch immer die Hände. Im Tal, das ich durchfuhr, waberte Nebel über dem Guldenbach. Erst als ich auf die Höhe des Hungrigen Wolfes hinauffuhr, durchbrach ich die Nebelwand und steuerte scheinbar in die glänzende Sonne dieses vorweihnachtlichen Morgens hinein. Dann lag die Stadt vor mir, eigentlich eher unter mir, denn Bad Kreuznach liegt im Tal und war unter einer Nebeldecke versteckt. Von der Ebernburg her zog sich eine dichte weiße Wand bis hinüber nach Rheinhessen. Lediglich das Industriegebiet war zu erahnen, weil dort aus den Schornsteinen dampfende Wolken lotrecht aufstiegen und die Diesigkeit durchstachen. Ansonsten sah ich nur den Kuhberg. Die Stadt selbst war unsichtbar.

»Mögest du auf ewig verschwunden bleiben, verfluchte Kur- und Badestadt«, murmelte ich, während die Straße schon wieder abfiel und ich von der Höhe herabkommend in den Dunstschleier hinabtauchte. Bald wurden erste Häuser sichtbar. Die Stadt war nicht verschwunden. Sie würde nie verschwinden, sondern all die Schicksale in ihren Mauern und ebenso wie mich selbst, duldsam aushalten und überstehen. Genau dies wurde von mir verlangt.

So gefühllos wie ein Stein aus dem Fundament der alten Kauzenburg, erbarmungslos gegen alle Katastrophen des Lebens, betrat ich kurz darauf das Gericht, suchte das Vorführzimmer auf, wo ich meine Notfallmappe aufschlug, um das Formular für einen Vorführtermin bereitzulegen. Strafverteidigung ist wesensverändernd.

»Guten Morgen«, begrüßte mich ein knapp zwei Meter großer Mann, der soeben eintrat. Staatsanwalt Klettenberg, ein altgedienter Haudegen der Anklagebehörde, zudem gebürtiger Kreuznacher aus einer Familie, die in der Stadt ähnlich verzweigt war wie meine. Er hatte sich einen Ruf als strammer, aber fairer Vertreter seiner Behörde erarbeitet.

»Guten Morgen, kommt der Sachbearbeiter nicht selbst?«

»Er weilt noch bei der Durchsuchung im Weingut des Beschuldigten. Ich vertrete ihn.«

Seine Handakte umfasste einige Blättchen Papier, einen Personalbogen und den Haftbefehl. Vom Akteninhalt wusste er nichts, ebenso wenig von den dramatischen Szenen, die sich in dieser Sache heute schon abgespielt hatten.

»So kurz vor den Feiertagen sollte man die Untersuchungshaft komplett aussetzen« sagte ich, um weihnachtliche Milde bei ihm zu wecken.

Er reagierte mit einem Lächeln. »Für mich wird es wahrscheinlich die letzte Verhaftung sein. Zum Jahresende trete ich den Ruhestand.«

»Um dann auch Anwalt zu werden, wie so viele der Staatsjuristen in Pension?«

»Gott bewahre mich davor, nach dem Jahreswechsel je wieder eine Strafakte in die Hand zu nehmen.«

»Gute Einstellung. Es wirkt ehrlich gesagt immer etwas lächerlich, wenn pensionierte Richter oder Staatsanwälte plötzlich Verteidiger spielen und milde Urteile beantragen, nachdem sie sich ein Berufsleben lang als Hardliner hervorgetan haben.«

»Ich denke nicht, dass ich übermäßig hart war in meiner Berufsausübung. Oder sehen Sie das anders?« Staatsanwalt Klettenberg lächelte. »Sie müssen darauf nicht antworten.«

Danach schwiegen wir, bis die Haftrichterin mit ihrer Protokollführerin erschien. Mir war nicht klar, ob ich ihn soeben beleidigt hatte, obwohl die Bezeichnung »Hardliner« keineswegs auf ihn gemünzt gewesen war. Möglicherweise hatte er sich sogar über die Formulierung gefreut.

Zum Beginn der Verhandlung bedurfte es noch eines Beschuldigten, der wurde umgehend durch zwei Polizisten hereingeführt. Ich war entsetzt, Michael zu sehen, denn er schien um Jahre gealtert. Tiefe Furchen hatten sich in sein erbleichtes Gesicht gefressen. Selbst Nächte ohne Schlaf konnten einen Menschen nicht so verändern.

Ich nahm keinen Blickkontakt zu ihm auf, sprach ihn nicht an. Jede persönliche Bindung musste verdrängt werden, um völlig abgebrüht zu

vollziehen, was hier eben zu erledigen war.
In einem Vorführtermin hat der Beschuldigte zwei Möglichkeiten: Entweder er schweigt, dann wandert er in Untersuchungshaft oder er gesteht, dann wandert er genauso in Untersuchungshaft. Geht es um Drogengeschäfte, kann eine Aussage hilfreich sein. Beim Vorwurf eines Mordversuches wäre das Geständnis die Kapitulation der Verteidigung.
»Mein Mandant wird sich nicht äußern«, erklärte ich deshalb, nachdem die einleitenden Formalien abgehandelt waren.
»Sie wissen schon, dass bei der heutigen Durchsuchung belastende Indizien sichergestellt wurden?«, hielt mir der Staatsanwalt vor.
»Ich weiß, dass ein Polizeiabsperrband gefunden worden sein soll, das dort eigentlich nicht gewesen sein kann.«
»Warum nicht? Weil Ihr Mandant es woanders entsorgt hatte?«
»Weil die Mülltonne in den vergangenen drei Monaten mehrfach geleert wurde.«
»Und weshalb wurde es dann trotzdem gefunden?«
»Das würde mich auch interessieren.«
»Wollen Sie damit etwas andeuten? Unregelmäßigkeiten bei der Durchsuchung vielleicht?«
Es waren unnötige Scharmützel, die von der Haftrichterin umgehend unterbunden wurden.
»Herr Rechtsanwalt Dexheimer, wie Sie sich denken können, sehe ich nach Aktenlage einen dringenden Tatverdacht, sonst hätte ich den Haftbefehl nicht erlassen. Gibt es irgendetwas, das Ihren Mandanten entlasten könnte?«
»Gibt es irgendetwas, das ihn belastet?«
»Die angesägten Stufen sind doch ein ziemlich belastendes Indiz. Hinzu kommen mehrere Versuche Ihres Mandanten, Spuren zu beseitigen ...«.
»... wobei er von einer polizeilichen Sicherstellung nichts wusste ...«.
»... obwohl das polizeiliche Absperrband heute bei einer Hausdurchsuchung gefunden und sichergestellt wurde ...«.
»... nach fast vier Monaten und obwohl es bei einer früheren Durchsuchung nicht aufgefunden wurde!«
Die Haftrichterin blätterte kurz in ihrer Akte. »Es gab bereits eine Durchsuchung?«
»Die sich im Wesentlichen auf die Erlangung von Unterlagen richtete«, ergänzte der Staatsanwalt schnell. »Nachdem diese freiwillig herausgegeben wurden, hat man die Durchsuchung beendet. Die Auswertung

umfangreicher Dokumente und elektronischer Speichermedien hat den Tatverdacht zunächst nicht erhärtet. Das Ansägen einer Treppe ist allerdings auch kein Vorgang, über den Täter umfangreiche Aufzeichnungen fertigen.«

»Das sehe ich auch so.« Die Richterin nahm meinen Mandanten ins Visier. »Wer könnte denn noch Zugang zu diesem Taubenturm gehabt haben?«

»Alle und niemand«, knurrte Michael. »Die Tür stand immer offen.«

»Gibt es wenigstens Menschen, denen Sie so etwas zutrauen?«

»Sie beschuldigen meinen Mandanten also nur deshalb, weil die Polizei keinen anderen Verdächtigen präsentieren kann?«, warf ich ein.

»Ich beschuldige niemanden. Die Staatsanwaltschaft beantragt Haft und ich würdige vorläufig die Beweise. Und um es nochmal zu sagen: Mir reicht das, was mir vorgelegt wurde.«

Kurz darauf erging die Entscheidung. Der Haftbefehl wurde in Vollzug gesetzt.

»Ich melde mich in der JVA«, verabschiedete ich den Mandanten mit knappen Worten.

Manche Kollegen handhaben das anders, warten noch, bis die letzten Formalitäten erledigt sind und der Gefangene abgeführt wird. Ich hielt davon nichts. Verteidiger sind nicht zum Händchenhalten da.

Staatsanwalt Klettenberg verließ das Vorführzimmer gemeinsam mit mir. Mein Weg führte zum Ausgang, seiner zum Aufzug, das nötigte mich, einen nicht enden wollenden Flur lang mit ihm zu plaudern.

»Das war also die vermutlich letzte Haftvorführung Ihres Berufslebens.«

»Ein Umstand, den ich sicher nicht bedauere.«

»Fragt man sich als Staatsanwalt rückblickend, wie viele Menschen man hinter Gitter gebracht hat?«

»Führen Sie Buch, wie viele Sie wieder herausgeholt haben?«

»Das Rausholen ist jedenfalls der angenehmere Teil der Arbeit. Wenn Haftbefehle vollstreckt werden, zehrt das immer ein wenig an meinen Nerven.«

»Ja, es gibt schon seltsame Verhaftungen heutzutage.«

»Eine seltsame Verhaftung? Interessante Formulierung.«

»Sie werden diese Formulierung zu einem späteren Zeitpunkt sicher besser verstehen.«

Ich empfand ein Kribbeln meiner Kopfhaut. Was bedeutete diese Bemerkung?

»Seltsame Verhaftung?« wiederholte ich fragend, aber er äußerte sich nicht dazu, wechselte vielmehr abrupt das Thema.

»Wissen Sie eigentlich, dass ich gemeinsam mit Ihrem Onkel Abitur gemacht habe?«
»Mit Onkel Lucius?«
»Genau der. Wir haben letzte Woche noch beisammengesessen und über alte Zeiten geplaudert.«
Der Aufzug war erreicht, die Tür schon geöffnet. Staatsanwalt Klettenberg stieg ein und schaute eindringlich aber schweigend zu mir. Als die Tür sich langsam zu schob, sagte er noch etwas, das mich aufhorchen ließ. »Grüßen Sie Ihren Onkel doch mal von mir.« Dann war er verschwunden.
Schon auf den letzten Metern aus dem Gericht telefonierte ich Onkel Lucius an, formal gesehen das Oberhaupt unserer Familie.
»Hallo Julius.«
»Lucius? Kannst du reden?«
»Das ist gerade schlecht, ich befinde mich in Begleitung.«
»Können wir uns treffen?«
»Das wird schwierig. Ich bin gerade in München.«
»Wann kommst du zurück?«
»Am Freitag, warum?«
»Wir müssen uns treffen. Ich melde mich am Freitag wieder.«
Als ich am späten Vormittag zurückfuhr nach Windesheim, lag auf den Hängen des Soonwaldes Schnee. Im Tiefland, dort wo der Wein wächst, blieb es bei eiskaltem Regen, durchmischt mit einzelnen Schneeflocken, die auf der Windschutzscheibe sternförmig zerplatzten. Ein trüber und trister Tag, ich freute mich auf mein Kaminfeuer.
Davor musste ich im Weingut am Taubenschlag nach dem Rechten sehen. Die Durchsuchung war dort noch immer nicht beendet, aber die Kinder spurlos verschwunden. Niemand gab mir Auskunft über deren Verbleib. Im Keller pumpte Paul weiterhin im Auftrag der Staatsanwaltschaft Tanks leer. Eine der lächerlichsten Aktionen, die je durch einen Ermittler angeordnet worden war. Staatsanwalt Dern hatte sich, entgegen früheren Zusagen, zwischenzeitlich auch mit der Weinbuchführung des Mandanten befasst.
»Wie es aussieht, gibt es Unregelmäßigkeiten«, frohlockte er.
Paul deutete mit dem Kopf verstohlen auf ein Barriquefass, welches etwas abseits lag. Darauf richtete sich derzeit das Interesse des Staatsanwaltes.
»Zu diesem Fass gibt es keine Aufzeichnungen.«
»Ist da überhaupt etwas drin?« Ich trat mit dem Fuß dagegen, das Holz dröhnte nicht hohl, sondern dumpf. »Ich meine natürlich, ob da überhaupt

Wein drin ist.«
»Was denn sonst?« Der Strafverfolger wirkte verunsichert.
Ich nahm mir ein Glas und einen Zapfschlauch, öffnete das Spundloch, saugte an und zog eine Probe. Die probierte ich kurz, spukte sie aber sofort angeekelt wieder aus.
»Schwefelwasser«, schimpfte ich. »Das Fass ist nur zur Reinigung gefüllt.«
Staatsanwalt Dern kniff die Augen zusammen, ich reichte das Glas weiter an Paul. Der roch nur daran und wandte sich angewidert ab.
»Reinigungswasser mit Schwefel.«
»Dann dürfte sich das ja erledigt haben.«
Der selbsternannte Weinstaatsanwalt strich etwas auf seiner Liste durch, drehte sich weg und verließ den Keller.
Paul riss mir das Glas aus der Hand. »Fantastisches Bukett«, grinste er. »Dein Mandant hat wirklich Ahnung vom Wein.« Er probierte schlürfend. »Sehr charakteristische Säure. Schmeckt ein wenig nach Merlot. Ich wusste gar nicht, dass Michael Schneider so etwas anbaut.«
»Meines Wissens tut er das auch nicht. Ich habe jedenfalls bisher keinen Merlot bei ihm getrunken. Aber wir sollten uns nicht länger mit diesem Wein befassen, solange ein Staatsanwalt hier herumlungert. Am Ende merkt er, dass wir ihn an der Nase herumgeführt haben.«
Das Gros der Polizisten hatte seine Arbeit längst beendet. Sie schrieben ihre Protokolle und verließen dann das Weingut. Nur ein Kripobeamter wartete mit dem Staatsanwalt, bis das letzte Fass umgepumpt war. Der gesuchte Schlüssel wurde nicht gefunden.
Paul hatte es plötzlich eilig und verschwand, der verbliebene Kripobeamte verabschiedete sich ebenfalls. Nur zwei Menschen standen noch im Hof des Weinguts.
»Was ist an diesem Schlüssel eigentlich so wichtig?«, erkundigte ich mich beim Staatsanwalt, als dieser mir die Hand zur Verabschiedung reichte.
»Ist Ihnen das denn nicht klar?«
»Nein. Bei meiner letzten Akteneinsicht spielte ein Schlüssel noch keine Rolle für das Verfahren.«
»Aber Sie wissen schon, dass der Taubenturm zwei Zugänge hat?«
»Der Schlüssel ist der Zugang zur Stahltreppe?«, tat ich unwissend.
»Genauso ist es und nach unseren Ermittlungen hing er immer an einem ganz bestimmten Platz, damit die Kinder nicht herankamen. Seit dem Unfalltag ist der Schlüssel verschwunden.«
»Aber Frau Schneider ist doch durch die Innentreppe den Turm

hinaufgestiegen.«
»Eben.« Staatsanwalt Dern schaute ernst. »Die Frau hat nach unseren Erkenntnissen grundsätzlich die Außentreppe benutzt. Doch irgendwer versteckte den Schlüssel, nur deshalb ging sie am Unfalltag im Inneren des Turmes hinauf – und stürzte beinahe in den Tod.«
»Deshalb suchen Sie so akribisch nach einem gewöhnlichen Schlüssel?«
»Kein gewöhnlicher Schlüssel, Herr Dexheimer. Außentreppe und Gittertür stammen aus der Heimat Frau Schneiders. Sie waren früher Teil einer Festungsanlage irgendwo in Apulien und sind nicht nur ziemlich alt, sondern auch handgefertigt.«
»Das mag ja sein, aber in jedem Weingut findet sich historischer Krimskrams. Wie Sie sicher wissen, stamme ich auch aus dem Weinbau. Wenn ich den elterlichen Betrieb intensiv absuchen lasse, finden sich wahrscheinlich Dutzende solcher Schlüssel.«
»Versuchen Sie nicht zu tricksen, Herr Anwalt.« Er wirkte amüsiert. »Wir suchen einen Schlüssel, dessen Kopf ein Taubenpärchen symbolisiert. Handgeschmiedet von einem alten italienischen Meister. Sie werden Ihren Mandanten nicht mit einem Plagiat entlasten können.«
»Das Plagiat müsste ja auch zum Schloss passen.«
»Das Türschloss wurde bei der heutigen Durchsuchung ausgebaut und sichergestellt. Ich habe meine Hausaufgaben gemacht.«
»Na, dann kann ja nichts mehr schiefgehen. Ich wünsche also eine besinnliche Weihnachtszeit.«
Mein Gegner in diesem Fall war offenbar einer von der Sorte, die Anwälten alles zutrauten. Er hatte sogar noch einen Schritt weitergedacht, als ich.
»Es wäre natürlich noch möglich, anhand des Originalschlüssels einen Abdruck machen zu lassen. Dann taucht jemand auf, der zufällig einen solchen Schlüssel gefunden hat und ihr Mandant behauptet, den Schlüssel ebenso zufällig verloren zu haben«, spekulierte er.
»Ein eher schwacher Entlastungsbeweis«, konnte ich mir nicht verkneifen.
»Eben. Aber die Situation Ihres Mandanten ist nicht rosig, da muss ich auch mit solchen Versuchen rechnen. Daher sollten Sie einkalkulieren, dass ich zufällig gefundene, historische Schlüssel hinsichtlich ihres Alters und des verwendeten Stahls exakt analysieren lassen werde.«
»Wer einen ganzen Jahrgang Wein umpumpen lässt, scheut sicherlich auch nicht die Kosten eines entsprechenden Gutachtens.«
Das war nicht freundlich von mir, der Staatsanwalt betrachtete es dennoch als Kompliment.

»Ich beherrsche eben mein Metier, Herr Anwalt. Schön, dass Sie dies nun auch erkannt haben.«
»Wissen Sie, was ich noch erkannt habe?«
»Was denn?« Er schaute neugierig.
»Sie lassen meinem Mandanten keine Chance. Solange der Schlüssel nicht auftaucht, werden Sie unterstellen, Herr Schneider habe ihn versteckt. Sollte er hingegen gefunden werden, unterstellen Sie postwendend, dass mein Mandant ihn bisher versteckt hielt. Der verschwundene Schlüssel ist und bleibt daher ein Indiz in Ihrer Beweiskette. Wozu suchen Sie ihn dann überhaupt noch?«
Staatsanwalt Dern kniff die Augen zusammen. »Darüber sollten Sie über die Weihnachtsfeiertage einmal nachdenken«, antwortete er ziemlich hilflos. »Es gibt auch Verteidiger, die in einer solchen Situation kooperieren.«
»Kooperieren? Wollen Sie den Schlüssel nun von mir?«
»Wie wäre es mit einem Geständnis? Das könnte die Sache beschleunigen. Die Beweise verdichten sich, Sie sollten ernsthaft über einen Strategiewechsel nachdenken.«
»Zunächst einmal werde ich über ein Rechtsmittel gegen die Untersuchungshaft nachdenken.«
»Ach, diese seltsame Verhaftung. Die hatte ich schon fast vergessen.«
Zum zweiten Mal an diesem Tage nannte ein Staatsanwalt die Inhaftierung meines Mandanten seltsam. Was hatte ich übersehen?
»Werden Sie Rechtsmittel einlegen?«, fragte Dern.
»Selbstverständlich werde ich dies tun. Aber heute ist bereits der 18. Dezember. Die Weihnachtswoche steht bevor. Mit viel Glück wandern die Akten wenigstens noch bis zum Beschwerdegericht, aber bis zum Oberlandesgericht dringe ich vor den Feiertagen nicht mehr vor.«
»Sie könnten ja auch eine mündliche Haftprüfung beantragen«, meinte der Staatsanwalt.
»Damit wir uns bei der gleichen Haftrichterin erneut treffen und erneut das gleiche Ergebnis herauskommt?«
»Sie wissen doch, wie das ist in der Weihnachtszeit. Stillstand der Justiz. Überall sitzen nur noch Vertreter. Im nächsten Termin entscheidet vielleicht ein anderer Richter. Darin könnte Ihre Chance liegen.«
Wir schüttelten uns die Hände, wünschten wechselseitig besinnliche Festtage und kurz später stand ich allein im Hof dieses Weingutes, das seit mehr als einem Vierteljahr mir fast ein zweites Zuhause geworden war. Stille und Leere des Anwesens deprimierten mich. Erstmals fiel mir auf,

wie ungepflegt der Hof war. Drei Oleander in großen Kübeln hätten längst zum Überwintern in eine geschützte Halle verbracht werden müssen. Verdorrte Geranien in den Blumenkästen an den Fenstern waren nicht entsorgt, die sommerliche Gartengarnitur nicht frostsicher weggepackt worden. Ein feuchtkalter Wind fegte dürres Blattwerk von einer Ecke in die andere. Fensterläden, die nicht richtig gesichert worden waren, klapperten in unregelmäßigem Takt.

Ich schritt durch das Tor in den hinteren Hof zum Taubenturm. Tatsächlich stand die Gittertür zur Stahltreppe offen, war ohne Schloss. Kinder könnten jetzt beim Spielen dort hinauf klettern, was nicht ungefährlich war. Doch es gab hier keine Kinder mehr.

Die Tauben gurrten in der Höhe, niemand hatte sich die Frage gestellt, was mit ihnen geschehen sollte. Ich schickte eine Nachricht an Kerstin mit dem Auftrag, jemanden zu engagieren, der sich um die Vögel kümmerte.

»Kommen Sie heute noch in die Kanzlei?«, schrieb sie zurück.

Zwar war ich seit frühmorgens auf den Beinen und hätte mir den Feierabend wohlverdient, doch was sollte ich Zuhause? Verhaftung und Durchsuchung sind Alarmzustände im Leben eines Verteidigers. Die Erfahrung lehrt einen, professionell damit umzugehen. Wir wirken relativ souverän in solchen Situationen. Wenn aber alles vorbei ist, der Stress abfällt, die Brutalität der Ereignisse hervortritt, droht der innerliche Zusammenbruch. Wein ist dann nicht die schlechteste Lösung, manchmal lenkt auch Arbeit ab. Ausnahmsweise entschied ich mich daher für die Kanzlei.

Dort war ich nicht der einzige Fleißige. Kerstin hatte mittlerweile zusammengetragen, was es über Frank Molter herauszufinden gab. Ihr Bericht auf meinem Schreibtisch war genau das, was ich jetzt brauchte. Denn mit der Verhaftung meines Mandanten war ich in die Defensive geraten. Es wurde Zeit für eine Gegenstrategie der Verteidigung. Schon vor Längerem hatte ich Molter dabei eine führende Rolle zugedacht. Jetzt galt es, diesen Plan umzusetzen.

Der Betriebsleiter der WINE GmbH ließ sich gerne »Frank« nennen, und zwar englisch ausgesprochen, also »Fränk«. So las ich es in Kerstins Rapport. Er hatte diverse Strafverfahren gehabt, insbesondere wegen Körperverletzung und Betruges. Ob er aktuell vorbestraft war, konnte ich den Unterlagen nicht entnehmen. Kerstins Quellen waren Presseberichte, die asozialen Netzwerke, ein weit verzweigter Kreis an Bekannten und Informanten. Zugriff auf staatliche Register hatte sie nicht.

Beruflich war Molters Weg eher unstet verlaufen. Als Vertreter und

Verkäufer hatte er sich durchs Leben geschlagen, an Wochenenden und Abenden sein Studium absolviert und einen Diplom-Kaufmann (FH) erworben, ohne dass dieser seiner Karriere Aufschub gegeben hätte. Kaum mit einem offiziellen Abschluss versehen, wurde er Außendienstmitarbeiter bei einem Inkasso-Unternehmen.

Ich blätterte durch die Bilder am Ende des Berichts. Seine Schlägervisage ließ mich vermuten, dass er das Geldeintreiben auf die harte Tour praktiziert hatte.

Familiäre Details gab es keine. Möglicherweise war er geschickt darin, seine Familie zu schützen. Dagegen sprach aber sein Drang, sich darzustellen. Solche Leute verbreiten gerne plakative Bilder aus ihren Urlauben. Auf einem Boot vor Mauritius, im Schatten der Golden-Gate-Bridge, am Fuße des Eiffelturms oder am Strand in Malle. Derartige Fotos hatte Molters Vita nicht zu bieten, woraus ich schloss, dass er keine Familie hatte, bestenfalls eine Beziehung, die er häufiger wechselte.

Vor etwa fünf Jahren hatte er dann bei der WINE GmbH angeheuert, was mit deren Gründungsdatum zusammenfiel. Er dürfte einer der Macher des Unternehmens sein, zusammen mit diesem Dr. Kai Uwe Henke. Jener als der elegante Geschäftsführer und Molter als der Hemdsärmelige, der Mann fürs Praktische und Grobe.

Ich ließ das Persönlichkeitsbild, welches dieser Bericht vermittelte, auf mich wirken. Dann griff ich zum Telefon.

»Haben Sie heute Abend schon etwas vor?«, fragte ich Kerstin, allerdings eher rhetorisch. Denn ein Mandant von mir war verhaftet worden. Das schloss es für sie aus, etwas vorzuhaben.

Eine halbe Stunde später hatten wir uns unter das Publikum des Nikolausmarktes gemischt, einer Veranstaltung, die in Bad Kreuznach schon vor Nikolaus beginnt und bis Weihnachten andauert. Man findet dort Essensstände neben Glühweinständen und Glühweinstände neben Essensständen. Mehr nicht, aber das reichte. Ein erster Glühwein war dem miserablen Verlauf dieses Tages geschuldet, der zweite erforderlich gegen die Kälte, ab dem dritten war ich beim Thema.

Zunächst erläuterte ich Kerstin detailliert den Sachstand, was nur dazu diente, für mich Klarheit zu gewinnen, die einzelnen Fäden des Falles zu sortieren. Sie war ohnehin eingeweiht. Neue Details für sie waren die Suche nach einem Schlüssel und dass man Reste des polizeilichen Absperrbandes gefunden haben wollte.

Ihre Bewertung deckte sich mit meiner. »Wenn dieser Hinterhof mit der

Mülltonne frei zugänglich ist, dann kann auch jemand ein Flatterband gezielt dort versteckt haben«.
»Aber jemand, der von der Durchsuchung wusste.«
»Eindeutig. Doch leider eine Spur, die ins Leere führt.«
»Warum das?«, fragte ich.
»Weil es aussichtslos ist, Polizisten oder Staatsanwälte zu verdächtigen. Das sagen Sie doch selbst immer.«
»Ich halte es für keine gute Idee, die Fundstücke bei einer Durchsuchung den beteiligten Beamten in die Schuhe zu schieben, aber dass es völlig aussichtslos ist, habe ich nie gesagt.«
»Doch, haben Sie.«
»Meinetwegen. Also können wir diesen Ansatz gleich wieder vergessen.«
»Nicht unbedingt. Offensichtlich war ja auch eine Mitarbeiterin des Jugendamtes vor Ort.«
»Die Marzahn-Eibeck«, schnaufte ich. »Erinnern Sie mich bloß nicht an diese Furie.«
»Immerhin war sie schon dort, als Sie dazu kamen. Also von Anfang an. Und Sie hat Ihnen diese Inobhutnahme nicht mündlich mitgeteilt, sondern schriftlich. Das musste sie vorbereitet haben. Also war sie vorher informiert.«
»Stellt sich nur die Frage, was genau sie wusste. Ob Sie den Durchsuchungsbeschluss im Wortlaut kannte?«
»Das müssen Sie herausfinden.«
»Hm ...«, sagte ich mit Blick auf meinen leeren Becher.
»Ich hole Ihnen noch einen.«
Während Kerstin für Glühwein anstand, blickte ich mich auf dem Platz um. Anwesend waren nahezu ausschließlich bekannte Gesichter. Denn der Nikolausmarkt war zu einem internen Treffpunkt für die Bewohner der Stadt geworden, die hier langsam den Jahresausklang einleiteten. Gäste von außerhalb zog der Markt kaum an.
»Die Geschichte mit dem Schlüssel gefällt mir nicht.« Kerstin war zurück. »Natürlich beweist ein verlorener Schlüssel gar nichts, aber er hat so eine gefühlte Indizwirkung. Wie erklärt der Mandant diesen Sachverhalt?«
»Wir haben noch nicht darüber gesprochen.«
»Aber der Schlüssel ist ganz sicher seit dem Unfalltag verschwunden?«
»Das behauptet zumindest der Staatsanwalt. Woher er das wissen will, entzieht sich meiner Kenntnis. Bekanntlich ist die letzte Akteneinsicht schon einige Zeit her.«

Meine Mitarbeiterin runzelte die Stirn. »Heute Morgen war doch der Vorführtermin. Da hatten Sie die Möglichkeit zur ergänzenden Akteneinsicht.«
»Davon habe ich aber keinen Gebrauch gemacht.«
Grundsätzlich darf ein Haftbefehl nur auf Tatsachen gestützt werden, die der Verteidigung bekannt gegeben wurden. Daher erhält man im Zuge einer Vorführung Zugriff auf die komplette Akte. Warum ich darauf nicht bestanden hatte, verstand ich jetzt selbst nicht. War mir ein Fehler unterlaufen? Aber auch mit erweiterter Aktenkenntnis wäre der Vorführtermin kaum anders verlaufen.
»Sie wollten ihn verhaften«, entfuhr es mir spontan.
»Sie hatten einen Haftbefehl, den mussten sie vollstrecken.«
»Nein. Die ganze Aktion diente nur dazu, Michael Schneider aus dem Verkehr zu ziehen. Ich bin mir ziemlich sicher, dass hier ein Pferd von hinten aufgezäumt wurde. Die haben nicht ermittelt und aufgrund der Ermittlungen einen Haftbefehl beantragt. Es muss umgekehrt gelaufen sein.« Ich knallte den Glühweinbecher auf den Tisch. »Sie wollten Michael verhaften. Den Rest haben Sie inszeniert.«.
Kerstin war davon nicht überzeugt. Ihr fehlte eben meine Intuition.
»Warum sollte es primär um die Verhaftung gegangen sein?«, fragte sie vorsichtig.
»Weil diese Verhaftung irgendwem Vorteile bringt.«
»Zunächst einmal bringt sie den Kindern viele Nachteile, denn die haben nun beide Eltern verloren. Zumindest vorübergehend.«
Dieses Thema hatte ich bisher verdrängt, weil es mich einerseits persönlich belastete und ich andererseits keine Ahnung davon hatte, wie dagegen vorzugehen war. Darum mochte ich hier nicht darüber nachdenken.
»Die Kinder lassen wir mal außen vor«, entschied ich. »Nennen Sie mir besser einen Grund, warum es für irgendwen von Vorteil sein könnte, wenn Michael Schneider hinter Gittern schmort.«
»Schwierig. Könnte es etwas mit dem Wein zu tun haben, der gerade in den Kellern des Mandanten lagert? Ich kenne mich in dieser Branche nicht sonderlich gut aus. Aber kann man einem Winzer schaden, wenn man ihn mitten im Winter von seinem Keller oder seinen Weinbergen fernhält?«
Der Ansatz war brauchbar, nur waren Dezember und Januar genau die Monate, in denen Winzer wenig zu tun haben. Was immer Michael durch seine Haft versäumte, wäre nachholbar gewesen. Der Grund seiner Verhaftung musste ein anderer sein.
»Habe ich schon erwähnt, dass dieser Molter eng mit Frau Schneider

zusammenarbeitete? Er hatte durch sie wohl Zugang zu allen geschäftlichen Unterlagen des Weingutes. Mir wäre es lieber, wenn eine Spur in diese Richtung führen würde.«
»Es wäre Ihnen lieber ...«. Kerstin lächelte. »Sie mögen diesen Molter nicht, habe ich den Eindruck.«
»Stimmt. Ich mag ihn nicht und ich möchte ihm die Sache in die Schuhe schieben.« Dann explodierten meine Gedankengänge. »Er kennt die Betriebsinterna und sein Unternehmen ist bekannt dafür, Weingüter nicht zu unterstützen, sondern sie auszuschlachten. Er kennt sich auch vor Ort aus. Er weiß wahrscheinlich, wie man auf den Taubenturm gelangt. Er hatte die Möglichkeit, den Schlüssel zu entwenden. Er hätte sogar das Absperrband in der Mülltonne verstecken können. Molter will das Weingut übernehmen. Dazu hat er den Unfall genauso inszeniert wie mögliche Spuren gegen Michael Schneider. Er war nachweislich am Unfalltag anwesend, denn ich habe sein Auto wegfahren sehen. Er steht in Kontakt mit der Staatsanwaltschaft, denn laut Akte hat er die Verdachtsmomente gegen Michael geliefert. Er ist der Dreh- und Angelpunkt des ganzen Falles. Verdammt, mein Becher ist leer. Wer ist dran? Ich selbst. Dann bin ich gleich wieder da.«
Als ich mit einem frischen, dampfenden Glühwein an unseren Stehtisch zurückkehrte, schaute Kerstin mich ernst an.
»Was ist?«
»Es ist nicht unbedingt Ihre Art, wild drauflos zu fabulieren. Aber was Sie da gerade so spontan von sich gegeben haben, klingt nach einer verdammt guten Theorie.«
»Keine Theorie. Eine kriminalistische Hypothese. Ich mache es wie die Gegenseite und bastelte mir zuerst ein Ergebnis. Danach suche ich die Beweise.«
»Genau darin sehe ich das Problem. Molter wäre der perfekte Täter, wenn ... »Kerstin hob zur Unterstreichung der Bedeutung den Zeigefinger,« ... wenn wir Ihre Story beweisen könnten. Ich benötige Einblick in die Unterlagen des Weingutes Schneider. Haben Sie zufällig die Schlüssel zu dessen Büro?«
»Das lässt sich organisieren. Nach der Durchsuchung wurde der Zugang versiegelt. Aber das war wohl eher eine Schutzmaßnahme, weil niemand mehr da ist. Ich kann mir die Schlüssel bei der Staatsanwaltschaft besorgen.«
»Dann werde ich mich wohl mal dort umsehen müssen.«

»Eine sehr gute Idee«, lobte ich.
Zum ersten Mal an diesem Tag schöpfte ich wieder Hoffnung. Denn wenn Kerstin sich irgendwo hinein grub, fand sie stets irgendetwas heraus. Eine wohlige Wärme breitete sich in mir aus, nur teilweise bedingt durch den Glühwein. Es war der Rettungsanker, den meine Mitarbeiterin in diesen Fall hinein geworfen hatte, und es war die Gewissheit, dass ich Frank Molter zur Strecke bringen würde.
Nachdem Kerstin bereits gegangen war, ließ ich noch ein wenig die Atmosphäre dieses Marktes auf mich wirken. Es war eine seltsame Veranstaltung. Man musste wohl Kreuznacher sein, um daran Spaß zu finden. Während ich im Schatten der alten Nikolauskirche auf einen Stehtisch gestützt Glühwein schlürfte, kam mir der Gedanke, den Vorgang nicht aufklärend zu lösen, sondern aktiv gestaltend. Ich hatte eine kriminalistische Hypothese gebildet, so wie Polizisten dies tun. Jetzt galt es, jedes Detail des Falles so zu verdrehen, dass es auf einen Täter Molter hindeutete. Die Idee gefiel mir. Sie faszinierte mich so sehr, dass ich zunächst kaum bemerkte, wie eine Bekannte aus früheren Tagen auf ihrem Heimweg an meinem Tisch anhielt, wir ein anregendes Gespräch begannen und dann gemeinsam in das Dunkel der Nacht abtauchten.

Meine Versuche, etwas über den Verbleib der Kinder herauszufinden, blieben erfolglos. Das Jugendamt verweigerte mir jegliche Auskunft. Leichter war es, die Schlüssel zum Weingut zu erhalten. Glücklicherweise lagen diese noch bei der Staatsanwaltschaft, was es mir ersparte, erneut bei einem anwaltsfeindlichen Polizisten vorsprechen zu müssen. Kerstin hatte sich den kommenden Samstag eingetragen, um das Büro des Weingutes Schneider zu durchforsten. Ein Lichtblick in diesen dunklen Tagen.
Ergänzende Akteneinsicht erhielt ich problemlos. Mein Mandant saß in Haft, da konnten sie mir nicht länger Aktenteile vorenthalten. Erleichtert stellte ich beim Durchlesen zunächst einmal fest, dass Frau Schneider nach wie vor keine Aussage gemacht hatte. Angeblich war sie weiterhin nicht vernehmungsfähig, was sich kaum mit dem Eindruck deckte, den ich bei meinem Besuch im Krankenhaus von ihr gewonnen hatte. Ihr Verhalten verwirrte mich. Als Ehefrau war sie nicht verpflichtet, überhaupt auszusagen. Bisher hatte sie sich aber nicht auf ihr Zeugnisverweigerungsrecht berufen, sondern versteckte sich hinter einer angeblichen Verhandlungsunfähigkeit. Dies barg die Gefahr, dass sie es sich irgendwann anders überlegte.

Außerdem unternahm sie dadurch nichts, um meinen Mandanten – ihren Ehemann – zu entlasten. Ich beschloss, sie am vierten Adventssonntag im Krankenhaus zu besuchen. Da der Sonntag zugleich Besuchstag der Kinder war, verband ich damit die vage Hoffnung, Maureen, Patrick und Timmy dort anzutreffen.
Die Mär vom verschwundenen Schlüssel hatte, dies ließ sich der Akte entnehmen, Frank Molter in das Verfahren gestreut. Immer wieder schickte er Mails an die Polizei, um Hinweise zu geben, die aus seiner Sicht auf eine Täterschaft meines Mandanten hindeuteten. Vieles war reine Spekulation, doch selbst Märchen befeuern ein Ermittlungsverfahren, sofern sie die kriminalistische Hypothese stützen. Mit seinem Fingerzeig auf den Schlüssel hatte Molter daher einen Volltreffer gelandet, obwohl es außer seiner Anschuldigung keine weiteren Belege dafür gab.
Maureen wäre eine wichtige Zeugin der Anklage gewesen. Was sie mir über den Schlüssel berichtet hatte, war bei der jetzigen Sachlage Sprengstoff. Doch sie hatte es nur mir erzählt. Blieb zu hoffen, dass sich dies nicht änderte. Ich musste herausfinden, was sie mit ihr gemacht hatten.
Ob die Polizei Molter über den Gang des Verfahrens informierte, fernmündlich ohne Aktennotizen, ließ sich nur erahnen. Solche Menschen schaffen es aufgrund ihrer Penetranz, dass sie mit Informationen ruhiggestellt werden.
Ein weiteres Verdachtsmoment konnte ich anhand der Akte eindeutig erhärten. Das Jugendamt war rechtzeitig im Vorfeld der Verhaftung informiert worden zum Zwecke einer Inobhutnahme der Kinder. Wie bei der Justiz üblich fand sich das entsprechende Anschreiben als handschriftlicher Entwurf des Dezernenten auf der Rückseite eines Aktenblattes, damit seine Geschäftsstelle es ausführte: »Eilt – Hinweis Jugendamt. Anstehende Durchsuchung und Verhaftung. Kinderbetreuung unklar. Inobhutnahme? – Entwurf DuSu-Beschluss beifügen.«
Dies war der perfekte Beweis dafür, dass die Marzahn-Eibeck den Durchsuchungsbeschluss vor der Durchsuchung gekannt hatte. Nebenbei ein weiterer Beleg dafür, dass Rückseiten in Akten höchst informativ sind, was namentlich Kostenbeamte auf die Palme treibt, weil sie nicht verstehen wollen, wozu man solche Vermerke kopiert. Die Jugendamtstante war damit spätestens jetzt ein zusätzlicher Gegner für mich geworden. Sie rangierte direkt hinter Molter auf Platz zwei.
Von einem Besuch bei meinem Mandanten in der JVA sah ich vorerst ab. Es gab nichts zu berichten. Wichtiger war mir ein Überblick über die

Vertretungspläne an den Feiertagen. Der Erfolg einer mündlichen Haftprüfung hängt mitunter davon ab, wer darüber zu entscheiden hat. Von der Staatsanwaltschaft erfährt man nie, wer zu einem Termin erscheint, da dort die Aufgaben oft kurzfristig zugeteilt werden. Amtsgerichte handeln etwas organisierter. Außerdem gewähren sie Einblick in ihre Vertretungslisten, wovon ich eingehend Gebrauch machte. Ein älterer Amtsrichter hatte es übernommen, die Zeit der Feiertage und des Jahreswechsels abzudecken. Das war ein leichter Vorteil für Michael.

Von jungen Vertretungsrichtern ist kein großer Widerstand gegen die Staatsanwaltschaft zu erwarten. Ältere Richter finden oft Vergnügen daran, den Strafverfolgern eins auszuwischen. Ich sah in der Vertretungsregelung daher einen Lichtblick für meinen Mandanten, einen verschwindend geringen zwar, aber jeder Strohhalm kam recht.

Am Abend dieses Tages tat ich, was ich schon längst hätte tun sollen. Ich besuchte Paul. Geht es um Ereignisse, die sich in einem Dorf zugetragen haben, wissen Einheimische immer etwas dazu beizutragen. Klatsch ist eine exquisite Informationsquelle, sofern man ihn nicht für bare Münze nimmt, sondern als Anregung versteht.

Pauls Weingut hatte sich äußerlich verändert, seit meinem letzten Besuch. Das alte Hoftor war verschwunden und durch eine Neuanfertigung ersetzt worden, die meine Aufmerksamkeit auf sich zog. Eine dreiflügelige geschwungene Stahlgitterkonstruktion voll detailreicher Verzierungen. Fein gearbeitete florale Elemente ahmten Rosensträucher nach, goldfarben patiniert, mit kupferrot glänzenden Blüten. Der Eigentümer war zu Recht stolz auf diese Pforte.

»Wer hat das gemacht?«, erkundigte ich mich.

»Ein Schmied ganz aus der Nähe, aus Braunweiler, um genau zu sein. Mehr Künstler als Handwerker. Er arbeitet überwiegend im Bereich der Kirchenrestauration, derzeit am Mainzer Dom. Eigentlich nimmt er kaum noch Aufträge an, weil er so viel zu tun hat. Meine Weine haben ihn allerdings überzeugt.« Paul grinste sein breites Grinsen. »Mein aktueller Spätburgunder R gilt als einer der besten Rotweine Deutschlands. Damit kann man Überzeugungsarbeit leisten.«

»Prima. Dann überzeuge mich.«

Was folgte, war ein langer Abend, an dessen Ende manche Rarität unwiederbringlich verloren war. In Erinnerung blieben mir neben Pauls eigenen Gewächsen ein 2014er Condrieu la Doriane von der Rhône, ein 2012er Chardonnay vom Weingut Gantenbein aus der Schweiz und ein 1986er

Montrachet der Domaine Baron Thénard, dem man nicht zu Unrecht nachsagt, einer der besten Weißweine der Welt zu sein.
Über meinen Mandanten Michael Schneider erfuhr ich kaum mehr, als Kerstin zuvor in Erfahrung gebracht hatte: Ein Eigenbrötler, querulatorisch veranlagt, unkollegial gegenüber seinen Berufskollegen, unintegriert im Dorf. Er wurde nicht geschätzt, seine Weine nicht akzeptiert. Zumindest bezüglich der Weine war ich anderer Meinung. Ich fand sie nicht herausragend, aber erfrischend individuell wegen ihres südländischen Stils. Michaels Burgunderweine hätte ich als italienische Pinots durchgehen lassen.
»Was erzählt man sich eigentlich von den Kindern?«, erkundigte ich mich zwischen einem Châteauneuf-du-Pape und einem Château Duhart-Milon-Rothschild.
»Aus der Kindertagesstätte hört man eher Negatives. Sie seien ungepflegt, fast schon verwahrlost. Aber das weiß ich nur von Hörensagen. Genaueres kann ich dir dazu nicht sagen. Soll ich mich umhören?«
»Danke, nicht nötig. Sie sind ja jetzt woanders. Schenk mir lieber nochmal von dem Sassicaia Bolgheri ein.«
Beim Verlassen des Weinguts fiel mir erneut das prächtige Eingangstor auf. Gedankenverloren berührte ich eine eiserne Rosenblüte, fuhr mit dem Finger ihren Wuchs entlang bis in eine Ecke des Torflügels, wo der Künstler sein Firmenschild angebracht hatte. Das Logo war der missglückte Versuch einen Amboss darzustellen, der aber perspektivisch verkehrt wirkte. Mit genug Fantasie ließ sich ein Koalabär erkennen, dessen Ohren wie spitze Dreiecke zur Seite abstanden. Es handelte sich unverkennbar um dasselbe Symbol wie auf dem Spielzeugweingut des kleinen Timmy.
Am nächsten Tag erwartete ich Onkel Lucius zurück aus München. Wir verabredeten ein Treffen auf dem Nikolausmarkt. Wo sonst? Da ich darauf brannte, zu erfahren, was Lucius über seinen Schulfreund den Staatsanwalt zu berichten hatte, wartete ich ab 17 Uhr beim Anheuser mit einem Glühweinbecher in der Hand auf sein Erscheinen. Nach einer Viertelstunde sah ich ihn herannahen, nur wurde er umgehend in Beschlag genommen von allerlei Volk, das ihn begrüßte, in Gespräche verwickelte, unter fadenscheinigen Vorwänden aufhielt. Ich genehmigte mir einen weiteren Glühwein. Es würde dauern, bis er bei mir war.
Dann musste ich mir von seinem Ausflug nach München berichten lassen, wo er Geschäfte für unser Familienunternehmen abgeschlossen hatte. Nichts, das mir imponierte. Das Unternehmen Dexheimer ödete mich

ebenso an wie der Anwaltsberuf. Es war nur der Nervenkitzel ausgewählter Fälle, der mich noch vorantrieb.

Nachdem Lucius sich für meinen Geschmack lange genug hatte beweihräuchern dürfen, lenkte ich das Gespräch auf den Punkt, der zählte.

»Du kennst Staatsanwalt Klettenberg?«

»Ja. Sehr gut sogar, wir sind Schulfreunde.«

»Weshalb ihr euch hin und wieder trefft, um über alte Zeiten zu plaudern.«

»Nicht nur das Julius. Staatsanwalt Klettenberg ist ein sehr kritischer Geist. Der setzt sich nicht einfach hin und erzählt Anekdoten. Er muss ständig reflektieren, wobei ich ihn in letzter Zeit sehr kritisch gegenüber aktuellen Entwicklungen erlebt habe.«

»Er wird bald pensioniert. Wahrscheinlich nur Altersstarrsinn.«

»Da urteilst du vorschnell. Es sind gewisse Entwicklungen in seinem Beruf, die ihm missfallen.«

»Gewisse Entwicklungen?«

»Sei so nett und besorge uns noch zwei Glühwein, dann weihe ich dich ein.«

Am Glühweinstand war es brechend voll. Freitagabend der 21. Dezember, Auftakt zu einem langen Wochenende. Für die meisten hier war das Jahr gelaufen. Gerade zwei Arbeitstage waren verblieben, das würde den Leuten mehr Urlaub als Pflicht sein. Mir hingegen wurde schmerzlich bewusst, dass die Zeit fast zu knapp war, um Michael im alten Jahr noch aus der Haft herauszuholen.

Lucius befand sich schon wieder in der Unterhaltung mit Dritten, als ich an den Tisch zurückkehrte.

»Ah, Julius, wo waren wir stehengeblieben?«, sagte er laut. Die anderen verzogen sich. Er vermochte sich durchzusetzen.

»Klettenberg«, gab ich als Stichwort, auf das er sofort ansprang.

»Mein Freund Kletti. Richtig. Mir scheint, als sei ihm die anstehende Pensionierung nicht unrecht. Sagt dir der Begriff ›objektivste Behörde der Welt‹ etwas?«

»Natürlich. So bezeichnet die Staatsanwaltschaft sich selbst, aber ich glaube, die können sich dabei schon lange das Lachen nicht mehr verkneifen.«

»Lass das nicht den Kletti hören, dem bedeutet diese Objektivität noch etwas.«

»Lucius, das war schon immer eine Lüge. Ich erlebe es, dass Staatsanwälte unter dem Eindruck einer Beweisaufnahme selbst Freispruch beantragen. Am nächsten Tag überlegen sie es sich anders und gehen gegen den

Freispruch in Berufung. Die arbeiten eindeutig auf eine Verurteilung hin, zumal sie von der Polizei nur die Teile einer Akte bekommen, die man zum Verurteilen benötigt. Entlastendes Material wird doch von Anfang an unterdrückt oder gar nicht erst ermittelt.«

Onkel Lucius schaute mich nachdenklich an. »Als Strafverteidiger musst du wohl so reden. Aber was würdest du sagen, wenn ein Staatsanwalt genauso denkt?«

»Das hat Klettenberg zu dir gesagt?«

»Er hat mir sogar Beispiele genannt von Fällen, bei denen es gewaltig schiefläuft. Abstrakt natürlich, denn Kletti ist pflichtbewusst bis ins Mark. Er würde nie ein Dienstgeheimnis verraten.«

»So ist auch mein Eindruck von ihm«, pflichtete ich bei. »Aber was hat es mit diesen abstrakten Beispielen auf sich?«

»Geht es dir um einen bestimmten Fall?«

So war Onkel Lucius. Informationen bekam man von ihm niemals ohne Gegenleistung, denn Informationen waren sein Lebenselixier. Die kleinste Plauderei trieb er so lange voran, bis er etwas Neues erfuhr. Im Grunde war er wie ein riesiger Sack voller Neuigkeiten, ein Sack, der sich stetig anfüllte. Wer etwas daraus haben wollte, musste anderes hineingeben.

»Es geht um einen Mandanten in Haft. Seine Frau ist schwer verunglückt, woran man ihm die Schuld gibt.«

»Mord?«, platzte es aus Lucius heraus.

»Allenfalls Versuch. Sie lebt ja noch. Das Ehepaar hat mehrere Kinder, die nun vom Jugendamt in Obhut genommen wurden.«

»Jugendamt? Auf die ist Kletti gar nicht gut zu sprechen. Er behauptet, die würden sich nicht an die Gesetze halten und oft rechtswidrig handeln.«

»Das schließe ich auch in meinem Fall nicht aus.«

»Da die Ehefrau noch im Krankenhaus ist, kann sie sich dem Einfluss dieser Jugendamtsmitarbeiter auch kaum entziehen.«

Ich horchte auf. Wer hatte hier den Krankenhausaufenthalt der Frau Schneider erwähnt? War das eine Schlussfolgerung meines Onkels? Oder ahnte er längst, worum es ging? Letzteres lag nahe. Er sprach bereits über den konkreten Fall. Nur auf einer abstrakten Ebene, weil er zu Geheimnistuerei neigte, was sich vortrefflich mit meinen Interessen deckte, da ich die Verschwiegenheitspflicht des Rechtsanwaltes zu wahren hatte.

»Ich kenne mich da wenig aus«, erwiderte ich. »Wie nimmt ein Jugendamt denn Einfluss auf Frauen im Krankenhaus?«

»Durch Drohungen. Sie drohen mit der Entziehung der Kinder.«

»Und wenn die Kinder schon weg sind?«
»Dann hat das Jugendamt es in der Hand, ob sie wieder zurückkommen.«
»Verstehe. Welcher Art sind denn solche Drohungen? Was wird als Gegenleistung gefordert?«
»Das kann vielerlei sein, beispielsweise eine Aussage oder ...«, er hob die leere Tasse an, »oder ein Glühwein.«
Nochmals drängelte ich mich durch die Menge zum Ausschank. Der Gedanke, die Kinder könnten Druckmittel sein, um eine Aussage der Kindesmutter zu erzwingen, beunruhigte mich.
»Mir ist nicht ganz klar, weshalb ein Jugendamt sich in eine laufende strafrechtliche Ermittlung einmischt«, eröffnete ich Lucius beim nächsten Glühwein. »Die haben doch streng auf das Kindeswohl zu achten. Wie kommen die überhaupt ins Spiel?«
Lucius zuckte die Schultern. »Du bist der Jurist, ich bin wenig bewandert in solchen Dingen. Allerdings meine ich, Kletti hätte mir von einem Fall berichtet, in dem die Mutter selbst an das Jugendamt herantrat.«
»Die Mutter hat das Jugendamt eingeschaltet?«
»Nicht das Jugendamt. Die Staatsanwaltschaft. Sie hat in dem betreffenden Fall wohl ihre Aussage davon abhängig gemacht, dass dem Vater die Kinder weggenommen werden.«
Der Glühweinbecher befand sich gerade an meinem Mund, vor Schreck nahm ich einen zu großen Schluck und verbrannte mir die Zunge. »Sie will aussagen?«
»Wer will aussagen? Wir reden hier nicht über einen konkreten Fall, das ist dir hoffentlich klar.«
»Natürlich.« Ich kühlte hinter vorgehaltener Hand meine Zunge in der kalten Winterluft. »Wenn ich es richtig verstanden habe, gibt es Fälle, in denen das Jugendamt Kinder in Obhut nimmt, nur damit sie nicht mehr beim Vater sind, weil dann die Mutter gegen den Vater aussagt.«
»Durchaus denkbar. Kletti hat jedenfalls so etwas angedeutet.«
»Und das geht einfach so?«
»Nochmal Julius, du bist der Jurist. Ich kenne mich mit den Regularien nicht aus. Ich könnte mir allerdings vorstellen, dass ein Haftbefehl in solchen Fällen ganz nützlich ist.«
»Das ist ja ungeheuerlich.«
»Ich hole noch Glühwein«, meinte Lucius.
Diesmal blieb ich allein am Tisch zurück. Der Eiermarkt, so heißt der Platz des Nikolausmarktes, war proppenvoll. Wohin ich schaute, sah ich

lachende, fröhliche Menschen. Nur ich selbst muss ziemlich griesgrämig dreingeschaut haben. War mir doch soeben klargeworden, weshalb mein Mandant hinter Gittern saß. Sie hatten nicht den dringenden Verdacht eines Mordversuchs, sie wollten diesen Verdacht erst begründen durch die Aussage der Ehefrau. Man hatte Michael inhaftiert, um ihm die Kinder wegnehmen zu können. Das waren die Methoden einer Diktatur, das war Rechtsbeugung und Freiheitsberaubung.
»Zum Wohl, Julius.« Lucius war zurück. »Wie verbringst du Weihnachten?«
Auch das war typisch für ihn. Wenn er meinte, genügend Informationen aus dem Sack gelassen zu haben, wechselte er das Thema. Ich hatte mir über die Feiertage noch keinerlei Gedanken gemacht, stierte nur zornig in meinen Glühwein, trank einen Schluck, betrachtete dann verständnislos die Menge um mich herum.
»Hast du ein Gespenst gesehen?«, fragte Lucius ernsthaft besorgt.
»Ja«, antwortete ich, ohne zu wissen, welches.
Beim Blick über das Volk war mir jemand aufgefallen, dessen Anblick meine Gesichtszüge hatte entgleiten lassen. Ich stellte die Tasse ab, richtete mich auf und suchte konzentriert die einzelnen Tische ab. Vor einem Kartoffelpuffer- und Bratwurststand hatten sich einige Frauen getroffen, eine lose zusammengewürfelte Gruppe, Arbeitskolleginnen, die den Jahresabschluss feierten. Eine stand mit dem Rücken zu mir, von hinten sah ich nur ihren quergestreiften Strickpullover sowie den Igelschnitt aus kurzen, grauen Haaren. Manchmal drehte sie sich etwas zur Seite, dann sah ich ihr ausgemergeltes Gesicht mit der spitzen Nase.
»Die Emanze«, stöhnte ich.
»Wer?«
»Dort drüben steht Eleonore Marzahn-Eibeck, die personifizierte Jugendamtstante.«
Einer ihrer Kolleginnen war mein Starren unangenehm aufgefallen. Eben flüsterte sie der Marzahn-Eibeck etwas ins Ohr, die sich sogleich umdrehte und mich kritisch ins Visier nahm. Es dauerte einige Augenblicke, bis der Groschen bei ihr fiel, sie ihren Becher hob und mir über die Menge hinweg zuprostete. Ihre Worte dabei waren in dem Lärm nicht zu verstehen, doch sie formte diese so deutlich, dass ich sie von ihren verbittert schmalen Lippen ablesen konnte: Frohe Weihnachten!
»Lucius, ich danke dir für deine Zeit, aber ich muss weg hier.«
Wenige Minuten später war ich in meiner Kanzlei, fuhr einen Rechner hoch und begann den Haftprüfungsantrag zu tippen. Es wurde ein langes,

giftiges Pamphlet gegen die Machenschaften eines Staatsanwaltes, der unschuldige Väter einbuchtete, noch unschuldigere Kinder ihrer Eltern beraubte, um eine Aussage zu erlangen. Außerdem wider ein Jugendamt, das willfährig Familien zerstörte, sowie gegen Haftrichter, die von Beschuldigten den Entlastungsbeweis verlangten, sie ansonsten nicht laufen ließen, sondern wegsperrten. Etliche Zeilen widmete ich Frank Molter, diesem Erz-Halunken, der die Treppe angesägt, den Tatort manipuliert, die Polizei mit falschen Informationen gefüttert hatte. Zum Abschluss richtete ich einen flammenden Appell an das Gericht, meinen Mandanten nicht über Weihnachten in einer Zelle schmoren, stattdessen Menschlichkeit walten zu lassen, in diesem Sumpf aus Niedertracht und Intrige.
Nachdem ich mich an der Tastatur des Rechners nach Herzenslust ausgetobt hatte, las ich mir mein Machwerk durch, speicherte es ab, öffnete ein neues Dokument und faxte kurz darauf einen einzigen Satz an das Amtsgericht: Ich beantrage mündliche Haftprüfung.
Am Montag würde sich ein Amtsrichter wundern, weshalb ich freitagnachts arbeitete, um einen Antrag zu stellen, der weder um diese Zeit noch übers Wochenende Aussichten hatte, bearbeitet zu werden. Aber ich empfand Erleichterung danach, hatte endlich den Eindruck, etwas für Michael Schneider getan zu haben.

Am folgenden Morgen öffnete ich Kerstin das Büro des Weingutes am Taubenschlag. Sie warf einen Blick hinein und zeigte sich zufrieden.
»Nach Aktenlage war hier ein papierloses Büro zu erwarten. Aber meistens finden sich dann dennoch etliche Leitzordner. An Herrn Schneider mag man vieles kritisieren, von Büroorganisation hat er jedenfalls Ahnung. Ich bin begeistert.«
Kerstin fuhr den Rechner hoch.
»Wie kommen wir an das Passwort?«, fragte ich.
»Steht in der Akte, im Protokoll der ersten Durchsuchung. Der Mandant hat es damals freiwillig herausgegeben.«
Sie zog einen USB-Stick aus ihrer Tasche, vollführte einige Handgriffe an dem Rechner, stand auf und wollte gehen. »Das war's.«
»Warum mussten wir uns um sieben Uhr in der Frühe treffen, wenn Sie nur Daten kopieren?«
»Weil ich nicht sicher sein konnte, dass hier ein papierfreies Büro tatsächlich mal ohne Papier geführt wird.« Sie schaute auf ihre Armbanduhr. »Halbacht. Ich bin zum Frühstück verabredet. Das passt.«

»Sie haben ein Privatleben?«
»Natürlich, schließlich möchte ich nicht so enden wie Sie.«
»Na, dann schönes Wochenende.«
»Ihnen auch. Bis Montag dürfte ich mit den Daten durch sein.«
»Sie arbeiten übers Wochenende? Vergessen Sie nicht Ihr Privatleben!«
»Würde mein Privatleben mir das komplette Wochenende rauben, wäre es keines, sondern eine Qual.«
»Sie können mich jederzeit erreichen, falls Sie schon vor Montag etwas herausfinden«, gab ich ihr vorsorglich mit. Eine überflüssige Bemerkung nach den Jahren unserer Zusammenarbeit.
Kaum war Kerstins verschwunden, schwankte ich bezüglich des weiteren Vorgehens. Nach Hause oder in die Kanzlei? Das Schlimmste an Haftsachen ist die Zeit, die nur langsam vergeht, ohne dass etwas geschieht. Ich entschied mich dazu, meine Vögel zu füttern. Den Rest des Samstages verbrachte ich mit Lehrbüchern zum Familienrecht, was sich im Nachhinein als kapitaler Fehler herausstellen sollte. Gewann ich dadurch doch den Eindruck, Rechtsstreite in Familiensachen würden von Familienrichtern nach juristischen Kriterien entschieden. Die Realität ist davon weit entfernt. Die wahren Entscheider in Familiensachen sind andere.

Für den vierten Adventssonntag hatte ich den Besuch bei Graziella Schneider eingeplant. Beim morgendlichen Espresso dachte ich darüber nach, welcher Zeitpunkt der Beste wäre. Eine Zurückweisung lag nahe, weshalb es mir angebracht erschien, die Aktion baldmöglichst hinter mich zu bringen. Zudem hatte ich die Befürchtung, die Kinder, falls sie ihre Mutter überhaupt besuchen durften, könnten schon wieder weg sein, wenn ich zu spät käme.
Unter Wahrung des Minimums an Ruhe, das Patienten im Krankenhaus gegönnt werden sollte, klopfte ich um zehn Uhr an der Tür des Krankenzimmers, trat ein und sah mich rückversetzt in das Getümmel des Nikolausmarktes. Mein Blick fiel in das überraschte Gesicht einer mageren, verhärmten Frau mit grauhaarigem Igelschnitt und quergestreiftem Strickpullover. Die wünschte mir allerdings nicht Frohe Weihnachten, sondern sprang umgehend auf.
»Herr Dexheimer, was fällt Ihnen ein? Verlassen Sie sofort dieses Zimmer.«
»Ich möchte mit Frau Schneider sprechen.«
»Sie sind der Anwalt des Ehemannes. Wie können Sie es wagen?«
Die Marzahn-Eibeck kam näher. Wollte die mich etwa körperlich hinaus-

drängen? Mein Blick traf den der Frau Schneider. Ich sah Interesse, ebenso wie Unentschlossenheit.
»Haben Sie etwa das Hausrecht?«, blaffte ich die Jugendamtstante an. Ein juristisches Argument schien mir am geeignetsten, sie zu bremsen. Beamte sind dem Gesetz verpflichtet.
»Ich bin konsterniert«, schimpfte sie. »Es ist Sonntagmorgen und sie belästigen die Frau in einem Krankenbett, um sie rechtswidrig zu beeinflussen.«
»Fragt sich, wer hier zwecks Beeinflussung erschienen ist.«
»Ich handele zum Wohle der Kinder.«
»Sie handeln als Handlanger der Staatsanwaltschaft.«
»Was fällt Ihnen ein?«
»Haben Sie Frau Schneider schon belehrt, dass sie nicht aussagen muss? Dass die Kinder von Ihnen irgendwo verwahrt werden, der Vater im Gefängnis ist und die Familie auseinandergerissen wurde?« Dann wandte ich mich direkt an Frau Schneider. »Sie müssen keine Aussage gegen Ihren Ehemann machen.« Da sie Italienerin war, schob ich gleich noch einen Satz in ihrer Muttersprache hinterher. »Chi corre ai tribunali per far liti ci lascia anche i vestiti.« Eine Redensart, die zum Ausdruck bringt, dass Streitereien vor Gericht nur arm machen. Das brachte sie zum Nachdenken.
»Was hat er gesagt?«, mischte sich die Marzahn-Eibeck ein.
Die Frau im Krankenbett hob die Hand. »Warten Sie bitte draußen.«
»Wozu denn warten? Er soll gehen!«
»Nein, er soll warten. Ich möchte unter vier Augen mit ihm reden.«
»Ohne mich?« Der angeblichen Vertreterin des Kindeswohls fiel die Kinnlade herunter. Mit offenem Mund starrte sie mich an. »Sie haben gehört, was Frau Schneider gesagt hat. Warten Sie gefälligst draußen«, kommentierte sie nach einer kurzen Zeit des Nachdenkens.
Mit einem dankbaren Lächeln in Richtung Frau Schneiders verließ ich das Zimmer. Mein Versuch, mich durch Lauschen an der Tür weiter über die Geschehnisse in dem Raum zu informieren, blieb erfolglos. Darum besorgte ich erst einmal Kaffee. Die Tasse war noch nicht leer, als sich die Tür öffnete und eine ziemlich missgelaunte Marzahn-Eibeck heraustrat. Sie blickte mich wütend an, bevor sie grußlos entschwand.
»Frohe Weihnachten«, sagte ich. »Hoffentlich schenkt Ihnen jemand noch so einen schicken Pulli.« Dann hatte ich Zugang zum Krankenzimmer.
Michaels Ehefrau schaute gedankenverloren aus dem Fenster. Sie reagierte nicht auf mein Eintreten. Schweigend setzte ich mich auf einen Stuhl, als mir bewusst wurde, dass sie weinte.

Ich kannte ihren Mann, hatte eine enge Beziehung zu ihren Kindern, das nährte Hoffnung, ihr Vertrauen zu erlangen. Im Grunde aber war sie eine Fremde. Es stand mir nicht zu, mich auf die Bettkante zu setzen, tröstend die Hand aufzulegen. Mit ihren Tränen musste sie alleine fertig werden. Irgendwann wischte sie sich durch das Gesicht, drehte den Kopf in meine Richtung, schaute mir tief in die Augen.

»Ich möchte jetzt eine ehrliche Antwort von Ihnen, Herr Dexheimer. Versuchen Sie nicht, mich mit typischem Anwaltsgeschwätz zu täuschen.«

Ich sagte nichts, wartete auf die Frage. Ihr Blick wurde bohrend. Sie hatte ein betörendes Gesicht, vom ersten Eindruck her eher griechisch, wie man es oft bei Italienern aus dem tiefen Süden findet.

»Glauben Sie an die Unschuld meines Mannes?«

»Ich mache mir über Schuld oder Unschuld keine Gedanken, weil es mein Beruf ist, ihn für unschuldig zu halten und weil es für die Verteidigung relativ egal ist, was er getan hat«, wäre eine ehrliche Antwort gewesen. Stattdessen antwortete ich mit sicherer Stimme und festem Blick: »Ja.«

Erneut traten ihr Tränen in die Augen. »Wer soll es sonst gewesen sein?«

»Diese Frage beschäftigt mich seit Monaten.«

Frank Molter erwähnte ich bewusst nicht, weil sein Verhältnis zu dieser Frau für mich ungeklärt war, ich obendrein sogar einen gewissen Verdacht hegte. Unzweifelhaft war Molter der ominöse »Frankie«, mit dem sie mich bei unserer ersten Begegnung verwechselt hatte. Hier war äußerst vorsichtiges Taktieren gefragt. Eine falsche Bemerkung hätte den zaghaften Kontakt, der sich soeben anbahnte, zerstört.

»Warum sind Sie hier?«

»Weil ich gehofft hatte, die Kinder hier zu treffen.«

Ihre Augen weiteten sich überrascht. »Weshalb sind Sie auf der Suche nach meinen Kindern?«

»Das kann ich leider nicht erklären. Wir haben seit Ihrem Unfall viel Zeit miteinander verbracht, sind spazieren gegangen, haben gemeinsam gekocht, gegessen, gespielt, Ausflüge gemacht. Ich möchte einfach wissen, wie es den Kindern geht.«

»Maureen und Patrick sind in einer Einrichtung der Jugendfürsorge. Timmy ist bei Pflegeeltern.«

»Man hat die Kinder voneinander getrennt?«

Sie zuckte zusammen, wegen der Lautstärke, mit der mir dieser Satz über die Lippen gekommen war. Mein Blut kochte hoch. Wer riss denn Geschwisterkinder auseinander? Wie unmenschlich konnte dieses

System sein?
Frau Schneider fuhr fort. »Können Sie mir etwas darüber sagen, wie mein Mann mit den Kindern umgegangen ist in den letzten Monaten?«
»Ganz normal. Wie ein alleinstehender Vater eben mit drei kleinen Kindern umgeht.«
»Ehrlich! Ich möchte ehrliche Antworten.«
»Nun ja, es lief nicht immer optimal. Aber Michael hatte viel zu tun, es war Herbst, die Zeit der Weinlese, der Keller voller Most. Sie wissen doch selbst, wie das ist.«
»Nein, ich weiß nicht, wie das ist, wenn man seine Kinder vernachlässigt.«
»Frau Schneider, es hat den Kindern an nichts gefehlt – außer an der Mutter natürlich.«
»Da habe ich anderes gehört.«
»Von wem? Ich denke, dass ich derjenige bin, der am nächsten dran war an den Kindern in den vergangenen Monaten.«
Sie fixierte mich erneut mit einem langen durchdringenden Blick. Gedanklich ließ ich die letzten Monate Revue passieren. Hatte ich etwas Falsches behauptet? Sicherlich nicht. Meine Nähe zu den Kleinen würde ich notfalls sogar beschwören.
»Ich weiß von Maureen und auch von den Buben, wie sehr Sie sich gekümmert haben. Das ist der einzige Grund, weshalb ich überhaupt mit Ihnen rede. Aber die Verhältnisse haben sich nun geändert. Ich werde morgen in die Reha verbracht und voraussichtlich im Februar des nächsten Jahres nach Hause zurückkehren. Ich muss wissen, was ich von Ihnen halten soll, Herr Dexheimer.«
»Ich sehe mich als den Anwalt der Familie«, erwiderte ich. »Wenn Sie gegen das Jugendamt vorgehen wollen, bin ich an Ihrer Seite.«
»Und dennoch vertreten Sie meinen Mann.«
»Sehen Sie darin einen Widerspruch?«
»Ich weiß nicht, wie ich Sie einschätzen soll. Natürlich müssen Sie als Verteidiger ihre Arbeit machen. Bestmöglichst. Aber es gehört doch nicht zu Ihren Aufgaben, sich um meine Kinder zu kümmern. Warum haben Sie sich in meine Familie eingemischt?«
Ja wieso? Es war mir noch immer selbst ein Rätsel.
»Außer mir war keiner da. Zumindest anfangs. Später nur eine Haushaltshilfe für ein paar Stunden täglich. Ihre Familie lebt in Italien, Michael hat meines Wissens keine lebenden Verwandten. Mit Freunden sieht es auch nicht so toll aus. Es war tatsächlich niemand da.«

»Das ist mir alles bekannt. Dennoch möchte ich von Ihnen wissen, weshalb Sie diese Aufgabe übernommen haben.«

Darauf hatte ich keine Antwort. Dummerweise wollte sie unbedingt eine Erklärung hören, blickte mich mit ihren dunklen Augen stumm an und wartete, was ich zu sagen hatte.

»Warum?«, wiederholte sie, als ihr die Stille zu lange währte.

Mir fiel nichts ein außer hilflos mit den Schultern zu zucken. Das war mein Fehler.

»Sie sind nicht ehrlich, Herr Dexheimer. Bitte gehen Sie.«

Mir war klar, dass sich in diesem Moment das Schicksal meines Mandanten entschied. Denn wenn sie kein Vertrauen zu mir fasste, würde sie sich gegen Michael wenden. Aber wie lautete die Antwort auf diese verfluchte Frage? Schon dauerte ihr mein Aufenthalt in diesem Zimmer zu lange. Durch eine Geste, ein Winken mit der Rückhand, verdeutlichte sie ihre Aufforderung zu verschwinden.

»Michael war überfordert«, antwortete ich aus purer Verzweiflung. »Er hat die Kinder eigentlich vernachlässigt. Daraus hat sich das Ganze irgendwie entwickelt. Ich wollte ihm helfen, vor allem damit er Zeit hatte. Zeit für seine Arbeit, vor allem aber Zeit, um Sie zu besuchen. Jeden Tag nach Mainz zu fahren, kostet viel Zeit. Wie hätte es denn anders gehen sollen?«

Frau Schneiders Gesichtszüge versteinerten. Ihre Stimme wurde kalt und hart. »Jeden Tag nach Mainz sagen Sie? Er hat mich kaum besucht. Höchstens wöchentlich, eher alle zehn Tage mal. War Ihnen das bekannt, Herr Dexheimer?«

Es traf mich wie ein Schlag. »Was sagen Sie da? Ich war in dem festen Glauben, dass er zu Ihnen fährt.«

»Dann hat er Sie wohl ebenso getäuscht wie mich.«

»Aber … aber ich …«.

»Sie müssen sich nicht rechtfertigen, Herr Anwalt. Ich glaube Ihnen. Gibt es sonst noch einen Grund, warum Sie mich besuchen? Die Kinder sind ja, wie Sie sehen, nicht hier.«

Die Wahrscheinlichkeit, bei zehn Würfen mit einem Würfel zehn Sechser zu werfen, schien mir hoch gegen die, Frau Schneider jetzt zur Unterstützung ihres Mannes zu bewegen. Aber ich durfte nichts unversucht lassen, das verlangte mein Beruf von mir. Niemals aufzugeben ist eine der wichtigsten Tugenden des Strafverteidigers. Selten fiel es mir so schwer wie in dieser Situation.

»Es könnte sein, dass ein Staatsanwalt oder ein Polizist Sie vernehmen

möchte«, begann ich betont sachlich.
»Schon passiert.«
»Und? Haben Sie ausgesagt?«
»Was hätten Sie mir geraten? Dass ich als betrogene Ehefrau schweige? Ihn womöglich sogar entlasten soll? In Treue zu dem Untreuen stehe?«
»Ich schätze, das wäre zu viel verlangt.«
»Eben!«
Damit war der Versuch einer harmonischen Lösung gescheitert. Zeit zum Angriff überzugehen.
»Da wir gerade von Treue sprachen. Verbindet Sie eigentlich mit Frank Molter mehr als nur Geschäftliches?«
»Was soll das heißen?«
»Mir wurde berichtet, dass Sie und er sich sehr nahestehen.«
»Herr Molter ist unser Betriebsberater.«
»Herr Molter. Warum so förmlich. Sollten wir ihn nicht Frankie nennen?«
»Wollen Sie damit etwas andeuten?«
»Ob ich das will, ist völlig egal, weil es eine Tatsache ist. Aber Ihr Frankie ist nicht der Freund, für den er sich ausgibt. Seine Firma ist darauf spezialisiert, Weingüter auszuschlachten. Er ist nicht nur hinter Ihnen her, sondern auch hinter den Toplagen das Weingutes Schneider.«
»Woher wollen Sie das wissen?«
»Gehört das Gut überhaupt noch Ihnen und Ihrem Mann? Oder haben Sie es im Bett verhökert? Ist es längst mit Hypotheken belastet zu Gunsten von Frankie und seiner WINE GmbH?«
»Für ihre finanzielle Unterstützung wollte die WINE GmbH natürlich Sicherheiten. Das ist nicht ungewöhnlich.«
»Und was passiert, wenn der Betrieb die Gelder nicht zurückzahlen kann?«
»Wer behauptet denn, dass wir nicht zurückzahlen können? Das sind doch leere Drohungen, Herr Dexheimer.«
»Dann hoffen wir mal, dass es nur leere Drohungen bleiben.« Ich erhob mich. Der Frau war deutlich anzusehen, dass meine Andeutungen an ihr nagten. Es beschäftigte sie so sehr, dass sie es sogar versäumt hatte, die von mir inkriminierte Liebschaft mit Molter zu leugnen. Eine Reaktion, die ich immer wieder feststellte. Konfrontiert man Menschen frech mit mehreren Behauptungen in einem Satz, sind sie oft nicht in der Lage, jeden Vorwurf abzustreiten. Sie konzentrieren sich dann auf das, was ihnen am wichtigsten scheint. Das Unbestrittene kann künftig nach alter Juristentradition als wahr unterstellt werden.

Das Ergebnis dieses Sonntags war für mich, dass beide Eheleute außereheliche Verhältnisse pflegten. Nur bezüglich Frau Schneider war ich im Bilde, mit wem.

Kerstin lieferte am Montagmorgen. Wie üblich hatte sie mir ein Skript zusammengestellt, das wir eingehend besprachen. Fein säuberlich war darin aufgelistet, was sich aus Michaels Rechner an Wissenswertem ergeben hatte.

Wann immer ich Computer-Auswertungen in Strafakten fand, weckte dies bei mir das ungute Gefühl der Lückenhaftigkeit. Die Angst, dass geschickte Polizisten mir etwas verschwiegen, war Bestandteil jeder Akte. Bei Kerstin hatte ich diese Bedenken nicht. Sie neigte eher zu übertriebener Gründlichkeit.

»Nun, was haben Sie denn Schönes für mich herausgefunden?«, eröffnete ich das Gespräch.

»Es gibt einerseits wirtschaftliche Gesichtspunkte, die genauer betrachtet werden sollten, und andererseits rechtliche Aspekte.«

»Beginnen wir mit dem Rechtlichen, das ist meistens interessanter.«

»Ja, aber kürzer abgehandelt ist das Wirtschaftliche. Das Weingut Schneider ist nämlich eigentlich insolvent. Es fährt gerade so die monatlichen Betriebskosten ein und einen geringen Überschuss für den Unterhalt der Familie.«

»Klingt doch passabel. Wenn so viel übrigbleibt, dass eine fünfköpfige Familie davon leben kann, hat der Betrieb seinen Mindestzweck erfüllt.«

»Aber nicht, wenn Gläubiger Schlange stehen.«

»Welche Gläubiger?«

»Banken und das Finanzamt.«

»Das ist schlecht. Würde Michael der Russen-Mafia Geld schulden, so ließe sich das sicher regeln. Aber die Gläubiger, die Sie genannt haben, quetschen ja bekanntlich aus einer holzgeschnitzten Zitrone noch etwas heraus.«

»Das haben sie aber in diesem Fall nicht nötig, weil sie ihr Geld regelmäßig bekommen, allerdings auf Pump. Das Weingut Schneider hat zwei großzügige Geldgeber, die immer wieder auftretende Lücken stopfen.«

»Die WINE GmbH«, rief ich aus. »War ja klar, dass die ihre Finger in dem Laden haben.«

»Stimmt. Allerdings kommen auch immer wieder mal ganz ordentliche Zahlungen aus Italien. Ich vermute, es handelt sich um Darlehen oder

Schenkungen der Familie von Frau Schneider. Genaueres lässt sich den Überweisungen nicht entnehmen.«

Kerstin hatte diverse Überweisungsträger ausgedruckt, die sie mir vorlegte. Ich erkannte einen Absender, einen Zahlbetrag, aber keinen Verwendungszweck. Die Zahlungen blieben vorerst nebulös.

»Wir können also festhalten, dass das Weingut am Taubenschlag Schulden tilgt, indem es neue Schulden macht.«

Kerstin nickte. »Und damit kommen wir auch schon zum Rechtlichen. Über die italienischen Zahlungen findet sich nichts in den Daten. Die WINE GmbH hingegen hat sich umfangreich abgesichert.«

»Mit Hypotheken nehme ich an.«

»Nein, mit Pacht- und Pflanzrechten.«

»Diese Halunken«, knurrte ich.

Wer Kredite mit Grundstücken absichern will, lässt sich üblicherweise Grundschulden eintragen. Was ziemlich sinnlos ist, wenn dies vorrangig eine Bank getan hat. Auch ein Grundstück kann man nicht mehrfach zu Geld machen.

Wird es landwirtschaftlich genutzt, besteht dann die Möglichkeit, es zu verpachten, langfristig, auf Jahrzehnte hinaus. Von dem Pachtrecht wird natürlich kein Gebrauch gemacht, solange das geschuldete Geld wie vereinbart zurückgezahlt wird. Bleibt es hingegen aus, entzieht man dem Schuldner die Nutzung des Grundstücks. Selbst wenn eine Bank, die Immobilie versteigern ließe, bliebe der Pachtvertrag prinzipiell bestehen. Speziell im Weinbau stellen zudem Pflanzrechte einen Wert dar, den man sich sicherheitshalber übertragen lassen kann. Denn wer Weinreben pflanzen möchte, benötigt dazu ein Pflanzrecht, sonst würden sich die Weinlagen unkontrolliert wie Pilze vermehren. Im Ergebnis war daher die WINE GmbH in der Lage, dem Weingut Schneider kurzerhand seine Existenz zu entziehen, denn ohne Weinberge kann kein Winzer leben.

»Ich hatte so etwas schon vermutet«, offenbarte ich Kerstin.

»Ja, Sie hatten das schon mehrfach angedeutet. Es gibt da allerdings eine Auffälligkeit, denn ein bestimmter Weinberg ist frei von Rechten Dritter.«

»Ein unbelastetes Grundstück?«

»So ist es.«

»Seltsam, finden Sie nicht?«

»Sehr seltsam. Ich habe versucht, mehr über diesen Weinberg herauszufinden, aber er wird immer nur mit einem Namen benannt, nie mit seinen Parzellenangaben.«

»Ein Grundstück mit einem Namen? Was es nicht alles gibt, heutzutage. Wie lautet denn dieser ominöse Name?«
»Sweetwine.«
»Das glaube ich jetzt nicht.«
Meine Mitarbeiterin blätterte hektisch in ihrem Bericht. Eventuell einen Fehler gemacht zu haben, verursachte ihr Stress. »Hier steht es.« Sie deutete mit dem Finger kurz auf eine Textstelle, bevor sie sofort weiterblätterte. »Hier ebenfalls.«
»Schon gut«, beruhigte ich sie. »Ich glaube Ihnen natürlich, dass das Grundstück so heißt. Ich kann nur nicht verstehen, was daran so wertvoll sein soll.«
»Kennen Sie den Weinberg etwa?« Jetzt hatte ich sie verblüfft.
»Weinberg ist übertrieben. Sweetwine ist eine Wiese im Hunsrück mit knapp 100 Reben. Eine Liebhaberei, aus meiner Sicht völlig wertlos.«
»Warum habe ich das nicht herausgefunden?« Kerstin wirkte enttäuscht über sich selbst.
»Es handelt sich nicht um eine offizielle Bezeichnung, sondern um ein Spielzeug für den kleinen Timmy.«
»Was denn nun? Ein Grundstück oder ein Spielzeug? – Moment, Telefon.« Sie griff nach dem mitgeführten Mobilteil der kanzleiinternen Telefonanlage, um ein Gespräch anzunehmen. Mir stellte sich die Frage, weshalb niemand sonst anwesend war, um dies zu erledigen. Schließlich war es bereits neun Uhr.
»Ein Richter.« Sie reichte mir das Telefon.
»Dexheimer.«
»Guten Morgen, Herr Anwalt. Ich vertrete die Haftrichterin über die Feiertage. Sie wissen hoffentlich, wie schwierig es ist, in dieser Zeit einen Haftprüfungstermin zu organisieren. Daher kann ich Ihnen für dieses Jahr nur noch einen einzigen Termin anbieten. Passt es nächsten Montag um 11?«
»Es passt jederzeit. Alle anderen Termine werde ich notfalls verlegen.«
»Gut, dann sehen wir uns an Silvester.«
»Silvester? Ich dachte nächsten Montag.«
»Der nächste Montag ist der 31. Ich wünsche besinnliche Feiertage.«
Jetzt war mir klar, weshalb wir alleine waren in der Kanzlei.
»Tut mir leid, ich habe noch kein Geschenk für Sie«, informierte Kerstin schnörkellos.
»Die Gratifikation war ganz ordentlich, ich kann mir meine Geschenke auch selbst kaufen.«

»Weshalb sind Sie an Heiligabend hier? Der Tag ist in dieser Kanzlei arbeitsfrei.«
»Ich wollte nur kurz die Auswertung mit Ihnen durchgehen.«
»Na gut. Wo waren wir stehengeblieben?«
»Sweetwine.«
Ich öffnete einen Routenplaner auf meinem Smartphone, suchte den Ort, wo sich Michaels geheime Weinanlage befand, und zeigte Kerstin, worüber wir sprachen. Sie schob die Ansicht ein wenig hin und her.
»Ist das hinter dem alten Kalkwerk?«
»So sieht es aus. Der See dort ist durch den Kalkabbau entstanden.«
»Und die grüne Wiese dort ist jetzt ein Weinberg?«
»Ein ganz besonderer Weinberg. Ein Luxuswingert mit Bodenplatten und englischem Rasen zwischen den Zeilen.«
»Verrückt. Wozu treibt man solch einen Aufwand? Noch dazu, wenn es überall an finanziellen Mitteln fehlt?«
»Ich kann es Ihnen nicht sagen. Aber wenn Michael nächste Woche rauskommt, werde ich ihn danach fragen.«
»Klingt, als wären Sie sich bereits sicher, dass er freigelassen wird.«
Ob dem so war, stand in den Sternen. Es wäre im Fall einer Aufhebung oder Außervollzugsetzung des Haftbefehl, ohnehin nicht mein vorrangiges Problem gewesen, Michaels Weingarten im Hunsrück zu besprechen. Sweetwine war für mich eine Randnotiz des Falles, ohne Bedeutung für dessen Lösung.
»Gibt es sonst noch etwas zu wissen? Sie sollten sich allmählich auf den Weg machen, Ihr Privatleben zu genießen.«
»Das hat keine Eile.«
Nachdem Kerstin gegangen war, wurde mir klar, dass ich nicht einmal Vorräte Zuhause hatte, um mir an Weihnachten etwas Vernünftiges zu kochen. Es war das erste Weihnachtsfest, das ich schlichtweg vergessen hatte.
Ein Blick aus dem Fenster versetzte mich nicht in festliche Stimmung. Feuchtwarmes Wetter, keine Spur von Schnee, nicht einmal von Winter. Zu warm für Glühwein. Der Nikolausmarkt war ohnehin vorüber. Mir fiel ein, dass ich dort eine alte Bekannte wieder getroffen hatte. Ihre Nummer war noch gespeichert.
»Hallo Ju-Ju-Julius«, kicherte sie beschwipst. »Ob ich heute schon etwas vorhabe? Du, ich habe Besuch. Aber morgen können wir uns treffen. Ich würde gerne wieder mit dir ... also ... es war ganz nett letztes Mal.«
»Morgen habe ich etwas vor. Schöne Feiertage.«

Am Salzmarkt war eine Kneipe geöffnet, in der Lämmergasse ebenso. Ich trat nicht ein. Mein Zuhause waren nicht länger die Wirtshäuser der Stadt, sondern ein Dorf am Fuße des Hunsrücks. Dorthin fuhr ich, setzte mich in den Wintergarten, beobachtete Vögel.
Als es dunkelte, entzündete ich den Kaminofen. Flackerndes Feuer ist ein perfekter Begleiter zu erlesenem Wein. Ich versuchte, mich zu erinnern, wie es früher gewesen war an diesem Abend. Ein Kirchenbesuch kam mir in den Sinn. Schnell hatte ich im Internet passende Termine ermittelt. Drei Dörfer weiter wurde um 21 Uhr die Christmette gelesen. Lange vor Beginn saß ich in einer Kirchenbank.
Das Kirchenschiff war abgedunkelt, im Altarraum brannten Lichter an einem Weihnachtsbaum, es duftete dezent nach Kerzen und Weihrauch. In der Bank hinter mir unterhielten sich zwei Frauen über Kochrezepte, nicht flüsternd, sondern halblaut. Ich drehte mich um, warf ihnen einen finsteren Blick zu, sie schauten verständnislos zurück.
Langsam füllte sich die Kirche. Wer auf einer der Bänke Platz genommen hatte, eröffnete automatisch das Gespräch mit seinem Nachbarn. Allmählich entwickelte sich ein beständiger Lärmpegel.
Weit hinten erhob sich ein Mann, marschierte in den Altarraum, deutete eine Verbeugung Richtung Hochaltar an und verschwand in der Sakristei. Kurze Zeit später kam er wieder heraus, stellte sich neben den Ambo, von wo er suchend in das Kirchenschiff blickte.
»Pssst«, machte er. »Pssst.«
Die Person, der sein Zischen galt, bemerkte ihn offenbar nicht. Folglich schlich er durch die Kirche zurück, kam kurz darauf mit einem zweiten Mann erneut nach vorne, der sich noch linkischer im Altarraum verbeugte. Beide verschwanden in der Sakristei.
Eine Frau hielt sich für berufen, es den Männern gleichzutun. Mit hallenden Stöckelschuhen tippelte sie nach vorne, schlüpfte in die Sakristei, kam kurz darauf wieder heraus und stöckelte zurück zu ihrem Sitzplatz. In der Bank vor mir mussten Messbesucher diesen Auftritt aufgeregt tuschelnd kommentieren. Das Getuschel ging über in Kichern.
Aus der Sakristei kam eine weitere Frau mit einem Stapel Papier. Sie begann Liedzettel zu verteilen, was sie meiner Meinung nach eine Stunde vorher in der leeren Kirche genauso hätte tun können.
Sodann schritt eine vierköpfige Familie bedächtig vor in die erste Reihe. Die Kinder setzten sich in die Bank, ihre Mutter flüsterte ihnen etwas zu, wobei sie merkwürdigerweise nicht ihre Sprösslinge anschaute, sondern

die Menge im Kirchenschiff. Sehen und gesehen werden. Die Kleinen polterten maulend zurück in den Mittelflur, die Frau betrat als erste die Bank, ihre Kinder folgten, das Sitzproblem war geklärt. Was fehlte, war der Familienvater, der soeben jeden, den er hier kannte, per Handschlag begrüßte. Offenbar ein örtlicher Honoratior, der hier die Huldigungen des Volkes entgegennahm. Immer wenn er eine Hand geschüttelt hatte, tönte ein »Frohe Weihnachten« durch das Gebetshaus, der traditionell erst nach der Mette gesprochene Gruß.

Aus der Tiefe der Kirche vernahm ich das kernige Lachen zweier Männer. Umgehend flogen Dutzende von Köpfen herum. Danach wurde wieder angeregt diskutiert, ob über die Lacher oder andere Themen, erschloss sich mir nicht. Gewiss warteten auch noch Kochrezepte auf ihre Weitergabe.

Mein letzter Gottesdienstbesuch lag einige Jahre zurück. Ich war es gewohnt, in einem Gotteshaus zu schweigen, in mich gekehrt die Stille zu genießen und so etwas wie Andacht zu empfinden. Das war hier unmöglich. Diese Kirche war kein Gotteshaus, das war ein Tollhaus.

Ehrfurcht zu zeigen, scheint in unserer toleranten Moderne unzeitgemäß geworden zu sein, erst recht gegenüber dem Unsichtbaren. Nur wozu besucht man dann eine Messe? Meine Welt war das nicht mehr. Lange bevor ein Orgelton erklang, empfand ich bereits dermaßen Hass gegen die Kirchenbesucher, dass ich mich unwürdig fand, hier die Kommunion zu empfangen. Kurzerhand ging ich wieder hinaus und hakte das Thema Kirche für ein paar weitere Jahre ab.

Das Feuer im Kaminofen glühte noch, als ich zurückkehrte. Schnell war es erneut geschürt. Mit einem Glas Wein in der Hand reflektierte ich, was diese Welt so oberflächlich gemacht hatte. Früher, so meine Erinnerung, war das Leben intensiver gewesen. Nicht so laut, nicht so schrill, nicht so auf Selbstdarstellung bedacht. Einfach echter. Oder waren das nur Gedanken eines alternden Mannes, der genug erlebt hatte, nichts mehr erwartete, am liebsten dem Alleinsein frönte?

Ein Kaminfeuer, ein Glas Wein, Zeit und Ruhe zum Nachdenken. Das genügte mir vollkommen. Die Welt dort draußen hatte nichts zu bieten, das ich entbehrte.

Am nächsten Morgen entdeckte ich, dass mir doch etwas fehlte: die Vorräte zum Kochen. Aber verwahrte ich nicht die Schlüssel zu Michaels Haus? Was lag näher, als dessen Proviant zu plündern.

Das Weingut Schneider wirkte verlassen wie ein verwunschenes Schloss. In der Küche des Wohnhauses schimmelte ein halber Laib Brot auf einem

Schneidbrett. Daneben in einem Früchtekorb lagen verschrumpelte Äpfel. Ich stellte zwei leere Kaffeetassen in die Spülmaschine, wo benutzte Teller übel rochen. Frische Vorräte gab es kaum, die wären ohnehin verdorben. Eine Kühltruhe schien dafür reichlich gefüllt. Ich fand eine Rehkeule. Bis die aufgetaut war, würde es Stunden dauern, was mich auf die Idee brachte, die Küchengeräte genauer in Augenschein zu nehmen. Beim Kochen mit den Kindern hatte ich stets nur die Herdplatte benutzt. Mehr braucht man nicht für Pfannkuchen. Daher war mir nie so recht aufgefallen, dass es gleich zwei Herde gab, einen klassischen, einen zum Dampfgaren. Ferner eine Mikrowelle, die über eine Auftaufunktion verfügte.
Während die Rehkeule sich darin drehte, beschloss ich, mein Weihnachtsessen gleich hier zu kochen. So kam es, dass ich wie ein Hausherr in dieser fremden Küche zu wirken begann.
Die hohe Qualität des Inventars war mir früher schon aufgefallen, jetzt entdeckte ich, dass nahezu alles, von den Elektrogeräten bis zum Besteck, aus italienischer Fabrikation stammte. Damit war klar, wer dieser Küche seinen Stempel aufgedrückt hatte. Nicht Michael hatte sich hier verwirklicht, sondern – entgegen meiner ursprünglichen Vermutung – Graziella.
Umgehend rief ich Kerstin an.
»Hat die Auswertung des Rechners eigentlich irgendetwas über die Vermögensverhältnisse der Ehegatten ergeben?«
»Sie sprechen vom Fall Schneider?«
»Ja, natürlich!«
»Es steht eigentlich detailliert im Bericht, aber falls Sie noch keine Zeit hatten, den zu lesen, erkläre ich es Ihnen gerne: Alles gehört Herrn Schneider, das ganze Weingut, das Haus, die Maschinen, die Weinberge. Auch die Schulden laufen nur auf seinen Namen. Zu Beginn der Ehe wurden für die aus Italien kommenden Gelder Darlehensverträge aufgesetzt. Dort ist seine Frau als Darlehensgeberin eingetragen. Er hat sozusagen auch einen Sack voller Schulden bei seiner eigenen Frau.«
»Über wieviel reden wir?«
»Sechsstellig.«
»Verdammt! Dann wäre er ja einen Teil seiner Schulden los, wenn die Frau stirbt.«
»Ich weiß nicht, wie die Erbfolge geregelt ist. Ein Testament war nicht bei den Daten.«
Ich war von der gesetzlichen Erbfolge ausgegangen, was bedeutete, dass im Falle eines Ablebens der Frau Schneider ihr Mann die Hälfte erben würde

und seine Kinder die andere. In der Strafakte hatte ich bisher nichts über diese Schulden gelesen, obwohl die Staatsanwaltschaft den Rechner schon bei der ersten Durchsuchung gespiegelt hatte. Sie mussten es wissen, es konnte ihnen nicht entgangen sein.

»Gehört Frau Schneider auf dem Papier also überhaupt nichts?«, erkundigte ich mich bei Kerstin.

»Doch. Eine Ausnahme gibt es. Ein einziges Grundstück wurde auf ihren Namen übertragen.«

»Und welches?«

»Na, dieses mysteriöse Sweetwine. Frau Schneider ist die alleinige Pächterin.«

»Pacht? Nicht Eigentum?«

»Nein, das Grundstück ist nur gepachtet, allerdings langfristig, auf 99 Jahre.«

»Dann muss ich mir diesen Bericht doch mal genauer durchlesen, Danke Kerstin.«

»Ihnen auch ein frohes Weihnachten, Herr Dexheimer.«

»Ach, stimmt ja. Frohe Weihnachten.«

Ich entschied, dass die Keule lange genug getaut hatte, verzichtete auf das Marinieren schob sie in den Backofen, wo sie mindestens eine Stunde würde garen müssen. Während dieser Zeit fuhr ich nach Sweetwine. Irgendetwas Besonderes musste doch dran sein an diesem Weingarten im Hunsrück.

Bei der Fahrt kam ich durch weihnachtlich geschmückte Dörfer. Am hellichten Tag verbreiteten zahlreiche Lichterketten an Häusern und Bäumen ihren Glanz. Nur passte dies alles nicht zu dem frühlingshaften Wetter. Manchmal hatte ich den Eindruck, als gebe es immer weniger Winter. Oft ging der Herbst, unterbrochen nur von ein bis zwei Frostwochen im Januar, lückenlos in den Frühling über. Schnee war ohnehin selten geworden. Im Hunsrück gab es ihn manchmal, aber derzeit herrschte in Sweetwine mildes Wetter. Die Anlage war genauso gepflegt, wie ich sie in Erinnerung hatte, nur nicht mehr belaubt und mit Trauben behangen. Michael hatte die Reben vor seiner Haft schon zurückgeschnitten und das herabgefallene Laub säuberlich vom Rasen entfernt. Es lag am Waldrand in kleinen Haufen aufgeschichtet. Ich wanderte einmal komplett um den Weinberg herum, konnte aber aus keiner Perspektive irgendetwas entdecken, das mir Hinweise gab auf den tieferen Sinn dieses Projektes.

Warum investierte Michael Zeit und Aufwand in etwas, das ihm nicht

einmal gehörte? Wie passte es zusammen, dass er seine Frau kaum im Krankenhaus besuchte, angeblich sogar versucht hatte, sie umzubringen, zugleich aber ihren Weinberg liebevoll hegte und pflegte? Ich wurde nicht schlau aus dem, was ich sah.
Zurück im Weingut vergewisserte ich mich, dass die Rehkeule ordentlich schmorte. Dann suchte ich Michaels Keller auf. Dort lag das unbenannte Fass, welches Paul und ich dem Staatsanwalt als Schwefelwasser verkauft hatten, mein Ziel. Ich zapfte eine Flasche von dem Wein, kehrte zurück in die Küche und füllte verschiedene Gläser. Eines stellte ich warm, eines eher gekühlt, das dritte verkostete ich sofort. Es war ein großer Wein, den Michael da geschaffen hatte. Welche Sorte ich überhaupt im Glas hatte, war mir allerdings rätselhaft. Vom Typ her wirkte er wie ein Rotwein aus dem Bordelais. Trank ich ihn aus dem kühleren Glas, erinnerte er an die Tröpfchen vom linken Ufer der Gironde. Aus dem wärmeren Glas, in dem er sich besser entfaltet hatte, schmeckte er eher nach einem Bordeaux vom rechten Ufer.
Konnte es sein, dass dies die Ernte aus seinem geheimen Weingarten war? Trank ich hier ein Gemisch aus hundert Sorten, gewachsen an einem einsamen Hunsrückhang?
Im weiteren Verlauf des Tages veränderte sich der Wein permanent, schmeckte ständig anders. Mir blieb es ein Rätsel, was Michael Schneider da kreiert hatte. Falls das sein Wein der Zukunft war, schien er zumindest auf einem vielversprechenden Weg.

Beginnend mit dem Bündelchestag, dem 27. Dezember, verwandelten sich Stadt und Land in einen Ort permanenten Trinkens. Viele begaben sich auf Wanderschaft, wozu zahlreiche Schwenkgrills einluden, die von Vereinen oder losen Gruppen an lauschigen Flecken in der Natur spontan betrieben wurden. Andere pendelten von Haus zu Haus, ließen sich auf ein Gläschen einladen. In Kreuznach waren es die Kneipen, die jetzt Hochkonjunktur hatten, weil Menschen offenbar das Bedürfnis empfanden, sich so herzlich voneinander zu verabschieden, als stünde nicht ein Jahreswechsel, sondern der Weltuntergang bevor.
Die allerorten gelebte Fröhlichkeit sprang nicht auf mich über, schon gar nicht, als ich in meinem Gerichtsfach einen Nachtrag zur Akte Schneider fand. Kopien der weiteren Ermittlungsergebnisse. Wenn Staatsanwälte einem Verteidiger so etwas freiwillig übersenden, ist dies so, wie das Aufdecken des Jokers beim Kartenspiel. Es bedeutet, dass sie die Verteidigung

für chancenlos halten.
Nach dem Durcharbeiten des Nachtrages meldete ich mich sofort in der JVA an. Am folgenden Morgen war ich dort, zur Besprechung mit dem Mandanten. Michael wirkte nicht sonderlich beeindruckt von seiner Haft. All die Gedanken, die er sich hätte machen müssen, um seine Kinder, sein Weingut, seine Zukunft, schienen ihn nicht zu belasten.
»Wann holst du mich raus hier?«, war seine Begrüßung.
»Am Montag treffen wir uns zur Haftprüfung im Gericht.«
»Wird auch Zeit.«
»Vorher sollten wir einige neue Entwicklungen besprechen«, eröffnete ich ihm behutsam. »Deine Frau belastet dich.«
»Wie will sie mich denn belasten? Hat sie etwa gesehen, dass ich die Treppe angesägt habe? Dann wäre sie wohl kaum dort verunfallt.«
»Das mag wohl sein, aber sie behauptet, eigentlich immer die Außentreppe genutzt zu haben, um die Tauben zu füttern.«
»Da könnte was dran sein. Ich kann dir nicht sagen, ob sie immer diese Treppe nutzte, aber wenn ich sie habe die Tauben füttern sehen, ist sie in der Tat stets außen am Turm hinaufgestiegen.«
Ich legte ihm die entsprechende Passage ihrer Vernehmung vor.

> *»Frau Schneider, wo war der Schlüssel zur Turmtreppe, als Sie zuletzt die Tauben füttern wollten?«*
> *»Meinen Sie jetzt die innere oder die äußere Treppe?«*
> *»Beginnen wir mit der äußeren, also der Stahltreppe. Benötigt man überhaupt einen Schlüssel, um dort hinaufzugehen?«*
> *»Ja, der Zugang zur Treppe ist verschlossen, damit die Kinder nicht dort spielen.«*
> *»War er auch am Tage ihres Unfalls verschlossen?«*
> *»Ja. Die Tür war abgesperrt.«*
> *»Und wo war der Schlüssel?«*
> *»Der Schlüssel war fort. Normalerweise hängt er etwa in Kopfhöhe an der Außenwand des Turms. An jenem Tag war er nicht dort.«*
> *»Kam das öfter vor, dass der Schlüssel nicht dort war?«*
> *»Es war das erste Mal, dass er nicht an seinem Platz hing.«*
> *»Haben Sie nach dem Schlüssel gesucht?«*
> *»Nein, ich habe dann eben die innere Treppe benutzt.«*

»Welche Treppe benutzten Sie üblicherweise?«
»Immer die äußere. Der Taubendreck verursacht doch eine ziemlich schlechte Luft im Turm. Es beißt einem in die Augen, wenn man dort hineingeht. Daher füttere ich die Tauben immer über die äußere Treppe.«
»Aber an jenem Tag war das nicht möglich?«
»Nein, denn wie ich schon sagte, war die Tür zur Eisentreppe verschlossen. Ich musste innen über die Holztreppe hinaufsteigen.«

Michael nickte beim Lesen mit dem Kopf. »Das stimmt. Der Schlüssel zur Außentür hängt normalerweise etwa in Kopfhöhe an dem Gitter, also so, dass die Kinder nicht drankommen.«
»Graziella wirft dir vor, den Schlüssel am Tag ihres Unfalls versteckt zu haben«, hielt ich ihm vor.
»Unfug!«
»Maureen hat ebenfalls behauptet, den Schlüssel einmal im Badezimmer gesehen zu haben, wo er ja wirklich nicht hingehört.«
Der Mandant schnaubte wie ein Pferd. »Was Kinder so reden, kann man nicht immer verstehen. Ich weiß nicht, welchen Schlüssel sie dort gesehen hat oder gesehen zu haben glaubt.«
»Für mich klang das nicht wie ein Hirngespinst.«
Er schlug mit der flachen Hand auf den Tisch. »Allmählich reicht es mir! Ich sitze hier im Gefängnis wegen eines dämlichen Schlüssels. Und mein eigener Verteidiger versucht, meine eigene Tochter gegen mich auszuspielen. Merkst du denn nicht, wie verrückt das alles klingt?«
»Der große Unbekannte kann vielleicht heimlich Treppenstufen ansägen und Polizeiabsperrbänder in frei zugänglichen Mülltonnen verstecken«, erinnerte ich ihn, »aber wie soll er denn einen Schlüssel in deinem Badezimmerschrank verstecken?«
»Es gab keinen Schlüssel im Badezimmerschrank.«
Ich tastete meine Hosentaschen ab.
»Suchst du was?«
»Ja. Normalerweise habe ich immer ein Taschenmesser einstecken, aber im Gefängnis darf ich das nicht mitführen, deshalb liegt es im Auto.«
»Wozu brauchst du jetzt ein Taschenmesser?«
»Um dir etwas zu demonstrieren. Das Messer befindet sich nämlich grundsätzlich in der Hosentasche, ebenso wie das Portemonnaie. Wenn ich aller-

dings duschen gehe und danach die Hose wechseln möchte, räume ich die Hosentaschen vorher aus. Und was glaubst du, wo ich Messer und Portemonnaie dann hinlege?«

Michael schaute gelangweilt. »Muss ich das wissen?«

»In den Badezimmerschrank«, erklärte ich. »Ich lege diese Gegenstände regelmäßig in den Badezimmerschrank. Es ist also gar nicht so abwegig, dass Maureen den Schlüssel dort gesehen haben will.«

»Wer außer uns beiden hat das gehört?« Der Mandant wirkte genervt.

»Niemand«, bestätigte ich ihm.

»Also spielt es keine Rolle, was das Kind von sich gegeben hat.«

»Da gebe ich dir recht. Es war eher meine persönliche Neugier, die mich darüber nachdenken ließ.«

»Dann vergiss das jetzt wieder. Was hat meine Frau sonst ausgesagt?«

»Sie hält eure Ehe für zerrüttet und dich für skrupellos genug, sie aus dem Weg zu räumen.«

»Völliger Quatsch«, empörte sich Michael. »Wir haben unsere Probleme, wie andere Leute auch. Aber ich habe doch keinen Grund, sie umzubringen.«

»Eure Eheprobleme scheinen mir schon über das gewöhnliche Maß hinauszugehen. Du hast mir deine Kinder überlassen, um sie besuchen zu können. In Wirklichkeit warst du aber bei deiner Geliebten.«

»Das ist vorbei. Ich selbst habe es beendet. Weil ich an meine Ehe glaube.«

»Die Frau mit dem BMW 8er Coupé wird dich also nicht mehr besuchen?«

»Es ist vorbei!«

»Weiß deine Frau davon?«

»Nein. Es hat sich erst entwickelt, als sie bereits im Krankenhaus lag. Aber nenne sie nicht meine Geliebte. So war es nicht.«

»Ja, ich weiß. Alles nur rein platonisch. Das bekomme ich ständig zu hören. Wie konntest du so verantwortungslos sein?«

»Halte mir keine Moralpredigt, sondern sieh zu, dass ich endlich hier rauskomme. Wie lautet überhaupt dein Konzept, um mich zu verteidigen? Du stellst mir nur Fragen, hast aber wie es mir scheint selbst keine Antworten.«

Mandanten erwarten immer, dass der Verteidiger ein Kaninchen aus dem Hut zaubert, meistens in Form einer Geschichte, die alles erklärt und sie überzeugend reinwäscht. Zufälligerweise hatte ich eine solche parat.

»Aus meiner Sicht gibt es eine Person, die mindestens ebenso verdächtig ist wie du. Die Person war am Unfalltag vor Ort. Sie hatte die Möglichkeit, die Treppe anzusägen. Sie kannte sich auch gut genug aus, um den Unfallort nachträglich zu manipulieren. Sie hat ferner ein großes Interesse daran, dich zu belasten, und ich traue ihr auch zu, Beweise zu diesem Zweck zu verfälschen«.

»Molter«, antwortete Michael wie aus der Pistole geschossen.

»Genau der. Mir fehlt eigentlich nur noch ein kleines Puzzlestück, denn der Mensch, der das Absperrband so passend in der Mülltonne drapiert hat, dass die Polizei es dort finden konnte, muss im Vorfeld Kenntnis erlangt haben von der anstehenden Durchsuchung.«

»Und wie gedenkst du dieses Puzzlestück zu finden?«

»Ich habe es bereits gefunden. Es passt nur noch nicht ganz an seinen Platz. Erinnerst du dich an die Tante vom Jugendamt?«

»Diese Marzahn-Eibeck?«

»Jawohl. Die wusste vorher Bescheid. Es kann natürlich auch sein, dass Molter Kontaktleute bei der Polizei hat, aber mein Instinkt sagt mir, dass die Emanze da ihre Finger im Spiel hatte.«

Michael sah mich an, nickte zuerst mit dem Kopf und grinste dann. »Anwalt, die Story klingt gut. Ich sage ungern etwas Positives über Molter, aber er ist ein ganz gerissener Hund. Zudem hat er ein Auge auf Graziella geworfen. Der würde alles tun, um mir zu schaden.«

Dass seine Frau auch ein Auge auf Molter geworfen und beide längst vollendete Fakten geschaffen hatten, war dem Mandanten also bisher entgangen. Ich wollte ihn in der Haft nicht damit belasten, musste aber auf einen Schwachpunkt in der Theorie hinweisen.

»Wenn Molter sich an Graziella heranmachen wollte, weshalb hat er dann versucht, sie umzubringen?«

»Um mir das in die Schuhe schieben zu können.«

»Aber dann war Graziella nicht sein Ziel. Warum will er dir einen Mord anhängen?«

»Weil er dadurch zwei Fliegen mit einer Klappe geschlagen hätte.«

»Erklär mir das.«

»Es gibt etwas, das Molter unbedingt haben möchte. Derzeit gehört es Graziella. Hätte sein Plan funktioniert und sie wäre bei dem Unfall ums Leben gekommen, dann würde es mir gehören. Aus diesem Grunde schiebt er mir den Unfall in die Schuhe, denn dann ist der Weg frei für ihn.«

»Und was ist dieses geheimnisvolle Etwas?«

»Hol mich hier raus, dann erzähle ich es dir.«

»Sag mir, was es ist, dann kann ich dich auch hier herausholen.«

»Nein, ich möchte nicht, dass du das weißt, solange ich hier drinsitze.«

»Ist es Sweetwine?«
»Du weißt davon?«
Schon einmal hatte ich den Namen ihm gegenüber erwähnt. Da war er jedoch sturzbetrunken gewesen. Es schien ihm entfallen zu sein.
»Ich muss mehr darüber wissen, um zu verstehen, weshalb Molter es unbedingt haben will.«
Michael war sprachlos vor Überraschung. Zugleich weigerte er sich, mich vollends in sein Geheimnis einzuweihen. Folglich war ich wieder einmal auf mich alleine gestellt, was mir nicht sonderlich Sorgen bereitete. An einem Weinberg im Hunsrück würde sich ohnehin nicht entscheiden, ob Michael freikam.

Der letzte Tag des Jahres begann früh für mich. Schon um 5 Uhr morgens saß ich mit einem Espresso in meinem Wintergarten. In Gedanken spielte ich den Ablauf eines Haftprüfungstermins wieder und wieder durch. Dazu malte ich mir aus, wie Frank Molter sich in den Taubenturm schlich, um die Treppenstufen anzusägen, wie er den Schlüssel zur Außentreppe verschwinden ließ und sich dann aus dem Staub machte. Ich sah ihn vor mir, wie er nachts in den hinteren Hofteil des Weinguts Schneider huschte, um das polizeiliche Absperrband zu entfernen, den amtlichen Nachweis der Sicherstellung. Was hatte er damit gemacht? Es nur zusammengeknüllt oder feinsäuberlich aufgerollt? Wo hatte er es verwahrt? Der Kofferraum seines SUV schien mir die naheliegendste Lösung.
Dann fütterte er die Polizei mit E-Mails, erhob ständig neue Anschuldigungen gegen meinen Mandanten, trieb als Unbeteiligter ein Strafverfahren voran, um Michael Schneider aus dem Verkehr zu ziehen.
Die Marzahn-Eibeck würde ich heute nicht erwähnen. Das wäre zu verwirrend für den Haftrichter. Besser war es vorerst, Frankie Kontakte zur Polizei zu unterstellen, was ja nicht völlig abwegig war bei einem, der ständig Mails zur Akte schickte. Aufgrund dieser Verbindungen musste er Kenntnis erlangt haben von der anstehenden zweiten Hausdurchsuchung. Im Dunkel der Nacht schlich er sich erneut in den hintersten Hofteil, versteckte das Polizeiband in einer Mülltonne und wartete darauf, dass es gefunden wurde.
Ich schlürfte einen weiteren Espresso. Verdammt! Wie war das Verschwinden des Schlüssels zu erklären? Molter hätte ihn doch wieder an seinen ursprünglichen Platz hängen können, damit der Schlüssel ebenfalls entdeckt würde. Weshalb hatte er dies nicht getan?

Mein Puls schoss nach oben. Ein Schwachpunkt und das kurz vor dem Haftprüfungstermin. Wie sollte ich dem Richter das erklären? Nervös erhob ich mich, es wurde langsam hell draußen – Zeit, die Vögel zu füttern. Mir fiel keine Lösung für den verschwundenen Schlüssel ein.
Zurück im Wintergarten betrachtete ich die ersten Gäste am Futterhaus. Ein Buntspecht flog heran, landete am unteren Teil eines Baumstammes und hüpfte von dort den Stamm hinauf bis zu einem Zapfen voller Talg mit Körnern. Aus einer Fichte tauchte ein Eichhörnchen auf, kletterte ein Stück lang auf der Kante des Gartenzauns und sprang dann geschickt hinüber zu der Stelle, wo ich Nüsse ausliegen hatte. Einige Goldammern verteilten sich auf der Wiese und labten sich am Bodenfutter. Ihr leuchtendes Gelb glänzte in der frühen Sonne. Es war ein beruhigender Anblick und darum würde es ein erfolgreicher Tag werden. Ich musste nur darauf vertrauen. Eine Türkentaube landete neben dem Gewürzlorbeer, der in seinem Topf im Freien stand. Sie erinnerte mich an das Taubensymbol auf dem gesuchten Schlüssel. Schon war es wieder vorbei mit der Entspannung. Weshalb hatte Frankie nicht den Schlüssel in die Durchsuchung geschmuggelt?
Gegen 8.30 Uhr fuhr ich in die Kanzlei. Kerstin warf mir einen besorgten Blick zu. Kaum saß ich an meinem Schreibtisch, kam sie mit einem Cappuccino herein.
»Es wird schon klappen!« Sie musste nicht erläutern, was damit gemeint war. Wir tickten beide gleich.
Eine halbe Stunde vor Termin fuhr ich zum Gericht, begab mich in das Vorführzimmer, wartete. Als Erstes erschien eine Protokollführerin.
»Haftprüfung an Silvester, das hatte ich auch noch nicht«, kommentierte sie. Staatsanwalt Dern war der Nächste. Er grüßte nur knapp, nahm Platz und blätterte in einem dünnen Hefter.
Dann erschien der Richter mit der Akte unterm Arm. »Sehr dünn«, sagte er als Morgengruß zum Staatsanwalt. »Ich halte das alles für noch aufklärungsbedürftig. Einen dringenden Tatverdacht konnte ich dieser Akte nicht entnehmen.«
Gerne hätte ich laut losgejubelt, wollte den Staatsanwalt aber nicht provozieren. Obwohl die Äußerung des Haftrichters für ihn eine Hiobsbotschaft sein musste, blieb er völlig entspannt.
»Von mir aus können Sie ihn auch rauslassen«, entgegnete er knapp.
»Also beantragt die Staatsanwaltschaft die Aufhebung des Haftbefehls sehe ich das richtig?« Ich traute meinen Ohren nicht.
»Ja, das beantrage ich«, sagte der Staatsanwalt.

»Gut, dann lassen Sie den Mann mal frei. Wo ist der eigentlich?«
Erst in diesem Moment wurde Michael von zwei Wachtmeistern gebracht. Ich vernahm das rhythmische Klacken der Fußketten in den Hallen des Gerichts. Man hört Häftlinge immer, bevor man sie sieht.
»Wir haben den Haftbefehl bereits aufgehoben, Sie können die Fesseln lösen«, verkündete der Richter den Justizbeamten.
»Dann war es das ja für heute.« Der Staatsanwalt erhob sich und verließ völlig entspannt das Vorführzimmer.
Michael wurden Handschellen und Fußfesseln abgenommen. »Einen guten Rutsch«, scherzte der Wachtmeister dazu. Der Freigelassene schaute verwirrt zu mir, ich schaute verwirrt zum Richter, der kritzelte in einem Formular herum.
»Faxen Sie das bitte an die JVA« wies er die Protokollführerin an.
»Und jetzt?«, erkundigte sich mein Mandant.
»Jetzt bist du frei. Soll ich dich mitnehmen?«
»Wäre ganz nett, ich habe noch nicht einmal Geld für ein Taxi bei mir.«
Per Textnachricht informierte ich Kerstin vom Ergebnis des Termins und verabschiedete mich zugleich für den Rest des Jahres. Mit Michael im Auto fuhr ich Richtung Windesheim, bog an der Ziegelhütte aber nicht ab ins Dorf, sondern folgt der Straße weiter in den Hunsrück.
»Wo fährst du hin?«
»Du schuldest mir eine Erklärung.«
In Sweetwine erlebte ich einen Michael Schneider, wie ich ihn noch nie kennengelernt hatte. Er war eigentlich ein unnahbarer, eher schroffer Mensch, nicht unbedingt ein Sympath. Gegenüber den Reben zeigte er sich jedoch fürsorglich, fast zärtlich. Nahezu eine Stunde lang wanderte er von Stock zu Stock, berührte die Pflanzen, als wolle er sie begrüßen oder streicheln. Ob er leise sogar mit ihnen sprach, war nicht genau zu erkennen, jedenfalls nicht auszuschließen.
Nach dem Rundgang durch seinen Weinberg sucht er das kleine Kapellchen auf, die Michaelskapelle. Ich folgte ihm nicht dorthin. War er fromm? Wollte er beten? Oder gehörte das nur zu seinem Ritual?
Beim Verlassen des Gotteshauses wirkte er befreit. Erst jetzt war er wirklich aus dem Gefängnis entlassen.
»Was ist das hier?«, fragte ich ihn.
»Das ist unser großer Traum, unser künftiges Weingut, die Keimzelle zu etwas völlig Neuem.«
»Ich sehe nur einige Ar Weinberg im Hunsrück.«

»Irgendwann wird hier ein moderner Musterbetrieb stehen, umgeben von den besten Lagen Deutschlands.«
»Die besten Lagen für was? Um Kühe und Schafe zu halten? Hier wuchs niemals Wein und wird auch niemals ein trinkbarer Wein wachsen.«
Michael lächelte selig. »Du irrst, mein lieber Julius. Ich habe Bilder aus den dreißiger Jahren des letzten Jahrhunderts. Da war diese Gegend mit Reben bestockt. Der Klimawandel wird dafür sorgen, dass hier wieder Rebenland entsteht.«
Ich kannte die Zukunftsvisionen einzelner Theoretiker, die Köln oder sogar Hamburg für künftige Zentren des deutschen Weinbaus hielten. Aus meiner Sicht war dies Unfug, weil ein Boden erst lernen muss, Reben zu tragen. Eine Weinlage ist mehr als nur ein Acker. Sie ist etwas historisch Gewachsenes, eine Symbiose aus Reben und der Erde, in der sie wurzeln. Aus dem Wasser und den Mineralien in der Tiefe ebenso wie der Sonne in der Höhe, dem Wehen des Windes, Fallen des Regens, Tau in der Frühe, Nebel, Hitze und vielem mehr.
»Warum gerade hier?«, fragte ich.
»Wegen des Kalks. Bis vor wenigen Jahren wurde auf der anderen Seite des Hügels noch Kalk abgebaut. Direkt unter uns sind mächtige Schichten davon. Die besten Weine der Welt entstehen aus solchen Böden. Das rechte Ufer der Gironde ist Kalk und bringt fantastische Bordeaux-Weine hervor. Die Champagne ist Kalk. Übrigens zieht sich der Kalkboden der Champagne unter dem Ärmelkanal hindurch bis nach Südengland. Genau dort sehen Analysten die Zukunft des Champagneranbaus. Ich habe geologische Karten studiert und Probebohrungen machen lassen. Wir befinden uns hier auf einer riesigen, nach Süden hin ausgerichteten Kalkschicht. Dieses Tal wird in naher Zukunft die Toplage des Naheweins sein.«
»Und das alles gehört dir?«
Ich ließ ihn nicht wissen, was Kerstin längst herausgefunden hatte, nämlich dass ihm hier gar nichts gehörte. Pächterin war seine Frau, aber eben nur Pächterin, nicht einmal Eigentümerin. Der Träumer, dem ich hier gegenüberstand, schien sich für derartige Details ohnehin nicht zu interessieren.
»Kennst du das Modell, mit dem Timmy immer spielt? Es wird genau dort entstehen«, er zeigte auf die einzigen beiden Häuser weit und breit. »Wir haben uns das alles vertraglich gesichert.«
»Du bist entweder ein genialer Visionär oder ein verrückter Spinner. Kein Mensch, der vom Weinbau etwas versteht, käme jemals auf die Idee, hier eine Zukunftsperspektive zu sehen.«

»Wichtig ist, dass die WINE GmbH nie davon erfährt. Sie haben uns in der Hand. Sie würden das Projekt an sich ziehen.«
»Meines Wissens hat nur deine Frau Rechte.« Jetzt musste ich es ihm doch sagen.
»Dennoch. Kein Wort zur WINE GmbH.«
»Komm lass uns fahren«, sagte ich. »Wenn dein Traum in Erfüllung geht, kannst du noch genug Zeit hier verbringen. Ich habe fürs Erste genug von diesem öden Landstrich.«
Auf dem Rückweg kam Michael erstmals auf seine Kinder zu sprechen. Weder in der Haft noch nach seiner Freilassung hatte er sie bisher erwähnt.
»Hast du irgendeine Ahnung, wo sie sind?«
»Nein. Mir wird jede Auskunft verweigert.«
»Ich möchte, dass du das im neuen Jahr regelst. Ich habe mich seit Graziellas Unfall nicht gut um sie gekümmert. Aber das wird sich ändern. Ich verspreche es dir. Bring mir meine Kinder zurück und alles wird gut.«
Mittlerweile waren wir beim Weingut am Taubenschlag angelangt und stiegen aus. Ich hatte nichts mehr vor an diesem Tag. Michael ging wie selbstverständlich in Richtung seines Kellers.
»Ich muss die Weine durchprobieren. Willst du mich begleiten?«
Es wurde ein einsamer Silvesterabend, den wir zuerst im Keller, dann in seiner Küche verbrachten. Ich übernahm es, uns etwas zu kochen. Wir aßen und tranken, aßen noch ein bisschen, tranken noch mehr, aßen zuletzt nur noch wenig und tranken ganz viel.
Michael erzählte von sich und seiner Vergangenheit, wie er Graziella kennengelernt, sich ein Weingut in Windesheim gekauft, eine Familie gegründet hatte. Seine Zukunft malt er in rosigsten Farben. Die Rückkehr der Kinder und seiner Frau, die Versöhnung der Familie, war für ihn Gewissheit. Bezüglich der gigantischen Schuldenlast seines Betriebes hegte er keinerlei Zweifel, diese stemmen zu können, aus den bestenfalls hoffnungsvollen Ansätzen seines Unternehmens ein erfolgreiches Weingut zu machen.
Je betrunkener er wurde, desto mehr steigerte er sich in seine Fantasien hinein, erläuterte mir detailliert, wie er sein neues Weingut errichten und weitere Weinberge in Sweetwine anlegen würde. Immer wieder schwärmte er von einem Wein der Zukunft, sah sich als Pionier eines Weines der Zukunft in die Annalen eingehen.
»Hast du überhaupt schon eine Ernte eingefahren in Sweetwine?«
»Ja. Habe ich. Sie liegt draußen in einem Barrique.«
Als um Mitternacht Raketen in den Himmel jagten, gingen wir in den

Hof, um das Feuerwerk zu sehen. Die Ortsgemeinde Windesheim beging das Jahr ihres 1000-jährigen Bestehens. Entsprechend heftig wurde geballert. Michael und ich standen nur schweigend da, jeder in seine eigenen Gedanken vertieft.
In solch magischen Nächten suchen mich meistens Erinnerungen heim an Menschen, die meinen Weg gekreuzt und gewaltsam wieder verlassen hatten. Es gab mittlerweile einige, das bringt der Beruf eben mit sich. Manchmal erscheinen sie mich nächtens. Dann trinke ich in Gedanken ein Glas Wein mit ihnen und scheuche sie zurück in die Unterwelt.
Etwa nach einer knappen Stunde beruhigte sich das Spektakel am Himmel. Zwar hörte man es weiterhin aus allen Ecken knallen, aber die Leuchtgeschosse blieben aus. Nur vereinzelt kletterten verspätete Raketen in die dunkle Nacht empor. Wir hatten beide kein Wort gesprochen, seit wir hier draußen standen.
»Ein frohes Neues Jahr«, wünschte ich.
»Dir auch.«
Anschließend gab es das obligatorische Glas Sekt zum Jahresbeginn, dann verabschiedete ich mich. Michael blickte so hoffnungsfroh auf das neue Jahr, da wollte ich nicht derjenige sein, der ihm sagte, dass er wahrscheinlich bald alles verlieren würde.

Kapitel 3

Am Neujahrsmorgen fuhr ich in meine Kanzlei und verfasste ein Schreiben an das Familiengericht. Das war für mich so, wie wenn ein Schreiner Starkstromleitungen verlegt. Ich überschrieb das Papier mit »Klage«, setzte meinen Mandanten als Kläger, das Jugendamt als Gegner ein und beantragte, Michael Schneider sofort seine Kinder zurückzugeben. Dazu formulierte ich eine Begründung des Inhalts, dass hier von der Staatsanwaltschaft eine Intrige gesponnen worden sei.

Dann begab ich mich auf den Weg zum Kornmarkt, um das Ganze dort in einen Briefkasten zu werfen. Auf der alten Nahebrücke sah ich zwischen Brücken- und Bootshaus eine einsame Weihnachtsbeleuchtung über der Straße hängen. Etwas zerpflückt vom nächtlichen Sturm baumelte sie dort und versuchte, in den trüben Tag zu strahlen. Ich schaute die Mannheimer Straße hinauf und hinunter – nirgendwo glitzerte noch Weihnachtsschmuck. Diese Lichterkette war schlichtweg vergessen worden. So erinnerte sie einsam an zurückliegende Festtage, wobei sie eher Vergänglichkeit als Weihnachtsstimmung vermittelte.

Mit einer Kopie des Schriftsatzes fuhr ich zum Weingut am Taubenschlag hinaus, um Michael zu erläutern, was ich Geniales für ihn erdacht hatte. Das Weindorf Windesheim rüstete sich für seine 1000-Jahr-Feier. Am Rathausplatz hing ein großes Banner. Mein Mandant zeigte sich weniger in Feierlaune, sondern jammerte über Kopfweh. Nur träge überflog er das von mir gefertigte Pamphlet.

»Klingt gut«, brummte er. »Meinst du, das bringt was?«

»Danke für die Motivation. Ein neues Jahr hat begonnen! Schau nicht so griesgrämig, sondern glaube an unsere gerechte Sache.«

»Später. Erst muss ich noch etwas schlafen.«

Zwei Tage darauf meldete sich die Geschäftsstelle des Familiengerichts bei mir.

»Herr Dexheimer, Sie haben da so einen seltsamen Antrag gestellt. Was soll das sein?«

»Steht doch drin.«

»Ja, aber ... geht es da um ein Sorgerecht?«

»Es geht um drei Kinder!«

»Ist das eine Eilsache oder ein normales Verfahren?«

»Das ist die eiligste Sache überhaupt.«

»Ah ja ... ich lege es dann mal dem Richter vor.«
Das Familiengericht bestimmte einen Anhörungstermin auf den 18. Januar, morgens um 11 Uhr, was ich als Zumutung empfand, denn mein Mandant war selbständig. Ein Termin in der Frühe oder am späten Abend hätte besser gepasst. Aber so waren sie eben, die Familienrichter: weltfremd.
Familienrecht ist eigentlich kein Recht, sondern Gedöns. Vor Familiengerichten wird nicht wirklich prozessiert, weil alle Beteiligten konfliktscheu und nur darauf aus sind, möglichst freundlich zu sein. Und Beteiligte gibt es dort viele. Neben einem Richter drückt sich regelmäßig eine unterbeschäftigte Kollegin im Sitzungssaal herum, die offiziell Verfahrensbeiständin heißt, sich selbst lieber Anwältin des Kindes nennt. Obligatorisch taucht dazu eine Vertreterin des Jugendamtes auf, um die Traumata ihrer eigenen verkorksten Kindheit zu verarbeiten. Je nach Fall kommen weitere Berufsbetroffene hinzu, meist Sozialpädagogen oder Psychologen, die permanent etwas vom Kindeswohl schwätzen, weil sie sich einbilden, besser als die Eltern zu wissen, was das ist.
Als Faustregel gilt: Je mehr Quasseltanten zur Verhandlung erscheinen, umso schlechter stehen die Chancen eines Vaters, sein Kind aus den Klauen dieser staatlichen Kindesentführer wieder zu befreien.
Ich hatte Familienrecht als Referendar in der Ausbildung mal oberflächlich gestreift und mich seither nicht mehr darum gekümmert. Zu Beginn dieses Falles hatte ich meine Fachliteratur angelesen, dann aber festgestellt, dass sie hoffnungslos veraltet war. Was man heutzutage darüber wissen musste, ließ sich ohnehin kostenlos im Internet nachlesen. Das tat ich kurz vor dem Termin und fand auf den Seiten eines Vereins gegen Vater-Kind-Entfremdung hilfreiche Anregungen. Zwischen einigen Telefonaten in anderer Sache klickte ich etwa eine halbe Stunde im Netz herum. Danach hatte ich den perfekten Überblick über das Rechtsgebiet und einen genialen Schlachtplan noch dazu. Denn für jeden, außer dem Vater, ist das Kindeswohl nur ein Geschäftsmodell. So stand es im Netz und mit diesem Argument würde ich allen selbsternannten Experten und hauptamtlichen Bedenkenträgern den Mund stopfen.
Michael erschien im Anzug zur Verhandlung, wofür ich ihn umgehend tadelte.
»Schämst du dich dafür, im Weinberg zu arbeiten?«
»Muss ich deshalb mit dreckigen Händen vor Gericht erscheinen?«, konterte er gereizt. Er wirkte nervlich angegriffen. Kein Wunder, es ging ja um seine Kinder.

Zuständig für unsere Sache war der Familienrichter Christ, ein recht junger Kollege, der zunächst einmal erstaunt war, als ich eintrat.
»Hallo, Herr Rechtsanwalt Dexheimer. Sie habe ich ja noch nie hier gesehen.«
Michael zuckte zusammen, ich gab umgehend contra: »Sobald wir hier fertig sind, also in etwa 10 Minuten, werden Sie mich auch nicht nochmal hier sehen.«
Mittig im Saal saß in quergestreiftem Strickpullover die Marzahn-Eibeck, die ich ignorierte. Die Kinder waren nicht anwesend.
Der Richter begann zu diktieren. »In der Angelegenheit betreffend die Kinder Maureen, Patrick und Tim Schneider sind erschienen der Kindsvater mit seinem Bevollmächtigten Rechtsanwalt Dexheimer sowie Frau Eleonore Marzahn-Eibeck vom Jugendamt.«
»Eleonore Marzahn-Eibeck«, wiederholte ich gedehnt, ließ mir den Namen auf der Zunge zergehen und hatte einen Geistesblitz: »Klingt wie Emanze.«
Es wurde etwas frostig. Richter Christ blätterte ein wenig in seiner Akte und wandte sich dann an Michael.
»Herr Schneider«, eröffnete er mit einem Unterton, der einerseits verständig, andererseits aber nach Mitleid klang. »Das Jugendamt hat Ihre Kinder leider in Obhut nehmen müssen. Ich möchte heute einen Weg mit Ihnen finden, damit die Kinder wieder zu Ihnen zurückkehren können.«
»Seine Adresse steht in der Akte, den Weg dorthin findet jedes gute Navi automatisch.« Manchmal wundert es mich selbst, wie schlagfertig ich sein konnte. Leider überhörte der Richter diesen geistreichen Einwand und redete stur weiter. »Das Jugendamt erhebt Vorwürfe gegen Sie, denen ich natürlich nachgehen muss. Können Sie mir einmal aus Ihrer Sicht erzählen, ob und falls ja, weshalb Sie Probleme mit der Kindererziehung haben?«
»Keine Angaben!«, rief ich. »Mein Mandant macht keine Angaben zu diesen haltlosen Vorwürfen. Er beruft sich auf sein Schweigerecht.«
Die Jugendamtstante schüttelte demonstrativ den Kopf. Der Familienrichter schnaufte, bevor er sich anmaßte, mich belehren zu wollen. »Herr Rechtsanwalt Dexheimer, wir sind hier nicht in einem Strafprozess. Ich habe auch nicht Sie gefragt, sondern Ihren Mandanten. Bitte halten Sie sich etwas zurück.«
»Mein Mandant äußert sich nicht, und wenn dann nur über mich.«
»Unfug! Das ist doch Unfug, was Sie hier erzählen. Wie soll ich denn eine Entscheidung treffen, wenn ich Herrn Schneider nicht befragen kann?«
»Als Sie ihm seine Kinder weggenommen haben, konnten Sie doch auch

entscheiden, ohne ihn vorher zu fragen.«
»Da saß Ihr Mandant ja auch in Untersuchungshaft. Ich musste im Eilverfahren über den Aufenthalt der Kinder entscheiden.«
»Stimmt. Er saß unschuldig in Haft. Ich habe ihn dort besucht. Das hätten Sie doch auch tun können. Da war genug Zeit zum Reden.«
»Sicher hätte ich das tun können, aber es hätte nichts geändert, denn es stand nicht in meiner Macht, Ihren Mandanten wieder freizulassen. Also hatte ich gar keine andere Wahl, als im Eilverfahren zu entscheiden, dass die Kinder in die Obhut des Jugendamtes kommen.«
Normalerweise bin ich geneigt, sinnvolle Argumente zu akzeptieren. Hier störte mich jedoch, dass der Richter Recht hatte mit dem, was er sagte. Darum wechselte ich das Thema.
»Was passiert ist, lässt sich ohnehin nicht ändern. Wir machen alle mal Fehler. Wie geht es jetzt weiter? Wo kann mein Mandant seine Kinder abholen?«
Es klopfte an der Tür und herein trat eine Frau, etwa Mitte vierzig, blonde Dauerwellen, ziemlich verzottelt, rundes, leicht gequollenes Gesicht, mittelgroß, füllig gebaut. Sie trug, was Frauen ein Kostüm nennen, also Minirock und Jackett in anthrazit mit Nadelstreifen, dazu eine weiße Bluse, die sie beachtlich ausfüllte. Markant an ihr war vor allem die Handtasche, deren überdimensionale Größe darauf schließen ließ, dass sie permanent ihren gesamten Hausstand mit sich führte.
»Hallo, Frau Detmold«, grüßte der Richter freundlich.
»Bin ich zu spät?«, erwiderte sie ohne jegliches Schuldbewusstsein, während sie zu einem freien Stuhl tippelte.
»Die Sitzung hat bereits vor einer Viertelstunde begonnen.«
»Oh, tut mir leid. Ich habe keinen Parkplatz gefunden.«
Sie versuchte umständlich, ihren Autoschlüssel in einem der etwa tausend Fächer ihrer Handtasche zu verstauen. Der Richter wartete geduldig.
»Darf ich mal fragen, was die Frau hier macht?«, meldete ich mich zu Wort.
»Das ist Frau Susanne Detmold, die Verfahrensbeiständin. Sie vertritt die Interessen der Kinder.«
»Welcher Kinder? Doch wohl nicht der meines Mandanten?«
»Selbstverständlich. Welcher denn sonst?«
»Ich bin gewissermaßen die Anwältin der Kinder und mir geht es ausschließlich um das Kindeswohl«, sagte die Detmold und lächelte mich an. Sie schien ein notwendiges Übel in diesem Prozess zu sein, weil das Familienrecht eben viele Verfahrensbeteiligte künstlich produziert. Gefährlich

war und blieb allein die Marzahn-Eibeck. Mit der Detmold würde ich keine Probleme bekommen, die war eher von der naiven Sorte.
Während die Verfahrensbeiständin geräuschvoll in ihrer Handtasche wühlte, wo sie Block und Stift suchte, leitete ich die Verhandlung zum eigentlichen Thema über.
»Reden wir doch mal Klartext: Wann und wie bekommt mein Mandant seine Kinder zurück?«
Eleonore Marzahn-Eibeck mischte sich ein. »Vielleicht dürfte ich aus Sicht des Jugendamtes etwas beitragen.«
»Nein, dürfen Sie nicht«, sagte ich.
»Doch, darf sie sehr wohl!«. Richter Christ wurde erstmals lauter.
Ich erwog, ihn zu provozieren und dann mit einem Befangenheitsantrag aus dem Verfahren zu schießen, aber leider versuchte er schon wieder mäßigend zu wirken.
»Schalten Sie doch einfach mal einen Gang zurück, Herr Rechtsanwalt und lassen Sie uns wie vernünftige Menschen über diese Sache reden. Es will hier ganz bestimmt niemand Ihrem Mandanten schaden, aber unsere Aufgabe ist es nun einmal, das Kindeswohl zu wahren.«
»Ich finde auch, dass das Kindeswohl im Mittelpunkt stehen sollte«, meldete sich die Detmold, wurde aber vom Richter übergangen.
»Ich erteile jetzt dem Jugendamt das Wort und Sie unterbrechen gefälligst nicht, Herr Anwalt. Bitte sehr, Frau Marzahn-Eibeck.«
Die Angesprochene richtete sich etwas auf. Ich betrachtete sie einmal von oben bis unten. Nicht zum ersten Mal verwunderte mich ihr verhärmtes Gesicht. Sie erstattete ihren Bericht mit salbungsvoller Stimme, wobei es ihr bei jedem Blick in unsere Richtung gelang, meine Person völlig zu übersehen, zugleich aber Michael mit geheucheltem Verständnis für seine Situation anzuschauen.
»Es geht hier um die Kinder Maureen, 7 Jahre alt, Patrick, 5 Jahre alt und Tim, 3 Jahre alt. Die Mutter war nach einem schweren Unfall am 7. September des vergangenen Jahres zunächst stationär in einer Klinik, seit Jahresbeginn befindet sie sich in der Rehabilitation. Schon kurz nach dem Unfall erhielten wir von der Kindertagesstätte der beiden Söhne vermehrt Hinweise auf eine zunehmende Verwahrlosung der Kinder. Der Vater soll sich kaum in der Kita gezeigt haben. Gebracht und abgeholt wurden Patrick und Tim überwiegend von Maureen, teilweise auch vom Anwalt der Familie.«
Richter Christ schaute mich irritiert an. »Von Ihnen, Herr Dexheimer?«

»Ist das etwa verboten?«
»Nein, nur ungewöhnlich.«
»Ich habe da jetzt Bedenken wegen des Kindeswohls«, rief die Detmold dazwischen.
Richter Christ nickte der Jugendamtstante zu: »Fahren Sie bitte fort, Frau Marzahn-Eibeck.«
»Am 18. Dezember des vergangenen Jahres wurde der Vater inhaftiert wegen des Verdachts, den Unfall der Kindesmutter in Tötungsabsicht herbeigeführt zu haben.«
Ich schlug mit der Hand auf den Tisch. »Noch gilt in diesem Lande die Unschuldsvermutung! Ich verbitte mir diese Vorwürfe. Mein Mandant hat mit dem Unfall nichts zu tun.«
»Das ist nicht gut für das Kindeswohl«, sagte Frau Detmold.
Die Marzahn-Eibeck schaute zum Richter, der winkte nur ab. »Fahren Sie einfach fort.«
»Anlässlich der Inhaftierung des Vaters wurden die Kinder von uns übernommen. Maureen und Patrick befinden sich derzeit in einer Einrichtung der Jugendhilfe. Tim wurde in einer Pflegefamilie untergebracht. Dort haben sich Hinweise auf eine Misshandlung des Kindes durch seinen Vater ergeben. Zwecks Abklärung dieser Vorwürfe habe ich im Vorfeld des heutigen Termins mehrfach versucht, ein Gespräch mit dem Vater zu führen, was aber jedes Mal abgelehnt wurde. Aus Sicht des Jugendamtes wäre bei einer Rückführung der Kinder in die Familie das Kindeswohl gefährdet.«
»Dann habe ich auch Bedenken wegen des Kindeswohls.« Das Echo der Detmold kam prompt.
»Danke für diesen ausführlichen Bericht«, sagte Richter Christ. »Ich hätte dazu jetzt doch einige Fragen an Sie, Herr Schneider.«
»Wir werden uns dazu nicht äußern«, beharrte ich.
»Doch. Natürlich werde ich mich äußern.« Michael fiel mir tatsächlich in den Rücken. Die Marzahn-Eibeck warf mir einen gehässigen Blick zu.
»Warum haben Sie denn nicht mit dem Jugendamt kooperiert?«, fragt der Familienrichter.
»Die hat mich ein paar Mal angerufen, um ein Treffen zu vereinbaren. Da hatte ich aber keine Zeit. Ich kann nicht einfach tagsüber mal in die Stadt fahren zum Kaffeetrinken.«
»Auch nicht, wenn es um Ihre Kinder geht?«
»Der Vater muss doch das Kindeswohl sehen«, warf die Detmold ein.
Michael wandte sich an den Richter. »Was hat das mit meinen Kindern zu

tun? Ich habe doch überhaupt nichts gemacht.«
»Nach dem Bericht, den wir soeben gehört haben, steht der Verdacht der Kindesmisshandlung im Raum.«
»Was für ein Quatsch!«. Michael verschränkte die Arme vor der Brust und ließ sich gegen die Stuhllehne zurückfallen, die verdächtig knarrte. »Wer erzählt so etwas?«
Die Detmold räusperte sich. »Aus der Sicht des Kindeswohls ...«
»Vielleicht sollte man diese Vorwürfe mal präzisieren«, schaltete ich mich ein. »Was konkret soll denn wann und wo genau passiert sein? Wenn das Jugendamt so eine Anklage erhebt, muss es die Taten auch hinreichend präzisieren.«
»Wir reden nicht über eine Anklage, sondern um Kleinkinder, da können Sie keine kalendergenauen Angaben erwarten«, erwiderte der Richter. »Aber etwas mehr an Fakten wäre schon hilfreich. Worum geht es denn bei diesen Hinweisen auf Misshandlungen, Frau Marzahn-Eibeck?«
Die Tante vom Jugendamt blätterte aufgeregt in ihrem Schnellhefter. »Soweit mir bekannt ist«, formulierte sie ausweichend, »soll der Vater das Kind Tim geschlagen haben.«
»Geschlagen!?« Michael brauste auf. »Eine Ohrfeige. Eine einzige Ohrfeige und das mitten in der Hektik der Weinlese.«
Ich rammte ihm den Ellenbogen in die Rippen, die Detmold schnappte nach Luft und faselte etwas von Kindeswohl. Der Kindesvater ließ sich nicht bremsen. »Herr Richter, ich gebe zu, dass mir einmal die Hand ausgerutscht ist. Aber meine Frau ist seit über vier Monaten im Krankenhaus. Ich habe einen Betrieb zu führen und mich um drei Kinder zu kümmern. An dem besagten Tag kam Timmy in den Keller und hat alle möglichen Dinge angefasst. Ich habe ihm mehrfach gesagt, er solle das nicht tun. Trotzdem hat er weitergemacht und am Ende lag ein neues Refraktometer kaputt auf dem Boden. So ein Gerät kostet rund 250 Euro. Da kann einem doch wohl mal die Hand ausrutschen.«
»Ein Refaktowas?«, fragte Richter Christ.
Eleonore Marzahn-Eibeck plusterte sich auf. »Da sehen Sie, wie es läuft, Herr Richter. Der Mann ist überlastet. Die Kinder erfahren keine Betreuung mehr und spielen offensichtlich im Betrieb mit all diesen gefährlichen Geräten.«
»Was soll denn an einem Refraktometer gefährlich sein?«, fragte ich. »Jedes Kind, das so ein Gerät in die Finger bekommt, benutzt es automatisch als Fernrohr.«

»Aber es gibt in einem Weingut auch sehr große Geräte. Da können sich Kinder sicher auch die Finger quetschen oder sonst wie verletzt werden. Stellen Sie sich nur einmal vor, das Kind wäre in eine Maschine gefallen und hätte dabei ein Bein verloren oder sogar einen tödlichen Unfall erlitten.«
»Dann wäre aber das Kindeswohl gefährdet«, kommentierte die Verfahrensbeiständin.
»Die spinnt doch total, diesen Unsinn höre ich mir nicht länger an.« Michael sprang auf, um zu gehen.
Ich zerrte an seinem Ärmel. »Bleib hier und setz dich.«
»Es fehlt ihm an Impulskontrolle«, diagnostizierte die Jugendamtstante.
Ich schaute die Detmold an. »Ihr Einsatz«, rief ich. Sie lächelte freundlich.
Richter Christ beschwichtigte. »Ich kenne mich jetzt mit der Weinherstellung nicht so genau aus. Gibt es denn dort überhaupt Maschinen, von denen eine Gefahr ausgehen kann für Kinder?«
»Ich lade Sie gerne zu einer Betriebsbesichtigung mit anschließender Weinprobe ein«, schlug ich vor. »Dann können wir die Sache vielleicht in eher entspannter Atmosphäre besprechen.«
»Der mögliche Alkoholismus des Vaters ist ein weiteres Problem, welches aus Sicht des Jugendamtes einer Klärung bedarf«, schob die Marzahn-Eibeck schnell ein. »Letztlich hält das Jugendamt ein Gutachten für erforderlich. Ich schlage Dr. Schellhorn als Sachverständigen vor. Ein Vorgespräch wurde bereits geführt, er wäre in der Lage, das Gutachten zeitnah zu erstatten.«
»Das halte ich aus der Sicht des Kindeswohls für wichtig«, bestätigte die Detmold.
Michael, der sich noch immer nicht gesetzt hatte, riss sich von mir los. »Ich gehe, bevor ich die umbringe.« Er schritt zur Tür.
»Herr Schneider, Sie setzen sich jetzt sofort wieder hin«, rief der Richter.
»Michael bleib hier!«, donnerte ich dazwischen.
»Der Mann hat offenbar ein Gewaltproblem. Würde mich nicht wundern, wenn er seiner Frau tatsächlich etwas angetan hätte«, kommentierte die Marzahn-Eibeck schnippisch und ihre Steigbügelhalterin assistierte. »Für das Kindeswohl ...«
Dann krachte die Tür ins Schloss, mein Mandant hatte den Saal verlassen. Der Familienrichter griff völlig ungerührt zum Mikrofon, um einen Vermerk über die Verhandlung zu diktieren. Eleonore Marzahn-Eibeck grinste mich triumphierend an. Als der Satz »Ich gehe, bevor ich die umbringe«

auf Band gesprochen wurde, hob sie warnend den Zeigefinger.
»Und diesem Mann wollen Sie Kinder anvertrauen?«, fragte sie vorwurfsvoll in meine Richtung.
»Eher ihm als Ihnen«, antwortete ich und erhob mich ebenfalls.
Richter Christ war die Ruhe selbst. »Ich werde mir die Sache durch den Kopf gehen lassen und dann entscheiden«, erläuterte er pflichtgemäß. »Wollen Sie noch schriftlich vortragen? Brauchen Sie eine Frist, Herr Rechtsanwalt?«
»Sie hören von mir«, verkündete ich nur mit drohender Stimme beim Hinausgehen. Darüber, wie in solch einer Situation zu reagieren war, hatte ich bei meiner Kurzrecherche im Internet direkt vor dem Termin leider nichts gelesen.
Familienrecht mag Gedöns sein. Aber es hat offenbar auch einige wenige rechtliche Aspekte. Die Zeit für eine gründlichere Einarbeitung schien gekommen.
Beim Verlassen des Gerichtsgebäudes traf ich auf den Mandanten, der draußen wartete.
»Was war das?«, fragte er vorwurfsvoll.
»Das war ein Familiengerichtsprozess.«
»Der Richter war ziemlich überrascht, dass du in solchen Verfahren auftrittst. Kann es sein, dass du überhaupt keine Ahnung hattest von dem, was da drinnen ablief?«
»Meine Taktik ist nicht ganz aufgegangen, was nicht zuletzt daran lag, dass du mir in den Rücken gefallen bist. Wenn ich dir das nächste mal rate, keine Angaben zu machen, solltest du dies dringend beherzigen.«
»Es wird kein nächstes Mal geben.«
Der Entschluss des Mandanten traf mich so unvermittelt, dass ich ihn zunächst völlig falsch verstand. »Du willst nicht weiter um die Kinder kämpfen?«, fragte ich verwirrt.
Sein entschlossener Blick belehrte mich eines Besseren. Mir war soeben das Mandat entzogen worden. Maureen, Patrick und Timmy galten meine ersten Gedanken. Die Vorstellung, jetzt nichts mehr mit ihnen zu tun zu haben, machte mich sprachlos, unfähig zu antworten. Doch ganz so dramatisch war es nicht.
»Ich möchte, dass du dich voll und ganz auf den Strafprozess konzentrierst«, sagte Michael. »Außerdem solltest du mir künftig sagen, wenn du von etwas keinen Plan hast. Wir müssen einen Anwalt engagieren, der dieses Rechtsgebiet perfekt beherrscht.«

»Von einem Rechtsgebiet zu sprechen ist eine Übertreibung. Familiensachen sind keine angewandte Rechtswissenschaft.«
»Was willst du damit sagen?«
»Ein Strafprozess folgt klaren Regeln, Parteien haben Rechte, die durchgesetzt werden können und müssen. Vor dem Familiengericht spielen sie im Prinzip nur Ringelpiez mit Anfassen. Das ist alles ein großer Brei aus blablabla und blubbblubb. Jeder darf mal etwas sagen, alle wollen nett sein, schon das Lauterwerden in der Stimme gilt als Affront. Wer die Worte Rechthaben oder Anspruch benutzt, disqualifiziert sich damit selbst. Man sollte diese Verfahren komplett den Sozialpädagogen überlassen. Nicht, weil die es besser könnten, sondern weil die gar nichts können. Herumsitzen, von Harmonie träumen, die Welt verbessern wollen, das ist das Wesen eines familiengerichtlichen Verfahrens.«
Der Mandant reagierte grimmig. »Das ist genau die Einstellung, mit der du es heute verdorben hast. Meine frühere Anwältin war da besser.«
»Eine frühere Anwältin? Ich dachte, das Verhältnis zwischen dir und deiner Frau sei völlig unproblematisch.«
»Ist es auch, aber bevor wir dieses Weingut gekauft haben, musste einiges vertraglich geregelt werden. Dazu haben wir damals auch familienrechtliche Vereinbarungen treffen müssen. Die Anwältin dazu wurde uns von der Landwirtschaftskammer empfohlen. Sie hat sich wohl auf solche Fragen spezialisiert.«
»Und wie fandest du sie?«
»Nicht unattraktiv.«
»Idiot, so meinte ich das nicht. Wie war sie deiner Meinung nach fachlich?«
»Sie konnte sich so kompliziert ausdrücken, dass ich am Ende nichts mehr verstand.«
»Und das ist für dich ein Grund, diese Anwältin zu empfehlen?«
»Nein. Aber sie war auch beim Notartermin dabei. Dort konnte ich feststellen, dass sie zumindest mehr Ahnung von der Materie hatte, als der Notar selbst. Während des Termins wurden auf ihren Vorschlag hin etliche Änderungen in die Urkunde aufgenommen. Das war sehr beeindruckend.«
»Klingt schon besser. Wie heißt diese Wunderfrau?«
Michael zögerte, bevor er etwas unwillig antwortete. Ein Anflug von Erröten lag auf seinen Wangen. »Sie heißt Bea.«
»So, so. Hat die Kollegin Bea auch einen Nachnamen?«
»Da kann ich mich momentan nicht dran erinnern. Ihre Kanzlei ist in Bingen, irgendwo am Rheinufer. Dort wo diese neuen Häuser stehen.

Kümmere dich bitte darum. Und nun muss ich zurück in meinen Weinkeller. Hier wurde heute viel Zeit verschwendet. So etwas kann ich mir nicht leisten.«

»Du hörst von mir«, verabschiedete ich ihn und tippte eine Textnachricht in mein Smartphone. Den Rest erledigte Kerstin.

Endlich wieder nur der Strafverteidiger zu sein, beflügelte mich. Das Familiengedöns hätte ich besser nie übernommen. Unzufrieden war ich damit, den Fall einer ominösen Kollegin zu überlassen, von der ich nie gehört hatte. Daher trieb ich mich ein wenig in den Fluren und dem Café des Gerichts herum, wo ich Kollegen nach Empfehlungen befragte.

Kein leichtes Unterfangen. Es gibt Spezialgebiete, in denen sich echte Koryphäen einen legendären Ruf erarbeitet haben. Aber der Anwalt, den ich suchte, musste sich nicht in einem abseitigen Fachgebiet hervorgetan haben, sondern etwas völlig Alltägliches beherrschen: Die Kunst, einem Vater seine Kinder zurückzugeben.

Familienrecht macht nahezu jeder Anwalt. Spätestens wenn sich zwei oder mehr zur gemeinsamen Berufsausübung zusammentun, bezeichnet sich einer als Familienrechtler. Alle Kollegen, die ich um Rat fragte, empfahlen daher sich selbst oder Anwälte aus ihrer Kanzlei. Das half mir nicht weiter. Recherchen im Internet lieferten mir zumindest Hinweise darauf, wen ich nicht nehmen würde, und zwar diejenigen mit den aufwändigsten Webseiten, den schärfsten Hochglanzfotos und den vollmundigsten Versprechungen.

Kerstin hatte mittlerweile geliefert, denn auf dem Display meines Telefons prangte der Name Beatrix Kaiser, dazu eine Adresse in Bingen. Ich entschied mich für einen Berater, der sich stets bewährt hatte, wenn Insiderinformationen benötigt wurden: Onkel Lucius. Kein mir bekannter Sterblicher unterhielt ein weiter verzweigtes Netzwerk an Kontakten als der Patriarch unserer Familie. Kaum hatte ich ihn am Telefon, bewies er, dass er in der Stadt Gras wachsen und Flöhe husten hörte.

»Hallo Julius, was treibst du denn für Sachen? Seit wann interessiert dich das Familienrecht?«

»Ich wollte einem Mandanten aus der Patsche helfen.«

»Da sitzt er aber jetzt erst richtig drin. Was hast du eigentlich mit diesem Michael Schneider zu tun? Der Mann hat eine seltsame Auffassung von Wein. Er produziert doch am Markt vorbei.«

»Seine Weine sind außergewöhnlich, das stimmt. Doch er wird seine Käufer finden, davon bin ich überzeugt.«

Wir plauderten etwas über die Marketingkonzepte der nachwachsenden Winzergeneration. Dann kam ich zum Grund meines Anrufes.
»Lucius, du bist doch sicher in irgendeinem Altherren-Club.«
»Altherren-Clubs sind nicht mehr zeitgemäß. Heutzutage geht nichts mehr ohne Frauen.«
»Ja, aber es gibt doch immer noch solche Wichtigtuer-Vereine, diese Rotarys, Lions oder wie immer die heißen?«
»Du brauchst mal wieder Kontakte, stimmt's?«
»Eigentlich brauche ich einen Anwalt.«
»Einen Anwalt?«, Lucius lachte schallend auf. »Das ist nun wahrlich dein Metier. Wie sollte ich dir da behilflich sein?«
»Ich suche einen gewieften Familienrechtler.«
»Für die Schneider-Sache?«
»Exakt. Kennst du zufällig einen Scheidungsrichter? Ein Anwalt, den die Scheidungsrichter empfehlen, der wäre der Richtige.«
»Ich kenne natürlich einige Richter«, Lucius tat gerne bedeutungsvoll. »Zufällig tagt heute Abend die Casino-Gesellschaft. Dort treffe ich sicher auf geeignete Ratgeber. Du hörst von mir.«
Spät abends meldete Lucius sich zurück. Entgegen seiner Gewohnheit rief er nicht an, um ausführlich zu berichten, wie er über wen an welche Informationen gelangt war. Die Empfehlung eines herausragenden Familienrechtlers war für ihn offenbar keine anspruchsvolle Aufgabe, er sandte eine schlichte SMS: Beatrix Kaiser. Nur dieser Name, mehr nicht. Aber das reichte, die Entscheidung war gefallen.
Beim morgendlichen Espresso überlegte ich, wann ich sie anrufen würde. Nach meinem Berufsverständnis hat eine Anwaltskanzlei ab 7.30 Uhr morgens erreichbar zu sein. Bei Beatrix Kaiser hob um diese Zeit niemand ab. Ich las die Tageszeitung bei einem weiteren Espresso, beobachtete Vögel beim dritten Espresso des Tages. Die Meisen, Amseln und Rotkehlchen zeigten sich schon in der Morgendämmerung aktiv. Es war ein festes Ritual, morgens den Wildvögeln zuzuschauen, dabei gedanklich meinen Tag zu planen.
Gegen 8.30 Uhr versuchte ich es erneut erfolglos, erst um 9.30 Uhr hob jemand ab: »Kaiser.«
Die Stimme kam mir bekannt vor. Sie weckte Erinnerungen, die sich nicht zuordnen ließen, so wie ein Wein, bei dem man bisweilen zurückdenkt an längst vergangene Epochen.
»Dexheimer. Guten Morgen, Frau Kollegin.« Schweigen am anderen Ende.

»Hallo?«, sagte ich.
Beatrix Kaiser schien nicht ganz wach zu sein. Sie reagierte etwas träge.
»Julius Dexheimer? Der Rechtsanwalt?«
»Jawohl.«
Erneut entstand eine kurze Pause, in der sie ihre Gedanken ordnete. Dann schien sie die Situation allmählich zu realisieren. Fortan führte sie das Gespräch professionell.
»Was kann ich für Sie tun, Herr Kollege?«
»Ich möchte Ihnen ein Mandat antragen.«
»Worum geht es?«
In wenigen Sätzen schilderte ich das Problem. Die von mir vermasselte Anhörung vor dem Familiengericht verschwieg ich.
»Das könnte ein Fall für mich sein. Ich arbeite viel in der Grauzone zwischen dem Familien- und dem Strafrecht«, antwortete die Kollegin.
»Sie machen Strafsachen? Üblicherweise kenne ich meine Kollegen, weil man sich bei Gericht begegnet oder Akten auf den Tisch bekommt, in denen sie ihre Spuren hinterlassen haben. Sie habe ich aber bisher weder im Sitzungssaal eines Strafgerichts gesehen, noch ist mir irgendwann ein Schriftsatz von Ihnen in einer Strafakte aufgefallen.«
»Spuren hinterlassen ... das haben Sie schön formuliert.« Ich meinte, sie am Telefon lachen zu hören. »Es ist doch merkwürdig, dass Strafverteidiger argwöhnisch darauf achten, niemals Details ihres Mandates preiszugeben. Sobald sie aber mandatiert sind, zeigen sie genau das, nämlich ihre Mandatierung, umgehend per Fax an. Ein widersprüchliches Verhalten, finden Sie nicht?«
»Wie sollte man denn anders vorgehen? Ich kann ja schlecht anonym tätig werden.«
Beatrix Kaiser ließ einen Seufzer hören. »Ich bin nicht so häufig in Strafsachen tätig wie Sie, Herr Kollege. Meine Tätigkeit ist, wenn überhaupt, ohnehin eher beratend im Hintergrund.«
»Wie verteidigt man denn im Hintergrund?«
»Indem ich nach außen nicht auftrete. Bisweilen werde ich aber im Vorfeld eines Verfahrens um Rat gefragt, zwecks Beurteilung des Falles oder Empfehlung geeigneter Verteidiger.«
»Mich haben Sie offenbar noch niemandem empfohlen«, bemerkte ich.
Die Kollegin kicherte in den Hörer. »Wissen Sie es?«
»Wie dem auch sei. Ich benötige eine Familienrechtlerin für meinen Mandanten.«

»Dann möge Ihr Mandant nächste Woche einen Termin mit meiner Kanzlei vereinbaren.«
»Nächste Woche?«
»Heute ist Samstag, mein Büro ist nicht besetzt.«
Es überraschte mich nicht, eine Kollegin samstags in der Kanzlei zu erreichen, auch ich arbeitete am Wochenende durch. Was mir Rätsel aufgab, war, weshalb sie ohne Sekretariat keine Termine vergeben konnte.
»Ich habe Ihnen soeben ein Mandat erteilt. Ist Ihnen das klar?«
»Bevor ich mit dem künftigen Mandanten nicht persönlich geredet habe, bleibt es eine Anfrage.«
»Dann schlage ich vor heute Abend im Weingut am Taubenschlag, Windesheim.«
»Führen Sie den Terminkalender Ihres Mandanten?« Sie wirkte belustigt.
»Er arbeitet rund um die Uhr. Es geht nur abends.«
»Aber nicht in seinem Weingut. Ich laufe meinen Mandanten nicht hinterher.«
»Ihr Kanzleisitz ist in Bingen. Das bedeutet Zeitaufwand. Herr Schneider würde es bevorzugen und natürlich auch entlohnen, wenn Sie zu ihm kämen.«
»Was bedeutet entlohnen? Fahrtkosten oder Stundenhonorar?«
»Stundensatz ab Abfahrt von Ihrer Kanzlei.«
Jetzt durfte sie sich gerne als harte Verhandlerin fühlen, aber die Fahrtzeit betrug etwa 15 Minuten. Davon wurde sie nicht reich und mein Mandant nicht arm.
»Heute Abend habe ich aber keinen Termin mehr frei.«
»Die Sache eilt!«
»Mag sein, doch es ist Wochenende.«
»Dann Montagabend.«
»Montag, der 21. Januar? Da befinde ich mich auf der Geburtstagsfeier eines guten Bekannten. Der Termin ist nicht mehr frei.«
Die Art, wie sie diesen »guten Bekannten« erwähnte, irritierte mich. Ich stellte mir die Frage, ob sie mit irgendwem liiert war, und nicht nur das, ich wünschte mir sogar, sie wäre es nicht.
»Dienstagabend?«
Tag um Tag lehnte sie ab, wobei unklar blieb, ob sie berufliche oder private Termine hatte. Letztlich war dies auch egal bei einer Kollegin, die nicht bereit war, persönliche Interessen hinter dienstliche Erfordernisse zurücktreten zu lassen. Für mich ein befremdliches Verhalten.

»Der 25. Januar ist abends noch frei«, hörte ich sie endlich sagen.
»Bestens, dann halten wir fest den 25. Januar im Weingut Schneider.«
»Nein, in meiner Kanzlei natürlich.«
»Aber Sie sagten doch vorhin ...«
»Ich sagte nicht, ich fragte. Rein Interesse halber.«
Nach kurzem Ringen war klar, dass sie nicht zu dem Mandanten fahren würde. Ich schickte eine Nachricht an Kerstin, um den Termin notieren zu lassen. Anschließend betrachtete ich wieder die Vögel, wobei ich über Beatrix Kaisers Stimme nachdachte. Ich war davon überzeugt, diese Frau zu kennen. Kerstin erhielt darum eine weitere Mitteilung mit dem Auftrag, alles herauszufinden, was es von der Kollegin Kaiser zu wissen gab. Doch sie blieb erfolglos. Mehr als nichtssagende Interneteinträge über den ein oder anderen Prozess konnte sie nicht ermitteln.

Obwohl Michael Schneider fast Tag und Nacht arbeitete, um seinen Betrieb am Laufen zu halten, ließ er nicht locker, soweit es seine Kinder betraf. Vor seiner Verhaftung hatten wir häufig über seine Nachlässigkeiten bei der Kinderbetreuung gestritten. Jetzt da es zu spät war, rief er mich mehrmals täglich an. Er hoffte auf Neuigkeiten, die es nicht zu vermelden gab.
Es waren seltsame Momente, diese Anrufe. Ich stellte mir vor, wie er permanent schuftete, sei es in Keller, Weinbergen oder Büro. Dann sah ich ihn vor mir, wie er eine kurze Pause einlegte, Leere in ihm aufstieg, die Abwesenheit seiner Familie ihm bewusst wurde und er bei mir anrief. Oder waren seine Anrufe das Verlangen nach menschlicher Nähe, der Wunsch, mit irgendeinem Menschen sprechen zu können, eine versteckte Einladung, ihn wieder einmal zu besuchen? Seit Jahresbeginn hielt ich mich fern vom Weingut am Taubenschlag. Zu trist erschien mir seine Situation, zu verloren dieser einsame Vater ohne Frau und Kinder. Doch es gab noch etwas zu klären, weshalb ich ihn an jenem Samstag spätnachmittags aufsuchte.
Ich traf ihn im Weinkeller an, dort wo dieser Fall seinen Anfang genommen hatte.
»Fass Nr. 13, bitte«, begrüßte ich ihn.
»Hallo, Julius. Gibt es Neuigkeiten?«
»Schenk mir zuerst einmal ein.«
Mit dem Glas in der Hand ließ sich besser reden, vor allem Klartext, der jetzt von Nöten war. Nachdem ich geendet hatte, zapfte er sich ebenfalls vom Fass. Dann offenbarte ich ihm mein Wissen bezüglich seiner Frau

und Molter.
»Du bist ganz sicher?«, antwortete er nur.
»Sie hat es nicht bestritten. Außerdem warst du selbst dabei, damals, bei meinem ersten Besuch in ihrem Krankenzimmer. Hattest du nicht sofort einen Verdacht gegen Frankie?«
»Jetzt wird mir manches klar.«
Er schwenkte sein Glas, bis der Wein darin zirkulierte, roch hinein, schloss die Augen. »Deshalb galt ihr der Anschlag.«
Ich tat ihm gleich, leider ohne die entsprechende Erkenntnis. Aus dem Frühburgunder hatte er das nicht gefolgert.
»Was sagtest du?«, erkundigte ich mich.
»Sweetwine. Sie hat es verraten.«
Eine prickelnde Theorie begeistert mich stets, der Weingarten im Hunsrück hatte aber nichts Prickelndes. Ich ignorierte die Bemerkung, der Winzer spann seine Gedanken fort.
»Es muss eine geheime Vereinbarung geben, wonach das Land im Falle ihres Todes an die WINE GmbH fällt und nicht an mich als Graziellas Erben. Diese Vereinbarung ist der sichere Beweis meiner Unschuld. Du musst diesen Vertrag für mich finden, Julius.«
»Das würde bedeuten, dass deine Frau dich bewusst zu Unrecht belastet.«
»Nein, so ist es nicht. Sie sieht die Zusammenhänge nicht.«
»Was macht dich so sicher, dass es eine Geheimvereinbarung gibt?«
»Der letzte Kredit der WINE GmbH ist geflossen, ohne dass ich dafür unterschreiben musste. Den hat sie allein mit Molter eingefädelt. Folglich muss sie die Kreditsicherheit geleistet haben. Das Einzige, was sie besitzt, sind aber die Pachtrechte für Sweetwine.«

Am vierten Freitag im Januar traf ich den Mandanten vor der Kanzlei der Kollegin Kaiser. Wir waren getrennt nach Bingen gefahren, weil ich die gemeinsame Autofahrt mit ihm vermeiden wollte. Ich fahre fast nie mit Klienten in einem Auto. Sie haben Anspruch auf einen motivierten Anwalt. Es verdirbt mir aber die Stimmung, schweigend neben ihnen zu sitzen oder, was noch schlimmer ist, Small Talk halten müssen.
Das Kanzleischild der Kollegin war schlicht. Eine messingfarbene Metallplatte mit schwarz eingestanzten Buchstaben. Die hatten es in sich:

Rechtsanwältin
Beatrix Kaiser, LL.M
Fachanwältin für Familienrecht
Diplom-Psychologin
Anerkannte Systemaufstellerin (DGfS)
Systemische Familienberaterin
Mediatorin (DAA)
AG Familienrecht im DAV
AG Anwältinnen im DAV

Bevor mein Name ein solches Schild zierte, wollte ich ihn lieber auf einem Grabstein sehen. Bisher stand für mich der Wirtschaftsanwalt auf der untersten Stufe der Anwaltshierarchie. Angesichts dieses Kanzleischildes stiegen die gelackten, hochtrabenden, Bankenkauderwelsch sinnlos nachplappernden Kollegen von der wirtschaftsnahen Zunft in meinem Ansehen.
Michael war unvoreingenommener. Er beachtete das Schild gar nicht, trat ein und strebte zielsicher zum Empfang. Erst auf den letzten Metern gelang es mir, mich vor ihn zu drängen.
»Guten Tag, Dexheimer mein Name.«
Die Sekretärin schaute mit großen Augen auf. Mehr geschah nicht.
»Rechtsanwalt Dexheimer«, betonte ich.
Sie verzog keine Miene. »Was kann ich für Sie tun?«, meinte sie nur knapp.
»Ich möchte die Kollegin Kaiser sprechen.«
»Haben Sie einen Termin?«
»Wäre ich sonst hier?«
Sie lächelte. »Nicht jeder vereinbart seinen Termin telefonisch. Manche kommen auch persönlich hierher zu diesem Zweck.«
»Ok. Aber ich habe mich vorher angemeldet und meinen Termin direkt mit der Kollegin vereinbart.« Dabei hob ich das Wort »Kollegin« demonstrativ hervor.
Die Sekretärin schaute gelassen in ihren PC, ins Terminbuch, und wieder in den PC.
»Ich fürchte, hier liegt ein Missverständnis vor«, erklärte sie, zwar freundlich, aber ohne eine Spur von Panik, die bei ihr in solchen Situationen aufkommen sollte. Ich überlegte, wie Kerstin reagiert hätte.
»Und nun?«, fragte ich provokant.
»Ich kann Ihnen gerne einen Termin machen.«

»Das ist nicht Ihr Ernst, oder?«
Wieder schaute sie schweigend mit großen Augen. Das schien eine Masche von ihr zu sein.
»Ich erkläre es nochmal ganz in Ruhe. Ich, Rechtsanwalt Julius Dexheimer, habe mit Ihrer Chefin für jetzt und heute einen Besprechungstermin persönlich vereinbart. Hätten Sie daher nun die Güte, mich anzumelden.«
»Ich habe das durchaus schon beim ersten Mal verstanden, aber Frau Kaiser hat genau für jetzt und heute einen anderen Termin persönlich eingetragen.«
»Mit wem?«
»Erwarten Sie ernsthaft, dass ich Ihnen das verrate?«
»Vielleicht mit einem Herrn Schneider?« Michael war hinter mir hervorgetreten und blinzelte der Sekretärin zu.
Die wirkte interessiert. »Sind Sie Herr Schneider?«
»Wir gehören zusammen«, beharrte ich.
»Dann wäre unser kleines Problem ja gelöst«, stichelte sie. »Dort drüben die offene Tür führt ins Besprechungszimmer. Sie können Platz nehmen.«
Mit einer freundlichen Geste wies sie den Weg, nickte Michael freundlich zu und ignorierte mich. Der Mandant eilte voraus, ich entdeckte im selben Augenblick eine Überwachungskamera an der Wand hinter der Empfangstheke.
»Wird hier etwa gefilmt?«, fragte ich.
Die Sekretärin dreht sich um zur Kamera. »Wonach sieht es denn aus?«
»Das sieht verdammt nach einer Kamera aus.«
»Dann haben Sie Ihre Frage wohl soeben selbst beantwortet.«
»Sie filmen heimlich Ihre eigenen Mandanten?«
»Heimlich wohl kaum. Sie haben es doch sofort bemerkt.«
»Aber nur, weil ich ein Gefühl für so etwas habe. Ich spüre es, wenn ich überwacht werde.«
»Sie spüren es?« Sie schlug mit demonstrativer Langeweile den Terminkalender zu. »Der Empfangsbereich wird aufgezeichnet. Ohne Ton. Die Aufzeichnung wird täglich überspielt.«
»Und wozu soll das gut sein?«
»Es sehen nicht alle hier so harmlos aus wie Sie.«
Ob sie mich soeben beleidigt hatte, ließ sich nicht mehr klären, denn nun öffnete sich eine Tür am Ende des Flures. Heraus kam eine Frau im Alter von etwa Mitte 30, hochgewachsen, blaugraue Augen, schulterlange dunkelbraune Haare, Locken oder Dauerwellen. Ähnlich wie Susanne

Detmold trug sie die klassische weibliche Businesskleidung, anthrazitfarbener Minirock, weiße Bluse, hochhackige Schuhe. Nur wirkte das bei ihr völlig anders, nämlich elegant, kompetent, souverän. Ich fixierte ihre langen Beine, ließ den Blick an ihr hochwandern und sah sie lässig mit federndem Schritt auf mich zuschreiten. Die Frau hatte Klasse.
»Kaiser mein Name, Sie müssen der Kollege Dexheimer sein.«
Wieder diese Stimme, die ich sicher kannte, dazu ein Parfum, das dezent nach schwarzen Rosen duftete. Ich erwiderte ihren Händedruck, sie schritt weiter ins Besprechungszimmer, begrüßte den Mandanten.
»Möchte jemand einen Drink?«, fragte sie.
Es gibt Fremdworte, die haben in unserer Sprache seit jeher gefehlt, weil sie eine Kultur vermitteln, die in Deutschland nicht gewachsen ist. Der Drink gehört dazu. Er steht für eine gemütliche Geschäftlichkeit. Der in romanischen Sprachen gebräuchliche Aperitif ist auf ein nachfolgendes Essen bezogen. Das deutsche Feierabendbier gehört in die rein private Sphäre. Es hat nicht diese berufsbezogene Komponente. Wer einen Drink anbietet, eröffnet ein Gespräch, das anstrengend werden kann. Er möchte die Spannung herausnehmen aus einem Thema, das schwierig ist, aber eben geklärt werden muss.
Stefan George, ein Schriftsteller aus meiner Region hat einmal gesagt: »Wenn man alle Fremdwörter wegließe, bliebe viel Leeres ungesagt«. Das ist zweifelsohne wahr, sofern durch Fremdwörter nur deutsche Begriffe ersetzt werden. Bisweilen kennt das Leben aber feine Nuancen, für die das Deutsche keine passende Formulierung hat. Der Drink füllt solch eine sprachliche Lücke.
Ich wollte zusagen, Michael lehnte ab, damit war die Aussicht auf einen Drink gestorben. Kollegin Kaiser nahm Platz, um sich mit meinem Mandanten zu unterhalten. Ihre Gesprächsführung erschien mir uneffektiv. Sie ließ ihn ausschweifend erzählen, selbst wenn er weit vom Thema abkam. Ich hätte ihn sofort eingebremst und zum Kern der Sache zurückgeführt. Beatrix Kaiser hingegen schien alle Zeit der Welt zu haben. Ich fragte mich, ob es in dieser Kanzlei wohl Wein geben würde.
Nachdem der Mandant seine Situation unnötig ausführlich hatte schildern dürfen, stellte die Kollegin Fragen, die bei mir Zweifel weckten, ob sie vorher richtig zugehört hatte. Vieles von dem, was sie ansprach, war längst gesagt worden. Wozu benötigte sie die zahlreichen Details?
Dann lehnte sie sich zurück, überflog ihre umfangreichen Notizen, legte den Kugelschreiber ab und seufzte. »Das wird nicht einfach.«

Michael reagierte verwirrt. Durch das lange Vorgespräch hatte er Vertrauen aufgebaut. Nun wurden seine Hoffnungen mit einem Satz zerstört.
»Es kann doch kein Problem sein, dafür zu sorgen, dass ich meine Kinder wieder bekomme«, nörgelte er unwirsch.
»Wären Sie eine Mutter, würde ich Ihnen Recht geben. Aber Sie sind ein Mann, das ist schon ein Problem.«
»Verstehe ich nicht. Erklären Sie es mir.«
»Väterrechtler nennen es das ›Axiom der Guten Mutter‹.«
»Väterrechtler?«, warf ich amüsiert ein. »Unterscheidet man im Familienrecht etwa zwischen Väter- und Mütterrecht?«
»Nein, das Recht ist dasselbe für beide Elternteile. Im Gegensatz zur Mutter haben Väter vor Gericht aber keine Chance.«
»Verstehe ich nicht. Sie sagten doch eben, es gelte für jeden das gleiche Recht.«
»So ist es in der Theorie. In der Praxis ist nur die Mutter gut für das Kind. Frauen sind Mütter, Väter sind Täter. So einfach ist das.«
»Ich bin kein Täter«, protestierte Michael.
»Aus Sicht des Jugendamtes offenbar schon. Eine Ohrfeige ist heutzutage keine Bagatelle mehr.«
Dann befasste sie sich mit meiner bisherigen Tätigkeit.
»Was war das für ein Gerichtstermin, von dem Herr Schneider berichtet hat? Haben Sie ein Hauptsacheverfahren eingeleitet?«
»Äh ... ich habe das Jugendamt verklagt.«
»Soso. Was ich wissen möchte, ist, ob Sie gegen die Entziehung des Aufenthaltsbestimmungsrechts Antrag auf mündliche Verhandlung gestellt haben.«
»Wir wollen das Sorgerecht zurück.«
»Aber das ist doch noch gar nicht weg.«
»Doch, die Kinder sind im Heim.«
Beatrix Kaiser schnaufte. »Herr Kollege, wir haben hier eine Inobhutnahme des Jugendamtes und einen Beschluss des Familiengerichts im Eilverfahren, den Herr Schneider während seiner Haft erhalten hat. Beide Maßnahmen dienen letztlich dazu, den Aufenthalt der Kinder in die Zuständigkeit der Behörde zu übertragen. Meine Frage zielte darauf ab, ob Sie gegen die einstweilige Anordnung vorgegangen sind.«
»Mir ist nichts von einer einstweiligen Anordnung bekannt.«
Sie wechselte das Thema.
»Wer ist der zuständige Richter?«

»Ein Richter Christ.«
»Ach, William.«
»Heißt er so?«
»Er wird so genannt. Keine Ahnung, ob es ein Spitzname ist oder sein Vorname.«
»Klingt auf jeden Fall nach einem Trinker. So hat er gar nicht gewirkt auf mich.«
»Ist er auch nicht. Zumindest hat er – im Gegensatz zu manchen Anwälten – nicht diesen Ruf.«
Bei der letzten Bemerkung hatte sie mich kurz angezwinkert. Dann wurde sie wieder sachlich.
»Ich werde umgehend mündliche Verhandlung beantragen gegen die Entziehung des Aufenthaltsbestimmungsrechtes. Aber es wird schwierig, das betone ich nochmals.«
»Das kann doch nicht sein«, jammerte Michael. »Es geht doch um meine Kinder.«
»Seien Sie froh, dass Sie nur gegen das Jugendamt antreten müssen und nicht gegen die Kindesmutter. Wenn in Trennungsfällen die Eltern um die Kinder streiten, dann können Sie erst wirklich erleben, wie rechtlos Väter sind.«
Der Mandant schüttelte nur den Kopf, ich musste mehr wissen.
»Könnten Sie das etwas ausführen?«, bat ich.
Beatrix Kaiser schien auf diese Vorlage gewartet zu haben. »Umgangsvereitelung ist der heimliche Volkssport in diesem Land. Er wird von Müttern so brillant betrieben, dass die Gerichte kaum dagegen ankommen.«
»Aber es wird doch wohl möglich sein, Mütter zur Einhaltung richterlicher Vorgaben zu zwingen?«
Die Kollegin lächelte. »Familienrichter haben nur zwei Möglichkeiten, Druck auszuüben: Ordnungsgeld und Ordnungshaft. Das Ordnungsgeld kann regelmäßig nicht gezahlt werden. Beitreibungsversuche bleiben oft erfolglos.«
»Und Ordnungshaft?«
»Schadet dem Kindeswohl. Glauben Sie ernsthaft, ein Familiengericht würde anordnen, dass Gerichtsvollzieher und Polizei die Kindesmutter ins Gefängnis verfrachten, nur damit der Vater seine Kinder sehen kann?«
»Uns Strafverteidigern wirft man vor, durch zu engagierte Verteidigung den Strafanspruch des Staats – was immer dies auch sein mag – zu torpedieren. Ich wundere mich, dass die Öffentlichkeit nicht über das

Berufsverständnis von Familienanwältinnen diskutiert, die ihr Geld damit verdienen, den Umgang zwischen Vätern und Kindern zu verhindern.«
»Der Gesetzgeber hat es den Frauen da offensichtlich etwas zu leicht gemacht. Sie müssen heutzutage nur Gewalt behaupten, dann fliegt der Mann aus der Wohnung.«
»Jetzt übertreiben Sie aber.«
»Finden Sie?« Die Kollegin legte ihre Hand auf einen Aktenstapel, der zu ihrer Linken auf dem Schreibtisch lag. Sie blätterte kurz darin, als wolle sie gleich daraus vorlesen, entschied sich dann aber doch dazu, es bei einer Zusammenfassung zu belassen.
»Hier vertrete ich einen Vater, klein, schmächtig, Gewicht etwa wie ein Jockey beim Pferderennen. Seine Frau ist zwei Köpfe größer, knapp drei Zentner schwer und sitzt den ganzen Tag Zuhause herum. Über das Internet hat sie einen anderen kennengelernt, der gerade dringend eine neue Bleibe sucht. Sie fordert ihren Mann auf, das Haus zu verlassen, damit der Neue einziehen kann. Der Mann hat dies abgelehnt.«
»Hätte ich auch gemacht«, bestätigte ich. »Und dann?«
»Kurze Zeit später streiten sich beide im Bad darüber, wem das Schuppenshampoo gehört. Sie stolpert über das Badewannenspielzeug der Kinder, fällt und steht wieder auf. Keine Verletzungen, keine Zeugen, aber ein Handy, mit dem sie umgehend die Polizei ruft. Dabei wirft sie dem Mann Bedrohung und Körperverletzung vor. Die Polizei, hört sich das Ganze an, findet die Frau aber sehr unglaubwürdig.«
»Dann ist doch alles in Ordnung«, sagte ich.
Meine Kollegin hob den Zeigefinger. »Es reicht der Verdacht! Der erlaubt es der Polizei, einen Mann bis zu zehn Tage lang der Wohnung zu verweisen. Genau dies ist hier passiert.«
»Und weiter?«
»Die Frau beantragt die alleinige Zuweisung der Ehewohnung. Dies sei im Interesse der Kinder. Umgehend kommt das Jugendamt ins Spiel. Die telefonieren kurz mit dem Vater, mit den Kindern reden sie überhaupt nicht und sprechen sich dann dafür aus, der Mutter die Wohnung zu überlassen.«
»Nein!« Michael keuchte dazwischen.
Die Kollegin lächelte ihm kurz zu. »Doch«, erwiderte sie kalt. »Nach fachlicher Einschätzung des Jugendamtes sei die Rückkehr des Vaters ein widersprüchliches und zutiefst verunsicherndes Signal für die Kinder. Mit anderen Worten: Wenn der Papa schon mal von der Polizei geholt wurde,

kann man sich darauf verlassen, dass er nicht wiederkommt. Man nennt das ein instrumentalisiertes Gewaltschutzverfahren. Zwar wird von allen Seiten stets abgestritten, dass es so etwas gibt, aber in Bingen wirds gelingen. Und an etlichen anderen Amtsgerichten ebenso.«
»Cool«, sagte ich. »Polizeiliches Gefahrenabwehrrecht statt Beziehungstherapie, Vaterschaft als Lebensführungsschuld.«
Rechtsanwältin Kaiser schaute Michael an, der augenscheinlich überlegte, wo er in einem solchen Falle schlafen könnte.
»So weit ist es ja noch nicht«, beschwichtigte sie. »Ich habe hier nur Beispiele genannt, um Herrn Schneider die Rechtslage zu verdeutlichen.« Dann kam sie zurück zum Ausgangspunkt. »Wir sollten nicht aus den Augen verlieren, dass die Kindesmutter hier unschuldig an der ganzen Misere ist. Unser Gegner ist nur das Jugendamt.«
»Das ist doch kein Rechtsstaat«, schimpfte Michael. »Diese ganze Justiz ist doch nur ein Haufen unfähiger Hohlköpfe. Ineffektiv, teuer, nutzlos.«
Die Kollegin sog hörbar Luft ein, wollte die Bemerkung übergehen. Ich war nicht bereit, diese Stammtischparole unkommentiert zu lassen.
»Justizkritik ist hier fehl am Platz. Die Justiz ist leider das Stiefkind der Politik«, erläuterte ich ihm. »Sie wird bewusst unzureichend ausgestattet, sowohl personell als auch finanziell. Dieselben Politiker, die schnellere und konsequentere Bestrafung fordern, verhindern genau dies, indem sie die Justiz kaputtsparen.«
»Klingt widersinnig«, meinte Michael.
»Ist es aber nicht, denn mit den Leistungen der Justiz können Politiker keine Wahlen gewinnen. Gesetzgebung und Exekutive sind längst nicht mehr getrennt, sondern werden von ein und denselben Personen im Hinterzimmer dirigiert. Die erste und die zweite Gewalt im Staat sind bereits fest in ihrer Hand. Die dritte Gewalt hingegen rühmt sich noch immer wegen ihrer Unabhängigkeit. Das ist den sogenannten Volksvertretern ein Dorn im Auge. Sie können nicht bestimmen, was die Gerichte entscheiden. Zwar bemühen sie sich nach Kräften, die Gerichte nach Parteienproporz zu besetzen, aber spätestens, wenn ein Richter ernannt ist, besinnt er sich auf das, wonach er seine Entscheidungen zu treffen hat: das Gesetz.«
»Halten Sie es etwa für ausgeschlossen, dass gerichtliche Entscheidungen von Politikern beeinflusst werden?«, erkundigte sich die Kollegin.
»Ausgeschlossen nicht, aber es sind Ausnahmen. Grundsätzlich habe ich durchaus Vertrauen in die Unabhängigkeit der Justiz, während ich weder der Verwaltung noch der Gesetzgebung unterstelle, dass sie objektiv

entscheiden. Diese beiden Institutionen halte ich in der Tat für verfilzt und korrupt.«
»Das klingt aber verbittert.«
»Nein, verbittert bin ich keinesfalls. Ich zweifele nur an der Kompetenz und den guten Absichten des Gesetzgebers. Allerdings kann ich das ohnehin nicht ändern. Im Umgang mit der ausführenden Gewalt hingegen habe ich mir angewöhnt, einfach nach deren Regeln zu spielen. Das funktioniert ganz gut, sofern man die erforderlichen Kontakte hat.«
»Und? Haben Sie Kontakte zum Jugendamt?«
»Mit Jugendämtern habe ich fast nie zu tun, darum fehlen mir noch die richtigen Hebel, um die Jugendamtstante umstimmen oder auswechseln zu können.«
»Also bleibt mir nur die Hoffnung, dass wir das Verfahren vor Gericht gewinnen.« Michael starrte ins Leere. »Warum tun sie mir das an? Meine Kinder sind mir wichtiger als alles andere. Warum nehmen sie mir die weg?«
Rechtsanwältin Kaiser gab ihm die Antwort darauf: »Daran ist wahrscheinlich die sogenannte vierte Gewalt schuld.«
»Die Presse? Was hat die denn damit zu tun?«
»Es gab zu Anfang dieses Jahrtausends einige gravierende Fälle der Verwahrlosung von Kindern. Natürlich gab es so etwas auch vorher und nachher. Ein gewisser Bodensatz der Gesellschaft sollte eben besser gar keine Kinder bekommen. Doch die Fälle, die ich meine, wurden von den Medien extrem reißerisch ausgeschlachtet. Seitenweise brutalste Schilderungen darüber, welche Qualen manche Eltern ihrem Nachwuchs zufügen. Natürlich erkannten Politiker ein Wahlkampfthema, darum wurde flugs der § 8a SGB VIII gestrickt und am 1. Oktober 2005 ein Schutzauftrag der Jugendhilfe ins Gesetz geschrieben. Wo vorher galt, dass die Jugendhilfe unterstützen soll, war fortan geregelt, dass Jugendämter eingreifen, also das Heft des Handelns eigenverantwortlich übernehmen müssen.«
»Und weshalb toben die sich jetzt an mir ab?« Der Mandant sah die Zusammenhänge nicht.
»Wenn man Behörden Verantwortung überträgt, dann neigen sie dazu, diese Verantwortung wieder abzuwälzen, vorzugsweise auf Gerichte«, erläuterte ich. »Unzählige Prozesse in diesem Land werden nur geführt, damit Beamte hinterher den Richtern die Schuld geben können.«
Beatrix Kaiser nickte und ergänzte. »Nichts anderes geschah auch im Bereich der Jugendhilfe. Seit es den § 8a SGB VIII gibt, rufen die

Jugendämter systematisch nach dem Gericht. Wenn sie Kinder erst einmal herausgeholt haben aus einer Familie, lassen sie sich nur noch von Gerichten eines Besseren belehren.«
»Das heißt, es geht gar nicht um meine Kinder?«
»Genau das. Es geht um Prinzipien, Machtausübung und Absicherung der eigenen Position«, erläuterte ich. »Du hast die Jugendamtstante nicht freundlich empfangen, das lässt sie dich jetzt spüren.«
Michael schaute mich ungläubig an. Für ihn war das alles Neuland. Er hatte nie Anlass gehabt, über das Thema nachzudenken. Dabei war es bisweilen sogar in der Zeitung nachlesbar, wie Jugendämter vorgehen. Haben sie erst den Verdacht auf Kindeswohlgefährdung, scheuen sie nicht davor zurück, die Mutter gnadenlos zu isolieren, um ihr die Zustimmung zu fragwürdigen Jugendhilfemaßnahmen abzunötigen. Dem Wunsch, nach Beteiligung des Kindesvaters oder gar eines Anwaltes am Gespräch, wird mit der Androhung des vollständigen Kindesentzuges begegnet. Gerne praktiziert wird die Unterbringung in einem Mutter-Kind-Heim, um den Einfluss unerwünschter Vertrauenspersonen zu reduzieren. Die Post wird kontrolliert, die Pässe eingezogen, stets unter der Androhung, ansonsten das Kind in eine Pflegefamilie zu geben. Selbst erzwungene Arztwechsel sind denkbar, wenn der Kinderarzt des Vertrauens die Situation anders beurteilt als Mitarbeiter des Jugendamtes dies gerne hätten. Zermürbungstaktik und Psychokrieg der Behörde führen bisweilen sogar zu der unverhohlen geäußerten Forderung, sich vom Kindesvater zu trennen, weil dieser dem Kindeswohl schade. Denn wenn das Jugendamt seinen Willen hat, lässt es nichts unversucht.
Die Kollegin schaute auf die Uhr. »Wir müssen noch die Honorarfrage klären.«
Kurz später ließ sie Michael eine Vergütungsvereinbarung unterzeichnen und beendete diesen ersten Termin.
»Sie hören von mir, meine Herren.«
Schon in der Tür stehend, suchte die Kollegin das Gespräch mit mir.
»Wir müssen uns abstimmen. Dazu bedarf es einer weiteren Unterredung. Wann hätten Sie Zeit, Herr Kollege?«
»Schlagen Sie was vor, gerne auch jetzt.«
Sie schaute Michael nach, der wortlos gegangen war. »Sind Sie nicht gemeinsam hierhergekommen?« Dabei kniff sie die Augen leicht zusammen. Natürlich vermutete sie jetzt einen Konflikt zwischen dem Mandanten und mir.

»Ich kam von einem anderen Termin«, behauptete ich. »Daher sind wir getrennt gefahren.«
»Nun, wenn es Ihnen passt, können wir die Besprechung direkt fortsetzen.«
Hinter Michael fiel soeben die Tür zu.
»Gerne«, sagte ich. »Aber muss das hier sein? Ich habe Hunger. Darf ich Sie zum Essen einladen?«
»Das dürfen Sie nicht. Ich zahle mein Essen selbst.«
Wenig später saßen wir in einem italienischen Restaurant. Ich bestellte zunächst Wein. Beatrix Kaiser lächelte still vor sich hin, als sei sie dies seit langer Zeit von mir gewohnt. Beim Warten auf das Essen besprachen wir den Fall Schneider, dann allgemein juristische Fälle. Das zog sich über den ganzen Hauptgang hin. Ich befürchtete, mit einer Kollegin zusammen zu sitzen, die ständig vom Beruf redet.
Erst beim Espresso ließ sie ein wenig Privates heraus, erkundigte sich bei mir nach Persönlichem. Wir entdeckten die Gemeinsamkeit, unsere Arbeit über alles zu stellen, womit die Unterhaltung wieder zum Beruf zurückkehrte.
»Anwalt ist man 24 Stunden am Tag und sieben Tage die Woche, sonst sollte man es lieber sein lassen«, brachte die Kollegin es auf den Punkt.
Mittlerweile langweilte sie mich. Ich bestellte eine Grappa und bot ihr an, die Formalitäten endlich beiseitezulassen. Kurz später waren wir beim vertraulichen Du und schon im ersten Satz ohne das formelle Sie maßte die Frau sich an, mich zu belehren.
»Du trinkst ziemlich viel.«
»Ich bin ein Anhänger von Finn Skårderud.«
»Wer ist das?«
»Ein norwegischer Philosoph, der die Theorie entwickelt hat, die Menschen seien mit einem halben Promille zu wenig Alkohol im Blut geboren. Deshalb müsse man den Pegel ständig ausgleichen, um die nötige Leichtigkeit des Seins zu spüren.«
»Nicht dein Ernst, oder?«
»Natürlich nicht. Aber Churchill hat regelmäßig schon zum Frühstück Champagner getrunken.«
»Eine Ausnahmeerscheinung.«
»Finde ich nicht. Die alten Römer kannten kein anderes Getränk als Wein, weshalb sie den von morgens bis abends tranken.«
»Die Römer kannten kein Wasser?«
»Schon, aber sie tranken es vermischt mit Wein.«

»Aber nur, um es zu desinfizieren und nicht an unreinem Wasser zu erkranken.«
»Trotzdem erlaubt der Gesetzgeber sinnigerweise das Autofahren mit bis zu 0,5 Promille.«
»0,499«, korrigiert, die Frau, die ich jetzt offiziell Bea nannte. Dann gähnte sie kurz. »Ich möchte langsam nach Hause. Kommst du noch mit?«
Ihre Wohnung wurde von einem Panoramafenster mit fantastischem Rheinblick dominiert, hoch über der Stadt gelegen, gegenüber des Mäuseturms, ausgerichtet zum Niederwalddenkmal hin. Traumhaft.
»Einen Drink?«
»Warum nicht.«
Sie schenkte zwei Scotch ein, gesellte sich zu mir ans Fenster, wo wir an dem Whisky nippten und die Aussicht genossen.
»Macallan 25 Jahre?«
»Das hast du jetzt geschmeckt?«
»Nein, gesehen. Das tiefe Bernstein-Rot ist unverkennbar.«
»Alle Achtung. Wie gedenkst du den weiteren Abend zu verbringen?«
»Ein fantastischer Ausblick, eine romantische Nacht, eine schöne Frau, ein exzellenter Drink. Da fährt man ungern nach Hause.«
»Ich habe aber kein Gästezimmer.«
»Dann müssen wir uns wohl dein Bett teilen.«
Ich sagte das nicht, weil ich Absichten hatte, sondern weil mich das Wortgefecht reizte. Sie war eine Kollegin, da testet man gerne aus, wie schlagfertig jemand ist. Wie lässig werden Attacken pariert, wie abgebrüht komplizierte Situationen gemeistert? Später einmal gestand mir Bea, dass sie von diesem Draufgängertum, so ihre exakte Formulierung, fasziniert gewesen war. Das hatte ich aber gar nicht beabsichtigt. Mich hätte damals vor dem Panoramafenster eine elegante und geistreiche Absage durchaus begeistern können. Leider war Beas Antwort intellektuell keine Herausforderung.
»Die Aussicht ist auch morgen noch da, also lass uns keine Zeit verschwenden«, sagte sie.
Eine der interessantesten Entwicklungen der Emanzipation ist der One-Night-Stand. Grundsätzlich bin ich davon überzeugt, dass Frauen dafür nicht geschaffen sind. Sie können den Akt nicht mit der brachialen Emotionslosigkeit der Männer rein unter der Gürtellinie genießen. Andere Gefühle spielen bei ihnen immer eine Rolle.
Hierin scheint mir ein wesentlicher Unterschied zwischen den Geschlechtern zu liegen. Der Mann ist mit dem One-Night-Stand zufrieden, die Frau

nur dann dazu bereit, wenn sie zumindest hoffen darf, dass weitere folgen werden. Ergibt es sich hinterher doch nicht, genügt ihr nachträglich das singuläre Erlebnis, denn sie ist ja modern, die Frau von heute. Ahnt sie hingegen im Voraus, dass der Vorgang ein einmaliger bleiben wird, lehnt sie ihn genau deshalb ab.

Ich habe die Logik dahinter nie verstanden, nur gelernt, sie zu akzeptieren. Im Zuge einer vermeintlichen Gleichberechtigung haben Frauen den Anspruch, es auch auf diesem Feld den Männern gleichzutun. In Wirklichkeit können sie die Zigarette danach nicht ohne verliebte Blicke rauchen.

Bei uns war es keine Zigarette, sondern ein Drink danach, verbunden mit ihrer Aufforderung: »Bleib doch einfach hier heute Nacht.«

Ich spielte weiter meine Rolle des oberlässigen Anwaltes und schlug das Angebot aus. »Gemeinsames Frühstücken ist mir zuwider. Ich brauche morgens nur einen Espresso, sonst nichts.«

Trotz der damit verbundenen deutlichen Klärung unseres Verhältnisses rief sie mich drei Tage später an.

»Hallo Julius, ich habe heute Abend noch nichts vor. Sollen wir zusammen etwas kochen?«

»Du möchtest aus one night jetzt two nights machen?«

»Fürchtest du dich etwa davor?«

»Ganz und gar nicht.«

Die Aussicht vor dem Panoramafenster war tatsächlich noch da, ich konnte sie diesmal aber weniger genießen, da sie mich schon beim Betreten der Wohnung ohne vorherigen Drink davon ablenkte.

»Was war eigentlich mit dem Kochen?«, fragte ich anschließend.

»Stimmt. Da war ja noch was. Ich habe zufällig zwei Seezungen im Kühlschrank.«

»Dann sollten wir uns mal mit den Zungen beschäftigen.«

»Eine wunderbare Idee, Julius«, schnurrte sie.

Lange später zeigte ich ihr, wie man Seezungen fachmännisch brät.

Unser drittes Zusammentreffen inszenierte sie wiederum spontan am Samstagabend jener Woche. Ich saß im Wintergarten und las Akten, als es an meiner Haustür klopfte. Da Klingeltöne mich stören, hatte ich mir einen Türklopfer anbauen lassen. Mitten in das Detailstudium eines Durchsuchungsbeschlusses rumste sie hinein.

»Hi, wollte mal sehen, wie du so lebst. Hoffentlich hast du etwas zum Frühstücken im Haus.«

»Ich sagte doch schon, dass ich nur einen Espresso frühstücke.«

»Gut, dann kannst du mir die Küche später zeigen. Wo ist das Schlafzimmer?«
Als ich Sonntagmorgens zum Bäcker fuhr, um ihr die gewünschten Brötchen zu besorgen, drängte sich mir der Verdacht auf, neuerdings in einer Beziehung zu leben. Es war so, wie ich von Anfang an befürchtet hatte. Frauen können keinen One-Night-Stand.

Nach dem Wochenende führte mich mein Weg an das Amtsgericht Lahnstein, wo ich die Verteidigung einer Jugendlichen übernommen hatte. Ein naives Kind, bisher aufgewachsen in einer Jugendhilfeeinrichtung, dort von einem südländischen Charmeur verführt, und zwar mit heftigem Drängen: Komm stell dich nicht so an. Nach einem 15-minütigen Quickie hatte er sich bei Freunden damit gebrüstet, wieder einmal eine herumgekriegt zu haben, weshalb die Mandantin nachträglich zu der Auffassung gelangt war, vergewaltigt worden zu sein. Ein erfahrener Polizeihauptmeister hatte ihr dies zunächst abgenommen, dann aber Zweifel bekommen und den Vorgang als falsche Verdächtigung eingestuft. So war sie in die Mühlen der Justiz geraten.
Ich hatte das Lahnsteiner Gericht nie zuvor besucht und war gespannt darauf, wie man dort verhandeln würde. Die Jugendrichterin neigte zu Milde, verlangte aber ein Geständnis.
»Ich bin mir nicht so sicher, ob wir es hier nicht doch mit einer Vergewaltigung zu tun haben«, sagte ich.
Die Richterin verrollte die Augen, der Staatsanwalt reagierte empört.
»Wir sind hier vor einem Jugendgericht!«
»Und das schließt es aus, sich zu verteidigen?«
»Machen Sie eigentlich hin und wieder Strafverteidigung?«
Es wurde ruppig.
Nachdem der Termin zunächst einmal vertagt worden war, um Zeugen zu laden, beabsichtigte ich, mir ein Gläschen Wein in dem berühmten Wirtshaus an der Lahn zu gönnen. Leider hatte das Haus Winterpause, weshalb mir dieses Vergnügen entging. Alternativ entschied ich, auf dem Rückweg einen Abstecher in die Koblenzer Altstadt zu machen. Beim Autofahren fielen mir jedoch derart viele Problemchen ein, die dringend zu erledigen waren, dass ich letztlich nur die nächste Autobahnauffahrt suchte und zurück in die Kanzlei brauste.
So war es in letzter Zeit immer häufiger. Das Beschauliche meines Berufes, die Muse, hin und wieder bei einem Wein über einen Fall nachzudenken,

kam mir zunehmend abhanden. Sie wich einer ständigen Hektik, einem Gejagt-Sein von Gericht zu Gericht, von Termin zu Termin, von Mandant zu Mandant. Verloren ging dabei ein weiterer Vorteil meines bisherigen Lebensstiles. Denn der häufige Aufenthalt in fremden Städten war mir regelmäßig Anlass dazu gewesen, frische regionale Lebensmittel für das abendliche Kochen einzukaufen. Grundsätzlich hatte ich einen speziellen Riecher dafür, an mir unbekannten Orten den Metzger mit dem besseren Fleisch, den Lebensmittelmarkt mit der ausgefallenen Fischtheke, den Gemüsehändler mit der frischeren Ware zu finden. Seit mir dazu die Zeit fehlte, litt die Qualität meiner Ernährung. Zwar war ich nicht so degeneriert, auf amerikanische Schnellimbisse zurückzugreifen, aber meine Küche blieb immer häufiger kalt. Wurst oder Käse direkt auf dem Wochenmarkt zu besorgen, gelang mir wenigstens. Dazu kamen dann frisches Brot und eine Flasche Wein. Fertig war das abendliche Mahl. Ich empfand es oft als klösterlich, wie ich lebte.

Bea hatte beschlossen, dies zu ändern. Sie bestand auf einer gemeinsamen Mahlzeit täglich, vorzugsweise abends um 18 Uhr, nach Möglichkeit warm. Solange der Reiz des Neuen darüber lag, ließ ich mich gerne darauf ein. Die Zeit des Kennenlernens ist ja stets geprägt von Respekt und großer Rücksichtnahme. Man ist offen für das Ungewohnte, bereit, liebgewordene Eigenarten über Bord zu werfen, bemüht, Marotten des anderen zu übersehen. Ihre vorgegebenen Essenszeiten akzeptierte ich – vor allem wegen des Nachtischs.

Was uns außerdem verband war der Wein. Ebenso wie ich schien Bea dieses Göttergetränk zu lieben, darum redete ich mir ein, sie zu lieben. Herausragend waren die Abende, an denen wir beisammen saßen und über Wein philosophierten, dieses unvergleichliche Geschenk der Natur, die ewige Quelle der Ersprießlichkeit. Dabei erwies sie sich als wahrhaft sachkundig und, was mich beeindruckte, echte Kennerin. Höchst selten missglückte ihr der Versuch, eine Rebsorte zu erschmecken. Geschmacksnoten, Alterstöne und Aromen definierte sie professionell, die Nuancen verschiedener Anbaugebiete erkannte sie überwiegend sicher. Dies ließ auf ein gehöriges Trainingspensum schließen, denn solche Präzision erfordert regelmäßige Übung von im Mittel wenigstens einer Flasche pro Woche – und einer dazu am Wochenende. Darunter lässt sich diese Sicherheit im Umgang mit Wein nicht erlangen.

Was sie ablehnte, war ein Gläschen über Tag, etwa um Pausen zu überbrücken. Wer so etwas nötig habe, sei ein Trinker, meinte sie. Dabei bringen

Weinpausen mitunter aufschlussreiche Erkenntnisse mit sich, wie ich in der zweiten Februarwoche feststellte, weil ein gerichtlich anberaumter Ortstermin mich ins Schindeldorf verschlug. Einem langjährigen Klienten war es gelungen, mich gegen meine Überzeugung zur Vertretung in einem Nachbarrechtsstreit zu überreden. So ziemlich das Schlimmste, was man sich als Anwalt antun kann.
Mit dem Schindeldorf hatte das Hunsrückstädtchen Stromberg versucht, ein exklusives Wohngebiet mitten in seinem Stadtwald zu schaffen. Ruhe und Erholung war das Ziel gewesen, ständiger Ärger und Streit das Ergebnis. Weil sich überwiegend eigenbrötlerische Menschen dort ansiedelten, die irgendein Problem mit der Welt haben. Vergleichbar ist dieser Stadtteil am ehesten mit den Kleingartenkolonien, die sich an Stadträndern finden. Und ähnlich wie die Kleingärtner bekriegen die Bewohner des Schindeldorfes alles, was ihre ›eigene‹ Idylle stört. Vor einigen Jahren hatten sie es geschafft, einen der wichtigsten Arbeitgeber aus der Stadt Stromberg zu vertreiben und der Kommune so die wirtschaftliche Basis zu entziehen. Spätestens seit dieser gemeinsame Gegner fehlte, fielen sie übereinander mit allen Mitteln her, die das Nachbarrecht zu bieten hat. Und derer gibt es viele.
Menschen, die im Schindeldorf wohnten, führten überdurchschnittlich häufig Gerichtsprozesse gegeneinander. In solch ein Verfahren hatte ich mich hineinziehen lassen. Anlass waren mannshohe Holzplatten, welche die Nachbarin meines Mandanten an der Grundstücksgrenze errichtet und mit zumindest sie an Picasso erinnernden Symbolen versehen hatte. Ein erster höflicher Brief von mir führte zu einem erbosten Anruf der Grenzanarchistin. Sie sei Lehrerin und wolle mir in Ruhe erklären, worum es hier gehe. Da war mir klar, dass ich die Justiz bemühen musste.
Das Gericht wiederum entschied auf Durchführung eines Ortstermins. So trafen sich alle Beteiligten an einem greislichen Februarmorgen, den man besser nutzen, im Zweifelsfall einfach hätte verschlafen sollen, im Grenzgebiet zweier auf ewig verfeindeter Parteien. Der Tag war regnerisch, durch das kahle Geäst des Waldes waberte Nebel wie mitten im Herbst. Beim Aussteigen aus dem Auto meinte ich, Pilzgeruch wahrzunehmen. Zwischen tropfenden Bäumen suchte ich über schmale Pfade das Häuschen des Mandanten. Nach mehrfachem Klingeln öffnete eine Frau im Nachthemd.
»Er kommt gleich«, ließ sie mich wissen und knallte die Tür wieder zu.
Mein Blick fiel auf das Nachbaranwesen. Mit dem Diktiergerät in der

Linken und dem knipsbereiten Handy in der Rechten pirschte ich der streitbefangenen Grenze entgegen. Auf den nass glänzenden Stufen einer Natursteintreppe rutschten mir die Füße weg. Die teuren Elektrogeräte festhaltend hatte ich keine Möglichkeit, mich abzustützen, landete genau auf dem Steißbein und stieß einen halb fluchenden, halb verärgerten Schmerzensschrei aus. Dann blieb ich reglos liegen. Gebrochen schien nichts, aber der Steiß schmerzte höllisch. Regen berieselte mich, der relativ helle Anzug war schlammverschmiert. Mühevoll erhob ich mich, testete mit hüftkreisenden Bewegungen, ob alle Knochen intakt waren. Ein augenfälliges Zeichen des Alters. Zu Beginn meiner Anwaltskarriere hätte ich solche Stürze leichter weggesteckt. Die Abstürze, die ich damals ertragen musste, waren deutlich heftiger gewesen. Nicht körperlich, sondern seelisch.

Nach und nach erschienen die restlichen Beteiligten, eine Amtsrichterin eröffnete die Sitzung. Ich gab zu Protokoll, die Pseudo-Picassos der Schullehrerin für noch bescheuerter zu halten als mein Mandant. Das brachte die nötige Stimmung.

Nachdem wir uns eine knappe Stunde zwischen Gestrüpp und tröpfelnden Bäumen Unflätigkeiten an den Kopf geworfen hatten, kam ein Kompromiss zustande. Die Gegnerin zog sich schmollend auf ihre Terrasse zurück, die Richterin verabschiedete sich.

Die Abschlussbesprechung mit dem Mandanten war kurz, die erzielte Einigung vorteilhaft für unsere Seite. Es war ein Sieg, verpackt in die Form eines gerichtlichen Vergleichs. Daraus folgte, dass die unterlegene Nachbarin auf Rache sinnen und weiteren Streit vom Zaun brechen würde.

Viele Kollegen lehnen die Tätigkeit im Nachbarrecht ab, weil es zeitaufwändig und unzureichend bezahlt sei. Sie haben den falschen Ehrgeiz, zerstrittene Nachbarn zu versöhnen. Dies führt nur zu Unzufriedenheit bei den eigenen Klienten. Denn hätten die Klienten das gewollt, wären sie logischerweise nicht zum Anwalt gegangen. Die richtige Strategie in Nachbarsachen ist darum stets absolute Unnachgiebigkeit. Der Streit am Gartenzaun wird ohnehin nie enden, daher ist es wichtig, mit jedem Rechtsstreit schon die Wurzel für den nächsten zu legen. Der war an jenem Morgen bereits absehbar, ich folglich zufrieden mit mir.

Der Rückweg vom Schauplatz des Streites führte am Land- und Golfhotel Stromberg vorbei, einem der hochwertigsten Häuser im Naheland. Spontan entschloss ich mich zu einer kurzen Reflexion über den soeben beendeten Prozess. Zuvor klopfte ich halbwegs den mittlerweile getrockneten

Schmutz aus dem Anzug.
Die Rezeption war mit drei Mitarbeitern besetzt – vormittags an einem gewöhnlichen Werktag – welch ein Luxus. Ich steuerte die um diese Zeit schon geöffnete Bar an. Das ist es, was ich unter einem exzellent geführten Haus verstehe. Ob Weine offen waren, fragte ich nicht, sondern setzte voraus, eine ansprechende Auswahl vorzufinden.
Zunächst ließ ich aber den Blick über das Sortiment streifen: Knapp zwei Dutzend Whiskys darunter die großen Namen. Daneben Weinbrände, Cognacs, Obstler, Kräuterschnäpse, Grappa, Rum, Liköre und Zutaten für Drinks, Grenadine, Sirups, Südfrüchte. Diverse Sekte oder Champagner in einer offenen Kühltheke, höchst ansprechende Weine wohltemperiert gelagert in gläsernen Flaschenkühlschränken.
Zum Wein gab es Nüsschen, derweil die Barfrau Rosmarinzweige, Salatgurken, Basilikum und Zitrusfrüchte für spätere Drinks wusch.
Nach dem Genuss der ersten Karaffe wurde ich in höflichem Ton gefragt, ob ich noch etwas wünsche. Es war nicht nötig, das leere Glas auf die Theke zu stoßen, um eine mürrische Kellnerin in Bewegung zu versetzen.
»Einen Chardonnay«, sagte ich zur Dame an der Bar.
Sie füllte eine kleine Karaffe ab, schenkte ein wenig davon in ein Glas und stellte mir beides auf die Theke. Ich hatte den Wein nach meiner Laune gewählt und dem Wetter. Zu einem feuchtkalten Februartag passte er vorzüglich.
Nippend die ersten Schlucke genießend, schaute ich mich um und blickte direkt in das Gesicht der Richterin. Sie saß am anderen Thekenende, trank Cappuccino, winkte lächelnd zu mir hinüber.
»Hallo«, grüßte ich. »Sind Sie auch der Meinung, dass Arbeit nur wegen der Pausen Spaß macht?«
»In der Tat.«
»Warum genießen Sie Ihren Kaffee nicht an einem der Tische in der Lounge? Dort ist es viel heller und lichtdurchflutet. Eigentlich sucht doch niemand die künstliche Beleuchtung einer Bar.«
»Niemand?«
Sie hätte mich nicht so entlarvend anschauen müssen, um mir zu verdeutlichen, dass ich mir selbst widersprochen hatte. Kurz war ich sprachlos, so wie man eben reagiert, wenn man ein Gespräch falsch eröffnet hat. Gedankenversunken ließ ich den Wein im Glas kreisen, hob es sichtbar an und prostete ihr zu. Sie konnte gerne wissen, dass ich keinen Kaffee trank.
Die Richterin zahlte, erhob sich, steuerte allerdings nicht dem Ausgang zu,

sondern setzte sich direkt auf den Platz neben mir. Ihre Handtasche legte sie auf der Theke ab.
»Ich wusste, dass dieser Ort Sie anziehen würde. Nur deshalb bin ich hier«, raunte sie mir zu.
Jetzt wurde es spannend. Ich war immer der Meinung, dass Richterinnen für Anwälte tabu sind. Vor allem hätte ich nicht erwartet, dass sie so direkt zur Sache gehen.
»Darf ich Ihnen einen Drink spendieren?«
Sie lehnte ab. »Kann ich mich auf Ihre Verschwiegenheit verlassen?«
Die Frage war beschämend. Privatleben gehört niemals in die Öffentlichkeit. Oder ging es hier um etwas völlig anderes? Verfolgte sie gar nicht das Ziel, einen wesentlich älteren Anwalt unangemessen zu umgarnen?
»Dieses Treffen hat nie stattgefunden«, antwortete ich mit eisiger Stimme. So machen sie es in Filmen, es schien mir passend. Die Richterin ließ sich davon überzeugen, kam sofort zum Punkt.
»Man versucht, Sie zu hintergehen.«
»Wer? Die Nachbarin, die gerade eben einen für sie miserablen Vergleich akzeptiert hat?«
»Nein, ich rede von einem Fall, den Sie am Familiengericht führen.«
»Davon gibt es nicht viele, sondern genau genommen nur einen und den führe ich nicht einmal selbst.«
»Dann wissen Sie ja, wovon ich rede.«
Das Weinglas war leer. Ich schenkte aus der Karaffe nach, die damit ebenfalls leer war.
»Ginge es etwas präziser?«, fragte ich. »Wer versucht mich wie zu hintergehen?«
»Eine Frau vom Jugendamt, hochgewachsen, kurze graue Haare, ziemlich ausgemergelt.«
»Quergestreifter Strickpullover?«
»Ich denke ja.«
»Die Marzahn-Eibeck!«
»Ich kenne die Frau nicht persönlich, war nur zufällig Zeuge, wie sie einen Sachverständigen manipuliert hat.«
»Dr. Schellhorn?«
Sie nickte stumm. Die Bedienung hatte sich der Theke genähert, um die Karaffe abzuräumen. Ein leichtes Nicken meinerseits auf ihren fragenden Blick wurde zutreffend als weitere Bestellung verstanden. Wirklich ein perfekt geführtes Haus.

»Ich vermute mal, es ist ziemlich normal, dass die Beteiligten eines Verfahrens sich unterhalten«, bemerkte ich an die Richterin gewandt. »In Strafprozessen ist das jedenfalls so. Warum sollte es im Familienrecht anders sein?«
»Es ging um eine Provision, die der Gutachter dafür bezahlt, dass er den Fall bekommt. Außerdem ging es um konkrete Ergebnisse. Soweit ich das mitbekommen habe, gibt es drei Kinder. Diese Frau Marzahn-Eibeck will das jüngste von den anderen beiden trennen. Das Gespräch drehte sich darum, wie dieses Ziel möglichst schnell bei Gericht durchgesetzt werden kann.«
»Richter Christ steckt mit denen unter einer Decke?«
Sie schüttelte heftig den Kopf. »Das kann ich mir nicht vorstellen. Er ist jung, er durchschaut das System noch nicht. Ich halte ihn für absolut integer.«
»Und Sie? Warum erzählen Sie mir das?«
»Ich habe einige Jahre Familienrecht gemacht. Zum Schluss hat es mich angeekelt. Da bestehen eindeutig mafiose Strukturen. Gutachter, Jugendämter, Verfahrenspfleger, Pflegeeltern, sie arbeiten alle eng zusammen – nicht immer zum Wohle der Kinder. Oft geht es nur darum, Plätze in Heimen zu besetzen, damit diese keine Verluste einfahren.«
»Als Richterin hätten Sie das doch ändern können.«
»Dachte ich zunächst auch. Aber entscheiden Sie mal gegen ein Gutachten. Das hat beim Oberlandesgericht keine Chance.«
»Woher wissen Sie von der Absprache zwischen dieser unglaublich netten Frau vom Jugendamt und dem Sachverständigen?«
»Es fand mitten auf dem Gerichtsflur statt, ganz in der Nähe meiner geöffneten Bürotür. Ich konnte alles hören. Das macht mich ja so wütend, wie sicher die sich ihrer Sache sind. Sie wahren nicht einmal mehr die Diskretion.«
»Ganz anders als wir«, grinste ich. »Möchten Sie nicht doch noch etwas trinken?«
Die Richterin lehnte ab. »Ich mag Wein wirklich sehr. Aber vormittags und im Dienst, das geht gar nicht, finde ich.«
Ich schenkte mir nach. Solange Wein sich in meiner Mundhöhle verbreitete, wog ich ab. Sollte dies eine Falle sein, erschloss sich mir nicht zu welchem Zweck. Ich hatte keinen Grund, ihr nicht zu trauen. Zudem war es bereits der zweite verdeckte Hinweis aus der Justiz. Staatsanwalt Klettenberg hatte den umständlichen Weg über Onkel Lucius gewählt. Geschickt

eingefädelt, denn er war ein echter Whistleblower. Ihm hätten Konsequenzen gedroht. Diese Amtsrichterin verstieß nicht gegen Vorschriften. Öffentliche Flurgespräche weiter zu plaudern war nicht verboten. Beim Schlucken hatte ich mich entschieden. Sie sagte die Wahrheit.

»Was raten Sie mir nun?«, fragte ich.

»Durchleuchten Sie das Privatleben dieser Jugendamtsmitarbeiterin. Ich würde darauf wetten, dass sie über ihre Verhältnisse lebt.«

»Sie würden wetten – aber sicher sind Sie nicht? Vielleicht spart sie ja fleißig und hat nur ein fettes Bankkonto, von dem ich nie etwas erfahren werde.«

Die Richterin rutschte vom Barhocker und griff nach ihrer Handtasche.

»Es gibt genau genommen zwei Gründe, weshalb ich hier auf Sie gewartet habe. Zum einen war ich mir sicher, dass Sie kommen würden. Zum anderen gehe ich davon aus, dass niemand meine spärlichen Informationen so intensiv nutzen wird wie Sie, Herr Dexheimer. Ihr Ruf eilt Ihnen voraus, an der Bar und bei Gericht.«

Mit diesen Worten wandte sie sich ab. Ich schaute ihr hinterher, bis sie draußen war. Eine denkwürdige Begegnung. Selbst auf die Verschwiegenheit gerichtlicher Amtsstuben war kein Verlass mehr. Zum Glück. Ich benötigte einen Chardonnay, um diese Erkenntnis vollständig zu verinnerlich und die richtigen Schlüsse daraus zu ziehen. Per Textnachricht bat ich Kerstin, sich ein wenig umzuhören über Eleonore Marzahn-Eibeck. Gefährlicher schien mir der Gutachter. Der hatte Macht, die für den Prozessausgang entscheidend war. Und er unterlag nicht der juristischen Kontrolle, denn wenn Gerichte Sachverständige beauftragen, bedeutet dies ja zwingend, dass ihre eigene Sachkunde nicht ausreicht.

Einige Tage später ergab sich die Gelegenheit, Bea von dem Gespräch zu berichten. Sie wirkte nicht überrascht.

»So funktioniert eben das Familienrecht.«

»Du willst zulassen, dass ein gekauftes Gutachten über das Schicksal der Kinder entscheidet?«

»Sicher nicht. Bevor das Gutachten fertig ist, wird Frau Schneider wieder Zuhause sein. Das Gutachten spielt am Ende keine Rolle, sonst hätte ich mich längst darum gekümmert.«

Wir hatten soeben einen Nachtisch genossen, lagen erschöpft nebeneinander, meine Hand streichelte ihre Brust.

»Ich mache mir aus anderen Gründen Sorgen um das Weingut Schneider«,

meinte sie. »Die stehen wirtschaftlich auf der Kippe. Ich bezweifele, dass sie eine Zukunft haben.«
»Ein Weingut ohne Zukunft, aber dafür mit dem Wein der Zukunft. Tragisch«, antwortete ich.
Das Herz, in dessen Nähe meine Hand lag, schlug merklich schneller.
»Wein der Zukunft?«, hakte sie nach.
Ich beschloss, ihr von Sweetwine zu erzählen. »Michael hat die Rechte an ein paar Hektar Kuhweide im Hunsrück erworben. Dort will er den Weinbau in Deutschland zu neuer Größe führen.«
Ihr Herzschlag steigerte sich nochmals, es war deutlich zu spüren.
»Hunsrück. Wie naiv ist das denn?« Sie räkelte sich etwas, drehte sich dann zu mir. »Die Geschichte des Weinbaus im Hunsrück von der Vergangenheit bis zur Zukunft ließe sich wahrscheinlich auf einem Blatt Papier zusammenfassen und bestünde dann in einer einzigen leeren Seite.«
»Sehe ich genauso. Obwohl der Weingarten, den er sich hinter Stromberg angelegt hat, ganz ansehnlich aussieht. Er wächst am Rande des früheren Kalkwerks.«
»Stromberger Kalk? Das ist ja fantastisch!« Sie schnellte empor, ihre Brüste wippten so einladend, dass ich Appetit auf einen weiteren Nachtisch bekam.
»Stromberg liegt auf Höhe der nördlichen Champagne am Rande einer unterirdischen Kalklinse. Der Boden in der Champagne besteht aus Kreide, was letztlich auch Kalk ist. Und vollreif müssen die Trauben für Schaumwein ohnehin nicht sein, da sie ja im Zuge der Versektung eine zweite Gärung durchlaufen.«
Ihr Sachverstand in Bezug auf Wein verblüffte mich erneut.
»Ich halte es nicht für ausgeschlossen, dass aufgrund des Klimawandels neue Lagen erschlossen werden müssen«, fuhr sie fort. »Was genau baut er denn dort an?« Sie stand auf, um sich einen Morgenmantel überzuwerfen.
»Ich glaube, er experimentiert mit zahlreichen Sorten. Wenn ich es richtig verstanden habe, weiß er noch nicht, ob er sich mit dem Bordeaux oder dem Champagner messen will. Seine Ziele sind jedenfalls nicht niedrig gesteckt.«
»Ein Hektar bringt wieviel Wein?«
»Kommt darauf an, wie qualitätsbezogen man arbeitet. Die Rheinhessen streben wahrscheinlich nach mindestens 10.000 Litern. An der Nahe würde ich eher von 7.500, bei hohem Qualitätsanspruch sogar nur 5.000 Litern ausgehen.«

»Nehmen wir an, es ginge um 10 Hektar, dann macht das wenigstens 50.000 Liter Wein. Das Ganze zu Spitzenpreisen auf den Markt gebracht, bedeutet mindestens eine Million Umsatz. Das Ding könnte eine Goldgrube werden.«

Ich bin nicht der schnellste im Rechnen und war außerdem mit meinen Gedanken woanders, musste erst einmal realisieren, dass es zunächst keinen weiteren Nachtisch geben würde.

Bea huschte unter die Dusche. Mit dem Taschenrechner des Smartphones überprüfte ich ihre Kalkulation. Völlig abwegig war das nicht, was sie da gerechnet hatte. Die durchschnittlichen Produktionskosten einer Flasche Wein waren mir geläufig. Ich erhöhte den Flaschenpreis auf das, was für einen klassischen Bordeaux oder Champagner gezahlt wird, zog die Produktionskosten wieder ab und kam nach deren Abzug sogar auf einen Gewinn von einer Million. So verrückt war Michaels Idee möglicherweise gar nicht. Es fehlten nur einige Kleinigkeiten, insbesondere genügend Weinberge in seiner Traumlage, nebst den Genehmigungen, diese anzulegen, sodann ein Wein, der diese Preise wert war und zu guter Letzt Kunden, die das Geld auf den Tisch legten.

Gähnend warf ich das Smartphone aufs Bett und ging ebenfalls duschen. Bea kam mir an der Badezimmertür entgegen. Sehr eilig hatte sie es plötzlich. Den Rest des Abends verbrachte sie an ihrem Laptop.

Während sie etwas recherchierte, von dem sie mir nicht sagen wollte, was es war, erhielt ich einen Anruf von Michael.

»Sie treffen sich alle bei Graziella am Sonntag.«

»Bitte? Wen meinst du?«

»Die Kinder, diese Verfahrenspflegerin und die Jugendamtstante. Du musst da für mich hin.«

»Ich bin nicht dein Familienrechtsanwalt.«

»Aber du hast Einfluss auf die Kinder. Bitte, Julius.«

»Ich bespreche das mit der Kollegin Kaiser.«

Bea fand es lächerlich. »Du bist Anwalt und kein Babysitter.«

»Aber was bedeutet dieses Treffen?«

»Sie müssen dafür sorgen, dass der Kontakt der Kinder zur Mutter nicht abbricht. Du hast dort nichts zu suchen. Über den Kontakt der Kinder zu Michael Schneider entscheidet das Familiengericht irgendwann nächste Woche. Zumindest haben wir da einen Termin.«

»Dann wollen sie die Kinder doch im Vorfeld dieses Termins manipulieren.«

»Unfug, Julius. Die Kinder werden bei dem Gerichtstermin gar nicht anwesend sein.«
Falls Bea gehofft hatte, mein Vorhaben so zu durchkreuzen, kannte sie mich nicht hinreichend. Denn ich sah die Chance auf einen Kontakt zu den Kindern. Darum würde ich mich einmischen und mir war auch schon klar, wo ich ansetzen musste.
Gleich am Folgetag war ich unterwegs nach Kreuznach. Der kristallklare Wintermorgen stimmte mich hoffnungsfroh. Goldener Sonnenaufgang, leuchtend blauer Himmel, mit Raureif überzogene Landschaften, frische eisige Luft.
Nach Überquerung des Hungrigen Wolf, lag die Stadt unter mir. Ein Häusermeer mit weißen Rauchfahnen, wie sie bei Temperaturen jenseits des Gefrierpunktes üblicherweise sichtbar werden. Durch die Stadtmitte waberte als dünnes silbernes Band, der Dunst des aufsteigenden Wassers der Nahe. Am Himmel Flugzeuge mit langen Kondensstreifen, der Horror aller Chemtrail-Verschwörer. Kleinere Vogelschwärme flatterten recht gemächlich, nicht mit der Hektik, die sie tagsüber zeigten, über die erwachende Stadt. Sie gaben mir die Gewissheit: Heute wird mein Tag.
Zunächst steuerte ich die Kanzlei an, um am Vormittag dort zu arbeiten. Zur Mittagsstunde brach ich auf zur Ansprechpartnerin für Michaels Kinder: Susanne Detmold, die Verfahrensbeiständin. Rechtlich vertrat sie die Interessen der Kinder, faktisch war sie nur ein devotes Persönchen am Gängelband der Marzahn-Eibeck. Diese Schwäche würde ich ausnutzen.
»Guten Tag, Frau Kollegin.« Sie öffnete selbst.
»Sie sind der Anwalt in dieser Sache ... wie heißt der noch ...?«
»Michael Schneider.«
»Genau.« Sie kicherte. »Mein Namengedächtnis lässt echt zu wünschen übrig.«
Binnen weniger Minuten bestätigte sie mir Zeit und Ort des geplanten Treffens, wie von Michael geschildert.
»Kann da noch jemand dazu kommen?«, fragte ich direkt.
»Ja klar, warum eigentlich nicht?« Sie stockte kurz. »Ich denke jedenfalls, dass da nichts dagegenspricht. Um wen geht es denn?«
»Um mich.«
»Ach?«
»Nun, es ist so ...«, sagte ich und beschwatzte sie mit einer herzzerreißenden Geschichte darüber, wie mir die Kinder am Herzen lagen, ich mich in der Vergangenheit um sie gekümmert hatte und wie sie sich über meinen

Besuch freuen würden.
»Ja dann, also wenn das so ist, dann entspricht das ja bestimmt dem Kindeswohl.«
»Eben. Es muss doch mal jemand mit den Kindern ein Eis essen. Mehr will ich doch gar nicht.«
»Kein Problem, Herr Kollege. Das kann ich aus der Sicht des Kindeswohls nur befürworten.«
Michael nahm die Nachricht erleichtert auf. Ich fuhr auf dem abendlichen Heimweg bei ihm vorbei, weil ich es gewohnt war, von der Kanzlei aus nach Windesheim zu fahren. Tatsächlich wurde ich in Bingen erwartet, weshalb der Abstecher zum Weingut am Taubenschlag einen Umweg darstellte. Anlässlich meines Besuches fragte ich Michael, warum er sich so von der Jugendamtstante ausbooten ließ. Er war der Vater, wer wollte es ihm verbieten, die Kinder zu sehen?
»Meine Anwältin hat mir abgeraten«, erklärte er dazu knurrig. »Sie meint, ich sollte keine unnötigen Konflikte schüren.«
»Unnötige Konflikte? Mir scheint, ich muss mal mit deiner Anwältin darüber reden. Zufällig sehe ich sie heute noch.«
»Tu das besser nicht. Sie hält nicht viel von deiner Einmischung.«
»Auch das werde ich mit ihr klären.«
»Lass es besser sein.« Der Mandant klang fast warnend. »Sie will nicht, dass du zu diesem Treffen fährst. Vorhin hat sie angerufen und wollte es mir ausreden.«
Als ich an jenem Abend in Beas Wohnung erschien, hatte sie nichts gekocht. Ich stöpselte mein Smartphone an ein Ladekabel und begrüßte sie mit dem üblichen Wangenkuss, öffnete den Kühlschrank, schenkte mir ein Glas Wein ein.
»Hallo, du bist aber spät heute. Könntest du dich gleich ausgehfertig machen?«
»Wo gehen wir hin?«
»Ich habe Einladungskarten zu einer Soirée. Du müsstest dich allerdings etwas beeilen?«
»Eine Soirée? Sowas mit schräger Musik und grausigem Gesang?«
»Nein. Es geht um Malerei. Eine Art Ausstellungseröffnung. Moderne Kunst.«
»Interessiert mich nicht.«
»Wie bitte?« Sie war dabei, die passenden Ohrringe auszusuchen. Ich fand es lustig, wie sie vor Überraschung beim Anprobieren innehielt und sich

dadurch quasi selbst am Ohr zog. »Hast du es gerade abgelehnt, mich zu begleiten?«, fragte sie nach.
»Ich habe es abgelehnt, mich bei dieser Soirée zu langweilen. Wenn du eine bessere Idee hast, komme ich gerne mit dir mit.«
»Nun gut, dann fahre ich eben allein dorthin. Ich werde auch nicht lange bleiben.«
»Das wäre auch schade, denn ich habe für heute etwas ganz Besonders besorgt: Einen 2014er AMON-Ra, das ist ein ungefilterter Shiraz aus dem Barossa Valley.«
Bea befasste sich wieder mit ihren Ohrringen. »Weißt du«, sagte sie, »ich finde, du trinkst generell sehr viel Alkohol. Aber das ist deine Sache, es ist auch deine Gesundheit. Wenn du dich wohl fühlst dabei, dann magst du tun, was dir eben richtig erscheint. Aber du solltest die Folgen bedenken.«
»Die da wären?«
»Du isolierst dich zunehmend. Ich habe dich beobachtet, bei geselligen Anlässen. Mit fortschreitendem Abend ziehst du dich immer mehr zurück und gibst dich fast ausschließlich dem Wein hin. Das ist nicht normal, diese Hinwendung zu einem Getränk. Wer dich genau beobachtet, gewinnt den Eindruck, du würdest mit deinem Weinglas kommunizieren. Ständig schwenkst du es, riechst daran, schmeckst an seinem Inhalt herum. Ich habe mich schon dabei ertappt, dass ich Eifersucht verspürte. Wenn du in einem Restaurant einen Wein bestellst, verbringst du intensiv Zeit damit, ihn aus verschiedenen Winkeln einfach nur anzuschauen. Danach schnüffelst du am Glas herum, wie ein Fährtensuchhund oder ein Trüffelschwein, bevor du den Wein schlürfend aufsaugst, auf ihm herum kaust, wieder das Glas betrachtest, nochmal daran, riechst. Diese Prozedur dauert minutenlang.«
»Sie ist ja auch wichtig«, merkte ich an.
»Aber während dieser Zeit möchten deine Begleiter mit dir reden. Du beachtest sie aber in solchen Momenten nicht, nimmst sie überhaupt nicht wahr. Du bist ein Autist, Julius, ein Wein-Autist. Dein Leben besteht aus vergorenen Trauben.«
»Das stimmt zumindest insoweit, als ich unvergorene Trauben hasse. Ich könnte sie nie als Obst essen. Ansonsten übertreibst du, finde ich.«
Bea schaute mich seltsam an. Es war ein Blick zwischen Wehmut und Abscheu. Die Ohrringfrage hatte sie mittlerweile geklärt, nun war sie mit dem Make-up beschäftigt, beobachtete mich dabei schweigend im Spiegel. Nachdem sie schmatzend ihre Lippen betrachtet und die Schminke für

hinreichend befunden hatte, fuhr sie fort.
»Die Leute fragen mich, warum du dich so seltsam verhältst. Du bist nicht gesellschaftsfähig, Julius. Verstehst du das?«
»Aus meiner Sicht sind es eher die Leute, die nicht gesellschaftsfähig sind. Darum lege ich keinen Wert auf Gesellschaft. Dieses leere Gerede über mein Haus, mein Pferd, meine Jacht, was bringt das? Hat man es obendrein mit Juristen zu tun, langweilen sie einen mit ihren Rechtsfällen, die man selbst hundertfach erlebt hat. Wenn so ein Schwarzkittel den Satz mit »Ich hatte da mal einen Fall ...« anfängt, befallen mich umgehend Depressionen. Es gibt mir nichts, sie öden mich an, diese Leute. Ich möchte keine Zeit mit ihnen verschwenden. Die Blume eines erlesenen Rieslings hat mir tausendfach mehr zu sagen als Menschen.«
Ihre Augen füllten sich mit Tränen. »Wer soll mit dir zusammenleben, wenn du so denkst? Oder mit wem möchtest du zusammenleben? Wer soll dich aushalten auf Dauer?«
Ich schwieg, roch intensiv an meinem Glas. »Mirtillo«, sagte ich. »So heißt die Heidelbeere auf Italienisch. Ihren Geruch habe ich erstmals in einem Italienurlaub aus einem Wein extrahiert. Damals war ich Student, hatte wie alle Studenten wenig Geld, aber hinreichend Zeit, die ich genoss. In einem Städtchen namens Gradisca d'Isonzo entdeckte ich eine herrliche Vinothek. Altes Gebäude, Gewölbekeller, Innenhof, dunkle Holzbestuhlung, ein Traum. Draußen flirrte die Luft, gelegentlich knatterte eine Vespa vorbei, ansonsten lag das Nest wie ausgestorben in der Mittagshitze. Drinnen war es kühl und angenehm. Die Weinauswahl beschränkte sich auf etwa ein Dutzend offene Weine, aber das war mir genug für einen besinnlichen Nachmittag. Zunächst verkostete ich die weißen Weine, vor allem den Tocai, der dort in der Gegend typisch ist, auch wenn man ihn heute aus rechtlichen Gründen nicht mehr so nennen darf. Ich erfuhr zum ersten Mal die Magie des Weines, der Menschen verbindet. Sobald jemand eintrat, entstanden kurze Gespräche über den Wein. Mit wildfremden Personen.«
»Ich verstehe gerade nicht, was du mir sagen möchtest.«
»Nach den Weißweinen widmete ich mich den Rotweinen, insbesondere einem Cabernet Sauvignon, an dem mich dieser Duft faszinierte, ein Aroma, das ich nicht benennen konnte. Ich fragte den Barista und er sagte, es sei ›Mirtillo‹. Seither kommt mit diesem Geruch immer die Erinnerung zurück an jene Zeit. Es ist eine kostbare Erinnerung, denn es war eine erfreuliche Zeit. Ich hatte mich verliebt. Darum genieße ich es, von einem Wein daran erinnert zu werden. Und weißt du, was der Witz dabei

ist? Niemand vermag zu sagen, ob der Barista und ich vom selben Geruch sprachen. Daher nenne ich dieses Aroma nicht Heidelbeere, sondern eben Mirtillo. Denn es ist mein spezielles Andenken an einen Sommer in Italien vor vielen, vielen Jahren, die Verbindung aus einem Wein und einem Gefühl, die manchmal aus anderen Weinen zu mir zurückkehrt.«

»Du weichst mir aus. Es geht hier nicht um Heidelbeeren.«

»Doch. Streng genommen schon. Bin ich auf einer Party und rede mit Gästen, erhalte ich nicht das, was Mirtillo mir bedeutet. Versuche ich, es zu erklären, brüsten sie sich mit ihren eigenen Urlauben, die sie natürlich nicht in Italien verbringen, sondern in Fernost, am Golf von Katar, an der US-Westküste oder neuerdings verstärkt in Neuseeland, das scheint jetzt hip zu sein. Dies ist der Grund, weshalb ich lieber an einem Wein rieche, statt mit diesen Leuten Konversation zu pflegen.«

»Aber ich, Julius«, Bea wirkte zunehmend hoffnungsloser, »bin ich dir denn nicht wenigstens so viel wert wie ein Hauch dieses seltsamen Mirtillo? Bedeute ich dir weniger als das Aroma eines Weines?«

Ich zögerte mit der Antwort. Sie hatte mich in eine verdammte Falle gelockt. Die Frage war unmöglich zu beantworten. Ich schwelgte in einer Erinnerung, die zu verraten sie von mir verlangte.

»Es geht nicht um Mirtillo«, erklärte ich ihr. »Denn die Heidelbeere hat eigentlich einen sehr banalen Duft, eigentlich nicht der Rede wert. Kennst du zufällig den roten Weinbergpfirsich? Eine sehr interessante Frucht. Die Römer brachten sie vor 2000 Jahren aus Persien zu uns. Das Aroma des roten Weinbergpfirsich ist sehr filigran, man findet Anklänge von ihm in ...«.

»Julius!!!« Beas Schrei zerfetzte meinen Versuch, einer Antwort auszuweichen. »Du bist nicht normal. Du bist krank. Dein Gehirn ist krank. Ich kann nicht länger mit dir zusammenleben. Bitte geh. Wenigstens für heute.«

»Warum?« fragte ich.

Ihre Antwort war brutal. »Du bist ein pathologischer Trinker.«

Während ich in der Wohnung umherging und nachschaute, wo mein Smartphone zum Laden eingestöpselt war, fragte ich mich, wie ihre Äußerung zu verstehen war.

»Trinker sind Menschen, die ihren Konsum nicht kontrollieren können«, sagte ich. »Hast du mich je ausfällig gesehen?«

Bea antwortete nicht mehr. Ich verachtete Personen, die unter Alkoholeinfluss die Kontrolle verlieren. Es war mir wichtig, nicht zu jenen zu

gehören. Daher fragte ich nochmals: »Hast du mich je ausfällig gesehen?«
»Nein, das möchte ich dir nicht vorwerfen. Ich finde es eher beachtlich, wie kontrolliert du selbst nach größeren Mengen Wein noch reagierst. Das macht die Sache aber nicht besser. Wer regelmäßig trinkt, hat ein Problem, und zwar ein ungelöstes. Ich möchte nicht mit einem Menschen zusammenleben, der ungelöste Probleme verdrängt.«
»Ich habe kein Problem«, antwortete ich.
Sie zog mein Ladekabel nebst Handy daran aus einer der Steckdosen, reichte es mir mit der einen Hand, während sie mit der anderen die Tür öffnete. »Adieu, Julius!« Bei der Nennung meines Namens versagte ihr die Stimme, so dass sie die letzte Silbe verschluckte. Außerdem hatte sie gerötete Augen.
Hätte ich sie in den Arm nehmen und lange mit ihr reden sollen? Dann wäre diese Situation zum Guten gewendet. Mir war aber nicht klar, ob ich etwas wenden wollte. In mir war Zögern, eine mangelnde Lust, um sie zu kämpfen. Darum verließ ich wortlos ihre Wohnung. Kein Grund zu bleiben ist der beste Grund zu gehen.

Am nächsten Tag war alles wieder wie vorher. Es schien, als habe der Vortag nicht existiert. Bea rief an, ob ich abends bei ihr essen würde.
»Was war denn los gestern?«, fragte ich.
»Ach nichts, ich war nur etwas gestresst.«
Das war gelogen, aber wenn sie nicht darüber reden wollte, sollte es mir recht sein. Ich habe es nicht nötig, meinen Lebensstil zu rechtfertigen.
Nach dem Dessert, während ich den zarten Flaum auf ihren Armen streichelte, und ihre Hand meinen Rücken kraulte, wurde es mir bewusst: Unsere Uhr lief schon ab.

Sonntags um die Mittagszeit fuhr ich über den Hunsrück an die Mosel. Reichlich vor dem vereinbarten Zeitpunkt kam ich dort an. Der Parkplatz der Klinik war fast komplett belegt. Da mir genügend Zeit blieb, fuhr ich geduldig die Reihen der parkenden Autos ab auf der Suche nach einer Lücke. Unter meinen Nackenhaaren breitete sich ein Kribbeln aus. Ein Zeichen für Gefahr.
Obwohl sich soeben eine Parklücke auftat, fuhr ich nicht hinein, sondern drehte weiter Runden auf dem Parkplatz, langsam und bedächtig, in der Hoffnung, bald zu entdecken, was mein Unterbewusstsein veranlasst hatte, Alarm zu schlagen. Es waren keine Menschen unterwegs, zu sehen gab es

nur parkende Autos, doch ich ließ mich nicht beirren. Reihe um Reihe suchte ich den Platz ab, bis ich fündig wurde: Ein weißer SUV, Kennzeichen WI-NE.
Das Treffen war für 14 Uhr angesetzt. Zu gerne hätte ich Frank Molter zu diesem Auto gehen sehen. In der mir zur Verfügung stehenden Zeit tauchte er jedoch nicht auf.
Pünktlich erschien ich an Graziellas Zimmer. Auch dort von Molter keine Spur. Dafür kam soeben die Detmold um die Ecke. Maureen und Patrick trieb sie vor sich her, Timmy zog sie an der Hand mit sich.
Die Kleinen erkannten mich, schienen kurz zu lächeln, schauten dann aber stumm zu Boden und betraten das Zimmer, zu dem die Verfahrensbeiständin ihnen die Tür öffnete. Ich folgte. Drinnen saß Graziella, die von ihren Kindern emotionslos begrüßt wurde. Sie drückten einander, sprachen knappe Worte wie »Hallo« oder »Hi«, mehr nicht.
Dann trat die Marzahn-Eibeck ein und erkannte mich.
»Was wird das hier? Ein kleines konspiratives Treffen, um die Kinder zu beeinflussen?«
»Wir sind uns zufällig hier begegnet«, log ich. »Dass Frau Schneider, der mein Besuch galt, heute Besuch hat von ihren Kindern, war mir unbekannt.«
»Weshalb besuchen Sie die Frau überhaupt? Sie vertreten doch den Täter.«
»Was lediglich in Ihrer Welt bedeutet, dass die Ehefrau eine Gegnerin ist.«
»Ich möchte sofort mit den Kindern reden, ich muss wissen, was hier vor sich geht.«
Timmy drückte sich leicht an seine Mutter, Maureen verschränkte die Arme vor der Brust und starrte die Jugendamtstante voller Hass an. Patrick ahmte sie nach.
»Sie werden niemanden befragen«, entschied ich. »Es ist Sonntag, wir alle sind privat hier. Vergessen Sie mal für einen Tag Ihre Amtspflichten.«
»Das lasse ich mir von Ihnen nicht vorschreiben. Ich möchte sofort ungestört die Kinder befragen.«
»Die Kinder wurden gerade von mir zum Eis-Essen eingeladen. Auf Wiedersehen, Frau Marzahn-Eibeck.«
Susanne Detmold erschrak kurz, als ich die Kinder hinausführte, sagte aber nichts. Ganz anders die Marzahn-Eibeck.
»Halt!«
Ich hatte die beiden Jungs an der Hand, nickte Maureen zu. Patrick wiederum hielt Maureens Hand, so verließen wir das Zimmer. Der amtliche

Plagegeist wich nicht von uns.
»Das dürfen Sie nicht ohne Zustimmung der Verfahrensbeiständin«, zeterte sie, uns dicht auf den Fersen folgend.
»Ach, Sie müssen auch dort hinaus? Dann gehen wir in die andere Richtung. Auf Wiedersehen.«
Wir machten kehrt, sie folgte uns.
»Ich habe die Erlaubnis von Frau Detmold.«
»Das muss ein Irrtum sein. Die Kinder bleiben hier.«
Wir machten wieder kehrt, sie folgte uns erneut.
Ich entschied mich für eine Methode, die ich nur selten anwandte, weil sie mir zuwider war. In dieser Situation sah ich keine andere Wahl. Beim Gehen schloss ich kurz die Augen, um mich zu sammeln, atmete mehrmals tief ein, wodurch ich die nötigen Luftreserven für einen cholerischen Anfall ansammelte. Dann fuhr ich herum und brüllte das Weibsstück an, so laut es mir möglich war. Und ich kann eine Lautstärke entfalten, die schmerzhaft wirkt. Besucher im ganzen Flur blieben erschrocken stehen. Vereinzelt öffneten sich Türen, aus denen sich entsetzte Blicke auf mich richteten, derweil ich Frau Marzahn-Eibeck deutlich erklärte, dass sie sich umgehend entfernen und mir gefälligst die Kinder zum Eis-Essen überlassen sollte.
Nachdem ich geendet hatte und das Echo in dem langen Flur verhallt war, trat sie tatsächlich den Rückzug an, wie üblich nicht ohne Drohungen.
»Sie sind ein Gewalttäter, wie alle Männer. Ich werde dem Familiengericht Meldung machen.« In ihren ausgelatschten Wildlederschuhen stapfte sie zurück in das Krankenzimmer.
Jetzt erst bemerkte ich den entsetzten Blick der Kinder, die mich ungläubig anstarrten. Ich zwinkerte ihnen zu.
»Immer noch Lust auf ein Eis?«
»Ja!«, riefen sie wie aus einem Mund.
Kurz darauf waren wir an meinem Auto, ich schob alle drei auf den Rücksitz. »Maureen, gib acht, dass sich jeder anschnallt.«
Schon hatte ich die Parkbox verlassen, rollte Richtung Ausfahrt, da stürmte Eleonore Marzahn-Eibeck erneut auf uns zu, diesmal mit der Detmold im Schlepptau.
»Halt, sofort aussteigen! Die Verfahrensbeiständin hat ihre Zustimmung widerrufen.«
Ich öffnete das Fenster. »Frau Kollegin Detmold«, sagte ich streng. »Wir waren uns doch einig.«

»Ja, aber das Kindeswohl. Sie sehen doch an der Reaktion des Jugendamtes, dass hier das Kindeswohl gefährdet ist.«
Die Marzahn-Eibeck hatte zwischenzeitlich eine Autotür geöffnet. »Raus. Sofort raus!«, zischte sie die Kinder an.
Ich versuchte es nochmals bei der Verfahrensbeiständin. »Sie müssen sich am Kindeswohl orientieren, nicht an dieser Furie. Sehen Sie sich doch an, wie sie die Kinder schikaniert.«
Mittlerweile hatte die Jugendamtstante die Kinder aus dem Auto gezwungen, trieb sie unbeirrt zum Eingang der Klinik. Timmy drehte sich nochmal kurz nach mir um, die anderen beiden stolperten folgsam mit gesenkten Köpfen vor der Marzahn-Eibeck her.
»Tut mir leid«, sagte Susanne Detmold. »Ich erlebe solche Konflikte leider immer wieder. Aber ich lasse mich da von keiner Seite beeinflussen, ich bin streng dem Kindeswohl verpflichtet.«
»Sie sind eine Schande für unseren Beruf«, erwiderte ich. »Schämen Sie sich.«
»Hihi«, kicherte sie, während Sie davon trippelte. »Einen schönen Sonntag noch, Herr Dexheimer.«
Ich setzte mich wieder in mein Auto, fuhr es zurück in eine Parkbox, überlegte, was zu tun sei. Zunächst spazierte ich über den Parkplatz, um zu schauen, ob der weiße SUV auf seinem Platz stand. Jetzt war er verschwunden.
Als Nächstes suchte ich mir einen Beobachtungsposten, von wo ich den Ausgang der Klinik möglichst unbemerkt beobachten konnte. Dort wartete ich, lange, zuerst eine Stunde, dann eine weitere Stunde. Gegen 16.30 Uhr erschienen die Kinder, begleitet von Susanne Detmold und der Furie vom Jugendamt. Sie wurden in ein Auto verfrachtet, mit dem die Verfahrensbeiständin davonfuhr. Eleonore Marzahn-Eibeck schaute dem Fahrzeug nach, fingerte eine Zigarette aus ihrer Jacke, entzündete diese und inhalierte tief. Sie zog ihr Handy, tippte eine Textnachricht, flanierte dann rauchend vor dem Eingang auf und ab.
Kurz darauf schaute sie lächelnd auf das Display ihres Handys, tippte erneut eine Nachricht, warf die Zigarette auf den Boden, um sie auszutreten. Schnellen Schrittes eilte sie zu einem Auto, einem feuerroten, älteren Golf. Ich sprintete zu meinem Wagen, versuchte dabei, ihr Fahrzeug im Auge zu behalten. Bis ich zur Parkplatzausfahrt kam, war sie außer Sicht, aber schon nach kurzer Fahrt sah ich den Golf. Glücklicherweise ein leicht verfolgbares Auto.

Ihr Weg führte von dem Plateau der Klinik, hinab an die Mosel bis nach Bernkastel-Kues hinein. Ziel war die Altstadt. In den Wintermonaten verlaufen sich kaum Touristen an die Mosel. Es herrschte wenig Verkehr, die Parksituation war entspannt. Ich stoppte großzügig von dem roten Golf entfernt, beobachtete dessen Fahrerin. Die war mittlerweile ausgestiegen und tippte wieder an ihrem Handy herum. Dann marschierte sie mit dem Gerät in der Hand los, offenbar navigierte sie damit. Das erleichterte es mir, ihr unbemerkt zu folgen.

In den mittelalterlichen Gässchen herrschte kaum Betrieb. Im Abstand von drei bis vier Häusern konnte ich ihr mühelos auf den Fersen bleiben, bis sie in einem Restaurant verschwand. Jetzt wurde es schwierig. Ich schlich an der Außenwand der Gaststätte entlang, linste in die Fenster. Nichts zu sehen. Dann blieb mir nur eine Möglichkeit. Kurzerhand trat ich ein.

Innen hing gleich im Eingangsbereich die Speisekarte in drei Sprachen: Deutsch, Englisch und Japanisch. Da stellte ich mich davor, studierte scheinbar das Angebot und schaute darüber hinweg in den Gastraum. In einer Ecke saß die Marzahn-Eibeck mit dem Rücken zu mir. Ihr gegenüber ein Mann, den ich ungestört beobachten konnte, weil er mich noch nicht kannte. Aber ich kannte ihn. Es war Frank Molter, er tätschelte die Hand seiner Tischgenossin, soeben bog sie sich vor, um ihn mit spitzen Lippen zu küssen. Dabei saugte sie sich beinahe an ihm fest, wie eine Verdurstende an einem leeren Trinkbeutel. Als Molter sich abwehrend etwas zurücklehnte, beugte sie sich knutschend so weit über den Tisch, dass ihr geringelter Strickpulli von der Kerze, die romantisch zwischen den beiden flackerte, fast in Brand gesetzt wurde. Ich hatte genug gesehen.

Pünktlich bis 18 Uhr nach Bingen zurückzukehren war unmöglich, aber ich rief Bea an, um ihr die Verspätung mitzuteilen. Dann jagte ich mein Auto über den Hunsrück zurück.

Das Abendessen, welches Bea vorbereitet hatte, war vorzüglich. Sie zeigte sich nicht annähernd so erschüttert wie ich über das Freizeit-Vergnügen der Marzahn-Eibeck.

»Lass der Frau doch ihren Spaß.«

»Dieses Treffen ist der Beweis«, beharrte ich. »Die hat dem Molter das mit der Durchsuchung gesteckt, damit er den Fund des Absperrbandes inszenieren konnte.«

»Du hast letztlich einen ganzen Sonntag verschwendet, um dieser Frau hinterher zu spionieren.«

»Aber mit Erfolg.«

»Das nennst du Erfolg?« Sie schaute mich an, als zweifele sie an meinem Verstand. »In einer Partnerschaft kann nicht jeder sein Ego ausleben, da muss man auch mal Rücksicht nehmen. Wir hätten auch etwas zusammen machen können.«
Ich überging diese Bemerkung. Wollte sie mir etwa vorwerfen, meinem Beruf nachgegangen zu sein?
»Du hättest sie sehen sollen. Das sind nicht mehr die lebensfrohen, selbstständigen Kinder, die ich kannte. Das sind Marionetten.«
»Völlig normal. Kinder leiden eben unter Trennungen. Aber wenn alles vorüber ist und die Verhältnisse sich wieder normalisieren, gibt sich das auch wieder.«
»Und die Folgen fürs Leben?«
»Meine Güte, Julius, worauf willst du hinaus? Du kannst ja dann später als Strafverteidiger ihre schwere Kindheit betonen. Aus meiner Sicht gibt so eine Trennung Kindern erst die nötige Härte. Das Leben ist eben kein Zuckerschlecken. Wenn sie das früh lernen, können sie länger davon profitieren.«
»Ist das wirklich deine Einstellung?«
»Ich habe ein Mandat mit dem Ziel, dass Michael Schneider seine Kinder zurückbekommt. Ich bin Anwältin und nicht Betreuerin oder Pastorin oder sonst irgendeine Helferin in allen Lebenslagen.«
»Sagst du das in vollem Ernst? Du hältst das, was sich heute in Bernkastel-Kues ereignet hat, für irrelevant?«
»Ich sage das, weil ich ein Privatleben habe, das ich gerne mit dir verbringen möchte, und zwar ebenfalls privat.«
Den leicht drohenden Unterton in ihrer Stimme ignorierte ich. Was mich beschäftigte, war die Situation vom Nachmittag. Das Auftauchen Molters ließ mir keine Ruhe.
»Hältst du es für möglich, dass er immer noch Graziellas Liebhaber ist? Schließlich habe ich sein Auto auch vor der Reha-Klinik gesehen. Möglicherweise hat er sie dort besucht.«
»Wenn die beiden ein Verhältnis haben und sich daraus eine Trennung entwickelt, wird mich das möglicherweise interessieren, sofern man mich mandatiert. Ansonsten ist es mir egal. Ich sage dir nochmal: Ich möchte meine Abende privat mit dir verbringen, Julius.«
Ihr Blick hatte einen kritischen Ausdruck angenommen, den ich so von ihr nicht kannte. Waren wir uns nicht einig gewesen, dass der Beruf über allem steht? Was interessierte mich ihr Wunsch nach Privatleben, wenn

ich voller Adrenalin für einen Fall brannte? Unsere ablaufende Uhr hatte den Zenit überschritten.
Erstmals beendeten wir ein gemeinsames Essen unharmonisch. Ich hatte keine Lust auf Nachtisch. War das jetzt ein Konflikt? Oder nur eine Meinungsverschiedenheit unter Kollegen? Oder bereits unser zweiter Streit, wenn man den Abend ihrer Soirée berücksichtigte? War der Rausch des Neuen verflogen? Und was blieb dann?
Jedenfalls war es mir unangenehm, nach solch einem Abend nicht alleine in meinem eigenen Bett schlafen zu können. Nachdem ich mich stundenlang schlaflos hin und her gewälzt hatte, stand ich wieder auf, öffnete mir eine Flasche Wein, setzte mich damit vor Beas Panoramafenster. Ich beobachtete die nächtlichen Schiffe auf dem Rhein, das verlockende Funkeln der Stadt unter mir, das friedliche Leuchten der Sterne darüber. Erst dadurch fand ich allmählich Ruhe. Ich schlief im Sessel vor dem Fenster.

Für den Vormittag des 20. Februar hatte das Familiengericht erneut in Michaels Angelegenheit terminiert. Es handelte sich um das Eilverfahren, welches Bea unbedingt hatte fortführen wollen. Ich fand mich pünktlich zur Terminsstunde am Gerichtssaal ein. Michael und Bea wirkten verwundert.
»Was machst du denn hier?«
»Heute ist doch der Gerichtstermin, oder?«
»Ja, aber nicht für dich.« Es war Bea, die dies sagte.
»Willst du mich etwa wieder wegschicken?«
»Familiensachen sind nicht öffentlich. Du bist weder Partei noch Anwalt in dieser Sache.«
»Wir können doch einfach behaupten, dass wir beide vertreten.«
»Könnten wir, tun wir aber nicht.« Sie schaute mich an, als ob ich ihr völlig fremd wäre.
Michael mischte sich ein. »Wir hatten das doch geklärt, dachte ich. Du machst den Strafprozess und Frau Kaiser vertritt mich vor dem Familiengericht.«
Für einen kurzen Augenblick kam mir diese Szene unangemessen vertraut vor. Schon immer hatte ich den Verdacht, dass weibliche Anwälte anders beraten als ihre männlichen Kollegen. Möglicherweise fühlen sich Männer auch nur besser von ihnen verstanden. Dieser neumodische Empathie-Quatsch spielte da eine Rolle. Ein Lächeln, ein Augenaufschlag, eine kurze Berührung – die Waffen einer Frau eben. Das schuf Bindungen zwischen

Anwalt und Mandant, die zumindest ich nicht herstellen wollte. Was mich verblüffte, war das Unsichtbare dieser Kommunikation. Stets hatte ich mich im Mittelpunkt gesehen. Michael war mein Mandant. Ich war verantwortlich für die Verteidigung. Bea arbeitete mir in der Familiensache zu, aber bei mir liefen die Fäden zusammen. Meine Entscheidung war es, ob und wie wir vorgingen.

In meiner Konzentration auf den Fall schien ich dabei einige zwischenmenschliche Signale übersehen zu haben. Aber schön, wenn die beiden sich verstanden. Das erleichterte mir die Arbeit, denn ich musste dann nicht zwischen ihnen vermitteln.

»Lass uns kurz unter vier Augen reden«, hauchte ich Bea zu, nachdem ich mich bis auf Flüsternähe zu ihr hin gebeugt hatte.

Sie ging um die nächste Ecke des Flures, ich folgte ihr.

»Was soll das?«, fragte ich weiterhin flüsternd.

»Ich gehe hier meinem Beruf nach. Vermische das bitte nicht mit Privatem.«

»Ich möchte doch nur dabei sein.«

»Aber nicht als Anwalt. Es ist mein Prozess, den führe ich, und zwar nur ich.«

»Wie du meinst«, sagte ich beleidigt, wandte mich um und stapfte davon.

»Viel Erfolg«, wünschte ich Michael im Vorbeigehen. »Ich bin in meiner Kanzlei erreichbar.«

Dort arbeitete ich den ganzen Tag verbissen durch. Niemand meldete sich bei mir, um mich vom Ausgang des Verfahrens in Kenntnis zu setzen. Gegen 18 Uhr verabschiedete sich Kerstin. »Ich mache Feierabend.«

Ich blieb weiterhin an meinem Schreibtisch sitzen in der Hoffnung, irgendjemand werde sich melden. Nichts geschah. Es hatte keinen Sinn, hier auf einen Anruf zu warten.

Von der Kanzlei aus fuhr ich nicht zu Bea wie neuerdings üblich, sondern in meine Wohnung. Beim Überfahren der Kuppe des Hungrigen Wolfs, war die Sonne im Westen schon untergegangen, der Himmel aber noch nicht völlig dunkel. Kurz hielt ich dort an, um durchzuatmen, was ich in letzter Zeit häufiger tat. Mir war bisweilen, als müsse ich an der Grenze der Stadt deren Mief aus- und frische Landluft einatmen.

Am Horizont zog sich ein orangenes Wolkenband entlang, darüber wie ein Fächer Tropfen von grauorangenen Wolken. Im Osten über dem Bosenberg stand ein einzelner Stern, der Abendstern. Wie herrlich dieses Land doch ist und wie wenig Zeit, man sich nimmt, es zu genießen. Schon stieg ich wieder ein, raste weiter. In der Ferne nach Nordwesten hin blinkte der alte Fernsehturm Ellerspring, tief im Hunsrück, ein roter Tupfer vor orangedunklem Hintergrund. Er erinnerte mich an das Auge von Mordor. Am Ortsschild von Windesheim musste ich kurz den Reiz unterdrücken, zum Weingut am Taubenschlag zu fahren. Ich wollte Michael nicht um Informationen anbetteln müssen. Außerdem hatte ich die wahnwitzige Idee, dort auf Bea zu treffen. Saßen sie jetzt angeregt beisammen und feierten den Ausgang des Verfahrens?

An dem Entschluss, den Mandanten nicht selbst zu fragen, hielt ich fest, fuhr aber dennoch am Weingut vorbei, um zu sehen, ob Beas Auto auf dem Hof parkte. Es stand nicht dort.

Dann fiel es mir wie Schuppen von den Augen. Bea fuhr einen schwarzen BMW 8er Coupé, sie hatte dieses Parfum, das nach schwarzen Rosen roch. Bea war die Frau, die ich am Abend der ersten Hausdurchsuchung kurz im Weingut Schneider getroffen hatte! Sie war Michaels geheimnisvolle Geliebte.

Auf dem letzten Stück Weg zu meiner Wohnung stellte sich mir nur noch die Frage, wie ich es beenden sollte. Durch eine schnöde Textnachricht? Durch eine längere E-Mail? Im Rahmen eines persönlichen Gesprächs?

Vor Wut kochend kam ich zu Hause an. In der Villa rustica brannte Licht. Beim Öffnen der Tür wehte mir der Geruch frischer Meeresfrüchte entgegen. In meiner Küche stand Bea und hantierte mit einem Hummer.

»Da bist du ja endlich. Wir können gleich essen.« Sie strahlte mich an, blinzelte mir verführerisch zu, während sie Linguine auf zwei Tellern verteilte. »Kümmerst du dich um den Wein?«

In einem meiner Weinregale hatte ein Fläschchen schon lange auf solch einen Augenblick gewartet. Ein Côte des Roses aus dem Languedoc, eine Cuvée aus Grenache, Syrah und Cinsault, trocken, fruchtbetont, Rosenduft mit Nuancen von Lilie, dazu mineralische Facetten und ein Hauch Meeresaroma von der Küste Okzitaniens. Wir setzten uns zum Essen.

»Und, wie ist es gelaufen?« Ich musste es jetzt endlich wissen.

»Nicht anders als zu erwarten.«

»Und was war zu erwarten?«

»Ach Julius, das ist doch immer dasselbe. Solche Verfahren werden künstlich aufgebläht und am Ende muss ein Gutachter entscheiden.« Bea nippte an dem Wein und zeigte sich begeistert. »Vorzügliche Wahl zu Linguine all'Astice.«

Ich überging das Kompliment. »Betrachte mich einfach als familienrecht-

lichen Deppen und erläutere mir, was dieser Termin heute gebracht hat.«
»Nun gut, extra für dich ganz der Reihe nach. Die Kinder sind in der Obhut des Jugendamtes. Michael möchte sie zurück. Aber das wird ein langwieriges Verfahren. Aktuell möchte das Familiengericht ein Gutachten in Auftrag geben zwecks Beurteilung der Erziehungsfähigkeit des Kindesvaters.«
»Dann sollen sie ihn eben begutachten. Was getan werden muss, wird getan. Hauptsache die Kinder kommen zurück.«
»Sachte, Julius. Wir akzeptieren natürlich den Vorschlag des Gerichts, aber vermutlich wird sich die Mühe nicht lohnen.«
Ich war erschüttert. »Zweifelst du etwa an den Erfolgsaussichten? Michael ist doch kein Kindesmisshandler.«
Sie betrachtete mich mit einem vielsagenden Blick. »Wenn die Ehefrau wieder nach Hause kommt, bricht das Konstrukt des Jugendamtes in sich zusammen. Das habe ich dir doch schon einmal erklärt. Es gibt absolut keinen Grund, der Mutter die Kinder vorzuenthalten. Wir müssen einfach abwarten, bis Frau Schneider entlassen wird.«
»Das dauert mir zu lange.«
»Meinst du etwa, so ein Gutachterverfahren ginge schneller?«
»Dann muss die Schlampe eben schneller gesund werden.«
Die Kollegin verschluckte sich an ihrem Wein. »Das hast du jetzt nicht wirklich gesagt, oder?«
»Was soll ich nicht gesagt haben?«
»Du hast Graziella Schneider eine Schlampe genannt.«
»Oh, verzeih, ich hatte einen anstrengenden Tag.«
»Kein Problem. Du solltest nur beachten, dass Graziella der entscheidende Faktor ist in diesem Verfahren. Der Prozess wird weder gewonnen, noch verloren. Er wird sang- und klanglos im Sande verlaufen. Kehrt sie zurück, folgen ihr die Kinder quasi auf dem Fuß.«
»Warum hast du diesen Termin dann überhaupt beantragt?«
»Reine Vorsorge. Vielleicht geht ja irgendwas schief. Vielleicht muss sie doch länger bleiben. Oder sie kommt nicht nach Hause zurück, sondern geht woanders hin. Man muss immer mit Allem rechnen. Du kennst das doch.«
Es war Zeit, zu dem Thema zu wechseln, das mir in der Seele brannte. Während Bea geschickt eine Hummerschere knackte, warf sie mir einen besorgten Blick zu.
»Ist etwas? Du wirkst so ernst.«

»Du hast die Eheleute Schneider vor der Hochzeit bei irgendwelchen Verträgen beraten. Hattest du danach nochmal mit Michael Schneider zu tun?«
Sie lachte schallend auf. »Hat er es dir erzählt? Oder hast du es endlich selbst herausgefunden?«
»Es ist also wahr!«
»Und du konntest dich bis heute nicht daran erinnern, dass wir uns damals im Weingut Schneider schon das erste Mal gesehen haben. Eigentlich müsste ich enttäuscht sein. Ich dachte, ich hätte mehr Eindruck hinterlassen.«
»Es war nur ein flüchtiger Augenblick.«
»Dennoch hätte ich erwartet, dass er sich dir einbrennt.«
»War dieser Abend der Beginn eurer Affäre?«
»Nein, das war der Beginn eines Mandats. Michael hatte mich damals um Rat gebeten wegen seiner familiären Probleme.«
»Ich dachte, du machst keine Hausbesuche.«
»An jenem Abend hat es sich eben so ergeben. Außerdem habe ich das nie kategorisch abgelehnt.«
»Als ich den Termin für Michael mit dir vereinbaren wollte, hast du es abgelehnt.«
»Da war mir klar, dass ich das Mandat auf jeden Fall bekommen würde. Warum hätte ich dann noch meine Kanzlei verlassen sollen?«
Der Versuch, mit einer Hummergabel das Fleisch aus den Beinen des Tieres zu ziehen, lenkte mich einige Zeit lang von dem Gespräch ab. Bis mir wieder einfiel, was ich eigentlich hatte fragen wollen.
»Ein Mandant beauftragt dich wegen familiärer Probleme und du beginnst eine die Ehe möglicherweise vollständig zerstörende Affäre mit ihm?«
Bea legte ihr Besteck geräuschvoll auf den Teller und schaute mich ernst an.
»Damit das klar ist: Es gab keine Affäre.«
»Mein Kenntnisstand ist ein anderer.«
»Ich hatte zwei oder drei ausführliche Beratungsgespräche mit dem Mandanten. Seine Frau hatte ihm im Krankenhaus die Trennungsabsicht verkündet. Mir war klar, dass er vor einem Familiengericht keine Chance haben würde. Wer gibt schon Kinder an einen Vater, der diese permanent vernachlässigt? Also habe ich ihm einen möglichen Weg aufgezeigt. Eine Art Therapie. Und diesen Weg ist er gegangen.«
»Was für eine Therapie?«
»Das muss und darf ich dir nicht im Einzelnen erzählen. Wir haben eben

familientypische Situationen durchgespielt und das richtige Verhalten in solchen Situationen eingeübt?«
»Also warst du seine Therapeutin?«
»Wenn du es so nennen willst, ja. Ich habe zwar keine Zulassung als Therapeutin, aber die vollständige Ausbildung zur Heilpraktikerin für Psychotherapie. Daher nenne ich diese Tätigkeiten schlicht Beratungsgespräch und rechne natürlich nach anderen Tarifen ab als die Therapeuten. Aber grundsätzlich gibt es Fälle, in denen ich Mandanten in aufwändigen Sitzungen darauf vorbereite, sich im Falle einer familienrechtlichen Auseinandersetzung so zu verhalten, dass sie wenigstens eine Chance haben. Das ist im Prinzip nichts anderes, als das bei manchen Verteidigern übliche Zeugenbriefing.«
Diese Frau überraschte mich stets aufs Neue.
»Die vielen Stunden in denen Michael seine Kinder und seine Frau vernachlässigt hat, war er bei dir, um sich auf ein Kindschaftsverfahren vorzubereiten?«
»Nicht unbedingt bei mir. Ich gestalte solche Termine zwanglos. Man kann die erforderlichen Techniken auch bei einem Essen oder einem Spaziergang vermitteln. Jedenfalls war es kein Verhältnis. Ich habe stets die professionelle Distanz gewahrt. Wir Siezen uns beispielsweise konsequent. Allerdings ist mir nicht entgangen, dass der Mandant dabei war, sich in mich zu verlieben, weshalb ich das Programm auch vor Weihnachten beendet habe.«
»Michael sagte mir, er habe die Affäre beendet.«
»Männer«, schnaubte sie. »Er hat dir eben seine Version verkauft. Wahrscheinlich würde er auch nie zugeben, dass er eigentlich Therapiestunden genommen hat.«
Bedürfte ich einer Therapie, würde ich mich zuerst dieser Erkenntnis so lange wie möglich verweigern, dann die Maßnahme vorzeitig als nutzlos abbrechen und mit keinem darüber reden. Insofern verwunderte mich Michaels Unehrlichkeit in dieser Hinsicht nicht.
Bea schaute in meine Gedankengänge hinein. »Du hältst nicht viel von Psychologie, oder?«
»Doch, ich lese nahezu alles, was ich zur Aussagepsychologie bekommen kann. Außerdem bin ich ein Anhänger der Reaktivierung des Unbewussten?«
»Der was?« Bea prustete. »Hast du heute zu viel getrunken?«
Die Bemerkung fand ich nicht lustig, denn die Reaktivierung des

Unbewussten ist möglich. In einer üblen Spelunke hatte mir dies ein einsamer Trinker einst erklärt. Er lebte in einem Wohnwagen auf einen Campingplatz im Nahetal. Den Hartz-4-Satz besserte er sich auf mit schamanischen Sitzungen, bei denen es darum ging, gelangweilte Hausfrauen mit milden Drogen in Verzückung zu versetzen. Waren sie durch etwas Qualm oder das Kauen von Pilzen zum Klang einer Trommel in den Zustand geraten, den sie für Ekstase hielten, zelebrierte er irgendwelche Rituale in kollektiver Nacktheit. Tags drauf war den Damen das so peinlich, dass sie es ihren Freundinnen lieber als einmaliges Erlebnis mit tieferer Erkenntnis anpriesen. So hatte er sich trommelnd und haschrauchend einen soliden Kundinnenstamm erarbeitet, der ihm zumindest die finanziellen Möglichkeiten verschaffte, ab und an nach Kreuznach zu fahren und es richtig knallen zu lassen, also mit Alkohol statt mit Hausfrauendrogen.

Hin und wieder trafen wir uns, wenn er sich wegschoss und ich zwischen zwei Terminen die Zeit fand, mit ihm über die Grenzerfahrungen durch Alkohol zu diskutieren. Einmal, er redete schon lallend mit glasigen Augen, war sie ihm herausgerutscht, eine Bemerkung über die Technik der Reaktivierung des Unbewussten, so nannte er dies.

»Trink einen Korn auf mich, ich muss zu Gericht«, antwortete ich. Dann legte er los.

»Deine Erinnerungen sind wie ein Film in deinem Unterbewusstsein gespeichert. Du kannst sie aufrufen und wie im Kino neu betrachten.«

Das faszinierte mich. Ich rief Kerstin an.

»Hat der Mandant den Vorschuss für den heutigen Termin schon bezahlt?«

»Nein.«

»Ist er finanziell vertrauenswürdig?«

»Eher nicht.«

»Dann bin ich verhindert.«

Verhindertsein war unser Codewort für spontane Trinkexzesse. Es bedeutete, dass ich nicht mehr bei Gericht auftreten wollte und Kerstin sich wortreich eine Entschuldigung ausdenken musste. Stand noch ein Vorschuss offen, war dies relativ leicht. Es war die Schuld des Mandanten.

Der Schamane, mit dem ich mich so einträchtig unterhielt, gab bei zwei oder drei weiteren Korn die Details seiner Methode preis, dann ließ ich ihn schlafend zurück. Was ich wissen wollte, hatte ich aus ihm herausgequetscht: Die Technik der Reaktivierung des Unbewussten.

Prinzipiell war es völlig banal. Man musste sich nur gelegentlich die Zeit nehmen, beliebige Szenen aus dem täglichen Leben zu erinnern.

»Es ist ein Film«, hatte der Schamane gesagt. »Spule den Film ab.«
Folglich saß ich von da an abends in meinem Wintergarten, ließ den Tag als Film ablaufen und suchte nach dem Unbewussten. Ich trainierte es regelmäßig. Nicht täglich, dann wäre es noch effektiver, aber mehrmals wöchentlich. Es gelang mir, Unbewusstes in Bewusstsein zurückzurufen. Beim Warten an der roten Ampel schaut man üblicherweise nach vorne. Regelmäßig sucht der Blick aber auch den Rückspiegel. Was war dort zu sehen? Ungeübt ist diese Erinnerung verloren. In Wirklichkeit ist sie weiter vorhanden. Es fehlt nur der Schlüssel, sie zu reaktivieren. Dieser Schlüssel heißt Übung.
Nach etwa einer Woche sinnlosen Erinnerns kamen erste Bilder aus der Tiefe zurück. Mit der Zeit entstand ein Kurzkino in meinem Kopf, das mir Belanglosigkeiten offenbarte, deren Sinn sich mir nicht immer erschloss. Wer saß mir im Eiscafé gegenüber? Was hatte ein Richter vor Ende der Verhandlung zuletzt gesagt? Wie war ich in der täglichen Routine von einem Ort zum anderen gelangt? Welche Menschen waren mir dabei begegnet? Unendliche Details des täglichen Lebens waren reaktivierbar.
Noch war es nur ein Zeitvertreib ohne praktischen Nutzen. Aber mir schwante, dass irgendwann ein Bild aus meinem Unterbewusstsein ungeahnte Bedeutung erlangen würde. Darum trainierte ich beständig das Reaktivieren des Unbewussten und wartete auf den entscheidenden Augenblick.
Der war indes jetzt noch nicht gekommen, denn Bea kicherte über diese Schilderung. Ich kam daher zurück auf den früheren Teil unserer Unterhaltung, ihre seltsamen Sitzungen mit meinem Mandanten.
»Weshalb war ich nicht von Anfang an eingeweiht?«, wollte ich wissen.
»Weil es dich einfach nichts angeht. Was stellst du dich heute so an, Julius? Der Mann hat mich als Anwältin beauftragt. Wir unterliegen einer Verschwiegenheitspflicht. Das muss ich dir wohl nicht erklären. Ich habe ihm übrigens damals davon abgeraten, dich als Familienrechtler zu engagieren, aber er war so überzeugt von dir, dass er nicht auf meinen Rat gehört hat. Erst nachdem du es vermasselt hattest – anders kann man das wohl nicht nennen – hat er sich erneut dazu entschieden, mich zu beauftragen, und zwar mit dem Ziel, seine Kinder zurückzubekommen. Das hatte mit der früheren Beratung aber nichts zu tun. Es sind zwei völlig unterschiedliche Mandate. Also warum hätten wir dich in Kenntnis setzen sollen?«
»Als wir zusammen bei dir waren, wieso habe ich es da nicht gemerkt?«
»Schweigepflicht! Du wusstest von ihm, dass ich seinen Ehevertrag

entworfen hatte. Er wollte nicht, dass du mehr erfährst. Ich musste so tun, als seien wir uns nur aus einem früheren Mandat noch lose bekannt.«
So wie Bea das erklärte, klang es nachvollziehbar und glaubhaft. Wir hatten unsere Teller längst leergegessen, ich schenkte den Rest der Weinflasche in die Gläser. Sie betrachtete mich prüfend.
»War es das jetzt? Oder hast du noch Fragen?«
»Eine noch.«
»Und zwar?«
»Was gibt es zum Nachtisch?«
Sie grinste. »Das, was es immer gibt.«
Das Dessert zu Beas Linguine all'Astice war einerseits von nie mit ihr erlebter Intensität. Zugleich hatte es etwas Verkrampftes, Gezwungenes. Der Zweifel war da. Die Zeiger der ablaufenden Uhr waren am Fallen.

Am Wochenende führte ich sie aus in den Landgasthof Stempel in Windesheim. Wir ließen uns vom Koch ein Überraschungsmenü zaubern, denn am Besten ist er, wenn er kreativ sein darf. Es wurde ein gelungener Abend, bis sie mich fragte, warum ich sie eingeladen hatte.
»Einfach nur so.«
»Nur so?«
»Braucht es einen Grund? Etwa diesen kitschigen Valentinstag?«
»Der war vor zehn Tagen.« Klang da Enttäuschung mit?
»Das hier ist ja auch kein Valentinstagsessen. So etwas mache ich nicht.«
»Sei doch nicht gleich eingeschnappt.«
Es war Bea, die noch eine Flasche bestellte. Vorzüglichen, aber schweren Windesheimer Spätburgunder. Zudem erhöhte sie die Frequenz.
»Schenk mir noch mal ein.«
»Sei vorsichtig, du redest schon etwas beschwipst.«
»Das hältst ausgerechnet du mir vor?«
»Ich halte es dir doch nicht vor.«
»Würde ich dir auch nicht raten.«
Der nächste Gang wurde aufgetischt. Wir aßen schweigend. Bea trank schnell.
»Was findest du eigentlich an mir?«, erkundigte sie sich.
»Du meinst, was uns verbindet?«
»Nenne es, wie du willst.« Etwas brodelte in ihr.
»Wir haben eine ähnliche Auffassung vom Beruf.«
»Langweilig.«

»Wir lieben gutes Essen und Trinken, inklusive Nachtisch.«
»Da war es, das Wort. Ich will es hören.«
»Essen? Trinken? Nachtisch?«
»Nein, das andere!«
Sie schenkte sich nach, winkte mit der leeren Flasche durch das Restaurant.
»Sag es, Julius.«
Ich schwieg. Selbst wenn ich es hätte sagen wollen, ließ ich mich dazu nicht zwingen. Bea blinzelte auffällig. Die Augen wurden ihr schwer.
»Suchst du eine zum Trinken und fürs Bett oder bin ich dir mehr?«
Es ist so sinnfrei, Anwälte mit Worten festnageln zu wollen. Sie winden sich doch stets heraus.
»Rede nicht so abschätzig von den schönen Dingen des Lebens«, mahnte ich.
»Also bin ich nur deine Trinkgenossin?«
»Dein Weinverstand ist etwas, das mich an dir fasziniert.«
»Was heißt das?«
»Du bist in der Lage, dich mit mir sehr intensiv über Wein auszutauschen. Das begeistert mich.«
»Es ist nur Show. Natürlich habe ich gewisse Grundkenntnisse so wie jeder, der in dieser Region aufwächst. Außerdem hatte ich zahlreiche Sitzungen mit deinem Mandanten Schneider, einem Winzer. Der hat auch ständig von Wein geredet. Von ihm habe ich das theoretische Wissen.«
»Bloße Theorie befähigt Menschen nicht, sich praktisch so hervorragend zu schlagen, wie du es getan hast.«
Sie suchte Streit, wollte den Abend nicht friedlich ausklingen lassen, zerstören, was uns verband. Sogar durch Lügen, denn was sie mir mit schwerer Zunge als Nächstes auftischte, konnte nicht wahr sein.
»Wenn du meinst, eine verdeckte Probe zu servieren, so sagt mir allein die Form der Flasche schon einiges. Da kannst du das Etikett verdecken, wie du willst. Aus einer schlanken Flasche fließt kein Burgundertyp. Und wer dich ein wenig kennt, vor allem deine Vorlieben, der erahnt aus der Summe der verbliebenen Möglichkeiten regelmäßig den Riesling, weil du den eben bevorzugst. Setzt du mir hingegen nicht die schlanke Rieslingflasche, sondern die bauchige Burgunderflasche vor, so ist dies ebenfalls leicht durchschaubar. Der Grauburgunder riecht fleischig oder nach Honig, der Weißburgunder nach Quitte oder Zitrusfrüchten. Lässt sich beides nicht feststellen, tippe ich eben auf Chardonnay. Und falls ich irre, nimmst du das doch eh nicht zur Kenntnis. Denn dir ist allein wichtig, eine Partnerin

zu haben, die Wein mit dir trinkt. Erkenne ich eine Sorte nicht, wertest du es als ein ›knapp daneben‹, ein ›immerhin‹ oder ein ›nicht ganz realistisch, aber es ist auch schwer‹. Letztlich willst du nicht wahrhaben, dass mein Weingeschmack allenfalls durchschnittlich ist.«

Ich hätte jetzt gerne mit ihr gelacht, doch Lachen und Schmunzeln gibt es nur im Taumel des Neuen. Am Ende zernagt alles die gottverfluchte Routine. Ratlos ergriff ich mein Weinglas, analysierte ein wenig die Geruchsnoten des Spätburgunders.

Bea schenkte sich nach, ich blickte mich um, verwundert darüber, wie viele sich schweigend gegenübersaßen und in ihre Handys starrten. Der Kollegin fiel es jetzt ebenfalls auf, sie kommentierte es länger als notwendig. Sie musste kommunizieren.

Ich sitze beim Wein lieber still da, beobachte, reflektiere Eindrücke. Über Gefühle zu reden, ist mir ohnehin nicht gegeben. Bea zerredete das Handythema bis ins kleinste Detail, kritisierte die Entwicklung der Gesellschaft als Ganzes, die Unzulänglichkeiten Einzelner, denen ein Status in asozialen Netzwerken wichtiger sei als die unmittelbaren Gegenüber. Ich ließ mich kurz auf das Gespräch ein, bis mir nichts mehr dazu einfiel. Sie redete weiter, ich versank in meinen Gedanken, hörte nur noch mit halbem Ohr hin.

»Findest du nicht auch?«, fragte sie plötzlich.

Ich registrierte, dass sie eine Frage gestellt hatte. Nur fehlte mir der Bezug. Schweigend schaute ich sie an.

»Ob du auch diese Blumen dort oben auf der Theke so schön findest?«

»Ach, die. Tja, ich habe es nicht so mit Blumen. Aber wenn du meinst, warum nicht? Ja, ich finde sie auch schön.«

Danach schwieg sie. Endlich, wie ich fand. Kurz später zückte sie ihr Handy und tippte darauf herum. Wir hatten uns nichts mehr zu sagen. Unsere Uhr war abgelaufen.

Der Montag führte mich nach Fulda, auch dort gibt es ein Landgericht. Bei dem Prozess ging es um nichts Gravierendes, verhandelt wurde ein eher leichter Fall von Insolvenzstraftaten. Dummerweise hatte die bankrotte Firma meines Mandanten ihren Sitz in Fulda gehabt, deshalb musste ich dorthin fahren. Glücklicherweise war er ein Bankrotteur mit Hirn, hatte folglich genug Geld beiseitegeschafft, um mir das zu bezahlen.

Die Wirtschaftsstrafkammer hatte einen Doppeltermin anberaumt, montags und dienstags. Ich reiste mit dem Zug an, hatte eine Hotelübernachtung gebucht. Bea fuhr mich an den Bahnhof.

»Bis morgen Abend«, sagte ich.
»Bis morgen.«
Am ersten Tag verhandelten wir einige Stunden und boten dann teilweise Schadenswiedergutmachung an im Gegenzug für eine Bewährungsstrafe. Selbst dafür war noch genug Geld übrig. Der Staatsanwalt zeigte sich nicht begeistert.
Um die Mittagszeit vertagte sich das Gericht, was bedeutete, dass die Richter Zeit benötigten, um den Staatsanwalt weichzuklopfen. Den restlichen Tag nutzte ich zu einem Stadtbummel. Ich besichtigte den Dom und die Michaelskirche, ein faszinierendes Bauwerk aus karolingischer Zeit, die zweitälteste Kirche Deutschlands.
Abschließend begab ich mich ins Hotel, arbeitete an der Hotelbar ein wenig am Laptop und wollte früh schlafen gehen. Schon im Bett fragte ich mich, ob es erforderlich sei, Bea anzurufen. Wie hält man es als Paar, wenn man einen Tag getrennt ist?
»Hast du getrunken?«, erkundigte sie sich, nachdem ich sie endlich erreicht und vielleicht etwas zu euphorisch gegrüßt hatte.
»Ein paar Negroni an der Hotelbar, mehr eigentlich nicht.«
»Du trinkst zu viel.«
Es stimmte mich aggressiv, dass sie dies sagte. »Wir sind nicht verheiratet«, antwortete ich.
Da ich niemals verheiratet war, konnte ich nicht beurteilen, ob eine Frau in der Ehe das Recht hatte, einen Mann mit derartigen Vorwürfen zu drangsalieren. Im Gesetz stand nichts darüber, dessen war ich mir sicher. Aber es gab ja noch die ungeschriebenen Normen, denen Menschen sich mit dem Ja-Wort vor einem Altar oder – wenn sie sparen müssen – einem Standesbeamten angeblich unterwarfen.
Bea fand meine Anspielung auf eine Ehe nur mäßig lustig. Sie schnaubte kurz, bevor sie meinte: »Du hast ein Problem. Aber ich bin nicht dazu da, deine Probleme zu lösen. Löse es gefälligst selbst.«
Wieder einmal suchte sie Streit. Erfahren im Streiten, wie ich es eben bin, hielt ich es für eine verdammt clevere Taktik, ihren Angriff zu ignorieren und das Thema zu wechseln. Das würdigt die Argumente der Angreifer herrlich herab, denn es zeigt ihnen, dass ihre Ausführungen es nicht einmal wert sind, darüber nachzudenken.
»Ich denke, ich hole morgen eine Bewährung für meinen Mandanten heraus.«
»Hast du mir nicht zugehört?«, kam es vom anderen Ende der Leitung.

»Doch schon, aber ich habe keine Lust, mit dir zu streiten.«
»Es geht hier nicht um einen Streit, es geht um ein Problem von dir.«
Wortlos drückte ich das Gespräch weg.
Auch dies war Taktik, denn jetzt musste sie mich erneut anwählen, was eine vorteilhafte Position verschaffen würde. Sie war es dann, die etwas von mir wollte. Mindestens fünfmal würde ich es klingeln lassen.
Der kleine Kühlschrank in Hotelzimmer, bot einen Weißwein von miserabler Qualität, den ich entrüstet überging, einen mittelmäßigen Rotwein, den ebenfalls meine Verachtung traf, eine Dose Gin-Tonic sowie ein Fläschchen irischen Whiskey. Ich griff mir die Spirituosen und setzte mich wieder auf das Bett. Allmählich könnte sie zurückrufen.
Gin-Tonic aus der Dose ist keine Offenbarung, der Whiskey war trinkbar. Als beides leer war, wurde mir klar, dass sie nicht mehr anrufen würde. Nicht nur mein Plan, ihre Argumente durch gezieltes Desinteresse zu negieren, war fehlgeschlagen, sondern auch der Versuch, sie durch einen plötzlichen Gesprächsabbruch in die Defensive zu zwingen. Ich musste grinsen. Sie war eben Anwältin und bestrebt, sich als ebenbürtige Gegnerin zu erweisen.
Ihre wiederholten Vorwürfe empfand ich allerdings als Verrat. Hatte ich mich etwa verändert seit unserem Kennenlernen? Nein, ich war derselbe wie zu Beginn. Sie war es vielmehr, die eine Veränderung wollte. Genügte ich ihr schon nicht mehr?
Der nächste Morgen sah mich übel gelaunt. Das Telefonat vom Vorabend nagte an mir. Obendrein war es dieser unfähigen Kammer nicht gelungen, den Staatsanwalt zum Einlenken zu überreden. Weitere Zeugen mussten vernommen, unser Angebot zur Schadenswiedergutmachung erhöht werden. Erst dann war das Prozessziel erreicht, nun aber der Mandant nicht mehr zufrieden.
»Verdammt teurer Vergleich«, nörgelte er nach dem Urteil.
»Das war kein Vergleich, sondern ein Strafurteil. Gerechtigkeit ist eben nicht käuflich.«
»Trotzdem zu teuer.« Er verabschiedete sich knapp.
Bevor ich den Zug zurück bestieg, verspürte ich Durst und begab mich auf die Suche nach einer Weinschänke. Das war in Fulda ein schwieriges Unterfangen. In der Innenstadt entdeckte ich ein Schaufenster mit vielen Weinflaschen. Nachdem ich den Eingang zu dem Laden gefunden hatte, erwies er sich zunächst als Blumengeschäft, sobald man weiter hineinging als Dekoladen, schließlich als Parfümerie und zuletzt noch als Beklei-

dungsgeschäft. Alles etwas höherwertig, verwirrend aber geschmackvoll. Da mich nichts, was dort geboten wurde, zum Kauf reizte, überlegte ich, irgendwem irgendetwas mitzubringen. Prompt fielen mir Michaels Kinder ein.

»So weit ist es also schon«, schimpfte ich mich, »jetzt suchst du schon nach Mitbringseln für sie.«

Ich flanierte an verschiedenen Kleiderständern vorbei, nahm versuchsweise diversen Nippes aus den zahlreichen Regalen in die Hand. Es würde den Kindern nichts nützen, solange sie nicht Zuhause sein durften, stellte ich frustriert fest. Dennoch beäugte ich auch noch das reichhaltige Angebot in einer Spielwarenecke und stieß dann eher durch Zufall auf das, was ich ursprünglich gesucht hatte: eine Theke.

»Gibt es hier Wein?«

»Aber natürlich.«

»Dann bitte ein Glas weiß und trocken.«

»Silvaner, Riesling oder Chardonnay?«

»Genau in dieser Reihenfolge«, antwortete ich. Allein schon diese Gegenfrage in einer Gegend ohne eigenen Weinanbau klang vielversprechend.

Drei Stühle weiter saß eine Frau, kurzhaarig, elegant gekleidet, erschöpft vom Shoppen. Sie schlürfte Cappuccino.

»Ist es nicht wunderbar erholsam, einfach mal eine Pause zu machen?«, sprach sie mich an.

»Durchaus. Ich bin allerdings überrascht, dass es hier sogar Wein gibt.«

»Hier gibt es eigentlich alles.«

»Alles?«

»Nein, natürlich nicht, was Sie jetzt meinen.«

»Was meine ich denn?«

Sie lächelte und blätterte verstört in einer Modezeitschrift. Das Gespräch kam kurz zum Erliegen. Nachdem ich den Silvaner sowie den Riesling schon hinter mir gelassen und mich dem Chardonnay zugewandt hatte, war ihr offenbar klar geworden, dass nicht jeder Mann im Anzug allein an einer Bar ein Jäger ist. Folglich ergriff sie selbst wieder die Initiative.

»Haben Sie eigentlich mittlerweile gefunden, was Sie suchen?«

»Soweit es den Wein betrifft, bin ich ganz zufrieden hier.«

»Aber Sie sind nicht nur wegen des Weines gekommen, vermute ich.«

»Ich bin ein vielseitiger Mensch mit zahlreichen Interessen.«

»Ich glaube, ich versuche auch mal ein Glas Wein.«

Außer dem Wein entdeckten wir weitere gemeinsame Bedürfnisse. Als ich

relativ früh am nächsten Morgen ein Appartement in der Altstadt Fuldas verließ, um endlich einen Zug zurück zu nehmen, waren die ersten Einwohner schon wieder wach. Eine ältere Frau spülte mit der Gießkanne Urinpfützen weg, die unerzogene Nachtschwärmer in ihrem Hauseingang hinterlassen hatten. Ihre Nachbarin beklagte die Spuren des Vandalismus wie aus den Beeten gerissene Blumen oder umgeworfene Sitzgarnituren. Ich schmunzelte. Es erinnerte mich an die Stadt, in der ich groß geworden bin. Warum sollte es andernorts anders sein?
Beim Halten meines Zuges in Bingen wurde mir bewusst, dass ich Bea zwischenzeitlich völlig vergessen hatte. Ich fuhr mit dem Taxi zu ihrer Wohnung, wo ich sie nicht antraf, dann zu ihrer Kanzlei.
»Wo kommst du denn her?«, fragte sie überrascht.
»Aus Fulda.«
»Habt ihr die Nacht über durchverhandelt?«
»Nein, natürlich nicht.«
»Was hat dich dann aufgehalten?«
»Eine Weintheke.«
Ihr Blick sprach Bände. »Wie lange machst du das eigentlich schon so?«
»Was meinst du jetzt?«
»Deinen Weinkonsum.«
»Keine Ahnung. Ich denke mal, als Studenten haben wir alle gut gebechert. Später als junger Anwalt beschäftigte ich mich oft mit Weinproben statt eines Prozesses. Ich hatte ja noch nicht viel zu tun. Je situierter ich wurde, desto häufiger trank ich aufgrund eines Prozesses. Das Glas danach, die Entspannung vom Termin. Insgesamt hat sich der Konsum dadurch kaum verändert. Ich befinde mich also im Gleichgewicht.«
Wir standen an der Eingangstür zu ihrer Kanzlei. Mir war klar, dass sie mich nicht hereinbitten würde.
»Verrate mir noch eines, Julius. Hast du wirklich die ganze Nacht durchgemacht? Oder war da noch etwas anderes?«
Ihre Augen waren starr auf meine gerichtet. Ich wich ihrem Blick nicht aus, sondern schaute nur schweigend zurück. Etwa eine halbe Minute lang fixierten wir uns so. Dann schloss sie die Tür. Frauen können eben keinen One-Night-Stand.
Bea war resolut bis zum Ende. Die Kälte, mit der sie unsere Beziehung beendete, war ein Musterbeispiel beruflicher Professionalität. Sie tat es etwa so, wie man im Zivilprozess sagt: »Ich beantrage Klageabweisung«. Rücksichtslos, entschieden, konsequent, unumkehrbar. Ob sie lange darüber

nachgedacht, alle Details dieser Entscheidung abgewogen oder spontan aus dem Bauch heraus gehandelt hatte, war nicht erkennbar. Es spielte letztlich keine Rolle, denn die Würfel waren gefallen. Die geschlossene Kanzleitür war nicht Einladung zu einem späteren Krisengespräch, eine Aufforderung zu verhandeln, ein Versuch, irgendetwas zu retten. Als die Tür ins Schloss fiel, waren wir geschiedene Leute.

Üblicherweise bin ich es, der eine Beziehung beendet. Wenn mir die Gemeinsamkeit zur Qual wird, die Partnerin mich zu sehr eingeschränkt, ich mein Leben nicht mehr gestalten darf, wie es mir gefällt, dann reiße ich für gewöhnlich die Notleine und beende, was keine Zukunft hat. Bea war mir nicht zuvorgekommen, die Tür musste geschlossen werden. Sie hatte mir lediglich das Wort abgeschnitten. Und Erklärungen erspart.

Das war keine Trennung nach dem Motto: »Wir bleiben aber Freunde«. Es währte etwa vier Wochen. Eine ausreichende Zeit, wie ich fand. Zuletzt war es mir ohnehin eintönig erschienen, immer diese gemeinsamen Abende und das pünktliche Essen. Einfach nicht meine Welt. Ob der Beruf etwas damit zu tun hatte, war eine Frage, über die ich nur kurz nachdachte. Denn der ließ sich nicht ändern.

Das Ende war so plötzlich gekommen wie der Beginn. Wir ersparten es uns, die Geschichte zum Drama hochzustilisieren, uns unnötig zu quälen damit. Es funktionierte eben nicht. Noch war es nicht allzu lange her, dass ich mich in ihrem Schoß gewunden hatte, mit einem Male schien mir dies undenkbar. Schon der Gedanke, es getan zu haben, bereitete mir Ekel, der sich schnell zu einem Gefühl ausweitete, das mir gegenüber Menschen eher fremd ist: Gleichgültigkeit. Ich kann hassen, vielleicht lieben, verachten oder bewundern, beneiden und verabscheuen. Unbewusst mache ich mir von jedem Menschen ein Bild, eine Schublade, in die ich ihn hineinstopfe. Nur bei Bea gelang mir dies nicht. Denn schlussendlich, hatten wir nichts füreinander empfunden.

Bei Rückkehr in meine Villa rustica empfand ich die Stille und Einsamkeit des Hauses befreiend. Die Futterstellen der Vögel waren alle leergepickt, es erfüllte mich mit Glück, wieder Meisenknödeln, Körnerfutter, Fettfutter, Nussstangen und Energieblöcke im Garten zu verteilen. Für die Eichhörnchen hatte ich Wal- und Haselnüsse besorgt. Kaum saß ich im Wintergarten, flatterten draußen die dankbaren gefiederten Freunde heran.

Ich beobachtete sie gelöst, bis die Dämmerung sich über das Paradies vor meinem Fenster legte. Dann entzündete ich den Kaminofen, nahm mir ein Glas Wein, dazu den Laptop und studierte Akten. Das war mein Leben.

Kapitel 4

Genau am 1. März, fast ein halbes Jahr nach dem Unfall wurde Graziella Schneider aus der Reha-Klinik entlassen und kehrte nach Hause zurück. Das war ein Freitag. Am Montag stand das Jugendamt auf der Matte, um die geänderten Verhältnisse zu inspizieren.
Michael hatte mich gebeten, anwesend zu sein, ich ihn diesbezüglich auf Beatrix verwiesen. Die hatte es abgelehnt, zu dem Termin zu erscheinen.
»Das ist eine reine Farce. Sie haben überhaupt kein Recht, der Mutter die Kinder vorzuenthalten. Diese Veranstaltung hat nur Alibifunktion, damit sie hinterher behaupten können, es sei nun alles wieder in Ordnung«, war ihre Begründung gewesen.
Als Strafverteidiger denkt man anders. Jeder Termin ohne anwaltlichen Beistand kann zum Fiasko werden. Oft genügt schon eine falsche Antwort, um selbst sorgfältigst ausgearbeitete Strategien zu zerstören. Notgedrungen fand ich mich darum montagmorgens persönlich im Weingut am Taubenschlag ein, hielt mich aber bewusst im Hintergrund. Es wurde eine entwürdigende Zeremonie.
Eleonore Marzahn-Eibecks Niederlage war besiegelt. Die Eltern hatten sich nicht getrennt, die Kinder kamen zurück. Darum wollte sie diese letzte Möglichkeit noch auskosten, ihre Macht zu demonstrieren. Gockelhaft stolzierte sie in der Wohnung umher, stellte Fragen wie ein Stasi-Offizier beim Verhör. Sie legte es darauf an, Michael zu provozieren, ihn aus der Fassung zu bringen und ihr den erneuten Vorwand zu liefern, die Kinder vor ihm zu schützen.
Ich wich nicht von seiner Seite, redete ihm permanent zu: »Ruhig bleiben, nicht aufbrausen.«
Als die Jugendamtstante ein Messer nach dem anderen aus dem Messerblock zog und über die Gefährlichkeit solcher Werkzeuge in Kindernähe dozierte, war selbst ich kurz davor, die Beherrschung zu verlieren.
Was mich etwas irritierte, war Graziellas Verhalten. Das erste Mal sah ich sie mit ihrem Ehemann zusammen, ließ man einmal das Treffen im Krankenzimmer, als sie benebelt nach Frankie gerufen hatte, außer Acht. Sie spielte dem Jugendamt eine harmonische Beziehung vor. Obwohl das Verhältnis der Eheleute zueinander tief zerrüttet war, ich wusste es definitiv. Michaels Frau hatte in der Reha mehrfach Besuch von der Kripo erhalten und in ausführlichen Vernehmungen Rede und Antwort gestanden.

Etwa eine Woche vor ihrer Rückkehr war mir die Ermittlungsakte in einer aktualisierten Version zuletzt übersandt worden. Ihre Aussagen erschütterten mich. Die Protokolle waren so akribisch, dass sie sich fast wie eine Biografie der Eheleute lasen.
So hatte ich erstmals erfahren, dass Michael vom Mittelrhein stammte. In Bacharach war er aufgewachsen und zum Küfer ausgebildet worden. Seine Frau war zum Arbeiten nach Deutschland gekommen und zunächst in einem italienischen Restaurant am Rhein tätig. Dort hatten sie sich kennengelernt.
Die Eheschließung lag etwa zehn Jahre zurück. Ihr Hochzeitstag war der 15. August, das Fest Maria Himmelfahrt, in Italien als Ferragosto einer der wichtigsten Feiertage des Jahres, historisch zurückgehend auf den Triumphzug des Augustus. Im weiteren Verlauf der Ehe sollte dieser Tag eine bizarre Bedeutung gewinnen.
Nach der Hochzeit war Michael auf ein Weingut in Windesheim aufmerksam geworden, dessen Inhaber ohne Erben verstorben war und das deshalb zum Verkauf stand. Er hatte alles auf eine Karte gesetzt und sich für ein Leben als Winzer entschieden. An Kapital fehlte es von Anfang an, Michael hatte ohnehin keines mitgebracht, seine Frau wenigstens eine stattliche Mitgift. Außerdem förderte der Staat großzügig Existenzgründungen. Ein Leben auf Pump nahm seinen Lauf.
Erste Erfolge als Winzer ließen nicht lange auf sich warten, die üblichen Feinschmeckermagazine und Weinführer wurden auf das neue Talent aufmerksam, lobten seinen andersartigen Stil, feierten seine Weine. Erfrischend neu und unkonventionell seien seine Kreationen. Es ging bergauf. Wie jeder Weinbaubetrieb, der heutzutage überleben will, musste Michael investieren. Modernere Maschinen, ausgefeiltere Technik, höheres Qualitätsniveau. Dies führte zu weiteren Schulden. Nach der Geburt des ersten Kindes war er auf den Gedanken verfallen, ein völlig neues Weingut aufzubauen: Sweetwine.
Graziellas Vernehmung berichtete relativ ausführlich darüber, wie er sich akribisch mit dem Klimawandel befasst und dessen Folgen studiert hatte. Sie schilderte seine Suche anhand alter Karten, Wetterdiagramme, geologischer Fachliteratur. Dann sein Bemühen, diese Weiden im Hunsrück zu erwerben, nur wegen des kalkhaltigen Bodens. Natürlich war das Land nicht zu kaufen, aber es gelang ihm, langfristige Pachtverträge abzuschließen. So entstand sein Musterweingarten.
Zumindest wenn man Graziellas Aussage folgen wollte, hatte er den Wein-

berg heimlich angelegt, sie eines Tages zum Hochzeitstag in den Hunsrück geführt und ihr dort feierlich die alleinigen Pachtrechte an dem Besitz übertragen.
Michael hatte eine Schatulle dabei, in die ein edler Kelch sowie zwei sündhaft teure Messer gebettet waren. Ich kannte dieses Utensil bereits. Anschließend wurde es schaurig, denn es folgte eine Zeremonie wie aus einem Mafiafilm.
Der Kelch wurde mit Wein gefüllt, jeder Ehegatte ritzte sich mit einem Messer selbst in die Hand, bis Blut in den Wein tröpfelte. Dann tranken beide aus dem Gefäß, schworen sich erneut ewige Treue und verspritzten den Rest des Blut-Wein-Gemisches über den Boden ihres Weingartens. Mir grauste bei dem Gedanken, Wein so zu missbrauchen. Seither nannten sie den Weinberg ihren Blutwingert, eine Formulierung, die ich aus Michaels Mund übrigens nie gehört hatte.
Der Blutwingert wurde ihr gemeinsamer Traum, ihre Reliquie, das Fundament ihres Zusammenlebens. Alljährlich an Ferragosto wiederholten sie das Ritual und tranken Wein aus dem geheiligten Kelch. Die Messer ließen sie auf Bitten Graziellas weg.
Patricks Geburt inspirierte Michael, Pläne für den Bau des neuen Weingutes zu entwerfen, nach dem dritten Kind gab er das Modell in Auftrag, mit welchem Timmy so gerne gespielt hatte.
Durch die immense Schuldenlast wurde das Familienleben zum täglichen Überlebenskampf. Fremde Berater wurden beigezogen, verkauften eigene Ideen, die Graziella überzeugten, Michael aber ablehnte. Es kam zum Zerwürfnis, das gemeinsame Ziel kam abhanden, die Ehe wurde notleidend. Die Ehefrau hatte in ihrer Vernehmung ausführlich über diese Phase berichtet, Frank Molter aber mit keinem Wort erwähnt. Zumindest an diesem Punkt war sie bemüht, die Wahrheit zu beschönigen und der Polizei etwas zu verschweigen. Was die Frage aufwarf, inwieweit ihr überhaupt zu trauen war.
Wenige Tage vor dem Unfall, war es dann zum Eklat gekommen, am 15. August, dem Fest Maria Himmelfahrt, dem Tag der gemeinsamen Zeremonie. Michael hatte gehofft, die Ehekrise durch das Ritual in seiner ursprünglichen Form zu lösen – mit Blut. Er hatte Graziella wie immer feierlich zum Blutwingert geführt, sie war ihm nur widerwillig gefolgt, hatte angewidert zugesehen, wie er den Kelch mit Wein füllte, ihr das edle Messer zum Schnitt reichte. Dann hatte sie den Ritus verweigert. Ihre Worte dabei waren wörtlich protokolliert: »Ich will von deinem verfluchten

Blutwingert nichts mehr wissen.«
In diesem Moment sei das Band zwischen Ihnen zerrissen, schilderte zumindest Graziella. Sie habe Hass in seinen Augen gesehen, seine Fäuste, die sich um beide Messer ballten und befürchtet, umgehend im Blutwingert von ihrem Mann gemeuchelt zu werden. Von da an habe sie sich vor ihm gefürchtet, sei nur um der Kinder willen geblieben und weil sie nicht wusste, wohin sonst.
»Aber ich wusste seit jenem Tag immer, dass bald etwas Schreckliches passiert«, stand als Graziellas Aussage im Vernehmungspotokoll.
Der Paukenschlag zu dem Ganzen war ihre Schilderung des Unfalltages. Es überraschte mich nach dieser Akteneinsicht, dass Michael weiterhin auf freiem Fuß wandelte. Denn was seine Frau bei ihrer Vernehmung ausgesagt hatte, war ein massiver Vorwurf. Zwar ließ sich ihre Wahrnehmung anzweifeln, der Sturz ins Altglas hatte ein Trauma am Kopf verursacht, ob sie danach bewusstlos war oder halluzinierte, musste in einem Prozess erst aufwändig geklärt werden. Vorerst galt jedoch, was sie bei der Polizei erzählt und als ihre Erinnerung zu Protokoll gegeben hatte. Und das sah kritisch aus für Michael.
»Ich kann mich genau entsinnen, dass er eine Scherbe an meinen Hals setzte. Er wollte mir die Halsschlagader durchschneiden. Von der Seite sah ich mein Kind Maureen und rief ihren Namen. Da erst ließ er von mir ab. Ich bin mir sicher, er hätte mich getötet, wenn das Kind nicht erschienen wäre.«
Diese Glasscherbe stellte mich vor erhebliche Probleme. Das Dramatische an der Aussage war, dass meine bisherige Verteidigungsstrategie damit hinfällig wurde. Das Geschehen war nun zweiaktig. Was Michael hier unterstellt wurde, hatte mit der angesägten Treppe nichts mehr zu tun, das war ein nach dem Sturz erfolgter hinterhältiger, feiger Mordanschlag gegen eine hilf- und wehrlose Frau – wenn es überhaupt stimmte. Ein großer Unbekannter, der zuerst die Treppe manipuliert und dann den Schlüssel versteckt, der müsste vor diesem Hintergrund ein zusätzlicher Täter sein, was die Theorie an sich schon fragwürdig machte.
Und damit saß Michael in der Falle. Denn es gibt Mörder, die eine günstige Gelegenheit nur ausnutzen. Selbst wenn jemand anders den Sturz inszeniert hätte, bestand zumindest theoretisch die Möglichkeit, dass mein Mandant in dem Moment, da er seine schwer verletzte Frau fand, den Versuch startete, vollendete Fakten zu schaffen.
Was war daraus zu folgern?

Alle bisher von der Staatsanwaltschaft zusammengetragenen Beweise waren wertlos, ebenso wie meine Bemühungen, diese zu widerlegen. Es kam nicht mehr auf den Treppensturz an.
Diesem positiven Aspekt stand ein gewaltiger negativer gegenüber, nämlich diese Aussage, und zwar die einzige. Mit anderen Worten es lag die Fallkonstellation ›Aussage gegen Aussage‹ vor. Das gefährlichste Risiko für einen Unschuldigen, die höchste Wahrscheinlichkeit eines Fehlurteiles, das Worst-Case-Szenario des Strafprozesses.
Sofern es nur eine einzige belastende Aussage gibt, wirken sich alle strukturellen Mängel des Strafverfahrens brutal zulasten eines Angeklagten aus. Immer wieder treten Zeugen auf, die lügen so plump, dass man förmlich ihre Nase wachsen sieht. Oft aber genügt schon ein nur halbwegs durchschnittlicher Zeugenbericht, um verurteilt zu werden. Weil die Gerichte mit zweierlei Maß messen. Wenn der Zeuge sich irrt oder nicht erinnert, stützt dies angeblich seine Glaubwürdigkeit. Beim Angeklagten hingegen muss jedes Wort seiner Einlassung nachweisbar stimmen. Gesucht werden nicht die Brüche in der Zeugenaussage, sondern die in der Verteidigungserklärung. Findet sich dort nur ein Fehler, eine Unschärfe, ein Datum oder ein Name, die nach Jahren nicht mehr korrekt wiedergegeben werden, so gilt meist die gesamte Schilderung als reine Schutzbehauptung.
Dem Zeugen wird prinzipiell alles geglaubt, sofern er nicht nachweislich lügt; dem Angeklagten wird grundsätzlich nichts geglaubt, solange sich Zweifel finden lassen.
Von all dem konnte die Marzahn-Eibeck nichts wissen, weshalb sie nicht umhinkam, ihre Abnahme des Haushalts positiv abzuschließen.
»Ich werde umgehend die Rückkehr Ihrer Kinder veranlassen«, sagte sie abschließend zu Graziella. Michael und mich beachtete sie nicht länger. »Falls es Probleme gibt, können Sie sich jederzeit an uns wenden.«
»Weshalb haben Sie die Kinder denn nicht gleich mitgebracht?«, giftete ich sie an. »Es war doch sowieso klar, wie der Termin hier ausgeht.«,
»Die Kinder werden morgen im Jugendamt an die Mutter zurückgeführt.«
»Morgen? Was soll der Quatsch?«
»Der Tag ist schon sehr weit fortgeschritten. Die Kinder wollen sich von den Betreuern und Pflegeeltern noch verabschieden.«
»Weit fortgeschritten? Es ist gerade mal Mittag!«
»Sie haben darum gebeten, ein letztes Mal in vertrauter Umgebung übernachten zu dürfen.«
Ich sah ihr an, wie sie log, nur gab es wegen der Zeitabläufe keinen Rechts-

schutz gegen diese Entscheidung. Wir bewegten uns im rechtsfreien Raum.
»Die vertraute Umgebung der Kinder ist dieses Haus!«, betonte ich.
»Ach, Herr Dexheimer.« Die Marzahn-Eibeck seufzte theatralisch. »Ich dachte, Sie hätten durch die Zusammenarbeit mit Ihrer Kollegin Kaiser etwas gelernt. Aber Männer haben einfach kein Verständnis für die Belange des Kindeswohls.«
Tags drauf kehrten endlich die Kinder zurück. Michael bestätigte es mir telefonisch, wobei er mich zugleich bat, abends vorbeizukommen. Das lehnte ich ab. Mein letztes Zusammentreffen mit den Kleinen war mir in unangenehmer Erinnerung. So traurig wollte ich sie nicht wiedersehen. Sie sollten sich in Ruhe akklimatisieren.
Ich besuchte sie auch am nächsten Tag und die ganze Woche lang nicht. Erst sonntags wagte ich es. Der Tag war schon frühlingshaft warm, wie geschaffen für einen Spaziergang. Von der Villa rustica zur Guldentaler Ackermühle, von dort hinauf auf den Windesheimer Römerberg, über das Kapellchen hinab am Schützenhaus vorbei führte mein Weg. Zuletzt zog es mich zum Weingut am Taubenschlag, wo Graziella allein an einem Tisch im Hof saß.
»Guten Tag.«
»Buongiorno, Avvocato.« Sie hielt sich die Hand über die Augen zum Schutz gegen die Sonne, ich erkannte kleine Narben an der Unterseite ihres Armes.
»Ich wollte die Kinder mal besuchen.«
»Die sind mit ihrem Vater unterwegs.«
»Dann ... tja dann ... dann komme ich eben ein andermal wieder.«
»Kann ich Ihnen einen Espresso anbieten?«
»Sehr gerne.«
Sie entschwand in die Küche, ich setze mich an den Tisch im Hof. Nach kurzer Zeit erschien sie mit zwei Tässchen auf einem Tablett.
»Sehr guter Espresso«, lobte ich.
»Das sollte man von einer Italienerin wohl erwarten.«
»Und wie läuft es sonst so?«
»Die Kinder finden langsam wieder zurück in die Normalität.«
Insgesamt war sie höflich, sachlich, keinesfalls feindlich gesinnt. Aber sie wahrte Distanz.
Von Michael hatte ich erfahren, dass er am Tag vor Graziellas Rückkehr in ein Gästezimmer im Seitentrakt des Weingutes umgezogen war. Das diente nicht dazu, Gäste aufzunehmen, sondern polnische Arbeiter, die häufig in

den Weingütern aushelfen, wenn hoher Arbeitsanfall in den Weinbergen herrscht.
Wie sie es den Kindern erklärten, war nicht mein Problem. Ich verstand die ganze Situation nicht. Lebten sie endgültig getrennt oder in einer Findungsphase? Wie sollte es weitergehen und wie konnten sie überhaupt miteinander leben?
Soweit ich es mitbekam, übernahm Graziella ihre Aufgaben wie vor dem Unfall, führte den Haushalt und half im Betrieb. Sie speisten als Familie, schliefen nur eben getrennt. Für mich eine abwegige Vorstellung. Ein Mann setzt sich mit der Frau, die ihn des versuchten Mordes beschuldigt, an einen gemeinsamen Tisch und isst das von ihr zubereitete Essen. Ich hätte permanent Angst vor Gift.
Umgekehrt war es ebenso absurd. Wer umsorgt den Menschen, der ihm nach dem Leben trachtete?
Doch der Alltag kennt besonders im Zwischenmenschlichen mehr Varianten, als die Fantasie sich ausdenken kann. Ob der Status quo den Kindern geschuldet war, ob es wirtschaftliche Zwänge waren, die finanzielle Unmöglichkeit, sich voneinander zu lösen, ohne auf das armselige Niveau des Existenzminimums zurückzufallen, ich vermochte es mir nicht zu erklären.
Mit solchen Fragen mögen sich Scheidungsanwälte befassen, deren Metier ohnehin eher die Sozialarbeit ist als die Juristerei. Der Strafverteidiger hat den Mandanten vor ungerechter Strafe zu bewahren, dem Unschuldigen zu ermöglichen, sein selbst gewähltes Leben so fortzuführen wie bisher. Insofern kann ein Freispruch auch die Verurteilung sein zu einem Dasein, das härter ist als alles, was der Staat im Falle eines Schuldspruchs androht, zu einem Leben ohne Lebenswert.
Bei einem unserer vielen abendlichen Treffen hatte ich das Thema scherzhaft gegenüber Michael zur Sprache gebracht. »Du solltest dir überlegen, ob du nicht freiwillig zurückgehst in die Untersuchungshaft. Im Falle einer Verurteilung würde dir die Zeit dann auf eine Haftstrafe angerechnet. Wenn du hingegen hier in ein deiner eigenen Dienstwohnung haust, ist jeder Tag ein verlorener Tag.«
»Warst du jemals in einem Gefängnis?«
»Nur zu Besuch.«
»Die zwei Wochen im Dezember haben mir gereicht. Auch das schlechteste Leben in Freiheit ist allemal besser als eines im Knast.«
»Aber du gibst zu, dass dieses Leben ein schlechtes ist?«

»Was soll ich denn sonst tun, Julius?«
Letztlich war mein Rat gewesen, durchzuhalten. Denn jeder neue Tag barg die Chance eines Sinneswandels bei seiner Ehefrau. Zumindest demontierte er ihre Glaubwürdigkeit. Welches Gericht sollte ihr die behauptete Todesangst noch abkaufen?
Trotz meiner Absicht, Distanz zu wahren, schaute ich etwa ab Mitte März nahezu täglich wieder im Weingut Schneider vorbei. Sei es, um die Kinder zu sehen oder um Michael in seinem Gästezimmer etwas Gesellschaft zu leisten, ein Fläschchen mit ihm zu trinken, zu philosophieren über seinen Wein der Zukunft.
Sorgfältig achtete ich darauf, bei diesen Besuchen auf Graziella zu treffen, den Kontakt zu halten, einen Zugang zu finden zu dieser künftigen Zeugin der Anklage. Sie blieb mir zwar unergründlich, aber sie lehnte mich nicht ab. Ein Espresso war stets drin, oft eine kürzere Plauderei. Das genügte mir fürs Erste. Ich wollte nur mit dieser Frau in Verbindung bleiben. Denn von ihr hing alles ab.

Auf der Rückkehr von einem Ortstermin kam ich zufällig durch Braunweiler, der Heimat unbedeutender Söhne und Töchter sowie eines Schmiedes mit seltsamem Logo. Ich beschloss spontan, ihm einen Besuch abzustatten. Nach einigem Herumfragen fand ich sein Anwesen. Beim Erscheinen eines Fremden in seiner Werkstatt blieb er bemerkenswert gelassen.
»Kann ich Ihnen irgendwie behilflich sein?«
»Ich möchte eine Schmiedearbeit in Auftrag geben und mich dazu beraten lassen.«
»Da sind Sie bei mir wahrscheinlich falsch. Ich bin ziemlich ausgebucht. Besser ich sage Ihnen das gleich, bevor Sie nachher unzufrieden sind.«
»Es geht eigentlich nur um ein Treppengeländer für meinen Weinkeller.«
Seine Augen blitzen auf. »Ein Weinkeller? Wir können uns ja einfach mal darüber unterhalten.«
»Sie könnten also etwas Derartiges herstellen?«
»Erzählen Sie doch erst einmal, um was es geht. Wollen Sie etwas trinken?«
Ich ging aufs Ganze. »Ein Glas Wein wäre nett.«
Er schaute auf die Uhr und grinste. »Zeit für ein Feierabendschöppchen. Lassen Sie uns hinausgehen.«
Kurz darauf saß ich im Garten unter einer Palme, was mir bestätigte, dass Michaels Theorie vom Klimawandel und der geänderten Vegetation weniger

abwegig war, als vermutet.
»Ein schöner Weißburgunder vom Weingut Gälweiler aus Sankt Katharinen gefällig?« Der Schmied schenkte ein und reichte mir ein Glas. Er hatte sich nicht lumpen lassen, das Tröpfchen war vielschichtig, vollmundig, vorzüglich.
»Schön, gell«, meinte der Mann nunmehr, schlürfte besinnlich an dem Wein und linste entspannt in die Sonne. Zufällig war der Tag des Frühlingsbeginns.
Ich wartete, ob er Fragen hatte, doch er war zufrieden mit der Wärme, dem Licht und dem Wein. Geraume Zeit später schenkte er nach, dann eröffnete er das Gespräch.
»Wo ist Ihr Weinkeller, wenn ich fragen darf?«
»In Windesheim.«
»Oh, Windesheim. Sehr gute Weine gibt es dort. Ich denke mal, das ist der beste Weinort an der Nahe, jedenfalls im Hinblick auf die Zahl und Qualität der Winzer. Es gibt ja hier überall gute Weine, aber so dicht beieinander findet man sie selten.«
»Durchaus meine Einschätzung«, bestätigte ich. »Wobei dieser Wein hier und auch der Winzer ebenfalls nicht zu verachten sind.«
»Das stimmt.« Der Schmied hob sein Glas. »Wenn ich es mir so überlege, ist Windesheim so ein richtiges Burgunderdorf.«
»Nicht nur, aber auch.«
»Klar, die können auch Riesling. Aber die Burgunder sind doch herausragend.«
Wir saßen durchaus schon eine halbe Stunde beisammen und dafür, dass wir uns noch fremd waren, wirkte das Ganze recht vertraulich. Bevor das in ein endloses Philosophieren ausartete, entschied ich mich vorsorglich, den Termin etwas zu straffen.
»Sie arbeiten als Schmied?«
Er wirkte verwirrt. »Ei jo, deshalb sind Sie doch hier. Oder?«
»Was bauen Sie denn so als Schmied?«
»Ich mag das filigrane Arbeiten und das Entwerfen. Manchmal, wenn ich so bei meinem Wein sitze, dann fallen mir ganz originelle Sachen ein und die versuche ich dann umzusetzen. Oft erhalte ich Aufträge an historischen Bauwerken, dem Mainzer Dom beispielsweise. Das macht mir am meisten Spaß. Es ist Wahnsinn, was die damals handwerklich konnten. Und das nachzubauen ist schon anspruchsvoll.«
Was genau ich bei diesem Schmied wollte, hatte ich mir nicht im Voraus

überlegt. Mir war bekannt, dass er Timmys Modell von Sweetwine gefertigt hatte. Das war kein Geheimnis. Nur mein Instinkt sagte mir, dass es hier irgendetwas zu entdecken gab.
»Ich glaube, ich habe mal das Miniaturmodell eines Weingutes gesehen, welches von Ihnen geschmiedet wurde. Kann das sein?«
»Ach, dieses Sweetwine-Modell. Grässlicher Name. Aber der Kunde wollte es so. Wissen Sie, er ist ein Westernfan.«
»Western?«
»Ja. Er schwärmte immer von so einem Cowboy Film, da hatte er das wohl gesehen. Zumindest kam der Name daher.«
»Und hat er Ihnen auch gesagt, wozu er das Modell benötigt?«
»Das war nur so eine Fantasie, eine Spinnerei. Er wollte es als Spielzeug für seinen Sohn.«
»Kein realer Bezug?«
»Nicht dass ich wüsste.«
»Trotzdem ein kleines Kunstwerk«, lobte ich.
»Aber keine Schmiedearbeit. Ich habe das Modell gefertigt und von einem Spezialunternehmen in Blech stanzen lassen. Das hat mit dem Schmiedehandwerk nichts zu tun.«
»Das Namensschild auch nicht?«
»Nur teilweise. Das Schild ist geschmiedet, die Schrift darauf nicht.«
Er starrte in sein leeres Glas und dann in die leere Flasche. »Nochmal derselbe oder kann ich Ihnen einen anderen anbieten?«
»Gerne auch mal einen anderen, nur so zur Abwechslung.«
Die Konvention hätte es erfordert, dankend abzulehnen. Aber Weintrinker sind nicht so kompliziert wie konventionelle Leute. Wenn sich da zwei Seelen gefunden haben, dann wissen sie das zu schätzen und müssen sich nicht mit Höflichkeitsfloskeln vom Trinken abhalten. Der Mann wollte die laue Frühlingsluft genießen, sich dazu an einem Wein laben und dabei angeregt unterhalten. Genau so erging es mir. Wozu also drumherum reden?
Das folgende Tröpfchen war ein Sauvignon blanc vom gleichen Winzer, ebenfalls hochkarätig und keinesfalls zu verachten. Beim ersten Gläschen betrachtete ich den Schmied von der Seite, schätzte kurz sein Alter und befand ihn für jünger als ich.
»Julius«, sagte ich das Glas erhebend.
»Stefan.«
Wir plauderten über das Schmiedehandwerk, den Weinbau an der Nahe

und darüber hinaus. Wie ich mochte er italienische Weine, unterließ es aber, jetzt hektisch in den Keller zu eilen, um mir irgendeinen Barolo aufzuschwätzen. Das wäre die Reaktion eines Laien gewesen, der seine fehlende Kennerschaft hinter großen Namen versteckt.
»Was machst du eigentlich so?«, fragte Stefan nach einiger Zeit. Wir waren mittlerweile bei einem Grauburgunder angelangt.
»Ich …? Ich bin so eine Art Sozialarbeiter.«
»So hätte ich dich nicht eingeschätzt. Was genau verstehst du darunter?«
»Ich helfe Leuten in schwierigen Lebenssituationen.«
»Was für schwierige Situationen?«
»Solche in denen bestimmte Behörden Probleme bereiten.«
»Behördenprobleme hat jeder. Geht's noch etwas genauer?«
»Strafprozesse zum Beispiel.«
»Bist du Privatdetektiv?«
»Wie kommst du denn darauf?«
»Nun, wenn ich so darüber nachdenke, ist es schon seltsam. Du kommst hierher, stellst jede Menge Fragen und erzählst nichts von dir. Jetzt lass es endlich raus. Was soll denn dieses unverbindliche Gerede?«
»Na gut, ich bin Strafverteidiger.«
»So so. Dachte ich es mir doch, dass du kein Sozialarbeiter bist. Prost, Winkeladvokat.«
»Prost, Domschlosser.«
Erneut ließen wir die Sonne scheinen und den Wein uns munden. Keiner hatte es eilig, das Gespräch floss entspannt dahin, stets mit größeren Pausen, in denen wir schweigend genossen.
»Was verteidigst du denn so alles?«, fragte er irgendwann.
»Drogen, Blut und Sperma.« Es kam aus Gewohnheit, ich biss mir auf die Zunge.
Der Schmied probierte wieder einige Zeit lang an seinem Wein herum, bevor er mich merkwürdig ansah.
»Der Mann, für den ich dieses Modell gebaut habe, soll später versucht haben, seine Frau umzubringen. Hast du davon mal gehört?«
»Ich bin sein Anwalt, deshalb möchte ich nicht darüber reden.«
»Schon klar.« Er trank einen Schluck Wein. »Aber wenn du sein Anwalt bist, könntest du mir einen Gefallen tun. Ich habe nämlich hier noch einen Schlüssel, den er mir gegeben hat. Den möchte ich langsam mal wieder loswerden.«
Glücklicherweise hatte ich das Glas auf einem Tischchen abgestellt, denn

hätte ich es in der Hand gehalten, wäre es nun in Scherben zersprungen, so krampfartig ballte sich meine Faust.
»Ist irgendwas?«
»Nein, alles in Ordnung. Du sagtest etwas von einem Schlüssel?«
»Ja, sagte ich.«
»Was hat es denn damit auf sich?«
»Keine Ahnung. Er kam irgendwann hier an und hatte einen alten handgeschmiedeten Schlüssel. So einen größeren, wie man ihn in den Türen alter Burgen sieht. Den wollte er nachgebildet haben in Edelstahl.«
»Was dir wahrscheinlich auch gelungen ist.«
»Handwerklich kein großes Problem, nur der Kopf des Schlüssels war etwas anspruchsvoller. Das waren so zwei turtelnde Tauben, die haben mich etwas herausgefordert.«
»Trotzdem ist dir auch dies gelungen?«
»Natürlich.« Er blickte mich etwas abschätzig an. »Was denkst du denn von mir? Ich werde doch wohl noch zwei Turteltäubchen in Eisen herstellen können. Das Einzige, was noch fehlt, ist der Bart des Schlüssels.«
»Warum das? Ist das so schwierig?«
»Nein. Überhaupt nicht. Aber der Winzer wollte erst passende Schlösser besorgen. Seine Vorstellung ging dahin, dass ich die neuen Schlüssel ebenfalls nachbilde und mit dem Taubenkopf versehe. Verstehst du?«
»Schon klar. Er wollte irgendwo neue Türen anbringen und dort Schlüssel verwenden, die alle mit diesen Turteltauben versehen sind.«
»Exakt. Genau das war seine Idee. Andere Menschen machen sich heutzutage einen Generalschlüssel, der überall passt. Der Schneider ... Schneider hieß er oder? ... der wollte es eben rustikaler haben.«
»Und wie lange ist das her?«
»Ich schätze ein halbes Jahr. Es dürfte Mitte Oktober gewesen sein. Ich habe mich noch gewundert, dass ein Winzer mitten im Herbst zu mir kommt wegen solch einer Liebhaberei. Normalerweise haben die im Winter für so etwas Zeit, aber nicht im Herbst.«
»Seither ist der Schlüssel bei dir? Er hat nie danach gefragt?«
»Er hat sich einfach nicht mehr gemeldet. Natürlich habe ich ihm erklärt, dass das alles seine Zeit braucht. Wir hatten auch keinen festen Termin vereinbart, aber so langsam könnte er mal etwas von sich hören lassen.« Stefan rieb Daumen an Zeigefinger.
»Du hast Glück, ich sehe ihn zufällig häufiger in letzter Zeit. Ich werde ihn an den Schlüssel erinnern.«

»Warum nimmst du ihn nicht gleich mit?«, schlug der Schmied vor. »Ich habe Abdrücke gemacht, nach denen ich arbeite. Das Original brauche ich nicht mehr.«
»Davon würde ich lieber absehen.«
Er verteilte den Rest der Flasche auf unsere zwei Gläser.
»Ich verstehe jetzt zwar nicht, was daran so schlimm sein soll, aber ihr Anwälte habt ja eure eigenen Gedanken. Von mir aus kann der Schlüssel hier liegen bleiben, bis er verrostet ist. Nur sei so nett und erinnere deinen Mandanten wenigstens daran.«
»Das kann und werde ich tun.«
Abends in meinem Wintergarten beschäftigte mich das Gespräch intensiv. Verräterisch war das Datum, an welchem der Schmied mit der Reproduktion des Schlüssels beauftragt worden war: mitten im Herbst. Michael hatte den Auftrag nach der ersten Durchsuchung erteilt. Ich erinnerte mich genau an meine seinerzeitige Belehrung. Darüber, dass Hausdurchsuchungen gerne wiederholt werden und die Polizei notfalls dic Nadel im Heuhaufen findet. Hatte ich Michael damit auf eine Idee gebracht? Zumindest dürfte ihm damals klar geworden sein, dass der Schlüssel in seinem Strafverfahren eine Rolle spielen würde und bei ihm nicht sicher war, wo immer er ihn auch versteckte. Schließlich hatte der Staatsanwalt sogar Weintanks umpumpen lassen.
Manch einer hätte nach dieser Erfahrung das corpus delicti sofort vernichtet, doch Michael war Nostalgiker. Wer das Ritual des Blutwingerts erdachte und einen Kelch mit zwei Messern wie Reliquien behandelte, hatte eine intime Beziehung zu derlei Artefakten.
Ich griff nach dem Notebook, rief eine Passage aus Graziellas Vernehmung auf:

> *»Frau Schneider, können Sie den Schlüssel etwas genauer beschreiben?«*
> *»Es handelt sich um einen historischen Schlüssel, aus gewöhnlichem Eisen aber nicht aus Stahl. Der Schlüssel ist ungefähr so groß wie eine ganze Hand. Besonders auffällig ist der Kopf des Schlüssels.«*
> *»Können Sie das erläutern? Beschreiben Sie das bitte genauer?«*
> *»Nun die Darstellung zeigt zwei turtelnde Tauben.«*
> *Die Zeugin erbittet eine Pause und ein Glas Wasser.*

Fortsetzung der Vernehmung um 10.23 Uhr.

»Frau Schneider, ich möchte gerne mit Ihnen noch mal über den Schlüssel zur äußeren Turmtreppe sprechen. Sie sagten der Schlüsselkopf symbolisiert zwei Turteltauben.«

»So ist es.«

»Sie sagten ferner, der Schlüssel sei schon älter, also historisch. Wissen Sie woher Ihr Mann den Schlüssel bekommen hat?«

»Aus meiner Heimat. Er sammelt historische Gegenstände, er ist wie verrückt danach.«

»Können Sie das genauer beschreiben?«

»Wie soll man so etwas beschreiben? Er hat eben dieses Faible für Symbole. Wenn eine Sache für ihn symbolische Bedeutung hat, dann ist ihm das einfach wichtig. Er behandelt solche Dinge wie Reliquien.«

»Entschuldigung, aber ich weiß nicht, wie man eine Reliquie behandelt. Erläutern Sie das bitte nochmals.«

»Nun am ehesten ist es wohl vergleichbar mit der Bedeutung eines Handys, auch wenn das jetzt etwas banal klingt. Aber wenn Sie Ihr Handy verloren haben, dann geben Sie ja auch keine Ruhe, bis Sie es wieder gefunden haben. Es hat eine höhere Bedeutung als andere Dinge. Wenn man einen normalen Schlüssel verliert, lässt man eben einen neuen machen. Hätte mein Mann aber diesen Taubenkopfschlüssel verloren, würde er ihn suchen. Wenn ein normaler Gebrauchsgegenstand zerbricht, wirft man ihn eben weg. Würde dieser Taubenschlüssel zerbrechen, würde Michael die Teile mit Sicherheit zu einem Handwerker bringen, der den Schlüssel wieder herstellt oder repariert, egal was es kostet. Verstehen Sie das?«

»Ja, ich kann es mir jetzt so einigermaßen vorstellen. Sie können also ausschließen, dass ihr Ehemann den Schlüssel einfach wegwerfen würde?«

»Auf keinen Fall. Wenn er wüsste, dass Sie den Schlüssel suchen, würde er ihn zwar verstecken, aber niemals wegwerfen.«

Die endgültige Zerstörung des Objektes seines Begehrens hätte Michael nicht übers Herz gebracht und sich deshalb für die Zwischenlagerung bei dem Schmied entschieden. Eine clevere Idee, das musste man ihm lassen. Nur warum hatte er mir gegenüber stets geleugnet, diesen Schlüssel zu besitzen?

Am Tag nach meinem erhellenden Besuch bei dem Schmied wollte ich Michael zur Rede stellen. Im Weingut am Taubenschlag angekommen, stieß mir der Anblick eines weißen SUV auf, der protzig vor dem Anwesen parkte. Ein Blick auf das Kennzeichen bestätigte meine Befürchtung: WI-NE 111.

Der Hof war verwaist, die Tür zum Keller geschlossen, Michael wohl draußen in den Weinbergen. Ich klopfte kurz an die Eingangstür des Wohnhauses und trat ein. Am Küchentisch saß Graziella mit dem Mann, den ich kürzlich erst die Marzahn-Eibeck hatte küssen sehen. Sie wirkte verlegen.

»Hallo, darf ich vorstellen, das ist Frank Molter.« Sie sprach den Namen amerikanisch aus: Frank.

Das war er also, mein Gegner, den ich an Michaels statt der Tat beschuldigen würde. Der Vorgestellte erhob sich zum Handschlag.

»Guten Tag.« Seine Stimme war bemerkenswert hoch für solch einen grobschlächtigen Mann.

»Guten Tag, Herr ... wie war noch gleich der Name?«

»Molter. Aber nennen Sie mich ruhig Frank, das tun alle meine Freunde.«

»Guten Tag, Herr Molter.«

Er schaltete sofort auf Angriff. »Was wollen Sie hier? Haben Sie einen Termin?«

»Ich wollte nur mal schauen, ob Graziella sich schon wieder eingelebt hat.«

»Ihr seid per Du?«, fragte er mit vorwurfsvollem Blick auf die Frau.

Die schaute uns beide nur stumm an, verriet aber nicht, dass ich mir das Recht zur vertraulichen Anrede soeben einfach ungefragt genommen hatte. Molter führte das Gespräch aggressiv weiter.

»Nein, Sie stören nicht. Nett, dass Sie fragen. Dort ist die Tür.«

»Wo sind die Kinder?«, fragte ich Graziella und ignorierte diesen unverschämten Emporkömmling.

»Sie spielen oben in ihren Zimmern«, antwortete die Mutter.

Es passte der Schlägervisage ersichtlich nicht, dass ich mich direkt mit der Hausherrin unterhielt. Mein Desinteresse für seine Person macht ihn angriffslustig.

»Ich bin hier der Unternehmensberater«, erläuterte er knapp.

»Ich der Rechtsberater«, antwortete ich noch knapper.
»Mir ist nichts bekannt von rechtlichen Problemen«. Er wirkte beleidigt, weil es in diesem Betrieb etwas gab, worüber er nicht informiert war.
»Muss Ihnen auch nicht bekannt sein«, belehrte ich ihn. »Deshalb gibt es ja mich.«
Welcher Art die Rechtsprobleme waren, konnte er unmöglich nicht wissen, hatte er doch Michaels Strafverfahren selbst befeuert. Aber er verstand, dass ich nicht auf Kooperation aus war. Seine Reaktion folgte prompt.
»Ich weiß nicht, ob Sie hier wirklich benötigt werden. Wer hat Sie eigentlich beauftragt?«
»Berufsgeheimnis.«
»Ach, hören Sie mir auf mit diesem Quatsch. Spätestens wenn es um Ihre Bezahlung geht, habe ich zu entscheiden. Falls Sie Ihre Kosten nicht jetzt schon abschreiben wollen, sollten Sie mit mir zusammenarbeiten. Ansonsten wird Ihr Mandat Ihnen nichts bringen außer Arbeit ohne Honorar«.
»Mein Vorschuss ist üblicherweise vierstellig – und bereits bezahlt«.
Molter zuckte kurz zusammen, bevor er vorwurfsvoll Graziella anschaute. In seinem Kopf rotierte die Frage, wie es dem Weingut am Taubenschlag möglich war, mehr als einen Tausender zu bewegen, ohne dass er davon erfuhr. Allerdings war der angebliche Vorschuss nur geflunkert. Wie meistens hatte ich es versäumt, die Honorarfrage überhaupt anzusprechen. Mein Gegenüber durchschaute dies leider.
»So so, Sie hätten also gerne einen Tausender als Schuss«, käute er langsam wieder, wobei seine Kiefer in der Tat mahlten wie die einer Kuh. »Ich lasse Ihnen bei Gelegenheit 100 Euro überweisen. Dann können Sie schon mal loslegen und mir anschließend berichten. Falls Sie danach mehr benötigen«, er zwinkerte mir gespielt vertrauensvoll zu, »scheuen Sie sich nicht, mich darum zu bitten. Ich werde Ihr Anliegen wohlwollend prüfen.«
Mit einem Klaps auf meinen Rücken verabschiedete er sich, als wären wir seit einem Jahrzehnt beste Freunde. Mir war längst klar, dass wir selbst in einem Jahrhundert nicht annähernd so etwas werden würden.
»Ciao, Frankie«, säuselte ich ihm hinterher, wohlwissend, dass diese vertrauliche Anrede nur Frau Schneider benutzte, niemals ihr Mann. Damit gewann ich zumindest ein klein wenig des verlorenen Respekts zurück. Denn Frankie hielt es für erforderlich, nochmals stehen zu bleiben und mir einen kritischen – andere würden sagen feindlichen – Blick zuzuwerfen.
»Für Sie immer noch Herr Molter«, murmelte er latent angriffslustig. Die eben demonstrierte Überheblichkeit hatte einen Knacks bekommen. Er

knallte die Tür. Graziella schaute ihm mit eisigem Blick hinterher.
»Was wollte der denn hier?«, erkundigte ich mich.
»Geld. Was sonst?«
»Und was wollte er bei dir in der Reha?«
»Geld, was sonst?« Ihre Lippen bebten. »Außerdem hat er mich eine vernarbte Kuh genannt und mir gesagt, es sei endgültig aus zwischen uns. Stellt dich das zufrieden?«
Sie hatte das Du akzeptiert, stand auf, um Espresso zuzubereiten. Ich sah eine kleine Chance, den Kontakt zu dieser Frau zu intensivieren. Bisher war ich der Anwalt ihres Mannes. Das musste sich ändern.
»Dein Espresso ist wie immer hervorragend«, lobte ich.
Sie ließ sich damit nicht umgarnen, sondern erinnerte mich an meine eigentliche Aufgabe. »Du willst zum Inhaber?«.
»Nein, ich kam nur ganz allgemein mal vorbei, um nach der Familie zu schauen.«
»Er ist ohnehin nicht da.«
Ich überlegte, wie es anzufangen war, dieses verkrampfte Verhältnis zwischen uns aufzulockern. Da machte sie unerwartet den ersten Schritt.
»Ein Glas Wein?«
Der erste gemeinsame Wein ist immer ein Moment von eigentümlichem Zauber. Ich achtete akribisch darauf, dass wir nicht nur oberflächlich anstießen, sondern uns dabei tief in die Augen schauten. Ein passender Trinkspruch wäre nicht verkehrt gewesen, aber ich war zu überrascht von der Situation.
»Salute«, sagte ich nur.
»Salute, Avvocato.«
An diesem Abend erzählte sie lange von Frank Molter. Wie sie ihm vertraut hatte und enttäuscht worden war. Es wurde ein Monolog ihrerseits. Ich hörte nur zu, unterbrach allenfalls für einige Verständnisfragen. Nachdem sie geendet hatte, wirkte sie verunsichert.
»Warum erzähle ich dir das eigentlich alles? Du bist doch der Anwalt meines Mannes.«
»Es wäre schön, wenn du in mir nicht immer nur den Anwalt sehen könntest.«
»Was willst du sein? Ein Freund?«
»Warum nicht?«
Graziella schwenkte ihren Wein, roch daran, schaute sinnierend in ihr Glas.

»Die Kinder nennen dich ihren Freund, weißt du das eigentlich?«
»Es macht mich stolz, das zu hören.«
»Ich rede zu viel. Scher dich raus, Avvocato ... «, sie zögerte etwas, bevor sie fortfuhr, » ... und komm ein andermal wieder.«
Was mich sorgte, waren die Kinder. Sie hatten gelitten, vor allem Timmy, der ja sogar von seinen Geschwistern getrennt gewesen war. Die tapfere und selbstbewusste Maureen war jetzt ein verschüchtertes Mädchen, Patrick noch verschlossener als vorher. Nie mehr hallte das fröhliche »Juuulius« über den Hof, wenn ich erschien. Es waren gebrochene Kinder, traumatisiert, der Lebensfreude beraubt.
Statt aus eigener Initiative zu spielen oder sogar Spiele spontan zu erfinden, saßen sie vor dem Fernseher. Maureen daddelte zudem auf ihrem Handy. Sie waren passiv und teilnahmslos. Was um sie herum geschah, verfolgten sie nicht mehr mit kindlichem Interesse und munteren Kommentaren, sondern apathisch und stumm. Wie Fremde im eigenen Heim waren sie zurückgekehrt, Opfer einer staatlichen Maschinerie, die mit Menschen spielt wie andere mit Puppen.
»Wir bleiben ab jetzt immer zusammen«, sagte Maureen häufiger zu ihrem Vater. So häufig, dass selbst mir es auffiel. Dann fragte ich mich, wieso ich bei all diesen Vorgängen anwesend war.
Eines Abends brütete ich in meinem Wintergarten lange darüber nach. Das Wetter war schon frühlingshaft, ein Maulbeerbaum vor dem Fenster setzte Knospen an. Die Vögel suchten sich ihre Nahrung mittlerweile draußen in der freien Natur, wo sie frischeres Futter fanden, als ich ihnen zur Verfügung stellte. Nur zwei Amseln waren aktuell in meinem Garten. Wie eh und je sausten sie aufgeregt umher, verfolgten sich gegenseitig, um gelegentlich zu einem spontanen Luftkampf anzusetzen.
Auf dem Tischchen vor mir stand eine Flasche Cannonau di Sardegna, ein Wein, der mir an diesem Abend ausgiebig Freude bereitete. Große Weine fördern große Gedanken. Je näher ich dem Grund der Flasche kam, desto klarer wurde mir darum, dass es nicht mehr in meiner Zuständigkeit lag, nach den Kindern zu schauen, es ohnehin niemals meine Aufgabe gewesen war, mich um sie zu kümmern. Ich hatte mich in ein fremdes Familienleben eingemischt, weil ich irgendetwas suchte, ohne mir klar darüber zu werden, was ich damit erreichen wollte. Das musste ein Ende haben. Die Erkenntnis, dass diese Kinder mir und ich ihnen nichts mehr gaben, reifte heran.
Erforderlich war endlich professionelle Distanz, denn nur so würde ich

Michael in seinem Strafprozess beistehen können. Dann wieder füllte es mich so mit Wut, zu erkennen, wie viel Leid diesen Kindern in nur kurzer Zeit zugefügt worden war. Das Jugendamt hatte es geschafft, sie binnen weniger Monate für den Rest ihres Lebens zu schädigen. Das Gespinst einer Schadensersatzklage gegen den Staat spukte mir durch den Kopf, aber wie so oft blieb es bei einem hehren Plan. Das juristische Tagesgeschäft ließ mir keine Zeit, mich mit dieser Idee zu befassen.
Dafür baute ich den Kontakt zu Graziella aus. Mit dieser Frau und ihrer Aussage würde der ganze Strafprozess stehen und fallen. Es galt, sie behutsam, aber nicht offenkundig zu beeinflussen. Aus Gründen, die sich mir nicht näher erschlossen, duldete sie dies.
»Buongiorno, Avvocato, vuoi un caffè?«, begrüßte sie mich stets bei meinem Eintreten. Dann tranken wir Espresso, plauderten ein wenig miteinander, bevor ich wieder ging. Es waren belanglose Gespräche oft über Italien oder was uns so einfiel. Bald entwickelte sich eine Routine, die so aussah, dass ich sie beim Espressotrinken mit irgendwelchen Geschichten zum Lachen brachte. Immer wenn sie lachte, verabschiedete ich mich. Wir mieden ernsthafte Themen wie die Kinder, das Verfahren, ihren Mann.
Der tägliche Espresso bei Graziella wurde ein Teil meines Tagesrhythmus. Ich nahm ihn häufig morgens, bisweilen abends zu mir, oder irgendwann tagsüber, wenn ein Weg mich in die Nähe des Weingutes führte. Sie war nie fort, sondern immer, wenn ich vorbeikam, in ihrer Küche. Espresso trinken, plaudern, lachen, sich verabschieden, so vergingen die Wochen, ohne dass diese Routine sich änderte. Es endete erst, als eines Abends nicht ich vor ihrer, aber sie vor meiner Türe stand.
„Hallo Graziella, welch angenehme Überraschung. Was führt dich zu mir?«
»Guten Abend, Julius. Ich komme gerade aus der Messe und dachte, ich schaue mal vorbei.«
»Du gehst noch in die Kirche? Davon hast du mir nie erzählt.«
»Nur noch selten. Aber heute ist Gründonnerstag.«
Es war nicht ihre Art, mich beim Vornamen zu nennen, eher benutzte sie das formelle Avvocato. Jetzt war es vorbei mit der offiziellen Distanz.
»Ich weiß nicht, ob mein Kaffee so gut ist wie der deinige«, sagte ich, »aber Weine habe ich auch vorzügliche.«
Das war in doppelter Hinsicht gelogen, denn ich hatte lange mit Espressomaschinen experimentiert, war durchaus in der Lage ein hochklassiges Produkt zu servieren. Bezüglich des Weines war mein Keller sogar eindeutig überlegen, denn ich hatte eben nicht nur Schneider-Wein im Angebot.

»Da mi un nero.«
»Rotwein? Vermutlich italienischen.«
Ich entschied mich für einen Amarone della Valpollicella. Den sollte man immer im Haus haben, und zwar in größerer Stückzahl. Es ist in vielen Situationen ein passender Wein.
Als ich aus meinem Flaschenlager zurückkehrte, hatte Graziella ihre Jacke abgelegt. Sie trug zu ihrer Jeans eine schwarze Corsage, vorne geschnürt, maximal figurbetonend, Schultern und Arme nackt. Die vielen Narben stachen mir ins Auge.
»Was soll das werden?«, fragte ich. »Geht man heutzutage so in die Kirche?«
Graziella griff wortlos nach dem Weinglas, welches ich soeben eingeschenkt hatte.
»Salute, Julius.«
Ich bot ihr einen Stuhl an meinem Esstisch an und setzte mich so, dass der Tisch zwischen uns war. Sie schaute sich beim Setzen kurz um, schielte hinüber zum Sofa, wo sie wohl lieber Platz genommen hätte.
»Was führt dich zu mir?«, wiederholte ich.
»Es wird Zeit, unser Verhältnis zueinander zu klären.«
»Ich bin der Anwalt deines Mannes, mit dir befreundet und möglicherweise auch ein Freund der Familie, mehr nicht.«
»Mehr nicht? Sind deine täglichen Besuche etwa nur Berechnung?«
Das war eine unangenehm knifflige Frage. Graziella bemerkte mein Zögern und stieß sofort nach.
»Freundschaft oder Beruf, was ist dir wichtiger, Julius? Fühlst du dich jetzt gerade als sein Anwalt oder hast du Feierabend? Bist du ein Mensch mit menschlichen Bedürfnissen oder eine juristische Maschine, die endlos ihre Fälle löst?«
Ich trank einen großen Schluck Wein, dann noch einen und noch einen, schenkte mir umgehend nach. Es war ein schwerer Wein, der anderen zügig den Kopf verdreht hätte. Doch was nutzte das mir, der ich unempfindlich für die Freuden des Lebens und die Wirkungen des Weines geworden war?
»Ich kann es dir nicht beantworten«, sagte ich leise, fast flüsternd. »Ich weiß es nicht, ich weiß es wirklich nicht.«
»Dann ist die Frage damit beantwortet«, seufzte Graziella ihr Glas abstellend. »Ich hätte mir mehr von dir erhofft. Du tust mir leid, Julius.«
Sie erhob sich, ich hielt sie am Arm fest.

»Bleib, ich bitte dich.«
»Wozu? Willst du deinen Körper bemühen, obwohl dein Geist nicht darin ist, sondern seiner? Wäre es nicht, als ob ich mit meinem Manne schliefe?«
»Nicht so. Das wird es zwischen uns nicht geben. Aber bitte, bleib.«
»Weshalb dann?«
»Ich möchte es dir einfach nur erklären.«
Sie nahm wieder Platz, schenkte sich selbst nach und schaute mich gespannt an. »Ich höre.«
Ich erwog, zu kapitulieren, meine Karten aufzudecken, ihr zu erläutern, welche Zweifel mich unentwegt plagten. An meinem Beruf, dessen ich überdrüssig war, meinem Leben, das so leer geworden war, ihrem Mann, meinem Mandanten, den ich schon lange nicht mehr für unschuldig hielt. Ich hätte ihr davon berichten können, wie ich mich von der Familie, der Kirche, früheren Freunden und allem, was mir je etwas bedeutete, entfremdet hatte. Ich hätte erzählen müssen von der Einsamkeit, die mich ständig befiel, davon, dass ich im Wintergarten saß und mit Wildvögeln redete, dass ich trank im Übermaß, mich körperlich zunehmend zugrunde richtete, es mir an positiver Lebenseinstellung mangelte, ich Zyniker geworden war, ein eiskalter Taktiker des Paragrafenwissens. Kurzum: Ich hätte mich ausweinen können. Vielleicht wäre bei ihr ein Ohr gewesen, zu hören meine Klage, eine Brust, mich daran zu schmiegen, ein Arm, mich zu halten, ein Schoß mich aufzunehmen.
Doch dann flüsterte des Teufels Advokat mir die Frage ins Hirn, weshalb sie so unvermittelt erschienen war, sich mir so unzweifelhaft aufgedrängt hatte. Umgehend witterte ich tiefere Absichten, als sie vorgab, die Gefahr, dass sie einen Anwalt seinem Mandanten entfremden, mich als Verteidiger ausschalten wollte. Sofort hörte ich Alarmglocken schrillen. Die Wärme, die mir kurz ins Herz gestiegen war, gefror wieder. Postwendend sah ich in ihr eine Feindin und behandelte sie so.
»Wenn du wirklich gegen Michael aussagen willst, werde ich dich im Prozess durch die Mangel drehen müssen. Du wirst regelrecht gegrillt werden. Verstehst du, was das bedeutet?«
Graziella war mein plötzlicher Stimmungsumschwung nicht entgangen.
»Du drohst mir?«
»Nein, warum denkst du das? Versteh mich nicht falsch. Aber du weißt nicht, was es bedeutet, die Hauptbelastungszeugin in einem Strafprozess zu sein. Die Befragung wird sich auf Einzelheiten erstrecken, die du dir heute gar nicht vorstellen kannst. Man wird nichts auslassen. Eure Ehe,

dein Verhältnis mit Frankie, all die schmutzigen Details und das öffentlich. Warum willst du dir das antun?«

»Warst du jemals Opfer eines Mordanschlages?«

Ich hatte in meinem Leben die ein oder andere Situation erlebt, die man durchaus als lebensgefährlich bezeichnen könnte. Wenn man einmal in einer Spelunke gestanden hat, armweit entfernt ein drogenberauschter Gewalttäter, der mit einem Schlagstock droht, einen niederzuknüppeln, dann dauert es einige Albträume lang, bis man darüber hinweg kommt. Auch von mehreren zusammengeschlagen und -getreten zu werden, ist keine angenehme Erfahrung. Aber Mord? Ich würde so etwas nicht als Mordversuch bezeichnen. So dramatisch bin ich nicht veranlagt. Daher schüttelte ich nur schweigend den Kopf.

»Weshalb richtest du dann über mich?«

»Ich möchte dich nur warnen. Schon viele Zeugen sind in einen Prozess hinein gegangen in dem Glauben, der Gerechtigkeit zum Sieg zu verhelfen. Herausgekommen sind sie traumatisiert, öffentlich bloßgestellt als Lügner. Auch deine Aussage ist lückenhaft. Wir beide wissen es, ich erwähne nur den Namen Molter.«

»Frankie? Du denkst immer noch, ich hätte etwas mit Frankie?«

»Nein, ich glaube dir, dass es vorbei ist. Aber was war, kannst du nicht leugnen.«

Die Italienerin an meinem Esstisch erhob sich und begann, ihre Corsage aufzuschnüren. Nachdem sie diese ausreichend gelockert hatte, zog sie das Wäschestück über dem Bauchnabel auseinander.

»Siehst du diese Narbe?«, fragte sie.

Ich starrte auf eine hässliche rote Linie. Sie lockerte die Schnürung weiter, drehte sich um und entblößte ihren Rücken. Er war übersät mit abgeheilten Schnittwunden.

»Das sind die Andenken, die Michael mir hinterlassen hat. Sie werden mich mein Leben lang begleiten. Weißt du, was es bedeutet, sich einem Mann so zu zeigen? Ich will mein Leben nicht wie eine Witwe verbringen. Aber ich fürchte den Augenblick, da ein anderer Mann mich so sieht. Du kennst meine Geschichte, du hättest keine Fragen gestellt, deshalb wollte ich es mit dir versuchen. Aber du hast es gründlich vermasselt, Julius.«

Sie ließ sich kraftlos und schluchzend wieder auf den Stuhl fallen und leerte ihr Weinglas.

»Hol uns noch so eine verdammte Flasche. Hol ganz viele Flaschen. Ich möchte mich bis zur Besinnungslosigkeit betrinken.«

»Findest du das eine gute Idee?«
»Warum? Würdest du meinen Zustand dann etwa ausnutzen?«
»Nicht, wenn du betrunken bist. Aber so weit ist es ja noch nicht.«
Graziella schaute mich fragend an, ich nahm ihre Hand, führte sie zum Sofa, griff nach der Schnürung ihrer Corsage und löste diese endgültig. Behutsam berührte ich eine Narbe, die große über dem Bauchnabel. Dann die vielen anderen. Sie hielt sich die Hände vor die Augen, aus denen Tränen liefen. Zuckend ließ sie sich langsam auf das Sofa hinabsinken. Ich küsste ein rotes Mal unter ihren linken Rippen. Überbleibsel einer Scherbe, die sich dort in ihre Haut gebohrt hatte. Eine Narbe schräg unter dem Bauchnabel küsste ich ebenfalls, dann die nächste und alle weiteren auch. Ich übersäte, ihren Körper mit Küssen, jede einzelne Narbe.
Graziella ließ es mit geschlossenen Augen geschehen, ließ meine Hände über ihren Körper wandern, behutsam von Wunde zu Wunde. Eine ihrer Hände bedeckte das Gesicht, die andere öffnete ihre Jeans, streifte diese herab, bot mir den Anblick ihrer nackten Beine dar, die ich ebenso mit einbezog in das stete Berühren durch meine Hände und Lippen.
Eine halbe Nacht lang streichelte und küsste ich nur diese Narben, solange bis ich alle kannte, als wären es meine eigenen. Irgendwann schlief sie ein, ich breitete eine Wolldecke über ihr aus und ging in mein Bett.
Am nächsten Morgen war sie verschwunden. An diesem Tag trafen wir uns nicht zum Espresso. Tags drauf ebenso wenig. Unsere tägliche Routine des Espressotrinkens setzten wir nicht mehr fort, hatten auch keinen weiteren Kontakt danach, sprachen nie über das Geschehene.
Denke ich heute zurück, würde ich diese Nacht den Wendepunkt des Falles nennen. Es war nicht so, dass sie ihre Aussage widerrief, um ihren Ehemann zu entlasten. Das zu erwarten, wäre realitätsfern gewesen. Aber vermutlich hat es ihr etwas bedeutet. Wesentlich mehr als die äußeren Wunden muss sie innere empfunden haben, Wunden, die nicht verschlossen oder vernarbt waren, bis zu jener Nacht. Ich stelle mir vor, dass sie damals das verlorene gemeinsame Ziel wiederfand, viel nachdachte über Sweetwine, die Magie des Blutwingerts.
Warum ich sie nicht begehrte, vermag ich nicht zu sagen. Vermutlich trage ich dafür selbst zu viele Wunden in mir.

Kapitel 5

Kerstin betrat mein Arbeitszimmer und stellte mir einen Cappuccino auf den Schreibtisch. Es bedeutete, dass sie etwas zu besprechen oder wichtige Neuigkeiten mitzuteilen hatte.
»Was gibt's?«
»Eine Anklage.«
»Michael Schneider?«
Sie nickte.
Anklagen haben rechtlich die Bedeutung, dass die Zuständigkeit für das Verfahren von der Staatsanwaltschaft auf ein Gericht übergeht. Dies ist im äußeren Ablauf ein Wendepunkt. Im Innenverhältnis zwischen Anwalt und Mandant sind die Auswirkungen drastischer, denn nun steht fest, dass zumindest die Staatsanwaltschaft es ernst meint. Sie ermittelt nicht länger, sie will Köpfe rollen sehen. Gescheitert ist die Hoffnung, es werde sich schon alles erledigen. Der Kelch geht nicht vorüber, sondern muss getrunken werden.
Es gibt Kollegen, die davon unbeeindruckt auf ihrer Taktik beharren und eben den Freispruch als neues Ziel verkünden. Ich tendiere dazu, die Staatsanwaltschaft nicht für völlig unfähig zu halten. Eine Verurteilung ist ab diesem Zeitpunkt ernsthaft in Betracht zu ziehen. Zumal die Statistik belegt, dass Freisprüche eher selten sind im Tagesgeschäft der Justiz.
Michael, den ich abends besuchte, nahm die Nachricht mit Fassung auf.
»Das war doch zu erwarten, oder hast du geglaubt, die stellen das Verfahren ein?«
Seine praktische Sichtweise in juristischen Fragen überraschte mich immer wieder. Er reagierte meistens so, wie ich es von einem Anwalt erwartet hätte, nicht von einem Mandanten. Hatte er im Hintergrund einen weiteren anwaltlichen Berater? Mischte Bea da heimlich mit? Die Frage erledigte sich, als Michael eine Flasche Wein öffnete.
»Dann müssen wir uns eben auf einen Prozess einstellen«, meinte er beim Ploppen des Korkens. »Wie schätzt du die Erfolgsaussichten ein?«
»100 Prozent.«
»In welche Richtung?«
»In beide. Wenn deine Frau eine Aussage macht, wanderst du ins Gefängnis. Wenn sie schweigt, wirst du freigesprochen.«
»Sie wird aber nicht schweigen, das ist dir doch klar?«

Ich hob mein Glas, wir stießen an. Statt Hoffnung bekam er von mir anwaltliche Floskeln.
»Strafprozesse nehmen oft seltsame Wendungen. Was wirklich herauskommt weiß man erst, wenn das Urteil verkündet ist.«
»Also in dem Moment, wo ein Richter sagt, ich sei schuldig?«
»Streng genommen erst dann, wenn er die vollständige mündliche Urteilsbegründung beendet hat. Davor kann das Gericht theoretisch nochmals zurückgehen ins Beratungszimmer und das Urteil ändern. Aber das ist graue Theorie. Wenn sie aufstehen und verkünden, es sei versuchter Mord gewesen, dann bist du für einige Jahre kein freier Mann mehr.«
»Einige? Wie viele?«
»Fünf bis sieben Jahre wären andernorts realistisch«, erläuterte ich.
»In Bad Kreuznach geben sie gerne noch was drauf.
Man wird dir vorwerfen, dass es rein aus Zufall nicht zur vollendeten Tat kam. Dann wird man dir Eifersucht unterstellen und deshalb zusätzlich zur heimtückischen Begehungsweise noch einen niederen Beweggrund annehmen. Das ergibt dann zwei verwirklichte Mordmerkmale, weshalb sie dich garantiert zweistellig verknacken.«
»So lange?«
»Wer Verbrechen begeht, sollte dies besser nicht im Landgerichtsbezirk Bad Kreuznach tun.«
»Klingt nicht sehr tröstlich.«
»Immerhin spielt die Geschichte mit der Glasscherbe keine Rolle. Das war denen zu viel Fantasie. Angeklagt ist nur der ursprüngliche Komplex. Säge, Treppe, Sturz.«
»Wie beruhigend.«
Würde das Jugendamt seiner Wächterpflicht nachkommen, hätte es in diesen Tagen die Familie Schneider kontrollieren müssen. Die Stimmung im Weingut am Taubenschlag war mörderisch, eisig der Umgang der Eheleute miteinander. Kein trautes Refugium wo Kinder sich wohlfühlen konnten. Aber allemal besser als die Alternativen der behördlichen Aufpasser: Heime oder Pflegeeltern.
Letztlich sind Jugendämter es gewohnt, sich bei den niederen Schichten einzumischen. In gehobenen Verhältnissen, also schon dann, wenn Menschen nicht von staatlichen Transferleistungen abhängig sind, sondern einen bescheidenen Besitz haben und mit ihrer eigenen Hände Arbeit das tägliche Brot verdienen, bleibt das Jugendamt regelmäßig außen vor. In diese Welt dringen sie nur ein, wenn Gewalt zu Polizeieinsätzen führt.

Abends Zuhause, beim Wein im Wintergarten, durchdachte ich den Fall von einer neuen Seite. Was Michael nach meinem Eindruck am wichtigsten war, lag außerhalb seiner Familie und seines Betriebes im Hunsrück. Antriebsfeder war für ihn eine Vision von Sweetwine, dem Ort, wo er den Wein der Zukunft kreieren wollte. Voraussetzung dafür, dass dieser Plan nur irgendeine Hoffnung rechtfertigte, war eine völlige Umwälzung des gesamten Weltklimas.
Ich zog mein Tablet und recherchierte.
Was das Netz unter dem Stichwort Klimawandel alles auswarf, war trotz wissenschaftlicher Untermauerung schwer in ein einheitliches Bild zu bringen. Gängig war die Prognose einer Heißzeit mit unangenehm hohen Temperaturen, Austrocknen der Wälder, Absinken des Grundwasserspiegels, Abschmelzen der Polkappen und Anstieg der Meeresspiegel. Das Gegenmodell dazu war eine neue Eiszeit durch Schmelzen des Polareises, dadurch bedingtes Abklingen des Golfstroms, Abkühlen des Nordatlantiks und seiner Anrainermeere und folglich Temperaturrückgang. Es war nicht genau auszumachen, ob wir künftig wie in der afrikanischen Savanne oder unter grönländischen Bedingungen leben, aber irgendetwas würde sich ändern.
Daher war das Thema ständig auf der Tagesordnung, denn die Politiker hatten erkannt, dass die Katastrophe nur aufzuhalten ist, wenn Deutschland, die Oase zwischen Umweltsündern wie China und USA, seinen CO_2-Ausstoß um etwa ein Promille senkt. Um dies zu erreichen, wurde zur Jagd auf deutsche Kulturgüter geblasen. Der Dieselmotor, eine Antriebsart, die deutlich CO_2-ärmer ist als Benzinmotoren, sollte völlig verboten werden. Der Fleischgenuss stand ebenfalls auf der Abschussliste, weil die zahlreichen Kühe auf unseren Weiden so permanent in den Himmel furzten, dass dort unter CO_2-Gesichtspunkten kaum Platz blieb für die Billigflieger beim Tagestrip nach Malle.
Glücklicherweise war die Energiewende längst eingeleitet, denn Deutschland hatte die Stilllegung seiner Atomkraftwerke schon beschlossen und bezog seinen Strom zunehmend aus ökologischen Quellen. Nur bei Windstille oder in Nächten ohne Sonne griff man zur Deckung des Energiebedarfs auf französischen Atomstrom zurück. Dem Benzin wurde Pflanzenöl beigemischt, wovon es genug gab, seit in den Tropen der Regenwald abgeholzt wurde, um Palmölplantagen zu errichten. Wenn Klimaapostel nicht mit dem Charterflieger um die Welt jetteten, um über die Gefahren des Flugverkehrs zu predigen, ließen sie sich in der Dienstlimousine bei

Wahlveranstaltungen vorfahren. Dort forderten sie das gemeine Volk auf, doch bitte mehr den öffentlichen Nahverkehr zu nutzen.
Tranken die Heuchler früher Wein und predigten Wasser, propagierten sie nun völlige Entsagung, schlürften aber selbst Champagner, zu dem sie sich Austern servieren ließen.
Das war die Situation, weshalb es nicht an Verschwörungstheorien mangelte. Angeblich drohte nicht weniger als die Diktatur, verursacht durch finstere Mächte. Die brachten – wie genau war geheim – die Weltmeere zum Ansteigen, um sich eine goldene Nase zu verdienen. Originell fand ich einige jugendliche Protestgruppen, nach deren Auffassung der Weltuntergang ohnehin schon bevorstand, weshalb sie am letzten Tag der Schulwoche diese schwänzten.
Bald rauchte mir der Kopf von den vielen Informationen. Ich legte das Tablet weg und spazierte ins Dorf, genauer gesagt zu Paul, wo ich mich zu einer Weinprobe einlud. Dann ließ ich mir erläutern, ob sich im Weinbau konkrete Auswirkungen dieses ominösen Klimawandels bemerkbar machten. Das Ergebnis, basierend auf den Naturbeobachtungen eines Winzers, schockierte mich. Die Trockenheit nahm zu, die langjährige Durchschnittstemperatur war am Steigen. Die Winzer experimentierten mit Reben, die bisher als klassisch südländisch galten, etwa Merlot oder Sauvignon. Das Heiligtum des deutschen Weins, der Riesling, entwickelte sich zunehmend zu einer Alkoholbombe, weil die Trauben ständig höhere Reifegrade erzielten. In der Konsequenz gab es mittlerweile an der Mosel trinkbare Weine, da die Rieslingtrauben dort endlich reif und nicht mehr sauer gelesen wurden. Und es fehlte allerorten dramatisch an Wasser.
»Schau dir die Wälder an«, mahnte Paul. »Überall verdorrte und vertrocknete Bäume. Das Hessische Ried, also das gesamte rechtsrheinische Gebiet von Mainz Richtung Odenwald galt als Trinkwasserreservoir für das Rhein-Main-Gebiet. Jetzt sind die Bäume dort de facto tot, einfach vertrocknet. Sie nehmen kein CO_2 mehr auf aus der Luft, sondern geben es ab. Der Wald als CO_2-Schleuder. Eigentlich unvorstellbar.«
»Und was bedeutet dies für die nahe Zukunft, also den Teil, den wir noch erleben?«
Paul zuckte die Schultern. »Ich könnte mir vorstellen, dass Wein bald dort wächst, wo wir es bisher für undenkbar hielten. Grundsätzlich gilt der 50. Breitengrad als die Grenze nach Norden hin. Diese Zeiten sind vorbei.«
»Silvaner aus dem Siegerland, Riesling aus Remscheid und Burgunder aus Berlin?«

»So extrem dürfte es nicht werden, denn der Wein benötigt ja etwas mehr als nur warmes Wetter. Entscheidend ist unter anderem der Boden. Nur wo die Erde gelernt hat, Reben zu tragen, entstehen gute Weine. Du kannst nicht einfach die Dünen an der Nordsee zu Weinbergen umfunktionieren.«
»Und wenn man Böden fände, die unseren entsprechen? Beispielsweise eine unterirdische Kalklinse.«
Paul wiegte den Kopf hin und her. »Wie gesagt, es kommt auf so vieles an. Ein guter Boden ist nie verkehrt. Die Kalksedimente der Champagne beispielsweise ziehen sich unter dem Ärmelkanal hindurch bis nach Südengland. Deshalb wird dort auch derzeit mit dem Weinanbau experimentiert. Es könnte sein, dass die Engländer auf kurz oder lang einen besseren Champagner herstellen als die Franzosen.«
Irgendwo hatte ich das schon einmal gehört. Jetzt wollte ich es genau wissen.
»Wieso besser? Solange die Champagne nicht vom Meer überflutet wird kann die Produktion doch dort weitergehen. Die jahrhunderte alte Tradition ist nicht weg, nur weil es etwas wärmer wird.«
»Klar. Theoretisch können die Franzosen weiter produzieren. Aber mehr Sonne und höhere Temperaturen führen dazu, dass Trauben auch schneller und intensiver ausreifen. Für die Champagner-Herstellung ist es ja gerade wichtig, kein extrem hochwertiges Lesegut zu verwenden. Ausreichend ist ein Grundwein etwa auf dem Niveau unserer Kabinettweine. Wenn der Grundwein bereits eine zu hohe Qualität hat und bei der Versektung noch eine zweite Gärung bekommt, dann wird das Zeug ungenießbar.«
»Und was machen dann die Winzer der Champagne?«
Wieder zuckte Paul die Schultern. »Vielleicht steigen sie ein ins normale Weißweingeschäft und machen uns bei den Burgunderweinen Konkurrenz oder sie versuchen es mit Rotwein und werden ein zweites Bordelais. Die Qualität des Bordeaux steht ohnehin an einem Wendepunkt, da sich in warmen Jahren zu viel Zucker in den roten Trauben einlagert. Das verschlechtert die Farbe und führt zu niedrigeren Bewertungen.«
»Aber wenn der Bordeaux-Wein künftig aus der Champagne kommt, was kommt dann aus dem Bordeaux-Gebiet?«
»Die könnten umstellen auf spanische Rebsorten. Tempranillo, Garnacha, Monastrell – es gäbe zahlreiche Alternativen.«
»Und Spanien wechselt dann zu Reben aus Nordafrika?«
»Nein, die testen bereits Möglichkeiten einer zweiten Lese.«
Bisher hatte ich seine Ausführungen verstanden, unter einer zweiten Lese

konnte ich mir aber nichts vorstellen. Paul erläuterte, was damit gemeint war.

»Wenn man nach der Weinblüte den Haupttrieb der Rebe kürzt, entstehen Seitentriebe, die wiederum Früchte ansetzen. In Spanien reifen auch die Trauben der Seitentriebe mittlerweile voll aus. Es kann ein bis zwei Monate nach der Haupternte erneut gelesen werden. Und die zweite Ernte bringt sogar bessere Qualitäten, weil die Beeren kleiner sind. Der Gehalt an Säure und Farbstoffen ist höher als bei der Haupternte. In der Hitze des Südens entsteht dann ein Wein, der unserem ähnelt.«

»Verwirrend«, sagte ich.

Paul stellte sein Glas ab. »Komm mal mit.«

Er führte mich hinaus in den Hof, wo in einem mächtigen Holzbottich ein Olivenbaum wuchs, nicht so groß wie in Süditalien, aber dennoch stattlich. Ich kannte den Baum seit ewigen Zeiten.

»Dieser Olivenbaum wird normalerweise im Winter in eine Halle gefahren, damit er keine Frostschäden erleidet«, erklärte Paul. »Seit mindestens fünf Jahren ist dies nicht mehr erforderlich. Er kann hier draußen überwintern. Ich überlege ernsthaft, ob ich ihn aus seinem Bottich befreien und fest in die Erde pflanzen sollte. Komm mit.«

Ich folgte ihm zur Außenwand seines Weinguts, wo auf einer wettergeschützten Fläche nach Süden hin ein Feigenbaum wuchs. Nicht hoch wie ein Baum, eher breit wie ein Busch. Auch diese Feige kannte ich seit Jahrzehnten.

»Die ist offensichtlich winterhart, denn sie wächst bereits im Freiland«, stellte ich fest.

»Sie hat kein Problem mit unseren Wintern hier«, bestätigte Paul. »Meist hängt sie im Sommer auch voller Früchte. Aber die Früchte wurden in der Vergangenheit niemals reif. Seit einigen Jahren ernte ich hier süße, reife, essbare Feigen. Das bedeutet für mich Klimawandel. Die Zonen verschieben sich, der Winter existiert nicht mehr, er ist eigentlich nur noch ein langer Herbst. Das Naheland wird vielleicht die neue Toskana.«

»Das ist es doch eh schon«, merkte ich an. »Die sanften Hügel, das milde Klima, die Kultur des Weinbaus, die Lebensart. Würde ich nicht ohnehin schon hier leben, könnte ich mir durchaus vorstellen, hier Urlaub zu machen.«

»Was uns noch fehlt, ist der Chianti«, scherzte Paul. »Aber in ein paar Jahren pflanzen wir hier Sangiovese-Trauben an und machen nicht nur den besten Chianti, sondern den Brunello di Montalcino gleich noch dazu.«

»Naja, am Anfang wird es wohl eher ein Chianti Rufina.«
»Ach was, das könnten wir heute schon machen, wenn wir wollten. Apropos ich habe da noch ein Fläschchen im Anbruch ...«.
»Doch nicht etwa von Selvapiana?«
»Natürlich von dem, der ist doch der Einzige, der dort unten etwas kann.«
»Nun denn«, sagte ich, »mein wissenschaftlicher Forscherdrang ist für heute noch nicht ganz erschöpft. Lass uns den Klimawandel doch an einem praktischen Beispiel erörtern.«

Die Zeit ab Mitte April wurde hart für mich, denn die Winzer der Nahe füllten den aktuellen Jahrgang ab. Damit veranstalteten sie sogenannte Jahrgangspräsentationen in ihren Vinotheken. Jedes Wochenende beinhaltete fortan den Besuch eines Weinguts, um kostenlos die neuen Kollektionen zu probieren. Da ich meine allmonatlichen Weinprobiertage vernachlässigt hatte, gab mir dies Gelegenheit, den eingetretenen Bildungsrückstand aufzuholen.
Daneben liefen in Windesheim zahlreiche Veranstaltungen anlässlich des Jubiläumsjahres, nicht minder dominiert von der Bedeutung des Weines für eine Weinbaugemeinde. Es hatte fast den Anschein, als wolle die Bevölkerung ein Jahr im kollektiven Delirium verbringen. Ich war genau zur richtigen Zeit dort hingezogen.
Am 3. Mai feierte das Weindorf sein 1000-jähriges Bestehen. Dieser Tag markierte die erste urkundliche Erwähnung. Wie bei anderen Ortsjubiläen auch, fragte ich mich, weshalb dieses Ereignis für das Alter maßgeblich sein sollte. Denn es wurde damals sicherlich nicht ein Dorf erwähnt, das soeben gegründet wurde, sondern eines, das schon länger bestand, möglicherweise mehrere 100 oder gar weitere 1000 Jahre.
Wie auf dem Lande üblich versammelten sich die Bürger zur offiziellen Gedenkfeier auf dem Rathausplatz, wo die örtlichen Winzer mit einem Stand dabei halfen, die feierlichen Ansprachen besser zu ertragen. Als originelle Attraktion hatten die Windesheimer eine Zeitkapsel erdacht. Die sollte am Fuße der historischen Rathaustreppe in die Erde versenkt und erst 250 Jahre später wieder geöffnet werden. Ein Gruß an die Zukunft.
Während die Kapsel mit Botschaften aus dem Diesseits – darunter eine Tageszeitung und eine Flasche Wein – bestückt wurde, ließ ich meinen Blick über das Publikum schweifen. Es hatte sich eine stattliche Zahl an Einwohnern zu diesem Anlass getroffen. In einer Ecke sah ich sogar Michael mit seinen Kindern stehen. Etwas verwunderlich, da er sonst für

solche Veranstaltung nie Zeit fand. Die Therapiegespräche mit Bea zeigten Wirkung, er kümmerte sich um seinen Nachwuchs. Oder war seine Anwesenheit bei diesem Anlass ein Versuch, sich endlich in die Dorfgemeinschaft zu integrieren? Dazu konnte es längst zu spät sein.

Nachdem die Zeitkapsel mit den offiziellen Botschaften an die Zukunft gefüllt worden war, bestand für die Bürger die Möglichkeit, nach Belieben etwas hinzuzugeben. Einzelne traten vor und legten persönliche Erinnerungsstücke hinein, die Kapsel füllte sich, der Zeitpunkt, da sie für lange Zeit geschlossen werden würde, nahte.

»Letzte Chance«, verkündete die Ortsbürgermeisterin, sie hatte, den Deckel zum Verschließen der Kapsel schon in der Hand. In diesem Augenblick drängelte sich Michael nach vorne. Die Zuschauer wurden bereits nervös, sie wollten endlich sehen, wie die Zeitkapsel versenkt wurde. Jetzt war die letzte Möglichkeit, noch etwas hineinzuwerfen. Michael zog einen dunklen metallenen Gegenstand aus der Tasche, warf ihn stumm in die Kapsel und wandte sich zügig ab. Ich unterdrücke den Reflex, nach vorne zu sprinten und das Objekt wieder herauszufischen. Stattdessen überflog ich mit schnellen Blicken das Gesamtgeschehen. Die Presse hatte längst aufgehört, das Ereignis zu fotografieren, und wartete nur auf das Vergraben, der geschlossenen Kapsel in der Erde. Aber leicht schräg neben dem Weinstand sah ich einen Rentner stehen, der den Ablauf durchgehend filmte. Ich platzierte mich in seiner Nähe, bestellte ein Glas Wein und ließ ihn nicht mehr aus den Augen. Er filmte wie die Kapsel in ihr Erdloch versenkt und zugeschüttet wurde, bevor ein junger Mann eine Zementmischung über dem jetzt historischen Fleckchen Erde verteilte, die er säuberlich glattzog. Eine Steinplatte mit eingravierter Aufschrift wurde herabgelassen und exakt platziert. Kurz später hatte der Ort des Geschehens den Zustand angenommen, den er für die folgenden 250 Jahre behalten sollte. Der Rentner schaltete seine Kamera ab und wandte sich dem Weinstand zu.

»Ein Glas Wein?«, fragte ich.

»Gerne.«

Ich stellte mich kurz vor. Wir stießen an.

»Ich bin Neubürger hier, interessiere mich aber für historische Ereignisse«, erklärte ich. »Wann kann man denn Ihren Film anschauen?«

Er hatte sein Glas in einem Zug gelehrt und orderte nach. »Ich mache das nur für mein persönliches Archiv. Die Gemeinde hat niemanden, der solche Augenblicke offiziell dokumentiert. Irgendwann werden sie froh sein,

dass ich mich darum kümmere.«
Offenbar einer von denen, die ihre Leistungen nicht hinreichend gewürdigt sehen. Solche Menschen sind immer dankbar für etwas Zuwendung.
»Das ist schade«, sagte ich. »Ein wertvolles, historisches Dokument muss doch veröffentlicht werden. Ich bin extra hierhergekommen, um diesen Augenblick nicht zu verpassen. Aber man kann so etwas natürlich viel besser genießen, wenn man es in Ruhe auf einem Film betrachtet.«
»Ich lade alle Filme in eine private Cloud. Wenn Sie wollen, kann ich Ihnen einen Link schicken.«
»Das wäre wirklich sehr freundlich.« Ich überreichte ihm meine Karte. »Die Menschen wissen oft nicht zu schätzen, was es bedeutet, in solchen geschichtsträchtigen Momenten dabei zu sein«, schob ich hinterher und bestellte zwei weitere Gläser Wein.
»Da haben Sie Recht.« Er trank an seinem Glas und betrachtete die Visitenkarte. »Ah, Sie sind Anwalt. Worauf sind Sie denn so spezialisiert?«
Da war sie wieder, die Frage nach dem Spezialisten. Der Laie ist von den Medien darauf gedrillt, Rechtsanwälte nach ihrer Spezialisierung zu fragen. Oft vermag er nicht einmal einzuschätzen, in welches Spezialgebiet sein Problem einzuordnen ist, aber er will sich nicht mit einem durchschnittlichen Anwalt abgeben, sondern stets den besten für seinen Fall haben. Das Spezialistentum der Anwaltschaft ist so kompliziert geworden, dass keiner mehr weiß, wann welcher Spezialist benötigt wird. Für die Folgen eines gewöhnlichen Verkehrsunfalles stehen vier verschiedene Fachanwaltschaften zur Verfügung, die einzelne Aspekte dieses Alltagsgeschehens bis in alle Verästelungen durchdenken. Aus Anwaltssicht ist die Frage nach der Spezialisierung daher taktisch anzugehen. Möchte man ein Mandat haben, sollte man vorher herausfinden, was den Gesprächspartner so bewegt. Berichtet er etwas von einer unberechtigten Kündigung, bezeichnet man sich als auf Arbeitsrecht spezialisiert. Schon ist man im Geschäft. Stellt sich danach heraus, dass die Kündigung aber seiner Wohnung galt, schiebt man eben hinterher: »Außerdem habe ich mich auf Mietrecht spezialisiert.«
Den Rentner am Weinstand benötigte ich auf keinen Fall als Klienten, denn mir war klar, dass dieser Mensch ein schwieriger Mandant sein würde. In solchen Situationen empfiehlt es sich, eine eher exotische Spezialisierung vorzugeben, die einem die Leute vom Hals hält.
»Ich arbeite fast ausschließlich im Völkerrecht«, sagte ich und merkte, wie er leicht enttäuscht wirkte.
»Hm,« schnaufte er. »Was macht man denn so im Völkerrecht?«

Das war eine gefährliche Fangfrage. Völkerrecht hat keinerlei Nutzen für das praktische Leben. Es spielt sich irgendwo zwischen Staaten und internationalen Organisationen ab. Völkerrechtler arbeiten bei der EU oder der UNO, aber nie dort, wo das pralle Leben tobt. Wer sich einen Völkerrechtler nennt, gibt damit quasi zu, von der Praxis keinerlei Ahnung zu haben und für diese völlig untauglich zu sein. Genau dies hatte ich beabsichtigt. Nun dennoch von einem Rentner in eine Diskussion über Völkerrecht verwickelt zu werden, zeigte mir nur, wie vereinsamt dieser Mensch sein musste.

»Gut, dass Sie mich daran erinnern! Ich muss ja morgen früh nach Den Haag und noch einiges vorbereiten. Darf ich mich verabschieden? Wir können uns gerne ein andermal weiter unterhalten. Und denken Sie netterweise an den Link zu dem Film.«

Das Geld für den Wein ließ ich großzügig gerundet auf der Theke liegen, dann machte ich mich zügig aus dem Staub. Bereits eine Stunde später erhielt ich die Zugangsdaten zu dem Film per Mail. Der Rentner hatte offenbar keinen mehr gefunden, der sich mit ihm hatte unterhalten wollen. Nach ein paar Klicks lief das Video auf meinem Smartphone. Ich spulte vor bis zu Michaels Auftauchen an der Zeitkapsel. Der Rest war mir völlig egal. Der Winkel, aus dem der Rentner gefilmt hatte, war ideal. Man sah die einzelnen Beigaben für die Kapsel genau, vor allem sobald man die Szene vergrößerte. Ich fertigte Screenshots, als Michael vortrat. In den Händen der Kripo oder der Staatsanwaltschaft hätten diese Sprengkraft entfaltet. Für deren Augen war das aber nicht bestimmt.

Zur Kontaktpflege mit delikaten Mandanten verfügte ich über unregistrierte SIM-Karten; Nummern, die niemand zurückverfolgen konnte. Eine solche baute ich nun in mein Smartphone ein, um die Screenshots damit an Michael zu senden. Die Reaktion war typisch.

»Wer da?«, antwortete er per Textnachricht, versuchte es noch mit einigen anderen Formulierungen, dann startete der Telefonterror. Es war nicht mein erster Versuch, mit anonymen Botschaften Reflexe zu testen. Daher kannte ich die Abläufe. Zunächst klingeln sie Sturm, bis zu zehnmal hintereinander, dann folgen im Viertelstundentakt Anrufversuche. Danach wird es prickelnd, denn sie bitten andere um Mithilfe.

Zuerst leuchtete Maureens Handynummer auf, das war vorhersehbar. Als nächstes kam ein Anruf von der Festnetznummer des Weinguts. Auch keine Überraschung. Schon die dritte Nummer hatte es in sich.

Damit gab es jetzt drei Eingeweihte, neben Michael noch zwei, die das

Geheimnis kannten, die wussten, dass ein historischer Schlüssel mit einem Kopf aus zwei turtelnden Tauben tief in der Erde eines Rathausplatzes in das Jahr 2269 reiste. Wie bei einem Mysterium üblich, blieb einer davon unbekannt, das war ich. Die Initiierten, die des Zugangs zur höchsten Stufe noch unwürdig waren, mussten weiter der Erleuchtung harren. Ich freute mich diebisch darüber, wie Michael und Bea sich jetzt den Kopf zerbrachen. Ein paar Gläser Wein später, als mir das volle Ausmaß ihrer Niederträchtigkeit vollumfänglich bewusst wurde, wich der Spaß einem grimmigen Zorn. Ich vergrub mich in meiner Kanzlei, wo ich Anweisung erteilte, mich nicht mehr mit dem Fall Michael Schneider zu belästigen.
»Ist das Mandat gekündigt?«, fragte Kerstin knapp.
»Nein, es ruht.«
»Was bitte ist ein ruhendes Mandat?«
»Das weiß ich selbst noch nicht. Warten Sie auf weitere Anweisungen.«
Dann schaffte ich Rückstände weg. Ein Arbeitsschub, um den Kopf frei zu bekommen. Diesmal dauerte es eine Woche, bevor ich die Kanzlei wieder verließ. Notgedrungen, denn ich war eingeladen zu einer Geburtstagsfeier im Hinterconti. Das ist ein höchst dekorativer Veranstaltungsort in einem umgestalteten historischen Bauerngehöft. Äußerst geschmackvoll, teils puristisch-modern, weitflächig aber im Kolonialstil mit dunklen Hölzern, was allein schon meine Trinklaune förderte.
Der Gastgeber hielt eine geistreiche Begrüßungsansprache, bei der ich mich nicht einmal langweilte. Dann wurden im Stehen Sektcocktails getrunken, bei denen man sich einander vorstellte. Die meisten Gäste kannte ich, einige Bekanntschaften waren neu, so ein Zahnarzt, der seine Praxis vor Jahren in die Schweiz verlegt und dadurch nach eigenen Aussagen die Lizenz zum Gelddrucken erhalten hatte. Groß, sportlich, braungebrannt stolzierte er umher, wies mich schamlos auf seinen Jaguar hin, bewusst im Parkverbot stehend, dafür aber von der Feier aus zu sehen, dann auf seine Armbanduhr mit nummeriertem und handsigniertem Echtheitszertifikat, danach auf seine wesentlich jüngere, attraktive Ehefrau – in dieser Reihenfolge.
Die Arztfrau lächelte süßsauer, als wir uns die Hände reichten. Ich hatte kurz den Eindruck, sie von früher zu kennen, konnte sie aber nicht zuordnen.
Nach dem Stehempfang strömten die Gäste zu ihren Sitzplätzen, ich hingegen an die Theke, um mich über die Weinauswahl zu informieren. Es gab ein ansprechendes Repertoire gehobener Naheweine, damit zugleich

die Perspektive auf einen angenehmen Abend ohne lästige Gespräche.
Mein Sitzplatz war vom Gastgeber unglücklich gewählt, am Tisch saßen durchweg Juristen. Sie schwadronierten vom Fach, als ich mich dazugesellte. Eine junge Anwaltskollegin sprach soeben den Satz, den ich am meisten hasste: »Ich hatte da mal so einen Fall ...«.
Was sie über diesen Fall berichtete, war so dramatisch, dass ich fast einschlief. Sie betreute nämlich eine Mandantin, die vor ihrem Ehemann ins Frauenhaus geflüchtet war. Um diese vor Gewalt zu schützen, holte sie die Frau regelmäßig dort ab und fuhr sie nach Gerichtsterminen wieder zurück. Ich fragte sie nicht, wer ihr diese Taxidienste bezahlte oder ob sie für den Notfall eine Nahkampfausbildung hatte.
Der Nächste nannte sich Wirtschaftsanwalt und brüstete sich damit, wie er säumigen Mandanten den Gerichtsvollzieher auf den Hals hetzte. Hier unterdrückte ich die Frage, weshalb er nicht einfach so viel Vorschuss nahm, dass der Mandant nicht säumig werden konnte.
Ein weiterer Berufskollege stand noch vor den höheren Weihen des zweiten Staatsexamens. Er schwärmte aus seiner Referandarssicht davon, wie intensiv Strafkammern über den Unterschied zwischen Raub und räuberischer Erpressung berieten. Ihn fragte ich etwas mit der aufgesetzten Miene eines Ahnungslosen.
»Wie wirkt sich das denn am Ende aus, also im Strafmaß?«
Der Nachwuchsjurist war pikiert. »Die Strafe ist natürlich dieselbe, aber dogmatisch ist das doch ein Riesenunterschied.«
Das Buffet war freigegeben, es gab verschiedene Stationen mit Grillfleisch, leckere Salate und allerlei Beilagen. Nach dem Dessert wurden weitere Reden geschwungen, dann rückte eine kleine Band an, um zum Tanz aufzuspielen. Wie üblich eröffneten sie leise, steigerten jedoch zunehmend die Lautstärke. Manchmal hatte ich den Eindruck, Musiker ertragen es nicht, wenn man ihnen nicht die vollste Aufmerksamkeit widmet. Daher drehen sie so lange lauter, bis Gespräche unmöglich werden. Wobei noch zu klären wäre, ob überlaute Musik nicht ein Segen ist, wenn sie inhaltslose Unterhaltungen ersterben lässt.
Ich begab mich auf die Terrasse, hielt weiter notgedrungen Smalltalk, verkostete Weine und merkte zunehmend, dass ich auf dieser Feier so fehl am Platz war wie bei allen gesellschaftlichen Anlässen. Mir rotierten ständig Akten und Rechtsfragen durch den Kopf, es interessierte mich nicht, was andere von ihrem letzten Urlaub zu berichten hatten, von ihren Kindern, ihrem Beruf, ihren Erlebnissen oder – ganz fürchterlich – ihren

Haustieren.
Haustiere sind domestiziert, sie haben in über 100.000 Jahren geschickt gelernt, wie sie schauen, sich bewegen und verhalten müssen, um Menschen in Verzückung zu setzen. Nur Idioten fallen auf diese Tricks herein. Wenn Erwachsene mir erzählen, wie ihr Hund oder ihre Katze in einer bestimmten Situation reagiert hat, suche ich in Gedanken eine Fernbedienung, um sie wegzuzappen. Dann lasse ich sie stehen, verabschiede mich mit dem Standardsatz für solche Konstellationen: »Ich mag Tiere, sehr gern sogar, darum habe ich keine.«
Mittlerweile war es dunkel. Ich hatte mich auf einen bequemen Gartenstuhl in einem versteckten Winkel des Geländes zurückgezogen, wo ich ungestört nachdenken konnte. Allenfalls die Bedienung kam dort bisweilen vorbei, um zu fragen, ob sie nachschenken dürfe. Sie durfte.
Die Entscheidung für meinen Lieblingswein des Abends war längst gefallen, was die Dame zu einer pragmatischen Lösung inspirierte.
»Soll ich Ihnen einfach die Flasche hier stehen lassen?«
»Gerne.«
Dann war ich allein mit meinen Gedanken und dem Wein. Wieder einmal grübelte ich über den Fall Michael Schneider, als ich Schritte im Kies vernahm. Ein Schatten glitt von hinten an mir vorbei, nahm in dem Gartenstuhl zu meiner Seite Platz, zauberte von irgendwoher eine Zigarette hervor und zündete diese an. Die Arztfrau.
»Erinnern Sie sich an mich?«,
Das fand ich geradezu erregend. Ohne gesprächseinleitende Floskel gleich zum Thema. Klassefrau.
»Meinen Sie die Erinnerung an den Sektempfang vorhin oder ein länger zurückliegendes Ereignis?«
»Vergessen Sie den Sektempfang. Sie waren doch früher der Anwalt dieses Nachtclubs in Bahnhofsnähe.«
»Stimmt, da war ich in meiner Jugend mal tätig, aber ... Moment mal ... Sie waren dort Tänzerin?«
Sie blickte sich hektisch um, schaute mich dann schweigend an. Die Tänze an dem Ort, den sie meinte, begannen leichtbekleidet, führten einige Male um eine Stange herum und endeten unbekleidet.
Ich war seinerzeit der Anwalt des Clubs. Es ging meistens um Mietschulden, teilweise um Probleme des Baurechts sowie der Konzession. Mit der Zeit und einem häufiger werdenden Wechsel der Besitzer waren Straftaten hinzugekommen. Verstöße gegen das Ausländerrecht, Körperverletzungs-

delikte, wenn Kunden zu ruppig hinaus befördert wurden, zuletzt die speziellen Delikte des Rotlichtmilieus: Menschenhandel und Zuhälterei. Beim Anblick der Frau vor mir war ich erfreut, dass es eine geschafft hatte, diesem Sumpf zu entkommen. Aber wer von dort aufsteigt, hat die harte Schule des Lebens durchlaufen. Genau so führte sie das Gespräch: Schnörkellos, direkt und auf ein schnelles Ergebnis ausgerichtet.
»Was kostet Ihre Verschwiegenheit?«, fragte sie ohne jeden Übergang.
»Unbezahlbar«, antwortete ich.
»Ich bin bereit, Sie zu entlohnen, aber ich muss mich darauf verlassen, dass mein Geheimnis gewahrt bleibt.«
»Wenn ich damals den Club vertreten habe, dann unterliege ich einer gesetzlichen Verschwiegenheitsverpflichtung. Sie sollten sich keine Gedanken machen«, beruhigte ich sie.
»Wie muss ich das verstehen?«
»Ich weiß nicht, wer Sie sind, weiß nicht, woher Sie kommen, kann mich nicht an Sie erinnern. Um keinen Preis der Welt. Vielleicht würde sich das unter der Folter ändern, aber die Wahrscheinlichkeit ist gering.«
Sie lächelte, wenn auch nur kurz. »Sie galten damals als ein seltsamer Kauz. Fachlich überragend, aber leider etwas naiv. Daran scheint sich nichts geändert zu haben.«
»Es gibt Richter, die behaupten, Anwälte wären wie Huren. Aber es gibt einen Unterschied, wenn auch nur einen kleinen.«
»Und der wäre?« Jegliches Lächeln war aus ihrem Gesicht verschwunden, Bitterkeit lag in ihren Zügen.
»Der Unterschied ist ein Prinzip. Für mich ist, was ich tue, nicht eine Frage des Preises.«
»Sondern? Worauf wollen Sie hinaus?«
»Ich wollte Ihnen damit nur sagen, dass die anwaltliche Verschwiegenheit nicht käuflich ist.«
Jetzt endlich verstand sie. Reichlich spät nach meinem Eindruck. Ein Lächeln kehrte zurück, kein echtes oder herzliches, aber sie hatte zu oft in ihrem Leben falsch lächeln müssen.
»Ihre Auftraggeber haben sich oft über Sie amüsiert damals«, sagte sie.
»Und Sie? Haben Sie damals mehr über mich gelacht als heute?«
»Wie kommen Sie darauf, dass ich Sie auslachen würde?«
»Es schien mir gerade so.«
Sie steckte sich eine weitere Zigarette an, paffte nervös in meine Richtung.
»Also, ich kann mich auf Sie verlassen?«

»Sie können sich darauf verlassen, dass ich Ihre Vergangenheit nirgendwo erwähne.«
»Das genügt mir.« Sie erhob sich. Die halb angerauchte Zigarette landete auf dem Boden und erlosch unter dem Absatz, auf dem sie umgehend kehrtmachte. »Danke,« murmelte sie. Nicht zu mir, eher in die Anonymität der Nacht.
Zurück blieb für mich die Frage, ob ich sie nur hatte tanzen sehen. Ich versuchte es mit der Technik des Schamanen, der Reaktivierung des Unterbewussten. Die Zeit war aber schon zu lange vergangen, es ließen sich keine Filme aus meinem Gedächtnis aufrufen.
»Noch eine Flasche von demselben?«
Die Bedienung war fürsorglich.
»Ja, gerne«, sagte ich.
»Ich habe bereits eine mitgebracht.«
Dezent tauschte sie die leere Flasche gegen eine volle und verschwand wieder in der Nacht. Ich schenkte mir ein, ließ den Wein unter meiner Nase kreisen, betrachtete das imposante Anwesen. Schon manchen Abend hatte ich hier verbracht, meistens anlässlich von Feiern wie der heutigen. Im Laufe der Jahre war ich solcher Festivitäten immer überdrüssiger geworden. Der Ort hingegen, mit seiner geschmackvollen Einrichtung, dem freundlichen Service und hochwertigen Angebot hatte nichts von seinem Charme für mich verloren.
In diesem Moment schlug eine Erinnerung zu. Was soeben versagt hatte, die Reaktivierung des Unbewussten, brach jetzt heraus. Ein Augenblick der Vergangenheit wollte zurückkommen, ein Film im Gedächtnis angeschaut werden. Ich nahm einen Schluck Wein und wartete, was sich mir zeigen würde.
Es drehte sich um ein Ereignis aus dem letzten Winter, einen Tag um den zweiten oder dritten Adventssonntag herum, vor Michaels Verhaftung. Ich hatte damals die spontane Idee, mit den Kindern einen Adventsmarkt zu besuchen.
»Du willst doch wohl nicht meine Kinder an die Glühweinstände des Nikolausmarktes schleppen«, entrüstete sich Michael.
»Es gibt ja auch noch andere Möglichkeiten.«
Also war ich mit den Kindern zunächst zum Bad Münsterer Weihnachtsmarkt gefahren, der einen krassen Kontrast zum Kreuznacher Nikolausmarkt darstellt. Dort findet der Markt im Kurpark statt. Unter durch die Bäume verlegten dezenten Lichterketten bietet er das, was die Mensch-

heit auf solchen Märkten sucht: Stände mit Handwerkskunst, heimischen Waren, regionalen Lebensmitteln. Die Kinder hatten es genossen, ich weniger, da mir aus Verantwortungsbewusstsein der Glühwein verwehrt war. Auf dem Rückweg von Bad Münster hatte ich in Bretzenheim gehalten, ebendort im Hinterconti, wo um diese Zeit ein weiterer stilvoller Weihnachtsmarkt stattgefunden hatte.
Eine Weile fragte ich mich, warum mir diese Szene jetzt wieder einfiel. Aber das Gehirn ist ein höchst nützliches Organ, man muss es nur zu nutzen wissen, ihm den Spielraum lassen, den es verlangt. Wenn Erinnerungen in mir aufsteigen, so hat dies meist einen tieferen Grund. Deshalb unterdrückte ich sie nicht, sondern ließ ihren Film laufen.
Ich sah mich das Hinterconti betreten. Die rothaarige Inhaberin winkte mir kurz zu und kniff dann angestrengt die Augen zusammen, als sie drei Kinder in meinem Gefolge sah. Ich versuchte, ihr in dem Getümmel etwas Erklärendes zuzurufen, da wurde sie am Arm gepackt und von einer Mitarbeiterin weggezogen. Der Rotschopf verschwand nach links aus dem Blickfeld und direkt dahinter tauchte ein grauer Igelschnitt auf, die Marzahn-Eibeck.
Damals hatte ich ihr keine Bedeutung beigemessen. Selbst Jugendamtstanten haben ein Recht auf Freizeit und Weihnachtsmärkte. Auch jetzt erschloss sich mir nicht, weshalb mein Gedächtnis diesen Film abspielte. Ich ließ ihn erneut laufen.
Die Marzahn-Eibeck war alleine, doch sie schien jemand zu suchen. Ihre Blicke flogen über die Menge. Dann lächelte sie kurz. Sie hatte gefunden, wen sie suchte. Ihr Augen wanderten nach rechts, aus meiner gegenüberliegenden Sicht also nach links, dorthin wo die Rothaarige weggezogen worden war. Erneut rekapitulierte ich die Szene, konzentrierte mich auf die Inhaberin. Ich musste ihr doch kurz nachgeschaut haben, während sie so abrupt entschwand. Nun wartete da ein Fetzchen Erinnerung mehr. Ich sah sie nämlich an einem großen Wandspiegel vorbeigehen. In diesem tauchte ein Gesicht auf, das Spiegelbild eines Mannes. Eines Mannes, den ich kannte. Jetzt war klar, was mein Unterbewusstsein mir hatte sagen wollen.
Erschöpft sank ich zurück, atmete ein paar Mal tief durch, um mich von der anstrengenden Erinnerungsarbeit zu erholen. Ein arbeitendes Gehirn strengt den Körper intensiver an als jede sonstige Tätigkeit. Was nicht allgemein bekannt zu sein scheint, sonst gäbe es weniger Fitnessstudios und mehr Denkschulen.

Denkarbeit bringt jedoch nicht immer vorzeigbare Ergebnisse. Der gestählte Bizeps lässt sich zeigen, die hervorgeholte Erinnerung nicht. Sie muss durch weitere Denkarbeit verwertbar gemacht werden.
Einen Informationsvorsprung zu haben, ist in der Strafverteidigung stets von Vorteil. Sein Wissen zu beweisen, gelingt hingegen eher selten. Daraus erwächst die Notwendigkeit des Taktierens mit Informationen. Nur war ich bereits zu erschöpft, um aus meiner Erkenntnis einen genialen Plan zu entwerfen.

Am nächsten Abend besuchte ich Onkel Lucius. Dabei nahm ich mir die Arztfrau zum Vorbild, was mir nicht so brachial gelang, wie diese es vorexerziert hatte, aber ich reduzierte das übliche Vorgeplänkel so auf etwa eine halbe Stunde. Dann kam ich zum Punkt.
»Was weißt du über eine WINE GmbH?«
Er sog laut hörbar Luft ein. »Ziemlich undurchsichtiger Laden. Sie verkaufen weltweit Wein, aber ihr Geschäftskonzept unterscheidet sich gravierend von unserem. Sie arbeiten nicht mit den Winzern, sondern gegen sie.«
»Wer mit dem Weinhandel Geld verdient, bekommt dafür regelmäßig nicht den Orden des barmherzigen Samariters. Inwiefern ist das Geschäftskonzept der WINE GmbH anders?«
»Sie sind eigentlich nur an Namen interessiert. Du wirst nirgendwo eine Flasche Wein finden, auf der die WINE GmbH als Erzeuger angegeben ist. Stattdessen verkaufen sie ihren Fusel unter dem Namen anderer Weingüter. Ihr Interesse gilt wirtschaftlich schwachen Betrieben, die sie dann nach und nach völlig vereinnahmen.«
Mir fiel ein, dass ich Michael nie gefragt hatte, ob sein Weingut überhaupt am Markt erfolgreich ist. Meine Vorschussnoten, die ich neuerdings stellte, überwies er zeitnah. Mehr wollte ich von seiner wirtschaftlichen Situation nicht wissen. Mich interessierte etwas anderes.
»Die WINE GmbH ist der Firmenaufkäufer der Weinbranche. Das ist mir längst bekannt. Aber wie genau stellen sie es an? Wie funktioniert dieses Geschäft? Das möchte ich wissen.«
Lucius nippte an seinem Weinglas. Er wirkte nachdenklich. Wollte er mir etwas verschweigen? Unterscheiden sich die Methoden der WINE GmbH am Ende nicht von unseren? Es dauerte, bis er das Gespräch fortsetzte.
»Sie zahlen relativ gute Preise für Most, das scheint manchem Winzer attraktiv. Keine Lagerkosten, keine Arbeit mit dem Ausbau des Weines. Sobald die Trauben gekeltert sind, können sie ihre Brühe verkaufen und

haben Geld in der Kasse.«
»Was spricht dagegen, wenn der Preis stimmt?«
»Die Verträge mit der WINE GmbH beinhalten verpflichtend eine Betriebsberatung. Die Winzer müssen also einem externen Berater Zugang zu ihrem Unternehmen gewähren, angeblich, um eine einheitliche Qualität zu gewährleisten. Aber diese Betriebsberater analysieren die Weingüter gezielt nach Schwachstellen, um eine günstige Übernahme vorzubereiten. Und der Winzer muss auch noch dafür bezahlen, denn die Tätigkeit ihrer Berater stellt die WINE GmbH in Rechnung. Da wird der vermeintlich günstige Mostpreis schnell zum Verlustgeschäft.«
»Wer lässt sich denn auf so etwas ein?«
»Winzer, die mit dem Rücken schon an der Wand stehen. Das Geld für den Most im Herbst kommt schnell. Die Kosten der Betriebsberatung werden erst nach und nach in Rechnung gestellt. Aber spätestens im nächsten Herbst wird der Winzer feststellen, dass seine Schulden höher sind als zuvor.«
»Was nutzt es denn, jemanden, der ohnehin schon verschuldet ist, noch weiter in die roten Zahlen zu treiben?«
»Zunächst einmal ist dies eine Sparte, der keine Bank mehr Kredit gibt. Da sind die Leute schon extrem verzweifelt. Das ermöglicht es dem Geldgeber, sich die Rosinen herauszupicken. Vielleicht hat das Weingut Weinberge in besonders exklusiver Lage oder einen besonders attraktiven Gutshof, so etwas Historisches, das sich gut macht auf den Hochglanzprospekten der WINE GmbH. Diese Objekte reißen sie sich dann unter den Nagel, denn durch ihre Betriebsberater sind sie ja bestens informiert.«
»Klingt nach einem verdammt geschickten Geschäftsmodell. Warum machen wir das nicht so?«
Lucius verdrehte die Augen. Es überraschte mich immer wieder, wie humorresistent er war.
»Wir verkaufen Wein, weil er gut ist«, betonte er. »Wer mit dem Foto eines historischen Kreuzgratgewölbes wirbt oder mit einem Burgturm, selbst wenn es nur ein Taubenschlag ist – er nickte mir bedeutungsvoll zu – oder der Erwähnung seines Weinberges in alten Urkunden, tut dies im Zweifel doch deshalb, weil seine Qualität nicht überzeugt. Deshalb machen wir es nicht so.«
»Mit wem muss ich reden, wenn ich ein Problem mit der WINE GmbH lösen möchte?«
»Mit dem Geschäftsführer. Dr. Kai Uwe Henke heißt der Mensch. Er sitzt

drüben im Rheingau in einem ehemaligen Kloster bei Rüdesheim.«
»Stehen wir in geschäftlichem Kontakt mit ihm?«
»Nur ungern, aber es gibt gewisse Überschneidungen unserer Interessen. Soll ich dir einen Termin machen lassen?«
»Das wäre hilfreich.«

Schon in der Folgewoche führte mich mein Weg zur Rheinfähre in Bingen, dann hinüber nach Rüdesheim und von dort zum Betriebssitz der WINE GmbH. Der hatte Stil. Eine gelungene Kombination aus Historie und Moderne, umgeben von einem weiträumigen Park. Innerhalb der Mauern des Komplexes war die Wirkung eine völlig andere. Es herrschte dezente Betriebsamkeit wie in der Vorstandsetage einer Bank. In großen lichtdurchfluteten Büros arbeiteten Menschen an Computern, telefonierten oder trugen Papiere hin und her, die Männer mit Anzug und Krawatte, die Frauen mit Minirock und Blazer, alle in hellen Grautönen und dem gleichen aufgesetzten Einheitslächeln.
Eine Sekretärin – hier Front Office Assistant genannt – führte durch das Gebäude an den Aufzug, den sie zum dritten Stock schickte. Dort schob mich eine weitere Tippse, die Back Office Assistant, in ein Besprechungszimmer.
»Dr. Henke ist sofort für Sie da«, flötete sie.
Ich hatte keine Zweifel, dass dies so sein würde. In solchen Branchen legt man Wert auf Pünktlichkeit. Dort gehört es sich nicht, jemanden lange warten zu lassen. Kaum war die Dame zur einen Tür hinausgegangen, trat der Geschäftsführer dieses Unternehmens durch eine andere ein. So als ob er bereits auf seinen Auftritt gewartet hätte. Mir blieb nicht einmal Zeit, den Blick auf den Rhein ausgiebig zu genießen.
Es folgte eine herzliche Begrüßung, ein wenig Smalltalk, Anspielungen auf die erfolgreiche Zusammenarbeit mit dem Hause Dexheimer und zuletzt die direkte Frage.
»Was führt Sie zu mir, Herr Dexheimer?«
»Ich komme wegen Ihres Mitarbeiters Frank Molter.«
Dr. Henke verzog keine Miene. Er wartete, dass ich ihm mein Anliegen erläuterte.
»Dort drüben auf der anderen Rheinseite«, sagte ich mit ausgestrecktem Finger in Richtung des uralten Stromes, »gibt es einen kleinen Familienbetrieb, das Weingut am Taubenschlag in Windesheim. Ich bin hier als Anwalt der Familie und möchte, dass Frank dort nicht mehr auftaucht.«

»Frank? Sind Sie per Du mit ihm?«
»Alle nennen ihn so.«
»Herr Molter ist Betriebsberater. Es gehört zu seinen Aufgaben, Kontakt zu den Weingütern zu halten, von denen wir Weine beziehen.«
»Mag sein, aber der Kontakt ist mir zu eng.«
Dr. Henke griff nach einem Telefon auf dem Besprechungstisch. »Den Vorgang Schneider bitte«, wies er jemanden am anderen Ende der Leitung an. Sekunden später öffnete sich eine Tür, ein junger Laufbursche brachte einen Aktenordner.
Unterstellt, dass es zu dem nicht seltenen Namen Schneider nur eine Akte im ganzen Hause gab, erklärte dies immer noch nicht, warum sie griffbereit im Vorzimmer des Geschäftsführers lag. Die Inszenierung rang mir ein müdes Lächeln ab. Mein Gegenüber tat, als müsse er die Dokumente zunächst studieren. Dabei verdüsterte sich seine Miene zusehends.
»Das Weingut Schneider steckt tief in der Krise«, murmelte er. »Es ist angedacht, unsere Sicherheiten zu realisieren.«
»Welche Sicherheiten und wofür?«
»Davon wissen Sie nichts?«
Ich schaute ihn stumm an.
»Wir finanzieren in geeigneten Fällen die Ernten unserer Erzeuger vor. Die Eheleute Schneider sind leider hinter dem Soll zurückgeblieben.«
»Schneiders haben Schulden bei Ihnen?«
»Nicht unerhebliche.«
»Und worin bestehen Ihre Sicherheiten?«
»In Anrechten auf Weinberge.«
»Sie meinen Grundschulden?«
»Nein, ich meine Pacht- und Pflanzrechte.«
Das befürchtete Totengräbergeschäft. Was er andeutete, war, dass sie dem Weingut seine Substanz, also die Weinberge entziehen wollten. Nicht die feine Art, aber rechtlich möglich.
»Es gibt keine andere Lösung?«, fragte ich.
»Das ist nun einmal unser Geschäft.« Dr. Henke vermied es, mich anzusehen.
»Das kann nicht Ihr Ernst sein. Sie ruinieren meine Mandanten.«
Er blätterte weiter in seinem Dossier. »Oh«, sagte er scheinbar überrascht. »Herr Schneider hat offenbar auch ein Problem mit der Justiz. Ich lese hier etwas von einem Strafprozess. Sind Sie darüber informiert?«
Ohne eine Antwort abzuwarten, klappte er seinen Vorgang zu. »Herr

Molter empfiehlt, den Prozessausgang nicht erst abzuwarten, sondern die Sicherheiten vorher zu verwerten.«
»Aber es geht um eine Familie mit drei Kindern.«
»Für mich geht es um die Belange unseres Unternehmens. Das werden Sie doch sicher verstehen, Herr Dexheimer. Falls der Kunde Schneider verurteilt wird, muss er sich ohnehin von seinen Weinbergen trennen. Es hätte einen unangemessenen Beigeschmack, wenn die WINE GmbH dann erst tätig würde. Wir müssen reagieren, bevor der Prozess öffentliche Aufmerksamkeit auslöst.«
Da war er, sein Schwachpunkt – die Öffentlichkeit! Als Mann von zweifelhaftem Ruf verstand ich das Argument nie, stellte nur erstaunt immer wieder fest, welche Macht dieses Phantom hat.
»Sie enttäuschen mich«, sagte ich. Ein wenig Schwäche war jetzt angebracht, um ihn gleich effektiv angreifen zu können.
»Tut mir wirklich leid. Und um Ihre eingangs ausgesprochene Bitte zu beantworten: Herr Molter wird sich nicht vom Weingut Schneider fernhalten, er wird es kommissarisch weiterführen, bis ein Nachfolger für das Ehepaar Schneider gefunden ist. Kann ich sonst noch etwas für Sie tun?«
Dr. Henke erhob sich, um mich zu verabschieden. Ich fand den Ablauf bisher planmäßig. Mein Ziel war genau dies, er sollte sich im Gefühl seiner Überlegenheit wähnen.
In meinem Kopf wirbelten die Bilder der vergangenen Monate umher, die ich bewusst zuließ, um mich gegen ihn zu wappnen. Der schwere Unfall von Graziella, der lange Kampf um die Kinder, die langersehnte Wiedervereinigung der Familie. Ich sah Maureen, das tapfere Mädchen, wie sie ihren Vater umarmte und ihm versprach, nie wieder fortzugehen von dem Weingut. Den immer etwas schweigsamen Patrick, wie er sich stumm auf seinen angestammten Platz am Küchentisch setzte, den kleinen Timmy, der mit seinem Spielzeugmodell Winzer spielte.
Wähnte dieser Schnösel sich ernsthaft in der Gewissheit, ich würde tatenlos zuschauen, wie ein seelenloses Unternehmen dieses Glück zerstörte?
Dr. Henke wartete, dass ich mich ebenfalls erhob. Es war an der Zeit, ihn auf den Boden der Tatsachen zurückzuholen.
»Ich möchte noch kurz über den anstehenden Strafprozess mit Ihnen reden und über die Rolle, die Frank darin spielen wird«, sagte ich.
Überrascht setzte er sich, ließ mich kommentarlos fortfahren.
»Möglicherweise ist Ihnen ja bereits zu Ohren gekommen, dass Herr Schneider beschuldigt wird, für einen schweren Unfall seiner Frau

verantwortlich zu sein.«
Ein Nicken meines Gegenübers bestätigte mir, dass er nicht so ahnungslos war, wie er zuvor getan hatte. Er war vielmehr genau im Bilde über alles, was mit dem Weingut Schneider in Zusammenhang stand.
»Für einen Strafverteidiger kommt es immer darauf an, Zweifel an der Täterschaft eines Mandanten zu streuen und gemeinhin tut man dies, indem man einfach andere verdächtigt«, sagte ich.
Dr. Henke kniff die Augen zusammen. »Wollen Sie jetzt mit mir Ihre Verteidigungsstrategie erörtern?«
»Mitnichten. Ich möchte Sie lediglich darüber in Kenntnis setzen, dass ich den Verdacht auf Frank Molter lenken werde.«
»Interessant. Können wir dieses Gespräch dann beenden?«
Er war ein harter Brocken, gab sich völlig unbeeindruckt.
»Eigentlich müssten die Autos Ihres Unternehmens doch das Kennzeichen RÜD für Rüdesheim tragen«, sagte ich. »Das tun sie aber nicht. Wahrscheinlich haben Sie im benachbarten Wiesbaden noch ein kleines Büro und melden alle Fahrzeuge dort an. Deshalb fahren Ihre Firmenautos mit dem Kennzeichen WI-NE umher. Ist es nicht so?«
»Ein Autokennzeichen ist kein Verbrechen.«
»Möglicherweise schon, nämlich wenn es genau an dem Tag, an dem eine Frau dort schwer verunglückt ist, am Weingut Schneider gesehen wurde. Sie werden darauf wahrscheinlich antworten, dass es viele Autos mit diesem Kennzeichen gibt, aber es erscheint doch sehr auffällig, dass ausgerechnet ein weißer SUV vor Ort war, ein Auto, wie es Frank Molter fährt.«
»Und das behauptet wer?«
»Das behaupte ich, weil ich kurz nach dem Unfall die Videoüberwachung des Weingutes ausgewertet habe.«
Eine angebliche Videoüberwachung wird immer gefürchtet. Der Politiker fordert sie wegen einer ominösen Sicherheit, der Bürger heißt sie willkommen, weil er vorgibt, nichts zu verbergen zu haben. Doch sobald er gefilmt worden sein könnte, bekommt er es mit der Angst zu tun.
Der Geschäftsführer der WINE GmbH witterte Schaden für den Ruf seines Unternehmens. Erst nach kurzem Zögern war er in der Lage, die Rolle des Unantastbaren weiterzuspielen.
»Das ist doch kein Beweis«, meinte er knapp. »Unsere Anwältin wird das leicht zerpflücken. Und Sie können sich auf eine Unterlassungsklage gefasst machen.«
Die Drohung prallte an mir ab wie ein Tröpfchen Wasser an einer über-

hitzten Pfanne. Wie oft schon hatte ich mir dies anhören müssen? Darüber hinaus noch die Ankündigung strafrechtlicher Verfolgung und des Zulassungsentzugs. Wenigen ist mehr erlaubt als dem Strafverteidiger im Prozess. Der Versuch, die Verteidigung durch Drohungen zu maßregeln, ist immer aussichtslos.

»Sie sollten nicht unterschätzen, welche Dynamik solche Theorien in einem Strafverfahren entfalten«, konterte ich kühl. »Ich überlege bereits, wie ich die unter Zwang an Sie übertragenen Pflanzrechte auch noch zum Gegenstand des Verfahrens mache.«

»Was haben denn die Pflanzrechte mit einem versuchten Mord zu tun?«

»Das werde ich Ihnen erklären, wenn Sie ebenfalls als Zeuge vor dem Schwurgericht sitzen.«

Seinen vermeintlichen Trumpf mit der Unterlassungsklage hatte er schon ausgespielt. Jetzt blieb ihm nichts, um sein Drohpotential zu steigern. Während Dr. Henke nach einer passenden Antwort suchte, konfrontierte ich ihn mit einem weiteren Problem.

»Man sagt mir relativ gute Kontakte zur Presse nach. Sie können damit rechnen, dass Frank Molters Auftritt ebenso wie Ihrer ein entsprechendes Echo entfalten wird.«

»Wollen Sie mich erpressen?« Jetzt war er eindeutig in der Defensive.

»Ich möchte lediglich, dass Frank sich vom Weingut am Taubenschlag fernhält. Ein Mordprozess ist immer von überregionalem Interesse. Wenn meine Pflicht als Verteidiger es mir gebietet, kann ich keine Rücksicht auf die Interessen der WINE GmbH nehmen. Nachdem Sie so nett waren, mir ein wenig Ihrer Zeit zu gönnen, hielt ich es für ein Gebot der Fairness, Sie vorzuwarnen.«

Nun erhob ich mich und zeigte damit, dass das Gespräch endgültig beendet war, und zwar weil ich es so wollte, nicht er. Dr. Henke hatte seine Fassung wiedergefunden und reagierte vollendet geschäftsmännisch.

»Ich danke Ihnen für diese nützlichen Hinweise und werde sehen, was ich für Sie tun kann. Richten Sie Ihrem Onkel meine vorzüglichsten Grüße aus. Es ist mir immer wieder eine Freude, mit dem Hause Dexheimer Geschäfte zu machen.«

»Ich wusste, dass wir uns gut verstehen werden.«

Die Back und die Front Office Assistant reichten mich wie beim Hereinkommen weiter bis zum Ausgang, wo man mich höflich und zuvorkommend mit den üblichen Standardfloskeln verabschiedete. Nur eines hatten sie vergessen!

Wie viele Winzer oder Weinhändler ich in meinem Leben kennengelernt habe, ist kaum zählbar. Niemals geschah dies ohne das unvermeidliche Angebot, ein Glas Wein zu trinken. Ich habe es immer akzeptiert, manchmal nachträglich bereut. Die WINE GmbH war das erste Unternehmen der Branche, für das es völlig bedeutungslos war, den eigenen Wein anzubieten. Das fand ich schade, denn zu gerne hätte ich abgelehnt.
Die Rückfahrt stellte mich vor ein Problem: die Rüdesheimer Drosselgasse. Wie sollte ich daran vorbeifahren, ohne anzuhalten? Im Seitenspiegel sah ich ein Auto aufblenden. Fuhr ich etwa so langsam? Der Blick in den Rückspiegel zeigte einen weißen SUV so nahe hinter mir, dass kein Nummernschild zu sehen war, umso deutlicher jedoch das Gesicht des Fahrers. Die Schlägervisage kannte ich.
Der Rheingau ist ein malerischer Landstrich, lieblich, historisch, weinselig. Ich hatte keine Lust, mir vor dieser Kulisse ein unsinniges Rennen zu liefern. Nur Schwachköpfe messen einander mittels der Kraft eines Motors. Kurzerhand fuhr ich auf den nächsten Parkplatz, hielt an und stieg aus. Molter folgte mir. Kaum hatte er den SUV zum Stehen gebracht, trat ich so dicht an seine Fahrertür heran, dass ihm ein Aussteigen nicht möglich war. Wütend ließ er das Fenster herunter.
»Hi, Frankie.«
»Für Sie Herr Molter.«
»Erst verfolgst du mich sehnsüchtig, dann legst du Wert auf Formalien. Man wird nicht recht schlau aus dir.«
»Was sollte das gerade, Dexheimer?«
Dr. Henke war mir nicht seriös erschienen, aber dass unser Gespräch heimlich mitgehört wurde, hätte ich ihm nicht zugetraut.
»Weißt du nicht, dass es verboten ist, an Türen zu lauschen?«
»Das ist mir egal, was ich gehört habe, habe ich gehört.«
»Dann weißt du ja jetzt auch, wo du künftig nichts mehr zu suchen hast. Am Besten, du überquerst erst gar nicht mehr den Rhein und bleibst brav auf dieser Seite. Linksrheinisch wird es für dich nur unnötige Schwierigkeiten geben.«
Er öffnete die Tür einen Spalt breit, doch ich trat nicht zurück. Offenbar wagte er es nicht, mir die Tür vor die Nase zu rammen. Grimmig dreinblickend zog er sie wieder zu und ließ den Motor an.
»Mit dem Weingut am Taubenschlag bin ich fertig«, zischte er. »Mich interessiert weder dieser marode Betrieb noch diese vernarbte Frau. Aber das, was dein Mandant so pathetisch Sweetwine nennt, werde ich ihm

nehmen. Verlass dich drauf.«
Dann gab er Gas und sauste mit quietschenden Reifen davon. Ich schaute ihm nachdenklich hinterher. Besser hätte es kaum laufen können. Molter war wütend, mein Gespräch mit seinem Chef demnach ein Erfolg. Aber er gierte nach Rache, das machte ihn gefährlich.
Ich entschied mich gegen den Besuch der Drosselgasse, setzte mit der Fähre wieder über ans andere Rheinufer und fuhr in die Kanzlei. Kerstin sah bei meinem Hereinkommen demonstrativ auf ihre Armbanduhr.
»Sie wissen, dass Sie morgen nach Augsburg müssen?«
»Ja, ich wollte nur kurz noch die heutige Post durchsehen, dann fahre ich nach Hause und bereite mich vor.«
Gegen 19 Uhr erreichte ich meine Villa rustica, kochte mir einen doppelten Espresso und arbeitete die Akte für den morgigen Tag durch. Nichts Weltbewegendes, nur ein dämlicher Tankstellenüberfall, bei dem mein Mandant das Fluchtauto gesteuert hatte. Die Flucht endete in einer Polizeikontrolle, was in Bayern grundsätzlich zu einem weiteren Verfahren wegen Widerstandes gegen Vollstreckungsbeamte führt. So nennen sie es dort, wenn ein Autofahrer unter all seinen Karten nicht sofort den Führerschein findet, der Polizist deshalb nach dem Portemonnaie greift und der Fahrer dieses ruppig festhält.
Beim Aufblicken von der elektronischen Akte erfreute ich mich an dem Garten vor meinem Fenster. Der hatte sich verändert, seit hier im frostigen Winter hungrige Vögel im kahlen Geäst auf das Nachfüllen des Futters warteten. Ein Flieder war bereits verblüht, ein Maulbeerbaum hatte tellergroße Blätter gebildet. Zwischen sattem Grün und blühender Pracht flatterten Jungmeisen umher, eine neue Generation, die den Winter gar nicht kannte. Das Kräuterbeet bot mehr Auswahl, als meine bescheidene Küche verarbeiten konnte. Durch die Fenster des Wintergartens nahm ich die Gerüche von Basilikum, Rosmarin, Oregano, Salbei und Olivenkraut wahr. Dort, wo das Vordach des Hauses keinen Schatten mehr spendete, flatterten zwei zitronengelbe Schmetterlinge im prallen Licht, luftige Tänzer über den glänzenden Blättern eines Lorbeers, dann den rosafarbenen Blüten des Oleanders, von dort zu den weißen Gänseblümchen im Rasen. Tomatenstöcke hatten erste Früchte angesetzt, eine Sonnenblume neigte ihren Kopf nach Westen, wo am frühen Abend die Sonne stand.
Für einige Minuten genoss ich den herrlichen Anblick meiner kleinen Gartenwelt, dann wandte ich mich wieder der Strafakte zu und der darin schlummernden Frage, ob der Mandant Mittäter eines schweren Raubes

oder eher der Gehilfe war. Im ersten Fall drohte eine Mindeststrafe von fünf Jahren, andernfalls würde er mit Bewährung davonkommen. Zu entscheiden hatte darüber ein Gericht. Aber die Verantwortung lastete auf mir.

Lastete sie überhaupt? Empfand ich es so? Brachte ich Gefühle auf für die Situation dieses Klienten, der sein weiteres Schicksal mir anvertraut hatte? Beim erneuten Blick in den Garten erfüllte mich Lebensfreude, ein Wohlgefallen, ein Glücksempfinden. Sobald ich die Akte schaute, erstarb jedes Gefühl in mir, wurde mein Inneres einsam und verhärtet.

Ich spielte ein wenig mit diesen Eindrücken. Blick in den Garten: Wärme. Blick in die Akte: Kälte. Blick in den Garten: Glück. Blick in die Akte: Erstarren. Wieder einmal wurde mir klar, wie mein Beruf mich band. Strafverteidigung ist wesensverändernd.

Und dann bemerkte ich etwas äußerst Verwirrendes. Beim Blick in die Akte juckte meine Kehle, verlangte nach einem Glas Wein. Sobald ich die Augen auf den Garten richtete, war das Jucken verschwunden. Die blühende Natur löste Glückshormone in mir aus, die mich entspannten. Das Vernehmungsprotokoll auf dem Tablet raubte die Lebensfreude und weckte eine Sucht zu trinken. Ich konnte zwischen diesen zwei Gemütszuständen durch bloßes Bewegen meiner Augen hin und her wechseln. Blick in den Garten: Freude, Licht. Blick in die Akte: Schatten, Sucht.

Jetzt wurde mir klar, weshalb Bea mich einen Trinker genannt hatte. Es war nicht das Faible für die berauschend vielfältige Welt des Weines, die mich trinken ließ. Es war die dunkle Seite dieses Berufes.

Dabei lag der Schwerpunkt meiner Arbeit eher in den Alltagsverbrechen. Mit Mord hatte ich höchst selten zu tun, bestialisch zugerichtete Leichen waren mir nie untergekommen. Sexualdelikte vertrat ich hin und wieder, solche mit missbrauchten Kindern kaum. Die in meiner Kanzlei ein- und ausgingen, waren überwiegend gewöhnliche Kriminelle, Drogendealer, Straßenräuber, Kneipenschläger oder Trunkenheitsfahrer. Belog ich mich nicht selbst, wenn ich deshalb von einer dunklen Seite des Berufes sprach? War es nicht vielmehr meine Einstellung zum Leben, die menschliche Grundhaltung, welche mir düster erschien?

Der Strafverteidiger zählt nicht zu den Menschen, mit denen man gerne zusammentrifft. Harmoniesucht ist ihm fremd, vor Streit schreckt er nicht zurück. Er ist ein Zweifler, er verweigert sich dem Konsens, steht prinzipiell auf der Gegenseite. Sein Weltbild ist oft das des Zynikers, immer aber das eines Idealisten, denn er ist überzeugt, dass selbst dann, wenn alle einer

Meinung sind, diese falsch sein kann.
Ob er einen Glauben an das Gute nie besessen oder längst verloren hat, ist belanglos, denn moralische Kategorien sind ihm fremd. Sein Beruf verlangt von ihm Verständnis für diejenigen, welche abseits der Moral wandeln, selbst Gesetze nicht respektieren wollen. Die Welt, in der wir leben, ist eben kein prangender Garten, das weiß niemand besser als der Strafverteidiger.
Ich warf einen sehnsüchtigen Blick auf den blühenden Oleander, ertrug seine Schönheit noch einen kurzen Augenblick des Abschieds. Dann ging ich in die Küche, schenkte mir ein großes Glas Wein randvoll ein und leerte es auf ex, um meine trüben Gedanken wegzuspülen. Was sonst hätte ich tun sollen? Letztendlich war und blieb die Strafverteidigung mein Metier. Meine Klienten waren nicht die tanzenden Schmetterlinge dort draußen, sondern die Mandanten, denen jetzt jahrelang Knast drohte.
Die Fahrt nach Augsburg wurde zum Fiasko. Sie startete für mich morgens um 6.00 Uhr ab Bingen Hauptbahnhof. Die Sonne, so früh noch ein glutroter Ball, erhob sich soeben im Osten, stand tief über dem Rheingau. Ich suchte mein Gleis, der Weg führte durch Nikotinschwaden wartender Berufspendler. Etwas abseits von diesen stellte ich mich an die Bahnsteigkante.
Für mittlere und längere Distanzen war der Zug mein Verkehrsmittel der Wahl, seit mir klar geworden war, dass auf den Autobahnen scharenweise potentielle Mörder unterwegs sind. Ich gönne es jedem, wenn er sich ein hochmotorisiertes Auto leisten und damit Geschwindigkeiten kurz unter dem Durchbrechen der Schallmauer fahren kann. Aber bitte nicht einen Meter hinter mir! Das Abstandhalten mittels der Zwei-Sekunden-Regel ist eine der am leichtesten zu praktizierenden Rechtsnormen in unserem Land. Nur leider vermögen diese Raser weder bis drei noch bis zwei zu zählen.
Wäre ich Staatsanwalt, würde ich mich morgens vor Dienstbeginn auf eine Autobahnbrücke stellen und den Tag regelmäßig mit der Einleitung von mindestens zehn Verfahren wegen versuchten Mordes eröffnen. Nichts anderes ist es nämlich, wenn eine tonnenschwere Limousine mit einer Geschwindigkeit von über 100 km/h nicht einmal einen Meter Abstand hält. Die Angst, unsere Gefängnisplätze könnten bei konsequenter Verfolgung dieser Raserei bald nicht mehr ausreichen, ist unbegründet, denn derartige Fahrer gehören in die geschlossene Psychiatrie. Sie leiden an einem mittelschweren Hirnschaden, sonst hätten sie nicht ständig das

Bedürfnis, ihren Selbstwert über die Motorstärke eines Autos zu definieren. Daher meide ich wo immer möglich das Tollhaus Autobahn. Die Anzahl der freifahrenden Idioten ist mir dort schlichtweg zu hoch.
Der Zug trudelte ein, ich nahm Platz. Mein reservierter Sitz lag gegenüber dem eines Polizisten, der in Uniform reiste, mit der Dienstwaffe am Gürtel. Umgehend ließ ich die Reservierung verfallen und suchte mir einen anderen Platz.
Der Intercity fuhr rheinaufwärts der Sonne entgegen, die nun bereits gelb strahlend eine Handbreit über dem Horizont stand, um an dem von zarten Schleierwolken durchsetzten Himmel hinaufzuklettern. Der Tag würde sommerlich werden, was sich bei Ankunft in Frankfurt schon an den Temperaturen bemerkbar machte. Dafür bekam meine Reiseplanung einen Dämpfer. Der Anschlusszug meldete Verspätung, erst 35 Minuten, dann mindestens eine Stunde. Diese Verzögerung war genau die Stunde, die ich als Zeitpolster eingeplant hatte. Mehr durfte nicht schiefgehen, sonst würde ich ein ernsthaftes Terminproblem bekommen. Noch bestand aber kein Grund zur Panik.
Das Augsburger Landgericht hatte etwas ungewöhnlich auf die Mittagsstunde terminiert. Sein Zeitplan war eng. Da zwei Mitangeklagte in Untersuchungshaft saßen, musste dringend mit dem Verfahren begonnen werden.
Schicksalsergeben durch den Bahnhof schlendernd traf ich auf eine Espressobar, wo ich ein Croissant mit einem Cappuccino zum Frühstück nahm. Das dauerte keine zehn Minuten. Ich war es gewohnt, wenn überhaupt dann schnell zu frühstücken. Eine Stunde Zeit am frühen Morgen irritierte mich. Das abschließende Aktenstudium hatte ich für die Zugfahrt geplant. Folglich musste etwas anderes zum Lesen her. Der Bahnhofskiosk bot reichlich Auswahl. Ich griff nach einem Weinmagazin. Nicht weil ich mir neue Erkenntnisse erhoffte, sondern aus Interesse, mit welchen nutzlosen Tipps die weinunkundige Bevölkerung aktuell verdummt wurde.
Kerstin rief an: »Soeben wurde der Komplettausfall des Zuges gemeldet.« Wie selbstverständlich überwachte sie online meine Reise.
»Alternativen?«, fragte ich knapp.
»Von Gleis 5 um 7.52 Uhr Richtung Basel, dann in Mannheim umsteigen nach Augsburg.«
»Welcher Platz?«
»Keiner. Ihre Reservierung verfällt.«
»Abenteuer Deutsche Bahn.«

Die Weisheiten des Weinmagazins waren schnell erschöpft, auf dem Weg zu Gleis 5 warf ich das Heft in die nächste Tonne, allerdings nicht, ohne mir die dazugehörige Internetseite einzuprägen.
Dann wieder Warten am Bahnsteig. In einer gelb umrandeten Fläche standen Raucher, von Mitreisenden boshaft beäugt, sobald sie mit Kippe in der Hand die Linie übertraten. Der Zug Richtung Basel traf pünktlich ein, freie Plätze gab es hinreichend. Alles würde sich zum Guten wenden.
Entspannt überflog ich den Internetauftritt des soeben entsorgten Weinmagazins. Gegen Anmeldung in einem Portal wurden topaktuelle Nachrichten aus der Weinwelt versprochen. Ich wagte den Versuch und erhielt nur Minuten später den ersten heißen Tipp. Zu meiner Überraschung las ich den Namen Molter. Eine kleine Notiz nur, für mich höchst erfreulich. Die WINE GmbH hatte ihn dazu auserkoren, das China-Geschäft des Unternehmens anzukurbeln. Offiziell residierte er künftig im Nordosten Chinas in der Stadt Jining. Mit seinem SUV konnte er von dort aus die Provinz Shandong unsicher machen.
»Ein Problem weniger«, flüsterte ich mir zufrieden zu. Dann klappte ich den Laptop auf, um Akten zu studieren.
Den Prozess in Augsburg erreichte ich rechtzeitig, stellte mich den beiden Mitverteidigern vor, welche die Haupttäter zu vertreten hatten. Meiner war ja nur Fahrer. Wir hatten uns telefonisch abgestimmt und zunächst auf eine Verteidigung durch Schweigen verständigt. Diese Strategie hatten die beiden Kollegen mittlerweile verworfen, ohne mich einzuweihen.
Direkt nach der Anklage folgten zwei Geständnisse, die alle Prozessvorbereitungen meinerseits über den Haufen warfen und die Situation für meinen Mandanten drastisch verschlechterten. Er sei der Drahtzieher gewesen, habe die Idee gehabt und den Überfall geplant.
Die Sonne stand mittlerweile hoch am Firmament, ich bat um eine Unterbrechung.
»Glatte Lügen«, sagte der Mandant.
»Keine Chance«, antwortete ich.
»Wie meinen Sie das?«
»Na was denken Sie wohl, wem das Gericht glauben wird? Den zwei Mitangeklagten, die alles eingeräumt haben und dem Gericht keine Mühe machen oder Ihnen, der alles abstreitet?«
»Aber ich sollte nur das Auto fahren. Für 250 Euro. Mehr wäre für mich nicht dabei herausgesprungen.«
Einer der Mitverteidiger wandelte über den Flur. Ich biss die Zähne

zusammen, versuchte, sein unkollegiales Verhalten zu verdrängen, und sprach ihn an.
»Gibt es Absprachen mit dem Gericht?«
»Ja. Tut mir leid, dass wir Sie nicht vorher informiert haben, aber die Mandanten wollten das nicht. Sie fürchteten, Ihr Mandant würde querschießen.«
»Schon okay. Mandanteninteressen gehen eben vor. Was wurde vereinbart?«
»Nun, die Staatsanwaltschaft geht von einer Bande aus. Zusammen mit den mitgeführten Pistolen macht das nicht unter fünf Jahre. Das Gericht wird bei einem Geständnis den Bandenvorwurf fallen lassen. Macht dann nur drei Jahre. Bei einer Strafaussetzung nach zwei Dritteln und abzüglich der Untersuchungshaft ist das Ende dann schon absehbar.«
»Mein Mandant befindet sich aber nicht in Untersuchungshaft. Dafür hat er eine Bewährungsstrafe, die ihm wahrscheinlich widerrufen wird. Der wird die drei Jahre voll absitzen müssen.«
»Ist mir bewusst.« Der Kollege wirkte schmallippig.
»Warum mussten die Geständnisse so umfangreich sein? Es war doch nicht nötig, meinen Mandanten so tief reinzureißen.«
»Glauben Sie mir, ich hätte es gerne verhindert. Aber es ist der Eindruck entstanden, als habe er die Sache an die Polizei verpfiffen. Das war die Retourkutsche.«
»Er wurde als Fahrer auf frischer Tat ertappt. Was hat das mit Verpfeifen zu tun?«
»Stimmt. Dennoch hätte er nicht sagen müssen, dass er die anderen Beiden gerade von einem Tankstellenüberfall abgeholt hat.«
»Es gibt Videoaufnahmen von dem Überfall. Die Haupttäter wären doch sowieso überführt worden.«
»Herr Kollege, ich bin da ganz bei Ihnen. Nur leider sieht mein Mandant dies etwas anders.«
Er huschte davon in den Sitzungssaal. Am Ende des Flurs öffnete sich eine Aufzugstür, heraus traten zwei Polizisten, die sich gemächlich näherten, im Vorbeigehen aufmerksam meinen Mandanten betrachteten und ebenfalls im Gerichtssaal verschwanden. Aus dem Beratungszimmer kam die Vorsitzende heraus.
»Können wir fortsetzen?«
»Nein, noch nicht. Ich bin noch in der Beratung.«
»Aber bitte nicht mehr allzu lange.«

Der Mandant hatte zuletzt etwas abseits gestanden, jetzt näherte er sich mir wieder.
»Wie ist die Lage?«
»Übel.« Ich fasste kurz die Unterredung mit dem Kollegen zusammen.
»Ich geh nicht in den Knast.«
»Wenn wir gleich da reingehen, wird das Gericht einen Haftbefehl verkünden. Da bin ich mir ziemlich sicher.«
»Deshalb die Polizisten?«
»So siehts aus.«
»Dann mach's gut, Anwalt. Aber ich geh nicht nochmal rein.«
Mit schnellen Schritten entfernte er sich. Ich sah ihm nach, konnte ihn verstehen. Er wäre hier und heute zum Justizopfer geworden. Weshalb hätte er sich dem stellen sollen?
Mit hinter dem Rücken verschränkten Armen flanierte ich vor dem Gerichtssaal auf und ab, bis ein Gerichtswachtmeister in den Flur trat.
»Alle Beteiligten zurück in den Saal. Die Verhandlung wird fortgesetzt.«
Alle anderen waren ohnehin bereits drinnen. Der Staatsanwalt schaute etwas nervös, als ich allein eintrat.
»Wo ist Ihr Mandant?«
»Der musste noch schnell auf die Toilette.«
Das Gericht marschierte ein, schon vor dem Setzen richtete die Vorsitzende das Wort an mich. »Wo ist Ihr Mandant?«
»Auf der Toilette.«
»Wie lange schon?«
»Keine Angaben.«
»Sie müssen doch wissen, wie lange Sie dort draußen alleine waren.«
»Ja, aber auch das unterliegt meiner Schweigepflicht.«
»Also ist der Angeklagte geflohen.«
»Ich äußere mich dazu nicht.«
Die wartenden Polizisten sprinteten umgehend los, das Verfahren meines Mandanten wurde abgetrennt, der Prozess damit für mich beendet. Bis zur Rückfahrt des Zuges blieb genügend Zeit, den Augsburger Stadtmarkt direkt gegenüber dem Gericht aufzusuchen. Zwischen Wurst-, Käse- und Gemüseständen fand ich das Gesuchte.
»Haben Sie offene Weine?«
»Den ganzen Kühlschrank voll.«
»Gut. Und welche?«
»Alle.«

»Alle?«
»Alle, die hier offen sind.«
Dieser etwas merkwürdige Dialog eröffnete ein erfrischendes Fachsimpeln mit einem Weinhändler in Augsburg. Gerne hätte ich dort länger verweilt, doch mein Reiseplan ließ mir nicht die Zeit dazu.
Der Zug zurück war pünktlich. Er fuhr wieder der Sonne entgegen, dieses Mal der untergehenden. Es erschien mir wie ein Sinnbild für den Tag. Ich zückte das Smartphone, um Kerstin anzurufen, der ich detailliert vom ungewöhnlichen Verlauf meines Prozesses in Augsburg berichtete. Ausgerechnet ich, der es regelrecht hasste, zu telefonieren, hatte das Bedürfnis nach einem Ausquatschen am Telefon. Es gab neuerdings Tage, da verstand ich mich selbst nicht mehr.
Gegen 20 Uhr Ankunft in Frankfurt, Weitereilen zum Zug nach Bingen. Bea kam mir in den Sinn. Vom Binger Bahnhof zu ihrer Wohnung war es ein Katzensprung. Aber ihre Tür stand mir nicht offen. Da verließ mich alle Kraft. Mitten im Hauptbahnhof Frankfurt blieb ich stehen, leer und ausgebrannt. Ich konnte nicht mehr weiter. Welchen Sinn hatte es noch, dieses Herumhetzen zwischen Gerichtsterminen?
Resigniert verließ ich das Bahnhofsgebäude, suchte mir ein Hotel, checkte ein, warf mein spärliches Gepäck dort aufs Bett und begab mich an die Bar. Die Weinkarte war passabel. Zur Eröffnung des Abends wählte ich einen Rheingau Riesling, den ich schon vor dem Probieren reklamieren musste.
»Der Wein hat Kork.«
Damit erregte ich die Aufmerksamkeit einer Alleinreisenden, die drei Plätze entfernt an der Theke saß.
»Sie kennen sich offenbar aus«, lächelte sie mir zu.
»Es ist keine Kunst, Korkgeschmack zu erkennen.«
»Versuchen Sie es mal mit dem Arneis.«
»Arneis?«, erwiderte ich freudig überrascht.
»Ja, weiter unten auf der Karte. Noch nie gehört?«
»Doch schon. Es handelt sich um einen eher seltenen Wein aus dem Piemont.«
»Teilweise wird er aber auch in Ligurien angebaut.«
»Noch seltener auch auf Sardinien«, antwortete ich und rückte näher. Sie war nicht auf Distanz bedacht.
Nach dem angeregten Verkosten einer Handvoll Weißweine wechselten wir zu den Roten. Die Fremde bewies erneut Kennerschaft. Schon wieder dachte ich an Bea, ihren Vorwurf, ich habe in ihr nur eine Trinkgenossin

gesehen. Das warf Fragen auf bezüglich dieser Unbekannten an meiner Seite. Was sah ich in ihr?
Sicher gab es Themen, über die ich mich mit ihr austauschen und Dinge, die ich mit ihr hätte tun wollen. Aber im Vordergrund stand hier, die Leidenschaft für Wein aufrichtig zu teilen.
Für eine Nacht hätte mich auch mehr gelockt, naturgemäß genügt ihnen dies aber nicht, wollen sie mehr. Auf Dauer ist es den Damen schlichtweg zu wenig. Und dann? Das nächste Versagen, das erneute Scheitern, eine weitere Qual. Wozu? Ich strebte das nicht an.
Als auch sie näher rückte, sagte ich es ihr offen ins Gesicht.
Sie nahm es mit Enttäuschung auf. »Das wäre mir zu wenig.«
Die emanzipierte Frau und der One-Night-Stand, die immergleiche Erfahrung. Sie erhoffen sich zumindest die Illusion, eine einzige Nacht könne mehr werden, als sie naturgemäß ist. Da ich keine Träume zu verschenken hatte, ließen wir es bleiben, verbrachten aber dennoch einen netten Abend an der Bar, denn sie war eine passable Weinkennerin.
Das bereicherte jenes Tête-à-Tête für mich wesentlich mehr als die Aussicht, beim Aufsuchen des Hotelzimmers nicht getrennte Wege zu gehen .
Nachdem wir von den Rotweinen wiederum eine Handvoll – dies war wohl ihr Maß – gemeinsam genossen hatten, verabschiedete sie sich.
»Danke, es war ein interessanter Abend.«
»Ganz meinerseits«, erwiderte ich, winkte dem Barkeeper zu und schaltete einen Gang hoch.
»Einen Negroni« sagte ich.
Für Negronis bedarf es herausragender Bars, die nicht den Allerweltskram mixen. Heutzutage führen sie zwanzig Sorten Gin und zehn verschiedene Tonicwater, wissen aber nicht, was einen exzellenten Vermouth rosso ausmacht. Das Hotel, auf welches instinktiv meine Wahl gefallen war, kannte den Unterschied.
An diesem Abend zelebrierte ich einen alten Brauch, der mir eigentlich fremd ist: Ich betrank mich gezielt. Denn wenn ich mein Gleichgewicht verliere, suche ich nicht die Balance, sondern den Exzess. Als ob es jenseits eines Absturzes ein neues, ein besseres Gleichgewicht gäbe. Der Barkeeper kommentierte es erstmals beim vierten Negroni.
»Wirklich noch einen?«, fragte er dezent. Ich nickte nur stumm.
Wie viele es am Ende wurden, erfuhr ich erst mit der Rechnung am nächsten Tag. Die Kosten der Bar lagen deutlich über denen des Zimmers, was mir völlig egal war, denn mir fehlte das Gefühl, ein Tief durchschritten zu

haben. Der gewünschte Erfolg war nicht eingetreten. Mittels Textnachricht informierte ich Kerstin und verlängerte meinen Hotelaufenthalt um einen Tag.
Frankfurt hat einiges zu bieten, von früheren Aufenthalten war mir eine Kleinmarkthalle in Erinnerung. Die suchte ich am späteren Vormittag auf, gönnte mir eine Platte Austern, dazu französischen Weißwein, den unvermeidlichen Chablis von den Kalksteinhängen im nördlichen Burgund. Das war der Wein, an dem Michael Schneider sich künftig messen wollte. Ich fand es nicht sonderlich anspruchsvoll, diesen zu übertreffen. Meiner Meinung nach wird Chablis völlig überschätzt.
Beim Austernschlürfen erinnerte ich mich eines Kollegen, Strafverteidiger in Frankfurt. Wir hatten vor Jahren ein Verfahren gemeinsam geführt und erfolgreich beendet. Ich schickte seinen Namen an Kerstin, kurz später übermittelte sie seine Handynummer. Ihm kam der Vorschlag zu einem spontanen Treffen gerade recht.
»12 Uhr Butze«, schlug er vor.
Den Weg dorthin ließ ich mir nicht von Kerstin heraussuchen, sondern fragte mich durch, was grundsätzlich unproblematisch ist, sofern man unter den zahlreichen Passanten auf einen Frankfurter trifft. Die meisten waren keine. Aber es gelang mir, pünktlich diese ominöse Butze zu erreichen, eine typische urige Bierkneipe in dunklem Holz, verraucht, verrucht, zur Mittagszeit schon brechend gefüllt.
Mein Blick wanderte über die Gäste und blieb an einem hängen, der auf einer Eckbank sitzend mich erstaunt anschaute.
»Julius?«, fragte er überrascht.
Ich hatte ihn mindestens ein Dutzend Jahre jünger in Erinnerung, obwohl unser letztes Treffen höchstens fünf Jahre zurückliegen mochte. Alles an ihm wirkte alt, seine Augen verquollen, sein Gesicht aufgeschwemmt. Kaum hatte ich ihm zugenickt, rief er die Wirtin. »Einen Kranz, bitte.«
»Hallo«, sagte ich und setzte mich dazu. »Vermutlich lohnt es sich nicht, hier nach einer Weinkarte zu fragen.«
»Quatsch. Wir trinken Kölsch.«
»Wie du meinst«, antwortete ich.
Der Kollege hatte keine Termine mehr an diesem Tag. Er schaffte es zwanglos, mir einen Rhythmus von einem Kranz Kölsch pro Stunde aufzuzwingen. Während des ersten brachten wir uns kurz auf den aktuellen Stand der jeweiligen Vita. Seine unterschied sich von meiner durch eine gescheiterte Ehe. Ansonsten resümierte er bei der Zusammenfassung seines Lebens fast

spiegelbildlich meine derzeitige Lage.
»Ich glaube, ich bin nicht beziehungsfähig«, sagte er. »Nicht nur in punkto Frauen, sondern generell. Menschen kotzen mich an. Mandanten kotzen mich am meisten an, mir würde es völlig reichen, wenn sie mir eine Vollmacht erteilen und das Honorar zahlen. Kollegen ekeln mich ebenfalls an, der Rest der Justiz ist für mich Luft. Mir ist völlig egal, was so ein Richter oder Staatsanwalt von mir persönlich denkt, die werden ohnehin nie verstehen, wie Anwälte wirklich ticken. Alles in allem habe ich es gründlich verbrockt. Besser hätte ich die Finger von diesem Job gelassen. Strafverteidiger ist ein Scheißberuf.«

Damit hatte er bei mir in die Kerbe getroffen. Meine Zweifel am Beruf breiteten sich ohnehin beständig aus. Immer öfter gewann ich in letzter Zeit den Eindruck, dass auf das Recht kein Verlass mehr war.

In der Kostenrechtsprechung wurde mit abenteuerlichen Begründungen fast ausschließlich zugunsten der Staatskasse entschieden. Rechtsgrundsätze, die unerschütterlich galten, so etwa, dass der Zugang eines Schreibens bewiesen werden muss, hatte der Staat für den Komplex der Fahrtenbuchauflagen kurzerhand umgedreht. Da soll neuerdings ausgeschlossen sein, dass man Briefe nicht erhält, da nehmen Gerichte bewusst in Kauf, dass im Einzelfall eine Auflage zu Unrecht verhängt wird.

Es waren nicht einzelne Fehlentscheidungen, die mich zunehmend zur Verzweiflung trieben. So etwas kommt vor. Ebenso wie der Anwalt Klagen erhebt, die sich am Ende als völlig unbegründet erweisen, kann auch der Richter in seiner Einschätzung des Einzelfalles fehlen. Problematisch waren für mich die großen Linien, die teilweise grundsätzlich auf Leistungsverweigerung angelegten Tendenzen.

Der BGH als oberstes Strafgericht des Bundes neigt seit jeher dazu, die formellen Hürden des Revisionsrechts so hoch zu legen, dass möglichst viele daran scheitern. Neuerdings verlangte er aber, dass man zur Begründung einer Revision sogar vorsorglich zu Sachverhalten Stellung nehmen sollte, die sich nie ereignet haben. Vereinfacht ausgedrückt reicht es nicht mehr aus, nur auszuführen, dass ein Vorfall um Mitternacht geschah. Der Verteidiger hat auch zu erörtern, ob um diese Zeit die Sonne scheint und obendrein ausdrücklich auszuschließen, dass dies der Fall ist. Andernfalls ist es möglich, dass der BGH sich dumm stellt und das Rechtsmittel wegen unzureichender Begründung verwirft.

Bei den Blitzerfallen des Straßenverkehrs hatten die Gerichte jahrzehntelang gemauert, wenn ein Anwalt Einsicht in die Unterlagen der

Geschwindigkeitsmessung verlangte. Eisern und unbeirrbar schrieben Oberlandesgerichte immer wieder in ihre Beschlüsse hinein, dies könne nur dem Verteidiger gewährt werden, der konkret erläutert, was an der Messung fehlerhaft sein soll. Dass die begehrte Akteneinsicht gerade den Zweck hatte, einen solchen Fehler zu finden, wurde beharrlich ignoriert. Es bedurfte einer Entscheidung des Bundesverfassungsgerichts, um zu klären, was doch selbstverständlich ist: Ein Rechtsanwalt muss Zugang zu allen Unterlagen haben, auf die ein Richter sein Urteil stützt. Nur das ist Rechtsstaat.

Und dann die Politiker, die ständig am Recht herumschraubten, um zwar populäre, aber völlig sinnlose Forderungen zu erfüllen. Es hat definitiv keinen Nutzen, Kinderrechte ins Grundgesetz zu schreiben, denn die Verfassung gilt für alle Menschen, egal ob Erwachsene oder Kinder. Ebenso ist es unabhängig vom Zeitgeist Unsinn, Gesetze in männlicher und weiblicher Form zu verfassen. Ein Gesetz hat kurz und knapp für alle zu gelten, lesbar und schnell erfassbar zu sein. Die Bandwurmsätze mancher Paragrafen würden selbst Juristen in gegenderter Fassung nicht mehr verstehen.

Die Kultur des Rechts ging verloren. Bürger, die um Kleinstbeträge streiten, weil es für sie eben eine Prinzipfrage darstellt, mögen lästig sein. Es hat sie aber immer schon gegeben. Früher war die Justiz stolz darauf, solche Fälle ohne Ansehen der Person zu entscheiden. Heute jammert sie über den Aufwand damit und die angebliche Nutzlosigkeit dieser Verfahren, weist Klagen gar bewusst fehlerhaft ab, um dem Quälgeist den Mund zu stopfen. Von Unwirtschaftlichkeit ist dann die Rede, als ob es je Aufgabe der Justiz gewesen wäre, wirtschaftlich zu sein. Das Recht hat einen Stellenwert, der sich nicht in Euro und Cent bemessen lässt. Daher fand ich es unangemessen, wie das Gerichtswesen unter dem Druck von Kosten in die Knie gezwungen wurde.

Abends in der Hotelbar wiederholte sich mein Glück vom Vortag nicht. Obwohl ich nicht alleine war, denn kurz nachdem ich Platz genommen hatte, setzte sich eine wahre Schönheit neben mich. Genau gesagt zwei Sitze weiter, einen Anstandshocker ließ sie frei.

Beim Trinken beobachtete ich, wie sie an einem Roten nippte. Bisweilen schielte sie verstohlen zu mir hinüber, bog ihre Finger durch, massierte sich den Nacken. Was waren das für Signale?

Als ihr Glas leer war, drehte sie es lange in der Hand, spielte demonstrativ damit. Jetzt war es an mir, näher zu rücken und sie einzuladen. Was ich aber nicht tat.

Sie erhob sich, nickte dem Barkeeper zu, entschwand in Richtung des Bades. Ein neues Glas Wein wanderte auf den Tresen und hielt so zugleich ihren Platz frei. Ich fragte mich, ob sie gleich einen Großangriff starten und mir einen Preis nennen würde. Dann kam sie zurück, setzte sich mit den Beinen von mir weg, drehte mir leicht den Rücken zu. Zwar bin ich kein Professor für Körpersprache, aber diese Signale verstand ich schon: zu alt. Es gab Zeiten, da wäre ich mit dieser Situation anders umgegangen. Da trank ich allerdings nicht Negronis in teuren Hotelbars. Die Kosten dieses seltsamen Vergnügens beliefen sich mittlerweile bereits wieder auf die einer Tankfüllung für ein Auto. Und ein neues Gleichgewicht wollte sich partout nicht einstellen.
Am zweiten Morgen in diesem Hotel blieb ich nach dem Aufwachen lange im Bett liegen, stellte mir die Frage, ob es eines dritten Tages bedurfte, um abzustürzen. Die letzten zwei Nächte an der Hotelbar hatten diesen Zweck bis dato nicht erfüllt. Ich schleppte mich zur Dusche.
Während ich alle Varianten zwischen kochend heiß und polarkalt testete, kam mir der Kollege aus der Butze in den Sinn. Ein Gescheiterter. Grimmig, verbittert, eigenbrötlerisch, menschenfeindlich – wie ich.
Das Blut wallte ordentlich durch meine Venen und Arterien, ließ sogar die Hirnhälften spürbar pulsieren, bis ein Wort sich darin festbrannte: Scheißberuf!
Das hatte der Kollege gesagt, aber genau dagegen regte sich Widerstand in mir. Noch mochte ich meinen Beruf, konnte mir keinen Besseren vorstellen. Unser Familienunternehmen bot mir endlose Möglichkeiten, dennoch hatte ich immer darauf gepocht, einfach nur Strafverteidiger in der Provinz zu sein. So war es gut, so wollte ich es haben, so sollte es bleiben.
Mit dieser Erkenntnis startete ich beschwingt in den Tag, checkte aus und nahm den nächsten Zug zur Kanzlei. Der Broterwerb durch Strafverteidigung war nicht alternativlos für mich, doch er war meine Berufung. Dies zu erkennen, hatte es lediglich zweier Nächte an einer Hotelbar bedurft und etwas Gin in rotem Wermut auf Campari mit Eis. Schon war die Welt wieder in Ordnung.
Wie an Samstagen üblich war niemand vor Ort außer Kerstin. Sie genoss das entspannte Arbeiten ohne Publikumsverkehr. Ich lud sie zum Mittagessen ein. Sie beäugte mich dabei kritisch, stellte obendrein komische Fragen.
»Wann haben Sie das letzte Mal Urlaub gemacht?«
»Urlaub? Schauen Sie doch im Kalender nach.«
»Das habe ich längst getan. Es ist dort kein Urlaub eingetragen. Kein einziger,

seit ich hier arbeite. Und davor auch nicht.«
»Sie haben bisher keinen Urlaub erhalten?«
»Es geht nicht um mich, die Frage war an Sie gerichtet.«
Da sie es unbedingt wissen wollte, erklärte ich es ihr: »Als junger Anwalt, lange bevor Sie bei mir angefangen haben, bin ich in der Tat einmal in Urlaub gefahren. Drei Wochen Italien. Es war die stressigste Zeit meines Lebens. Zuerst musste ich einen halben Monat vorarbeiten und anschließend einen ganzen Monat nacharbeiten. Da habe ich beschlossen, mir dies nie wieder anzutun.«
»Alles nur eine Organisationsfrage. Wenn Sie es sich angewöhnen könnten ...«.
Mein Blick brachte sie zum Verstummen. Sollte sie gehofft haben, mich zu ändern, gab sie umgehend auf. Ich würde nie das stundengetaktete Leben eines Arbeitnehmers führen.

Der Montagmorgen gab mir das Gefühl, am Beginn eines prächtigen Tages zu stehen. Ich informierte Kerstin, dass es heute später würde, sie erinnerte mich an einen Termin mit einem Unternehmer, dessen Firmenanwalt ich war. Bis dahin blieb reichlich Zeit, um in Ruhe die Vögel zu füttern. Das Aktenstudium im Wintergarten fiel aus, denn ich konnte mich nicht überwinden, den Blick vom Garten zu wenden, um in ein Tablet zu starren. Als ich in die Stadt aufbrach, hatte ich noch keine Zeile eines Textes gelesen, nicht ein juristisches Problem reflektiert. Ein für mich seit Jahrzehnten nicht da gewesener Tagesablauf.
Einer der schönsten Aussichtspunkte auf die Stadt findet sich am Hungrigen Wolf in Form eines kleineren Parkplatzes, abends meist genutzt von jüngerem Publikum mit großen Autos und zur Durchführung seltsamer Geschäfte.
Ich kam am späten Vormittag dort an und parkte unter einer blühenden Kastanie. Dann blieb ich sitzen, betrachtete die Stadt, in der ein Termin auf mich wartete. Grundsätzlich ein idyllisches Städtchen, bestehend aus überwiegend dörflicher Bebauung. Durchzogen von reichlich Grün erstreckt es sich vom Bett der Nahe hinauf zum Kuhberg. Nur wenige große Bauten stechen hervor, darunter eine Kirche, ein Krankenhaus und am südlichen Stadtrand einige Mietskasernen. Von dort, wo ich auf die Stadt hinabschaute, reichten Weinberge bis an den Rand der Bebauung heran. Auch nach Süden und Osten hin wurde die Besiedlung abgelöst von Weinbergen, die sich dann verloren im rheinhessischen Hügelland, am

Horizont gespickt mit Windrädern in schier unzählbarer Menge. Naheabwärts schlossen sich an die Wohnbebauung Gewerbe- und Industriegebiete an. Die Schornsteine eines Reifenwerkes dampften weißen Qualm in die frühsommerliche Luft. Naheaufwärts, nach Südwesten hin war der Rheingrafenstein zu sehen. Dort ist die Landschaft eher gebirgig und bewaldet. Über dem Huttental hingen dunkle Wolken, die sich langsam dem Stadtzentrum näherten. Vor ihnen her trieb eine Schicht aus großflächiger Bewölkung, die den blauen Himmel verdeckte und weiß-gräulich die Stadt überzog, im Süden von der Sonne leuchtend erhellt.

Der Termin in der Neustadt fand in einem nichtssagenden Büro statt. Draußen begann es zu regnen. Ich nahm gelangweilt die Informationen zu den Fällen des Mandanten entgegen. Als wir fertig waren, hatte ich Durst. Meine Wahl fiel auf das »Käuzchen«. Bei Regenwetter gibt es nichts Gemütlicheres als eine hausgemachte Linsensuppe, begleitet von einigen Gläsern Landwein.

Mein Smartphone zeigte eine Meldung des Weinmagazins an, eine topaktuelle Nachricht aus der Weinwelt. Zuerst gespannt und dann entsetzt, las ich den Text. Frank Molter war in China in der Provinz Shandong tödlich verunglückt. Die Geschäfte der WINE GmbH würde er weder dort noch hier weiter ankurbeln. Für mich stellte sich die Frage, ob und wie sich dies auf den Prozess Michael Schneiders auswirken würde. Eine Problematik, die kurz nach dem Erreichen der Kanzlei ein weiteres Mal anstand, denn beim Durchsehen der Post fiel mir eine Ladung in die Hände.

Sobald eine Staatsanwaltschaft Anklage erhoben hat, prüft das zuständige Gericht zunächst in einem Zwischenverfahren, ob es diese zulassen will. Regelmäßig tut es dies. Die Ausnahmen sind so selten, dass sie keiner Erwähnung bedürfen. Danach muss die Strafkammer einen Termin finden, um über die Anklage zu verhandeln. Das Verfahren gegen Michael Schneider war auf Anfang August terminiert worden.

Aus Verteidigersicht von Bedeutung ist die Terminsladung. Nicht wegen des darin mitgeteilten Datums, sondern wegen der mit übersandten Zeugenliste. Daraus lassen sich erste Rückschlüsse darüber ziehen, wie ein Gericht denkt. Nicht nur welche Zeugen überhaupt geladen werden, auch ihre Reihenfolge hat Konsequenzen für den Ablauf des Prozesses.

In der Sache Schneider hatte das Schwurgericht vorgesehen, noch vor der Aussage Graziella Schneiders den Zeugen Molter zu vernehmen. Ein fieser Schachzug. Denn Frankie wäre ein Belastungszeuge gewesen, obendrein ein geschwätziger und damit ein gefährlicher. Er hätte gleich zum

Prozessauftakt die Schöffen manipuliert. Doch dieser Plan einer Beweisaufnahme war jetzt bereits gescheitert. Für mich stellte sich die Frage, was aus diesem Umstand herzuleiten war.
Wann genau im Kopf eines Richters die Schranke fällt und er sich für einen Schuldspruch entscheidet, ist ein Problem, das mich seit jeher beschäftigte. Weil es aber unlösbar war, drehte sich ein wesentlicher Teil meines Berufes darum, über diesen Zeitpunkt zu spekulieren. Selbst Rechtsanwälte, die in anderen Rechtsgebieten arbeiten, halten es für übertrieben, wie detailfixiert Strafverteidiger taktieren und sogar bei einer schlichten Terminsladung intensiv darüber nachdenken, ob und wie sich diese auf den Prozess auswirkt. Der Grund dafür ist diese fallende Schranke des Schuldspruchs. Denn die Überzeugung von Schuld oder Unschuld ist kein Vorgang, der langsam und besonnen abläuft. Es ist ein Wimpernschlag in Zeit und Raum, mehr nicht.
Wir alle sprechen täglich schuldig, zwar nicht im Namen des Gesetzes, aber zwischenmenschlich: Der war es, die lügt, dem glaube ich nicht. Ja, nein, richtig, falsch. All dies sind Urteile über Menschen oder Sachverhalte und sie werden gefällt in Sekundenbruchteilen. Die fallende Schranke im Kopf des Richters ist, wogegen jeder Strafverteidiger permanent ankämpft, denn meistens fällt sie unumkehrbar. Ein Strafprozess kann Wochen, Monate oder Jahre dauern. Dieser immense Zeitaufwand dient lediglich dazu, das Urteil rechtssicher zu begründen. Die eigentliche Entscheidung über Schuld oder Unschuld umfasst nicht einmal eine Sekunde in diesem umfangreichen Komplex. Selbst Richter wissen nicht, wann der Moment kommt, da die Schranke fällt.
Eine Aussage, ein Gutachten, eine Geste, ein Blick – irgendetwas in dem Verfahren gibt ihnen die Gewissheit. Genau darum muss der Verteidiger nicht nur die Aussagen und Gutachten deuten, sondern auch die Gesten und Blicke. Dies ist auch der Grund, weshalb ich Mandanten selten frage, ob es stimmt, was man ihnen vorwirft. Denn in meinem Kopf gibt es diese Schranke ebenso, und solange sie noch aufrecht steht, bin ich wacher in dem Bemühen, jede Facette aufzuspüren, die ihr Fallen auslösen könnte.
In puncto Molter war die Abwägung leicht. Bis zum Prozessbeginn waren es mehr als zwei Monate hin. Bis dahin würde der Todesfall aktenkundig sein. Auf einen Überraschungseffekt brauchte ich nicht zu setzen. Folglich schlug ich Kapital aus meinem Wissen, indem ich nach einem Gerichtstermin am Zimmer des Vorsitzenden vorbeiging und ihn informierte.
»Molter? Wer ist das?«, war seine Reaktion.

»Der Zeuge, den Sie als erstes vernehmen wollten.«
»Hm. Dann fällt der also weg. Wissen Sie, uns sind da Anfang August einige Termine beim Schwurgericht weggefallen, deshalb habe ich ersatzweise das Verfahren Schneider auf die Tagesordnung gesetzt. Aber ich hatte noch keine Zeit, die Akte durchzuarbeiten.«
Ich verließ das Zimmer mit gemischten Gefühlen. Meine Deutung der Ladungsliste war wie häufig zu pessimistisch ausgefallen. Ich hatte Gefahren gesehen, wo keine waren. Tatsächlich hatte das Gericht bisher nicht einmal die Akte gelesen. Die Schranke im Kopf war noch lange nicht gefallen.

Ab Ende Mai fuhr der Sommer mit heißem Atem über das Naheland. Als Attraktion bot das Weindorf Windesheim in dieser Jahreszeit Wasser, und zwar in einem kleinen beschaulichen Schwimmbad. Wie sie es finanzierten, war mir nicht klar. Vieles lief ehrenamtlich über einen Schwimmbadförderverein. So gelang es ihnen, den Badebetrieb sicherzustellen, worum nicht wenige Nachbargemeinden sie beneideten.
Für mich bedeutete dies, dass ich die Kanzlei nun täglich gegen 17 Uhr verließ, um am frühen Abend eine Runde zu schwimmen. Das schaltete meine Gedanken aus. Das Jahr über suchte ich Erholung eher beim Spazierengehen, nur hatte ich mir angewöhnt, dabei zu diktieren. Ein Spaziergang, selbst wenn er stundenlang durch den Wald führte, war letztlich Arbeitszeit für mich. Schwimmen hingegen war reines Nichtstun, verlorene Arbeitszeit, aber gewonnene Lebenszeit.
Anfangs musste ich mich bemühen, den Kopf auszuschalten und nicht über die Probleme der Mandanten nachzudenken. Schon nach wenigen Tagen gelang mir dies für die gesamte Dauer meines Aufenthalts im Wasser. Ich achtete nur auf das Plätschern der Wellen, die ich prustend vor mir herschob, auf die Reflexionen des Lichts, das dumpfe Rauschen, sobald ich einige Züge tauchte. So entstand, was ich seit Jahrzehnten nicht mehr gekannt hatte: Eine Pause im ewigen Fluss der Gedanken. Dieses Nichtdenken, das unverhoffte Vakuum im unentwegten Strom juristischer Erwägungen wurde bald zu einer Sucht. Ich freute mich abends darauf, den Körper ins Wasser zu klatschen und dann nicht mehr grübeln zu müssen, wenigstens ein halbes Stündchen.
Für meinen Kopf war diese Leere so ungewohnt, dass er sie nach dem Schwimmen regelmäßig mit großen Gedanken wieder auszufüllen versuchte. Sobald ich aus dem Wasser stieg, setzte nicht das kleinliche

Brüten von neuem ein, sondern es ploppte eine geniale Idee auf, explodierte geradezu und füllte mein Gehirn so umfassend aus, dass Details aus Fällen und Akten zunächst keinen Platz mehr darin hatten.
Wenn ich dann nach dem Schwimmen am Kiosk des Bades eine Weinschorle trank, berauschten mich meist völlig neue Lebensentwürfe. Der Wechsel des Berufs, ein Umzug ins Ausland oder zumindest eine mehrmonatige Reise durch die Welt. Es waren echte Visionen, die mich dann beschäftigten, eher Träume als Reflexionen, denn es bedurfte wahrhaft komplexer Konstrukte, um die Leere wieder zu füllen, die ich mir tagtäglich fleißig erschwamm.
Gemessen an der Größe dieser Utopien war der Entschluss, den ich eines Abends nach dem Schwimmen tatsächlich traf, eher ein kleiner. Zumindest Kerstin versetzte er aber in helle Aufregung.
»Sie wollen die Kanzlei nach Windesheim verlegen?«
»So ist es.«
»Das bedeutet für mich etwa eine halbe Stunde mehr Fahrzeit täglich. Sie werden um eine Gehaltserhöhung nicht herumkommen.«
»Zunächst einmal müssten Sie geeignete Räume finden.«
»Ich?«
»Wer sonst?«
Damit hatte ich den endgültigen Abschied eingeleitet von der Stadt, die mir einst so viel bedeutet hatte und nun zuwider geworden war. Mein ganzes Anwaltsleben hatte ich verächtlich herabgesehen auf Kollegen, die statt am Sitz des Gerichtes in irgendwelchen Dörfern residierten. Jetzt hatte ich mich entschieden, nicht nur Provinz-, sondern auch Landanwalt zu werden. Schuld daran war am Ende nur das Schwimmen und dass ich dabei nicht diktieren konnte. Der Verlust an Zeit, der Gewinn an Leben.
Letztlich dauerte es einige Monate, bis geeignete Räume gefunden waren und ich den Kanzleisitz neu begründen konnte. Als ich endlich nicht mehr täglich in die Stadt fahren musste, sondern morgens zu Fuß von meiner Villa rustica zur Kanzlei spazieren konnte, war der Strafprozess um einen Winzer aus dem gleichen Dorf vorüber, das Schicksal Michael Schneiders längst entschieden.

Für Neumandanten hatte ich ein klares Prozedere vorgesehen. Grundsätzlich war es Kerstins Sache, diese anzunehmen. Sie füllte den Personenfragebogen aus und regelte den Vorschuss für die Erstberatung. Manchmal schnappte sie dabei erste Details des Falles auf, oft agieren Mandanten aber

eher geheimnisvoll und schildern ihr Problem ausschließlich dem Anwalt. Von dem Mann, der mir an jenem Morgen gegenübersaß, war daher nur der Name bekannt.
»Einen schönen guten Tag, was kann ich für Sie tun?«
»Sie wurden mir empfohlen.«
»Das ist nett.«
Ich habe es mir abgewöhnt, zu erfragen, wer die Empfehlung ausgesprochen hat. Manche Klienten sind zwar irritiert, andere wollen es aber ohnehin nicht verraten, was dann mich irritiert. Infolgedessen übergehe ich solche Hinweise. Es ist bedeutungslos, weshalb ein Mensch sich entschieden hat, mich als seinen Anwalt zu wählen.
»Ich habe ein familienrechtliches Problem«, sagte der Neumandant.
Verdutzt schaute ich ihn an. Jetzt wurde die Frage nach dem Tippgeber doch virulent.
»Wissen Sie, was geschieht, wenn wir beide zusammen vor einem Familiengericht erscheinen?«
Der Mann zog überrascht die Augenbrauen hoch. »Was denn?«
»Der Richter wird sagen: ›Hallo Herr Dexheimer, Sie habe ich ja noch nie hier gesehen.‹ Wer immer mich für eine Familiensache empfohlen hat, ist daher eher Ihr Gegner als Ihr Freund.«
Der Mann lächelte. »Es war ein Verwandter von Ihnen.«
»Onkel Lucius«, seufzte ich.
Für Lucius war das Weiterempfehlen Teil des Netzwerkens, ein Gefallen, der ihm den Grund gab, bei Gelegenheit andere Gefallen zurückfordern. Schon häufiger hatte ich ihn gebeten, er möge mich nicht als Anwalt anpreisen wie saures Bier, sondern sich auf strafrechtliche Sachverhalte beschränken. Er setzte sich nach wie vor darüber hinweg, wie ich soeben feststellen musste.
»Mir ist durchaus bekannt, dass Sie in der Materie wenig bewandert sind«, erklärte der Neumandant. »Genau deshalb möchte ich, dass Sie meinen Fall übernehmen. Ich denke, es werden die besonderen Fähigkeiten eines Strafverteidigers benötigt.«
»Reden wir von Kindesmissbrauch?«
»Prinzipiell nicht.«
»Was heißt prinzipiell? Bitte Klartext.«
»Ich würde das, was mir vorgeworfen wird, nicht als Missbrauch definieren. Sie werden dies hoffentlich auch nicht tun. Aber es gibt da eine Dame die mir genau dies vorwirft. Ihr Name lautet Eleonore Marzahn-Eibeck.«

Mein Puls schoss nach oben. »Ihr Fall ist bei mir in den besten Händen« sagte ich. »Sie konnten keinen besseren Anwalt für diese Angelegenheit finden, als mich.«
»Genau so hatte ich mir das vorgestellt«, antwortete der Neumandant.
Jetzt erst öffnete er seine Aktentasche, um mir einen Stapel Kopien zu überreichen. Ich begann zu lesen. Je weiter ich mich dadurch in den Fall vertiefte, desto mehr nannte ich den Neumandanten gedanklich nur noch Rabenvater. Nicht weil er es war, sondern weil Jugendamt und Familiengericht ihn dazu gemacht hatten.
Rabenvater musste alleinerziehend die Verantwortung für einen elfjährigen Jungen tragen. Die Mutter hatte sich mit einem Liebhaber auf die Kanarischen Inseln abgesetzt und kümmerte sich nicht um ihr Kind. Mein Mandant war selbständiger Bauunternehmer, ein wenig robust in seiner Art, aber ein Mann, der sich um seinen Sohn bemühte.
Nach der Trennung der Eltern hatte sich bei dem Kind eine Enkopresis ausgebildet, also das Unvermögen, die Darmentleerung zuverlässig zu kontrollieren. Der Vater hatte Ärzte eingeschaltet, die zu einem regelmäßigen Toilettentraining mit dem Kind rieten. Nach jedem Essen sollte der Junge etwa 20 Minuten auf der Toilette sitzen. Die Maßnahme führte zu einer Besserung, jedoch nicht zur vollständigen Lösung des Problems.
Eine weitere Baustelle war die Zahnpflege des Jungen. Er putzte sich nur selten seine Zähne. Obwohl der Zahnarzt – bei Kindern in dem Alter völlig normal – eine Zahnspange für erforderlich hielt, riet der Kieferchirurg davon ab. Erst müsse die Mundhygiene verbessert werden, sonst bestehe Kariesgefahr.
In der Schule wurde der Junge häufiger gehänselt, wegen seiner Probleme mit dem Stuhlgang. Seine Leistungen fielen ab, Rabenvater wandte sich an das Jugendamt mit der Bitte um Unterstützung. Mit Hilfe der Behörde wurde eine Lerntherapie eingeleitet. Die Lerntherapeutin vermittelte Konzentrationsübungen und arbeitete an der Sozialkompetenz des Kindes. Dem Vater war dies nicht genug, weshalb er ergänzend auf eigene Kosten eine Jugendpsychotherapeutin beauftragte, die sich des Jungen annahm.
Die Lerntherapeutin, sich selbst als »offizielle Therapeutin« bezeichnend, war deshalb eingeschnappt und meldete dem Jugendamt ihr Problem. Das rief die Marzahn-Eibeck auf den Plan. Diese verlangte vom Kindesvater, alle Ärzte und Therapeuten des Jungen von der Schweigepflicht zu entbinden, schließlich müsse sie sich informieren. Nachdem der Vater dies verweigert hatte, nahm das Unglück seinen Lauf.

Binnen einer Woche strickte die Marzahn-Eibeck aus der Wolle ihres Ringelpullovers, vielleicht auch aus bloßen Spekulationen, keinesfalls aber aus Fakten, einen Bericht, der es in sich hatte.
Das Kind werde systematisch vernachlässigt, weil der Vater oft zum Mittagessen nicht Zuhause sei und die Oma dann koche. Ferner liege eine gesundheitliche Gefährdung vor, denn Rabenvater verweigere ihm die dringend benötigte Zahnspange. In der Angewohnheit des Vaters, samstags mit dem Jungen zusammen das Auto zu waschen, liege eine kindeswohlgefährdende Autonomiebeschränkung durch Kinderarbeit. Die väterliche Entscheidung, einem elfjährigen Buben noch kein Handy zu kaufen, führe zur seelischen Verwahrlosung und schlussendlich liege auch sexueller Missbrauch vor – gemeint war das Toilettentraining.
Als Konsequenz sah sie nur eine Möglichkeit: Die sofortige Inobhutnahme. Der Junge war dem Vater kurzerhand weggenommen und in eine Pflegefamilie gegeben worden.
Der weitere Verlauf überraschte nicht. Ein Familiengericht ersetzte die fehlende Zustimmung des Vaters zur Inobhutnahme durch einen Beschluss im Eilverfahren. Sodann wurde eine Anwältin als Verfahrensbeistand bestellt, um die Rechte des Kindes gegen seinen Vater wahrzunehmen.
»Warum sind Sie damals nicht zum Anwalt gegangen?«, wollte ich wissen.
»Weil die Vorwürfe so absurd sind. Ich war fest davon überzeugt, dass ein Gericht mir Recht geben würde.«
Natürlich war es anders gekommen. Im Rahmen einer gerichtlichen Anhörung war es Rabenvater lediglich gelungen, den Vorwurf des sexuellen Missbrauchs abzuwehren. Dafür wurde ihm dann Kindesmisshandlung durch Gewaltanwendung vorgeworfen. Das Kind hatte nämlich zwischenzeitlich in der Pflegefamilie berichtet, sein Vater habe es immer im Genick gepackt, um ihm die Zähne zu putzen. Wie man dies bei einem Elfjährigen, der jede Zahnreinigung verweigert, anders bewerkstelligen sollte, konnte niemand Rabenvater erklären. Nur dass er es falsch machte, darüber waren sich alle einig.
Am Ende hatte sich die Marzahn-Eibeck mit einem Vorschlag durchgesetzt, der mich nicht überraschte. Ein Sachverständiger sollte den Fall beurteilen. Zum Gutachter bestimmt wurde, auch dies war vorhersehbar, Dr. Schellhorn.
Bei der Verabschiedung hatte der Neumandant mich ausdrücklich gebeten, mit den Mitteln der Strafverteidigung in das familiengerichtliche Verfahren einzusteigen. Seine Worte prägten sich mir ein:

»Stellen Sie Beweisanträge. Lehnen Sie jeden, der uns querkommt, wegen Befangenheit ab. Ermitteln Sie im Umfeld der Beteiligten, notfalls mit Detektiven. Gehen Sie aggressiv vor, ohne Kompromisse, immer bis zum letzten Rechtsmittel. Ich werde meinen Sohn auf lange Zeit nur noch kurzzeitig besuchen dürfen, das ist mir völlig klar. Aber am Ende will ich, dass er zu mir zurückkommt und die Verantwortlichen zur Rechenschaft gezogen werden.«

Kaum war er gegangen, schaute Kerstin zur Tür herein.

»Erster Freitag im Monat«, sagte sie, »Da war doch mal was.«

Ja, da war mal was, nämlich mein Weinprobiertag. Zeit, zu liebgewonnenen Gewohnheiten zurückzukehren.

Das Weingut Mathern in Niederhausen an der Nahe bezeichnet seine Steillagen als »Herzstück des deutschen Rieslings«. Eine Ansage, der ich schon länger auf den Grund gehen wollte. Der Generationenwechsel stand ebenfalls an, weil der Sohn des Hauses dabei war, den Keller zu übernehmen. Damit waren meine bewusst niedrig angesetzten Bedingungen für einen Besuch erfüllt.

Begrüßt wurde ich von der quirligen Seniorchefin. Eine energiegeladene, weinkundige Person und ein Original des Nahelandes, über dessen Grenzen hinaus bekannt. Sie ließ es sich nicht nehmen, mich kurz rundzuführen durch das geschmackvolle Anwesen.

Die eigentliche Probe übernahm dann der Sohn, der mit detailliertem Fachwissen zu überzeugen wusste. Meine ausgiebige Degustation wurde unterhaltsam und lehrreich zugleich. Ich traf auf weiche Burgunder mit geschickt austarierter Balance und feinfruchtige, rassige Rieslinge, so vielfältig wie die Böden in dieser Region der Nahe. Außerdem gefiel mir das geschmackvolle Anwesen. Nach einer ausgiebigen Durchprobung des Portfolios und Erwerb eines Vorrats für meinen Hauskeller setzte ich mich mit einem dieser leckeren Terroirweine in den sonnendurchfluteten Hof, genoss das Ambiente und die Ruhe.

Der Fall Rabenvater zirkulierte mir durch den Kopf. »Ich werde meinen Sohn auf lange Zeit nur noch kurzzeitig besuchen dürfen, das ist mir völlig klar«, hatte er gesagt. Wollte ich mir das Mandat für diese lange Zeit antun? Mein Ausflug in das Familienrecht war kurz, aber heftig gewesen. Zwar hätte es mich herausgefordert, die korrupte Verbindung einer Jugendamtsmitarbeiterin mit einem Gutachter aufzudecken, die Methoden öffentlich zu machen, mit denen Kinderschicksale entschieden wurden. Es gab, daran hatte ich keine Zweifel, Machenschaften und Seilschaften, ein unheilbringendes Geflecht vermeintlicher Kinderschützer mit massiven Eigeninteressen. Doch anders als im Strafrecht waren die Möglichkeiten, sich rechtlich zur Wehr zu setzen, bescheiden.

Wenn die Polizei irgendwo einmarschiert und den Computer beschlagnahmt, lässt sich jedes Detail dieses Vorgangs zumindest im Nachhinein minutiös überprüfen. Kommt stattdessen das Jugendamt und nimmt die Kinder mit, versagt der Rechtsstaat. Denn die Behörde schafft sich die Grundlage ihres Eingriffs selbst durch Berichte über angebliche Missstände. Polizisten darf und muss man misstrauen, Jugendamtsmitarbeitern wird mit der Amtsbezeichnung zugleich ein Nimbus der Unfehlbarkeit verliehen. Was sie sagen, ist über Zweifel erhaben, sie gelten als das personifizierte Kindeswohl. Dabei könnte endlos darüber gestritten werden, ob das Handy in der Grundschule der gesunden Kindesentwicklung förderlich ist. Wenn Jugendämter dies meinen, finden sie Wege, es zu begründen. Selbst die im Gesetz ausdrücklich vorgesehene Mitarbeit eines Kindes im Haushalt lasten sie Eltern als unzumutbar an. Weil das Kindeswohl ein beliebig dehnbarer Begriff ist, dessen Schwammigkeit sich jeder Definition entzieht.

Gerät ein Kind erst in die Fänge des Amtes, bleibt den Eltern nur die Kooperation. Kampf ist der falsche Weg gegen eine Behörde, der es nur darum geht, Recht zu haben. Endlose Gesprächsrunden, zermürbend lange Gerichtstermine und selbstverleugnende Unterwürfigkeit führen zum Ziel, stolzes Beharren auf erzieherischen Prinzipien sind der Untergang.

Darum, dies wurde mir nun klar, würde mir vor Familiengerichten nie Erfolg beschieden sein. Autorität kraft Amtes, Harmonie durch Zwang oder Erkenntnisse wider besseres Wissen zu akzeptieren, ist nicht Strafverteidigers Art. Dazu müsste ich meine ehernen Überzeugungen ebenso verleugnen, wie die Jugendämter es den Eltern abnötigen.

Was mich antrieb, war Rache, der blanke Jagdtrieb, das Verlangen, die Marzahn-Eibeck zur Strecke zu bringen. Das ist der größte Fehler, den ein Anwalt begehen kann. Wer sich von Emotionen leiten lässt, muss den Fall abgeben, er beginge sonst Verrat am Mandanten.

Der junge Mathern zählte zu den Rebellen des Naheweins. Seine Rieslinge machten mich aber nicht rebellisch, sondern sorgten für Klarheit. Ich sandte Kerstin eine Textnachricht und bat sie, das neue Mandat umgehend zu beenden. Zwar tat es mir leid für Rabenvater, doch ich war eindeutig der falsche Anwalt für ihn.

Das Land Rheinland-Pfalz startete am 1. Juli in die Sommerferien. Die Wochen davor sind in einer Anwaltskanzlei arbeitsintensiv, weil Gerichte intensiv terminieren und Klienten viele Mandate bringen, die sie vor den Ferien erledigt haben wollen. Der Wintergarten in der Villa rustica entwickelte sich im Laufe des Juni zu meinem bevorzugten Arbeitsplatz, weil ich dort entspannt Akten lesen konnte. Die Vögel im Garten inspirierten mich. Ich hatte am Mittag des Pfingstmontags ein Geschäftsessen gehabt, eine jener Veranstaltungen, bei denen zu viel geredet und zu wenig getrunken wird. Obwohl ich mich nicht bemüht hatte, meine Langeweile zu verbergen, war mir das Mandat übertragen worden. Danach hatte ich Kerstin per E-Mail angewiesen, die Stundensätze in meinen Vergütungsvereinbarungen zu erhöhen und mich in den Wintergarten zurückgezogen. Ich benötigte mehr Ruhe, mehr Zeit.

Vom Hunsrück her war ein Gewitter im Anmarsch. Beim Zucken der ersten Blitze, ging ich kurz hinaus auf die Terrasse. Dort blies ein befreiend frischer Wind, von Ferne brummte Donner. Das Smartphone zeigte einen Eingang an, die Kopie einer Anklageschrift.

»Können Sie mich da vertreten?«, schrieb ein bis dato unbekannter Mandant dazu.

Ich wechselte wieder nach drinnen, um den Eingang genauer zu studieren. So ist es mir am liebsten. Meine besten Verteidigungen sind stets die, bei denen ich mit der blanken Anklage beginne.

Durch die Anklageschrift krönt der Staatsanwalt seine Ermittlungen, darin komprimiert er den gesamten Akteninhalt, um dem Gericht mitzuteilen, weshalb er einen Sachverhalt für strafbar hält. Es ist ungeheuer aufschlussreich, sich solche Schriftstücke unbefangen zu Gemüte zu führen.

Sobald der angeklagte Mandant seine eigene Version erzählt, ist man voreingenommen. Aber wenn es gelingt, die Anklage jungfräulich zu studieren, unbefleckt von all den Lügen aus der Akte oder dem Munde der Klienten, dann wird der Fall durchschaubar. Oft bin ich in der Lage, den Text einer Anklage fast auswendig aufzusagen, sobald ich mich lange genug damit beschäftigt habe. Manchmal feile ich an einzelnen Formulierungen, stelle Sätze um, überlege, wie es sich anhören würde, wenn der Strafverfolger konkrete Wörter oder ganze Passagen anders geschrieben hätte. Ein Glas Wein in der Hand, der Fantasie freien Lauf lassend, so komme ich ihnen auf die Schliche, den staatlichen Anklägern, durchschaue, worauf sie hinauswollen, wie sie tricksen, Schwachstellen zu vertuschen suchen.

Gibt mir der Klient die Gelegenheit, eine Anklage unvoreingenommen, frei von seinen Kommentaren zu lesen, kann ich mich in das Hirn der Ankläger hineindenken. Meist habe ich dann schon eine Idee, wie hier zu verteidigen sein wird. Im Idealfall erlange ich sogar Akteneinsicht, bevor ein Gespräch mit den Angeklagten stattfindet. Das steigert die Erfolgsaussichten ungemein, bis hin zu einer kompletten Konzeption in Richtung Freispruch.

Erst in der Fallbesprechung mit dem Mandanten tauchen dann die Probleme auf. Fakten, die ich gerne anders geschildert hätte, Lügen, die ich nicht vertreten kann, Motive, die niemals entlasten. Das macht es schwierig.

Es hat mich immer schon gereizt, ohne jeglichen Mandantenkontakt zu verteidigen, nur anhand der Anklage und der Akten. Denn Strafverteidigung ist auch eine Kunst des Erzählens.

Doch welcher Klient ließe seinem Verteidiger so weit freie Hand, dass er gar nicht mit ihm redete? Sobald sie mir aber ihre Geschichte auftischen, egal ob wahr oder erlogen, sind mir die Hände gebunden. Denn bewusst Falsches vorzutragen ist mir untersagt, unwissend zu fabulieren, hingegen nicht. Für eine erfolgreiche Strafverteidigung ist das Mandantengespräch nicht selten kontraproduktiv. Ich beende es häufig mit dem Gedanken: Hättest Du geschwiegen.

Das Summen einer Fliege zerrte an meinen Nerven. Eine andere sah ich tot auf dem Boden liegen, direkt vor dem großen Südfenster. Ich fragte mich, was das für ein Gefühl sein musste, bis zum letzten Atemzug an einer Scheibe zu vibrieren, und die Freiheit, die man klar vor Augen hat, nicht mehr zu erreichen. Dann wieder dünkte mich, unser ganzes Dasein sei letztlich nichts anderes als das Leben eines Insekts auf der falschen Seite des Fensters.

Blick hinaus in den Garten. Dunkel baute sich die Wolkenwand des Gewitters auf. Der Wind war zum Erliegen gekommen. Drückende Schwüle breitete sich aus. Wild hin und her hüpfend, zeternd und schimpfend wuselten Spatzen ums Futterhaus. Sie waren ständig in Bewegung, rastlos, ruhelos, getrieben vom Hunger nach Leben. Völlig anders als im Winter, wenn sie nur aufgeplustert vor sich hindösten. Wie viele Sommer mochten sie haben? Zwei? Oder drei? Und alles Leben musste in diesen Sommern geschehen.

Was trübte mir da schon wieder die Gedanken? Woher diese ständige Grübelei neuerdings? Ich versuchte, zu verstehen, was andere Menschen zum Ausdruck bringen wollen, wenn sie sich urlaubsreif nennen. Mein Credo blieb unverändert, dass das Leben im Naheland Urlaub pur ist.

Besonders in Windesheim, wo weiterhin Feste zur Feier des 1000-jährigen Jubiläums stattfanden. Obendrein öffnete jetzt ein Winzer jeden Donnerstag seinen Innenhof zur After-Work-Party. Da tobte dann das Leben, ummauert von einem Gutshof in toskanischem Flair. Wenn ich dort vom frühen Abend bis in die späte Nacht saß, war das Erholung pur. Wer braucht denn Urlaub?

Kerstin teilte meine Selbsteinschätzung nicht. Etwa Mitte Juni eröffnete sie mir, mich den kompletten Juli in einer Ferienwohnung in Meersburg am Bodensee einquartieren zu wollen.

»Was soll ich dort?«, fragte ich.

»Hinüberfahrern nach Konstanz.«

»Ah ja, da war doch was.«

Am Landgericht Konstanz sollte einem Mandanten von mir namens Sergiu Armando der Prozess gemacht werden. Der Tatvorwurf passte nicht ganz in die Idylle dieser Ferienregion. Er lautete auf Zuhälterei und Vergewaltigung. Dabei war Sergiu Armando nicht der Profiteur des Geschäfts. Sein Job war das »Einreiten«, so nennen sie es, wenn junge Frauen tagelang oder wochenlang vergewaltigt werden, um sie in die Prostitution zu zwingen. Sergiu Armando wähnte sich aufgrund seines Namens dazu berufen. Und er hatte Spaß daran.

Die Strafkammer hatte sich ein straffes Programm vorgenommen. Drei Sitzungstage pro Woche, zunächst auf vier Wochen geplant. Das schien neuerdings modern zu sein. Immer häufiger erlebte ich, dass Strafgerichte Prozesse im Akkord durchziehen wollten. Erinnerungen an mein letztes derartiges Verfahren in Köln wurden wach. Ich war darauf eingestellt, den Juli über viel in Zügen zu arbeiten, doch Kerstin hatte diese Pläne durchkreuzt.

Zwei Tage vor Prozessbeginn bezog ich in Meersburg Quartier. Es wurde eines der zwiespältigsten Strafverfahren, die ich jemals geführt habe.

Tagsüber ging es um brutale Gewalttaten, bitterstes menschliches Leid, schwerste Verbrechen. Kaum war der Verhandlungstag vorüber, hatte ich Urlaub. Gerne betrat ich abends ein Schiff und ließ mich auf dem See umherfahren, trank den ein oder anderen Wein, aß etwas und rekapitulierte den Prozesstag.

Seit jeher konnte ich Beruf und Freizeit nicht trennen, aber jetzt wurde es manisch. Hinter jedem Lkw, der die Uferstraßen entlang tuckerte, vermutete ich Menschenschlepper. Jedes Ferienhäuschen in herrlicher Lage mit Seeblick geriet für mich in Verdacht, hinter seinen idyllischen Pforten

Prostitution anzubieten. Touristen in Bermuda-Shorts mit Trekking-Sandalen stellte ich mir als Konsumenten zwangsweise dargebotener sexueller Leistungen vor. Das sommerliche Idyll der Bodenseelandschaft wurde für mich gedanklich zum Schauplatz bestialischer Missbräuche.

Wenn ich auf dem Balkon meiner Ferienwohnung saß und den Sonnenuntergang beobachtete, fragte ich mich, wo jetzt wieder osteuropäische Frauen Freier bedienten. Saß ich beim Essen, konnte ich mich des Eindrucks nicht erwehren, die beiden Männer am Nachbartisch, südländisch aussehend, protzig gekleidet, bestens gelaunt, verdienten ihr Geld mit dem Elend ausgebeuteter Frauen.

In der dritten Prozesswoche überwarf ich mich mit meinem Mandanten. Die Aussagen der Opfer waren zu eindeutig, die Lügen, mit denen er mir Erklärungen liefern wollte, zu fadenscheinig. Ich rückte von der vereinbarten Freispruchstrategie ab und suchte einen Weg, den Prozess zum Platzen zu bringen, ihn mit Anträgen zu torpedieren, ein Urteil zu verhindern. Konfliktverteidigung nennen das manche Richter, für mich war es so etwas wie Notwehr.

Interessanterweise war es ausgerechnet die von Kerstin gewählte Kombination aus Urlaub und Prozess, welche mich von dem Verfahren befreite. Denn Sergiu Armando hatte mitbekommen, dass ich nicht zu jedem Verhandlungstag von weit her anfuhr, sondern in Gerichtsnähe Wohnung genommen hatte. Er war der Meinung, ich würde es bewusst auf eine Prozessverzögerung anlegen, um meinen Urlaub zu verlängern. Für ihn wurde die Situation unterdessen immer prekärer, denn wer drei Tage die Woche bei Gericht verbringen muss, gerät schnell in wirtschaftliche Schwierigkeiten.

Am Anfang der vierten Verhandlungswoche war klar, dass die Strafkammer ihren Zeitplan nicht würde halten können. Es kam die Anfrage nach Fortsetzungsterminen. Bei Ankündigung einer fünften und sechsten Verhandlungswoche verlor der Mandant die Nerven. Er kündigte das Mandat. Mein Vorschuss umfasste ohnehin nur die ersten vier Wochen. Ich hätte mich auf kurz oder lang umfangreichen Nachverhandlungen widmen müssen, die beim Stand des Verfahrens schwierig geworden wären. Darum verständigten wir uns auf eine sofortige Mandatsbeendigung. Bis zum Abend des Verhandlungstages saßen wir gemeinsam auf der Anklagebank. Danach war Sergiu Armando nicht länger mein Mandant.

Aus der Kanzlei ließ ich dem Gericht die Mandatsniederlegung faxen. Einen Sicherungsverteidiger gab es nicht. Umgehend erfolgte die Beiordnung als Pflichtverteidiger. Denn die Gerichte müssen sicherstellen, dass der Angeklagte durchgehend verteidigt ist und ein neuer Anwalt, der in einer solchen Situation die Verteidigung übernimmt, ohne die Aussetzung des Verfahrens zu beantragen, ist ein Scharlatan. Die einzige Möglichkeit, derartige Verfahren revisionssicher über die Runden zu bringen, ist dann die Beiordnung des bisherigen Wahlverteidigers als Pflichtverteidiger. Doch ich hatte vorgesorgt.

»Rechtsanwalt Dexheimer hat heute seinen Jahresurlaub angetreten«, verkündete Kerstin dem Vorsitzenden auf die telefonisch erfolgte richterliche Nachfrage. Das war ja nicht völlig falsch, denn noch hatte ich eine Woche die Ferienwohnung gebucht. Die Frage nach der Dauer dieses ominösen Jahresurlaubes beantwortete Kerstin weisungsgemäß mit »drei Wochen«, womit auch klar war, dass eine Fortsetzung des Prozesses innerhalb der gesetzlichen Fristen nicht möglich sein würde.

Das vehement vorgetragene Ansinnen des vorsitzenden Richters, umgehend mit dem Anwalt verbunden zu werden, blockte meine Mitarbeitern locker ab: »Herr Rechtsanwalt Dexheimer möchte im Urlaub nicht gestört werden. Er ist telefonisch nicht erreichbar.«

Damit endete dieser Prozess am Bodensee. Später erfuhr ich einmal, dass Sergiu Armando bei der Neuauflage des Verfahrens eine langjährige Haftstrafe erhalten hatte. Ich erwischte mich bei dem Gedanken, ihm dies zu gönnen.

Die Verbindung von Urlaub und Prozess hatte sich als fatal erwiesen. Denn mein Daueraufenthalt am Bodensee hatte mich dauerhaft mit dem Verfahren konfrontiert. Was zunächst sinnvoll schien, die vollständige Konzentration auf dieses eine Verfahren, ergänzt um Urlaubselemente nach Feierabend, war letztlich ein Fehler gewesen. Denn es war mir nicht gelungen, Abstand zu nehmen von dem Prozess und seinen Problemen. Er war zu nahe an mich herangekommen und hatte mir die professionelle Distanz genommen.

Während ich tags drauf, statt vor dem Landgericht Konstanz zu erscheinen, eine Bootstour über den See ins bayerische Lindau machte, wurde mir bewusst, dass mein Beruf teilweise auf Selbstverleugnung beruhte. Denn nur wenn man ständig unter dem Druck der Kanzlei Aufgaben bewältigt, sich permanent auf seine Fälle konzentriert, gelingt es, die Auswirkungen auf das Leben, die dahinterstehenden Schicksale der Opfer zu verdrängen. In der Tagesroutine flüchte ich davor problemlos in einen anderen Fall. Diese Möglichkeit hatte ich mir genommen, schon räumlich durch meine

Ferienwohnung vor Ort.
Und was die Urlaubsaspekte dieser Wochen betrifft, stellten sie sich nicht ein. Ich ging spazieren, tafelte, fuhr mit den Schiffchen umher, sah die herrliche Landschaft, hatte aber nicht einmal eine Sprache dafür. Gekaufte Postkarten blieben leer, ich empfand keine Freude, es machte mich nur stumm.
Was an mir nagte, war das zweite Versagen in derartigen Verfahren. Weder in Köln noch in Konstanz hatte ich bis zum Prozessende durchgehalten. Lag mir diese Art von Mandanten nicht länger? Früher hatte mich der Gegenstand eines Strafverfahrens nicht tangiert. Die Kundschaft aus dem Rotlichtbezirk war in meiner Kanzlei ein und aus gegangen, es waren ordentlich bezahlte Mandate mit zufriedenen Klienten. Sie leugneten nicht, was sie zu verantworten hatten. Da weckte es den sportlichen Ehrgeiz, Vorwurf um Vorwurf aus der Anklage heraus zu schießen. Fiel dann am Ende wenigstens die Hälfte ihrer Taten unter den Tisch, nahmen sie ein paar Jahre Haft entspannt entgegen.
Die neuere Generation dieses Milieus war kaltblütig, skrupellos, radikal. Ihr Ziel war immer der Freispruch, einen Ehrenkodex besaßen sie nicht und Respekt gegenüber dem Verteidiger war ihnen fremd. Ein übles Pack, von dem ich mich künftig fernhalten würde. Die Mariusse und Sergiu Armandos dieser Welt mochten mir von nun an gestohlen bleiben.
Der 24. Juli wurde mein letzter Tag in der Bodenseeregion. Ich widmete ihn dem Staatsweingut des Landes Baden-Württemberg in Meersburg. Der Bodenseewein ist ein äußerst schwieriger Wein. Wegen der Kälte des Sees zieht der Frühling etwas verzögert in die Region. Sobald er das Wasser erwärmt, gibt es auch nachts Wärme an die Reben ab, dadurch holen sie den Reiferückstand wieder auf. Es ist dann sogar möglich, im höchsten Weinberg Deutschlands in rund 580 Metern Höhe Wein anzubauen. Aber ab August stülpt sich das Seeklima wie eine Dunstglocke über die Region. Die Feuchtigkeit lässt die Trauben anschwellen, sie reiben sich aneinander und werden bald faul. Häufig startet die Lese darum zu früh und es werden nicht vollkommen ausgereifte Trauben verarbeitet. Der Müller-Thurgau, eine Sorte, die zum Reifwerden 100 bis 200 Sonnenstunden weniger als andere Sorten benötigt, ist daher die bevorzugte Wahl am Bodensee. Ein Riesling wird daraus nicht.
Nach Gutsbesichtigung und Probe bummelte ich lustlos durch die Stadt, die Lufttemperatur lag bei über 30 Grad, der Publikumsverkehr war exorbitant. Ich steuerte ein italienisches Eiscafé an, wo ich auf einen freien Platz

wartete. Kurz beschlich mich der Verdacht, jeder Mensch in dieser Stadt wolle eben jetzt dort ein Eis essen. Nachdem ein Stühlchen freigeworden war, zerstreute ich den Verdacht, indem ich Wein bestellte. Es gab einen Weißen aus dem Veneto, ohne den man besser leben könnte. Eisdielen sind miserable Weintheken.

Warum an einem Werktag zu dieser Zeit Menschen in Scharen durch die Stadt flanierten und offenbar nichts zu tun hatten, war mir ein Rätsel. Was bewegte Jung und Alt dazu, hier sauer verdientes Geld sinnlos zu verprassen? Ich lauschte der Bestellung am Nachbartisch: Spaghetti-Eis Amarena. Wer zum Teufel braucht so etwas zum Leben? Gegenüber aßen sie Pizza, mittags um drei. Seit wann isst man überhaupt um diese Zeit? Auf der Straße tourten Radfahrer, gepäcküberladen, bei subtropischen Temperaturen. Zu welchem Zweck? Menschen kamen von irgendeinem Strand, in Badekleidung, mitten in der Stadt. Stillos. Frauen shoppten Schuhe, weil bunte Schilder mit Sale und Skonto lockten. Glaubten die das ernsthaft?

In meinem Gehirn, Abteilung Literatur, kramte ich nach den ältesten Reiseberichten, die ich je gelesen hatte. Seit wann gab es Urlaub? Und wozu gab es ihn? Was verleitet den Menschen dazu, seine Arbeit zu verlassen und ein Leben zu führen, das seinen sonstigen Alltag karikiert? Für eine Woche, zehn Tage, mitunter sogar zwei Wochen – länger nicht.

Eine mittelalte Blondine stolzierte die Straße entlang. Intensiv gebräunte, nackte Beine, Minirock, hart trainierter unbedeckter Bauch, weißes knappes Top in Gardinen-Optik. Hindurch schien ihr schwarzer BH, ein Träger von der Schulter verrutscht, demonstratives Dekolleté, tiefschwarze Sonnenbrille. Ich erkannte an den Bewegungen ihres Kopfes, wie sie darunter Ausschau hielt.

Zwei Männer neben mir, Pils und Hefeweizen vor sich, bekamen lüsterne Blicke. Jagdsaison. Hörnerklang hing unhörbar in der Luft, Blicke vermaßen ihren Hintern, der Witz vom Unterschied zwischen Rasenmäher und Minirock fiel: Greif mal drunter.

Am Tischchen vor mir stopfte eine Mutter ihr Kleinkind mit Eis, während der Vater verstohlen seitwärts schielte.

»Sollen wir zahlen? Was machen wir heute noch?«, unterbrach die Gattin ihn beim Träumen. Sein Blick richtete sich verwirrt und ein wenig enttäuscht auf seine Kleinfamilie, verdrängte den Minirock aus seinen Gedanken.

»Da vorne gibt es frischen Pflaumenkuchen«, meinte er mit einer Geste zur nahegelegenen Konditorei. »Ich hätte jetzt Lust darauf.« Eindeutig ein

Freud'scher Versprecher.
Derweil winkten Hefeweizen und Pils neben mir hektisch nach der Rechnung. Röckchen geriet langsam außer Sichtweite, es war Zeit, ihr zu folgen. Ich persönlich hätte ihr eher Familienvater gegönnt. Sei's drum.
Der Nachmittag schritt voran, ich war beim dritten oder vierten Wein, weiterhin nicht überzeugt davon, aber zu träge mich fortzubewegen. Gegenüber, dort wo man mittags schon Pizza aß – gleichzeitig war Döner im Angebot – nahmen Ur-Deutsche Platz: Lederhosen, Dirndl, Tracht. Nichts passt besser zu einem italienischen Restaurant in türkischer Hand. Bier wurde geordert und gebracht, in schneller Folge, dann gab sich die Trachtengruppe lustig. Die Frau des einen lachte dauernd laut wiehernd und kreischend grell mit wogendem Busen. Ihr Mann verharrte andächtig im Blick auf eine Passantin, die, Kind an der Hand, offenkundig vom Strandbad zurückgekehrt, die Tür zum Nachbarhaus aufschloss. Sie trug einen schwarzen Hosenanzug, sehr seidig, sehr luftig, darunter einen leuchtend orangefarbenen Bikini, feucht vom Bade noch, zumindest das Höschen, an dem das Übergewand klebte. Ob sie das Oberteil abgelegt hatte, war von meinem Platz aus nicht genau zu erkennen. Im Rückenbereich leuchtetet nichts durch den schwarzen Stoff.
Trachtenseppel mit Lederhose sah von seinem Sitzplatz aus offenbar mehr – und schien begeistert. Etwas zu begeistert für Trachtenzenzi mit dem Dirndl, die ihm umgehend ihre linke Pranke kichernd ins Gesicht flatschte. Seppel war alkoholverzögert irritiert. Zur einen Seite flog ein Pizzastück aus seiner Hand, zur anderen sein Blick auf Zenzis wogenden Busen, so aufgeregt, dass er nicht widerstehen konnte. Messer und Gabel klirrten auf den Pizzateller, zwei Hände fanden ihr Ziel, bei einer Frau, die sich nur zum Schein entsetzt gab. Siegreich schüttelte sie ihre Oberweite, die restlichen Trachten grölten, es gab neues Bier, alle waren begeistert. Echte Urlaubsstimmung.
Der Abendzug brachte mich endlich zurück ins Naheland.
Im Büro angekommen überflog ich die Post an einem ungewohnt leeren Schreibtisch. Wie Kerstin es geschafft hatte, blieb mir ein Rätsel, doch meine über dreiwöchige Abwesenheit hatte die Kanzlei nicht untergehen lassen. Im Gegenteil. Der Terminkalender wies nur wenige Besprechungen aus, von Gerichtsterminen würde ich sogar eine volle Woche verschont bleiben. Der nächste Prozesstermin, der auf mich wartete, stand erst für den 1. August im Kalender. Mir wurde seltsam beklommen zumute bei dem Eintrag. Es war die Strafsache Michael Schneider.

Meine erste Reaktion darauf: Ich verlegte den monatlichen Weinprobiertag um eine Woche nach vorne und suchte am letzten Freitag im Juli das Weingut Hemmes in Bingen auf. Seit dem Unfall Graziella Schneiders hatten sich so viele Veränderungen in meinem Leben ergeben, innere Grenzen waren gefallen, mein Weltbild in den Grundfesten erschüttert, eherne Prinzipien am Wanken. Das ließ mich verzweifelt das bisher Undenkbare wagen, zum Äußersten greifen, die allerletzte Grenze auch noch überschreiten – die nach Rheinhessen. Ein kleiner Schritt für die Menschheit, ein gigantisch großer für mich.
Der ausgewählte Betrieb wurde von einem Vater und seinen zwei Söhnen geführt. Wie immer erschien ich ohne Termin. Im Hof spritzte ein junger Mann den Schmalspurschlepper mit einem Dampfstrahler ab.
»Bin ich hier richtig im Weingut Hemmes?«
»Ei jo.«
»Kann ich hier Wein probieren?«
»Am End.«
Das war sie, die echte rheinhessische Gastfreundlichkeit. Es handelte sich, wie ich später feststellte, aber nur um den Lehrbuben.
Die Weine beschäftigten mich nachhaltig. Ich legte mir einen Vorrat für meinen Hauskeller zu, der nie am vorgesehenen Ort ankam. Vielmehr befasste ich mich das ganze Wochenende über mit den Unterschieden zwischen dem rheinhessischen und dem Nahewein. Nachdem ich, um äußerste Objektivität bemüht, immer hochwertigere Fläschchen aus meinem Keller als Gegenprobe entkorkt und mit dem Neuerwerb verglichen hatte, gewann zuletzt der Wein von der Nahe. Aber der Zweitplatzierte hatte sich ehrenhaft geschlagen und ich eine neue Welt entdeckt. Deutschlands größtes Weinbaugebiet, in dem so viele Winzer besser auf ewig unentdeckt bleiben, hatte sich mir geöffnet. Mich ein bis zwei Dutzend der Topweingüter dort mit Genuss zu widmen, hielt ich nicht länger für völlig ausgeschlossen. Mein Leben stand nun endgültig Kopf.
Drei Tage später gingen die letzten der angebrochenen Hemmes-Weine zur Neige. Ich beschloss, sie bei einem mitreißenden Film zu Ende zu genießen. Das Fernsehen schalte ich etwa einmal im Monat an, zappe mich durch den dargebotenen Schrott und konsumiere dann ein Werk auf DVD. Ein wenig mehr als zwei Handvoll davon war alles, was ich meine Filmsammlung nannte. Kurz schwankte ich zwischen »Das Boot« und »Spiel mir das Lied vom Tod«, dann griff ich zum Western.
Gleich zu Beginn wurde eine komplette Familie ausgemerzt. Ein Vater und

seine drei Kinder. Der erste Schuss tötete die Tochter. Ich hörte, wie der Vater lauthals ihren Namen brüllte und hielt das zunächst für einen Zufall. Dann traf es den ältesten Sohn, zuletzt den Jüngsten. Verwirrt spulte ich zurück und betrachtete die Szene nochmals. Ich drückte auf »Stopp«, suchte mir ein paar Blatt leeres Papier, startete den Film von neuem. Eifrig schrieb ich Notizen.

Drei Kinder, drei Namen: Maureen, Patrick und Timmy. Ein Spielzeughaus spielte eine Rolle, ein Modell, an dem ein Schild angebracht war. Sweetwater stand darauf, es wippte hin und her, nachdem Claudia Cardinale dagegen geschnippt hatte. Ein Bösewicht tauchte auf, Frank genannt. Der war Handlanger für einen Hintermann, einen Geschäftsmann im feinen Zwirn. Der Bösewicht nahm sich die Frau, die er bald wieder fallen ließ. Dann verriet er seinen Auftraggeber, denn er wollte sich Sweetwater selbst unter den Nagel reißen. Ein Rächer kam und tötete Frank. Zum Schluss gehörte Sweetwater der Frau alleine.

Am Ende des Films hatte ich eine Seite voller Notizen geschrieben. Mit diesen saß ich lange sinnierend beim Wein. Welch merkwürdige Duplizität der Ereignisse. Was gaukelte mir die Fantasie hier vor?

Es waberte in meinem Kopf, etwas Unbewusstes drängte ans Licht. Ich wechselte vom Fernsehsessel in den Wintergarten. Vögel gab es nun nicht zu beobachten, draußen war es längst dunkel. Doch dort im Liegestuhl konnte ich klarer denken, die Filme der Vergangenheit ablaufen lassen, das Unterbewusste reaktivieren, wie der Schamane der Hausfrauen es mich gelehrt hatte.

Anfangs waren es die Kinder, die auftauchten, dann Graziella, aber nur kurz, am Ende stand Michael im Zentrum. Ich sah unsere erste Weinprobe, wie er aus dem Keller hinausjagte, mich stehen ließ an Fass 13. Es folgten Sequenzen aus der Zeit, da er allein verantwortlich war für seine Kinder, die Hausdurchsuchung, die Schatulle mit Kelch und Messern. Was wollten diese Bilder mir sagen?

Von dem bitteren Tag seiner Verhaftung waren nur die Kinder in Erinnerung. Michael selbst tauchte in der Retrospektive nicht auf, ich sah ihn erst im Vorführzimmer des Gerichts wieder, danach im Gefängnis. Alles kam zurück, nichts schien mir von Bedeutung.

Die gemeinsame Fahrt zu seinem Blutwingert sah ich, seinen zärtlichen Umgang mit den Reben, eine trostlose Silvesternacht. Es folgte die verpatzte Verhandlung vor dem Familiengericht, sein Hinweis auf einen Anwaltswechsel, unser Termin bei Bea. Der Film riss. Ich musste mich zur Konzentration zwingen. Der Film setzte bei Fass Nr. 13 wieder ein. Aber es war ein anderer Wein, den ich diesmal trank, das war nicht der Tag von Graziellas Unfall. Es war der Tag, als ich ihm von ihrer Affäre berichtet hatte, und jetzt vernahm ich seine Stimme so deutlich, als stünde er neben mir.

»Es muss eine geheime Vereinbarung geben, wonach das Land im Falle ihres Todes an die WINE GmbH fällt und nicht an mich als Graziellas Erben. Diese Vereinbarung ist der sichere Beweis meiner Unschuld. Du musst diesen Vertrag für mich finden, Julius.«

Mit weit aufgerissenen Augen trank ich einen Schluck Wein. Wieso war mir die Bedeutung dieses Satzes entgangen? Die Rathausuhr des Dorfes schlug Mitternacht. Noch zwei Tage bis zum Prozessbeginn. Ich hatte keine Zeit zu verlieren. Umgehend sauste eine E-Mail an Kerstin, dann griff ich nach dem Telefon und ließ es so lange bei Michael klingeln, bis er dran ging. Beinahe schon befehlsartig zitierte ich ihn zu mir, eine knappe halbe Stunde später saß er an meinem Esstisch, genau auf dem Stuhl, auf dem Graziella einst gesessen hatte.

»Was ist so wichtig?« Er hatte längst geschlafen, war nicht erfreut über diese nächtliche Zusammenkunft.

»Der Geheimvertrag«, sagte ich. »Er existiert tatsächlich.«

»Du hast ihn gefunden?« Sofort war er hellwach.

»Nein, aber ich weiß, wo er nicht ist.«

»Und zwar?«

»Bei der WINE GmbH. Die sind nämlich gar nicht an dem Vertrag beteiligt.«

»Ich kann dir gerade nicht folgen.«

»Molter hat seinen Auftraggeber hintergangen. Die WINE GmbH weiß nichts von Sweetwine.«

Er schielte nach den diversen geöffneten Weinflaschen. Ich reichte ihm ein Glas.

»Rheinhessenwein?«, meinte er überrascht. Dann war er wieder beim Thema. »Molter ist tot. Wie kommst du jetzt auf die Idee, dass er Geschäfte an der WINE GmbH vorbei eingefädelt hat?«

»Intuition. Ich bin jedenfalls überzeugt davon, dass es eine geheime Vereinbarung gibt.«

»Und was bedeutet das für mich?«

»Wenn wir diesen Vertrag finden, bist du möglicherweise entlastet. Es könnte sich daraus ein Motiv für Molter ergeben.«

»Aber wir haben den Vertrag doch nicht.«
Seine Begriffsstutzigkeit dämpfte meine Euphorie. Ich erläuterte ihm nochmals, wie wichtig es war, das Schriftstück zu finden. Und welche Rolle ihm dabei zukam.
»Ich soll in den Privatsachen meiner Frau herumschnüffeln?«
»Irgendwer muss es tun. Ich gehe davon aus, dass sie eine Abschrift hat.«
»Vielleicht hat sie ihn ja abgespeichert in der Datenbank des Weinguts. Da könnte ich suchen.«
»Das habe ich bereits veranlasst. Eine Mitarbeiterin wird die Daten gründlich durchforsten.«
Er blickte mich missmutig an. »Wie kommt sie an die Daten?«
»Die wurden doch bei der ersten Durchsuchung gespiegelt und befinden sich bei der Strafakte«, flunkerte ich.
»Die Privatpost meiner Frau. Wenn sie mich dabei erwischt, ist alles verloren«, lamentierte er.
»Und wenn sie im Prozess aussagt und ich habe diesen Vertrag nicht, ist auch alles verloren.«
»Eine andere Möglichkeit gibt es nicht?«
»Das Original dürfte bei Molters Nachlass sein. Da kommen wir nicht heran. Es geht nur über die Abschrift deiner Frau.«
Michael drehte sein Weinglas bedächtig hin und her. »Molters Nachlass, sagst du?« Er trank es aus. »Ich denke, ich kenne da jemanden.« Er erhob sich zum Gehen. »Du hörst von mir. Jetzt muss ich zuerst mal noch ein paar Stunden schlafen.«
Kerstins Suche in seinen Rechnerdaten blieb erfolglos. »Kein Vertrag zu finden«, verkündete sie mir, als ich am nächsten Tag die Kanzlei betrat.
»Warum fällt Ihnen das gerade jetzt ein?«
»Weil ich zu wenig Fernseh gucke. Oder ins Kino gehe.«
Sie zog eine Augenbraue hoch, schaute mich an und wartete.
»Na gut«, sagte ich. »Auf einen Cappuccino.«
Mit der Kaffeetasse in der Hand schilderte ich ihr kurz darauf meine Erkenntnisse beim Anschauen des Westerns. Sie reagierte genauso verwirrt wie ich.
»Wenn Ihr Mandant oder dessen Frau einen Narren an diesem Film gefressen haben, dann erklärt das die Namen der Kinder sowie des Grundstücks Sweetwine. Aber alles andere muss reiner Zufall sein. Ich sehe jedenfalls keine schlüssige Verbindung zwischen Henry Fonda und Frank Molter.«
»Eine logische Erklärung fehlt, die Schlussfolgerung ist dennoch stimmig.

Frankie hat seinen Auftraggeber hintergangen. So wie im Film. Ich vermute, es war Dr. Henke sogar bewusst, darum hat er Molter fallen lassen wie eine heiße Kartoffel. Wer schiebt denn einen verdienten Mitarbeiter nach China ab, nur um ein wenig Klatschpresse zu vermeiden? Wahrscheinlich habe ich ihm einen willkommenen Vorwand geliefert.«
Kerstin schüttelte den Kopf. »Wenn Sie sich da mal nicht verrennen, Herr Dexheimer.«
»Ich mag mich irren, doch falls ich Recht habe, ist es eine der originellsten Lösungen, die je in einem Strafprozess entwickelt wurden.«
»Originell ja«, bestätigte meine Mitarbeiterin. »Aber falls Sie Recht haben, bedeutet dies auch, dass jeder verliert. Nur nicht die Frau, die gewinnt alles.«
Je näher der Prozessbeginn heranrückte, desto überzeugter war ich, dass Michael den Vertrag finden würde. Aber der Anruf, dem ich entgegenfieberte, kam nicht.
Den letzten Juliabend verbrachte ich auf dem Liegestuhl im Wintergarten, wo ich nochmals die Akte nebst den dazu erstellten Notizen für das Verfahren durcharbeitete. Damit endete die Prozessvorbereitung. Was in meiner Macht lag, hatte ich geleistet. Die Strategie, mit der ich Michael Schneider retten wollte, basierte auf einer Fiktion, der Theorie vom wahren Täter Frank Molter. Zwei Narrative standen sich gegenüber, das der Staatsanwaltschaft und das der Verteidigung. Meine Version musste sich als mindestens so wahrscheinlich erweisen wie die der Anklage. Der gesuchte Geheimvertrag wäre ein entscheidendes Argument zu Michaels Gunsten.

Der Schwurgerichtssaal war nur mit wenigen Zuschauern besetzt. Die üblichen Lokalreporter saßen gelangweilt am Pressetisch, überregionale Presse war ausgeblieben. Das Weingut am Taubenschlag war nicht prominent, nur mit dem Namen ließen sich keine Schlagzeilen produzieren. So ähnlich hatte ich das erwartet. Bei einem vollendeten Mord platzen die Sitzungssäle wegen des Besucherandrangs aus allen Nähten, ein Versuch hingegen fasziniert die Leute nicht hinreichend.
Unter den Zuschauern befand sich eine Person, deren Anwesenheit mich überraschte: Bea. Wieso nahm sie, die Vielbeschäftigte, sich die Zeit, hier einen Prozess zu beobachten? Als unsere Blicke sich trafen, nickte sie mir lächelnd zu. Wir hatten uns weder gesehen noch gesprochen seit jenem Tag, da ich aus Fulda zurückkehrend an ihrer Kanzleitür gestanden hatte. Unser erstes Telefonat kam mir in den Sinn. Hatte sie nicht erzählt, sie

verteidige bisweilen unerkannt in zweiter Reihe? Ich hatte nie verstanden, was sie damit meinte. Der Strafverteidiger verdient sein Brot im Gerichtssaal auf offener Bühne. Einsam auf sich alleine gestellt, eisern an der Seite seines Mandanten, ewig angefeindet von allen anderen im Saal die ihn als Störfaktor bei der angestrebten Verurteilung betrachten – bis sie selbst einmal einen Verteidiger benötigen.

Was Beas angebliche Hinterzimmerverteidigung wert war, zeigte sich jetzt und hier. Sie saß im Zuschauerraum, ich neben dem Angeklagten. Ich hatte Rechte, um diesen Prozess zu gestalten, sie hatte zu schweigen und sich auf das Zuschauen zu beschränken. Bestenfalls konnte sie jetzt etwas lernen. Mit einem höflichen Kopfnicken grüßte ich sie zurück und wandte mich dann den Fallnotizen zu.

Michael beäugte kritisch meinen Laptop.

»Hast du deine Eröffnungsrede etwa da drin?«

»Nein, die habe ich im Kopf.«

Mein Plan für diesen Tag bestand darin, direkt zu Beginn des Prozesses eine sogenannte Verteidigererklärung abzugeben, dem Gericht und vor allem den Schöffen darzulegen, wie der Fall zu sehen war. So hatten wir es abgesprochen. Der Winzer an meiner Seite war eher altmodischen Vorstellungen von einer Eröffnungsrede verhaftet.

»Kein Manuskript?«, fragte er.

»Wozu? Ich habe die Kunst der Gerichtsrede intensiv studiert. Entscheidend ist die 5-Punkte-Technik: Erst die Einleitung, Exordium genannt, dann die Narratio, die Erzählung. Die geht über zur Proposito, dem Thema, gefolgt von der Argumentatio als Beweisführung und der Conclusio, der Schlussfolgerung. Das hatte schon Cicero so gemacht, was sollte daran falsch sein?«

»Aber ein paar Notizen, warum hast du dir nichts aufgeschrieben?«

»Worte müssen frei fließen, mach dir keine Gedanken.«

Das Schwurgericht trat ein, Formalien wurden abgehandelt, Staatsanwalt Dern verlas seine Anklage. Dann war ich an der Reihe.

Der deutsche Strafprozess beginnt nicht mit einer ausführlichen Verteidigerrede, wie man sie in amerikanischen Filmen sieht. Aber wenn der Verteidiger für seinen Mandanten das Wort ergreift, wird er zunächst einmal nicht unterbrochen. Dieses Rederecht lässt sich flexibel gestalten.

Ich erhob mich, um größtmögliche Aufmerksamkeit zu erzielen, und sprach mit lauter Stimme zur Richterbank gewandt.

»Niemand bedauert diesen tragischen Unfall mehr als mein Mandant«,

eröffnete ich, »aber der Unfall hat Ursachen, die ich dem Gericht hier erläutern werde.«
»Haben Sie die Erklärung auch schriftlich?«, unterbrach mich der Vorsitzende. »Nein, ich trage nur mündlich vor.«
»Machen Sie das doch in Zukunft bitte schriftlich. Es ist einfach besser, wenn man sich anhand einer schriftlichen Erklärung Notizen machen kann.«
Die Verteidigererklärung zu Beginn eines Prozesses wird ebenso wie eine Stellungnahme des Angeklagten vom Gericht nur unter einem einzigen Aspekt gewürdigt: Wie können wir das widerlegen? Aus diesem Grunde bevorzuge ich die mündliche Erklärung. Da können sie einen wenigstens nicht auf ein konkretes Wort, einen Punkt oder ein Komma festnageln.
»Mein Mandant sitzt hier als Angeklagter vor Ihnen, tatsächlich aber ist er Opfer«, fuhr ich fort.
»Bitte etwas sachlicher«, monierte der vorsitzende Richter. »Sie sind hier noch nicht beim Plädoyer. Es geht um den Vorwurf eines Mordversuchs. Dazu würden wir gerne etwas hören.«
»Es geht hier nicht nur um einen Mordversuch«, erwiderte ich. »Es geht um viel mehr, es geht um eine geschickt eingefädelte Intrige, um Machenschaften des Jugendamtes und staatlichen Kindesraub, um gefälschte Beweismittel, das Ausschlachten von Weingütern, Pflanzrechte, den Klimawandel und die Zukunft des deutschen Weinbaus!«
Der Staatsanwalt grinste. »Wir sind hier nicht vor der Weinstrafkammer, das wissen Sie schon?«, rief er dazwischen.
»Unterlassen Sie es gefälligst, mich zu unterbrechen. Ich habe hier jetzt das Rederecht«, gab ich zurück.
»Die Kammer wäre Ihnen dennoch verbunden, wenn Sie nicht zu weit ausholen«, mischte sich der Vorsitzende ein.
»Ich habe doch noch gar nicht angefangen, woher wollen Sie denn wissen, wie weit ich aushole?«
»Die Zukunft des deutschen Weinbaus ist zumindest nach vorläufiger Würdigung der Kammer ziemlich weit weg von unserem Fall.«
»Ein Grund mehr, mir vielleicht erst einmal zuzuhören.«
»Bitte fahren Sie fort.«
Prinzipiell hätte ich an diesem Punkt bereits enden können. Ein schlichtes »Mein Mandant äußert sich nicht zur Sache« wäre ebenso ausreichend gewesen wie meine umfangreichen Darlegungen dessen, was ich herausgefunden hatte. Denn man sah dem Gericht sein Desinteresse deutlich

an. Mit der Zukunft des deutschen Weinbaus hatte ich gleich zu Beginn ein Schlagwort geliefert, das alle weiteren Ausführungen für die Strafkammer uninteressant machte. Mir dessen wohl bewusst, versuchte ich, meinen Vortrag zu kürzen, während ich redete. Die Vorzüge eines Kalkbodens waren jetzt nicht kriegsentscheidend, ich strich sie ebenso aus dem gedanklichen Konzept wie zahlreiche andere Details.

»Ich lasse das der Übersichtlichkeit wegen hier zunächst weg, kann das aber bei Gelegenheit vertieft erläutern«, sagte ich immer, wenn ich eine Kürzung überbrücken musste. Übersichtlicher wurde dadurch leider gar nichts, insbesondere gelang es mir nicht, die Bedeutung von Sweetwine so zu vermitteln, dass der Funke auf das Gericht übersprang.

Die Crux eines rein mündlichen Verteidigervortrages besteht darin, dass die Aufmerksamkeit eines Zuhörers nach kurzer Zeit nachlässt. Deshalb gilt beispielsweise bei Radiobeiträgen das Prinzip, diese immer auf maximal drei Minuten zusammenzuschneiden. Das menschliche Gehirn ist für den Strafprozess nicht sonderlich geeignet. Der Erfolg einer Verteidigungsstrategie hängt darum wesentlich davon ab, ob es gelingt, das Gericht zu begeistern.

Präsentiert man eine Story, die hinreichend spannend erscheint, tragen die Schöffen einen mit begeisterten Blicken voran. Aber wehe der Funke springt nicht über. Wo der Verteidiger nur auf verständnislose und gelangweilte Mienen trifft, da ist es aussichtslos, auf die Unterstützung des Gerichts zu spekulieren. Insofern hat die Prozesseröffnung eine entscheidende Bedeutung. Denn eine Strafkammer unterstellt grundsätzlich, dass die Anklage zutreffend ist und das, was in der Akte steht, so stimmt. Wenn der Akteninhalt überhaupt zur Disposition gestellt werden soll, muss der Verteidiger gleich zu Prozessbeginn das Gericht davon überzeugen, dass es anders gewesen sein kann. Richter sind in der Frühphase des Verfahrens durchaus offen für originelle Ideen, sofern es gelingt, sie mit einer Alternativhypothese zu begeistern. Bleibt diese Begeisterung hingegen aus, wird der Prozess zum bloßen Wiederkäuen der Akte.

Wegen der Trägheit des Denkens und der menschlichen Gewohnheit, einmal festgefahrene Meinungen nur ungern zu revidieren, gibt es im Strafprozess selten eine zweite Chance, das Steuer herumzureißen. Bei ausbleibendem Aha-Effekt gleich zu Beginn des Verfahrens ist es nahezu sinnlos, tage- und wochenlang Zeugen zu vernehmen, Urkunden zu verlesen, Sachverständige zu hören. All dies dient ohnehin nur der Bestätigung einer vorgefassten Meinung des Gerichts.

Allenfalls im Plädoyer am Ende des Prozesses besteht dann nochmals eine hauchdünne Chance, wenigstens zwei der fünf Richter zum Zweifeln zu bringen. Daher ist das Plädoyer in der filmischen Verarbeitung des Strafprozesses so beliebt. Aus dramaturgischer Sicht bringt es den maximalen Spannungseffekt, wenn die Situation eines Angeklagten immer aussichtsloser wird, bis ihm sein Verteidiger im Schlusswort, also buchstäblich in letzter Sekunde, den Kopf rettet. Praktisch ist es eher umgekehrt.
In der ersten Sekunde entscheidet sich das Schicksal des Mandanten. Gleich zu Beginn des Prozesses muss der Zweifel in den Hirnen der Richter keimen, anschließend als zarter Trieb emsig gehegt und gepflegt und gegen die Gefahren einer Beweisaufnahme verteidigt werden. Ist das Pflänzchen Zweifel bis zu den Plädoyers nicht längst verdörrt, kann man es im Schlusswort zum Blühen bringen. Alles andere ist der Versuch, in kargem Eis und dunkler Winternacht ohne Wärme und Sonne eine Rose zu züchten.
Der Freispruch ist ohnehin ein spärlich vorhandenes Gewächs und selten das wirkliche Ziel des Verteidigers. Aber wann immer ich einen Freispruch erkämpft habe, war ich von der ersten Sekunde an davon überzeugt, dass er gelingt. Im Verfahren gegen Michael Schneider hat mich diese Überzeugung schon verlassen, als ich von der Zukunft des deutschen Weinbaus sprach und die entsetzten Gesichter auf der Richterbank sah.
Immerhin ließ man mich nach den anfänglichen Scharmützeln ungestört reden, was oft nur bedeutet, dass die Richter innerlich abgeschaltet haben. Rückfragen hatte der Vorsitzende nur, soweit sie für die praktische Abwicklung des Prozesses relevant waren. So etwa, nachdem ich die Rolle Frank Molters ausführlich erläutert hatte. Da beugte der bisher entspannt zurückgelehnte Mann sich einmal kurz vor.
»Haben Sie zufällig eine ladungsfähige Anschrift von diesem Frank Molter für uns mitgebracht?«
Was verstand der bloß unter einer Prozessvorbereitung? War ich nicht kurz nach dem Unglück sogar bei ihm gewesen, um ihn über das Ableben eines Zeugen zu informieren?
»Molter ist in China tödlich verunglückt«, sagte ich mürrisch.
»Wir können ihn also nicht zu Ihren Vorwürfen vernehmen?«
»Nein, das ist leider nicht mehr möglich.«
»Ah ja. Bitte fahren Sie fort, Herr Verteidiger.«
Am Ende des Eröffnungsvortrages gab es bei keinem Beteiligten Zweifel daran, dass die Prozesseröffnung der Verteidigung ein Reinfall war. Nur Bea, an der meine Blicke kurz hängen blieben, zeigte mit dem Daumen

nach oben. Jetzt war ich endgültig davon überzeugt, dass sie von Strafverteidigung praktisch keine Ahnung hatte.
Das Gericht zog sich zu einer kurzen Beratung zurück. Üblicherweise folgen auf solche Beratungspausen umfangreiche Fragen zu den Details eines von der Verteidigung geschilderten Sachverhaltes. Hier war es anders.
»Herr Verteidiger«, meinte der Vorsitzende mit besorgter Miene. »Das Gericht sieht sich aus Gründen der Fürsorgepflicht veranlasst, Sie darauf hinzuweisen, dass nach Aktenlage auch im Raum steht, ihr Mandant habe versucht, seiner schwer verletzten Frau nach dem Sturz von der Treppe mit einer Glasscherbe die Halsschlagader aufzuschneiden. Möchten Sie dazu auch noch etwas ausführen?«
»Dieser angebliche Vorfall ist nicht angeklagt.«
»Aber das Gericht muss den Sachverhalt unter allen erdenklichen Gesichtspunkten würdigen.«
»Das Geschehen nach dem Sturz ist ein völlig anderer Tatkomplex und nicht Gegenstand dieses Verfahrens.«
Staatsanwalt Dern grinste fies, der Vorsitzende Richter lächelte milde.
»Das Gericht neigt dazu, hier von einem einheitlichen Lebenssachverhalt auszugehen. Daher frage ich nochmals, ob Sie sich ergänzend äußern möchten.«
»Mein Mandant bestreitet diesen Vorwurf«, antwortete ich nur knapp.
»Wie Sie meinen«, erwiderte der Richter, während er mit dem Kuli demonstrativ ein Häkchen auf seine Sitzungsvorlage kritzelte.
Er hatte die Verteidigererklärung abgehakt. Es war eine Formalie, die zum Prozess eben dazu gehörte. Im Ergebnis hatte sich nichts ergeben, was den weiteren Prozessverlauf stören würde. Das Gericht konnte jetzt ungestört sein vorbereitetes Programm abspulen, den Akteninhalt rekonstruieren und den Angeklagten verurteilen. Das war es, was er mir mit seinem sichtbaren Haken hatte sagen wollen. Ich schloss die Augen und atmete tief durch, so wie ich es tat, wenn ich die Übungen des Schamanen vollführte. Umgehend sprang mein Unterbewusstsein an. Es lief der Film vom Adventsmarkt im Hinterconti.
»Den Molter können wir nicht mehr laden«, sagte ich, »aber die Marzahn-Eibeck.«
Dern beugte sich vor, der Vorsitzende war um Aufklärung bemüht.
»Wozu sollen wir diese Zeugin hören?«
»Zu ihrem Verhältnis mit Molter. Es ist ja nicht auszuschließen, dass er ihr von seinen Machenschaften berichtet hat.«

»Spekulation«, protestierte der Staatsanwalt. »Außerdem wäre es entehrend, die Zeugin nach einem Verhältnis zu befragen.«
»Nach dem mit Molter oder dem mit Ihnen?«
Sofort explodierte er. »Unterlassen Sie solche Unterstellungen, sonst wird das Konsequenzen für Sie haben!«
Eine Reaktion, die nur Sinn machte, wenn der Vorwurf zutraf. Andernfalls hätte er überrascht sein müssen, nicht zornig.
»Zur Abrundung wäre noch der Gutachter Dr. Dieter Schellhorn von Interesse«, fuhr ich unbeirrt fort. »Der kann auch Interessantes über die Marzahn-Eibeck berichten.«
Dann war der erste Sitzungstag beendet.
»Wir sehen uns am nächsten Donnerstag zum Beginn der Beweisaufnahme, die Sitzung ist für heute geschlossen«, verkündete der Vorsitzende.
Aussichtslose Prozesse sind trübselig, weil sie strikt formell ablaufen. In schwierigen Verfahren sucht das Gericht ständig den Kontakt zu Staatsanwaltschaft und Verteidigung, ebenso wie diese umgekehrt. Man tauscht sich aus, spricht miteinander, sucht Lösungen, mit denen jeder leben kann. Wenn ein Vorsitzender die Verhandlung schließt und alle Beteiligten ohne Smalltalk den Saal verlassen, ist dies ein Zeichen von Gefahr. Das Urteil gegen den Angeklagten begann in diesem Moment geschrieben zu werden.
Nach dem Ende des Verhandlungstages verabschiedete ich mich kurz von Michael. Bea war es gelungen, in diesen wenigen Augenblicken unbemerkt von mir den Saal zu verlassen. Sie wartete nicht draußen. Mein Mandant war mit mir hinausgegangen und entfernte sich dann zügig in Richtung seines Autos. Er stellte keinerlei Nachfragen.
Wie ist es gelaufen? Wie ist die Sachlage einzuschätzen? Stehen die Chancen gut oder schlecht? Mit solchen Fragen löchern Angeklagte den Verteidiger üblicherweise nach einem Verhandlungstag. Michael Schneider hatte keinen Bedarf, Fragen zu stellen oder von mir beraten zu werden.

Am zweiten Prozesstag stand Graziella Schneider auf dem Programm. Die alles entscheidende Zeugin.
In der Frühe um sechs erhielt ich den Anruf einer Frau. Graziella war es aber nicht, sondern Bea. Sie bestand auf einem kurzfristigen Treffen vor dem Gerichtstermin.
»Wozu?«
»Es geht um deinen Mandanten Michael Schneider.«
Weshalb sie gerade jetzt Kontakt aufnahm, war belanglos, wichtig war nur,

dass es diesen Fall betraf. Ich hätte mich mit jedem getroffen, der etwas beitragen konnte.
»Um Halbacht im Gerichtskaffee?«
»Keinesfalls im Gericht. Es sollte uns niemand sehen.«
Für konspirative Zusammenkünfte schlug ich immer das Bistro am Bahnhof vor. Dort ist man grundsätzlich ungesehen, weil keiner der Gäste im Falle einer Befragung zugeben würde, sich an irgendetwas zu erinnern. Bea rümpfte beim Betreten des Bistros die Nase. Raucherkneipen sind heutzutage selten geworden. Nach einem kurzen Blick auf das Publikum schien sie beruhigt und setzte sich zu mir. Sie betrachtete meine Kaffeetasse.
»Ist der trinkbar?«
»Der ja.«
»Also kein gewöhnlicher Kaffee?«
»Ein Schuss Asbach. Anders würde ich den nicht trinken.«
»Ich nehme dennoch einen normalen Kaffee.«
Die Bedienung schaute zu uns hinüber.
»Biene, noch einen Kaffee bitte.«
»Anwaltskaffee oder normaler Kaffee?«
»Normal.«
Nachdem Bea an ihrer Tasse genippt hatte, verzog sie das Gesicht. Sie hatte es ja nicht anders gewollt.
»Was gibt es so dringendes?«, kam ich zum Thema.
»Das hier!« Meine Kollegin zog ein Blatt Papier aus ihrer Tasche, legte es auf den Tisch, strich es glatt. Ich überflog es und hätte am liebsten einen Luftsprung gemacht.
»Woher hast du das?«
»Darüber möchte ich nicht reden.«
»Ich möchte es aber trotzdem wissen.«
Bea verrollte die Augen. »Ich habe es von Frank Molters früherem Steuerberater.«
»So so, das war bestimmt nicht leicht, da dran zu kommen.«
»Nichts ist leicht im Leben.«
Ich schwieg und wartete auf weitere Erklärungen.
»Herrje, ich kenne ihn halt von früher und von verschiedenen Fällen, in denen wir zusammengearbeitet haben.«
»Und deshalb gibt er dir solche Dokumente?«
»Ich habe mich als Graziellas Anwältin ausgegeben und behauptet, sie habe das verloren und benötige eine Kopie.«

Kaffee schlürfend schaute ich sie an. Sie gab sich professionell, wie eine Kollegin eben. Unsere gemeinsame Zeit schien Ewigkeiten zurückzuliegen. Eher noch war es so, als habe es diese Zeit nie gegeben.
»Woher weißt du, dass ich diesen Vertrag suche?«
»Von Michael Schneider natürlich.«
»Betreibst du hier diese seltsame Strafverteidigung im Hintergrund? Oder weshalb steht ihr in Kontakt?«
Bea schaute mich verständnislos an. »Der Mann hat eine Ehekrise. Ich bin seine Familienrechtsanwältin. Natürlich informiert er mich über wichtige Entwicklungen.«
»Ich habe es gewusst«, sagte ich. »Molter wollte sich Sweetwine unter den Nagel reißen. Dieses Dokument belegt es. Im Falle der Scheidung oder des Todes fallen alle Rechte Graziellas an ihn.«
»So ist es«, bestätigte Bea. »Wie wirst du nun vorgehen?«
»Völlig klar. Ich setze sie damit unter Druck, und zwar noch vor dem Termin.«
Mir war es von Anfang an ein Dorn im Auge gewesen, dass Graziella bei der Polizei ausgesagt hatte. Ehegatten müssen sich nicht gegenseitig belasten, weshalb ich nie akzeptieren kann, dass sie es dennoch tun. Mit diesem Vertrag in der Hand konnte ich ihre Glaubwürdigkeit anzweifeln. Damit würde ich sie dazu bringen, die Aussage vor Gericht zu verweigern.
»Hältst du das für klug?«, fragte Bea. »Was ist, wenn sie dennoch aussagt? Du weißt doch, wie geschickt Zeugen sein können. ›Herr Richter, ich habe da einen großen Fehler gemacht und etwas unterschrieben, was ich nicht hätte unterschreiben sollen. Aber das ändert nichts daran, dass ...‹. Und schon hat sie dir den Trumpf aus der Hand genommen.«
»Du meinst, ich sollte sie ins Messer laufen lassen?«
»Auf jeden Fall. Du willst sie vor der Blamage verschonen, aber damit gehst du ein Risiko für deinen Mandanten ein.«
»Biene, noch einen Kaffee! Aber einen für Anwälte.«
Bea zog ihr Portemonnaie. »Ich muss los. Du wirst das schon hinbekommen.«
»Lass dein Geld stecken, ich übernehme das.«
»Ich zahle lieber selbst«, sagte sie und warf eine Münze auf den Tisch.
»Wie schätzt du eigentlich die Indizwirkung des Schlüssels ein?«, fragte ich.
Sie war bereits am Gehen, stockte aber plötzlich. »Ein Schlüssel? Welcher Schlüssel?«
»Der zur äußeren Turmtreppe, mit den turtelnden Tauben als Kopf.«

»Du machst den typischen Fehler aller Juristen, die sich zu lange mit einem Fall befassen«, kritisierte sie.
»Und zwar?«
»Du verlierst die Distanz, übernimmst Argumente der Gegenseite, misst einem Schlüssel irgendeine Bedeutung bei. Ganz am Anfang hast du diese Theorie als Unfug abgetan, jetzt versuchst du, sie zu widerlegen.«
Das war nicht völlig falsch, was sie da sagte. Aber es lag eine Anklage auf dem Tisch, da musste ich zumindest teilweise die Position der Staatsanwaltschaft einnehmen, um deren Erwägungen nachvollziehen zu können. Viele Mandanten verwirrt dies, denn sie haben einen Anwalt, der im Ermittlungsverfahren anders taktiert als im Gerichtsverfahren und in der zweiten Instanz anders als in der ersten. Diese schrittweise Anpassung einer Verteidigungsstrategie ist aber der tatsächlichen Entwicklung eines Prozesses geschuldet.
»Anfangs war ich überzeugt, dass Michael nicht angeklagt werden kann«, belehrte ich Bea. »Diese Überzeugung musste ich revidieren. Daher denke ich nun intensiv über den Schlüssel nach. Alles andere wäre Träumerei.«
»Der Schlüssel ist verschwunden«, wich sie aus.
Ich starrte ihr fest in die Augen. »Wir wissen, wo der Schlüssel ist.«
Sie zuckte zusammen. »Es kommt nicht darauf an, was wir wissen«, antwortete sie kalt. »Entscheidend ist, was die Gegenseite weiß.« Dann drehte sie sich weg und verschwand.
Beim Aufstehen heute Morgen hatte ich dem Tag ziemlich hoffnungslos entgegengeschaut. Der Vertrag in meinen Händen gab mir einen deutlichen Motivationsschub. Er war laienhaft formuliert, aber eindeutig. Im Falle der Scheidung oder des Todes – ich konnte Molters Gedankengänge förmlich herauslesen. Grundsätzlich hatte er auf seinen nicht vorhandenen Charme gesetzt, darauf, dass Graziella sich trennen würde. Aber von Anfang an gab es im Hintergrund einen Plan B.
Es war Zeit aufzubrechen. Während der Fahrt zum Gericht beschlich mich ein mulmiges Gefühl. Molters feiger Mordanschlag ergab erst Sinn, nachdem Plan A gescheitert war. Eher hatte er gehofft, einen Keil zwischen die Eheleute zu treiben und über die Scheidung zum Ziel zu kommen. Wenn er die beinahe tödliche Falle gebaut hatte, bedeutete dies, dass Graziella bis zu dem Unfall an ihrer Ehe festhalten wollte. Doch woher rührte dann ihr späterer Sinneswandel?
Vor dem Sitzungssaal lungerte KHK Hettlich herum. Bei meinem Erscheinen grinste er.

»Haben Sie zu viel Zeit?«, fragte ich. »Sie sind doch erst für den nächsten Tag geladen.«
»Vielleicht möchte ich ja ein wenig zuschauen.«
»Wie soll das denn gehen? Ein Zeuge kann doch vor seiner Vernehmung nicht im Sitzungssaal anwesend sein.«
»Wir werden sehen.«
Ich hasse Überraschungen, obwohl der gesamte Strafprozess aus nichts anderem besteht. Irgendetwas war mal wieder im Busch. Am Kaffeeautomaten traf ich den Sitzungsvertreter der Staatsanwaltschaft.
»Haben wir eine Programmänderung?«
»Wurden Sie nicht informiert?«
»Worüber denn?«
»Die Zeugin Schneider hat sich krankgemeldet. Wir beginnen daher heute mit der Vernehmung der Kripobeamten.«
Fairness geht anders. Wenn das Gericht genügend Zeit hatte, die Zeugen umzuladen, dann hätte es mich auch darüber informieren können. Doch wozu einem Verteidiger Vorteile gewähren? Ist es nicht viel angenehmer, ihn unvorbereitet auf die Zeugen treffen zu lassen?
Allerdings gehörte ich nicht zu den Kollegen, die sich erst am Tag vor dem Termin vorbereiten. Ich ging schon das ganze Jahr mit dieser Akte schwanger. Selbst wenn sie mich nachts um drei aus dem Bett geklingelt hätten, wäre ich in der Lage gewesen, diesem und allen anderen Zeugen die nötigen Fragen zu stellen. Zum Auftakt der Sitzung gab ich mich dennoch beleidigt.
»Ich finde es ungeheuerlich, dass man mich nicht über das geänderte Beweisprogramm informiert hat«, schimpfte ich.
Der Vorsitzende griff zu einer Notlüge: »Man hat Sie nicht in Kenntnis gesetzt? Dann muss ein Versehen der Geschäftsstelle vorliegen. Ich hatte ausdrücklich verfügt, dass man Sie informiert.«
Na toll! Die dummen Damen von der Geschäftsstelle mal wieder. Wann immer Richter Konflikte vermeiden wollen, schieben sie es denen in die Schuhe. Nur arbeitet in den Geschäftsstellen durchweg sehr fähiges Personal. Auf die unfähige Tippse, welche Richter ständig suggerieren wollen, war ich dort noch nie getroffen.
Mein gespieltes Beleidigtsein war dennoch ein Erfolg, denn die Reaktion des Richters offenbarte sein Denken. Er hätte ebenso sagen können: »Herr Anwalt, nennen Sie mir doch bitte eine Vorschrift, aus welcher sich eine Verpflichtung des Gerichts ergibt, Sie zu informieren.« Stattdessen hatte

er einen Fehler der Justiz eingeräumt. Er war folglich nicht auf Streit aus. Anders als von mir nach dem ersten Tag vermutet, schien seine Beurteilung des Falles weiter offen. Die Schranke war noch nicht gefallen!
Das Gericht hatte durchweg Polizeizeugen geladen, um die Geschehnisse des Unfalltages und die folgenden Ermittlungen zu rekonstruieren. Solche Prozesstage sind gefährlich, weil insbesondere Schöffen blind auf den Wahrheitsgehalt einer polizeilichen Aussage vertrauen und obendrein nicht unterscheiden zwischen einer Wahrnehmung und einer Schlussfolgerung. Wenn ein Polizist berichtet, er habe einen Blutfleck gesehen und sei deshalb davon ausgegangen, dass jemand erschossen wurde, dann steht zwar der Blutfleck fest, nicht aber die Erschießung. Man muss als Verteidiger höllisch auf der Hut sein und immer wieder herausarbeiten, welche Ereignisse ein Polizist tatsächlich wahrgenommen hat und was er nur vermutet.
Kaum hatte der erste Beamte im Zeugenstuhl Platz genommen, eröffnete ich den Tanz.
»Wir betraten den Hof, wo der Rechtsanwalt der Familie bereits auf uns wartete«, sagte der Beamte aus.
»Stimmt nicht«, ging ich dazwischen.
»Herr Verteidiger, Sie haben hinterher das Fragerecht«, meinte der Vorsitzende relativ freundlich, aber bei einer Zeugenvernehmung muss man sofort die Fronten klären. Lässt man Zeugen erst seelenruhig erzählen und beschränkt sich darauf, später Fragen zu stellen, dann dichten sie sich die tollsten Märchen zusammen. Die Strafprozessordnung erlaubt es Verteidigern nicht, Zeugen bei der Vernehmung zu korrigieren. Es lässt sich aber kaum verhindern, dass Anwälte es trotzdem tun.
»Der Zeuge möge erklären, wie er auf die Idee kommt, dass ich auf ihn wartete und weshalb er ferner der Meinung war, dass ich als Rechtsanwalt der Familie auf ihn wartete«, rief ich in den Saal.
Umgehend korrigierte der Polizist seine Aussage. »Der Herr Dexheimer war bereits dort, als wir erschienen und im weiteren Gespräch stellte sich heraus, dass er Rechtsanwalt ist.«
»Na, also«, sagte ich.
Für das spätere Urteil war es völlig egal, ob die eine oder die andere Version stimmte. Aber der Zeuge war jetzt eingeschüchtert und darum bemüht peinlich genau auf seine Worte zu achten. Ich lehnte mich entspannt zurück und ließ ihn erzählen.
Nach etwa fünf Minuten passierte das, was dann immer passiert. Der

Polizist gewann an Selbstsicherheit, weil er nicht mehr unterbrochen wurde. Folglich war es Zeit für den nächsten Dämpfer.

»Es stellte sich dann heraus, dass die Frau beim Hochgehen durch die Treppe gebrochen und hinabgestürzt war«, berichtete der Polizist.

»Spekulation«, rief ich dazwischen.

Der Vorsitzende belehrte mich erneut, dass ich jetzt kein Recht hatte, etwas zu sagen, ich ignorierte wiederum den freundlichen Hinweis und sprach den Polizisten direkt an.

»Ich weiß aus erster Hand, nämlich von Frau Schneider persönlich, dass sie erst beim Hinuntergehen durch die Treppe brach.«

Jetzt war der Polizeizeuge schon leicht verärgert. »Das kann natürlich auch sein. So genau weiß ich das nicht, ich war ja schließlich nicht dabei.«

»Ach, Sie waren gar nicht dabei?«

»Das habe ich auch nie behauptet.«

»Trotzdem schön, das mal so deutlich zu hören.«

»Es ist doch klar, dass wir erst später hinzukamen. Das habe ich deutlich so gesagt.«

»Also war es bloß eine Vermutung von Ihnen, dass Frau Schneider auf der Treppe durchgebrochen ist?«

»Unsere Ermittlungen haben das so ergeben und Frau Schneider hat es doch auch später bestätigt.«

»Ja, aber derzeit reden wir noch über den Tag des Unfalls und da konnten Sie den Hergang nur vermuten. Stimmt's?«

»Meinetwegen. Stimmt.«

»Können wir dann in der Sache fortfahren?«, fragte der Vorsitzende.

Ihm war klar, dass er schneller vorankam, wenn er solche kleineren Störungen zuließ, als wenn er mit der Verteidigung ausgiebig darüber diskutiert hätte, ob diese zulässig waren. Ich lehnte mich wieder zurück, der Polizist schilderte wortkarg die weiteren Abläufe. Bis er erneut fabulierte.

»Wir brachten dann das Absperrband an, welches Herr Schneider später entfernt hat.«

»Haben Sie das gesehen?«

»Das Absperrband, das später entfernt wurde«, korrigierte er sich umgehend.

Seine erste Lektion hatte der Mann gelernt, es war Zeit für eine zweite.

»Kann es auch sein, dass andere Personen das Absperrband entfernt haben?«

»Das geht jetzt zu weit«, preschte der Vorsitzende dazwischen.

Bisher hatte der Polizist brav ausgesagt, was das Gericht für sein Urteil benötigte. Nun bestand die Gefahr, dass ihm eine kontraproduktive Angabe entwich. In solchen Situationen führen Strafrichter die Verhandlung sehr straff, damit ein Zeuge nicht unbedacht etwas äußert, das nicht ins Urteil passt.

Ich hatte mir ohnehin keine Antwort auf diese Frage erhofft. Mein Ziel war es gewesen, den Zeugen vorzuwarnen.

Polizisten sind Meister des Verhörs, speziell darauf geschult auf kleinste Nuancen zu achten. Diese einzige Frage mit der Andeutung eines anderen Täters offenbarte dem Zeugen blitzartig, worauf ich hinauswollte. Er würde von jetzt an permanent im Hinterkopf prüfen, ob seine kriminalistische Hypothese widerlegbar war. Sein Ziel würde sein, nicht nur meinen Mandanten zu belasten, sondern gleichzeitig mögliche Dritte zu entlasten. Genau dies hatte ich bezweckt. Ab jetzt arbeitete er, ohne es zu bemerken, für mich.

Im weiteren Verlauf war es wichtig, darauf zu achten, wann er selbst andere Namen ins Spiel brachte, denn dann würde ich wissen, dass er einen Schwachpunkt überdecken wollte.

Anstatt ihn weiter durch Zwischenfragen zu maßregeln, hielt ich mich fortan zurück und ließ dem Polizisten die Freiheit, von der strikten Berichterstattung abzuweichen, um eigene Ansichten zu verbreiten. Der erspürte bald, dass die Kandare gelockert war. Zaghaft testete er den erweiterten Rahmen seiner Befragung aus, indem er Wahrnehmung und Wertung vermischte. Dann genoss er zunehmend die unverhoffte Möglichkeit, das zu tun, was er für seine Aufgabe hielt, nämlich das Gericht von Michaels Schuld zu überzeugen.

Ich wartete geduldig, bis er sich verriet. Das dauerte einige Zeit, aber dann kamen die verräterischen Formulierungen.

»Ich möchte bei dieser Gelegenheit« – Thema war die zweite Hausdurchsuchung – »auch einmal darauf hinweisen, dass Herr Molter keine Kenntnis davon hatte. Aus meiner Sicht ist daher auszuschließen, dass er sich nachts auf den Hof geschlichen hat, um dort ein Absperrband zu deponieren.«

Das sagte der Polizist frei heraus, ohne dass jemand nur andeutungsweise danach gefragt hatte. Da er bei meiner misslungenen Eröffnungsrede am ersten Verhandlungstag nicht im Saal gewesen war, musste ihn der Staatsanwalt von meinem Verdacht in Kenntnis gesetzt haben. Eine unredliche, aber übliche Vorgehensweise.

Nicht minder entlarvend war eine Bemerkung, die der Zeuge in

Zusammenhang mit einer Vernehmung Graziella Schneiders von sich gab: »Frau Schneider hatte ja den Herrn Molter als Betriebsberater engagiert. Die beiden arbeiteten sehr vertrauensvoll zusammen, das war auf rein professioneller Ebene.«
Übersetzt bedeutete dies für mich, dass Molter in der Tat Kenntnis von der zweiten Hausdurchsuchung gehabt hatte. Sonst hätte der Polizist diesen Verdacht nicht leugnen müssen. Ferner wusste er von dem Verhältnis Molters mit Graziella und sah dieses als problematisch an im Hinblick auf Graziellas Glaubwürdigkeit. Darum versuchte er, das Problem zu entschärfen.
Nun musste ich nur noch abwarten, bis das Fragerecht an mich ging.
Eine Welle Adrenalin durchflutete mich. Ich hatte die sichere Gewissheit, diesen Zeugen knacken zu können. Am Ende meiner Befragungen, soviel war klar, würde er einräumen müssen, dass Frank Molter über die zweite Hausdurchsuchung informiert gewesen war. Dann würde das Schwurgericht ins Grübeln kommen. Meine misslungene Verteidigererklärung vom ersten Tag würde doch noch an Bedeutung gewinnen, eine Alternativhypothese im Raum stehen: Frank Molter war ein möglicher Täter, darum würde das Gericht nicht herumkommen.
Und seine Liebschaft mit Graziella Schneider würde ebenfalls offenbar werden, ein wichtiges Motiv für die Ehefrau, ihren eigenen Mann falsch zu belasten. Innerlich frohlockte ich schon.
»Wünscht jemand eine Pause?«, erkundigte sich der Vorsitzende, nachdem das Gericht seine Befragung beendet hatte. Ich wiegelte ab. Bloß das nicht. Der Zeuge durfte keinesfalls Zeit bekommen, über seine Aussage nachzudenken, es musste direkt weitergehen. Glücklicherweise war keinem der Prozessbeteiligten an einer Kaffeerunde gelegen. Der Staatsanwalt hatte nur wenige Fragen, so dass ich endlich am Zug war.
Es ist ein geradezu erotisches Gefühl, als Verteidiger im Gerichtssaal das Fragerecht zu erhalten und zu wissen, dass man gleich einen Zeugen der Lüge überführen wird. Wie eine Katze mit der Maus spielt, so stellte ich zunächst nur einige belanglose Fragen, um den Polizisten in Sicherheit zu wiegen. Dann setzte ich zum Angriff an.
»Waren Sie eigentlich bei beiden Hausdurchsuchungen anwesend?«
»Jawohl, das war ich.«
»Können Sie sich irgendwie erklären, weshalb dieses ominöse Absperrband bei der ersten Durchsuchung nicht gefunden wurde?«
»Die erste Durchsuchung erstreckte sich nicht auf den Bereich des hinteren Hofes.«

»Und die zweite?«
»Bei der zweiten Durchsuchung wurde der Hinterhof mit einbezogen, sonst hätten wir das Band ja nicht gefunden.«
»Hat es Sie nicht überrascht, nach so langer Zeit einen solchen Fund zu machen?«
»Doch. Eigentlich schon. Darum gab es auch Überlegungen, ob es alternative Ursachen für diesen Fund geben könnte.«
»Überlegungen? Was für Überlegungen?«
»Das Thema wurde im Ermittlerteam relativ lange und ausführlich diskutiert. Letztlich erschien es uns am plausibelsten, dass die Mülltonne im Hinterhof eben nicht regelmäßig geleert wird und das Band sich deshalb nach wie vor darin befand.«
»Aber es hätte doch auch jemand heimlich dort deponieren können im Vorfeld der Durchsuchung?«
»Das haben wir erwogen, aber es erschien uns nicht als eine glaubwürdige Theorie.«
»Warum nicht?«
»Weil niemand wusste, dass an diesem Tag durchsucht werden sollte. Wenn es den Unbekannten gäbe, den Sie unterstellen, dann hätte er von der Durchsuchung Kenntnis haben müssen. Es macht schließlich keinen Sinn, ein solches Beweisstück einfach auf gut Glück im Hinterhof zu verstecken, denn möglicherweise hätte ihr Mandant die Tonne ja doch einmal geleert und dann wäre es weg gewesen.«
Er lächelte selbstzufrieden, weil er das so treffend erklärt hatte.
»Das leuchtet mir ein«, sagte ich. »Auch aus meiner Sicht muss der Unbekannte, wie Sie ihn nennen, gewusst haben, dass durchsucht wird. Aber wieso können Sie ausschließen, dass die Durchsuchung vorher bekannt wurde?«
»Ein Durchsuchungsbeschluss wird streng vertraulich behandelt, das wissen Sie doch selbst. Außer den beteiligten Beamten gab es keine Mitwisser.«
»Haben Sie außer den beteiligten Beamten mal konkrete Personen in Betracht gezogen, die vielleicht doch von der Durchsuchung Kenntnis hatten?«
»Nein. Warum hätten wir das tun sollen? Es gab keine Mitwisser und daher auch keinen konkreten Verdacht gegen irgendwelche Personen.«
Jetzt galt es, tief durchzuatmen, um absolut souverän zu erscheinen. Wenn die Maus in der Falle sitzt, gilt es, mit Bedacht zuzuschlagen. Solch ein Triumph will ausgekostet werden, da darf sich nicht plötzlich die Stimme

überschlagen oder mitten in der Frage die Luft wegbleiben.
Konzentriert fixierte ich jeden einzelnen Prozessbeteiligten. Waren sie wach? Folgten sie der Vernehmung? Dann ein Blick in den Saal. Die Kollegin Beatrix Kaiser hatte offenbar erneut keine bessere Beschäftigung, als ihre Zeit mit Zuschauen zu verbringen. Falls sie weiterhin auf Nachhilfe in Strafverteidigung hoffte, würde sie diese heute von mir bekommen.
Ich tat, als müsse ich kurz meine Notizen sichten. Diese wenigen Sekunden Zeit benötigte ich, um Atmung und Stimme vorzubereiten auf den Todesstoß. Dann schaute ich dem Polizisten fest in die Augen.
»Wieso haben Sie eigentlich vorhin erwähnt, dass sie Frank Molter als denjenigen, der das Absperrband versteckt haben könnte, ausschließen?«
Der Zeuge stockte. »Weil ich jeden ausschließe«, sagt er dann.
»Aber es gab doch keinen konkreten Verdacht gegen irgendeine Person, habe ich das eben richtig verstanden?«
»Ja, so war es.«
Die Antwort kam langsam und bedächtig, ich sah, wie es im Kopf des Polizisten rumorte. Er überlegte sich jetzt jedes Wort genau.
»Sie haben ausgesagt, dass Sie keine konkrete Person verdächtigten. Zugleich haben Sie ausgesagt, dass Sie eine konkrete Person, nämlich Frank Molter, ausdrücklich von einem Verdacht ausnehmen. Können Sie mir diesen Widerspruch erklären?«
Er ließ seine Blicke schnell zum Staatsanwalt und dann zum Gericht huschen. Danach schaute er mich an. Ich sah seine Augen nervös flackern.
»Ich benötige eine Toilettenpause«, wollte Staatsanwalt Dern ihm helfend zur Seite springen.
»Jetzt nicht«, blockte der Vorsitzende ab.
Noch immer gab der Zeuge keine Antwort, noch immer musste er nachdenken, wie der Kopf aus der Schlinge zu ziehen war. Die Richter lehnten sich fast synchron vor, stützten sich am Richtertisch auf, warteten gespannt auf die Antwort. Der Polizist schwieg und überlegte.
»Können Sie mir diesen Widerspruch erklären?«, hakte ich nach.
Es war totenstill im Saal. Dann hatte der Zeuge eine Lösung gefunden.
»Wir reden hier doch von verschiedenen Zeitebenen. Sie haben gefragt, ob wir damals, also zum Zeitpunkt der Durchsuchung einen konkreten Verdacht hatten. Den gab es nicht. Das mit dem Molter bezog sich aber auf die jetzige Zeit.«
»Verstehe ich nicht. Erklären Sie mir das.«
»Nun, es ist doch so, dass Sie Herrn Molter ausdrücklich verdächtigen.«

»Sagt wer?«
»Das sagen Sie selbst.«
»Habe ich das heute hier gesagt?«
»Nicht so direkt, aber Sie haben es wohl an einem früheren Verhandlungstag so angedeutet.«
»Und da waren Sie anwesend?«
»Nein, aber ich habe davon gehört.«
»Gehört? Von wem?«
Der Polizist lächelte. Dass er nun nicht auf den Staatsanwalt zeigen würde, war mir klar.
»Flurgespräche. Ich kann Ihnen leider nicht genau sagen, wer mir das erzählt hat.«
Vor meinem inneren Auge zerplatzten Myriaden von Seifenblasen. Er hatte seinen Hals gerettet. Der Triumph, den ich mir erhofft hatte, verkehrte sich ins Gegenteil. Nicht ich hatte den Polizisten ausgetrickst, sondern er mich. Denn jetzt stand er da als der Zeuge, dem nicht einmal die Verteidigung etwas anhaben konnte, dessen Aussage widerspruchsfrei geblieben war, der umfassend als glaubwürdig zu gelten hatte.
Auch das ist Strafverteidigung, das ewige Hin- und Hergeworfensein zwischen Triumph und Niederlage. Wie oft wähnt man den sicheren Sieg schon vor Augen zu haben und steht dann doch mit leeren Händen da. In meiner Enttäuschung darüber, wie dieser Zeuge sich mir entwunden hatte, vergaß ich sogar, den zweiten Komplex, der wichtig gewesen wäre, das Liebesverhältnis des feinen Herrn Molter.
»Ich brauche jetzt doch eine Pause«, sagte ich.
»Und der Zeuge? Kann der entlassen werden?«
»Keine Fragen mehr.«
Der Polizist lächelte. Er wusste genau, wie knapp ich ihm auf den Fersen gewesen war. Aber sie sind Profis, erleben solche Situationen wieder und wieder, weshalb sie spielend damit umgehen. Und das war der jüngere der beiden Polizisten vom Unfalltag. Hettlich kam erst noch.
Noch einer hatte verstanden, was in diesem Gerichtssaal abgelaufen war: mein Mandant. Er gesellte sich zu mir, während ich einsam am Kaffeeautomaten stand und einen Cappuccino schlürfte.
»Das war verdammt knapp. Beinahe hättest du ihn gehabt«, meinte er.
»Das ist dir aufgefallen?«
»Nein, Bea hat mir das so erklärt.«
»Wo ist die eigentlich?«

»Irgendwo im Gericht unterwegs. Sie meinte, sie hätte noch etwas zu erledigen.«
Wahrscheinlich betrieb sie mal wieder heimlich Strafverteidigung aus der zweiten Reihe. Aber dass sie sich positiv über meine Befragung geäußert hatte, schmeichelte mir schon. Doch was nützt die beste Leistung, wenn der Erfolg ausbleibt? Ich hatte für Michael nichts erreicht.
Bei den restlichen Polizeizeugen beschränkte ich mich wieder darauf, sie durch kleinliche Mäkeleien an zu blumigen Aussagen zu hindern. Auf einen weiteren Fehler der Zeugen brauchte ich nicht zu hoffen, der erste Polizist würde sie umfassend instruiert haben.
Dies ist ebenfalls ein Makel des Strafprozesses, dass Zeugen vor ihrer Vernehmung nicht strikt abgesondert werden. Ein vernommener Polizist darf ungehindert hinausgehen und seine Kollegen informieren, worauf es ankommt.
Am Ende des Verhandlungstages hatte das Gericht mittels der Zeugenaussagen ein Netz gestrickt, in dem sich Michael verfangen würde. Zwar gab es keinen Beweis, dass er die Treppe angesägt hatte, aber auch keinen vernünftigen Zweifel. Es gab weder den Beweis, dass er den Schlüssel zur äußeren Treppe versteckt hatte, noch einen Zweifel daran. Im Prinzip gab es überhaupt keine Beweise gegen den Angeklagten, allenfalls fehlende Zweifel. Und keine vernünftige Alternativhypothese. Das genügte. Den Rest erledigte die freie richterliche Beweiswürdigung. Die Schranke war gefallen.
Im Anschluss an den Prozess fuhr ich direkt nach Hause. Ich stand zu sehr unter Strom, um in der Kanzlei an anderen Fällen zu arbeiten. Der nächste Verhandlungstag würde der entscheidende sein. Es fehlte nur noch die Aussage der Ehefrau, dann würden im Gerichtssaal die Handschellen klicken.
Ausnahmsweise suchte ich einen Platz in meinem Garten. Im Westen stand die Abendsonne, sie strahlte wärmend herab, ihre Strahlen brachen funkelnd im Weinglas. Die Vögel reagierten irritiert, zogen sich von den Futterstellen zurück und beobachteten mich schimpfend aus Hecken und Bäumen.
Etwas Bedeutendes war heute passiert. Nicht im Prozess, sondern davor. Graziellas Krankmeldung passte nicht ins Bild. Wollte sie am Ende doch die Aussage verweigern?
Nach längerem Sinnieren ging ich zum Weingut am Taubenschlag. Es schmerzte noch immer, auf die Kinder zu treffen, ohne ihr fröhlich kräch-

zendes »Hallo Juuulius« zu hören. Die Buben waren zwar im Hof, beachteten mich aber gar nicht, Maureen war nirgends zu sehen. Graziella grüßte lächelnd, als ich die Küche betrat. Sie war das blühende Leben, von einer Erkrankung keine Spur.

»Espresso?«, fragte sie.

»Eigentlich wollte ich zu Michael«, sagte ich der Form halber, akzeptierte aber ihr Angebot.

Mit dem Espresso schlug sie eine Brücke zu der Zeit nach ihrer Entlassung aus der Rehabilitation, einer Zeit, in der wir uns nahegestanden hatten. Bis zu jener Nacht.

Die Situation erforderte Fingerspitzengefühl. Bei einer Erwähnung des Prozesses bestand die Gefahr, dass sie sich unter Druck gesetzt fühlte. Ich vermied es darum, das Thema anzuschneiden, überließ es ihr, ob sie davon reden wollte. Ein Anknüpfen an frühere Kaffeerunden hätte sie ebenfalls als plumpen Versuch einer Beeinflussung deuten können. Doch es war just dieses gemeinsame Espressotrinken, das uns verband. Darüber musste ich eine Verbindung herstellen, ohne aufdringlich zu wirken.

»Dein Espresso hat mir gefehlt«, sagte ich endlich.

Sie durchschaute es. »Versuch es erst gar nicht, Julius. Ich habe meine Entscheidung getroffen.«

»Unumstößlich?«

»Jawohl. Am nächsten Verhandlungstag werde ich vor Gericht erscheinen und ich weiß genau, was ich sagen werde.«

»Und werden wir danach noch gemeinsam Espresso trinken können?«

»Von meiner Seite steht dem nichts entgegen. Ob dein Mandant dies gutheißt, muss er entscheiden.«

»Dann danke ich dir für diesen caffè. Du wirst verstehen, dass ich nicht länger bleiben kann.«

Bei unserem nächsten Wiedersehen würden wir Gegner sein. Ich wirkte nach außen gelassen. Innerlich brannte ich darauf, sie öffentlich mit dem Vertrag zu konfrontieren, ihre Zeugenaussage genüsslich zu demontieren. Bei aller Vorsicht, die ich beruflich stets walten ließ und allem Abwägen der Fakten, das mir so in Fleisch und Blut übergegangen war, hatte ich dennoch versäumt, dieses Tässchen Espresso ohne die Brille meiner Voreingenommenheit zu betrachten. So war mir völlig entgangen, wie zweideutig Graziella geredet hatte.

»Kerstin, ich benötige von diesem Vertrag einige Kopien, um sie nachher im Gerichtssaal zu verteilen.«
»Der Vertrag, den Sie gesucht haben?« Ihre Stirn kräuselte sich. »Etwas merkwürdig, dass der genau auf den Punkt auftaucht. Finden Sie nicht?«
»Hauptsache rechtzeitig und nicht zu spät.«
Es war früh am Morgen des dritten Verhandlungstages. Ich traf in der Kanzlei letzte Vorbereitungen, insbesondere anhand eines Kommentars zum Strafgesetzbuch. Andere Verteidiger beginnen einen Fall mit dem Studium solcher Kommentare, ich war da eher zurückhaltend.
Juristische Recherche ist wichtig, aber nicht allentscheidend. Selbst wenn es einen Fall gäbe, der sich exakt so schon einmal zugetragen hat und längst höchstrichterlich entschieden wurde, wäre nicht sicher, dass am Ende ein Urteil herauskommt, welches dem Präzedenzfall entspricht. Zunächst müsste nämlich ein Gericht den Tatbestand genauso feststellen wie im Musterverfahren. Dort liegt der Hase im Pfeffer.
Ein Zeuge mag im Ermittlungsverfahren mehrfach bestätigen, einen männlichen Täter gesehen zu haben. Es nutzt wenig, wenn er vor Gericht umschwenkt und sich sicher ist, dass er am Tatort eine Frau sah. Nicht, was die Anklage behauptet, ist relevant, erst recht nicht, was aus Sicht der Verteidigung oder unbeteiligter Zuschauer von Zeugen ausgesagt wird, sondern ausschließlich, wie das Gericht meint, etwas verstanden zu haben. Was genau dies ist, wird allerdings erst im Urteil verkündet.
Nicht selten wähnt sich der Verteidiger einen ganzen Prozess lang in der Sicherheit, ein Angeklagter sei fern vom Tatgeschehen am rechten Straßenrand gestanden, um dann im Urteil zu lesen, dass jener die linke Straßenseite benutzte. Das Gericht hat es eben so verstanden und eine Verteidigungsstrategie, die darauf aufbaute, dass der Mandant, bestätigt durch mehrere Zeugenaussagen, rechts ging, war dann grottenfalsch.
Die Wahrheit, welche ein Prozess zu Tage fördert, ist lediglich eine Sicht des Geschehens unter Ausblendung anderer Möglichkeiten. Wer im Verfahren um eine verschwundene Leiche von einem Schwurgericht des Mordes für schuldig befunden wird, hat im Revisionsverfahren selbst dann keine Chance, wenn die angeblich verschwundene Leiche lebend und lachend neben ihm sitzt. Er muss dennoch erneut verurteilt werden. So will es das Gesetz, um die Allmacht der erkennenden Strafkammern zu zementieren. Daher haben fleißig zusammengetragene Urteile, Präzedenzfälle oder Aufsätze nur begrenzte Wirkung.
Bei der Rückkehr vom Kopierer sah Kerstin besorgt aus.

»Ein Anruf für Sie.«
»Wer?«
»Die Polizei.«
Ich griff nach dem Hörer und nahm das Gespräch an. KHK Hettlich meldete sich. »Ihr Mandant hat Sehnsucht nach Ihnen.« Er reichte weiter.
»Du musst sofort hierher kommen«, forderte eine männliche Stimme.
»Michael? Was machst du bei der Polizei?«
»Nicht Polizei. Gesundheitsamt.«
Das Gespräch riss ab, ich eilte los.
»Schneider wurde festgenommen. Bitte finden Sie heraus, was da läuft«, rief ich Kerstin im Vorbeihetzen zu. »Und informieren Sie das Gericht.«
Im Foyer des Gesundheitsamtes traf ich auf KHK Hettlich.
»Was geht hier vor?«, erkundigte ich mich ohne Begrüßungsfloskel.
Auf Höflichkeit legte er ebenfalls keinen Wert. »Wir lassen Ihren Mandanten auf eine mögliche Suizidgefahr untersuchen.«
»Wer kommt denn auf so eine Idee?«
»Wir haben einen Notruf erhalten.«
»Von wem?«
»Von seiner Ehefrau. Ihr fiel auf, dass Herr Schneider heute in ungewöhnlich düsterer Stimmung sehr früh das Haus verließ. Obwohl er, wie Sie ja wissen«, er grinste, »heute zu einem Gerichtstermin erscheinen muss.«
»Und wenn jemand früh aufsteht, ist das Anlass für eine amtsärztliche Untersuchung?«
»Wir fanden ihn an einem entlegenen Ort. Er hantierte dort mit zwei Messern.«
»Was für ein entlegener Ort?«
»Eine kleine Kapelle zwischen Stromberg und Dörrebach. Ich wusste noch gar nicht, dass es die gibt.«
»Und weshalb haben Sie ihn dann dort gesucht?«
»Handyortung.«
Der Bürger lebt in dem Irrglauben, seine Handydaten seien vor dem Zugriff der Polizei geschützt. Immer wieder höre ich, nur ein Richter könne eine Datenabfrage genehmigen und wer nichts zu verbergen habe, müsse dies nicht befürchten. Hier ging es aber nicht um die Aufklärung von Straftaten, sondern um eine vermutete Lebensgefahr. Da darf die Polizei allein entscheiden und wenn sie es zur Gefahrenabwehr für erforderlich hält, findet sie jeden, der in diesem Land ein Handy mit sich führt.
»Ich möchte umgehend mit meinem Mandanten sprechen.«

»Das wird jetzt nicht möglich sein. Die Untersuchung hat bereits begonnen.«
»Wo?«
»Erster Stock, dritte Türe von links.«
Auf mein Klopfen rief niemand »Herein«, weshalb ich ungebeten eintrat.
»Warten Sie freundlicherweise draußen«, ereiferte sich eine mittelalte Dame.
»Das wird aber auch langsam Zeit, Anwalt«, meinte Michael.
»Kurze Unterbrechung, ich möchte mit Herrn Schneider alleine sprechen«, sagte ich.
Die Amtsärztin überließ uns bereitwillig ihr Zimmer und wartete draußen, da sie keinen anderen Besprechungsraum anzubieten hatte.
»Was treibst du denn für Sachen? Spinnst du jetzt komplett?«, kam ich direkt zum Punkt.
Im Falle tatsächlich bestehender Suizidgefahr möglicherweise nicht die geschickteste Gesprächseröffnung. Michael zuckte mit den Schultern.
»Ich wollte mich nur verabschieden«, antwortete er.
»Von wem oder was?«
»Von Sweetwine. Wenn sie heute aussagt, werde ich das Gericht nicht als freier Mann verlassen. Das hast du selbst mir erklärt.«
»Du hattest aber die Schatulle dabei mit den Messern und dem Kelch.«
»Nur um sie in der Kapelle zu verstecken. Ich wollte sie dort aufbewahren bis ich«, er schluckte, »bis ich wieder draußen bin.«
»Sonst nichts?«
»Sonst nichts!«
Die Amtsärztin durfte ihr Zimmer wieder betreten. Ich referierte ihr kurz die Bedeutung des Blutwingerts, des Rituals dazu und weshalb Michael Grund zu der Annahme hatte, diesen Ort länger nicht mehr wiederzusehen. Juristen sind in der Lage, komplizierte Sachverhalte kurz und knapp zusammenzufassen und dabei dennoch zu manipulieren.
»Wenn das so ist ...«, sagte die Amtsärztin. »Ich möchte mich trotzdem mit Herrn Schneider unter vier Augen unterhalten.«
»Es war mir nur wichtig, die Hintergründe zu erläutern. Die Schlussfolgerungen überlasse ich selbstverständlich Ihnen«, erklärte ich mit freundlichem Lächeln.
Wartend auf dem Flur kontaktierte ich Kerstin.
»Was sagt das Gericht?«
»Keine Terminsaufhebung. Sie haben den Verhandlungsbeginn zunächst

auf zehn Uhr verschoben.«
So funktioniert der Justizbetrieb. Polizeibeamte schauen einen Menschen an und diagnostizieren Suizidgefahr, Richter pochen auf ihren Terminkalender und wollen verhandeln. Dazwischen findet ein Amtsarzt eine Viertelstunde Zeit für ein nettes Gespräch, dann geht es weiter, als sei nichts geschehen. Denn es darf nicht sein, dass Gerichtstermine platzen, nur weil Angeklagte psychische Probleme behaupten. Insbesondere der Gedanke, jemand könne in Todessehnsucht verfallen anlässlich der Vorstellung, vom Gericht für endlose Jahre hinter Gitter geschickt zu werden, wird strikt abgelehnt. Der würde an den Grundfesten des Systems rütteln.
Der Einzige, der am Attest der Amtsärztin zweifelte, war KHK Hettlich. Er ließ es sich nicht nehmen, den Mandanten persönlich in Handschellen bei Gericht vorzuführen. Es bestehe weiterhin Gefahr, dass ein Angeklagter sich durch Freitod dem Urteil entziehe, verkündete er.
Die Rechtswidrigkeit dieser Maßnahme konnte ich nur zähneknirschend hinnehmen, denn Anordnungen eines Polizisten lassen sich regelmäßig erst im Nachhinein gerichtlich überprüfen. Es nutzt nichts, sich dagegen zur Wehr zu setzen oder mit ihnen zu diskutieren.
So kam es, dass wir mit einer Stunde Verspätung letztlich doch wie geplant zum dritten Verhandlungstag vor dem Schwurgericht saßen. Niemand bezweifelte länger das mein Mandant körperlich und geistig in der Lage war, sich dem Prozess zu stellen. Selbst KHK Hettlich nicht, dem der Widerspruch zwischen fortbestehender Suizidgefahr und gleichzeitiger Verhandlungsfähigkeit ohnehin nicht aufgefallen war. Aus meiner Sicht beruhte das Intermezzo beim Amtsarzt ohnehin nur auf der Überreaktion eines voreingenommenen Polizisten. Erst am Ende des Tages dämmerte mir, dass Michael Schneider sich an jenem Morgen wahrscheinlich das Leben hatte nehmen wollen.
Der Vorsitzende fand kritische Worte für die eingetretene Verzögerung.
»Herr Schneider«, wandte er sich an meinen Mandanten direkt, »kann es sein, dass Sie Schuldgefühle haben?«
»Keine Antwort auf diese Frage«, gab ich zurück.
»Dann fahren wir eben mit der Verhandlung fort.«
Vor mir auf dem Tisch lag mein Smartphone. Es begann, stumm zu klingeln. Kerstin rief an. Das war ein Hinweis auf äußerste Dringlichkeit. Sie wusste, dass ich soeben im Gerichtssaal saß, dennoch wählte sie den Anruf statt der Mail. Ich ließ es durchklingeln, ohne abzunehmen. Selbst wenn die Kanzlei am Brennen war, hätte ich den Saal in diesem Moment nicht

verlassen können. Sie versuchte es ein zweites und ein drittes Mal, ich drückte die Anrufe konsequent weg. Gleich würde ein gelber Briefumschlag am unteren Bildschirmrand meines Laptops auftauchen, das Zeichen für eine eingegangene E-Mail.
Das Gericht rief die erste Zeugin auf: Graziella Schneider. Ihr Erscheinen im Gerichtssaal nahm mich so gefangen, dass ich augenblicklich vergaß, auf eingehende Nachrichten zu achten. Die nächsten fünf Minuten waren prozessentscheidend.
Der Vorsitzende belehrte über die Zeugenpflichten, Graziella nickte. Er fragte nach ihren Personalien, sie machte Angaben.
»Sind Sie mit dem Angeklagten verwandt oder verschwägert?«
»Ich bin die Ehefrau.«
»Dann dürfen Sie die Aussage verweigern. Sie müssen also nicht aussagen. Wenn Sie aussagen, gilt allerdings die Wahrheitspflicht. Wie wollen Sie es halten?«
»Ich möchte nicht aussagen.«
Ein Raunen durchfuhr den wieder nur spärlich besetzten Gerichtssaal. Wo war Bea eigentlich dieses Mal? Der Staatsanwalt starrte mit offenem Mund. Demonstrativ überrascht warf er seinen Kuli auf die Akte.
»Warum wollen Sie denn plötzlich nicht aussagen?«
»Die Zeugin muss ihre Entscheidung nicht begründen. Ich beanstande diese Frage«, sagte ich.
»Dann beantrage ich eine Unterbrechung.«
»Wozu wollen Sie denn jetzt eine Unterbrechung?«, fragte der Vorsitzende irritiert.
»Weil er auf die Zeugin einreden will«, unterstellte ich. »Ich bestehe darauf, dass zunächst diese Zeugenvernehmung beendet und die Zeugin entlassen wird, bevor wir unterbrechen.«
»Das Gericht sieht keinen Anlass, die Verhandlung jetzt zu unterbrechen«, verkündete der Vorsitzende. »Die Zeugin wird entlassen. Machen Sie Auslagen geltend?«
»Nein danke, ich verzichte.« Graziella erhob sich, warf mir einen Blick zu, über dessen Bedeutung ich den Rest des Tages rätselte, dann verließ sie den Gerichtssaal.
»Ich rege ein Rechtsgespräch an«, erklärte ich.
»Das scheint uns jetzt ebenfalls angebracht.«
Ohne eine Stellungnahme des Staatsanwaltes abzuwarten, erhob sich der Vorsitzende. Die Kammer folgte ihm ins Hinterzimmer, ich trottete hinter-

her, Dern kam als letzter nach. Er versuchte es mit Vorwürfen gegen mich.
»Die Zeugin wurde doch beeinflusst, das ist offensichtlich.«
»Die Zeugin ist entlassen, alles andere interessiert uns hier nicht«, fuhr der Vorsitzende dazwischen.
Ich antwortete dennoch auf den soeben erhobenen Vorwurf. »Es stimmt, was der Staatsanwalt sagt. Die Zeugin wurde beeinflusst.«
Schweigen. Die plötzliche Stille fand ich amüsant, ließ sie wirken, bevor ich fortfuhr.
»Die Beeinflussung erfolgte im Ermittlungsverfahren, und zwar durch die Polizei, das Jugendamt, die Wegnahme der Kinder und die Drohung, dass Frau Schneider ohne eine Aussage ihre Kinder nicht zurückbekommen werde.«
»Können Sie das beweisen?«, konterte Staatsanwalt Dern.
Er stritt nicht ab, was ich behauptet hatte, sondern antwortete wie ein Jurist und fragte nach Beweisen.
Ein Beisitzer mischte sich ein. »Das bringt uns doch alles nicht weiter. Die Frage ist, wie wir mit diesem begonnenen Verfahren fortfahren.«
»Gibt es denn keine schriftlichen Vernehmungen?«, fragte ein Schöffe.
»Natürlich gibt es die«, kommentierte der Staatsanwalt.
»Und was steht da drin? Was hat sie denn ausgesagt?«
»Das tut hier nichts zur Sache«, belehrte ich ihn. Er wirkte umgehend beleidigt.
»Der Herr Rechtsanwalt möchte damit sagen, dass wir aus Rechtsgründen gehindert sind, die polizeilichen Vernehmungen zu verwerten«, besänftigte der Vorsitzende. »Das Gesetz verbietet es, in solchen Fällen frühere Aussagen zu verlesen oder Polizisten danach zu befragen, was die Ehefrau ausgesagt hat. Das Schweigerecht ist umfassend geschützt.«
Der Schöffe nickte verständnisvoll, obwohl ich mir sicher war, dass er gar nichts verstanden hatte. Wie soll man jemandem auch erklären, dass die Justiz etwas weiß, dass sie aber nicht wissen darf und deshalb freisprechen muss.
»Ist noch mit Beweisanträgen zu rechnen?«, erkundigte sich einer der Richter. Er erntete nur Kopfschütteln. »Dann bringen wir es hinter uns.«
Gegen Halbelf wurde die Verhandlung fortgesetzt mit dem formellen Ende der Beweisaufnahme, zwei kurzen Plädoyers und einem letzten Wort des Angeklagten, das aus Schweigen bestand. Danach beriet sich das Gericht pro forma, verkündete den Freispruch und noch vor der Mittagsstunde war es vorüber.

Michael Schneider nahm sein Urteil mit gesenktem Haupt entgegen. Hätte man die Szene als Stummfilm gesehen, würde man vermuten, er sei zu lebenslanger Haft verurteilt worden. Nachdem der Urteilstenor gesprochen war, wir uns gesetzt hatten und der Vorsitzende die Begründung des Urteils verkündete, blieb das Haupt meines Mandanten weiterhin gesenkt. Sein Verhalten irritierte den Richter derart, dass dieser am Ende der Urteilsbegründung nochmals ausdrücklich zusammenfasste: »Herr Schneider, Sie sind freigesprochen.«
Michael erhob sich, nickte mir zu und ging hinaus. KHK Hettlich hatte den Prozesstag genau verfolgt, saß im Sitzungssaal und beobachtete. Der Staatsanwalt kam an meinen Tisch.
»Wie man hört, soll die Familie Dexheimer ziemlich begütert sein. Warum tun Sie sich solche Verfahren an?«, stichelte er.
»Was wollen Sie damit sagen?«
»Sie sind wirtschaftlich absolut frei und unabhängig. Oder etwa nicht?«
»Ich lebe nicht von einem Vermögen, das mir unverdient zugeflossen ist. Stattdessen bestreite ich meinen Lebensunterhalt im Schweiße meines Angesichts mit meiner Hände Arbeit – im übertragenen Sinn.«
»Aber Sie müssten es nicht tun.«
Entweder suchte er ein Gespräch unter Kollegen und stellte sich nur tölpelhaft an, oder er beabsichtigte Andeutungen, hatte jedoch kein Geschick dafür.
»Woher kennen Sie meine finanziellen Verhältnisse? Laufen Ermittlungen gegen mich?«
»Nein, gewiss nicht.« Er errötete. »Ich möchte lediglich Ihre Denkweise verstehen. Was treibt einen Menschen an, auf der falschen Seite zu stehen? Können Sie es mit Ihrem Gewissen vereinbaren, dass ein Täter freigesprochen wird, obwohl er es war?«
»Können Sie mit Ihrem Rechtsverständnis vereinbaren, dass er schuldig gesprochen wird, obwohl er es nicht war?«, konterte ich.
Nach diesen Worten drehte er sich weg und ging hinaus. Er war eben noch jung, musste erst lernen, Niederlagen nicht persönlich zu nehmen. Ich setzte mich, um den Laptop herunterzufahren. Da entdeckte ich Kerstins E-Mail. Vorher hatte ich sie völlig vergessen. Schnell klickte ich auf das Briefsymbol.
»FÄLSCHUNG«, stand in Großbuchstaben im Betreff. Der Text war knappgehalten. »Bitte kurzfristig Rückruf. Vertrag Molter ist gefälscht.«
Aus dem Gerichtssaal heraus rief ich sie an. Kerstin hatte es nicht

verwunden, dass der geheime Vertrag, auf den ich meine Hoffnungen gesetzt hatte, so passgenau zum Prozess aufgetaucht war. Beim Durchsuchen von Michaels Festplatte, die wir seit seiner Untersuchungshaft als Kopie in der Kanzlei verwahrten, war sie auf ein von Graziella unterzeichnetes Schriftstück gestoßen.
»Der Fuß des Schreibens ist identisch. Ort, Datum und Unterschrift passen exakt zu dem angeblichen Geheimvertrag. Das Dokument ist eine Fälschung«, erläuterte sie.
»Danke für die Mitteilung. Ich komme heute nicht mehr ins Büro.«
Auf dem Parkplatz traf ich Graziella. Sie war schon vor Stunden entlassen worden. Hatte sie auf mich gewartet? Bei meinem Näherkommen lächelte sie sibyllinisch.
»Hallo Julius. Wir veranstalten heute Abend im Weingut eine kleine Siegesfeier. Ich möchte dich persönlich einladen.«
Sprachlos ließ ich sie stehen, setzte mich ins Auto und fuhr planlos drauf los. Gedanken wirbelten kreuz und quer durch meinen Kopf. Ich sah die Beteiligten als nackte Leiber. Michael mit Graziella, Graziella mit Molter, Molter mit Bea, Bea mit Michael. Ein obszöner Reigen.
An der Niederhäuser Domäne, heute »Gut Hermannsberg« genannt, kam mein Auto zum Stehen. Wie es dorthin gelangt war, vermochte ich nicht zu sagen, stieg dennoch aus, setzte mich auf die Terrasse der dortigen Vinothek, bestellte Wein. Kauerwein, der passt vorzüglich zu diesem Ort. Dann schaute ich ins Land. Wie herrlich doch das Nahetal ist.
Klare Gedanken wollten sich trotz des Weines beim Grübeln über den Fall nicht einstellen. Der Freispruch gilt als Krönung der Strafverteidigung. Manche laden hernach zu feudalen Feiern ein, ernennen den Verteidiger zum Ehrengast. Das sind diejenigen, welche einen Schuldspruch zu Recht erwartet hatten. Andere verabschieden sich nach dem freisprechenden Urteil mit geballter Faust in der Tasche und Tränen der Wut im Auge. Sie wurden zu Unrecht angeklagt, standen am Rande ihrer Existenz, haben U-Haft erlitten, die Trennung des Partners, den Verlust des Arbeitsplatzes, die öffentliche Demontage ihres Ansehens. Ihnen ist nicht nach Feiern zumute.
Mir schwirrt bei Freisprüchen oft ein Zitat Ciceros durch den Kopf. Manche schreiben es auch Aristoteles, Ovid oder Augustinus zu, doch ich bin mir sicher, dass es ein Strafverteidiger auf dem Gipfel des Prozesserfolges geprägt hat: »Omne animal post coitum triste.«
Ich fühle mich in diesen Momenten eher wie der Wutmandant, weil mir

bewusst wird, wie gewaltig die Machtmittel des Staates sind und wie schmal der Grat zwischen Freiheit und Gefängnis. Zu viel Negatives geht mir dann durch den Kopf, um hemmungslos das Feierbiest herauszulassen. Meistens bin ich den Rest des Tages nicht mehr arbeitsfähig, weil ich mich von dem Urteil erholen muss, was selbstverständlich nicht dem Freispruch selbst, sondern dem vorangegangenen Prozess geschuldet ist.
Gegen Ende des zweiten Glases tauchten wieder die nackten Leiber vor meinem geistigen Auge auf, beim dritten verbanden sie sich zu einer Orgie. Michael mit Graziella, Graziella mit Molter, Molter mit Bea, Bea mit Michael und dann alle zusammen in einem Bett. Ich sah ein widerliches Schmatzen und Schlecken an Brüsten und Penissen, Kopulation in jeder nur denkbaren Variante, schwitzende Leiber im Sud ihrer Körpersäfte. Ein ekelerregendes schändliches Treiben. Die Hohepriesterin dieses Exzesses aber war Bea. Sie thronte inmitten des Gewimmels, nahm sie alle, wie es ihr beliebte, und ergötzte sich lüstern an den zappelnden Zuckungen keuchender Leiber. Dabei grinste sie satanisch zu mir, lockte mich winkend in ihr Bett, diesen Schoß der Hure Babylon.
Beim nächsten Wein erfasste ich dumpf, was das Unterbewusstsein mir sagen wollte. Meine Kollegin Bea hatte getreu ihrer Devise stets im Hintergrund zu arbeiten, die Strippen gezogen. Und nicht nur dies. Sie war verantwortlich dafür, dass ich an einem Fehlurteil mitgewirkt, ja es sogar erstritten hatte.

Der Abend im Weingut am Taubenschlag wurde zur Offenbarung. Dank Graziellas Kochkünsten gab es exzellente italienische Leckereien. Die Kinder waren so entspannt, wie ich sie lange nicht mehr erlebt hatte, vor allem Maureen schien zu verstehen, was diese abendliche Feier bedeutete. Michaels Verhältnis zu seiner Frau wirkte wie die reine Harmonie. Fast konnte man vermuten, die beiden seien in den Flitterwochen, frisch verliebt, bar aller Sorgen und Nöte.
Nachdem die Kinder zu Bett gegangen waren, kredenzte Graziella herausragende toskanische Weine, sogenannte Supertuscans, Fruchtbomben von kolossaler Qualität, das höchste, was der italienische Weinbau zu bieten hat.
Ich hielt mich den ganzen Abend zurück, sprach nicht über die Vergangenheit, nicht darüber, wie der Prozess im Nachgang an mir nagte. Ich wartete, was man mir dazu erzählen würde. Bei einem Antinori »Guado al Tasso« ließ Michael die Bombe platzen.

»Wir werden dieses Weingut verkaufen und in Graziellas Heimat neu beginnen. Der Schneiderwein kommt künftig aus Apulien.«
Die gelungene Mischung aus Cabernet Sauvignon, Merlot und Syrah schmeckte plötzlich bitter auf meiner Zunge.
»Und diese Entscheidung habt ihr wann getroffen?«
»Ich habe sie heute getroffen«, antwortete Michaels Frau. Eindeutig wollte sie zum Ausdruck bringen, dass sie hier die Entscheiderin war.
»Das nenne ich mal eine Überraschung«, sagte ich. »Wann soll es denn losgehen?«
»Der Herbst ist nicht mehr weit, ich denke wir werden die diesjährige Lese noch einfahren.«
Graziella hob eine Augenbraue in ihrer unvergleichlichen Art, legte ihre linke Hand auf die Rechte ihres Mannes und lächelte ihn an.
»Michael würde gerne diese Lese noch einfahren. Aber der Makler ist beauftragt. Sobald sich ein Käufer findet und die Verträge gemacht sind, beginnt unser neues Leben. Notfalls verkaufen wir die Trauben auch am Stock.«
Ich schaute Michael ernst an, er wich meinem Blick aus.
»Dann werden die Kinder wohl bald Italienisch lernen. Ihr solltet darauf achten, dass sie dabei die deutsche Sprache nicht vergessen. Zweisprachigkeit ist immer von Vorteil in dieser Welt.«
»Du wirst uns doch sicher auch mal besuchen«, stellte Graziella fest.
»Was wird aus Sweetwine?«, wollte ich wissen.
Michael verzog säuerlich das Gesicht. »Sweetwine wird es nie geben.«
»Und der Wein der Zukunft aus den einmaligen Kalkböden des Hunsrücks, was geschieht damit?«
Seine Frau lachte laut auf, sie wirkte mit einem Mal größer als ihr Mann, der in sich zusammensank. »Sweetwine habe ich bereits zu Geld gemacht, es gab einen heißen Interessenten dafür.«
»Doch nicht etwa die WINE GmbH?«
»Natürlich. Wer denn sonst? Sie haben sich doch so fleißig um diese Wiesen bemüht, dann sollen sie die auch haben.«
Es klang unangemessen spöttisch, wie Graziella dies von sich gab, noch spöttischer wirkte auf mich, dass sie anschließend ihrem Mann auf die Schulter klopfte.
»Es war eine echte Leistung von Michael, dieses wertlose Land so anzupreisen, als sei es eine echte Goldgrube.« Sie lachte erneut.
»Glaubtet ihr nicht früher gemeinsam fest an diesen Traum?«, erkundigte

ich mich.
»Das ist lange her«, erwiderte Graziella.
»Einen Traum, den man ein Leben lang träumt, verkauft man nicht«, hielt ich ihr vor.
Sie zuckte kurz, denn es war ein Zitat aus dem Western, der ihren Kindern die Namen gegeben hatte.
»Ich komme aus Apulien«, wiegelte sie dann ab. »Ich weiß, was ein südländisches Klima bedeutet. Niemals wird es dieses im Hunsrück geben.«
»Aber die WINE GmbH ist doch spezialisiert auf große Lagen. Die lassen sich nicht so einfach täuschen.«
»Stümper«, schnaufte Michael.
Seine Gattin nahm ihre Hand von seiner. »Es dürfte dir, lieber Julius nicht entgangen sein, dass das Weingut Schneider allenfalls mittelklassige Lagen hat. Die guten Lagen in Windesheim sind in den Händen der arrivierten Winzer. Dennoch hat die WINE GmbH in diesen Betrieb investiert, wodurch mir klar wurde, dass sie eigentlich keine Ahnung haben. Niemand sonst wäre auf die Mär von Sweetwine hereingefallen.«
»Außer Michael selbst«, merkte ich an. »Er hat doch diesen Weingarten eigenhändig dort angelegt, also glaubte er auch an seine Idee.«
»Ja, mein Michael ist manchmal ein Träumer, das kann man ihm nicht absprechen.« Erneut klopfte sie seine Schulter.
»Wann genau habt ihr den Traum von Sweetwine aufgegeben?«
»Das war nach Molters tödlichem Unfall. Dr. Henke war damals in Panik, er wusste nicht, wie er die WINE GmbH weiterführen sollte und wollte seine Gelder zurück. Es ist mir gelungen, ihn abzufinden.«
»Indem du ihm Sweetwine übertragen hast.«
»Genau so. Zwischen dem Weingut Schneider und der WINE GmbH gibt es keine Geschäftsverbindung mehr. Dr. Henke kann sich jetzt voll darauf konzentrieren, den Wein der Zukunft im Hunsrück zu entwickeln. Wie ich gehört habe, sucht er bereits eifrig nach Interessenten.«
»Die er aber niemals finden wird«, ergänzte ich ihren Satz.
»Es dürfte sich um die wertloseste Kapitalanlage aller Zeiten handeln«, lachte Graziella.
Ich griff nach einer Flasche Tenuta dell'Ornellaia »Masseto«, Michael stierte in sein Glas, leerte es auf ex, erhob sich.
»Ich bin müde, entschuldigt mich bitte. Ich gehe schon schlafen.«
»Gute Nacht, Schatz«, flötete Graziella ihm liebevoll hinterher.
Doch kaum war ihr Mann verschwunden, wechselte sie den Tonfall. Die

Fassade der Harmonie zerbröckelte schneller als Putz an einer brüchigen Wand. Nicht mehr spöttisch lachend, sondern eiskalt berechnend, schaute sie mich an.
»Du hast vermutlich einige Fragen.«
»Nein, habe ich nicht. Für mich ist die Angelegenheit abgeschlossen. Meine Honorarnote werde ich morgen übersenden.«
»Dann habe ich eben eine Frage.«
»Ja bitte?«
»Hast du eine Rolle gespielt oder ihn aus Überzeugung verteidigt?«
»Ich verteidige immer aus Überzeugung, sonst würde ich ein Mandat nicht annehmen.«
»Und es kam dir nie in den Sinn, dass Michael schuldig ist?«
»Ich weiß nicht, wovon du redest. Mein Mandant wurde heute freigesprochen.«
»Obwohl er schuldig ist, hast du gesiegt.«
»Wer spricht vom Siegen? Überstehn ist alles. Dieses Rilke-Zitat sollte man in jedem Strafgerichtssaal an die Wand schreiben.«
»Und du möchtest wirklich nicht wissen, weshalb ich heute die Aussage verweigert habe?«
»Weil ihr euch versöhnt habt und um der Kinder willen ein neues Leben beginnen wollt.«
Mir war klar, dass es dafür einen anderen Grund gab, aber ich wollte dieser Frau nicht die Würmer aus der Nase ziehen müssen. Sie brannte ohnehin darauf, selbst zu erzählen. Graziella schenkte nach, wir stießen an, dann begann sie zu berichten.
»In den langen Wochen meines Krankenhausaufenthaltes und der anschließenden Reha hatte ich viel Zeit nachzudenken. Dabei ist mir klar geworden, dass das Weingut Schneider in Windesheim keine Zukunft hat. Michael ist ein passabler Winzer, aber ein miserabler Geschäftsmann und obendrein ein Träumer. Dazu kam noch die fast übermächtige Konkurrenz in Windesheim. Dagegen hatten wir keine Chance. Es wurde Zeit, die Reißleine zu ziehen.«
»Und dazu wolltest du dich deines Mannes entledigen?«
»Zunächst schon. Es war lange Zeit meine Absicht, alleine mit den Kindern nach Italien zu gehen. Doch eine Anwältin riet mir davon ab.«
»Eine Anwältin? Welche Anwältin? Etwa Bea?«
»Genau die. Du wirst sie wahrscheinlich für ein durchtriebenes Miststück halten. Aber sie ist von absoluter Klasse. Ich hatte schon mit vielen Anwälten

zu tun. Keiner von ihnen war so kompetent wie Beatrix Kaiser.«
Sie bemühte sich gar nicht, die letzte Äußerung aus Höflichkeit mir gegenüber richtigzustellen, denn unzweifelhaft hatte sie mich damit ebenfalls einige Klassen unter der Kollegin eingeordnet.
»Wie hast du sie kennengelernt?«
»Du hast sie mir doch geschickt. Damals, als ich in der Reha war, stand sie plötzlich in meinem Zimmer mit der klaren Anweisung von dir, sich um die Rückführung der Kinder zu bemühen.«
»Das hat sie gesagt?«
»Stimmte das etwa nicht? Egal. Wir haben jedenfalls ein langes Gespräch geführt und sie hat mir klargemacht, dass ich für Michaels Schulden mithafte.«
»Da ist was dran«, bestätigte ich. »Die Kreditverträge sind gemeinsam unterzeichnet.«
»Um schuldenfrei neu anfangen zu können, schlug sie vor, das Weingut zu verkaufen. Die Bankbelastungen sind zwar hoch, aber der Kaufpreis sollte ausreichen. Außerdem hat sie mir verdeutlicht, dass Michael ohne mich den Betrieb ruinieren, das Vermögen entwerten würde. Die Idee, ihn einfach sitzen zu lassen, war damit gescheitert.«
»Aber deine Aussage hätte ihn ins Gefängnis gebracht.«
»Zweifelsohne, nur leider nicht lange genug. Außerdem ist er Eigentümer des Weinguts am Taubenschlag. Das wäre er auch im Knast geblieben. Frau Kaiser machte mir ein Angebot.«
»Das ist nicht dein Ernst«, erwiderte ich geschockt. »Sie hat dein Schweigen gekauft?«
»Sie hat es mir angeboten. Ich habe lange darüber nachgedacht.«
»Und was hat den Ausschlag gegeben?«
»Das war die Nacht bei dir, Julius. Damals hat sich meine aufgestaute Wut gegen Michael in Luft aufgelöst. Es wird zwar noch lange dauern, bis wir wieder zu einem normalen Umgang miteinander zurückfinden werden, aber seit dieser Nacht bin ich innerlich dazu bereit.«
»Dennoch warst du weiterhin gewillt, gegen ihn auszusagen.«
»Ich war unentschlossen.« Graziella wiegte den Kopf leicht hin und her. »Manchmal wollte ich alles rückgängig machen, dann wieder konnte es mir gar nicht schnell genug gehen, ihn endlich verurteilt zu sehen. Ich war hin- und hergerissen. Bis die Vereinbarung auf dem Tisch lag.«
»Vereinbarung? Was für eine Vereinbarung?«
»Man hat es dir nicht gesagt, oder? Kurz vor dem zweiten Verhandlungs-

tag erhielt ich ein notarielles Angebot meines Ehemannes für den Fall meines Schweigens. Er hat mir alles übertragen, dieses Weingut mitsamt den Weinbergen und seinen gesamten Besitz. Sogar den teuren Kelch mit den edlen Messern. Alles hat er in meine Hand gelegt. Ich musste nur zum Notar gehen und das Angebot annehmen.«
»Eindeutig sittenwidrig.«
»Mag sein, doch wer sollte davon erfahren? Außerdem reizte mich die Zugabe. Mir wurde nämlich auch ein Angebot der WINE GmbH übermittelt. Verzicht auf alle Forderungen gegen Übertragung meiner Rechte an Sweetwine.«
»Und das hast du angenommen.«
»Direkt nach dem Freispruch. Von unserem kurzen Treffen auf dem Parkplatz aus bin ich in das Notariat gefahren. Die Tinte dürfte mittlerweile getrocknet sein. Es gehört alles mir. Außer Sweetwine.«
»Also hat du dein Schweigen verkauft.«
Graziella hob ihr Glas und lächelte mich an. »Salute, Julius.«
»Auf euren Neubeginn«, prostete ich zurück.
Wir genossen eine Zeit lang schweigend den ausgezeichneten Wein, dann hatte ich eine letzte Frage.
»Glaubst du, dass euch die Versöhnung unter diesen Voraussetzungen gelingen wird? Ich habe gegen Ende des heutigen Abends nicht den Eindruck gewonnen, dass euer Neubeginn von Harmonie geprägt war.«
»Das muss er auch nicht. Ich habe, was ich will. Ich komme schuldenfrei aus dieser Misere heraus, wir gehen zurück in meine Heimat, es bleibt hoffentlich noch genug für einen finanziellen Neustart. Mit Unterstützung meiner Familie werde ich dort unten in Apulien völlig unabhängig sein.«
»Und Michael?«
»Nicht mein Problem. Für das, was er mir angetan hat, will ich Rache.«
»Noch mehr Rache? Was willst du ihm noch antun?«
Graziella legte ihre Hand sanft auf meine. »Ich möchte ihn als Mann demütigen. Verstehst du?«
Ich verstand und zog meine Hand zurück.
Sie lächelte. »Du schuldest mir noch etwas seit jener Nacht bei dir.«
»Tue ich das?«
»Du hast mir gezeigt, dass ich noch begehrenswert bin. Jetzt begehre mich auch.«
»Nicht hier. Die Kinder …«, wich ich aus.
Graziella winkte mit dem Kopf zur Tür. »Er schläft oben. Das Gästezimmer

ist wieder frei«, sagte sie.
Mein Blick fiel auf die Küchenuhr. Mitternacht war bereits vorüber.
»Weißt du, welcher Tag heute ist?«
»Ferragosto«, antwortete sie wie aus der Pistole geschossen. »Es kann keinen besseren Tag dafür geben.«
Seit ich den Nachweis hatte, dass Michael Schneider den gesuchten Schlüssel zum Taubenturm für ein Vierteljahrtausend sicher versteckt hatte, machte ich mir keine Illusionen über seine Schuld. Eingestanden hatte ich mir dies nie, denn es war für die Verteidigung belanglos. Die Erkenntnisse des Abends gaben mir aber Gewissheit, dass ihn die Verzweiflung morgens in der Michaelskapelle beinahe in den Tod getrieben hätte. Welch bedauernswerter Mann. Er würde nicht einige Jährchen, sondern den Rest seiner Tage für sein Verbrechen büßen müssen.
»Kannst du dich erinnern, was in jener Nacht bei mir deine Angst war?«, fragte ich Graziella und gab gleich selbst die Antwort. »Du hattest dich davor gefürchtet, dass ich dich betrunken mache und dann die Situation ausnutze. Damals habe ich dich davon abgehalten, weiter zu trinken. Heute ist es bereits zu spät.«
»Du glaubst, ich sei nicht mehr Herrin meiner Sinne?«
»Ich glaube, du solltest nicht mich zum Werkzeug deiner Rache machen«, sagte ich und stand auf. »Ciao, Graziella.«
Lange nach Mitternacht verließ ich das Weingut am Taubenschlag für immer. Es dauerte nur wenige Wochen, bis ich im Dorf hörte, die Familie Schneider sei vor ihren Schulden geflohen. Dorfklatsch eben.
Im Weingut zogen bald darauf neue Eigentümer ein, keine Winzer, sondern Privatleute. Das Inventar des Betriebes wurde verkauft, die Weinberge ebenso. Im früheren Tanklager werden heute Autos repariert. Der Taubenschlag steht leer, die Kinder Timmy, Patrick und Maureen sah ich nie wieder.
Die Endgültigkeit dieses Abschieds war mir in jener lauen Augustnacht noch nicht bewusst, denn damals dachte ich nicht über die kommenden Wochen nach, sondern brannte nur darauf, eine einzige Person zur Rede zu stellen: meine Kollegin Beatrix Kaiser.

Der Fleeschworschtdunnerschdaach ist Kreuznachs heimlicher Nationalfeiertag. Er fiel in jenem Jahr genau auf den 15. August. Ich hatte den Tag nach der nächtlichen Erkenntnis im Weingut am Taubenschlag bisher dösend in meinem Wintergarten verbracht. Erst spät nachmittags war es

mir gelungen, mich aufzuraffen.
An jenem Tag startet der Jahrmarkt. Inoffiziell, ganz ohne die lärmenden Karussells und Fahrgeschäfte. Der Markt wird dann noch nicht beschallt vom wummernden Lärm immer ausgeklügelterer Vergnügungsmaschinerien. Nirgendwo werden Menschen unter hysterischem Geschrei kopfüber, reihum kreuz und quer gewirbelt. Es öffnen nur solche Betreiber, die Essen und Getränke anzubieten haben. Man trifft sich, man redet miteinander wie in alter Zeit, genießt das Leben, feiert Jahrmarkt wie vor über 100 Jahren. Im Festzelt Kehrein singt dann die Wespengarde, das Aushängeschild der Kreuznacher Fastnacht, aber auch außerhalb der Kampagne gern gesehene und gehörte Botschafterin stimmungsfroher Lieder. Ebenso wie der Fleeschworschtdunnerschdaach ist die Wespe eine Institution des alten, des liebenswürdigen Kreuznach. Kernig im Auftreten, deftig im Humor, ohne Allüren, volksnah, sich gern auch mal selbst auf den Arm nehmend. Traditionelle Moderne und moderne Tradition zugleich.
Viele Zuhörer auf den Bierzeltgarnituren entstammten der Neustadt, meinem alten Quartier. Ich hielt hier ein Schwätzchen, trank dort ein Gläschen, tauchte ein in das sorgenfreie Leben dieser Tage. Darüber vergaß ich fürs Erste den Fall, der tief in mir nagte.
Nachdem das Gardekonzert geendet hatte, schlenderte ich ein wenig über den Markt. Dort traf ich die anderen Menschen aus den anderen Vierteln. Sie johlten herum, lachten mich an und luden mich ein in die dunklen Ecken des Jahrmarktes. Ich folgte willig.
Spät nachts oder früh morgens erwachte ich auf einem Sofa. Mein Kopf lag im Schoß der alten Bekannten vom Nikolausmarkt.
»Na, endlich wach?«
»Wo bin ich?«
»Du bist vor einigen Stunden hier aufgetaucht und hast Sturm geklingelt. Ich musste dich hereinlassen, sonst hättest du das ganze Haus wachgeschrien. Was zum Teufel hast du geschluckt?«
Ich tastete meine Hosentaschen ab. Portemonnaie und Handy waren vorhanden. Die Bekannte streichelte mir den Kopf.
»Wenn du diese Bea vergessen möchtest, wäre jetzt der richtige Zeitpunkt.«
»Bea? Was für eine Bea?«
»Mach mir doch nichts vor, Julius. Du redest sogar im Schlaf von ihr.«
»Es handelt sich nicht um eine Person, sondern um ein Computerprogramm über das Anwälte elektronisch kommunizieren«, log ich.
Sie lachte nur. »Und dieses Programm willst du mal erwürgen, mal

umbringen, mal abstechen?«
»Nun ja, es hat sehr viele Tücken und treibt mich durchaus zur Weißglut.«
»Haha.« Die Bekannte streichelte mich tiefer. »Was ist jetzt? Magst du hierbleiben oder zieht es dich zu deinem Computerprogramm?«
Ich betrachtete sie genauer. Sie trug einen Morgenrock. Offenbar nur einen Morgenrock.
»Bea kann warten bis morgen«, sagte ich.
So intensiv hatte ich den Jahrmarkt schon lange nicht mehr eröffnet.

»Frau Rechtsanwältin Kaiser möchte jetzt nicht gestört werden ... Halt! Was fällt Ihnen ein? Sie dürfen da nicht ...«.
Es war eine Szene wie in einem zweitklassigen Film und wie in diesen Filmen üblich saß die gesuchte Person an ihrem Schreibtisch, zuckte kurz zusammen, als sich die Tür öffnete und gab dann ihrer besorgten Sekretärin Entwarnung.
»Es ist schon in Ordnung. Bringen Sie uns bitte zwei Kaffee.«
In Kreuznach eröffneten sie jetzt den Jahrmarkt mit einem Umzug unter den Klängen des Spielmanns- und Fanfarenzuges »Die Lustigen Schuppesser«, mit der Entwanzung der Zugezogenen und anschließender Naheweinprobe auf dem Riesenrad. Aber ich war fern von diesem Treiben im trostlosen Bingen. Bea wartete, bis die Tür sich geschlossen hatte.
»Ich konnte dir noch gar nicht gratulieren zu deinem Erfolg.«
»Und ich dir nicht zu deiner gelungenen Intrige.«
»Nennen wir es doch einfach Mandat, wie unter Anwälten üblich.«
»Ach, ist es unter Anwälten jetzt üblich, sich gefälschte Verträge zuzuspielen?«
»Ein etwas ausgefallener Schachzug, das gebe ich zu. Aber es war notwendig um der Sache willen. Mir war allerdings klar, dass es nie zur Vorlage dieses Vertrages bei Gericht kommen würde.«
»Dennoch hätte ich es wissen müssen.«
»Du hättest so vieles wissen müssen, Julius, aber dann säße dein Mandant jetzt hinter Gittern und wäre nicht demnächst unterwegs in ein neues Leben.«
Die Sekretärin brachte den georderten Kaffee und zog sich schweigend wieder zurück. Bea wartete, bis die Tür geschlossen war.
»Du traust deinem eigenen Personal wohl nicht«, fiel mir auf.
»Ich traue niemandem, sonst wäre ich nicht, was ich bin.«
»Eine Intrigantin. Eine kriminelle Intrigantin. Eine kriminelle Anwältin,

wenn ich es mir genau überlege.«
»Weise mir einen Verstoß gegen Recht und Gesetz nach, Julius.«
»Ganz einfach. Habe ich dich etwa beauftragt, Graziella Schneider in der Reha aufzusuchen?«
»Du hast mich beauftragt, den Kindschaftsfall zu lösen. Das habe ich getan.«
»Und habe ich dich beauftragt, eine Urkunde zu fälschen?«
»Ich habe sie nicht gefälscht.«
»Aber du hast von der Fälschung Gebrauch gemacht.«
»Was ich nicht wusste, als ich sie dir vorlegte. Auch ich habe es erst später bemerkt.«
Wenn Rechtsanwälte sagen: »Beweise es mir«, dann meinen sie damit nicht das, was andere darunter verstehen. Für Nichtjuristen ist die Behauptung zugleich der Beweis. Anwälte kennen das Bestreiten mit Nichtwissen. Sie stellen sich unwissend und versuchen zunächst herauszufinden, was ihr Gegenüber genau weiß. So werden Prozesse gewonnen. Daher war mir klar, dass es hier nicht um Kategorien wie wahr und falsch, richtig oder unrichtig ging, sondern um die schnöde juristische Bewertung einer Situation. Die Trümpfe in meiner Hand waren dabei wertlos. Was geschehen war, hatte sich stets ohne Zeugen ereignet. Zudem unterlag ich der Verschwiegenheitspflicht gegenüber dem Mandanten. Was mich auf eine Idee brachte.
»Wieso warst du eigentlich nach der Rückgabe der Kinder weiterhin involviert? Hattest du ein Mandat?«
»Denkst du, ich hätte mich zum Vergnügen eingemischt? Oder aus Neugier, so wie du es regelmäßig tust? Der Anwaltsberuf dient dem Broterwerb. Natürlich werde ich nur dann tätig, wenn meine Leistung ordentlich honoriert wird. Du hast aufgrund deines familiären Hintergrundes das Geldverdienen offenbar kaum nötig. Aber ich arbeite nicht pro bono.«
»Welcher der beiden Ehegatten Schneider war dein Mandant?«
Bea lehnte sich zurück, zog eine Schreibtischschublade auf und präsentierte mir ein Blatt Papier.
»Eigentlich dürfte ich es dir nicht sagen, wie du weißt, aber wahrscheinlich gibst du anders keine Ruhe und ich möchte dich endlich loswerden, Julius. Unser Fall ist beendet, ich brauche meine Zeit für neue Mandate.«
»Für mich ist noch gar nichts beendet«, stellte ich klar.
»Man hat mir bereits berichtet, dass du eine etwas seltsame Berufsauffassung hast. Nach beendetem Prozess, vor allem nach einem Freispruch,

schreiben andere Anwälte ihre Rechnung und haken die Sache ab. Bei dir beginnt dann offenbar ein Denkprozess, der eigentlich zu Beginn des Mandates schon hätte einsetzen müssen. Du bist einfach zu langsam für diesen Job, Julius.«
Ich beugte mich vor, um das Papier zu lesen. Es handelte sich um eine Strafprozessvollmacht meines Mandanten Michael Schneider an die Kollegin Beatrix Kaiser.
»Siebter September«, las ich das Datum laut vor. »Das war der Unfalltag.«
»Er kam direkt aus dem Krankenhaus zu mir. Noch bevor er nach Hause gefahren ist.«
»Du hast damals bereits ein Verteidigermandat angenommen? Das hättest du mir anzeigen müssen.«
»Ich sagte doch schon, dass ich stets im Hintergrund arbeite.«
Paragraf 15 Absatz 2 der Berufsordnung für Rechtsanwälte ist die am häufigsten verletzte Norm in der Strafverteidigung. Sie sieht vor, dass ein Anwalt es seinem Kollegen anzuzeigen hat, sobald er ein Mandat von diesem übernimmt oder als zusätzlicher Anwalt in einer Sache tätig wird. Grundsätzlich spricht nichts dagegen, wenn Klienten sich eine zweite Meinung einholen oder mehr als einen Verteidiger beauftragen. Nur wissen sollte man dies als Erstverteidiger. Leider fehlt es vielen Kollegen in dieser Hinsicht an Professionalität.
Auch ich werde häufig mandatiert, obwohl schon ein anderer Anwalt tätig ist. Dann greife ich zum Hörer, kläre den Kollegen auf und suche Wege der Zusammenarbeit. Warum viele Verteidiger diesen Schritt scheuen, verstehe ich nicht, denn wo nicht aufrichtig zusammengearbeitet wird, entsteht Misstrauen, das letztlich zum Schaden des Mandanten wirkt.
Das offene Visier war allerdings nie Beas Taktik und so fand ich in ihrer Vollmacht einen Satz, den ich in keinem anderen Vollmachtsvordruck je gelesen hatte: »Die Erteilung dieses Mandats unterliegt der Geheimhaltung und darf nur nach Rücksprache mit dem Auftraggeber offenbart werden.« Sie hatte sich rechtlich dagegen abgesichert, ihrer Berufspflicht nachzukommen.
»Interessante Vollmacht«, kommentierte ich das Blatt zurückschiebend.
»Schön, dass du es auch so siehst. Kann ich mich nun wieder meiner Arbeit widmen?«
Anders als Graziella vor zwei Tagen war diese Frau mitnichten darauf aus, über den Fall zu plaudern. Hier musste ich selbst aktiv werden.
»Kann es sein, dass du mich vom ersten Tag an als Werkzeug für deine

Zwecke benutzt hast?«
»Ich habe meinen Job als Verteidigerin erledigt. Dazu gehörte es auch, den nach außen hin verteidigenden Kollegen zu leiten. Denn schließlich wollten wir doch beide das Beste für den Mandanten, nicht wahr?«
»Und das Beste war aus deiner Sicht, mich zum Narren zu halten?«
»Nimm es doch nicht so persönlich, Julius. Das Beste war, dich nicht einzuweihen. Du hast doch einen hervorragenden Job gemacht und Michael verteidigt wie einen Unschuldigen. Das wäre dir nicht so gut gelungen, wenn du die Wahrheit gekannt hättest. Dafür bist du zu sehr Moralist.«
»Völliger Quatsch«, antwortete ich. »Ich verteidige das, was der Mandant mir vorgibt. Wenn er das Märchen von seiner Unschuld verbreitet haben will, dann tue ich das eben.«
»Indem du vor Gericht lügst?«
»Niemals! Das darf ich nicht, wie dir bekannt sein sollte.«
»Und genau da beginnt das Problem. Du darfst einen Mandanten doch nur dann unschuldig nennen, wenn du das Gegenteil nicht weißt. Ebenso darfst du einen gefälschten Vertrag dem Gericht nur dann vorlegen, wenn dir die Fälschung unbekannt ist. Uns ist es nur untersagt, wider besseres Wissen vorzutragen. Unwissenheit hingegen bindet uns nicht.«
»Das ist die Crux der Strafverteidigung. Du musst mich nicht belehren, ich kenne das Berufsrecht.«
»Dann antworte mir klipp und klar: Wie hättest du reagiert, wenn du gewusst hättest, dass Michael das Polizeiband entfernt hat?«
»Hat er das? Auf deine Anweisung?«
»Er hat von Anfang an nichts unternommen, ohne mich zu fragen. Von dir hätte er solche Tipps nämlich nicht bekommen.«
»Weil ich niemandem zum Gesetzesbruch rate.«
Sie lachte gehässig auf. »Meine Güte, Julius, du weißt doch, wie das läuft. Wir haben das Recht zu beraten, es kommt nur darauf an, wie man formuliert. Ich habe ihm die Konsequenzen erläutert, falls das Band unangetastet bleibt und welche Vorteile es haben wird, wenn es verschwindet. Denn erst das fehlende Absperrband hat dich auf die Idee vom großen Unbekannten gebracht. Nicht wahr?«
Da ich nicht antwortete, vor Wut nicht antworten konnte, fuhr sie fort. »Es ist das Irreale, was dich von der Unschuld eines Mandanten überzeugt. Einen Tatort zu verändern ist so unvernünftig, dass es in deinen Augen nur wagt, wer reinen Gewissens ist. Darum habe ich Michael Schneider zu einigen Torheiten geraten, die du vorhersehbar dahingehend deutetest,

er handele naiv und schuldlos.«
»Apropos, wieso wurde das Band eigentlich bei der zweiten Durchsuchung gefunden?« Zwar war ich gewillt, hinauszugehen und sie für den Rest ihres Lebens zu hassen. Aber die Details ihrer schmutzigen Spielchen musste sie mir vorher noch erläutern.
Bea erhob sich. Sie öffnete den Barschrank, den ich schon kannte.
»Es ist bald Abend. Einen Drink?«
»Gerne.«
»Negroni, nehme ich an.«
»Nein, heute lieber Scotch.«
»Glenturret 1972?«
»Wenn du nichts Besseres hast.«
»Sehr lustig. Ich wette, dass dir niemand im näheren Umkreis etwas Besseres bieten kann.«
»Unterschätze meine Kontakte nicht.«
»Ohne Eis, hoffe ich.«
»Ohne Eis und ohne Wasser. Einfach pur.«
Sie reichte mir ein Glas.
»Hast du Michael Schneider wirklich nie gefragt, was er mit der Sache zu tun hatte?«
»Nein. Ich will nicht lügen müssen. Darum darf mich nicht interessieren, was tatsächlich passiert ist.«
»Klingt nach Doppelmoral und so, als ob du notfalls eben doch lügen würdest.«
Wir stießen an.
»Strafverteidigung ist der Pakt mit dem Teufel«, erläuterte ich. »Der Verteidiger lebt einen unlösbaren Konflikt. Denn er wird am effektivsten verteidigen, wenn er alle Details kennt. Sobald dies aber der Fall ist, kann er nicht mehr so agieren, wie es um der Sache Willen erforderlich wäre. Alle Versuche, diesen Konflikt gesetzeskonform zu lösen, müssen scheitern.«
»Darum stellst du das Ethos der Strafverteidigung über den Willen zum Erfolg?«
»Darum ist meine Lösung die, dass ich möglichst wenig wissen will.«
Bea kicherte. »Juristerei ist doch nur ein Schachspiel. Wichtig ist strategisches Denken und möglichst viele Züge im Voraus zu planen. Je mehr Winkelzüge ein Jurist vorausdenkt, desto erfolgreicher wird er. Während allerdings beim Schach zwei vor und eins zur Seite schon der komplizierteste Zug ist, gibt es in der Juristerei einige Varianten mehr, unzählige mehr,

um genau zu sein. Entscheidend ist, sich von dem Gedanken zu trennen, die Sache hätte irgendetwas mit Gerechtigkeit zu tun. Denn wer Schach spielt, tut dies, um zu gewinnen. Nicht anders ist es in der Juristerei.«

Wir nippten eine Zeit lang schweigend an den Whiskys. Ich wog ab, was sie gesagt hatte. Prinzipiell war ihre Verteidigungsstrategie gar nicht so unvernünftig. Idealerweise sollte sich zumindest der schuldige Angeklagte zwei Verteidiger leisten. Dem einen schenkt er reinen Wein ein, den anderen belügt er nach Strich und Faden. Der eingeweihte Anwalt gibt dem Unwissenden Tipps und umgeht so das Berufsrecht. Denn gegenüber dem Gericht tritt nur derjenige auf, der ohne es zu wissen eine Lüge verteidigt. Es wunderte mich nicht, dass dieser Trick von einer Frau erdacht worden war.

Grundsätzlich hätte ich Bea sogar Respekt gezollt dafür, wäre nicht ich der Dumme, den sie sich auserkoren hatte. So eiskalt von ihr hintergangen worden zu sein, plagte mich.

»Ist das die Zukunft der Strafverteidigung, dass Kollegen sich hintergehen?«

»Das ist längst die Praxis der Strafverteidigung. Du lebst im Gestern, Julius.«

Streng genommen lebte ich sogar im Vorgestern. Denn die moderne Welt war lange schon nicht mehr die meine. Ich verstand nicht, wozu es asozialer Netzwerke bedurfte, weshalb die Menschen ständig nach Dauerberieselung mit Musik gierten, warum Jugendliche vorglühten, bevor sie feierten und vieles mehr. Aber so war sie eben, die Welt. Es war nicht länger die meiner Kindheit oder Jugend, so wie sie damals nicht jene meiner Eltern und Großeltern gewesen war.

»Tempora mutantur, nos et mutamur in illis«, antwortete ich. »Auch wenn ich die Moderne nicht gutheiße, komme ich gleichwohl mit ihr klar. Also wirf mir hier nicht etwas vor.«

Sie kicherte. »Bist du da sicher? Deine Begeisterung in diesem Bahnhofsbistro wegen des Vertrages fand ich rührend naiv. Da warst du leicht zu manipulieren. Nicht sehr zeitgemäß.«

»Deine Reaktion auf das Schlüsselgeheimnis war ebenfalls nicht souverän.«

»Das trifft zu.« Sie nickte. »Das hätte ich dir nicht zugetraut. Wie kamst du an das Foto?«

»Ich habe einen kompletten Film von der Aktion.«

»Aber dennoch hast du dich weiter an Schneiders Unschuld geklammert. Mir ist allerdings am ersten Verhandlungstag aufgefallen, dass du zweifelst. Deine Eröffnungsrede war schwach. Darum musste ich erneut einen Weg

finden, dich zu motivieren.«
»Mit einem gefälschten Vertrag«, stellte ich grimmig fest.
»Er hat doch seinen Zweck erfüllt. Ich hatte Frau Schneider am Vorabend ihrer geplanten Vernehmung ein notarielles Angebot überbracht. Mir war klar, dass sie das annehmen würde. Mit ihrer Aussage konnte ab diesem Zeitpunkt nicht mehr ernsthaft gerechnet werden.«
»Dein Kalkül wäre um ein Haar schief gegangen. Sie hat sich zunächst nur durch eine Krankmeldung der Aussage entzogen, weil sie Bedenkzeit benötigte. Wenn sie an diesem zweiten Verhandlungstag bei Gericht erschienen wäre, hätte ich ihr den Vertrag vorhalten müssen. Hast du je darüber nachgedacht, was das bedeutet? Ein Verteidiger, der die Zeugin bloßstellen will und dann selbst bloßgestellt wird. Ganz zu schweigen von den lästigen Nachfragen der Staatsanwaltschaft. Sie hätten gegen mich ermittelt wegen des Gebrauchmachens von einer unechten Urkunde.«
»Das lag nicht in meiner Absicht. Ich wollte dem Mandanten helfen, nicht seinem Anwalt schaden.«
Sie schenkte mir nach, bevor ich das Glas geleert hatte. Ich war geneigt, ihr den Whisky ins Gesicht zu schütten, aber dafür war er zu teuer. Anstelle sinnloser Attacken konzentrierte ich mich auf offene Fragen. Derer gab es noch einige.
»Wenn du den Vertrag nicht gefälscht hast, wer war es dann? Etwa Michael?«
»Eher ein unbekannter Sachbearbeiter der WINE GmbH. Nachdem der Mandant mir von deiner Suche nach dem Vertrag berichtet hatte, habe ich mich an Dr. Henke gewandt. Einige Tage später wurde mir das Dokument zugespielt.«
»Was hast du mit dem zu schaffen?«
»Wir kennen uns seit langem und dinieren manchmal gemeinsam.«
»Der Inhalt des Vertrages passte perfekt zu meiner Theorie. Woher wusstest du davon?«
»Eine Theorie?« Bea stutze. Möglicherweise hatte auch sie nicht alle Verästelungen des Falles durchschaut. »Was für eine Theorie meinst du?«
»Ich war zu der Überzeugung gelangt, dass Frank Molter die WINE GmbH hintergangen hat. Zumindest soweit es Sweetwine betrifft. Er wollte das Gelände für sich. Der Geheimvertrag bestätigte dies, denn von der WINE GmbH war darin keine Rede.«
Die Kollegin schaute mich durchdringend an. »Woher wusstest du das?«
»Ich wusste es nicht, ich folgerte es aus gewissen Umständen.«

Sie schwenkte das Whiskyglas. Ihre Augen verengten sich. »Du hast es Schneider erzählt und er mir. Aber das hat mich überrascht«, murmelte sie. »Mit dieser Theorie hast du ins Schwarze getroffen. Molter hatte in der Tat versucht, Sweetwine alleine zu versilbern. Bloß konntest du das nicht wissen. Mich würde sehr interessieren, wie du es in Erfahrung gebracht hast. Es war topsecret bei der WINE GmbH. Ein absolutes Betriebsgeheimnis.«
»So geheim, dass Dr. Henke es dir beim Dinieren gesteckt hat?«
»Ach, Julius«, seufzte Bea. »Warum bist du nur ein derart seltsamer Mensch? Was keiner wissen darf, findest du heraus, aber was auf der Hand liegt, entgeht dir.«
Zum zweiten Mal füllte sie mein ungeleertes Glas nach. Ich nahm eine Regung des Unterbewussten wahr. »Unsere Anwältin wird das leicht zerpflücken«, hörte ich Dr. Henke sagen und mir eine Unterlassungsklage ankündigen. Nun stand sie vor mir die Anwältin, mit der er hatte drohen wollen. Erneut wurde die Sache ein wenig runder.
»Ich muss noch einmal auf dieses Polizciabsperrband zurückkommen«, beharrte ich. »Offenkundig ist, dass der Staatsanwalt aus nicht ganz uneigennützigen Gründen das Jugendamt von der Durchsuchung informierte. Kann es sein, dass die Information dann von der Marzahn-Eibeck an Molter durchgestochen wurde, bevor sie über Dr. Henke zu dir gelangte?«
Sie hob nur gelangweilt die Schultern. »Hast du es jetzt endlich verstanden? Das Band wurde deshalb gefunden, weil dein Mandant es vor der Durchsuchung zu diesem Zweck in der Tonne versteckt hatte.«
»Aber damit hat er doch ein belastendes Indiz geschaffen.«
»Na, und? Der Haftbefehl war längst erlassen. Sie hätten ihn auch ohne das wiedergefundene Band mitgenommen. Doch deine Theorie vom großen Unbekannten wurde erneut untermauert. Deshalb musste es wieder auftauchen.«
»Nur um sicher zu gehen. War Molters Ableben ein echter Unfall?«, erkundigte ich mich, denn mittlerweile schien mir alles denkbar.
»Was denkst du von mir oder meiner Mandantschaft? Wir sind nicht in der Lage, so etwas in China zu inszenieren. In Deutschland übrigens auch nicht. Aber ich danke dir nochmals dafür, dass du mich auf die Spur von Sweetwine gebracht hast. Bis zu diesem Zeitpunkt wussten wir nämlich nur, dass uns Molter einen unbekannten Vermögenswert des Weingutes am Taubenschlag vorenthielt. Und bevor du fragst: Ich habe mich nicht deswegen mit dir eingelassen. Das war völlig ohne Hintergedanken.«
Ich hatte es immer für ein billiges Klischee gehalten, dass Männer sich

im Bett Geheimnisse entlocken lassen. Verbittert stellte ich fest, genau in diese Falle getappt zu sein. Beas Hals war äußerst zierlich, das wusste ich aus früheren Zeiten. Ihn nun zu brechen hätte aber nur weitere Mitwisser meiner Schmach verhindert. Mich selbst davon zu befreien, war nicht mehr möglich.

»Eines muss ich dir lassen: Du hast mich mustergültig an der Nase herumgeführt. Bei dir als Anwältin ist das wenig überraschend, aber Michaels schauspielerische Leistung nötigt mir Respekt ab. Du hast deinen Mandanten perfekt präpariert.«

»Was manchmal mühselig war. Deine Taktik, Molter als potentiellen Täter aufzubauen, hatte ihn überzeugt. Zeitweilig glaubte er selbst daran. Ich hatte einige Probleme, ihn auf ein doppeltes Spiel einzuschwören.« Sie kicherte. »Und wie du Molter bei der WINE GmbH aus dem Weg geräumt hast, finde ich geradezu nachahmenswert. Dr. Henke war schwer beeindruckt von deinem Auftritt.«

Wenigstens ein freundliches Wort von ihr in dieser vernichtenden Schlussbesprechung. Ich gab es gerne zurück.

»Deine Methoden sind grenzwertig und verachtenswert, ist dir das klar?«

»Was zählt, ist nur der Erfolg.«

»Wie billig. Was hat es dir gebracht? Eine Handvoll Dollar?«

»Ich denke, es hat sich rentiert. Mir ging es nicht nur um Geld, sondern um eine Investition in die Zukunft.«

Mittlerweile war auch ihr Glas geleert. Sie schenkte uns beiden nach. Beas Augen sprühten Schadenfreude. Sie hatte Gefallen daran gefunden, mich zu demontieren, war bereit, mir jetzt jedes Detail zu offenbaren, nur um ihrer Geltungssucht willen.

»Die Schneiders werden bald in Apulien sein. Ich sehe da keine Zukunftsinvestition«, sagte ich.

Sie lachte übermütig. »Lass die Schneiders ziehen, wohin sie wollen. Wichtig ist, was unverrückbar hier bleibt.«

»Das Weingut am Taubenschlag?«

»Es gibt bessere Objekte.« Sie grinste.

»Die Weinberge? Das sind nur mittelklassige Lagen.«

»Nicht ganz!«

Ich überlegte kurz, was ihr verschmitztes Lächeln bedeuten mochte.

»Du hast dir Rechte an Weinlagen gesichert?«

»Nicht an irgendwelchen Lagen.«

»Sweetwine?«

»Genau dort.«
»Hat sich das nicht die WINE GmbH unter den Nagel gerissen?«
»Ich bin beteiligt.«
Anwälte sind keine ausgebildeten Schauspieler. Aber sie haben es nach einem halben Leben im Gerichtssaal gelernt, wenigstens ihre Mimik unter Kontrolle zu halten. Es gelang mir daher, ein lautes Lachen zu unterdrücken. Ist der Anwalt überwiegend in Strafprozessen tätig, beherrscht er zudem die Kunst der Verstellung, da er andernfalls unerwarteten Wendungen im Termin nicht überzeugend begegnen könnte. Es gelang mir daher auch noch, so etwas wie andächtiges Staunen zu zeigen.
»Ich habe dich völlig unterschätzt«, heuchelte ich. »Nach meinen Erfahrungen mit dir hielt ich dich zwar für eine geschickte Strippenzieherin. Aber eine Beteiligung an Sweetwine zu erwerben, war ein genialer Schachzug. Ich werde umgehend Onkel Lucius informieren. Du darfst dich auf ein großzügiges Angebot des Hauses Dexheimer freuen.«
»Versuch es erst gar nicht. Das Geschäft läuft ohne das Haus Dexheimer.«
»Was für ein Geschäft habt ihr denn abgeschlossen?«
»Umsatzbeteiligung und Namensgebung«, kicherte sie. »Sobald die Lage erschlossen ist, erhalte ich 25 Prozent, das dürfte schmal gerechnet eine Viertelmillion jährlich sein. Außerdem werden alle Erzeugnisse meinen Namen tragen. Michael Schneiders Wein der Zukunft wird als Kaiser-Wein in die Geschichte eingehen.«
»Nein!«
»Doch! Zusätzlich wird jedes Etikett in meiner Handschrift mit dem Namen Bea signiert. Wir sind schon dabei, den Grundbesitz zu Eigentum zu erwerben.«
Verstohlen prustete ich in mein Glas, schob es aber auf den Whisky. »Verdammt scharfes Zeug. Wie viel wollt ihr in das Projekt investieren?«
»Nicht mein Problem, dafür ist allein die WINE GmbH zuständig. Aber sie werden sich die Sache etwas kosten lassen. Interne Prognosen bestätigen, dass es sich um die größte Goldgrube der Firmengeschichte handelt.«
»Ich bin beeindruckt. In welche Richtung solls denn gehen? Eher Bordeaux oder eher Champagner?«
»Wir werden sehen. Und nun, lieber Julius, darf ich dich bitten zu gehen. Dr. Henke erwartet mich.«
»Ist er dein Neuer?«
»Unsere Zusammenarbeit ist rein professionell.«
»Selbstverständlich. Bereits euer erstes Projekt lässt deutlich die Hand-

schrift echter Profis erkennen.« Ich leerte bedächtig mein Glas.
»Das ist eben der Unterschied zwischen uns«, betonte sie. »Du hättest von Haus aus so unendliche Möglichkeiten und frönst dem Dasein eines Provinzverteidigers. Ich werde mich damit nie zufriedengeben.« Sie kippte ihren Whisky in einem Zug hinunter. »Und jetzt suche dir den nächsten Kleinkriminellen, dem du deine biederen Verteidigertricks aufschwätzen kannst. Aber vergiss eines nicht: Ich bin dir immer mehrere Schritte voraus. Deshalb konnte es auch nicht klappen mit uns. Deine Ansprüche sind mir zu bescheiden. So, jetzt weißt du es. Und nun geh!«
Beim Verlassen des Bürogebäudes traf ich auf eine Person, die mir bekannt war. Sie erreichte die Tür von außen just, als ich diese eine Handbreit geöffnet hatte. Nur durch eine Glasscheibe getrennt, standen wir uns gegenüber. Ihre Augen weiteten sich entsetzt.
»Herr Dexheimer?«, fragte sie.
»Wer sonst?«, antwortete ich, »oder sehe ich aus wie ein Gespenst?«
Es war an ihr, einen Schritt zurückzutreten, nur dann ließ die Tür sich öffnen. Aber sie verharrte schweigend auf ihrer Position.
»Wollen Sie zur Kollegin Kaiser?«
»Wir sind Studienkolleginnen und zu einem Kaffee verabredet.«
»Dann wünsche ich angenehme Unterhaltung. Es gibt sicherlich etwas zu lachen über die vielen Idioten in der Justiz.«
Sie gab die Tür frei, ich drängte mich hinaus.
»Besten Dank noch mal für den Tipp im Golfhotel«, stammelte ich im Vorbeigehen. Mehr kam mir nicht über die Lippen. Ob sie damals ehrlich oder ebenfalls ein Werkzeug der Kollegin Kaiser gewesen war, fragte ich nicht. Denn ich würde ihr nie wieder trauen können. Vertrauen ist ein rares Gut in meinem Beruf, besser fährt, wer Argwohn und Zweifel hegt. Strafverteidigung ist wesensverändernd.
Von Beas Kanzlei spazierte ich hinunter zu einer Vinothek am Rheinufer.
»Haben Sie Nahewein?«
»Nein. Natürlich Rheinhessenwein.«
»Gut. Meine Stimmung ist ohnehin miserabel. Bringen Sie mir eine Flasche Silvaner.«
»Von einem Weingut hier aus Bingen?«
»Egal. Ich erwarte nichts Besonderes.«
Die spätsommerliche Sonne ließ den Rhein funkeln, Ausflugsdampfer tuckerten unter dem Niederwalddenkmal vorbei zur Loreley hin. Die Fußgängerfähre karrte Touristenscharen hinüber nach Rüdesheim, wo sie sich

in der Drosselgasse berauschen würden.
Ich schaute auf die Weinberge am anderen Rheinufer, uralte Weinhänge, die seit Ewigkeiten konstant großartige Weine hervorbrachten. Sollte es nur wegen einer Laune des Klimas damit irgendwann vorbei sein?
Paul war ausnahmsweise einmal direkt am Telefon.
»Kennst du das Gelände zwischen Dörrebach und Stromberg hinter dem alten Kalkwerk?«
»Da gibt es so eine Gaststätte und eine Kapelle. Ich glaube ein Baggersee befindet sich auch dort. Meinst du das?«
»Exakt. Ich habe Informationen, dass dort demnächst Wein angebaut wird.«
»Machst du Witze?«
»Warum? Es handelt sich um guten Kalkboden. Die Sonne scheint über dem Soonwald genauso wie bei uns, nur nicht ganz so heiß. Dem Riesling wird es dort gut gefallen. Hast du Lust einzusteigen?«
»Nein!«
»Würdest du mir raten zu investieren?«
»Keinen Cent!«
Ich machte in Gedanken ein Kreuz über Sweetwine und Beas ehrgeizige Pläne. Ihr Kaiser-Wein mit Bea-Signatur würde allenfalls zum Essig taugen. Mein Silvaner wurde gebracht. Am Nachbartisch unterhielten sich Gäste über den erneut zu heißen Sommer. Richtung Mäuseturm waren die sogenannten Hungerfelsen sichtbar, schroffe Klippen im Rhein, Zeichen extremen Niedrigwassers. Den blauen Himmel durchkreuzten Flugzeuge mit einem Netz weißer Kondensstreifen. Sie kamen von überall her und flogen überall hin. Menschen taten, was sie immer schon taten, keiner änderte sein Verhalten wegen einer möglichen Erderwärmung.
Per Textnachricht instruierte ich Kerstin. »Bitte diese Marzahn-Eibeck im Visier behalten. Mein Gefühl sagt mir, dass die noch öfter meine Wege kreuzen wird.«
»Das Dossier ist längst angelegt«, antwortete sie. »Muss ich während des Jahrmarkts noch mit Ihnen rechnen?«
Eine Antwort darauf war überflüssig. Stattdessen nippte ich am Silvaner. Ein gigantisches Geschmackserlebnis. Blick auf das Etikett – schon wieder dieses Weingut Hemmes. Wieso fand das Weinbaugebiet Rheinhessen ausgerechnet in diesen Zeiten Anschluss an die überragenden Naheweine? Galt es doch seit jeher als zu heiß und zu trocken. Der Wein der Zukunft schien mir gerade aus dem Süden zu uns zu kommen, statt nach Norden abzuwandern.

Aber darüber wollte ich nun nicht nachdenken. Zu oft hatte mich dieses Jahr zum Nachgrübeln gebracht über Reben und Lagen, das Klima und seine Veränderungen, den Wein und seine Zukunft.
Der Tropfen in dem Fläschchen vor mir war exzellent, nur darauf kam es an. Sorgen und Ängste würde es immer geben. Jetzt war die Zeit für ein gutes Glas Wein.

ENDE

Danksagung

Mein Dank für Inspiration und Unterstützung
geht an Wolfgang und Nicole.

Besondere Erwähnung verdient meine
geschätzte Kollegin Anja Merk für
ihr Wissen über und die Einblicke in
das Gedöns.

Thomas Scheffler, Jahrgang 1967, Rechtsanwalt, Vater von 4 Kindern, entdeckte nach einem Grundstudium der Germanistik, Geschichte und Philosophie die Juristerei für sich. Seit 1995 arbeitet er selbständig im Raum Bad Kreuznach, vorwiegend in der Strafverteidigung und im Verwaltungsrecht. In seiner Freizeit widmet er sich dem Wein und dem Schreiben.

Tödlich – für die Nachtruhe, das sind die Kreuznach Krimis von Thomas Scheffler. Weglegen? Unmöglich. Dunkle Verschwörungen in den finsteren Ecken der Kurstadt: Rechtsanwalt Julius Dexheimer ist den Tätern auf der Spur. Doch Erleuchtung bringt am Ende nur ein Glas Nahewein ...

Band 1
Tödliche Verteidigung
Softcover
240 Seiten
12,90 Euro

Band 2
Tödliche Verwandtschaft
Softcover
224 Seiten
12,90 Euro

Band 3
Tödliche Verkostung
Softcover
288 Seiten
12,90 Euro

Band 4
CRUCENIA CODE
Softcover
296 Seiten
12,90 Euro

Nachdem der Oberbürgermeister von Bad Kreuznach tot aufgefunden wird, ermittelt Rechtsanwalt Dexheimer diesmal im Auftrag des Stadtrates. In seinem vierten Fall nimmt der Autor Geheimbünde und Gralssucher ironisch auf die Schippe. Zugleich verknüpft er zahlreiche Details der Stadtgeschichte zu einer atemberaubenden Verschwörungstheorie.

Band 5
RHEINGOLD! – REINES GOLD
Softcover
312 Seiten
14,90 Euro

Landesnervenklinik Alzey, geschlossene Abteilung. Eine Frau wird hier seit Jahren zu Unrecht festgehalten – glaubt Rechtsanwalt Julius Dexheimer, obwohl die Dame in verwirrenden Zitaten aus Wagners „Ring des Nibelungen" spricht. Wo endet die Realität, wo beginnt der Wahn? Nahe-Wein bringt die Inspiration.